Johann Wolfgang Goethe, geboren am 28. August 1749 in Frankfurt am Main, ist am 22. März 1832 in Weimar gestorben.

Christiane Vulpius, geboren am 1. Juni 1765 in Weimar, ist am 6. Juni 1816 dort gestorben.

Am 9. August 1792 beginnt der überlieferte Briefwechsel mit Christiane Vulpius, mit der Goethe mehr als ein Vierteljahrhundert verbunden war, zunächst in einer »Geistesehe«, so einst die Bezeichnung für ein nicht verheiratetes zusammenlebendes Paar. Am 19. Oktober 1806 schließlich lassen sich Goethe und Christiane vom Hofprediger in der Sakristei der Weimarer Hofkirche trauen.

Goethes Briefwechsel mit seiner Frau, der bis zu ihrem Tod im Jahre 1816 reicht, ist ein notwendiges Gegenstück zu seinen Briefen an Charlotte von Stein. Zum einen, weil die Antworten der Briefpartnerin erhalten und wiedergegeben sind – Charlotte hatte ihre Briefe an Goethe vernichtet –, zum anderen, weil sich hier ein so natürlicher Goethe im familiären Alltag zeigt, der auf die energische Häuslichkeit seiner Christiane eingeht und nicht zuletzt auch ihre stete Sorge um sein leibliches Wohl und den Sinn des »kleinen Naturwesens« für alles Alltägliche zu schätzen weiß.

Erstmals seit fünfzig Jahren wird der von Hans Gerhard Gräf 1916/17 im Insel Verlag herausgegebene Briefwechsel wieder als Einzelausgabe zugänglich gemacht. Er enthält zahlreiche Abbildungen sowie umfangreiche Erläuterungen des Herausgebers und ein ausführliches Register.

insel taschenbuch 1100

Goethes Briefwechsel

mit seiner Frau

Zweiter Band

Goethes Briefwechsel mit seiner Frau

Herausgegeben von

Hans Gerhard Gräf

Zweiter Band: 1808-1816

Insel Verlag

insel taschenbuch 1100
Erste Auflage 1989

Hinweise zu dieser Ausgabe am Schluß des Bandes
Vertrieb durch den Suhrkamp Taschenbuch Verlag
Umschlag nach Entwürfen von Willy Fleckhaus
Satz: LibroSatz, Kriftel
Druck: Nomos Verlagsgesellschaft, Baden-Baden
Printed in Germany

1 2 3 4 5 6 – 94 93 92 91 90 89

Inhalt

Goethes Briefwechsel mit seiner Frau

Zweiter Band

1808 - 1816

1808

Am Anfang des neuen Jahres erfreut uns eine anmutige Familienszene an Goethes Mittagstafel. Unterm 3. Januar heißt es im Tagebuch: »Kam die Schachtel von Bettine Brentano mit den Weihnachtsgeschenken«; in seinem Dankbriefe vom 9. erzählt Goethe Bettinen, offenbar mit dichterischer Freude an dem kleinen dramatischen Vorgang: »Sie haben sich, liebe Bettine, als ein wahrer kleiner Christgott erwiesen, wissend und mächtig, eines jeden Bedürfnisse kennend und ausfüllend. Ihre Schachtel kam kurz vor Tische, verdeckt trug ich sie dahin, wo Sie auch einmal saßen, und trank zuerst Augusten aus dem schönen Glase zu. Wie verwundert war er, als ich es ihm schenkte! Darauf wurde Riemer mit Kreuz und Beutel beliehen. Niemand errieth, woher. Auch zeigte ich das höchst künstliche und zierliche Besteck, da wurde die Hausfrau verdrießlich, daß sie leer ausgehen sollte. Nach einer Pause, um ihre Geduld zu prüfen, zog ich endlich den Gewandstoff hervor, das Räthsel war aufgelöst und jedermann im Lob und Preise Bettines fröhlich.« – Zum Osterfest stellte Bettina sich abermals mit einer Geschenksendung ein; im Tagebuch lesen wir unterm 19. April: »Kam ein Kleid von Bettine Brentano an mit verschiedenen Flugschriften.« Tags darauf schreibt Goethe an die Spenderin: »... die Frauenzimmer [Christiane und Caroline Ulrich] waren in großer Überlegung, was zu einem angesagten Fest angezogen werden sollte. Nichts wollte recht passen, als eben das schöne Kleid ankam, das denn sogleich nicht geschont wurde. Nehmen Sie recht vielen Dank von uns dafür. Da unter allen Seligkeiten, deren sich meine Frau vielleicht rühmen möchte, die Schreibseligkeit die allergeringste ist, so verzeihen Sie, wenn sie nicht selbst die Freude ausdrückt, die Sie ihr gemacht haben.«

– Vom 23. April bis zum 1. Mai ist Goethe in Jena. August war bereits am 4. April nach Heidelberg abgereist, um dort zu studieren.

*

415. *Goethe*

Herr Legations-Rath Bertuch nimmt diese Schachtel mit; Du findest darin, mein liebes Kind, was die hiesigen Mistbeete vermögen. Einige sehr kleine Sellerie-Pflanzen werden Dich überzeugen, daß diese Art unter acht Tagen noch nicht brauchbar ist.

Mir geht es ganz gut. Ich habe schon etwas gearbeitet, worüber ich mich freue, weil dießmal die Pause gar zu lang war. Werner hat geschrieben und grüßt schönstens, Dich und Riemer namentlich, auch Madame Schopenhauer. Sein Brief ist, wie Du denken kannst, geistreich und heiter.

Die Briefe von Frankfurt haben Dir gewiß viel Freude gemacht. Schicke mir sie wieder. Hier ein Blatt von Bettinen. Die gute Mutter hätte ich sehen mögen. Es thut mir in ihre Seele wohl.

Mit den Boten schreibe ich mehr und bitte um einiges. Adieu indeß!

Jena, den 26. April 1808. G.

416. *Goethe*

Heute früh hab ich Dir schon geschrieben, meine Liebe, und hole nur weniges nach. Mich freut, an August zu denken; sein erster Eintritt in die Welt ist so glücklich und so günstig, daß man wohl hoffen kann, es werde so auch vorwärts gehen. Ich habe einiges gearbeitet. Meyer ist mir ein sehr lieber und werther Gesellschafter. Auf einem besondern Blättchen lege ich bei, was ich geschickt wünsche. Zugleich auch meinen Schlüssel. Sende mir alles Angekommene. Die Schachtel, vermuth ich, enthält Veilchen, die hier im großen Überflusse sind; auch ist alles hier weiter. Schicke nur auch die Schachteln zurück, ich will noch Pflanzen aufzutreiben suchen. Lebe wohl und vergnügt und liebe mich.

[Jena,] den 26. April 1808. G.

417. *Goethe*

Hierbei kommt wieder eine Schachtel Pflanzen; wenn Du noch mehr willst, darfst Du es nur schreiben, meine Liebe; der Sellerie kommt später. Leider begünstigt mich das Wetter nicht. Wir sitzen meist zu Hause und gehen Abends bei den Freunden herum, wo meist etwas vorgelesen wird. An meiner ›Pandora‹ habe ich etwas gearbeitet und will sehen, obs möglich ist, eh ich weggehe, den Wienern eine Sendung auszufertigen, woran mir in mehr als Einem Sinne viel gelegen ist. Werner hat geschrieben und grüßt vielmal, der Brief ist ein völliger Abdruck seines wunderlichen Wesens.

So gern ich einen Hecht geschickt hätte, habe ich doch nicht dazu gelangen können. Es ist noch zu kalt, darum steigt keiner, auch ist das Wasser sehr groß, und die Flöße geht stark, alles Hindernisse der Fischerei. Doch hat man mir so bald nur möglich einen zugesagt.

Ich will noch einige Tage zusehen, wie es mit meiner Arbeit geht. Auf alle Fälle nehme ich hier einen Wagen und komme ohne weitre Anmeldung. Meyers Nähe macht mir viel Vergnügen, er ist gar so tüchtig, einsichtsvoll und brav.

Augusten will ich von hier aus schreiben. Ich habe Zeit

genug dazu. Ich wünsche, daß er bald einige Freunde finde, an die er sich anschließt; in Frankfurt war er mitten im Getümmel einsam. Lebe wohl, mein gutes Herz! Ich freue mich auf Deinen wohlbepflanzten Garten. Wegen der Fuhre nach Karlsbad hab ich Abrede genommen.

Jena, den 29. April 1808. G.

*

Am 1. Mai vormittags trifft Goethe wieder in Weimar ein. Schon am 12. tritt er seine diesjährige Badereise an, wiederum in Begleitung Riemers; ohne in Jena sich aufzuhalten, gelangen die Reisenden am 15. Mai abends nach Karlsbad.

*

418. *Goethe*

[Karlsbad, 16. Mai 1808.]

Wir sind glücklich in Karlsbad angekommen. Der Weg war schlecht, und weil der Wagen vorn aufsitzt, die Fahrt mitunter sehr beschwerlich. Wegen der Rückkehr muß andrer Rath geschafft werden. Das Wetter war im Ganzen gut mit untermischten Regenschauern. Unsre Wirthsleute haben die Zimmer malen lassen, so daß sie ganz munter aussehen. Die Bäume und Blüthen sind gegen bei uns etwa um 14 Tage zurück; doch treibt alles mit Macht, und die Witterung ist sehr angenehm. Ich habe schon heute angefangen, den Brunnen zu trinken, und befinde mich sehr wohl.

Der Kutscher bringt gleich zwei Kistchen, jedes mit 20 kleinen Flaschen Egerwasser mit. Da es so frisch ankommt, so wird es Dir vortrefflich schmecken und wohl bekommen. Ich hätte gewünscht, Dir ein Glas vom Brunnen selbst zu reichen. Überdieß kommt noch ein drittes Kästchen mit verschiedenen Packeten für Dich und andre. Ich lege noch ein besondres Blättchen hinein.

Für dießmal sag ich nichts weiter, als daß ich Dir recht wohl zu leben wünsche. In einiger Zeit schreibe ich wieder, sobald ich etwas Weiteres von meinem hiesigen Aufenthalt zu sagen habe. Das Weitere auf dem Blatt, das im Kästchen liegt. Goethe.

419. *Goethe*

Dein lieber, frühzeitiger Brief hat mich sehr gefreut, es war der erste, den ich hier erhielt. Nun wird auch, was ich durch den Kutscher sendete, wohl angekommen sein. Dem Eger-Wasser wünsche gute Wirkung.

Der Frühling ist auch hier außerordentlich schön, alles blüht und grünt neu auf zwischen den alten Felsen und Fichtenwäldern. Ich kann dießmal der Gegend besser genießen, ich befinde mich sehr wohl und besteige die Berge wie vor Alters.

Noch ist es sehr einsam hier. Außer den bekannten Karlsbader Einwohnern habe ich fast mit niemand gesprochen; dagegen bin ich viele Stunden des Tags unter freiem Himmel theils mit Riemer, theils allein und lasse mir wohl sein.

Da hab ich denn Zeit, allerlei zu überdenken, und da fehlt es nicht, daß ich mich Deiner und aller Liebe und Treue erinnre, die Du an mir thust, und mir das Leben so bequem machst, daß ich nach meiner Weise leben kann; dafür ich denn auch im Stillen immerfort für Dich und den guten August sorge, der uns noch viel Freude machen wird. Was Du von Heidelberg gehört hast, mag für den Anfang recht gut sein; wenn er nur nicht des Guten zu viel thut und zunächst müde wird. Doch das wird sich alles geben und eins aus dem andern entwickeln.

Unsre kleine Wirthschaft geht sehr artig und ordentlich. Freilich muß man im Gleise bleiben, sich von willkürlichen

Ausgaben enthalten und besonders der Kauf- und Schenklust widerstehen. Auf alle Fälle komme ich leidlicher weg als vor einem Jahre.

Mit den Theaterfreunden mache Dus nur immer auf alte Weise, Anfangs nicht zu viel gethan, damit man nicht zurück zu gehen braucht. Hast Du denn Herrn Meusel und andern, denen wir eine Artigkeit schuldig sind, etwas erzeigt? Versäume es nicht.

Noch hab ich keine weitern Briefe. Lebe recht wohl. Das Wetter ist sehr schön, und mir geht es auch sehr gut. Wenn sich meine Gedanken manchmal an die Gränze von Polen verlieren, so kehren sie bald wieder über Weimar nach Heidelberg zurück, und so besuch ich meine lieben Kinder eins nach dem andern. Lebe recht wohl. Liebe mich und laß uns immer zusammen verharren. Karls-Bad, den 29. Mai 1808. G.

420. *Goethe*

Von allen Seiten her hatte ich Briefe, nur nicht von Dir, wonach mich doch so sehr verlangte. Nun kommt auf einmal das Kästchen und das Packet, worin nichts als Gutes und Angenehmes enthalten ist, und worüber ich mich so wie über Dein Wohlsein von Herzen freue. Mir geht es sehr gut, sowohl körperlich als geistig, und wird auch manches gearbeitet; doch fängt jetzt schon an die Gesellschaft größer zu werden, und da gibt es viel Zerstreuung. Die Ankunft von der Ziegesarschen Familie war mir sehr erfreulich. Ich sehe sie viel und gehe mit ihnen spazieren. Nun wird es von Tag zu Tage lebhafter; das Wetter ist aber seit einiger Zeit nicht so gut wie Anfangs.

Ich lege ein paar Briefe bei, die Dir viel Freude machen werden, von August und der Mutter. Wie es mit Deinem Loos steht, wirst Du schon wissen, oder auch aus der Mutter Brief ersehen. Nimm ja gleich wieder ein neues Loos: denn was Du nun gewinnst, gehört von Gott und Rechts wegen Dein. Eberweinen gib seine Gesänge zurück. In den einen hat Zelter hineincorrigirt und überhaupt ein recht umständliches Urtheil in einem Briefe über das Ganze gefällt, wovon ein Auszug nachfolgen soll. Auch sage ich heute nichts weiter. Und nun erwarte in Weimar keinen Brief weiter von mir. In Lauchstädt aber sollst Du einen wo nicht finden, doch bald erhalten. Ich wünsche Dir recht viel Vergnügen und guten Fortgang in Deinen kleinen, geselligen Freuden, die uns künftigen Winter auch wieder Frucht tragen sollen. Grüße alles zum schönsten, und schicke Augustens Brief an Frau von Stein. Lebe recht wohl und schreibe mir von Lauchstädt gleich.

Karlsbade, den 12. Juni 1808. G.

421. *Goethe*

Du hast mich zwar dießmal sehr lange auf einen Brief warten lassen, doch war er mir sehr lieb; und da ich zugleich einen so großen Transport von allerlei erwartetem und unerwartetem Guten erhielt, so war es ein rechter Festabend, als die Russen ankamen.

Da ich mich dießmal so wohl in Karls-Bad befinde und überhaupt mich hier sehr glücklich fühle, so freut es mich außerordentlich, daß Du auch etwas Ähnliches an Lauchstädt hast. Genieße nur des Guten ungetrübt, indem Du Deiner Lebensweise treu bleibst und, wie es die Gelegenheit gibt, immer ein wenig vorwärts rückst, so wirst Du Dich trefflich befinden. Schreibe mir nur bald von Lauchstädt und richte es ein, daß ich wenigstens alle vierzehn Tage Brief und Nachricht erhalte. Auch Genast soll mir berichten, wie die Sachen stehn und gehn.

Daß ich hier in Gesellschaft der alten Äugelchen ein stilles Leben führe, dagegen hast Du wohl nichts einzuwenden; auf alle Fälle wirst Du Dich zu entschädigen wissen, wovon ich mir getreue Nachricht ausbitte. Recht schön wäre es aber, wenn wir uns entschlössen, auf den Herbst eine kleine Reise zusammen zu machen.

Das beiliegende Blatt gib Eberweinen. Freilich wird es ihm mehr zu denken geben, als ihn belehren, denn dazu müßte er Zeltern einige Zeit persönlich sehen und hören. Das Allgemeine, was dieser Meister sagt, trifft mit dem zusammen, was ich Dir einmal sagte: die Eberweinischen Sachen haben wenig Charakter, und das kommt hauptsächlich daher, weil er nicht die rechten Texte wählt und Verse nimmt, die sich als Chorgesang nicht denken lassen.

Unsre Haushaltsordnung ist sich die ersten vier Wochen sehr gleich geblieben, wir brauchen zu Bestreitung alles Nöthigen wöchentlich etwas über 20 Thaler. Das Papiergeld fällt noch immer, dergestalt daß man bei den fixen Ausgaben einigen Vortheil hat; denn Handwerker und Handelsleute steigern ihre Preise von Zeit zu Zeit.

Augustens Briefe machen mir viel Freude. Es ist freilich was Eignes, so allein in der Welt zu stehen und alles baar bezahlen zu müssen, da man zu Hause so vielen Hinterhalt und Ausflüchte hat. Er mag sich noch ein wenig hinhelfen, damit er sieht, was das Geld werth ist; dann kann man ihm ja wohl mit etwas Außerordentlichen beispringen.

Übrigens werden wir beide selbst recht wohl tun, wenn wir wieder zusammenkommen, daß wir unsre Finanzplane, die seit dem 14. October noch nicht recht wieder in Ordnung wollten, gemeinschaftlich bedenken und aufs neue einrichten.

Das Theater betreffend wirst Du in dem bisherigen Gange fortfahren und alles bemerken, damit mir nichts fremd sei, wenn wir wieder zusammenkommen. Grüße sie sämmtlich. Die musikalischen Übungen halte ja zusammen. Es ist diese Unterhaltung mehr werth, als man denkt, wenn man sie haben kann.

Nun lebe recht wohl. Ich habe einen sehr artigen Brief von der Bardua aus Dresden, die sich Dir schönstens empfiehlt. Zum Schlusse sag ich nur noch, daß ich Dir ein Paar köstliche Rindszungen gekauft habe, und will sehen, sie nach Leipzig zu bringen, von wo Du sie leicht erhalten wirst. Ich freue mich auf Nachrichten von Dir.

Karlsbad, den 15. Juni 1808. G.

Um das Service zu haben, mußt ich auf der Fabrik gute Worte geben, nichts ist vorräthig und viel Bestellungen da. Sie wollen mir aber eins machen. Ich habe ein ganz glattes bestellt. In vier Wochen soll ichs haben.

422. *Goethe*

Da ich überzeugt war, daß es Dich freuen würde, einen Brief von mir in Lauchstädt zu finden, so eilte ich, dorthin zu schreiben, und danke Dir nun für die baldige Nachricht Deiner Ankunft. Mir geht es noch immer recht wohl, und ich wünsche nur auch, daß Du Dich bald völlig wiederherstellst. Wenn ich Dir rathen sollte, so machtest Du bald möglichst eine Partie nach Leipzig, besuchtest Herrn Doctor Kappe, brächtest viel Empfehlungen von mir und erzähltest ihm Deinen Fall. Er gibt Dir gewiß einen tüchtigen Rath, und Du hast alsdann den ganzen schönen Sommer vor Dir, um ihn zu befolgen, anstatt daß Du Dich doch jetzt auf eine wunderliche Weise herumschleppst. Schreibe mir doch gleich Deine Gedanken darüber, oder vielmehr führe es aus und schreibe mir von Leipzig.

Ich habe bisher in kleiner, aber guter Gesellschaft gelebt.

Die Ziegesarische Familie ist abgegangen. Wir haben viel gute Stunden gehabt. Fräulein Silvie ist gar lieb und gut, wie sie immer war, wir haben viel zusammen spaziert, und sind immer bei unsern Partien gut davon gekommen, ob es gleich alle Tage regnete. Das ist das Eigne in einem solchen Gebirg, daß in ganz kurzen Entfernungen Regen und gutes Wetter zu gleicher Zeit bestehen kann. Was wirst Du aber sagen, wenn ich Dir erzähle, daß Riemer ein recht hübsches Äugelchen gefunden hat, und noch dazu eins mit Kutsch und Pferden, das ihn mit spazieren nimmt. Was sich in diesem Capitel bei Dir ereignen wird, erfahre ich doch wohl auch.

Daß sie in Weimar gegen Frau von Staël Übels von Dir gesprochen, mußt Du Dich nicht anfechten lassen. Das ist in der Welt nun einmal nicht anders, keiner gönnt dem andern seine Vorzüge, von welcher Art sie auch seien; und da er sie ihm nicht nehmen kann, so verkleinert er, oder läugnet sie, oder sagt gar das Gegentheil. Genieße also, was Dir das Glück gegönnt hat, und was Du Dir erworben hast, und suche Dirs zu erhalten. Wir wollen in unsrer Liebe verharren und uns immer knapper und besser einrichten, damit wir nach unserer Sinnesweise leben können, ohne uns um andre zu bekümmern.

Von Thibaut habe ich einen Brief, auch von Voß, beide übereinstimmend unter sich und mit dem, was wir von August wissen. Er macht seine Sachen ganz artig; und selbst, daß er nicht viel unter Leute mag, in einem kleinen Zirkel lebt, kann man nicht tadlen. Die Zeit, die ihm von Studien übrig bleibt, mag er froh und gemüthlich zubringen.

Wenn das Theater im Ganzen gut geht, bin ich wohl zufrieden; im Einzelnen wird es nie an Händeln fehlen. Wäre ich gegenwärtig gewesen, so würde ich mich sehr deutlich darüber erklärt haben, inwiefern eine Schauspielerin auch gegen ihren Mann von mir geschützt werden muß. Halte, was Dich betrifft, nur das Singechor zusammen. Wer weiß, was daraus entstehen kann, wenn wir es einige Jahre fortsetzen. Und manche Unterhaltung verschafft uns diese kleine Anstalt für den Winter. Grüße die sämmtlichen Glieder, auch die Elsermann. Für Eberwein lege ich ein Blättchen bei, er sendets an Herrn Hofkammerrath Kirms und bringt bei demselben auf eine anständige Weise sein Gesuch gleichfalls an. Das Beste wäre, er sendete das Blatt seinem Vater, daß dieser die Sache mündlich ausmacht, nämlich *wann* Eberwein weggehen kann und *auf wie lange*.

Mit einer Gelegenheit habe ich ein Packet in Wachstuch an Dich bis Leipzig spedirt, das Du nun wohl erhalten hast. Es enthielt keine Kostbarkeiten; aber ein Paar geräucherte Zungen, von der besten Sorte.

Karlsbad fängt nun an, sich zu füllen. Wie wunderlich es bisher aussah, kannst Du Dir vorstellen, wenn ich Dir sage, daß auf dem ersten Balle die Frauenzimmer miteinander tanzten. Auch ist bis jetzt Abends noch keine Gesellschaft in den Sälen. Die Schauspieler-Truppe ist die vom vorigen Jahr.

Zum Schlusse muß ich noch melden, daß auch Marianchen angekommen ist, artig und gescheidt wie immer. Nun lebe recht wohl, gedenke mein und schreibe bald.

Karlsbad, den 2. Juli 1808. G.

423. *Goethe*

Franzenbrunn bei Eger [13. (?) Juli 1808].

Da ich eine Gelegenheit hatte, hierher zu kommen, so bin ich herüber gefahren, um Dr. Kapp zu sprechen, der mir zu lange ausblieb; er hat mir auch gleich wieder trefflich gerathen und mir von kleinen, aber unbequemen Übeln geholfen.

Ich habe ihm Deinen Fall vorgetragen. Er wünscht, daß Du Doctor Schlegel in Merseburg befragest, ihm die Umstände erzählest und ihn ersuchst, sein Gutachten aufzusetzen, das Du mir alsdann nach Karlsbad schicken wirst so bald als möglich. In einigen Tagen gehe ich wieder hinüber, und von da hörst Du von mir.

Lebe recht wohl, mein liebes Kind. Wir müssen sorgen, daß Du Deine Übel noch vor Winter los wirst. Behalte mich lieb. Antworte aber ja hierauf bald möglichst. Goethe

424. *Goethe*

Hier, mein liebes Herz, die verlangte Assignation. Thue für Deine Gesundheit, was Du für das Beste hältst, bis wir Dr. Kapp consultiren können. Für mich war es ein rechtes Glück, daß ich nach Franzenbrunn kam. Er hat mich von einigen Unbequemlichkeiten, die mir doch sehr verdrießlich waren, umsomehr als ich mich sonst recht wohl befand, ohne große Umstände geheilt. Nun bleibt er wohl noch in Karlsbad vierzehn Tage neben mir. Nächstens hörst Du mehr. Ich befinde mich so wohl als lange nicht und hoffe, Dich auch so zu sehen. Adieu, geliebtes Kind.

[Karlsbad,] den 22. Juli 1808. G.

NB. Mit der fahrenden Post erhälst Du eine Schachtel in Wachstuch, worin ein Häubchen, mit aufgestecktem Tuche. Ich wünsche, daß es zu einem Sonntag-Dejeuné ankommen möge.

425. *Goethe*

Du erhältst hierbei, mein liebes Kind, das Kappische Gutachten im Original und in Abschrift. Die letzte behältst Du zu unsrer Nachricht. Kapp sagt: es sei da nichts Bedenkliches, noch

Gefährliches, nur müsse man dazu thun, und räth viel Fuß-Bewegung. Kommst Du nach Weimar zurück, so bade in der Niedermühle und thue Camillen und Schafgarbe in das Bad.

Daß Dir der Lauchstädter Aufenthalt keinen Spaß dieß Jahr gemacht hat, thut mir leid; aber es bleibt sich nichts gleich! wir wollen nun auf Herbst und Winter hoffen.

Mit meinem hiesigen Aufenthalte bin ich noch sehr zufrieden, ich habe mich viel besser befunden und mehr gethan als vor einem Jahre. Ich gehe noch einmal nach Franzenbrunn auf Kapps Verordnung, Trinken und Baden zu wiederholen, das mir außerordentlich wohlgethan.

Am 21. Julius habe ich Dir eine Assignation auf 200 Thaler und eine Schachtel mit einem liebenswürdigen Häubchen geschickt; ich hoffe, zu hören, daß Du beides wohl erhalten hast.

Was wirst Du aber sagen, wenn ich Dir erzähle, daß Bury uns überrascht hat und ein paar Tage bei uns geblieben ist. Noch ganz der Alte, ebenso brav und liebevoll und fahrig. Er hat etwas gemacht, das ich Dir nach Weimar schicke. Du lachst gewiß, wenn Dus eröffnest.

So ist auch seit heute Kaaz hier. Beide grüßen. Eh Du von Lauchstädt gehst, schreibst Du mir. In Weimar erhältst Du bald Nachricht durch Frau von Seebach.

August hat mir einen Brief von Werner geschickt und ist in den Ferien nach Straßburg.

Nun lebe wohl. Heute ist Frau von Eybenberg, sonst Marianchen genannt, von hier abgegangen, sie hat mir viel Freundliches erzeigt. Äugelchen gibts unzählige, wer nur die kostbare Zeit daran wenden könnte und möchte.

Das Liebste ist mir, daß sich Dein Befinden wieder einrichtet, und daß nach Kapps Meinung alles wieder recht hübsch werden kann. Lebe recht wohl, grüße alles und gedenke mein.

Karlsbad, den 1. August 1808. G.

[Beilage]

Abschrift

Ich glaube, daß außer der Schlaffheit des Darmkanals auch noch eine Schlaffheit der Blutgefäße des Unterleibs vorhanden ist; daher Anhäufungen von Blähungen und Unreinigkeiten in dem ersten und Blutstockungen in den [1] zweiten.

Ich würde zu etwas tonischen Extracten, z. B. von Schafgarbe mit etwas Enzian und dergleichen, zu einem Pulver aus Pomeranzenrinden mit etwas Rhabarber und ein paar Tropfen Cajaputöl, vorzüglich aber zu spirituosen und etwas gewürzhaften Einreibungen rathen.

Die Frau Geheine-Rath muß sich viel Bewegung zu Fuß machen und alle fette und blähende Speisen vermeiden. Zum Getränke wäre rother Wein mit Wasser am zuträglichsten.

[Karlsbad.] Den 1. August 1808. Kappe.

Es versteht sich, daß Du gleich nach Merseburg gehst, Herrn Dr. Schlegel die Inlage zeigst und seine weitern Verordnungen befolgst. Denn er wird Dir nun freilich erst die Rezepte schreiben.

426. *Goethe*

Diese Abendstunde, da man wegen der großen Hitze nur in der Nacht ausgehen mag, will ich anwenden, Dir, mein liebes Herz, einiges zu schreiben; am Tage bin ich sehr fleißig. Bis eilf Uhr wird an dem Farbenwesen dictirt; nachher kommt Kaaz, der Landschaftmaler, und da geht es an ein Zeichnen und Pinseln, das nach Tische wieder von vorne anfängt, woran ich mich denn sehr ergötze.

1 Aus dem.

Die Schachtel wird nun angekommen sein, auch wirst Du nach Kappes Verordnung nunmehr verfahren, und ich hoffe, es soll besser werden, da denn doch das Übel von keiner Bedeutung zu sein scheint. Wir wollen künftig uns aber nicht so lange mit Unglauben hinschleppen und besonders Kappen auch in Briefen fragen. Ich habe ihn erst recht kennen lernen, was das für ein trefflicher Mann und Arzt ist. Wenn die gute Laune sich nicht einstellen will, so denke nur, über welche ungeheure Übel wir hinausgekommen sind, und wie es uns vor Millionen Menschen gut geht. Ein recht trauriger Fall betrifft den trefflichen Kriegsrath von Stein; seine junge, schöne, liebe Frau ist ihm gestorben, die einzige Tochter sehr reicher Eltern. Auch hier im Bade kann man erinnert werden, wie es in der Welt aussieht, da von allen Enden Menschen zusammenkommen. Es ist ein Jammer, nur hinzuhorchen.

Du thust wohl, in Lauchstädt bis zu Ende zu bleiben, und mir geschieht eine große Liebe. Denn ohne Dich, weißt Du wohl, könnte und möchte ich das Theaterwesen nicht weiter führen. Wenn wir wieder zusammenkommen, machst Du mich mit den Ereignissen des Sommers bekannt, und über den Winter wollen wir auch schon hinauskommen. Auf die Musik freue ich mich bei Eberweins Wiederkehr.

Dein Geburtstag ist doch glücklich und fröhlich gefeiert worden?

Solltest du nicht auf einige Tage nach Dessau gehen? Ich wünschte, daß Du diese Sachen in der schönen Jahrzeit sähest. Wir finden in der Erinnerung auch wieder eine neue Unterhaltung. Daß Du nicht nach Karlsbad kamst, war wohlgethan, ich habe mich an den Gegenden schon so abgelaufen, daß sie kein Interesse mehr für mich haben. Übers Jahr müßtest Du gleich Anfangs mit mir her; nach Deinen Zuständen taugt Dir zwar der hiesige Brunnen nichts, aber es wäre, Dich umzusehen, und wir könnten am Eger-Brunnen länger verweilen, der Dir doch wohltätig ist.

Was mich betrifft, so mag ich noch von hier nicht fort; ich komme so bald nicht wieder in die Arbeit, wie ich jetzt im Zug bin, in Weimar bin ich nicht nötig; ja, der Herzog hat mir von Töplitz sehr freundlich geschrieben, ich solle mir nach Möglichkeit wohlsein lassen. Also will ich es noch eine Weile so forttreiben, bis es unvermeidlich ist, von Wöchnern und Austheilungen zu hören.

Meine Hauswirthschaft geht so ziemlich ihren alten Gang, und seit ich wieder von Eger zurück bin, wieder im Gleise. Einiges zu kaufen, bin ich doch verführt worden. Du wirst aber mich nicht tadeln, wenn ich Dir sage, daß ein sehr schönes Toilettenkästchen, mit allem Zubehör, dabei ist, für Dich bestimmt, das ich Dir gern geschickt hätte; man kann aber dieß Jahr gar nichts mit Gelegenheit wegbringen, und auf der Post werfen sie die Sachen so herum, daß Zerbrechliches nicht gut auf diesem Wege transportirt wird. Einige geschnittne Steine habe ich gekauft, die mir außerordentliche Freude machen.

Ich bin nun fast ganz ohne Gesellschaft, gehe meist allein spazieren, doch nur die Abende, die Du wohl auch genießen wirst. Und nun lebe recht wohl, mein liebstes Kind! Es wird dunkel; und mein Papier geht zu Ende. Liebe mich und gedenke mein.

Karlsbad, den 7. August 1808. G.

*

Goethes Brief an den Sohn in Heidelberg vom 17. August enthält folgende hierher gehörige Stelle: »Die Mutter war in Lauchstädt nicht ganz zufrieden. Freilich gegen sonstige Jahre mag es still gewesen sein. Die Leipziger kamen wohl zum Schauspiel, fuhren aber gleich wieder fort. Die Einnahmen waren auch nicht wie sonst, doch muß man jetzt mit allem zufrieden sein und sich nur zu erhalten suchen. Die Mutter wird vor einigen Tagen wieder in Weimar eingetroffen sein. Schreibe ihr doch bald, wenn Du es noch nicht gethan hast, ...«

*

427. *Goethe*

Karlsbad, den 19. August 1808.

Ich muß Dich nun auch in Weimar begrüßen, da Du wieder daselbst angelangt bist. Ich bin noch immer hier und kann nicht loskommen. Von allem, was ich zu thun habe, wird immer was gefördert, und dann kommt wieder etwas Neues hinzu. So lehrt uns Kaaz, zum Beispiel, allerlei Malerkünste, die denn auch, so gut es gehn will, ausgeübt werden.

Demungeachtet wäre ich hier schon weg, wenn es in Franzenbrunn nicht so voll wäre, daß niemand Unterkommen finden kann. Ich will noch acht Tage warten und dann auf Gerathewohl hinübergehen. Mit dem Bestellen der Quartiere ist es eine unangenehme Sache.

Da es nun hier gegen das Ende geht, so habe ich Dir verschiedenes besorgt. Das Service habe ich gestern selbst noch einmal recht dringend gemacht. Die Fabrik hat zu wenig Vorrath, und weil ihr Zeit her, wegen Unreinigkeit der Masse und der Materialien zur Glasur, mehrere Brände unrein ausgefallen, so haben sie saubere, ganze Service nicht zusammensortiren können. Das Einzelne, es mag noch so schlecht ausfallen, wie es will, verkaufen sie ins Land und besonders nach Karlsbad, wo bei so vielen Gästen eine Menge Geschirr nöthig ist und vieles zu Grund geht. In die nähern Ortschaften geht auch viel. Sie sind mit ihren Preisen etwas aufgeschlagen; doch wird das Service zu 12 Personen, wovon ich Dessert, Salzfässer und solche Kleinigkeiten weggelassen, uns mit dem Transport nicht viel über zwei

Carolins zu stehen kommen. Sie haben mir versprochen, die nächste Woche es abzuschicken.

Auch ein hübsches Seiden-Kleid habe ich Dir angeschafft, ein Zeug, den sie Levantine nennen, königsblau, eine Farbe, die jetzt viel getragen wird. Es werden Kleider draus gemacht, ohne Schleppe, wie eine Art Pekesche, womit man aber überall hingeht, wenn man sich nicht ausdrücklich putzen will.

Mit den Krausen will ich bis nach Franzensbrunn warten. Die Frau, bei der ich das Häubchen gekauft, hatte sehr schöne Sachen von dieser Art.

Chocolade nehme ich etwas mit, und was dergleichen Dinge mehr sind.

In Franzenbrunn werde ich etwa vierzehn Tage bleiben. Du kannst nur sogleich dahin schreiben. Man setzt *Franzenbrunn bei Eger*. Ich melde Dir auch etwas von daher.

Vierzig kleine Flaschen Egerwasser will ich auch abschicken. Es ist mir jetzo ein Weg durch Fuhrleute bekannt geworden.

Ersuche doch Hofrath Meyer, daß er ein Blättchen beilegt und mir Nachricht gibt von dem Befinden der Herzogin, wenn sie wiedergekommen. Er möchte sich aber genau darnach erkundigen. Ferner, wie es sonst in Weimar aussieht. Dein Bruder schreibt mir manchmal Neuigkeiten; aber er ist ein fataler Correspondent: man erfährt nie etwas Ordentliches durch ihn, weil er meistens übertreibt und ohne Noth ängstlich oder wehklagend ist. Grüße mir diejenigen vom Theater, die sich zu Dir halten und sich freundlich meiner erinnern.

Möchtest Du nun, meine Liebe, indem Du in Dein Haus zurückgekommen, auch Deinen guten Humor wieder gefunden haben. Ich wünsche recht schönes Wetter zum Vogelschießen und gute Unterhaltung.

Wenn die Leute Dir Deinen guten Zustand nicht gönnen

und Dir ihn zu verkümmern suchen, so denke nur, daß das die Art der Welt ist, der wir nicht entgehen. Bekümmre Dich nur nichts drum, so heißts auch nichts. Wie mancher Schuft macht sich jetzt ein Geschäft daraus, meine Werke zu verkleinern, ich achte nicht drauf und arbeite fort. Ich habe die wunderbarsten Anträge, die wir zusammen überlegen wollen. G.

428. *Goethe*

Karlsbad, den 28. August 1808.

Da es mir bisher so gut gegangen, dachte ich heute, auf meinen Geburtstag, Dir und mir ein Fest zu bereiten und Dich nach Franzenbrunn einzuladen, wohin ich übermorgen abgehe. Da es aber gerade auf dem Weg, den Du zu nehmen hättest, unruhig aussieht, so ist es besser, Du bleibst zu Hause, und ich suche, bald zu Dir zu kommen. Etwa vierzehn Tage will ich in Franzenbrunn verweilen, indem trinken und baden mir gar zu wohl bekommt; welchen Weg ich alsdann nehme, werden die Umstände entscheiden. In der Hälfte Septembers denke ich bei Dir zu sein, ich schreibe auch noch indessen. Du schreibst mir aber nicht mehr, weil die Briefe mich schwerlich treffen würden. Mit meinem hiesigen Aufenthalte kann ich wohl zufrieden sein; meine körperlichen Zustände haben sich recht gut hergestellt, ich habe manches Vergnügen gehabt und bin fleißig genug gewesen. Kaaz hat uns die letzten Wochen noch recht zum zeichnen und malen animirt. Lebe recht wohl. Ich freue mich herzlich, Dir wieder näher zu rücken und Dich bald zu erreichen. Sei meinetwegen außer aller Sorge. Gedenke meiner in Liebe. G.

*

Am 30. August verläßt Goethe Karlsbad und bleibt zunächst bis zum 12. September in Franzensbad.

*

429. *Goethe*

Dieses Blatt kann ich durch Frau Obrist von Seebach zu Dir bringen, um Dir zu sagen, daß ich mich recht wohl befinde und fleißig bade. Hier muß ich geselliger sein als in Karlsbad, welches denn auch gut ist. Man kann hier Wagen haben, die einen wenigstens eine Strecke bringen, und so woll ich etwa in zehen Tagen aufbrechen und dann bald bei Dir sein, worauf ich mich herzlich freue. Lebe recht wohl und gedenke mein in Liebe.

Franzenbrunn, den 4. September 1808. G.

*

Goethens Abreise von Franzensbad erfolgt am 12. September; am 14. trifft er in Jena ein. Tags zuvor, am 13., war seine Mutter in Frankfurt gestorben.

*

430. *Goethe*

Durch diesen Boten vermelde ich Dir, mein liebes Kind, daß ich in Jena glücklich angekommen bin. Ich finde hier allerlei zu thun und einzurichten; auch höre ich, daß ihr noch immer mit Durchmärschen geplagt seid, darum möchte ich nicht gleich hinüber. Mehr aber noch, weil ich manches von hier aus erst überschauen möchte.

Deßwegen wünscht ich, Du entschlössest Dich, nach Kötschau zu fahren, etwa Freitag früh, ich wollte auch bei guter Zeit da sein; Du brächtest mir mit, was indessen angekommen, wenn es nicht gar zu groß ist, und ich brächte Dir von meiner Seite auch einige hübsche Sachen. Ich erführe von Dir, was mir zu wissen nöthig ist, und wir könnten zusammen vieles überlegen. Wie sehr wünsche ich, Dich wiederzusehen und Dir zu sagen, wie sehr ich Dich liebe. Lebe recht wohl und antworte nur kürzlich.

[Jena,] Mittwoch [14. September 1808,] Abends. G.

*

Demnach wollte Goethe zunächst Freitag, den 16. September, nach viermonatiger Trennung, wenigstens einen Tag mit Christianen im nahen Kötschau ungestört verleben, dann aber vorerst noch einige Zeit in Jena bleiben. Am 15. besucht er die Familie von Ziegesar in Drakendorf; dort trifft ihn ein Eilbote Christianens, die inzwischen nach Jena gekommen ist, er eilt sofort zu ihr. Am 17., mittags, treffen sie in Weimar ein; das Tagebuch vermerkt: »Gegen 1 Uhr angekommen. Theatralischer Aufputz des Hauses. Sonstiger Empfang. Mittags alleine. Abends ... Ständchen.« – An Silvie von Ziegesar berichtet Goethe unterm 21.: »Der Tod meiner theuren Mutter hat den Eintritt nach Weimar mir sehr getrübt.«

Aber nicht nur Persönliches, auch Weltgeschichtliches stürmt auf ihn sofort nach seiner Heimkehr ein. Kaiser Alexander von Rußland kommt am 25. September nach Weimar, von Napoleon zum Fürstenkongreß in Erfurt erwartet. Nachdem mit Christiane eiligst alle Abmachungen für deren Reise nach Frankfurt zur Erledigung der Erbschaftsangelegenheiten und nach Heidelberg zum Besuch Augusts getroffen worden sind, begibt Goethe sich nach Erfurt und begrüßt daselbst am 1. Oktober Christianen, nebst deren Begleiterin Caroline Ulrich, bei ihrer Durchreise. Tags darauf, am 2. Oktober, findet das berühmte Gespräch zwischen Goethe und Napoleon statt.

*

431. *Goethe*

Eh ich von Erfurt abgehe, muß ich Dir ein Wort sagen und Dir danken, daß Du mich herübergetrieben hast. Zum Schauspiel kam ich nicht; aber nachher fügte sich alles zum Besten. Ich habe dem Kaiser aufgewartet, der sich auf die gnädigste Weise lange mit mir unterhielt. Nun gehts zu den Weimarischen Festen, wobei ich Dich wünschte. Manchmal ist mirs verdrießlich, daß Du so eigensinnig auf Deiner Reise bestandest. Dann denk ich wieder: es wird wohl gut ausfallen, da so vieles gut ausfällt. Lebe recht wohl. Grüße Deine Gesellschafterin und alle Freunde. [Erfurt,] Dienstag, den 4. October 1808. G.

432. *Goethe*

Da ich Dir heute, mein liebstes Kind, die Vollmacht nicht schicken kann, weil Schumann[1] nicht hier ist, der sie aufsetzen würde, so will ich Dir wenigstens schreiben und Dir sagen, daß es mir[2] recht gut geht.

Hofrath Sartorius und Frau sind bei mir eingekehrt und bedauern gar sehr, Dich nicht zu finden; ich will sehen, wie ich meiner Strohwittwerschaft Ehre mache.

Geh in allem vorsichtig und sachte zu Werke, daß Du Freunde erwerbest und erhaltest. Wenn die Vertheilung geschehen ist, schreibe mir; laß nichts verkaufen. Es könnte nichts schaden, wenn man ein klein Quartier, auf der Bockenheimer Gasse, oder unter der Allee, nicht weit vom Schauspielhause nähme und es meublirte. Man muß auf allerlei denken. Du hättest einen angenehmen Aufenthalt eine Zeit des Jahres, wir wären eine Zeit lang zusammen.

1 Schuhmann.
2 Nach gestrichenem deinen [oder deinem].

Denn für mich wird Karlsbad, für Dich Lauchstädt am Ende doch auch nicht erfreulich. Mehr nicht für heute. Grüße August und pflege ihn wohl.

[Weimar,] den 12. October 1808. G.

433. *Goethe*

Endlich, mein liebes Kind, erhältst Du die Vollmacht. Schumann war nicht hier, ich mußte sie von Scheibe aufsetzen lassen, dann gab es Aufenthalt bei der Regierung. Du wirst mich darin als Ritter des Sanct Annen-Ordens aufgeführt sehen. Der Kaiser von Frankreich hat mir auch den Orden der Ehrenlegion gegeben, und so wirst Du mich besternt und bebändert wiederfinden und mich hoffentlich wie immer lieb haben und behalten. Ich habe bei dieser Gelegenheit gesehen, daß ich viel Freunde habe, denn viele Menschen freuten sich darüber. Die schönen Kinder bei Hofe waren die artigsten, versicherten, es stünde sehr gut, und die Äugelchen waren unendlich. Sartorius und Frau sind heute nach Jena. Mittwoch gehen sie fort; ich denke, auch alsdann nach Jena zu gehen, um nur des Gastirens überhoben zu sein, das kein Ende nimmt, denn von allen Weltgegenden kamen hier Fremde zusammen. Jetzt verläuft es sich so ziemlich. Oft habe ich gewünscht, Du möchtest hier sein. Nun wünsche ich Dir in Deinen Angelegenheiten guten Succeß, mache alles nach dem Rath der Freunde und nach Deiner Überzeugung. Alsdann besuch Heidelberg, gehe über Würzburg und Bamberg nach Hause, damit Du ein wenig Welt siehst; ich will Dir schreiben, wen Du an gedachten Orten besuchen mußt. Pflege indessen den guten August aufs beste und danke in Heidelberg allen und jeden Freunden schönstens.

Hiermit schließe ich, denn es fehlt nicht an Anlauf und

Störung. Lebe recht wohl. Liebe mich und komme gesund wieder. Weimar, den 16. October 1808. Goethe.

Eben, da ich siegeln will, kommen Briefe, Tagebuch, u. s. w. an. Taufscheine, Vollmacht wegen des Bürgerrechtes, und was sonst verlangt wird, soll folgen. Noch schwirrt alles von Fremden um mich her. Lebet wohl und vergnügt.

Da mir noch einige Zeit übrig bleibt, so will ich noch ein paar Worte hinzufügen. Benehme Dich im Ganzen in Frankfurt[1], als wenn Du wiederkommen wolltest. Empfange Freundliches und Gutes von jedermann und bemerke nur, womit Du wieder dienen kannst. Herrn Schmidt danke in meinem Namen für die gefällige Aufnahme im Theater. Biete ihm die Manuscripte von ›Götz‹, ›Egmont‹, ›Stella‹ an, sie hätten sie längst gern gehabt. Wie sehr wünscht ich, daß Du für den nächsten Sommer Dir dort ein erfreuliches Plätzchen bereitetest. Ich mag hingehen, wohin ich will, in Weimar werde ich schwerlich sein. Lauchstädt ist nichts mehr für Dich, und das Theater wird sich schon halten und finden.

Was die Aufträge betrifft, so muß man sich an wenige halten. Schlosser ist uns der nächste. Lehnt dieser ab, künftig unsre Geldsachen zu besorgen, so hab ich zu Nikolaus Schmidt das größte Zutrauen.

Seid aufmerksam gegen jedermann. Herrn Mylius vernachlässiget nicht, ich halte viel auf ihn.

Wegen des Taufscheins werde ich die größte Vorsicht brauchen. Es ist wahr, Du hast mich zu lachen gebracht. Was aber doch noch merkwürdiger ist, Kaiser Napoleon hat mich in der[2] Unterredung mit ihm zum Lachen gebracht. Er war überhaupt, auf eine zwar sehr eigne Weise, geneigt und wohlwollend gegen mich. Laß Dir nur die Zeitungen geben,

1 in Frankfurt nachträglich über der Zeile.
2 Nach gestrichenem s.

damit Du das Äußere siehst, was bei uns vorgegangen ist. Gar manches vom Innern sollst Du beim Wiedersehn erfahren.

Übereile und verspäte Dich nicht. Es wird Dir alles gelingen. Was ihr von Papieren, Vollmachten, Briefen verlangt, soll folgen. Heute früh kommt ein alter Freund, den ich in 36 Jahren nicht gesehen. Der ehemalige juristische Hufeland zu Jena[1], jetzt Burgemeister in Danzig, ist auch hier. Viele andre Bekannte. Den Fürsten Primas hab ich auch hier[2] gesprochen. Adieu. Fahrt in eurem Tagebuch fleißig fort. Grüße Carolinen, ich wünsche ihr einen reichen Frankfurter.

August soll seine Stammbücher nur immer bereichern.

434. *Goethe*

Jena, den 25. October 1808.

In Erwartung unsrer verehrten Herzogin, welche heut herüberkommt, schreibe ich Dir, mein geliebtes Weibchen, und freue mich, daß es Dir wohlgeht. Dießmal freilich ist es sehr angenehm, daß ich so viel von Dir erfahre; danke Deiner Gefährtin dafür, und wünsche ihr einen recht hübschen, gradgliedrichen Verehrer zum Schluß, damit sie von Frankfurt ungern scheide. Viel werth ist mir, daß Du schon fühlst, für Dich und mich finde sich dort kein Heil. Laß uns in Thüringen auf unserer alten Stelle verharren und unsre Gesellschaft nicht erweitern, sondern ausbilden.

Einigemal hab ich Gesang gehabt. Die Göttingischen Freunde waren darüber sehr vergnügt. Eberwein ist noch nicht wieder zurück. Er fühlte den großen Vortheil jenes Aufenthalts und hat[3] alles in Bewegung gesetzt, so daß der

1 zu Jena nachträglich über der Zeile.
2 Über gestrichenem in Erfurt.
3 Aus halt.

Hofkammerrath mich selbst ersuchte, ihn dort zu lassen. Um so nöthiger wirst Du sein, daß nicht alles in Stocken geräth. Laß Dich aber dadurch und durch anderes in Deiner Gemüthsruhe und Deinen Frankfurter Geschäften nicht stören. Bringe alles schönstens zur Ordnung, besuche August in Heidelberg, danke seinen Freunden und Gewogenen, und kehre über Würzburg und Bamberg zurück. Wenn Du gut Wetter hast, wird Dir diese Tour viel Freude machen.

Wegen des Bürgerwerdens habe ich mich anders bedacht. Es war ja eigentlich nur ein Wunsch, eine Grille von mir, und gegenwärtig ist es gar nicht nöthig, daß Du und August euch besonders darum bewerbest. Ich dachte, da Frankfurt jetzt einen Souverain hat, so könnte man über verschiedne Umständlichkeiten hinauskommen, wenigstens bei uns wäre alles mit Einem[1] Federstrich des Herzogs abgethan; so aber setzt[2] man dort die alten Reichsstädtischen Förmlichkeiten fort, die uns dießmal incommodiren. Lassen wir also die Sache hinhängen, bis ich vielleicht einmal persönlich den Fürsten darum ersuche. Was sollen wir Taufscheine produciren, die von einer Seite das große Geheimniß frauenzimmerlicher Jahre verrathen und von der andern mit den Trauscheinen nicht zusammenstimmen. Was sollen wir Gelder bezeugen, die niemals da waren, u. s. w. Herrn Landrath Schlosser schreibe ich beiliegend in gleichem Sinne. Er wird es ja auch wohl so gut finden. Man muß auch der Zukunft etwas überlassen.

Den 26.

Durchlaucht die Herzogin mit der Prinzeß und sämmtlichen Damen ihrer Umgebung war gestern bei schönem Wetter hier und alle ganz heiter und vergnügt. Wenn der obere Theil des Schlosses wird eingerichtet sein, kommen sie wohl

1 Aus einem.
2 Aus setzts.

9. Goethe, 1800. Als Gegenstück zu Abbildung 10 ausgeführte Kreidezeichnung von Friedrich Bury.

öfter hierher. Kaiser Napoleon hat manches für Jena bestimmt. Eine Summe zu Aufbauung der Häuser, zu Einrichtung einer katholischen Kirche und so weiter. Glücklicher Weise sind dagegen alle Feste, die man bei uns gegeben, sehr anständig und erfreulich ausgefallen. Auf dem Napoleonsberge ist ein sehr artiger Saal mit einer Säulen-Vorhalle, wie am Römischen Hause, gebaut. Leider siehst Du das nicht, denn er wird abgetragen.

Nun etwas von Freunden! Der Bremische hat an Deinen Bruder einen weitläuftigen Brief geschrieben, woraus erhellet, daß er völlig entschieden ist, nach Weimar zu ziehen. Rechte Freude kann ich nicht daran haben. Er thut es, um wohlfeiler zu leben. Das wäre recht gut, wenn er irgendwo wohlfeil leben könnte. Vom Übrigen sag ich nichts, Du weißt, was davon zu denken ist. Doch muß man es kommen lassen und ihm beihülflich sein. Geheimerath Voigt hat gerathen, er solle erst allein kommen, seine Verhältnisse arrangiren und sodann erst Frau und Sachen holen. Schicke Deine Briefe nur vor wie nach. Diese Tage geh ich zurück. Lebe wohl. Liebe mich recht schön und sei versichert, daß ich mich recht ungeduldig nach den Schlender- und Hätschelstündchen sehne. August schreib ich nächstens. G.

435. *Goethe*

Da ihr so viel und oft schreibt, so ist es auch billig, daß ich oft Nachricht von mir gebe. Ich bin nun wieder in Weimar, aber auch gleich wieder von Fremden und Andern umgeben, daß es zu gastiren immer Noth thäte; doch will ichs ein- und abstellen, bis Du wiederkommst. Von Jena hast Du einen Brief erhalten, heute kommt Dein Tage-Buch bis zum 27. incl., darüber ich viel Freude habe. Macht es nur mit allen Menschen recht, verbindet euch mit den Zuverlässigen, ergötzt euch mit den Unterhaltenden, und ertragt die Seltsamen und Langweiligen. Übereile Dich nicht, zu kommen, ob Du mir gleich jede Stunde sehr erwünscht und lieb kämest. Vollende das Geschäft, besuche August und handle in Heidelberg wie in Frankfurt.

Eberwein ist wieder da, gestern war zum ersten Mal Gesang. Günthers und ein Karlsbader Äugelchen, Pauline Gotter von Gotha, die bei ihnen wohnt, waren gegenwärtig, auch Freunde. Darauf speiste ich bei Hof auf spezialen Befehl des Herzogs. Alles Andre geht gut. Nur daß ich in 6 Wochen gar nichts gethan habe und aus einer Zerstreuung in die andre gefallen bin.

Im Hause gehts recht gut. Die ersten Kastanien sind angekommen. Die zweiten, mit dem Eingemachten, erwart ich. Im Theater hat sich manches wohl gemacht. ›Sargino‹ ist gegeben. Den ›Fridolin‹ haben wir schon hier, Du brauchst ihn nicht mitzubringen. Die Elsermann müßte den Fridolin machen.

Von Werner, Oehlenschläger und manchen andern Auswärtigen habe ich Grüße an Dich.

Kommst Du nach Heidelberg, so gehe nach Deiner Art sachte zu Werke. Was August wohlgethan, ist Dir das Nächste, dem danke, sei freundlich und wohlgemuth mit ihnen. Was sich sonst zeigt, lehne nicht ab, und schaue ringsumher. Sie hassen und verfolgen sich alle einander, wie man merkt, um nichts und wieder nichts, denn keiner will den andern leiden, ob sie gleich alle sehr bequem leben könnten, wenn alle was wären und gölten. Adieu, lieb Kind. Riemer legt etwas bei. Wenn unser Frankfurter Wesen befestigt ist, wollen wir an Hiesiges denken. Mehr nicht.

[Weimar,] den 31. October 1808. G.

436. *Goethe*

Weimar, den 7. November 1808.

Da Du nun Anstalt machst, von Frankfurt abzugehen, will ich versuchen und hoffen, mit diesem Brief Dich noch zu erreichen. Leider gehen die Briefe hinwärts so langsam, daß ich noch nicht einmal weiß, ob Du den meinigen, der Dir das Bürgerwerden für den Augenblick abrieth und vom 27. October war und eigenhändig, erhalten hast. Doch ist das von keiner Bedeutung: denn wenn man auseinander ist, muß jedes nach seiner Überzeugung und nach den Umständen handeln, das Übrige gibt sich alles.

Dein Eingemachtes und die Kastanien sind glücklich angekommen. Die Kasten, und was Du sonst schickst, sollen nicht eröffnet werden, bis Du selbst dabei präsidirst. Alles geht auf die gewohnte Weise, d. h. zwischen dem Guten kommt einmal was Abgeschmacktes und gelegentlich was sehr Abgeschmacktes vor. Da muß man denn nur suchen, es wieder ins Gleiche zu bringen und nicht aufs Äußerste zu gerathen. So sind z. B. beim Theater Dinge vorgekommen, die viel gelinder abgegangen wären, wenn Du dagewesen wärest. Doch hoffe ich die Sache noch so zu halten, daß der Riß wieder zu heilen ist. In die Länge gehts freilich nicht; doch will ich, so lange ich noch einen Zug thun kann, mich nicht ungeschickter Weise gefangen geben.

Allen Freunden, ehe Du von Frankfurt weggehst, wirst Du die besten und verbindlichsten Sachen sagen. Bist Du einmal zurück, so will ich allen denjenigen schreiben, wie Du es für gut und nothwendig hältst.

Wegen Deiner Herreise von Heidelberg weiß ich weiter nichts zu sagen. Von Würzburg aus erkundige Dich selbst. Ich glaube nicht, daß es gut ist, über Bamberg zu gehen, sondern auf Meiningen. Kömmst Du nach Bamberg, so sind Paulus da. Von Meiningen laß Dir auch eben am Orte rathen. Du kannst auf Eisenach, auf Gotha, auf Erfurt Deinen Weg richten. Bei allem ist ein Für und Wider, je nachdem die Jahreszeit sich findet und die Wege. An August habe ich nach Heidelberg geschrieben, und was ich dort von euch wünsche; besonders daß ihr nach Mannheim fahrt und Herrn und Frau von Luck besucht. Es ist mein Wunsch; Du weißt, daß ich nicht gern sage: mein Wille. August drückt sich von solchen Verhältnissen weg, das nehm ich ihm nicht übel. Aber Du mußt diese Personen mit ihm sehen. Du fühlst, warum, und die ganze Sache ist ja nur eine Spazierfahrt. Lebe recht wohl

*

Am selben Tage schreibt Goethe an seinen Sohn: »Da Du in einigen Tagen Deine Mutter erwarten kannst, so will ich Dir auch von väterlicher Seite erscheinen ... Laß mich ein Wort hören, wenn ihr beisammen seid; ich wünsche nur, daß die Mutter gut Wetter finde, damit sie auch der Gegend froh werde. – Dabei empfehle ich euch, ja ich trage es euch auf, zusammen nach Mannheim zu fahren, damit die Mutter eine Stadt sehe, dergleichen sie noch nicht gesehen hat; wobei ihr aber nothwendig Herrn und Frau von Luck besuchen müßt. Es würde mir sehr unangenehm sein, wenn ihr das nicht thätet: denn er hat sich schon in einem Briefe gegen mich sehr freundschaftlich beklagt, daß Du ihn nicht besucht hast. Dießmal ist es Gelegenheit, alles wieder gut zu machen, und der Mutter, der Du diesen Brief zeigen wirst, kann es nicht anders als zum Vergnügen gereichen. Sie wird eine Komödie dort sehen und die freie Rheingegend. Sogar wäre es mir lieb, wenn ihr Schwetzingen besuchtet. Wenn man einmal so weit von Hause entfernt ist, so muß man die Nachbarschaft, in die man kommt, zu sehen nicht versäumen: denn man gelangt nicht so bald wieder an solche Orte. – ... Bei uns ist es wieder stille, doch gibt es keine Ruhe;

10. Christiane, 1800. Als Gegenstück zu Abbildung 9 ausgeführte Kreidezeichnung von Friedrich Bury.

Freunde sind immer da, und das Theater läßt seine Mucken nicht. Sage der Mutter, daß ich allerlei hinhalte, bis sie kommt, damit wir auch in diesen Dingen, besonders insofern sie unser Haus wegen der Singstunden berühren, miteinander Abrede nehmen können. – . . . Lebe recht wohl und mache den freundlichen und thätigen Wirth gegen die Mutter und Carolinchen. Ich möchte wohl bei euch sein und einige schöne Stunden auf dem alten Schlosse zubringen.«

– Unterm 23. November heißt es im Tagebuch: »Ankunft meiner Frau; mit Auspacken und Referiren ging der übrige Tag hin«; 24.: »Mittags Demoiselle Ulrich. Über Frankfurt. Auspacken der Frauen.« Am 25. November schreibt Goethe an Knebel: »Meine Frau ist von Frankfurt zurückgekommen, wo sie mir die Liebe erzeigt hat, die Erbschaftsangelegenheiten nach dem Tode meiner guten Mutter auf eine glatte und noble Weise abzuthun. Sie grüßt Dich und die Deinigen vielmals . . .«; sodann unterm 5. December an August: »Dadurch, daß Deine liebe Mutter Dich in Frankfurt gesehen und nachher in Heidelberg besucht hat, fühle ich mich beinahe ebenso, als wenn wir selbst wieder zusammen gewesen wären . . . Von der Reinlichkeit Deiner Wohnung, von Deinen Vögeln, Deiner Aufwartung, und was Dich sonst betrifft, haben mir die Mutter und Carolinchen gar Erfreuliches erzählt; besonders war mir lieb, daß ihr Herrn und Frau von Luck gesehen, die ältesten Freunde auf weimarischem Grund und Boden. – Ich vernehme von der Mutter, daß Du wegen Deiner rothen Backen Anfechtung hast, und daß es Leute gibt, die behaupten, solche Farbe sei eben nicht grade ein Anzeichen guter Gesundheit. Ich hoffe, Du wirst selbst von dieser Gunst der Natur, womit sie Dich bezeichnen wollen, einen bessern Begriff haben, und immer so fort leben, wie bisher, daß Du sie nicht verscherzest. – . . . Über die Erfurter Zusammenkunft der Kaiser und Könige ist eine Art von höchst abgeschmacktem Tagebuch zum Vorschein gekommen. Vielleicht lege ich es Dir bei, wenn die Weihnachtssendung abgeht, welche soeben von der Mutter vorbereitet wird.«

1809

Vom 29. April bis zum 13. Juni wohnt Goethe in Jena, hauptsächlich um ungestört seinen Roman ›Die Wahlverwandtschaften‹ zu fördern.

*

437. *Goethe*

Ich muß Dir, mein liebes Kind, nur selbst Nachricht geben, daß mir meine Fahrt nicht sonderlich bekommen ist, damit Du es nicht etwa von andern erfährst und Dir die Sache schlimmer vorstellst. Schon vier Wochen, wie leicht zu bemerken war, befinde ich mich nicht sonderlich wohl, und in den letzten Tagen habe ich mich mehr als billig angegriffen. Ich dachte, hier zu mehr Gemüths- und körperlicher Ruhe zu kommen, mich zu pflegen und mit Starken zu unterhandeln. Leider griff mich das Übel schon den ersten Abend an, das ich unterwegs beim fahren schon empfand. Leider war Stark, der Onkel, und auch der Neffe nicht hier; doch sah ich mich für die Nacht vor mit allerlei Salben und Balsamen und bin noch so ganz erträglich durchgekommen. Ich bin auch heute schon wieder auf und will mich diät und ruhig halten. Mache Dir also keine Sorge und komme nicht etwa herüber, denn ich wüßte nicht, wo ich Dich unterbringen sollte. Major von Hendrich und von Knebel sind mir zur freundlichen Gesellschaft. Mit den dienstägigen Boten erfährst Du, wie es mir weiter gegangen ist. Ich hoffe, es soll nichts zu sagen haben, weil ich nun aufmerksam bin. Hätte ich früher dazu gethan, so hätte ich diesen Anfall wohl auch übergehen können. Nun wollen wir desto sorgfältiger sein, und meine hiesige Stille wird alles wieder ins Gleiche bringen. Lebe recht wohl und dictire unserer schönen Freundin ein weitläuftigeres Blättchen, als Du selbst zu schreiben pflegst. Ich höre, Du hast Nachrichten von August. Theile sie mir mit. Hiebei folgt auch sein Brief, den ich unter meinen Papieren gefunden habe. Er wird Dir gewiß viel Freude machen. Lebe wohl und mache Deine Einrichtung und gedenke mein.

Jena, den 30. April 1809. G.

438. *Goethe*

Mit den heutigen Boten kann ich Dir, mein liebes Kind, versichern, daß es mir verhältnismäßig ganz leidlich geht. Ich bin schon wieder spazieren gegangen und befinde mich auf dem Cabinet, wo man einheizen kann, gar vergnüglich. Major von Knebel und Hendrich sind den ganzen Tag wechselweise in meiner Nähe. Die gegenwärtigen Zeitläufte geben viel zu sprechen, und wenn ich auch nicht viel zu sagen habe, so habe ich doch viel zu hören. In meinen Geschäften und Arbeiten hole ich das Versäumte nach und will mich einrichten, eine Zeit lang hier zu bleiben, weil ich, ohngeachtet mancher Unbequemlichkeit, doch hier eine Gemüthsruhe habe, zu der ich in Weimar nicht kommen kann. Ich bin noch nirgends hingekommen. Die gute Knebeln hat ihr Zahneinsetzen zu lustig genommen, weil es immer eine Art von Wunde oder Inoculation ist, wie man will. Sie hat einen Fluß bekommen in das Gesicht, an den ganzen Kopf, woran sie viel gelitten hat.

Die Freundinnen aus der Nachbarschaft haben mir indessen sehr köstlichen Spargel und gute Prunellen zugesendet, und ich hoffe, es soll von nun an recht gut gehen. Herr

Geheime Hofrath Stark besucht mich täglich und nimmt sich meiner mit vieler Sorgfalt an.

Ich schicke Dir einen Kasten mit schönen Äpfeln. Die oben aufgebundenen Pflanzen laß in den Rabatten vertheilen und an Stäbchen anbinden. Sonst wüßte ich nichts zu sagen, als daß ich Dir wohl zu leben wünsche, und wünsche, etwas Ausführliches von Dir zu hören. Von den Äpfeln wirst Du mit meinen schönsten Grüßen etwas in der Nachbarschaft abgeben.

Jena, den 2. Mai 1809. G.

439. *Goethe*

Da ein Expresser nach Weimar geht, so will ich Dir mit wenigen Worten sagen, daß ich mich ganz hübsch befinde. Da das Übel einmal sein sollte, so ist es mir sehr tröstlich, den Geheimen Hofrath Stark in der Nähe zu haben, welcher mir große Sorgfalt beweist. Der Hauptfehler war, daß ich in den letzten vier Wochen, da ich das Übel kommen sah, nicht öfters kleine Dosen Karlsbader Salz oder dergleichen genommen habe. Man macht sich freilich, insofern es nur einigermaßen möglich, bald von aller Arznei los.

Die Äpfel, die ich Dir geschickt habe, werden Dir Vergnügen gemacht haben. Heute Abend hoffe ich von Dir zu hören. Lebe recht wohl und gedenke mein.

Jena, den 3. Mai 1809. G.

440. *Goethe*

Du hast inzwischen durch einen Expressen wohl von mir einen Brief erhalten. Ich kann heute nicht viel sagen, als daß es mir ganz leidlich geht. Du weißt, wie es nach solchen

Anfällen ist. Man muß sich nur in Acht nehmen, daß man sich nicht gleich wieder für ganz gesund hält, und daß man nicht verdrüßlich wird, wenn es mit Geschäften und Arbeiten nicht gleich fort will.

Unser Tisch ist leider nicht der beste; indessen sorgen die Freundinnen für mich, und so will ich mich nicht beklagen.

Hier schicke ich etwas Weniges Samen. Laß ihn gleich auf eine schattige Stelle säen, die Stelle aber wohl bezeichnen.

Erkundige Dich doch, wie es mit ›Hamlet‹ steht. Ja, Du könntest Genasten kommen lassen und ihm sagen, daß es mir unmöglich sei, die nächste Woche nach Weimar zu kommen. Mittwoch könnte allenfalls ›Egmont‹ gegeben werden; sie waen ja schon darauf vorbereitet. Wie ist ›Herr Lorenz Stark‹ abgelaufen? und was gibt es sonst gutes Neues?

Wegen der Kriegsgeschichten laß Dir gar nicht bange machen. Die Menschen müssen nun einmal Angst haben und machen sich Spaß, den andern Angst zu machen. Das Kriegstheater entfernt sich immer mehr von uns, und es ist höchst wahrscheinlich, daß ich in einigen Wochen nach Karlsbad gehen kann. Denke der Sache von Deiner Seite nach; sprich aber mit niemand darüber. Ich habe schon mit Karln die Sache beredt: wir wollen uns des Herrn von Hendrichs Koffer ausbitten und so wenig an Wäsche und andern Dingen mitnehmen als möglich. Ich werde unsern Wagen und Extrapost nehmen müssen.

Lebe recht wohl und schreibe mir nicht zu kurz.

Jena, dan 5. Mai 1809. G.

441. *Goethe*

Du erhältst heute, mein liebes Kind, ein großes Packet und wirst die einzelnen Theile desselben aufs beste besorgen. Die Packete an Herrn Genast und Frau von Stein sendest Du gleich fort; das an Herrn Cotta bleibt bei Dir liegen. Er kommt wahrscheinlicher Weise auch schon an dem Morgen an, da Du Gegenwärtiges erhältst, wie er mir von Leipzig aus geschrieben hat. Es thut mir sehr leid, daß ich ihn nicht sprechen kann; aber es ist mir jetzt ganz unmöglich, nach Weimar zu gehen. Ich erhole mich kaum von dem bösen, krankhaften Überfall und betreibe meine nothwendigsten Arbeiten kaum nothdürftig. Ob ich nach Karlsbad komme, wird täglich zweifelhafter, und ich habe mehr als Eine Ursache, mich in Acht zu nehmen. Hier tröstet mich noch die Gegenwart des Geheimen Hofrath Stark, der sich treulich meiner annimmt, und in der Ruhe und Einsamkeit kann ich mich allenfalls erholen. Auch habe ich mich eingerichtet, so daß ich trotz allen Übeln nicht ganz unthätig bin. Der Druck an der Farbenlehre geht fort, und ich habe Hoffnung zu andern guten Dingen. Ich habe deßwegen Genast geschrieben, man möchte ›Hamlet‹ auf Mittwoch, den 17., ansetzen. Kann ich Dienstag zur Hauptprobe kommen, so will ich nicht fehlen. Fühle ich mich aber nicht, wie ich sein sollte, so kann diese erste Aufführung ja wohl auch ohne mich geschehen. Dieß ist nicht ein Stück für einmal, und ich kann bei Wiederholung desselben noch immer einwirken. Grüße Wolffs und so auch die theatralischen Nachbarn und schreibe mir Deine Gedanken.

Laß Dir an den schönen Tagen wohl sein. Sie werden nicht besser kommen; und wenn Du Dich leidlich befindest, so sieh ja immer gute Freunde und Personen, denen Du was Artiges erzeigen willst. Es ist hierzu die beste Jahreszeit. Wenn Du manchmal des Abends lange Weile hast, so laß Dichs nicht verdrießen. Solltest Du 14 Tage in Jena zubringen, so würdest Du umkommen: denn wie kummervoll sich hier die Familien und Gesellschaften behelfen müssen, um nur eine Art von Unterhaltung zu haben, davon kannst Du Dir keinen Begriff machen.

Mir hingegen ist es für den Augenblick ein höchst glücklicher Aufenthalt. Wäre ich klug gewesen, so hätte ich dem letzten Anfall ausweichen können; aber von nun an hab ich mir auch vorgesetzt, mich durch nichts Äußeres so leicht wieder auf ein Letztes treiben zu lassen.

Jetzt lebe recht wohl und grüße Carolinchen und ersuche sie, daß sie mir, indem Du dictirst, recht viel schreibt. Nächsten Sonnabend, oder wenn Dein Bruder wieder hinübergeht, erfährst Du mehr von mir. Keine Sorge brauchst Du nicht für mich zu haben. Unser Essen ist ganz leidlich, und die Freundinnen helfen mit Spargel und andern guten Dingen nach. Lebe recht wohl und sei nicht karg mit Weimarischen Nachrichten.

Die beiden beigelegten Briefe laß nur heute Abend auf die Post geben.

Jena, den 9. Mai 1809. G.

Vielleicht sprichst Du Herrn Cotta; so grüß ihn von mir zum schönsten.

442. *Goethe*

Für Deinen ausführlichen Brief danke ich Dir zum allerschönsten. Sende mir ja einen ähnlichen alle Boten-Tage. Ich will dagegen auch von mir etwas umständlich vernehmen lassen. Du kannst nichts Bessers thun, als Dich des Gartens mit Freunden zu erfreuen. Grüße alles, was Dich umgibt, zum schönsten. Man kann mir nichts Angenehmers erzeigen, als wenn es möglich gemacht wird, daß der ›Hamlet‹ dießmal ohne mein weiteres Zuthun glücklich zu Stande kommt. Ich fühle erst, wie nothwendig ich es habe, mich von einem so langen und verdrüßlichen Winter zu erholen und mich noch überdieß von einem neuen, unerwarteten Anfall herzustellen. Doch wird es wohl gehen, wenn ich mich eine Zeit lang im Stillen pflegen kann. Ich schreibe Dir dieß im botanischen Garten, wo ich mir eine Art von zweiter Wohnung aufgeschlagen habe und mich ganz vergnüglich befinde. Lebe recht wohl, grüße alles. Nächstens mehr.

Jena, den 10. Mai 1809. G.

443. *Goethe*

Jena, den 12. Mai 1809.

Da Riemer wegen eines starken Schnupfens heut in seinem Quartiere bleibt, so sage ich Dir nur kürzlich und eigenhändig, daß es mir ganz wohl geht. Freilich muß ich mich in Acht nehmen. Indessen geht mir, was ich arbeite, gut von Statten, und mehr bedarf ich nicht. Wenn ich noch einige Zeit hier bin, soll der Roman, hoffe ich, zum Druck befördert sein. Denn ich lasse ihn hier drucken, und es soll damit, wie mit einigen andern Dingen, rasch gehen. Worüber Du Dich erfreuen wirst. Sage mir, wie Dirs geht. Grüße alles; und insofern Du es vermagst, so trage dazu bei, daß ich ruhig hier bleiben kann. Lebe recht wohl. G.

*

Am 16. Mai schreibt Goethe einen nicht bekannten Brief an Christiane; er enthielt wahrscheinlich den Wunsch, seine Frau möge für einen Tag nach Jena kommen. Das Tagebuch vermerkt Christianens Ankunft am 18., ihre Abreise am 19. Mai.

*

444. *Goethe*

Ich schicke Dir, mein liebes Kind, einen Kasten, eine Schachtel, einen Topf, das alles lässest Du in die Rabatten pflanzen. Der Pflanze im Topf lässest Du gleich eine hübsche Stange geben, denn sie geht hoch. Mir geht es ganz leidlich. Das Beste ist, daß ich etwas thun kann. Heute kommt der Herzog. Das gibt einen Stillstand in unsern Arbeiten, der mir aber doch in mehr als Einem Sinne erfreulich ist. Lebe wohl. Schicke mir die Bücher, die ich wünschte, oder bringe sie mir mit. Ihr kommt doch Sonntag?

[Jena,] den 26. Mai 1809. G.

*

Tagebuch, 28. Mai: »Kam meine Frau mit Wolffs, Elsermann und Lortzing. Bei Frommanns zu Mittage. Nachher zu Hause. Bei Frau von Knebel. Abends zu Frommann«; 29.: »Ging meine Frau mit der Gesellschaft weg.«

*

445. *Goethe*

Du wirst nun wohl Herrn Kaaz bei Dir einlogirt haben, und was das häusliche Behagen betrifft, wird er meine Abwesenheit nicht bemerken. Ich schreibe ihm selbst und Hofrath Meyern zu gleicher Zeit, und ich bin überzeugt, daß seine Ausstellung, und was er sonst wünscht, gleichfalls gut gerathen werde. Ich werde mit Vergnügen davon durch die rückkehrenden Boten und mehr noch künftigen Sonnabend belehrt werden. Wende alles, was Du kannst, die nächsten acht Tage von mir ab: denn ich bin gerade jetzt in der Arbeit so begriffen, wie ich sie seit einem Jahre nicht habe anfassen können. Würde ich jetzo gestört, so wäre alles für mich verloren, was ich ganz nahe vor mir sehe, und was in kurzer

Zeit zu erreichen ist. Wie gesagt, mein Kind, laß nur die nächsten Tage nichts an mich heran, was abzuhalten ist. Alle Geschäfte sind ja ohnehin im Gange. Dagegen wollen wir auch an euch denken und euch von Zeit zu Zeit einen Fisch und ein gut Stück Wildpret schicken, damit ihr es in gutem Frieden genießet und euch weiter nichts anfechten lasset.

Solltest Du noch etwas von Pflanzen brauchen, so schreibe es mir. Grüße die kleine Gesellschaft, die Dich neulich begleitete. So viel ich bemerken kann, haben sie einen guten Eindruck zurückgelassen. Weiter wüßte ich nichts zu sagen, als daß ich Dir wohl zu leben wünsche.

Jena, den 30. Mai 1809. G.

446. *Goethe*

Jena, den 2. Juni 1809.

Heute weiß ich Dir, mein liebes Kind, wenig zu sagen. Gestern ist Frau von Stein, Frau von Seebach und Fräulein Bose hier gewesen, und wir haben bei Knebels zusammen gespeist. Meine Arbeiten gehen ganz ordentlich fort, und ich denke in vierzehn Tagen ziemlich weit zu sein. Schreibe mir, wie Dirs mit Deinem Gaste geht, ob er vergnügt und fleißig ist. Er soll mir von Zeit zu Zeit etwas von sich sagen. Ich bin voller Verlangen, seine Sachen zu sehen, und werde mich einrichten, sie nicht zu versäumen. Du hast mir allerlei Papiere geschickt, aber kein Conceptpapier; es liegt in demselbigen Schränkchen, aber ganz unter den andern. Es ist ziemlich grau, und Du wirst es leicht unterscheiden können. Ich schicke Gegenwärtiges durch Sprung, der uns den ›Hamlet‹ ankündigt. Vielleicht siehst Du Besuch von Jena. Ich bin recht neugierig, wie er zum zweiten Male geht. Passe wohl auf und schreibe mir darüber. Lebe recht wohl. G.

447. *Goethe*

Ich schicke Dir, mein liebes Kind, durch die Freunde noch einen Gruß und will einiges nachbringen, was ich gestern versäumte.

Was die neuen Bauanlagen in der Ackerwand betrifft, so ist der Vorschlag der: Durchlaucht der Herzog geben fünf Bauplätze, umsonst, an fünf Baulustige, doch mit der Bedingung, daß die Häuser in zwei bis drei Jahren bewohnbar seien. Wer anno 1812 den ersten Januar das Haus nicht fertig hat, verliert sein Recht darauf: es wird an den Meistbietenden verkauft, und er zwar entschädigt, aber der neue Besitzer muß sich engagiren, im Laufe des gedachten Jahrs den Bau zu vollenden.

Aufs Bauen werden wir uns in der Welt wohl nicht mehr einlassen, und wir müssen also abwarten, ob noch etwas aus der Sache wird, und was wir für Nachbarn kriegen. Das Schlimmste ist, daß es aussieht, als wenn sie die Linie der Koppenfelsischen Scheune halten wollten, welches ich abzulehnen suchen werde. Das Beigeschlossene schicke ja gleich an Herrn von Müffling. Sage aber niemand weiter von dem, was ich Dir hier mittheile.

Gib etwa Überbringern mündlich Aufklärung, wie es mit meinem rothen Wein aussieht, und ob Du Dich nicht etwa vergriffen hast. Denn der an mich geschickte, rothgesiegelte ist viel dunkler als der sonstige und will mir gar nicht behagen. Ich habe mir einige Flaschen von den hiesigen Freunden geborgt.

Kein Fisch kann heute mitkommen; doch hat man mir einen auf den Dienstag versprochen. Lebe recht wohl und grüße Herrn Kaaz und die Freunde zum schönsten, und seid gesund und vergnügt.

Jena, den 3. Juni 1809. G.

Es geht mir noch immer vor wie nach. Ich habe mich über nichts zu beklagen, als etwa, daß das Essen nicht immer das erfreulichste ist. Die Freundinnen thun noch immer mit Spargel und sonst noch das Beste.

Werner war einen Tag bei uns. Ich habe ihn Morgens bei mir und Abends bei Frommanns gesehen, bin ihm freundlich und gut begegnet, so daß er von dieser Seite auch ganz heiter abscheiden konnte. Er las eine Art von Ballade, eine dreifache Heirath schildernd, vor, die ihm vielen Beifall erwarb.

Mit den Bauplätzen im Welschen Garten wollen wir uns nicht abgeben. So viel kann ich Dir zum Troste sagen, daß die Häuser weit hinein gerückt werden, und uns eine nahe Nachbarschaft künftig nicht zur Last fällt. Auch ist meine alte und neue Gesinnung, den untern Garten für uns und besonders für August zu erhalten. Es müßten denn günstige Umstände eintreten, die wir jetzt nicht voraussehen können.

In einem langen Kasten erhältst Du vierundzwanzig Diptampflanzen. Laß sie gleich im Garten herum setzen, wo sie noch anzubringen sind: denn Deine Rabatten sind wohl schon voll genug. Alles Neugepflanzte muß bei der jetzigen Witterung fleißig begossen werden.

Ich hoffe, bis diesen Abend sollen auch die verlangten Kohlrabi- und Kohlpflanzen beisammen sein. Ist ein Fischchen anzutreffen, so erhältst Du es gleichfalls. Mit dem neulichen Wein mag es ein Mißgriff gewesen sein: denn der zuletzt überschickte ist wieder der rechte. Es wäre mir lieb, wenn das noch vorräthige Geld nicht angegriffen würde, und Du das nöthige vom Johannis-Quartal nähmest. Mit dem, was ich hier habe, komme ich zwar bis dahin aus; beim Weggehen aber, wo die Trinkgelder zu heben sind, werde ich noch Succurs brauchen. Die Interims-Quittung schicke ich Dir mit den nächsten Boten.

Mit meinen Arbeiten geht es gut, und wenn nichts weiter dazwischen kommt, gedenke ich zu Johannis Dich hier zu erwarten und mich einzurichten, daß wir alsdann zusammen wieder zurück können: denn bis dahin läßt sich noch vieles thun.

Lebe recht wohl, grüße Deine nächsten Umgebungen, und wenn ich was sollte vergessen haben, so erinnere mich. Ein paar leichte Nachtwestchen könntest Du mir schicken.

Grüße Herrn Kaaz zum allerschönsten; und obgleich ein Künstler nicht gerne schreibt, so ersuche ihn doch, mir gelegentlich zu melden, wie es ihm geht. Es stehn bei mir viele kleine Brettchen herum, auch ein saubres Reißbrett, das der Prinzeß gehört. Wenn Kaaz diese brauchen kann, besonders da er vielleicht schon gegenwärtig der Prinzeß einigen Unterricht gibt, so gib die Bretter nur hin. Was draufgeklebt ist, kann man nur herunterschneiden, und Du hebst es mir auf. Von den Diptampflanzen, und wenn ich sonst etwas von Blumenpflanzen schicke, kannst Du Frau von Milkau etwas mit unsrer Empfehlung zukommen lassen, um so mehr, als unsres Gärtners Sohn bei ihr in Diensten steht und uns auch manches Gefällige erzeigt. –

Unzelmann ist heute bei mir gewesen und schien ganz munter und getrost. Lebe recht wohl und vergnüge Dich mit Deiner nächsten Umgebung.

Jena, den 6. Juni 1809. Goethe.

449. *Goethe*

Jena, den 9. Juni 1809.

Da Du, mein liebes Kind, den Sonntag früh zu uns kommst, so weiß ich weiter nichts zu sagen, als daß das Fischlein, welches ich abgeschlachtet und zappelnd noch angesehen habe, Dir den Sonnabend mit guten Freunden wohlschmecken möge.

Habe die Gefälligkeit, mir ein Pfund Chocolade mitzubringen und einige Fläschchen Malaga. Das kannst Du aber auch den Boten mitgeben. Mir geht es gerade so leidlich, als ich erwarte, und das Weitere wollen wir besprechen, wenn wir zusammenkommen.

Gestern habe ich wieder ein Theater-Frauenzimmerkleid angeschafft; es wäre aber eine neue Königin der Nacht und Gott weiß welche Cleopatra zu erfinden, um es mit Würde tragen zu können, Du wirst selbst darüber urtheilen, wenn ich Dirs vorzeige. Lebe recht wohl und gedenke mein. Es ist sehr gescheit, daß ihr euch in der schönsten Jahreszeit einige Bewegung macht. Durch die Boten kannst Du mir ja wohl wissen lassen, um welche Zeit ich Dich eigentlich zu erwarten habe.

G.

Du thätest mir eine Liebe, wenn Du mir mein Kästchen mit geschnittenen Steinen mitbrächtest. Du müßtest aber etwas Weiches oben auflegen, damit sich im fahren nichts verrückte, weil ungefaßte Steine dabei sind.

*

Tagebuch, 11. Juni: »Kam meine Frau durch, als sie nach Kahla fuhr«; 12.: »Besuch von meiner Frau, die von Kahla zurückkam. Mittags aß dieselbe mit uns«; 13.: »Nach Tische [allein] abgefahren ... Einen Wagen abgeschickt, um die Zurückgebliebenen [wohl Christiane und Caroline Ulrich] zu holen.« – Tagebuch, 8. Juli: »Ging meine Frau nach Jena«; 10.: »Kam meine Frau mit Fräulein Goldacker und Demoiselle Eylenstein von Jena zurück.«

Am 23. Juli begibt Goethe sich zur Weiterarbeit an den ›Wahlverwandtschaften‹ abermals für viele Wochen nach Jena.

*

450. *Goethe*

Ob ich Dir gleich, mein liebes Kind, nicht viel zu sagen habe, so will ich doch vermelden, daß es mir ganz wohl geht. Wir sind fleißig, und wenn wir so fortfahren, so werden wir mit Zufriedenheit zurückkehren. Künftige Woche wird angefangen am Roman zu drucken. Heute früh habe ich Dir mit Deines Bruders Kutscher etwas Radieschen geschickt und zugleich eine Schublade, die noch in Deine Blumen-Commode gehört; eine andre folgt nach. Mit den Boten erhältst Du eine Schachtel Kirschen und einige Feigen darauf, welche letzteren[1] Du Herrn von Wolzogen schickst.

Weiter wüßte ich nichts für dießmal und wünsche Dir recht wohl zu leben.

Jena, den 25. Juli 1809. G.

451. *Goethe*

Noch einiges will ich nachbringen und vor allem einige schöne Grüße von der kleinen Nachbarin, die mich manchmal besucht; das Kind ist gar zu artig und möchte gern wieder nach Weimar. Ich habe es eben mit Kaaz, der sich bestens empfiehlt, auf das Cabinet geschickt.

Mit dem Essen sind wir recht wohl zufrieden, und mir geht es überhaupt ganz gut. Die ersten Bogen des Romans sind in die Druckerei, und es braucht nur sechs bis acht Wochen Ruhe und Sammlung, so ist die Sache abgethan, und ich kann an etwas Anders gehen. Riemer ist mir auf die beste Weise behülflich. Nun habe ich aber auch eine recht dringende Bitte an Dich, daß Du die Frauen von Schiller, Wolzogen, Egloffstein, Schardt, und wenn es nur auf eine

1 welche letzteren über gestrichenem die.

Viertelstunde wäre, besuchest und ihnen von mir freundliche Grüße bringest. Versäume das ja nicht und sage mir, wie Du es ausgerichtet hast.

Für mich wünsche ich weiter nichts als ein leidliches Befinden, daß ich in diesen paar Monaten mit meiner vorgesetzten Arbeit fertig werde, das Übrige wird sich geben.

Lebe recht wohl und sei überzeugt, daß ich Dich von Herzen liebe, und daß ich mich auf die Ankunft unsres guten Knaben mit Dir im Stillen freue und eben deßwegen manches abzuthun wünsche. Lebe recht wohl. G.

Vor allem Andern ist der Essig gut besorgt worden, und Du wirst ihn wahrscheinlich bald erhalten: denn entweder bringt ihn der Mann selbst, weil er eine größere Lieferung nach Hof bringt, oder das Fäßchen kommt hieher. Ich habe einen halben Eimer bestellt. Wenn Du mehr brauchst, so darfst Du mirs nur schreiben.

Die mitkommenden Feigen schickst Du gleich an Herrn von Wolzogen, mit meiner Empfehlung. Es sind immer noch die Winterfeigen; indessen laß nur wünschen, daß sie wohl schmecken und wohl bekommen mögen.

Was ich durch die Boten herüber wünsche, steht auf einem besondern Blatt. Findet sich nicht alles gleich, so kann es den nächsten Botentag geschickt werden.

Jena, den 28. Juli 1809. G.

[Beilage]

Nachstehende Dinge wünschte ich von Hause zu erhalten. Dieselben aufzusuchen, würde Sachse behülflich sein.

1. In dem Actenschranke, in meinem Schlafzimmer, liegt ein Packet in Folio, einer starken Hand hoch, mit Bindfaden zusammengebunden. Die Aufschrift ist: Osteologica. Es

sieht ihm nicht leicht ein andres Packet ähnlich, was zugleich in diesem Schranke liegt.

2. In meiner Bibliothek, auf dem großen Repositorium links, gegen das Fenster zu, und zwar, wenn ich mich recht erinnere, auf den Reihen unter den Pulten, stehen zwei Bücher in Quart, in grüne Pappe gebunden. Sie sind Manuscript und betreffen die Gebirgskunde. Auch ihnen ist kein andres Buch ähnlich.

3. Ein Einschlag-Lineal, d. h. ein Lineal, das an einem Ende noch ein Querholz hat, – es liegt auf meinem Schreibtisch, wahrscheinlich auf der Galerie des rechten Schränkchens.

Diese Dinge wünschte ich, gut gepackt, mit dem Boten zu erhalten.

452. *Goethe*

Frau Hofräthin Schopenhauer wird Dir, mein liebes Kind, einen Braten und eine Schachtel mit Kirschen überbracht haben, wovon ich guten Genuß wünsche. Es geht uns hier ganz gut. Kaaz hat sich wohlbefunden, und geht morgen früh ab. Ich habe ihm Geld mitgegeben, daß er Suppen-Ingredienzien schicken soll, wozu er auch etwas Parmesan-Käse legen will, als welcher zu den Macaronis ganz unentbehrlich ist.

Knebel scheint sich in seiner Strohwittwerschaft ganz wohl zu befinden; doch ist er mir etwas nachdenklicher als sonst, und ich denke, in kurzem wird sich eine Vereinigung der alten Zustände wiedergefunden haben. Der Knabe wird alle Tage braver und besser, nur fehlt es ihm an Beschäftigung und Anregung von außen. Wenn er unter vielen seines gleichen wäre und recht lebhaften Unterricht erhielte, so könnte etwas aus ihm werden.

Wir haben den Druck des Romans angefangen, ohne zu wissen, wie wir damit zu Ende kommen wollen. Indessen, wenn wir den August und September gut anwenden, so ist Hoffnung, daß wir fertig werden. Nutze von Deiner Seite diese beiden Monate, so gut es gehen will, um Dich auf den Winter vorzubereiten und die guten Tage zu genießen, die wir zu erwarten haben: denn freilich fängt auch der August regnicht und unfreundlich an.

Mit dem Essig, so nahe auch Golmsdorf liegt, ist es doch ein bißchen langsam gegangen; es thäte Noth, daß man alle seine Ausrichtungen von der Art selbst machte, zu Fuß oder zu Pferd. Indessen hoffe ich, Dir Donnerstag oder Freitag einen halben Eimer von dem besten auf einem Schubkarren zu schicken, da ich Dich denn bitte, die Badewanne mit zurückzugeben, da ich denn doch mich auch von Zeit zu Zeit im Wasser erfrischen will. Für dießmal lebe wohl und schicke mir alles, was angekommen ist. Es muß auch eine Rolle mit Kupferstichen gekommen sein, wenigstens habe ich den Brief erhalten, der sie ankündigt.

Jena, den 1. August 1809. G.

453. *Goethe*

Durch den Bibliothekarius habe ich Dir schon drei Fische, sowie auch Kirschen geschickt. Ich wünsche, daß die ersten Dir wohl bekommen mögen; und was die andern betrifft, so kannst Du deren noch mehr haben, wenn Du sie verlangst. Sie sind aber auch hier rar und theuer.

Ich bin es sehr wohl zufrieden, daß Du Dir eine vergnügliche Reise nach Gera machst. Schreibe mir näher, wie ihr sie einrichten wollt. Wahrscheinlich macht ihr sie an Einem Tag und geht nur durch Jena durch.

Nun wünschte ich, daß Du mir Folgendes schicktest: *die*

12 Bände meiner Werke, die auf dem Repositorium an der Thüre stehen, in braune Pappe gebunden; einige Theile davon sind schon in blau Papier eingeschlagen. Sachse wird sie einpacken und vorher jeden Theil besonders einwickeln, auch das Packet mit Bindfaden nicht so gewaltsam zuschnüren, damit die Bände nicht leiden.

Auch könntest Du mir, je ehr je lieber, durch Gottschalk die Badewanne herübertransportiren lassen, der mir sie schon einmal gebracht hat. Zugleich wünsche ich aber die Apothekerwaaren, die in meinem Acten-Schranke stehen, im Schächtelchen und in den kleinen Gläschen.

In meinem Vorzimmer müssen auch noch einige große, leere[1] Portefeuilles stehen, davon ich eins auch wohl herüber haben möchte; doch daß es nicht naß wird.

Weiter weiß ich nichts zu sagen, als daß es uns ganz wohl geht, weil unsre Geschäfte im Gange sind. Lebe recht wohl und sei Sonntags mit Deinen Gästen vergnügt.

Jena, den 4. August 1809.

G.

454. *Goethe*

Ich danke Dir, daß Du mir das Verlangte so bald geschickt hast. Das Übrige erwarte ich mit den Boten-Weibern.

Den Essig hast Du vielleicht jetzt schon erhalten: denn der Mann hat Deine Adresse abgeholt und versprach, heute nach Weimar zu fahren.

Es soll mir lieb sein, Dich Sonnabend auf einen Augenblick zu sehen, und wünsche gutes Wetter zu eurer Reise; vielleicht reinigt sich der Himmel bis dorthin. Den Mann, der die Wanne gebracht hat, habe ich hier bezahlt.

1 Nachträglich über der Zeile

Weiter weiß ich nichts zu sagen, als daß ich Dir wohl zu leben wünsche.

Jena, den 5. August 1809. G.

454 a. *Riemer* (in Goethes Auftrag)

Gnädige Frau,

Sie erhalten hierbei etwas Neues vom Jahre, das vermuthlich in Weimar noch nicht zu haben ist, und wovon wir wünschen, daß Sie es mit gutem Appetit verzehren mögen.

Der Herr Geheimerath befindet sich wohl und empfiehlt sich Ihnen bestens. Einige Besuche halten ihn ab, sonst würde er selbst geschrieben haben. Er bittet nur noch um *ein paar Pfund Chocolade* und um *einige Bouteillen von seinem leichten rothen Wein*, der diese Tage her einigen Zuspruch erhalten.

Das Egerwasser ist angekommen; das Weitere wird er persönlich mit Ihnen besprechen, wenn wir das Vergnügen haben, Sie auf den Sonnabend bei uns zu sehen. In dieser angenehmen Erwartung empfehle ich mich zu geneigtem Andenken.

Jena, den 8. August 1809. Ihr F. W. Riemer.

Clemens Brentano ist soeben angekommen und geht nach Halle, von wo er in Kurzem wieder zurück, hier und durch Weimar geht.

*

Tagebuch, 21. August: »Kam meine Frau von Gera; und blieb zu Tische und fuhr um 4 Uhr weg.«

*

455. *Goethe*

Deine Boten sind glücklich angekommen, und ich danke Dir für alles Übersendete. Was August betrifft, werde ich besorgen, indem ich eben an Cotta schreibe. Nur thut mir leid, daß ich Dir keine Bohnen senden kann. Mach die Sache mit der Wenzeln ab: denn sonst quäle ich mich vergebens, Bohnen auszumachen und zu kaufen, und zuletzt muß doch der Transport bezahlt werden. Morgen kommen Witzel und Genast, denen Du vielleicht was mitgibst. Vielleicht habe ich ihnen auch etwas mitzugeben. Inliegendes stelle Deinem Bruder zu, und lebe recht wohl.

Jena, den 22. August 1809. G.

*

Tagebuch, 28. August: »War meine Frau mit Madame Wolff, Demoiselle Engels und Elsermann angekommen. Den Morgen in ihrer Gesellschaft zugebracht. Mittags mit denselben und Herrn von Knebel gegessen. Nach Tische reisten sie ab.«

*

456. *Goethe*

Jena, den 29. August 1809.

Nochmals vielen Dank für den gestrigen Besuch, und was ihr alles Freundliches gebracht habt. Ich bin heute wieder in meinen Fleiß zurückgekehrt und hoffe, es soll alles ganz gut werden. Ich wünsche nichts mehr, als daß beim Theater alles einen freudigen und willigen Gang gehe, damit ich den September noch hier bleiben kann.

Heute kann ich nichts übersenden; denn der Hirsch ist hier nicht zerwürkt worden, sondern im Ganzen nach Weimar gekommen, da Du denn wohl suchen wirst, Dir ein Stück davon zu verschaffen. Wegen der Bohnen wirst Du am besten thun, es mit den Boten abzureden. Laß Dir doch auch durch sie immer frische Kartoffeln bringen, die hier sehr gut sind, und was dergleichen sonst wäre. Lebe recht wohl und grüße alles zum schönsten. G.

457. *Goethe*

Gestern waren die sämmtlichen Herrschaften mit allem Gefolge hier. Es war ein sehr lebhafter, wegen des schönen Wetters aber sehr angenehmer Tag. Heute geht der Hofgärtner Wagner hinüber und bringt Dir dieß. Er wird Dir wegen des Legens der überschickten Zwiebeln einiges sagen. Lebe recht wohl! Mir geht es ganz gut. Heute Abend hoffe ich von Dir zu hören.

[Jena,] den 2. September 1809. G.

458. *Goethe*

Es thut mir sehr leid, mein liebes Kind, daß Du Dich gerade zu einer Zeit nicht recht wohl befindest, wo ich wünschte, daß Du Dirs recht wohl machtest. Dictire nur Carolinchen einigermaßen ausführlich, wie es mit Deinen Übeln steht, damit ich es Starken vorlegen kann: denn so ins Allgemeine kann doch kein Arzt etwas verordnen. Es soll mir recht angenehm sein, Dich diese Woche hier zu sehen, besonders wenn ichs Mittags voraus weiß, und[1] daß Du nicht zu früh kommst: denn die Morgen müssen jetzt sehr ernstlich angewendet werden. wenn wir mit unserer Arbeit diesen Monat fertig werden wollen.

Ich hoffe, daß das Theater in diesen drei Wochen so sachte

1 Nachträglich über der Zeile.

in den Gang kommt. Im October will ich alsdann recht gern eingreifen, und es soll nicht lange währen, so wollen wir bedeutende und harmonische Vorstellungen sehen. Grüße alle und jede und fahre fort, die Freunde und Wohlwollende zu sehen und zu erfreuen.

Die Herrschaften waren hier recht vergnügt, und ich habe durch ihre Gegenwart auch einen frohen Tag gehabt.

Siehe nur, daß Du zum Vortheil unseres Gartens, wenn die herrschaftlichen Kutscher herüberfahren, einige Säcke mitgibst, damit es uns an dem feinen Sand nicht fehle.

Wegen Bohnen, Birnen, Erdäpfeln u. s. w. mache es mit den Boten-Weibern ab, so erhältst Du alles sicher und so gut, als wenn ich es erst hier[1] anschaffte und fortschickte. Vor allen Dingen bemerke mir den Tag, wenn Du herüberkommst.

Jena, den 5. September 1809. G.

459. *Goethe*

Wie ich aus Deinen Briefen sehe und auch sonst vermuthen kann, so ist eigentlich jetzt zwischen uns nichts mündlich zu verabreden nothwendig, und ob ich Dich gleich ganz gerne wiedersähe und spräche, so sind wir doch mit unsern Arbeiten in einer so gedrängten Lage, daß es mir lieber ist, Du kommst jetzt nicht herüber: denn wir müssen jede Stunde zusammennehmen, und ich sehe noch kaum, wie wir fertig werden wollen. Herr Geh. Hofrath Stark wird Dich besuchen, sobald er hinüberkommt, und sich um Deine Zustände erkundigen. Beim Theater grüße die Gutgesinnten und fahret nur so fort wie bisher. Jeder Einzelne hat Vortheil davon, wenn er etwas um des Ganzen willen thut, sollte es ihm auch nicht ganz angenehm sein.

1 erst hier aus hier erst.

Sprich einmal mit Witzeln, der seine Sache noch immer sehr gut macht, und schreibe mir von jeder Vorstellung, wie sie abläuft.

Die Feigen, die Du mir schicktest, waren zum Theil noch nicht völlig reif. Laß sie immer noch einen oder ein paar Botentage hängen, bis sie recht braun werden.

In zwei Briefen von Frau von Schiller und Wernern bist Du schönstens gegrüßt. Der letzte hat von Tübingen geschrieben und ist zu Frau von Staël nach Coppet gegangen.

Knebel ist schon wieder allein, denn seine Frau ist abermals nach Weimar gegangen. Er ist aber nur desto lustiger, wenn er selbst den Wirth macht.

Lebe recht wohl und bereite vor Michaelis so gut, als Du kannst, noch manches Gute für künftigen Winter vor. Ich befinde mich ganz leidlich, muß aber auf eine pedantische Weise meine Diät und andre Lebensordnung halten, und ich muß suchen, auch in Weimar auf alle Weise dabei zu bleiben.

Jena, den 8. September 1809. G.

Wenn Du uns etwas Gutes erzeigen wolltest, so würdest Du uns eine geräucherte Zunge, aber schon abgekocht, herüberschicken. An solchen Dingen fehlt es uns, besonders Abends, und wenn etwa ein guter Freund kommt.

Ferner erdenke Dir etwas und schenke es Rinaldo in meinem Namen, als wenn ich es geschickt hätte, damit der gute Junge auch von dieser Seite eine Art von Freude hat. Nächstens mehr.

460. *Goethe*

Da Du einmal kommen willst, so sage ich Dir lieber gleich, daß es mir recht angenehm sein wird, denn es gibt doch mehr zu besprechen, als man glaubt.

Da ist zum Exempel der alte Handel zwischen Riemer und der Nachbarin, von dem Du mir schon früher erzähltest, ausgebrochen. Ich bin überzeugt, daß es nichts ist als eine lüsterne Liebelei, die weiter nichts hinter sich hat. Aber die Frau ist krank geworden und hat dem Manne Gott weiß was erzählt. Du weißt das alles wohl schon besser. Auf alle Fälle wünschte ich, Du ließest die Premsler kommen, die eine Art Vertraute gemacht hat, und hörtest, wie alles steht. Sprächst allenfalls Hirschfelden selber, damit wo möglich das Aufsehen nicht ärger wird. Denn der Mann droht mit Scheidung, und was sonst noch alles vorgeht. Du wirst durch Deine Klugheit und Thätigkeit alles zu vermitteln suchen. Jetzt sage ich weiter nichts, als daß ich Dich herzlich liebe und mich freue, für Dich und das Bübchen zu leben und fleißig zu sein.

Inliegendes bitte gleich zu bestellen.

Jena, den 10. September 1809. G.

461. *Goethe*

Da das Wetter so sehr schlecht ist, und Dein Bruder sich übel befindet, so werde ich Dich wohl in diesen Tagen nicht sehen. Sage mir deßwegen durch die Boten einige Worte.

Schicke mir ein paar Pfund Chocolade, denn von dieser und vom Weine lebe ich jetzt vorzüglich. Kannst Du uns noch eine geräucherte Zunge schicken wie die letztere, so wirst Du uns Gutes erzeigen.

Mein Geschäft hier geht ganz gut und wird auch hoffentlich so zu Ende gelangen, ob ich gleich gestehe, daß das einbrechende Regenwetter und der wilde Herbst mir auf den Winter Grauen erregt. Du hast Dir indeß gewiß schon allerlei ausgedacht, wie wir jene unfreundliche Jahrszeit zusammen zubringen wollen.

Ich bin neugierig zu hören, wie sich Freund Meyer anläßt,

und wie es mit seiner Einrichtung werden wird. Behandle ihn nach unsrer Übereinkunft. Ich wünsche ihm alles Gute und will ihn gern auf das freundlichste behandlen, nur daß die Nachbarschaft uns nicht zu großer Gemeinschaft führe. Unsere Theaterangelegenheiten empfehle ich Dir aufs neue. Mir wäre gar nicht bange dafür, wenn wir nur gute Stücke hätten, damit sich sowohl die Schauspieler, als ich für die Aufführung wirklich interessieren könnten. Indessen wollen wir unser Bestes thun, und vielleicht kommt uns irgend ein Zufall zu Hülfe.

Wegen der Frau von Arnswald, dächte ich, fragtest Du die Frau von Egloffstein, die Du doch einmal wohl siehst. Machte sich das aber nicht, so irrst Du gewiß nicht, wenn Du Dich, sobald sie die Nachfrage verbittet, bei ihr anmelden lässest und ihr[1] einen Besuch abstattest.

Mehr weiß ich für dießmal nicht zu sagen und wünsche nur, Dich an einem recht schönen Tage hier zu sehen.

Jena, den 12. September 1809. G.

*

Tagebuch, 14. September: »Kam meine Frau mit Demoiselle Ulrich, Bibliothekars [Vulpius] und Rath Meyer von Bremen. Nach Tische fuhren sie wieder weg. Morgens war ich mit meiner Frau im Paradiese und Harrasischen Garten gewesen.«

*

462. *Goethe*

Zuerst danke ich Dir und Deiner schönen Begleiterin für den angenehmen Besuch; sodann schicke ich ein Bändchen, aber nur unter den folgenden Bedingungen:

1 Nachträglich über der Zeile.

1. Daß ihr es bei verschlossenen Thüren leset.

2. Daß es niemand erfährt, daß ihrs gelesen habt.

3. Daß ich es künftigen Mittwoch wiedererhalte.

4. Daß mir alsdann zugleich etwas geschrieben werde von dem, was unter euch beim Lesen vorgegangen.

Weiter weiß ich gerade jetzt nichts zu sagen, auch nichts zu verlangen, weil übrigens alles unter uns abgeredet worden. Schreibe mir übrigens, wenn irgend etwas vorkommen sollte, und vergiß nicht, in der Schublade, der mittelsten, rechts an meinem Schreibtisch, mir das Packet Manuscript zu schicken, welches mit einem braunen, schmalen Bändchen zugebunden ist. Lebe recht wohl und bereite uns eine leidliche Winterexistenz vor.

Jena, den 15. September 1809. G.

463. *Goethe*

August soll mir auf das schönste willkommen sein, um so mehr da er gerade nach meinen Wünschen anlangt. Ich gönne ihm und euch ein fröhliches Zusammensein. Er soll sich erst recht zu Hause fühlen, seine Freunde, sein hinterlassenes Museum, Haus, Garten, Theater, und was sonst erfreulich ist, genießen und sich dabei wohlbehaben. Dazu braucht es einige Zeit, und es wird mir viel Freude machen, wenn er mir, so oft es Gelegenheit gibt, einige Worte meldet.

Ich brauche wenigstens noch acht Tage, um mit demjenigen in Ordnung zu kommen, was ich mir vorgenommen habe; nicht allein mit dem Druck des Romans muß ich im Reinen sein, sondern auch mit Briefen, welche ich diese Zeit her schuldig geworden, und mit andern Dingen. Wenn ihr euch also unter einander vergnügt, so denkt nur, daß ich die nächsten Tage zubringe, um bald mit euch ohne Störung vergnügt zu sein. Ich bitte Dich inständig, mir alle Besuche abzuhalten; jedes wahre Geschäft läßt sich schriftlich abthun, besonders wenn es ordentlich gedacht ist und gut vorgetragen wird.

August wird vor allen Dingen sich ruhig verhalten, wie ihn auch der Mangel der Garderobe selbst nöthigt. Allein wie er einigermaßen ausgehen kann, und ehe er sonst wohin oder herumgeht, so wartet er dem Herrn Geheimenrath Voigt auf und empfiehlt sich ihm, mehr durch gutes Betragen, als durch Worte. So viel für heute, da wir ja einen jeden Tag einander schreiben und von einander Nachricht haben können.

Jena, den 20. September 1809. G.

464. *Goethe*

Jena, den 22. September 1809.

Die gestrigen Freunde sind mir nicht zu gelegner Zeit gekommen. Ich war schon des Morgens nicht ganz wohl und hätte mich abwarten sollen. Da ich mich aber zwang, bei Tische zu erscheinen, so wurde mirs zuletzt so schlimm, daß ich fortgehn mußte und nicht Abschied nehmen konnte. Doch bin ich durch die Beihülfe unsers Stark dießmal ziemlich schnell über die Sache hinausgekommen und habe die Nacht ganz gut, obgleich unterbrochen geschlafen. Heute bin ich im Bett geblieben; wir können aber unsere Arbeiten demungeachtet fortsetzen.

Weil ihr euch über den ersten Theil des Romans so freundlich geäußert habt, so soll die Hälfte des zweiten bis an einen Abschnitt die nächste Woche unter eben den Bedingungen zu euch gelangen. Du schickst mir den Band wieder, den Du in Händen hast, und wir hoffen nun, das Ende bald zu erreichen. Doch brauchen wir, wenn kein Hinderniß dazwischen kommt, immer noch zehn Tage. Wenn Du etwa hören solltest, daß jemand zu mir herüberkommen will, so lehne es ja ab: denn es kommt doch, wie ich auch dießmal gesehen habe, für die Besuchenden auch nicht das Geringste heraus. Lebe recht wohl und grüße Carolinchen. G.

465. *Goethe*

Da mein hiesiger Aufenthalt zu Ende geht, so denke ich an allerlei, und Dein Gedanke ist gar nicht unrecht, daß ich manches auf einmal nach Weimar kommen lasse. Noch ein sehr brauchbarer Schrank steht bei Hendrich; ein Stein- und Bücher-Kasten ist schon gepackt. Manches Andere wird sich finden; und da Du noch ein Fäßchen von dem Muß willst, so thut man am Ende besser, daß man eine eigene Fuhre nimmt, als daß man die Sachen einzeln schickt und doch am Ende, durch Tragerlohn und Trinkgelder, der Transport theuer genug wird.

Nun ersuche ich Dich aber, mir nächstens Folgendes zu schicken und keinen Punct zu versäumen.

1. Vor allen andern Dingen Geld, dessen ich höchst benöthigt bin, weil, wie es zu gehn pflegt, die Rechnung auch zu Hause ohne den Wirth gemacht wird.

2. Von der Dresdner Grütze so viel, daß ich mir alle Morgen kann in den Bouillon das Nöthige einrühren lassen.

3. Könntest Du mir eine Liebe thun, wenn Du mir Kalbsfüße in Gelée, die nicht gar zu sauer wäre, Sonnabend mit den Boten schicktest. Es ist mir gar angenehm, außer der Zeit etwas dieser Art zu genießen, und hier kann man es nicht haben, wie man wünscht.

4. Nun noch etwas ganz Entgegengesetztes und Ungenießbares.

Du erinnerst Dich, daß in dem mineralogischen, untern Zimmer des Gartenhauses einige Stangen Erz befindlich waren. Sie sind schwer und sehen rauh aus. Wenn ich nicht irre, so liegen sie jetzt hinter dem Mineralien-Schrank links, gegen das Fenster zu. Wo Du sie aber auch finden mögest, so schicke mir eine davon. Weiter wüßte ich jetzt nichts auf Deinen Brief als von mir selbst zu sagen. Gutes brauch ich euch nicht zu wünschen: denn ihr habts.

Was die Fuhre betrifft, so bestimme ich Dir nächstens den Tag, wenn Du sie herüberschicken sollst.

Grüße Carolinchen und die Theaterfreunde, die gewiß auch Augusten wiederzusehen viel Freude haben.

Ich wiederhole, daß, wenn August artig sein will, so wendet er eine halbe Stunde des Tags dran, mir zu schreiben. Es ist gar nicht übel, in solcher Nähe sich durch Briefe und Billete zu unterhalten. Ebenso könntest Du Carolinchen sagen, daß sie mir schriebe, wenn Du auch nicht dictirtest.

Ich will nur eins bemerken; da sich in der Welt so viel durch Zufall macht, so wünschte ich nicht, daß August auf eine pedantische Weise diese oder jene Personen zu sehen vermiede. Besonders wünschte ich aber, daß er, wenn er sich nur einigermaßen produciren kann, den[1] Prinzen Bernhard auf irgend eine Weise zu sehen, zu sprechen, ihm aufzuwarten suchte; welches um so eher geschehen kann, als er gar keine weiteren Hofverhältnisse hat und also sich nicht erst von oben herein zu präsentiren braucht.

Nehmt also dieses zur Regel. Alles was sich zufällig gibt, das sucht zu benutzen und zu beobachten, und schreibt mir mit jeder Post, was sich ereignet hat.

Jena, den 26. September 1809. G.

1 dem.

466. *Goethe*

Da ich Dir eine schöne Pflanze schicke, die ein Mann hinüberträgt, so füge ich noch einige Worte hinzu: sei so gut, die gedachte Pflanze in das Zimmer neben meiner Schlafkammer zu stellen, damit sie Licht und Sonne genug habe. Dort kann sie bleiben, bis ich komme.

Die Terrine ist glücklich angelangt so wie das Übrige, und ich wünsche nur, daß ihr euch bei euren Freuden und Tänzen recht wohl befinden mögt. Mir[1] geht es wieder ganz leidlich, doch muß ich mich mehr als jemals in Acht nehmen. Auf den Mittwoch erfahrt ihr, wann ich zurückkomme. Laß indessen in meinem Zimmer manchmal einheizen und es bei schönen Sonnen-Mittagen etwas lüften. Lebe recht wohl, grüße Augusten schönstens und Carolinchen. Lebe recht wohl.

Jena, den 30. September 1809. G.

467. *Goethe*

Heute sieht es nun einem völligen Auszug ähnlich. Du erhältst nach beiliegendem Verzeichniß allerlei. Die Kistchen und das Packet Kupferstiche bleiben uneröffnet.

Ich wünsche, daß es euch wohlgehe. Mit unserm Geschäft wirds nicht lange mehr dauern, nur noch zwei Capitel sind zu drucken. Grüße August. Herr Präsident von Müffling und Hofkammer-Rath Kirms ist zu besuchen, wenn es nicht schon geschehen ist.

Grüße Carolinchen und die Theaterfreunde. Und lebet recht wohl.

Jena, den 2. October 1809. G.

1 Nach gestrichenem Hier.

468. *Goethe*

Jena, den 3. October 1809.

Heute habe ich nicht viel zu sagen, als daß ich mich nach und nach losmache und Sonnabend, den 7., früh bei euch zu sein hoffe. Es wird zwar gerade jetzt schönes Wetter, welches ich wohl eine Zeit lang hier genießen möchte, da ich so viel unfreundliches ausgestanden; doch muß auch wohl dieses Aufenthalts endlich ein Ende werden.

Schreibe mir, wie es euch geht, und ersuche Augusten, seine Reisebeschreibung bis ans Ende fortzusetzen, damit ich das Vergnügen habe, ihn noch schriftlich in Weimar anlangen zu sehen.

Der Roman kommt in diesen Tagen zu Stande, ob ich gleich kaum werde ein vollständiges Exemplar mitbringen können. Es wird alsdann manches hin und wieder zu erzählen sein. Zu meinem Empfang erbitte ich mir einen recht guten, französischen Bouillon und wünsche, recht wohl zu leben.

G.

*

Am 7. Oktober gegen 11 Uhr vormittags traf Goethe wieder in Weimar ein.

1810

In diesem Jahre ist Goethe vom 12. März bis zum 2. Oktober von Weimar abwesend, zunächst acht Wochen in Jena.

*

469. *Goethe*

[Jena, 13. März 1810.]

Wir sind glücklich hier angekommen, obgleich Wetter und Weg höchst unangenehm waren. Der Hecht, den Dir August gesendet hat, ist gewiß gut empfangen worden. Wenn ihr uns auch etwas Schmackhaftes dagegen schickt, so soll gelegentlich wieder ein Fisch folgen; sonst gewöhnen wir uns an, sie selbst zu essen.

Sende mir einen von den schwächeren Ästen des Wachholderbaums, nur etwa eine Elle lang; wir wollen einen Versuch machen und sehen, was damit zu thun ist. August legt sich eine artige Sammlung von Holzmustern an; dazu soll auch ein Stück verwendet werden.

Er befindet sich übrigens recht wohl und geht schön gerade. Ich hoffe, Carolinchen wird es auch thun.

Sende mir einige Abputztücher, damit es so reinlich um mich bleibe, wie es gegenwärtig ist.

Schicke uns auch von solchen Calendern auf Pappe gezogen, sie liegen auf dem Bücherrepositorium meines Schreibtisches, rechts, ganz oben. Riemers rothes Brieftäschchen ist am Sonntage im Saale liegen geblieben. Er erbittet sichs zurück.

Noch einiges würde ich hinzusetzen; aber August hat mir

so allerlei vorerzählt, daß die Boten drüber ankommen. Besorge nur das Beiliegende recht ordentlich und lebe wohl.

G.

[*Nachschrift:* August]

Ich bin den ganzen Nachmittag beim guten Vater gewesen, kann Ihnen also nichts wünschen, als daß der Hecht gut bekommen möge. Grüßen Sie Demoiselle Ulrich. August.

470. *Goethe*

Da es denn doch nicht wohl angeht, daß man einen so angenehmen Besuch verbittet, so sollt ihr eben Freitags nach eurer Bequemlichkeit willkommen sein. Das Tagebuch ist recht schön und reichlich, das Übrige wollen wir mündlich besprechen.

G.

[*Nachschrift:* August]

Da der Kasten dießmal so reichlich mit Würsten und andern Eßwaren angefüllt war, so muß ich beinahe glauben, daß Sie mich damit bestechen wollten, um ein gutes Wort für Sie, wegen des Balles, beim Vater einzulegen. Auf Wiedersehen. Besonders haben mir die drei Lungenstrudel sehr gut geschmeckt[1]. August.

Jena, den 14. März 1810.

*

Tagebuch, 16. März: »Kam meine Frau und Demoiselle Ulrich«; 17.: »Mittags die Frauenzimmer ... Abends vor

1 Dieser Satz nachträglich eingeschoben.

dem Ball die Frauenzimmer«; 18.: »Spazieren mit den Frauenzimmern und dem Oberst [von Hendrich]. Mittags zusammen gegessen«; 19.: »Spazieren mit den Frauenzimmern«, die noch am selben Tage nach Weimar scheinen zurückgekehrt zu sein.

*

471. *Goethe*

Um folgende Besorgungen wollte ich Dich dießmal gebeten haben:

Erstlich wird Herr von Knebel nach Weimar kommen, den Du ohne mein Erinnern gut aufnehmen wirst. Sodann aber suchst Du, in der mittleren Schublade meines großen Schreibtisches, rechts, ein Packet, worauf

Saul

geschrieben steht. Dieses eröffnest Du und gibst ihm, was es enthält.

Zweitens hängen in dem Schranke rechts eben dieses Schreibtisches kleine messingene Schlösser mit Schlüsselchen. Diese schicke mir mit den rückkehrenden Boten.

Da unser guter Knebel mit den Seinigen Dich zu Mittag heimsuchen wird, so richte Dich darauf ein. Ich hoffe, daß Du dieses Blatt noch zur rechten Zeit erhältst.

Von meiner Seite habe ich, zu ihrer besseren Aufnahme, hierbei auch noch ein Blättchen wegen Entrée des Freundes in meine Loge, solange er in Weimar ist, und ein zweites geschrieben, damit Du für die Familie auch Billette ins Parterre erhalten kannst. Mache übrigens alles, wie Du glaubst, daß es recht ist.

August hat sich auch entschlossen, zur schönen ›Müllerin‹ zu wandern. Vielleicht ist er früher da als Gegenwärtiges. Du wirst auf alle Fälle einen wohlbesetzten Tisch haben. Lebe recht wohl und schicke uns manchmal Froschkeulchen. Die übersendeten waren ganz vortrefflich. Grüße Carolinchen.

Jena, den 23. März 1810. G.

472. *Goethe*

[Jena, 27. März 1810.]

Heute schreib ich Dir wenig, mein liebes Kind, ich habe Besuch, und die Boten wollen fort.

Entschuldige mich bei Herrn Hofkammerrath und Genast, daß ich nur schicke und nicht schreibe. Wegen des Treuterischen Hauses schreibe ich nächstens. Auch wegen andrer Dinge, die ich geschickt wünsche.

Kannst Du die Dose finden, die ich von Stuttgart geschickt kriegte, von dem grünen Stein mit Granaten, sie steht auf meinem Schreibtische in einer kleinen weißen Schachtel, so schicke sie.

Grüße Carlinchen schönstens. August speist und dämmert. Lebe wohl, liebe mich. G.

473. *Goethe*

Da ich Dienstags nicht schreiben konnte, so will ich sehen, diesen Brief früher als Sonnabend zu Dir zu bringen und Dir von mancherlei Dingen Nachricht zu geben.

1. Was das Treutersche Haus betrifft, so liegt ein Blatt an Genast nach Deinen Gesinnungen bei, welche mit den meinigen völlig übereinstimmen. August denkt ebenso, und wir finden beide kein großes Unglück, wenn auch am Ende die Planke wieder hergestellt und unser Garten um so viel kleiner würde. Dieß ist die beste Gesinnung, um nicht übertheuert zu werden. Kann man dieses Be-

sitzthum auf eine leidliche Weise acquiriren, so ist es etwas Anders.

2. Was den ›Saul‹ betrifft, der sich nicht finden will, so wären drei Personen denkbar, denen ich ihn gegeben hätte: erstlich Genast, zweitens Wolff, drittens Fräulein von Knebel. Erkundige Dich deßhalb, finden muß er sich.

3. Das Holz des Wachholderbaums hebe ja sorgfältig auf und laß nichts mehr davon zerschneiden. Es ist viel kostbarer, als wir jetzt denken: denn dergleichen ist unter keiner Bedingung wieder zu haben, und ich würde nicht rathen, ein größeres Möbel daraus machen zu lassen, sondern kleinere Dinge, womit es aber noch Zeit ist: denn das Holz kann immer noch austrocknen.

4. Was Deine beiden Schränkchen betrifft, so wird August den Sonnabend, wenn er hinüberkommt, das Maß nehmen, und alsdann will ich Dir hüben ein Paar, wie Du sie verlangst, von Pappelholz machen lassen, welches gut in die Augen fällt und ein Zimmer sehr putzt. Auch arbeiten die hiesigen Tischer ungleich besser und wohlfeiler als die Weimarischen. Die Sache wird mit Herrn Obrist von Hendrich besprochen, und August betreibt sie alsdann.

5. Was die Hof-Trauer betrifft, so brauchst Du mir niemals den Zettel zu schicken. Richte Du Dich vielmehr darnach: denn es schickt sich immer, daß Du Hof-Trauer trägst, wie Du es dießmal auch gethan hast. Von Frankfurt laß Dir kommen, was für gut gehalten wird, daß Du bei den Vermählungsfeierlichkeiten, inwiefern Du dazugezogen wirst, anständig erscheinen kannst.

6. Den Brief von Schlossern habe ich erhalten; es ist leider nur Verlust daraus zu ersehen. Indessen, da die ganze Welt verliert, so wollen wir uns nicht ausschließen.

7. Frau von Knebel hat ein Hütchen für Dich bestellt, welches hoffentlich fertig wird, um mit den Boten Sonn-

11. Goethe, 1806.
Ölgemälde von Ferdinand Jagemann

abend anzukommen. Das ihrige, wonach es gemacht wird, ist freilich niedlich genug.

8. Wenn Du etwas weißt, was Carolinchen Vergnügen machte, so sage es mir entweder, oder, wenn Du die Sachen von Frankfurt verschreibst, laß ihr auch etwas mitkommen.

9. Die schwarzen Beinkleider sind angekommen und passen gut. Den schwarzen Hofrock laß mir zu einem Frack umändern. Die alten Beinkleider will ich für Heinrich schicken. August will meinen alten Überrock haben.

10. Der Frau von Heygendorf empfehle mich vielmals. Sobald es hier freundlich wird, soll sie förmlich eingeladen werden. Wenn sie sich einrichtet, ein paar Tage hier zu bleiben, so wollen wir schon für ein artig Quartier sorgen: denn in einem Tage hin- und wiederzufahren ist für sie und das Kind nicht rathsam. Alles Übrige Sonnabend mit dem Boten.

Jena, den 29. März 1810. G.

11. Federnelken, und zwar gefüllte, erhältst Du, sobald es rechte Zeit ist, sie zu verpflanzen. Das Allzufrühe hilf nichts. Auch schicke ich Rapontica-Samen, welchen zu säen es auch noch Zeit hat. Hebe nur dazu einige gute, sonnige Beetchen auf.

474. *Goethe*

Heute weiß ich, mein liebes Kind, nicht viel zu schreiben: denn in dem gestrigen, durch Herrn von Egloffstein abgesendeten Brief habe ich alles möglichst bedacht. Ist etwas vergessen, so erinnere mich.

Meine Arbeiten gehen insofern gut, daß wir hoffen können, bald fertig zu werden. Freilich keine Störungen dürfen eintreten, und wir werden euch nicht eher einladen, als bis wir recht auf dem grünen Zweige sitzen.

August kommt wieder zu euch hinüber, und ich freue mich seiner, auf mehr als Eine Weise; aber es ist doch etwas Wunderbares in der Sache. Wenn ich es recht übersehe und bedenke, so ist mir sein Heidelbergischer Aufenthalt lieber als sein Jenaischer: es kommt schon etwas Kümmeltürkisches in ihn. Ich habe niemals einen so deutlichen Begriff von diesem Worte gehabt als jetzt. Ich will ihm seinen Sommer nicht verderben, und Du brauchst ihm hiervon nichts merken zu lassen; aber wenn es so fortgeht, so muß er auf Michael wieder in eine andere Welt, nach Göttingen, oder wohin es auch sein mag. Da viel Zeit bis dahin ist, so wollen wirs besprechen; aber ich sage es voraus, weil ich nicht viel mehr Zeit habe, etwas lange auf dem Herzen zu behalten.

Du erhältst einen ganzen Kasten voll köstliche, gefüllte Federnelken. Lasse sie nicht zu nahe aneinander pflanzen: denn sie bestocken sich sehr. Den Kasten schicke zurück.

Auch lege ich Rapontica-Samen bei, davon Du die Hälfte jetzt auf ein wohlbestelltes Ländchen säen kannst, die andere Hälfte erst im Mai auf ein anderes. Wie diese Pflanzen übrigens zu behandeln sind, besprechen wir noch weiter mündlich.

Das Hütchen, hoffe ich, ist auch glücklich angekommen. Es ist wirklich sehr artig, und ich glaube, daß es Dir gut steht.

Frau von Knebel kommt auch schon wieder hinüber, und August ist vielleicht früher bei Dir als Gegenwärtiges.

Die Mitglieder der Singestunde grüße zum schönsten. Wenn ich wieder hinüberkomme, so müssen wir einen recht vergnügten Donnerstag haben. Erkundige dich im Stillen, ob in der Charwoche ein Oratorium oder etwas dergleichen stattfinden soll. Ich werde mich darnach richten.

Lebe wohl und versäume nicht, zu dictiren, was vorgeht, und grüße Deinen hübschen Secretär.

Jena, den 30. März 1810. G.

August ist glücklich zurückgekommen, hat uns viel erzählt und war von der Aufführung des ›Hamlets‹ besonders erbaut. Mir geht es auch ganz gut, und wir werden vor Ostern, wo nicht fertig, doch ziemlich weit sein.

Habe Dank für das überschickte Gute. Die Näpfchen sollen heute sämmtlich wieder zurückkommen.

Schicke mir wieder etwas Franzwein, und von Zeit zu Zeit, auch ohne meine Erinnerung, einige Fläschchen.

Von der schwarzen Weste will Karl nichts wissen: er sagt, daß er sie nie gesehen habe.

Das eine Paar Beinkleider für Heinrich kommt mit.

In Deinem Garten wird alles wohl schön bestellt sein. Ich habe vergessen anzuzeigen, daß die Nelken etwas tief gesetzt sein wollen; doch wird das der Gärtner, als ein verständiger Mann, schon für sich gethan haben.

Ich gehe hier viel spazieren, und das schöne Wetter gefällt mir sehr wohl.

Für heute wüßte ich nichts mehr zu sagen; sollte ich etwas vergessen haben, so sei so gut und erinnere es. Lebe recht wohl und grüße Carolinchen.

Jena, den 3. April 1810. G.

*

Tagebuch, 6. April: »Kam nach Tische meine Frau [und Caroline Ulrich]«; 7.: ». . . mit den Frauenzimmern und August auf die Löbstedter Wiesen. Ferner in den botanischen Garten. Zu Tische alle beisammen. Abends gingen die Frauenzimmer auf den Ball«; 8.: »Mit den Frauenzimmern spazieren . . . Abens bei Major von Knebel. Gezeichnet, während die übrige Gesellschaft tanzte«; 11.: »Gingen die Meinigen nach Weimar.«

*

476. *Goethe*

Schon gar manches von dem, was ich gewünscht habe, ist angekommen. Sei so gut und schicke mir das Blättchen zurück, worauf alles steht, damit ich zuletzt weiß, ob auch alles hier ist.

Hofrath Meyer wird kommen und einiges aussuchen. Das überlasse ihm, oder übernimm es und schicke es mir, oder besorge es sonst, wie es sich fügen will. Nur bitte ich Dich, gib diesen Sachen einige Aufmerksamkeit, daß sie nicht bloß im Sturm geschehen, und daraus Confusionen entspringen, wie leider schon der Fall war.

Ich habe noch gar mancherlei, was ich herüberwünschte, und will es nach und nach verlangen. Ich hoffe, ihr werdet euch wohlbefinden und auf eure Weise vergnügt sein. Der Schnee hat mich auf einige Tage eingesperrt: es wird aber nur bald um desto besseres Wetter werden.

Schicke mir ja von Zeit zu Zeit etwas Genießbares: denn unser Tisch ist sehr schlecht und wird noch schlechter werden, wenn Hanburys weggehn. Lebe recht wohl, grüße den Schirmvoigt und Carolinchen. Wegen dieser habe ich recht umständlich und treulich an Herrn Geh. Rath von Voigt geschrieben.

Jena, den 13. April 1810. G.

477. *Goethe*

Dein Bruder hat mir alles recht ordentlich überliefert, und ich schreibe mit den Boten mehr. Dieses gebe ich mit den Bouteillen an den Kutscher, der euch selbst erzählen mag, wie es zugegangen ist, daß er unterwegs umgeworfen hat. Der Bibliothekar hat am Backen einigen Schaden genommen, der aber schon durch guten Hendrichischen Wundbalsam auf dem besten Wege der Heilung ist. Ich sage dieß nur, damit nicht etwa die klatschige Fama das Übel größer macht, als es ist, damit sie etwas zu sagen habe. Lebe recht wohl.

Jena, den 17. April 1810. G.

478. *Goethe*

Alles, was ich gewünscht habe, ist recht glücklich und gut angekommen, deßwegen Du auch ganz besonders gelobt sein sollst. Ganz allein fehlt noch das Holz vom Wachholderbaum, wovon ich Dich um einen stärkern und schwächern Ast bitte.

Unsere Geschäfte gehen hier sehr gut; nur bringt mich leider das Essen beinahe zur Verzweiflung. Ich übertreibe nicht, wenn ich sage, daß ich vier, fünf Tage bloß von Cervelatwurst, Brot und rothem Wein gelebt. Auch sehe ich unter den hiesigen Umständen gar keine Rettung und wäre, weil es mir zuletzt doch schädlich werden muß, schon wieder hinübergefahren, wenn es unser Geschäft nur einigermaßen zuließe. Ich bitte Dich also aufs allerinständigste, mir mit jedem Boten-Tage etwas Gutes, Gebratenes, einen Schöpsenbraten, einen Kapaun, ja einen Truthahn zu schicken, *es mag kosten, was es will*, damit wir nur zum Frühstück, zum Abendessen, und wenn es zu Mittag gar zu schlecht ist, irgend etwas haben, was sich nicht vom Schwein herschreibt. Ich mag Dir nicht sagen, wie verdrießlich und ärgerlich ich die Zeit her gewesen bin, wenn ich mit einem übertriebenen und ganz unschicklichen Aufwand entweder hungern oder etwas genießen mußte, was mir offenbar schädlich war.

Alles Andere, was von uns selbst abhängt, geht sehr gut, und wir werden zur rechten Zeit fertig. Daß der Bibliothekar schon heute kommt, hindert, daß der Schreiber dieses nicht mit dem Wagen zurückkehrt. Ich wiederhole, daß der kleine Unfall, den der Bibliothekar gehabt, von keiner Bedeutung ist. Wegen Carolinchen ist, hoffe ich, schon ein Rescript an die Regierung gegangen. Erkundigt euch immer wieder einmal darnach und laßt die Sache nicht ruhen. Weiter wüßte ich für den Augenblick nichts, womit ich Dich plagen oder belästigen möchte. Schreibt mir aber doch, und zwar etwas ausführlich, wie es mit der *›Schweizerfamilie‹* gegangen ist. Wenn August von seiner Tour zurückkommt, so ermuntere ihn ja, daß er mir eine recht ausführliche, hübsche Relation schreibt. Lebe recht wohl und besorge Inliegendes, besonders an Ludecus, recht pünctlich: denn es enthält Geld und Geldeswerth.

Jena, den 17. April 1810. G.

479. *Goethe*

Auf eure freundliche Einladung können wir uns leider nicht einfinden: denn gerade in diesen Tagen und in der nächsten Woche steht uns noch das Schwerste bevor. Wir müssen also aushalten, es sei, auf welche Art es auch sei.

Doch haben Deine Wohlthaten theils an und vor sich selbst sehr gute Wirkung gethan, theils auch anderes Gute herbeigeführt, und wir haben uns in der letzten Zeit, was das Essen betrifft, um vieles besser befunden. Sende uns nur mit jedem Botentage etwas Abgebratenes, es sei, was es sei, damit ich nur zum Frühstück und Nachtisch etwas Kaltes habe, das mir allein wohlschmeckt und mir allein wohlbekommt.

Zahnpulver schicke ich hier eine kleine Gabe. Herrn von Hendrich werde ich wegen solcher Schächtelchen erinnern. Daß Du mir die beiden Flaschen Franzwein aufgeopfert hast, weiß ich Dir großen Dank. Die eine hat uns schon besonders gut geschmeckt; die andere wollen wir mit desto mehr Verstand trinken.

Frage doch auch August gleich, wenn er wiederkommt, ob ich ihm ein ganz kleines, französisch sehr schön geschriebenes Büchelchen, die Feierlichkeiten in Cleve, zum Geburtstag des Kaisers, und das Andenken der Johanna Sebus betreffend, etwa gegeben habe. Es ist mir verschwunden, und ich weiß nicht, wohin.

Heute sage ich nichts weiter. Nächstens werde ich Dich ersuchen, mir wieder einiges zu schicken. Nach meinem Wunsche und nach der Nothwendigkeit müssen wir noch einmal nach Weimar hinüber. Wann dieß geschehen kann, weiß ich nicht zu sagen. Unangemeldet kommen wir nicht; aber wir finden auf jede Weise alles besser, als wir es hier verlassen. Ich wünsche, recht wohl zu leben und umständlich zu vernehmen, wie man sich befindet.

Jena, den 20. April 1810. G.

Noch eins! Man hat von Seiten der Theater-Commission bei mir den Wunsch geäußert, den neuen Capellmeister und seine Frau auf unsere Bank, wenigstens für die Zeit des gegenwärtig laufenden Theaterjahrs, zu bringen.

Ich habe doch Witzeln darauf einen Platz und eine Art von Aufsicht übergeben. Dieser ist nun krank und gewiß lange nicht im Schauspiel gewesen. Carolinchen wird am besten sagen können, wie es jetzt auf der Bank aussieht, damit ich einen Entschluß fassen kann: denn ich möchte diesen Personen gern eine Gefälligkeit erzeigen, ohne doch jemanden zu vertreiben, obgleich die Sämmtlichen, die darauf sitzen, außer etwa dem schönen eben genannten Kinde, uns deßhalb nicht den mindesten Dank wissen. Erkundige Dich nach der Sache, schreibe mir Deine Meinung: denn ich habe mir die Resolution offen behalten.

Sei so gut und schicke mir ein paar Pfund Chocolade.

[*Nachschrift:* Riemer]

Augusten bitte gefälligst zu sagen, daß ich sein Stammbuch besorgt habe, es aber leider heute nicht mitschicken kann, indem es bei Frommanns liegt, die in diesem Augenblick, wo die Botenfrauen eben abgehen wollen, nicht zu Hause sind. Es erfolgt nächstens.

Das Beste zum Feste wünschend und mich geneigtestem Andenken empfehlend Riemer.

480. *Goethe*

Die Chocolade ist mir sehr zur guten Stunde angekommen: denn ich habe diesen Morgen allerlei Proben gemacht mit Kaffee und hiesiger Chocolade, es hat aber nicht gehen wollen.

Gleichfalls danke ich für die guten gebratenen Bissen. Schicke mir ja wieder etwas dergleichen. Dafür folgen auch hiermit die besten Fische, die ich wünsche, daß ihr sie in guter Gesellschaft wohlbereitet verzehren möget.

Mir geht es ganz gut, nur daß unsere Arbeit sich noch immer etwas mehr in die Länge zieht.

Schreibt mir nur hübsch fleißig euer Tagebuch. Ich habe nicht viel Besonderes zu erzählen. Für Augusten habe ich das Verlangte beigepackt. Lebet recht wohl und gedenkt an uns. Ob und wann es hinüberzukommen möglich ist, weiß ich noch nicht zu sagen.

Jena, den 24. April 1810. G.

481. *Goethe*

Für das Übersendete sollst Du vielen Dank haben. Laß es uns nicht an Nößeln Franzwein und an halben Braten nicht fehlen. Schicktest du mir etwas Spargel, der doch nun auch hervorkriechen sollte, so würde ich es auch gut aufnehmen. Die Freundinnen haben mir hier die Erstlinge zugetheilt. Du erhältst hiermit mancherlei. Ich hoffe einen Aal. Aalraupen haben wir auch verzehrt, welches wirklich kein schlechter Fisch ist. Pflanzen erhältst Du auch, und auch Federnelken. Dagegen bitte ich Dich inständig: schicke mir Kasten und Schachteln zurück! Es ist noch einer drüben von den ersten Federnelken. Eine Schachtel, die Wagnern gehört. Nun kommt wieder ein Kasten. Laß den nicht bei Dir stehen. Die Leute geben sehr gerne das, was drin ist, aber die Gehäuse wollen sie wiederhaben.

Mache dem guten Rinaldo einmal eine Artigkeit und sage, daß sie von mir komme. Das artige Kind hat mir ein paar Mal geschrieben und Zeichnungen geschickt; aber ich komme nicht dazu, auszudenken, wie ich ihm auch etwas Erfreuliches erzeigen könnte.

Lebet recht wohl und genießet des guten Tages. Wenn August Sonntag zu mir herüberkommt, so soll er wohl empfangen sein. Wann wir bei euch anlangen, das wissen wir noch nicht zu sagen: denn ob wir gleich fleißig sind, so verspätet sich doch unser Vorhaben. Davon wird jedoch in der nächsten Woche besser die Rede sein können.

Denke nur ja auf alles, was ich etwa zu meiner Abreise noch bedarf, oder was vorher entschieden sein muß: denn ich möchte sie beeilen so viel als möglich. Das Karlsbad, wenn auch nur die Hälfte von dem wahr ist, was man sagt, wird dieß Jahr so voll, daß man nicht früh genug anlangen kann. Lebe recht wohl, und versäumt nicht das Tagebuch.

Jena, den 27. April 1810. G.

482. *Goethe*

Der Besuch von August war uns sehr angenehm. Wir hätten gewünscht, daß er länger geblieben wäre. Warum er so schnell forteilt, wird er Dir selbst erzählen. Sage Lortzingen etwas Freundliches darüber, daß ich ihn nicht zu Tisch behalten habe. Wir haben wenig zu essen, und ich wollte mich doch auch mit August etwas freier unterhalten. Die Morcheln in der Schachtel sind für Aten; sie soll sie aber gleich kochen, weil sie noch so ziemlich frisch sind. Die Bohnen schickt Madame Frommann.

Nun laß mir vor allen Dingen noch einen blauen Überrock, ein Paar schwarze Hosen und ein Paar Stiefeln machen. Diese soll aber der Schuster ja nicht enger machen als die letzten, wegen der warmen Strümpfe.

Ferner schicke mir zunächst aus der mittelsten Schublade rechter Hand meines Schreibtisches die zwei hübschen Portefeuilles, das violettsammtne, und das andre mit zwei Farben gestickte von der Herzogin von Curland.

August wird Dir sagen, wie ich über die letzten vierzehn Tage denke. Ich halte es mit euch für besser, nicht mit herüberzukommen. Riemer käme etwa den 9., zu Schillers Gedächtnißfeier. Ihr brächtet ihn Sonnabend wieder zurück. Wir blieben den Sonntag zusammen, und dann ging' ich Montag oder Dienstag fort. Es ist allerdings nothwendig, daß ich nach Karlsbad eile, weil es eine große Noth um Quartiere sein wird; ob es mir gleich nicht bange ist, unterzukommen.

Lebe recht wohl! Denke alles recht durch und bereite es vor, daß am Ende nichts fehlt. Die Pässe laß auch auf der Polizei ausfertigen und sie vom Sonntag Jubilate, das ist den 13.Mai, datiren. Übrigens sagst Du niemanden, weder wann ich gehe, noch daß ich nicht mehr hinüberkomme. Hast Du denn Madame Dillon besucht?

Jena, den 29. April 1810. G.

483. *Goethe*

Jena, den 1. Mai 1810.

Unsere Dinge werden sich alle nach und nach ganz gut machen. Vieles habe ich nun schon erhalten, besorge noch gefällig das Fehlende.

Vor allen Dingen die Pässe. Den Stiefel schickt Karl; ich wünsche aber, daß er zurückkomme, wenn der Schuster das Maaß darnach genommen hat. Die beiden Orden, sowohl den französischen als den russischen mit dem großen Bande, bringe wohleingepackt mit; man weiß nicht, ob man nicht in den Fall kommt, sie zu brauchen.

Wegen unserer Hin- und Wiederfahrten wollen wir es so einrichten. Riemer kommt auf alle Fälle Mittwoch, den 9., und es soll mir lieb sein, wenn ihr alsdann alle zusammen Sonnabend zu guter Zeit anlangt, da ihr denn ein gut Mittagessen finden sollt. Ich will mich einrichten, daß ich erst Dienstag, den 15., abgehe. In diesen drei Tagen haben wir übrig Zeit, alles zu besprechen. Karl bleibt hier. Er will das Geld für den Überrock nehmen, welches mir auch ganz recht ist. Grüße Weißern zum schönsten und sage ihm Folgendes: eine förmliche Bestellung auf die Büste der Prinzeß in Marmor könnte ich vor meiner Abreise nicht auswirken; allein man müßte in der Welt auch etwas riskiren. Er soll mit sich zu Rathe gehen, ob er wagen mag, die Büste auf seine Gefahr zu machen, da er den Marmor doch hat, und Zeit auch. Rückt die Arbeit vor, die Zeit der Vermählung und des Abschieds ruckt heran: so will ich mein Möglichstes thun, daß die Herrschaften sie behalten, und er zu seinen Wünschen gelange. Es ist mit solchen Dingen, wie mit Waaren. Bestellen würde man sie nicht, wenn sie aber fertig sind und gut aussehen, so nimmt man sie wohl. Er soll nur aufmerken, was die Leute an der Gipsbüste loben und tadeln, und Hofrath Meyer zu Rathe ziehn.

Du sagst mir nicht, daß Du bei Madame Dillon gewesen seist. Ich wünsche es gar sehr. Versäumt nicht hinzugehen, noch ehe ich abreise.

Von den Geschirren kommt hier wieder etwas zurück. Von dem weißen Weine möchte ich immer wieder etwas und auch auf die Reise. Ich trinke ihn gerne, und er bekommt mir gut.

Lebe recht wohl! Ich möchte gar zu gern euren Garten sehen, der sehr hübsch sein muß, aber ich würde ihn doch kaum genießen können. Grüße Carolinchen und August und denke über alles nach, was Du mir etwa mitzugeben hast. Riemern gebe ich über verschiedenes noch Aufträge. Die Portefeuilles sind glücklich angekommen. – Lebe wohl! Die Inlagen baldigst zu besorgen!

484. *Goethe*

Wenn Herr Buchhändler Zimmer von Heidelberg in meinem Hause nachfragt, so wird ihm Gegenwärtiges übergeben, um denselben zu benachrichtigen, daß Herr Hofrath Meyer Aufträge wegen des bewußten Geschäftes erhalten habe und Herrn Zimmer deßhalb erwarte.

Jena, den 2. Mai 1810. Goethe.

485. *Goethe*

Ich habe Dir, mein liebes Kind, zwar heute eigentlich nichts zu sagen, doch will ich, da eine Gelegenheit geht, Dir einige Aufträge geben und ein freundliches Wort hinzufügen. Habe die Güte, beiliegende Briefe und Packete zu besorgen. Die Gegenwart von August war uns gestern sehr erfreulich. Wir haben allerlei Späße zusammen gehabt, wovon er Dir wird erzählt haben. Eberwein hat mich auch gefreut. Er ist gar verständig und ordentlich, geschickt, fleißig und anhaltend; welches zu seinem Metier und zu seinen Zwecken besonders nöthig ist. Ich zweifle nicht, daß er seinen Sing-Unterricht, sowohl bei Einzelnen als bei unsrer Anstalt, recht gut fortsetzen wird. Im Ganzen weiß ich nur zu sagen: Wer sich nähert, den stoßt nicht zurück, und wer sich entfernt, den haltet nicht fest, und wer wiederkommt, den nehmt auf, als wenn er nicht weg gewesen wäre. Alles kommt darauf an, daß der Faden nicht abreißt, das Übrige will im Einzelnen alles nichts heißen.

Durch die Boten und durch Riemer, welcher Mittwochs noch kommt, schicke ich und schreibe, was allenfalls noch zu besorgen ist. Laß mir dagegen auch wissen, was Dich allenfalls interessiert. Sonnabend kommen wir noch einmal zusammen und wir wollen, hoffe ich, die paar Tage ganz vergnügt sein. Lebe recht wohl, besorge aber ja die sämmtlichen Inlagen bald möglichst: denn einige haben Eile. Lebe recht wohl.

Jena, den 7. Mai 1810. G.

*

Vom 12. bis zum 15. Mai besucht Christiane Goethen, der am 16. früh 8 Uhr mit Riemer abermals nach Karlsbad reist. Unmittelbar vor der Abfahrt ist der folgende Brief geschrieben.

*

486. *Goethe*

Wir sind gestern Abend mit Langermann und Seebeck bis gegen Mitternacht bei Knebel gewesen und hatten so viel einzupacken übrig gelassen, daß wir heute früh erst um 8 Uhr fortkommen. Alles, was ich von Papieren und sonst zurücklassen mußte, ist in einen großen Kasten geschlagen, den Färber übernommen hat, um ihn in der Bibliothek aufzubewahren. Es befindet sich auch der Stier von Bronze drin.

Den großen Orden habe ich auch hier gelassen und nebst der schönen Dose Herrn von Hendrich aufzubewahren gegeben. Du erhältst hier einen Brief an Kammer-Secretär Ludecus. Schicke ihm denselben hin, und wenn er zu Dir kommt und nachfragt, so zeige ihm das Papier, welches gleichfalls beiliegt, benimm Dich aber ruhig und glimpflich, und mache überhaupt von der Sache kein Aufsehen.

In dem violetten Couvert ist der Brief von Schlossern befindlich, wegen der östreichischen Obligationen. Diesen hebe wohl auf, bis ich ihn zu den Acten nehmen kann, wo er hingehört.

Übrigens will ich Gott danken, wenn wir im Wagen sitzen, weil immer noch etwas Neues sich hervorthut. Weiter weiß ich nichts, als daß wir Dir von Herzen wohlzuleben wünschen.

[Jena,] Mittwochs, den 16. Mai 1810. G.

487. *Goethe*

Pößneck, den 16. Mai 1810.

Nachdem mit vieler Mühe alles noch eingepackt und geordnet war, fuhren wir um 8 Uhr von Jena aus und kamen bei dem schönsten Wetter und den besten Wegen hier um 3 Uhr an und wurden sogleich mit den trefflichsten Schmerlen bewirthet, welche wir gern getheilt hätten, wenn die Abwesenden uns näher gewesen wären. Weiter wäre für dießmal nichts zu sagen. Morgen geht es sehr frühe fort. Wohin wir gelangen, soll Abends gemeldet werden.

Hof, den 17.

Heute haben wir schon etwas mehr zu erzählen. Wir sind nach jenaischer Uhr um 4 Uhr von Pößneck weggefahren, bei bedecktem Himmel und sehr angenehmem Wetter. Gleich hinter der Stadt geht es bergauf, und das dauert ein paar Stunden, da es denn ein wenig langsam vorwärtsrückt. Auf der Höhe fuhren wir desto geschwinder: denn die Wege waren durchaus trefflich, weil es hier in langer Zeit keinen anhaltenden Regen gegeben hat. Wir hielten in einem Fichtenwäldchen stille, [aßen] die letzten Coteletten von Jena und tranken noch von unserm gewohnten, rothen Wein; indessen sangen die Haidelerchen, und wir fuhren vergnügt weiter. In Schleiz frühstückten wir und fuhren gegen Mittag weg; fast auf beständig guten Wegen und unter wenigem Sprühregen kamen wir um ½7 glücklich nach Hof, wo wir denn ausruhen und morgen weiterfahren.

Franzenbrunn, den 18. Mai.

Heute früh fuhren wir etwas später von Hof aus, hatten ganz herrliches Wetter und einen Weg, so gut er nur sein konnte, und so fuhren wir geschwind dahin und waren sehr vergnügt. An dem großen Quarzfelsen, von welchem August mehr zu sagen wissen wird, verzehrten wir die letzte jenaische Taube und tranken von dem Franzwein. Dann sahen wir bald das schöne Thal des Egerkreises vor uns liegen, und darin die hellen Häuser Franzenbrunns in der Entfernung von 2 Stunden. Sobald wir angekommen waren, gingen wir zum Brunnen und tranken daselbst vortreffliches Wasser, welches wir gern euch zugetrunken hätten. Ich mußte mir recht Gewalt anthun, um nicht zu viel zu trinken.

Unterwegs begegnete mir Feuerstein von Weimar, der eben eine große Ladung Egerwasser für Weimar und Jena abführte. Er versprach mir, Dir ein[1] Kistchen von etwa

1 Nach gestrichenem etwa.

18 Flaschen zu verschaffen; weil ich aber nicht weiß, ob er es leisten kann, und ich wünsche, daß Du diesen Sommer die Cur recht ernstlich brauchst, auch daß Carolinchen immer ein Glas mittrinke, so schicke ich Dir noch zwei Kistchen durch den Fuhrmann, jedes zu 20 Flaschen, um so mehr, da es sich hält, wenn Du es nicht aufbrauchen solltest. Wir hoffen, morgen bei guter Zeit in Karlsbad zu sein und eure Commissionen zu machen. Nur erinnere ich nochmals, daß ja an den Merseburger Arzt geschrieben wird, damit in Zeiten eine ordentliche Cur angefangen werde, und der Lauchstädter Aufenthalt desto vergnüglicher sei.

Karlsbad, den 19. Mai.

Heute fuhren wir bei guter Zeit ab, und hätten beim schönsten Tage auch den schönsten Weg gehabt, denn es hat in langer Zeit hier nicht geregnet, wenn man nicht unglücklicher Weise hier zu Lande die Chausséen besserte, wobei es denn manchen Umweg und manche Stöße gab. Indessen sind wir glücklich und froh hier angelangt, haben unser Quartier frei und Karlsbad wie sonst, ja verschönert gefunden. Mehr nicht für heute, weil wir noch die Stecknadel-Commissionen besorgen und uns einrichten müssen. An Madame Herder gib die drei Pakete mit beiliegendem Papier. Ich schicke Dir auch ein Dutzend[1] zinnerne Löffel zum Spaß; es kostet 5 Kopfstückchen. Seitdem die guten Leute ihr Silber hingeben mußten (denn niemand darf außer den Löffeln etwas Silbernes im Hause haben), so raffiniren die Zinnarbeiter auf alle Weise und machen die schönsten Sachen. Wenn sie nicht so beschwerlich zu transportiren wären, so schickte ich Dir in der Folge noch manches. Von den Stecknadeln kommt nur ein halb 𝔗, weil man, bei dem Verhältniß des Papiergeldes zum Silber, nicht so geschwind

1 Nach gestrichenem halb.

überschlagen kann, wie es sich gegen die vorigen Jahre verhält, und ob die Leute einen freventlich übertheuern, weil man Eile hat.

Doch habe ich nicht unterlassen wollen, Dir auch noch ein paar hundert Nähnadeln zu schicken: es sind die beiden größten Sorten. Unter diesen sind noch drei Nummern 6, 5 und 4; könnt ihr von diesen etwas brauchen, so schreibe es nur.

Ich habe mich auf der Reise sehr wohl befunden; wir haben uns aber auch keineswegs übereilt und sind ruhiger hier angekommen, als wir oft von Jena nach Weimar gelangen. Mir macht es ein ganz wundersames Vergnügen, wieder auf dem alten Flecke zu sein und eine schöne, ruhige Zeit vor mir zu sehen, wo man sich pflegen, eine heilsame Quelle brauchen, und dabei gar vieles thun und abthun kann. Versäume nur nicht, an den Merseburger Arzt zu schreiben, und behandle Deine Cur hübsch regelmäßig. An Egerwasser fehlt Dirs nicht; ich bin überzeugt, daß es überhaupt und Dir besonders heilsam ist.

Schreibe mir ja bald und grüße Deinen lieben Secretarius, dem von Steck- und Nähnadeln ohnehin sein Theil werden wird. Auch liegen Stricknadeln bei; wenn sie nicht recht sind, so schreibe nur.

Augustens Krug ist eingepackt, der Fuhrmann soll ihm denselben in Jena übergeben. Mehr kann ich nicht sagen: denn das Packet muß geschlossen sein. G.

488. *Christiane*

Lieber Geheimerath,
Dein lieber Brief hat mich recht aufgeheitert, weil ich daraus ersehe, daß Du recht wohl und vergnügt angekommen bist. Ich habe meine Recepte wiedergefunden und

befinde mich schon etwas besser; auch habe ich schon von dem Egerwasser, welches ich gleich den Tag nebst Deinem Brief erhielt, getrunken. Feuerstein hat mir 9 große Bouteillen geschickt; die erste, welche wir aufmachten, war so vortrefflich, daß ich sie mit Caroline ausgetrunken habe. Doch kommt es mir sehr theuer vor; ich habe ihm für die 9 Flaschen 3 Thaler 6 Groschen 9 Pfennige bezahlen müssen. Doch sagte er mir, daß er in 14 Tagen wieder hinfahre, und weil er da ein Packet mitnehmen kann, so will ich Dir alle Briefe und Zeitungen schicken. Da bitte ich Dich, wenn es möglich ist, mir einen Wiener Shawl zu schicken, damit ich ihn noch zur Vermählung hätte. Für die schönen Steck-, Näh-, und Stricknadeln danken wir; von letztern könnten wir einige Gestricke etwas stärker brauchen, von den Nähnadeln könnten wir die folgenden Nummern auch brauchen. Dieses könnte Feuerstein alles wieder mitbringen. Seit wir wieder von Jena zurück sind, haben mich folgende Damen besucht: die Schopenhauer, welche künftigen Donnerstag nach Ronneburg geht, die Frau von Schiller, die Hofmarschallin und Comteß Egloffstein und die Frau von Seebach. Gestern war auch der Herr von Lewandowski bei uns, welcher uns sagte, daß nächstens die Miß Dillon[1] uns zu einer Partie nach Ettersburg und Tiefurt einladen würde. Künftige Woche ist Jahrmarkt in Jena, und wir denken einige Zeit hinüber zu gehen. Wir bitten aber recht bald wieder um einen Brief von Dir. Unsere Singstunden gehen hier ruhig fort. Heute wird durch folgende Theater-Sänger eine Messe bei der Frau von Heygendorf aufgeführt, welche der neue Capellmeister dirigiert, nämlich Herr Moltke, Herr Stromeyer, Herr Strobe und Mamsell Engels[2]; unsere Singstunde hält aber Eberwein dennoch heute, das Chor und die übrigen, welche nicht dort sind, kommen zu uns. Auch singt

1 Dülon.
2 Engel.

Unzelmann mit bei der Heygendorf. Eberwein macht seine Sachen recht brav; ich habe ihm das Geld gegeben, und er läßt Dir vielmal dafür danken. Wir waren auch bei der Frau Capellmeister Müllern; es sind sehr artige Leute, ich habe mir vorgenommen, sie nächstens einzuladen. Auch hat mich Frau von Wolzogen besucht, und ich bin gestern auch wieder bei ihr gewesen; sie ist sehr mit einpacken beschäftigt, weil sie bald wegreist und das Haus dem Herzog verkauft hat. Frau von Humboldt wird sie in Frankfurt treffen; sie läßt Dich vielmals grüßen, und ehe sie weg geht, will sie noch einen Abend bei mir im Garten zubringen. Bei dem Theater geht alles ruhig und still fort. ›So sind sie alle‹ kann künftigen Sonnabend nicht gegeben werden, denn als der Capellmeister die zweite Probe halten wollte, waren alle Finale weg, man weiß nicht, wie es zugegangen ist, und der arme Organist[1] Eylenstein sitzt auf der Wache, weil er sie im Theater hat liegen lassen; man vermuthet, daß es bloß, um dem Capellmeister einen Possen zu thun, geschehen ist. Nie habe ich Genasten noch in solcher Angst gesehen als wie da. Was aber das Schauspiel betrifft, ist alles ruhig, und alles freut sich, von mir zu hören, daß Du Dich so wohl befindest. Wir trinken Wasser und gehen viel spazieren. Die Cölner Bilder hat noch niemand abgeholt; auch liegt ein großes Packet von Cotta da, schreib mir, ob ich es aufmachen und was damit geschehen soll, es sind gedruckte Sachen. Cotta wird wohl nun wiederkommen und den Karl Schiller mitnehmen. Wir haben hier sehr schönes, fruchtbares Wetter, und ich bin jetzt dabei, Krautland und Garten, alles zupflanzen zu lassen, um, wenn Du wieder zurückkömmst, Dir meine schöne Ernte von allem zeigen zu können. Auch blühen dieses Jahr alle Obstbäume in unserm Garten so schön, als ich es lange Zeit nicht gesehen habe, und der

1 arme Organist nachträglich über der Zeile.

Garten und Gartenhaus ist unser beständiger Aufenthalt. Neues wissen wir weiter gar nichts zu sagen, und wir empfehlen uns ferner Deiner Liebe und Güte.

Gleich nach der Rückkehr von Jena bekam ich einen Besuch von einem Meerweibchen und befand mich auch gleich besser und zufriedener. Ich habe auch viel Vertrauen zu dem Egerwasser. Und die Medicin, das wird ja alles wohl wieder in Ordnung bringen. Ist denn die Bettine[1] in Karlsbad angekommen und die Frau von Eybenberg? Und hier sagt man, die Silvie und Gottern gingen auch hin. Was willst Du denn mit allen Äuglichen anfangen? Das wird zu viel. Vergiß nur nicht ganz Dein ältstes, mich, ich bitte Dich, denke doch auch zuweilen an mich. Ich will indeß fest auf Dich vertrauen, man mag sagen, was man will. Denn Du bist es doch allein, der meiner gedenkt.

Lebe wohl und behalte lieb C. v. Goethe.

Weimar, den 24. Mai [1810].

489. *Goethe*

Karlsbad. Sonntag, den 27. Mai 1810.

Wir sind nunmehr acht Tage hier und haben also schon etwas zu erzählen. Wir haben uns vor allen Dingen überall umgesehen und die alten und neuentstandenen Wege meistens schon durchspaziert. Der Ausbruch des Sprudels, der sich vorm Jahre im September ereignete, und die Bemühungen, die man sich gibt, die Quelle wieder herzustellen, hat auch meine Aufmerksamkeit sehr beschäftigt. Auch bin ich so ziemlich fleißig im Zeichnen gewesen. Dabei ist manches dictirt worden, wenigstens zur Vorbereitung für künftige Arbeiten.

1 bediene.

Das schöne Wetter, das wir auf der Reise gehabt, hielt auch hier die ersten Tage noch an, zu unserm größten Vergnügen, indem wir uns bei so guter Zeit und fröhlichem Sonnenschein überall umsehen konnten. Nun aber ist seit 3-4 Tagen Regenwetter eingetreten, welches mich weniger genirt als andre, weil ich den Brunnen aussetzen kann. Ich befinde mich übrigens recht wohl, wie ich lange nicht gewesen: denn ich will nur gern gestehn, daß mirs auf die letzte Zeit in Jena sehr übel zu Muthe war.

Das Papiergeld steht sehr niedrig. Wir haben für 100 Gulden Sächsisch 362 Gulden in Bancozetteln erhalten. Allein dießmal kommt es uns nicht zu Gute, indem die Victualien und Waaren in gleicher Maße gestiegen sind; ja die Leute wissen gar nicht mehr, was sie fordern sollen, um sich sicher zu stellen, weil die Bancozettel immer noch fallen, so daß man z. B. das Quartier und alles, was feste Preise hat, in der Folge immer wohlfeiler bezahlt. Und so macht es die Menschen durchaus, wie gesagt, verwirrt, und man wird es selbst, wenn man die Summen hört, die man ausgegeben hat. Reducirt man sie auf Silbergeld, so verschwindet freilich das Übertriebene; aber doch ist, wie gesagt, alles theurer als vor zwei Jahren. Wenn Du Gelegenheit hast, dieß Herrn Geheimen Hofrath Stark wissen zu lassen, so thue es ja, damit er sich darnach einrichte.

Die Portionen Essen sind gleichfalls kleiner als jemals. Man muß ihrer drei nehmen statt zwei. Der Kaffee wird in den nächsten Monaten so gut wie völlig verboten und wird wenigstens theuer genug zu bezahlen sein. Dem allen ungeachtet wird mein hiesiger Aufenthalt nicht theurer als in Jena zu stehen kommen. Wenn ein paar Wochen herum sind, will ich Dir darüber einmal etwas Ausführliches schicken.

Wein werden wir wohl von Prag kommen lassen. Ich habe deßhalb einen Auftrag für Madame Hanbury und werde bei dieser Gelegenheit auch für mich einige Sorge tragen. Curgäste sind noch nicht viel hier. Die Prinzeß Marianne von Sachsen ist sehr freundlich und gesprächig am Brunnen und unterhält sich mit jedermann, so auch auf der Promenade. Sie sieht aber niemand bei sich, wodurch man denn aller Aufwartung und aller gêne überhoben ist. Sodann fehlt es nicht an schönen und interessanten Personen, und täglich kommen neue Gesichter. Die Kaiserin von Östreich kommt den 6. und wohnt schräg gegen uns über. Sie ist aber sehr krank und wird keine große Differenz im öffentlichen Leben machen. So viel für dießmal. Grüße Carolinchen und August, und lebe recht wohl! G.

Seid ja so gut und antwortet gleich auf diesen Brief und meldet mir den Tag, wann er angekommen, damit man einigermaßen weiß, inwiefern man sich communiciren kann.

490. *Goethe*

Karlsbad, den 3. Juni 1810.

Dein lieber Brief vom 24. Mai ist acht Tage gelaufen. Einen von Deinem Bruder habe ich in fünfen erhalten. Man muß also nur schreiben, am Ende kommen die Blätter doch an.

Einen Shawl habe ich Dir gekauft bei einem Händler, der unmittelbar von Wien kam. Er gefällt mir besser als alle die, welche die Damen jetzt hier umhaben, davon die meisten noch mit den langen, garstigen, geschwänzten Blumen sind. Diese ist man nun endlich einmal los, und die neuen Bordüren sind sehr viel schöner. Die Shawls sind jetzt viereckt, und ich hoffe, dieser soll Dir gefallen. Ich habe mich entschlossen, Dir ihn wohl eingepackt auf der fahrenden Post zu schicken. Er soll Donnerstag, den 7., hier abgehen. Wenn er ankommt, schreibe mir das Datum der Ankunft und auch, was das Porto macht, damit man sich in andern Fällen darnach richten kann. Es ist freilich hier eine böse Sache mit den Posten und der Versendung durch dieselben. Ich lege ein kleines Halstuch für Carolinchen bei, welches recht hasig ist und ihr Freude machen wird. Von Nadeln und andern Dingen soll nächstens die Rede sein.

Die neun Eger-Wasser-Flaschen hat man Dich[1] freilich sehr theuer bezahlen lassen. Ein Kästchen mit den 40 kleinen, wie ich Dir zwei schickte, kostet am Brunnen nur 2 Thaler Sächsich und noch weniger, wenn man sie in Papier zahlte. Doch ist freilich der Transport zu rechnen. Laß sie Dir nur wohl schmecken und wohl bekommen.

Das schöne Wetter hat uns verlassen. Nun hat es geregnet und ist sehr kalt geworden. Wir hoffen indessen auf bessere Tage, und wie die Sonne scheint, ist es auch gleich wieder hübsch. Täglich kommen neue Gäste, und im Juli wird es übermäßig voll werden. Für diesen Monat ist kein Quartier in einer guten Lage mehr zu finden. Frau von Eybenberg kommt Anfangs Juli. Von Bettinen habe ich nichts gehört. Es ist nicht wahrscheinlich, daß von Jena oder Weimar noch jemand komme, außer Madame Bohn, die mit Madame Hanbury den 12. Juni ankommen wird. Ein Brief vom 27. Mai von mir wird bei Dir angekommen sein. Ich schreibe von Zeit zu Zeit.

Es ist hier zwar alles theurer als vor zwei Jahren, aber wir leben doch durchaus wohlfeiler als in Jena: denn wir bestreiten Miethe, Tisch, Wein, Frühstück, Nebensachen und sonstige kleine Ausgaben mit 30 Thalern gut Geld, die Woche. Nächsten Mittwoch, den 6., kommt die Kaiserin von Östreich hier an, da es denn keinen geringen Zufluß von Menschen geben wird.

1 Über gestrichenem mich.

Dienstag, den 5. Juni.

Dieser Brief ist liegen geblieben und geht nur erst einen Tag vor dem Shawl ab, welcher also wohl bald nachfolgen wird. Was das kleine Tüchelchen für Carolinen betrifft, so wird es nur an den Seiten gesäumt, wo es abgeschnitten ist. Die Franzen bleiben, wie sie sind, und dienen zum Zierat.

Es liegen ein Dutzend Exemplare eines Gedichts bei, der Kaiserin bei ihrer Ankunft von der Karlsbader Jugend überreicht. Besorge, daß etwa 4 nach Hof, 3 in die Stadt, 3 nach Jena kommen, und ein paar behalte für Dich. Das Wetter ist seit 8 Tagen ganz abscheulich. Es hat gegraupelt, geregnet, geschneit, und wir haben einheizen müssen. Übrigens aber geht alles ganz vergnügt und lustig zu, und ich befinde mich besser als seit langer Zeit.

Der Shawl ist sehr gut eingepackt und wird hoffentlich unbeschädigt ankommen. Schreibe mir gleich und laß mich erfahren, wie es bei euch steht. Da Herr Hofrath Stark, wie ich höre, noch hieher geht, so schicke mir durch ihn, was etwa nöthig ist.

G.

491. *Goethe*

Karls-Bad, den 6. Juni 1810.

In diesem Briefchen, das den Shawl begleiten soll, will ich aber auch einmal eigenhändig sagen: daß ich recht oft und in herzlicher Liebe Dein gedenke und Plane mache, wie wir künftiges Jahr einige Zeit hier zusammen zubringen können. Für dießmal kommt der Schleier, der Dir gewiß gefallen wird, wenigstens haben wir alle drei ihn für den schönsten gehalten. Ich wünsche, daß er glücklich ankommt, schreibe mir seinen Empfang. Versäume ja nicht diesen Sommer alle Arten von Cur in Weimar und Lauchstädt. Am letzten Orte laß Dir das Baden empfohlen sein. Grüße August, von dem ich noch nichts vernommen habe. Auch Carolinchen grüße, sie soll sich in meinem Namen mit dem Tüchelchen putzen. Schreibe mir auch, wie hoch man den Shawl bei euch schätzt. Lebe recht wohl und gedenke mein in Liebe. G.

492. *Christiane*

[Weimar, 6. Juni 1810.] No. 3.

Lieber Geheimerath,
Du wünschest gleich auf Deinen vorigen Brief Antwort. Ich habe mich sehr gefreut, wieder so bald etwas von Dir zu hören; ich bekam ihn schon am dritten Juni, er ist also nur sieben Tage gegangen. Zwei Briefe sind nun schon von mir unterweges, dieses ist der dritte; wir wollen sie nummeriren, um zu sehen, ob sie alle ankommen. Von unserm jenaischen Aufenthalt wirst Du nun schon alles wissen. Die Hoheit hat erfahren, daß in Jena alle Menschen gesund werden, und ist deßhalb gestern auch dahin geeilt und denkt 14 Tage da zuzubringen; sie wohnt in Knebels altem Logis bei Hellfelds und hat auch das Garten-Haus und Garten gerade über mit. Zu ihrer Begleitung ist die Gräfin Henckel, Gräfin Fritsch, Miß Dillon[1] und eine Russin, wie auch die kleine Prinzeß. Der Obrist hatte, ehe wir abreisten, alle Hände voll zu thun, und August schreibt heute, daß das Paradies und der Schloßhof von allem Gras gereinigt und sehr ausgeschmückt werde. Der Herzog und Herzogin befinden sich wieder etwas besser. ›So sind sie alle‹ ist endlich aufgeführt worden; wir waren noch in Jena, aber man sagt allgemein, daß man seit Kranzens Direction nicht so eine Symphonie gehört hätte, und sie ist sehr applaudirt worden; er hat auch ein ganz

1 Dulon.

neues Arrangement im Theater gemacht, wie die Musici sitzen müssen, so daß die Violinen und die blasenden Instrumente, wie sie zusammengehören, auch beisammen sitzen. Den Violinen hat er einigen Raum zum ausstreichen gegeben, welchen freilich die blasenden Instrumente nicht brauchen. In der ersten Probe hatte sich jeder aber[1] seinen Stuhl auf den alten Fleck gesetzt, so daß er so bös wurde und jedem sagte, daß er so etwas nie wieder leiden würde, und daß beinah Bucholz wegen dieser Veränderung, weil er es gethan hatte, vom Herzog wäre ins Gefängniß gekommen; es ist nämlich ein neues erbaut worden unter dem Schloßthurm, wo schon viele von der Dienerschaft gesessen haben, die es aber würklich auch verdient haben, weil sie ihre Nebenmenschen bemakelt haben.

Du schreibst mir, daß es in Karlsbad Regenwetter gibt; dieß ist aber noch lange nicht so übel als bei uns, wo es drei Nächte hindurch Eis gefroren hat. Ich erfuhr in Jena, daß Bohnen, Gurken bei uns erfroren wären, und kaufte mir da alles wieder frisch. Wie ich ankam, sah ich, daß es doch beinah alles zur Hälfte erfroren war. Ich habe sie gleich eingeweicht und den anderen Tag die erfrorenen herausgezogen und wieder frische gelegt. Ich möchte nur wissen, wie es käme, daß sie nicht alle in einer Reihe erfroren wären, sondern nur einzelne. Dorthe [?], welche immer die Bedenklichkeit ist, hat in meiner Abwesenheit die Orangenbäume mit Tüchern behängt, und so sind sie gerettet; die aber im Park bei der Frau von Stein sind alle gelb, und in Belvedere hat man sie wieder ins Gewächshaus schaffen müssen. Allen Leuten sind beinah die Kartoffel erfroren; doch die meinigen, welche ich heute früh mit Carolinen besucht habe, sind so groß und stehen so schön, daß es würklich eine Freude ist, sie anzuschauen. Doch scheint es, als hätte der Türkische

1 seinen aber.

Waizen etwas gelitten. Heute fängt es an bei uns sehr schön zu werden, und ich finde es hier in meinem Häuschen recht vergnüglich und liebenswürdig. Die Russen machen uns noch immer die Cour, und wir werden wohl in diesen Tagen einen Ball in Tiefurt haben. Heute gehen wir in ›Die Braut von Messina‹. Unsere Singstunden gehen auch ruhig fort. Künftigen Freitag gehen die Ferien in Jena an, und August kommt herüber. Den 15., heißt es, kommen die Prinzen, den 17. soll das Vogelschießen angehen, wovon Du auch gehörig Nachricht bekommen sollst, denn ich habe mir vorgenommen, Dir bestimmt alle acht Tage zu schreiben, einmal mit der Post und einmal durch Herrn Genast, welcher mir es angeboten hat. Bei uns ist hier Jahrmarkt, er ist so brillant, als ich noch keinen erlebt habe. Ich habe da beinah alle Damen vom Hof und Adel gesprochen und gesehen, welche Dich alle herzlich grüßen und sich nach Deinem Wohl bei mir erkundigt [haben]. Die Kaufleute hatten alles Mögliche zu verkaufen, nur keine Shawls, welche mir gefallen hätten, sie waren so gewöhnlich; und doch haben die Damen hier die allerschönsten, weil sie sich alle welche von Leipzig verschrieben haben oder daselbst eingekauft. Ich wage daher meine Bitte nochmals, Dich um einen zu bitten, und wenn Du vielleicht Gelegenheit hast, nach Leipzig, früher als Feuerstein hinkommt, ihn mir zu schicken, weil ich ihn sehr nothwendig brauche, und hier gar kein hübscher zu haben ist. Du hattest dem kleinen Secretarius eine Artigkeit zugedacht. Diesem habe ich das Jahrmarkt einen schönen Hut gekauft, vor welchen sie ihren freundlichen Dank abstattet. [1] sind nun wieder vier Tage hier, und noch nichts ist wegen ihrer Angelegenheit erschienen. Gott sei Dank, daß ich nie denke von den Gerichten abzuhängen, denn das kann einen zu Vezweifelung bringen. Doch hören

1 Name durch Tintenstriche unleserlich gemacht.

wir überall, daß es besser stehen soll, als man geglaubt hat, und daß es eben deßhalb so lange dauert. Jetzt weißt Du alles, wie es mit uns steht, und kannst uns beinah in unserm Gartenhaus sitzen sehn. Schlosser hat mir auch einen sehr freundlichen Brief geschrieben und dabei gemeldet, daß die Tochter von dem Syndicus Hoffnung hat, bald ein kleines Wesen um sich zu erblicken; so auch hat er mir geschrieben, daß er alles spare in die Casse, welche Dir gehört, um nach der Badezeit, zu Michaelin Dir etwas Ansehnliches zu schicken. Ich habe immer vergessen Dir zu schreiben, daß mir die zinnernen Löffel viel Freude gemacht haben, und ich es mache wie die gute Mutter, und habe das Silber bei Seite gelegt. Wenn niemand bei mir ist oder nur gute Freunde, so esse ich mit Zinn, und dieses Jahrmarkt will ich mir auch noch einen Vorlegelöffel kaufen, und ich habe mir fest vorgenommen, nicht eher wieder mit Silber zu essen, bis Du zu uns zurückkehrst, welcher Tag bei uns festlich begangen werden soll. Bedenke aber auch den 12. Juli, da wollen wir Deine Gesundheit trinken, und Du wirst mit Riemer die meinige trinken. Lebe wohl und behalte mich lieb.

C. v. Goethe.

493. *Goethe*

Karlsbad, den 12. Juni 1810.

Deinen lieben Brief, eingeschlossen in den des Herrn Genast vom 7. Juni, empfange ich eben, als ich im Begriff war, den gegenwärtigen zu schreiben. Prinz Bernhard, der auf einige Tage hier war, um der Kaiserin aufzuwarten, geht unmittelbar nach Weimar und nimmt diesen Brief mit, begleitet von einem Korbe mit Trüffeln und getrockneten Schwämmen und einem Packetchen für August. Hätte ich gewußt, daß so eine schöne Gelegenheit kommen könnte, so hätte ich den

Shawl noch zurückbehalten; er ist aber den 7. Juni schon abgegangen mit der fahrenden Post und kommt vielleicht zugleich mit diesem in Deine Hände.

Es ist sehr freundlich, daß ihr so umständlich schreibt. Setze es ja alle 8 Tage fort; ich will auch nicht verfehlen, es zu thun. Ich wünsche, daß Deine neue Pflanzung gut gedeihen möge, und bedaure, daß Dein Garten so viel gelitten hat. Uns begünstigt das Wetter hier auch nicht; doch gibt es einzelne schöne Momente, und ich lasse mir alles gefallen, weil ich so gerne hier bin und mich recht wohl befinde.

Die Kaiserin und die sächsischen Herrschaften fahren fort, die hiesige Gesellschaft zu beleben und aufzumuntern. Sie sehen niemanden bei sich, aber auf Spaziergängen sowohl, als in den Sälen nähert man sich ihnen, und sie unterhalten sich sehr freundlich mit jedermann. Es ist ausdrücklich verlangt worden, daß niemand sich in Kleidung und sonst geniren solle. Die Hofleute selbst gehen beständig in Stiefeln, um gutes Beispiel zu geben. In dem Saal, wo die Kaiserin sich befindet, stehen mehrere Spieltische für die Herren, und die jungen Frauenzimmer sind aufgemuntert worden, in dem äußern Saale kleine Spiele zu spielen.

Da ich gleich von Anfang mich zur Gesellschaft gehalten habe, so habe ich schon viel Bekanntschaft gemacht; und esse auch manchmal auswärts, welches mir ganz leidlich bekommt, doch nicht so gut, als wenn ich zu Hause ein frugaleres Mahl einnehme. Jeder gute Augenblick wird zum spazierengehen benutzt. Gezeichnet habe ich auch schon manches, und die übrigen Arbeiten gedeihen auch nach und nach.

Wenn dieser Brief zu euch kommt, so erhalte ich vielleicht zugleich Nachricht, daß die gegenwärtige Sendung und der Shawl glücklich angelangt sind. Da die zinnernen Löffel Beifall erhalten haben, so schaffe ich vielleicht noch etwas von Zinn an: denn sie machen es gar zu hübsch.

Sonst gibt es noch manches hier, welches man anzuschaffen versucht wäre; doch muß man sich zurückhalten, weil es ohnehin durchaus theurer ist als vor Zeiten.

Dießmal will ich nichts weiter hinzufügen, als den Wunsch, daß euch dieses Blatt möge im Gartenhaus heiter und lustig antreffen. Versäumet ja nicht, mir zu schreiben, da denn doch die Briefe endlich, obgleich nicht so bald, als billig wäre, ankommen.

Zu der Lauchstädter Reise werdet ihr euch nun wohl vorbereiten. Vorher wünsche ich vergnügliches Vogelschießen und fröhliche Hochzeitfeste. G.

Grüße Hern Genast schönstens und ersuche ihn, daß er mir von Zeit zu Zeit schreibe. Über unsre theatralischen und musicalischen Angelegenheiten bin ich völlig ruhig und überzeugt, daß alles diesen Sommer so gehen wird, um nächste Michael wieder in das alte Weimarische Gleis zu kommen.

Beiliegendes gib Augusten und sage ihm, ein Kästchen, wie er es wünscht, werde nachkommen: in diesem Augenblick sei es nicht zu haben gewesen.

Ich lege auch noch ein paar Hundert Nadeln bei, welche sie hier Stopfnadeln nennen und noch einmal so theuer verkaufen als die andern. Schreibt mir, wie es damit ist, und wiefern ihr sie brauchen könnt; es gibt noch eine größere und mehrere kleinere Sorten, alle von gleichem Preis.

Sage Augusten, er solle ja dem Prinzen Bernhard gleich aufwarten: denn es war sein Erstes, daß er nach ihm fragte. Nun weiß ich weiter nichts zu sagen, als daß ich recht wohl zu leben und bald von euch zu hören wünsche.

494. *Christiane*

[Weimar, 14. Juni 1810.]

Lieber Geheimerath,

Deine drei lieben Briefe habe ich alle richtig erhalten; den letzten, vom dritten Juni, habe ich den 12. erhalten. Ich freue mich allemal sehr, etwas von Dir zu hören. Der Herr Hofkammerrath hatte die Güte, mir zu sagen, daß er an Dich schrieb', und wir setzen uns auch gleich zum Schreibtisch; er hat Bestellungen für Iffland zu machen, laß ja den ›Götz‹ nicht vergessen sein. Ich sprach mit dem Herrn Hofkammerrath davon, und er wunderte sich, daß Du das Geld noch nicht hättest. Es gibt also auch eine gute Gelegenheit, es von Deiner Seite zu erinnern. Beim Theater geht alles recht gut; ›Rochus Pumpernickel‹ ist mit großem Beifall aufgeführt worden, und die Gallerie hat sich einmal wieder etwas Rechtes zu Gute gethan. Und die Erscheinung eines Pferdes zum ersten Mal that auch seine Würkung, denn Unzelmann kam würklich auf einer kleinen, artigen Falbe geritten, und das Pferd bekam gleich sein Applaudissement. Auch kamen vier niedliche Tiroler vor, welche, wie es der Herr Capellmeister eingerichtet hatte, jodeln mußten. Die Lortzingen hatte sich einen von den Buben ausgebeten, sie sah so niedlich aus und tanzte mit so viel Geschick, daß alle junge Leute ganz außer sich waren. Sie wird überhaupt als Weibchen alle Tage liebenswürdiger. Nun auch etwas von uns. Seit wir wieder von Jena zurück sind, haben wir bei dem neuen Tanzmeister Stunden genommen. Es ist allemal bei jedem Mitglied abwechselnd große Tanzstunde, und so waren wir am Freitag, den 8., bei der Frau von Reitzenstein, weil die kleine Beust auch Tanzstunde hat; am Dienstag, den 12., war es bei Helldorfs, und morgen Freitag, den 15., ist es bei mir. Wir sind alle ganz wohl mit ihm zufrieden. Bei der jetzigen Gesellschaft sind Niebeckers, Staffs, Kinder von

Egloffsteins, von der Frau von Germar, der junge Wolzogen, Schillers Kinder, die Goldacker und noch einige Kinder. Seine schönsten Tänze sind Française, Bolero[1], Triolet, Monteviva, Birgotine. Ich suche das Leichtste und Passendste für mich aus, das Andere überlasse ich Carolinen; auch lerne ich recht hübsche Pas zur Ecossaise, diese Bewegung ist vorzüglich bei meiner Cur sehr gut, welche mich zwar ein bißchen angreift. Auch finde ich schon, daß ich etwas schmäler werde, denn ich habe schon die 9 großen Flaschen und eine Kiste von den 20 ganz allein ausgetrunken, und nun fange ich an der zweiten an. Etwas schwach fühle ich mich dabei, aber doch viel heiterer als sonst. Nun kommt von unseren Festlichkeiten etwas. Heute kommen die Prinzen von Mecklenburg und Prinz Bernhard, auch ist schon Prinz Wilhelm von Preußen da. Künftigen Dienstag geht das Vogelschießen an. August ist hier und hat Ferien. Das Vogelschießen soll nur 7 Tage dauern, die ersten Tage will er hier bleiben, und nicht eher herüberkommen, als wenn man ihn zu den Feierlichkeiten einladen oder brauchen sollte. Er ist jetzt sehr im Stein-Cabinet beschäftigt und bringt die meiste Zeit des Tages im Garten-Haus bei Deinem Cabinet zu; jetzt ist er eben an den Versteinerungen. Auch muß Heinrich früh 5 Uhr mit ihm nach dem Steinbruch wandern, und ich bin im Ganzen recht wohl mit ihm zufrieden, er ist auch oft bei Egloffsteins, weil der Karl hier angekommen ist; sie machen manchmal kleine Partien, zu welchen sie ihn jedesmal einladen. Ich und Caroline freuen uns unendlich auf das Ankommen der Post, welche den Shawl und das Tüchelchen mitbringen soll, und sagen Dir im voraus unseren herzlichsten Dank; ich zähle alle Tage, wenn die Post ankommen kann. Die Gedichte will ich besorgen. Das Packet an Hofrath Meyer habe ich besorgt. Cotta ist schon seit zwölf Tagen

1 Volero.

wieder abgereist; ich habe also den Brief hier liegen lassen. Den Herrn Zimmer aus Heidelberg habe ich selbst gesprochen und ihm das Portefeuille übergeben. Nun kommt auch ein kleiner Auftrag von der Fräulein Beust. Sie hat mich gebeten, ob Du ihr nicht auf beiliegendes Zettelchen gleich eine kleine Antwort geben könntest; sie will nämlich wieder mit der Frau von Seebach z [1] reisen. Die Schauspieler-Gesellschaft wird wahrscheinlich den 28. von hier nach Lauchstädt gehen, und ich denke ohngefähr den 12. Juli nachzufolgen.

Du kannst mir aber noch viel bis dahin schreiben, und vielleicht finde ich da wieder einen Brief, wenn ich ankomme. Die Festlichkeiten sollen Dir alle geschrieben werden. Lebe wohl, denn ich [bin] sehr vergnügt, daß Du Dich so wohl befindest. Behalte mich lieb und denke mein.

C. v. Goethe.

495. *Christiane*

Weimar, den 19. Juni 1810. No. 5.

Lieber, bester Geheimerath,

Dein lieber eigenhändiger[2] Brief nebst dem schönen Shawl hat mich ganz glücklich gemacht, denn so einen liebenswürdigen, schönen Shawl habe ich, so lange ich lebe, nicht gehabt; auch das kleine Tüchelchen ist ganz vortrefflich. Ich und Caroline haben beim Auspacken unsere Freude so laut werden lassen, daß August um Ruhe bitten[3] mußte, damit er ins Postbuch quittiren konnte; er kam den 18. an und kostet ohngefähr 19 Groschen Porto. Soeben besuchte mich der Herr Regierungsrath von Müller, er freute sich mit mir und

1 Lücke infolge Ausschneidens des Siegels.
2 Die ersten drei Worte Deinen lieben eigenhändigen.
3 bieten (doch ist das um deutlich und nicht als uns lesbar).

sagte, daß er bestimmt hier unter 10 Carolin nicht gekauft würde. Ich habe ihm gleich eins von den Gedichten geschenkt. Auch hatte ich schon früher mit der Gräfin Beust gesprochen, welche mir auch drei an Hof besorgt hat, nämlich eins an Durchlauchte Prinzeß, an Durchlauchte Herzogin und an die Hoheit, und eins an Herzog, welches ich der Frau von Heygendorf geschickt habe; nach Jena werde ich die übrigen auch besorgen. Mir geht es ganz leidlich, außerdem daß mich doch das viele Wasser wohl ein bißchen geschwächt hat, ich fühle mich nicht mehr so stark wie sonst, Freude und Leid zu ertragen; doch, hoffe ich, soll das Bad Lauchstädt mich wieder stärken. Das Gedicht ist außerordentlich schön, Prinz Bernhard hat allerwegen erzählt, daß die Kaiserin zu ihm gesagt hätte, er sollte Dir sagen: daß Du doch recht oft mit ihr sprechen möchtest, weil sie sich so gern mit Dir unterhielt'. Nun auch etwas von uns. Unsere Tanzstunden setzen wir recht ordentlich fort, und aus der letzten Tanzstunde bei uns wurde ein kleiner Ball, wo von den Personen hier ein Zettelchen folgt, sowohl Zuschauer als Tanzende; und ich wurde genöthigt, ihnen etwas Kaltes aufschneiden zu lassen, worüber sich denn die Kinder ungemein freuten, und wir waren von vier Uhr bis halb Elf zusammen; die Comteß Egloffstein war die letzte beim Scheiden. Jetzt sind wir beschäftigt, sowohl unsern Putz zum Vogelschießen, welches heute seinen Anfang nimmt, zu ordnen, als auch zu den Festlichkeiten, die nun kommen sollen. Doch gestehe ich Dir ganz aufrichtig, daß ich sehr zufrieden bin, nicht unter die Damen zu gehören, welche immer an Hof gehen müssen, denn die Ausgaben von Kleinigkeiten könnten leicht meine Casse ruiniren; denn da ist bald der Fächer aus der Mode, und die Krause kann man nicht an Hof tragen und jenen Kragen nicht, so daß man ganz confus wird. Doch für einmal will ich alles mitmachen, und wir geben uns alle mögliche Mühe, nicht proper, aber doch sauber und modern zu erscheinen.

Den 20. Juni. Gestern haben wir mit August und meinem Bruder im Schießhaus gespeist; nach Tische kam der ganze Hof, außer der Hoheit nicht, welche gleich nach Tische wieder nach Jena reiste, weil die kleine Prinzeß da noch sehr krank ist; doch soll sie jetzt außer Gefahr sein. Das hält auch den armen Stark noch in Jena zurück. Es wurde im Schießhaus getanzt, August und alle jungen Leute wurden vom Hofmarschall aufgefordert mit zu tanzen. Die beiden Prinzen kamen gleich, sobald sie nur in [den] Saal getreten waren, zu mir und begrüßten mich recht herzlich und freundlich, so auch Carolinen; sie lassen Dich beide grüßen und wünschen, daß die Cur für Dich recht heilsam sei, so auch der Herr von Oertzen und Herr von Rantzau. Durchlauchte Prinzeß war auch sehr genädig gegen mich, auch schickte die Herzogin die Gräfin Beust zu mir und ließ mir für die Gedichte danken; überhaupt haben sich alle Hof- und andere Damen gegen uns beide so benommen, daß wir ganz glücklich und zufrieden nach Hause kamen. Frau von Helvig läßt sich Dir auch empfehlen. Wir haben jedes etwa sechs bis acht Tänze getanzt, und um halb elf Uhr, als sich der Hof zu Tische setzte, gingen wir zu Hause; August hat alles abgewartet, aber jetzt schläft er noch, und wir können von weiter nicht Nachricht geben. Der ganze Hof ist freilich nicht so freudig als sonst, weil unser guter Herzog sehr leidet und sich nur zu allen diesen Festlichkeiten zwingt, und auch, weil die Hoheit nicht viel Antheil wegen des kranken Kindes nehmen wird. Doch, so viel ich weiß, soll den Freitag über 8 Tage Ressource-Ball sein, wo wir denn unsere neuen Tänze aufführen werden. August ist sehr vergnügt und wünscht von Deiner Güte, wenn es möglich ist, so ein Stück, wie Carolinens Tüchelchen ist, zu einer Weste zu haben. Da wir jetzt schreiben, so überläßt er uns, alles Dir zu melden;

sobald wir aber weg sind, wird er es von Jena aus thun. Da der Herzog so nach dem Bade eilt, so soll die Vermählung schon den zweiten sein. So denke ich, daß wir vielleicht auch schon den achten nach Lauchstädt gehen; doch denke ich, Dir darüber den nächsten Post-Tag bestimmt zu schreiben. Alle vom Hof wünschen freilich nur Dich hier. Ich glaube, man vermuthet, daß Du doch wohl auch ein kleines Gedicht oder sonst etwas schicken wirst; man wollte von mir hören, doch ich weiß ja von nichts. Nun auch etwas vom Theater. ›Der 24. Februar‹ wurde gegeben, doch nicht so gut als das erste Mal; Haide hat sehr gut gespielt, doch sagen alle, sie hätten gewünscht, daß Du wieder eine Probe davon gehalten hättest. August, den doch so leicht nichts mürbe machen kann, den hat dieses Stück ganz zerbröckelt. Haide kam nach dem Theater noch zu uns, und August konnte sich gar nicht beruhigen; auch hatte [es] Carolinen ganz mitgenommen. Ich bin noch die Standhafteste gewesen, doch aus dem Theater mußte ich beinah gehen. Den Prinzen soll es auch sehr gefallen haben. Übrigens wird Deine Farbenlehre von Falk so gepredigt, daß er nie ausgeht, ohne ein Prisma bei sich zu haben, und im Geheimen hält er sogar einigen Damen Vorlesung darüber; er hat mich auch durch einige Freundinnen ersuchen lassen, ihm die großen Schirme von Dir zu leihen, ich werde es auch auf einige Tage thun, doch ehe ich weggehe, sie mir wieder ausbitten. Seine Frau ist wieder glücklich mit einem Sohn entbunden worden, so auch die Frau von Ziegesar. Der Shawl, so wie das Tüchelchen, wird sehr bewundert, und Du wirst gelobt, und wir sagen Dir nochmals unsern wärmsten Dank dafür. Und da wir doch immer bitten dürfen, so bitten wir nur um einige Schönstifte, welche bei uns ganz ausgegangen sind. Von Briefen scheint mir nicht viel Bedeutendes da zu sein; nur die ersten Tage kamen einige. Vielleicht kann ich sie durch dem Herzog seine Leute oder sonst jemand Sicheres mitgeben. Stark, der ohnehin krank ist, und andere Leute sind ängstlich, Briefe mitzunehmen. Und nun, da man weiß, daß Du im Karlsbad bist, werden wohl auch wenige ankommen. Ich fange nun an, alles Nöthige gut zu verwahren, um alsdann ruhig reisen zu können. Lebe wohl und schreibe mir bald.

496. *Christiane*

Weimar, den 25. Juni 1810.

Lieber, bester Geheimerath,
Den 21. war schon der dritte Tag vom Vogelschießen. August ging den Morgen auf das Schloß, besuchte Prinz Bernhard und überbrachte den fürstlichen Personen die Exemplare von der ›Farbenlehre‹. Die Herzogin war mit der Prinzeß nach Jena gereist, um die Hoheit zu besuchen; sobald als sie auf ihr Zimmer zurückkam, schickte sie auch sogleich an August und ließ ihm danken. Wir wurden alle zusammen denselben Tag von Egloffsteins eingeladen, ins Schießhaus zu kommen, und wir gingen auch mit diesen in [den] Saal, und sobald wir hineintraten, ließ die Herzogin August zu sich kommen und hat ihm viele Grüße an Dich aufgetragen und den besten Dank. Alsdann begleiteten wir die Prinzen und die Prinzeß unter das Zelt vom Schießen, wo unsere Prinzeß sehr vergnügt und freundlich war; durch vieles Bitten ließ sie sich bewegen, auch mit der Pistole zu schießen. August wurde auch zu der Prinzeß unters Zelt gerufen, wo sie gesagt hat: sie würde Dir selbst schriftlich danken. Auch unsere Prinzen waren sehr freundlich. Es wurde sehr spät, als die Herrschaft wieder in [den] Saal zurückging; sie speisten da; weil mich aber das haußenstehen im Saal ennuyirt, solange die Herrschaft speiset, und nur die Bürgerlichen tanzen, und es so curios aussieht, wenn man erst unter

ihnen war, so ging ich mit August und Caroline zu Hause, wo wir ein gutes Abendbrod verzehrten und uns dann zu Bette legten. August ging den andern Tag nach Jena zurück, wo er auch das Exemplar der Hoheit selbst überreichen will. Die kleine Prinzeß ist noch immer sehr schwächlich; mich dauert nur der gute Stark, daß der nicht fort kann. Nun denke Dir aber, was zu allen diesen Festlichkeiten gekommen ist: wir haben nämlich seit drei Tagen starke Einquartirung, so daß ich den einen Tag acht Mann bekommen habe. Ich hatte mir nämlich Gemeine ausgebeten, und wir sind deßhalb nicht wieder ins Schießhaus gekommen. Übrigens bin ich mit den Leuten sehr zufrieden; wenn man ihnen ihre Sachen ordentlich gibt, verlangen sie doch nichts Übertriebenes, und sie sind freundlich und gut. Als Hausherrn habe ich mir Haide ins Haus genommen, denn es sind doch meistens Franzosen und wenige Deutsche darunter. Der General Morard[1] logirt im Palais und brachte 4 Damen mit ins Theater, in die Herrschaftliche Loge; sie saßen rechter Hand neben der Herzogin und kamen unter dem Stück, und es machte allgemeines Aufsehen. Die Herzogin war sehr freundlich und gut gegen sie. Es wurde ›Der Wasserträger‹ sehr gut gegeben, so daß meine gemeinen Soldaten sagten: sie hätten es in Frankreich nicht so gut gesehen. Ich schicke nämlich meine Einquartirung immer ins Theater; ich lasse mir statt meiner Parterre-Billets Gallerie-Billets geben, und so kann ich auch ruhig hineingehen. Heute ist ›Der Tyroler Wastel‹, die Einquartirung hat Rasttag, und ich werde sie wieder hinein schicken. Mittwoch, den 27., ist ›Rochus Pumpernickel‹ als das letzte Stück, denn Donnerstag, den 28., reist die Gesellschaft. Madame Teller ist so krank, daß sie nicht mitreisen kann, und ich glaube schwerlich, daß Du sie noch wieder antreffen wirst. Mamsell Engels muß einstweilen

1 Muron.

viele Rollen von ihr übernehmen; freilich wird sie sich als Frau vom Götz nicht so gut machen als die Teller. Die Vermählung ist den zweiten; den 5. werden die jungen Herrschaften abreisen. Ich und Caroline gehen bestimmt den 6. Juli von hier ab; ich habe wieder mein altes Logis auf dem Markt bekommen und sehe dem Tag mit Freuden entgegen, wo ich von hier abreisen werde. Das Eger-Wasser von Feuerstein und eine Kiste von Deinem sind nun getrunken. Die eine Kiste will ich mit nach Lauchstädt nehmen. Von den Festlichkeiten wird es hier so viel nicht geben. Auf den Freitag ist großer Ressourcen-Ball, wozu die Herrschaften auch eingeladen sind. Gestern war trotz der Einquartirung doch große Tanzstunde bei mir, weil wir nämlich allerlei probiren, was da getanzt werden soll. Wie alles abgegangen ist, sollst Du im nächsten Brief erfahren, denn von hier aus schreibe ich Dir noch einen Brief. Nun etwas von der Haushaltung. Ich habe nämlich alles, was von Schuhmacher-Rechnungen hier für Dich und August war, beinah bezahlen müssen. Dann gab es auch einige Reparaturen im Haus; auch habe ich für den künftigen Winter meine Butter angeschafft, Essig zum einmachen, und dergleichen. Und das, was für August und mich zu den Festlichkeiten nöthig war, kostet auch etwas. Ich habe mich so eingerichtet, daß ich wohl 6 bis 8 Wochen mit dem, was ich habe, reiche und meine Lauchstädter Ausgaben davon zu bestreiten denke. Auch kostet mich die Einquartirung bestimmt zwanzig Thaler; doch wenn wir sie auswärts hätten, kostete es wohl viermal zwanzig. Sollten wir Einquartirung bekommen unter der Zeit, daß ich in Lauchstädt bin, so wird der Sprachmeister Körner in unserem Hause alles besorgen; doch hat mir die Polizei versprochen, daß ich in meiner Abwesenheit keine bekommen soll, denn ich habe mich dieses Mal schon beschwert, daß ich zu viel habe. Nun also wegen des Geldes. Wenn ich Ende August wieder zurückkomme, so habe ich freilich gar keins, und in Lauchstädt ist es doch auch ängstlich, wenn man zuletzt gar kein Geld mehr hat. So dächte ich so, daß Du mir vielleicht ein Papierchen zu 100 Thalern hinschicktest, nur eine Anweisung an Frege; ich verspreche, es nicht auszugeben, als bis ich es in Weimar nothwendig brauche. Die Haushaltung geht freilich immer fort und kann [niemals][1] still stehen, weil man immer für die Zukunft sorgen [muß][1]. Das große Zimmer ist auch wieder gemalt und recht [schön][1] geworden; jetzt bin ich daran, die Möbels in Ordnung zu bringen, und lasse alle Thüren und Einfassungen im Zimmer wieder bohnen. Auch werden alle Öfen umgesetzt und der Kochofen ganz neu reparirt, damit, wenn Du wiederkommst, alles in der größten Ordnung ist. Kommst Du eher als Ende August, so gehe ich auch früher von Lauchstädt weg; sonst bliebe ich da, bis die Gesellschaft weggeht, denn ohne Dich mag ich fast gar nicht in Weimar sein. Über meinen Shawl habe ich aber eine große Freude, er wird allgemein bewundert. Nach diesem Brief schreibe mir nicht mehr nach Weimar; ich wünschte, daß ich wieder in Lauchstädt einen anträf. Die ganze Gesellschaft vom Theater empfiehlt sich Deinem Andenken, besonders aber Deny, welcher äußerte, daß, wenn Madame Teller sterben sollte, seine Frau auch in diesem Fach aushelfen wollte; komische Alte habe sie schon mit Beifall gespielt. Und sie wünscht weiter nichts, als, wenn Du zurückkommst, bei Dir einmal eine Probe von dieser Art abzulegen. Lortzing hat den Graf Balken bekommen und dankt von ganzem Herzen. Bis jetzt ist alles in der größten Ruhe; und von Lauchstädt sollst Du ein Mehrers erfahren.

Lebe wohl und denke mein. C. v. Goethe.

1 Durch Ausschneiden des Siegels verloren.

497. *Goethe*

Karlsbad, den 27. Juni 1810.

Nachdem mir lange Zeit die Briefe ausgeblieben waren, so kamen sie endlich alle an Einem Morgen und machten mir um desto mehr Vergnügen. Ich konnte hoffen, daß der Shawl und das Tüchelchen würden gute Aufnahme finden. Sie sind, Gott sei Dank! um vieles wohlfeiler als die Schätzung, die Du mir schreibst. In ähnlichen Dingen, als kleinern Shawls, Halstüchern und Kleidern dieser Art, ist wieder aufs neue so viel Lustiges angekommen, daß man sich wirklich enthalten muß, kein Geld auszugeben. Auf alle Fälle soll August eine solche Weste haben: denn ich hatte mir selbst eine zugedacht.

Was ich aber nicht ganz loben kann, das ist, daß ihr gar nichts meldet von der freundlichen Sendung, die ich durch die Leute des Prinzen Bernhard gemacht habe, so daß ich also gar nicht weiß, ob sie zu euch gekommen ist. Augusten hatte der Schreiber dieses ein Schwänchen zusammengemacht von Stecknadeln, Ohr-Kleinigkeiten; auch waren Nähnadeln dabei. Von allem diesem hören wir nichts. Auch hatten wir einen schönen Rohrkorb mit getrockneten Trüffeln und Schwämmen dazu gethan. Aller dieser guten Gaben erwähnt ihr mit keinem Wort, und wir müssen nur hoffen, daß sie glücklich zu euch gekommen sind.

Mir ist es bisher ganz wohl gegangen; aber freilich, daß ich wünschen müßte, das ganze Jahr in Karlsbad zu sein. Denn gerade der mäßige Gebrauch des Wassers, wie ich mich dessen jetzt bediene, ist das Rechte. Ich nehme auch noch ein paar Becher Sprudel Abends und befinde mich vortrefflich dabei. Es zeigt sich keine Spur von Krampf, woran ich in Jena noch unendlich gelitten habe, ohne jemanden etwas zu sagen, weil es nicht unerträglich war, und ich mich von einem Augenblick zum andern mit Hoffnung hinhalf.

Dagegen habe ich hier eine recht gute Art zu sein. Die Gegenwart der Kaiserin und der sächsischen Herrschaften hat uns, diese Wochen her, in Athem erhalten und beschäftigt. Nachdem wir die verschiedenen Momente des Hierseins der liebenswürdigen Monarchin, so gut wir nur konnten, gefeiert, so ertheilte sie mir den Auftrag, den Karlsbadern in ihrem Namen zu sagen, wie ungern sie von hier weggehe, wie sehr sie sich hier gefallen habe, und wie lebhaft sie wiederzukehren wünsche. Auch diese schwierige Aufgabe habe ich zu lösen gesucht, und ich schicke nächstens die kleine Sammlung der Gedichte. Indessen ängstigt es mich, daß darüber gerade die Zeit hingegangen ist, die ich bestimmt hatte, unserer lieben Prinzessin und ihrem Gemahl, nach meiner Art etwas Freundliches zu sagen. Ich werde dieses nun wohl nachbringen müssen, und wünsche, daß die Festlichkeiten recht froh und freudig mögen vollbracht werden. Das Übelbefinden des Herzogs und des Enkelchens hat mir einen traurigen Eindruck gemacht.

Du kannst von mir noch einen Brief in Weimar erwarten, da Du erst den 12. Juli nach Lauchstädt gehst. Auf alle Fälle aber sollst Du dort etwas von mir finden.

Die Schirme zur Farbenlehre kannst Du Herrn Falk nur lassen, wenn Du auch weggehst. Empfiehl mich aller Welt und danke fürs Andenken. Lebe recht wohl und nimm von dem Tanzlehrer alles, was Dir gemäß ist. Der Fräulein Beust kann ich für kein Quartier stehen, am allerwenigsten für eine so kurze Zeit. Alles ist schon bestellt, und ich will nicht rathen, auf gut Glück hieher zu kommen. Wollen es die Frauenzimmer aber thun, so bin ich bei den ›Drei Mohren‹ zu finden, bin gerne hülfreich, stehe aber für nichts. Ich habe die letzten Zeilen der vorigen Seite ausgestrichen, weil ich nicht rathen kann, auf gut Glück hieher zu kommen. Fräulein Riedesel hat es gewagt, begnügt sich aber auch mit einem sehr engen Quartier in einer keineswegs erfreulichen

Lage. Herr und Frau von Riedesel sind früher angekommen und haben, um ein geräumiges Quartier zu finden, sich entschließen müssen, auf den Schloßberg zu ziehen. Sage dieses mit meinen vielen Empfehlungen an Fräulein von Beust und Frau von Seebach. In Franzenbrunn und Teplitz ist es noch viel voller. An diesen beiden Orten ist gar kein Unterkommen mehr. Nun will ich schließen und Dir ein herzliches Lebewohl wünschen. Vor Deiner Abreise nach Lauchstädt kannst Du mir wohl noch einmal von Weimar schreiben. Wenn Du hingegen nach Lauchstädt kommst, sollst Du unter Herrn Genasts Adresse etwas von mir finden. Ob ich sonst etwas schicken kann, weiß ich nicht: denn die Leipziger, die hier sind, gehen erst nach Eger. Lebe recht wohl und grüße Carolinchen und die Theaterfreunde. G.

498. *Goethe*

Vor einigen Tagen sendete ich durch Herrn von Helldorf ein Packet an Dich ab, das allerlei Gutes enthält und das Du wahrscheinlich gleichzeitig mit dem gegenwärtigen Blatte erhalten wirst. Gedenket meiner bei einer Tasse Chocolade, und wenn im Theater ein Pfeffermünzküchelchen genommen wird. Dein ausführlicher Brief vom 25. Juni hat mir viel Vergnügen gemacht, schreibe mir von Lauchstädt dergleichen. Carolinchen soll geliebt sein, daß sie so viel auf ein Blatt bringt. Mir geht es recht wohl, und wenn ich diese Wasser immer neben mir hätte, wäre mir für nichts bange. Seit der Abreise der Kaiserin habe ich mich in die Enge gezogen. Es gehen ohnehin schon die Personen der ersten Zeit und die meisten meiner Bekannten fort. Indessen kommt unter so vielen Menschen immer einmal wieder ein alter Bekannter, oder es findet sich etwas interessantes Neues. Von Äugelchen hat sich noch gar nichts gefunden. Die Gegenwart der Kaiserin wird für mich nicht ohne Folgen sein, man hat mir vertraut, daß sie mir eine Artigkeit erzeigen werde, die mich um so mehr freuen müsse, weil sie sich selbst etwas ausgedacht. Du sagst niemand davon, denn so etwas muß man abwarten. Es kann gar manches dazwischen kommen, das die besten Absichten der Großen hindert. Nach Wien bin ich von hunderten eingeladen. Ich habe es nicht abgesagt, aber mir auf jeden Fall vorbehalten, Augusten an die Wohlwollenden zu adressiren. Er wird überall willkommen sein. Bis jetzt hab ich von dem edlen Jüngling keine Zeile erhalten, so daß ich nicht weiß, ob er die durch des Prinzen Bernhard Leute überschickte Sachen bekommen hat. Auch schreibst Du mir nichts von den getrockneten Trüffeln und Schwämmen, die in einen flachen Korb gepackt waren. Ich lege Dir ein Blättchen an den Cassir bei, er wird ja wohl dieß Jahr genugsamen Überschuß haben, Dir das Wenige auszuzahlen.

Den 12. Juli wollen wir mit den besten Wünschen feiern. Ich hoffe, indessen von euch zu hören. Es geht mir ganz wohl und wünsche Dir das Gleiche. Dabei bin ich ziemlich fleißig und habe schon allerlei zu Stande gebracht.

Ich lege die Gedichte bei, die ich zusammen drucken ließ. Jedes wurde durch eine besondere Gelegenheit veranlaßt, das letzte durch die Kaiserin selbst, welche verlangte, daß ich in ihrem Namen den Karlsbadern etwas Freundliches sagen sollte. Ihr werdet sehen, wie ich mich aus der Sache gezogen habe. Grüße Herrn Genast zum schönsten, er wird mir wohl schon geschrieben haben, wenn Gegenwärtiges ankommt. Auch die Übrigen grüße und trage wie sonst alles bei, daß die Sache gut und ordentlich geht. Richte Dich auf alle Fälle ein, so lange zu bleiben wie die Gesellschaft; denn ich werde meine Nachhausereise nicht beschleunigen. Ich muß noch gar manches vorher thun und ausrichten. Lebe recht wohl und sei meiner eingedenk.

Karls-Bad, den 3. Juli 1810. G.

499. *Christiane*

Weimar, den 3. Juli 1810.

Lieber Geheimerath,

Daß wir Dir nichts von der Ankunft der Trüffeln und Schwämme gemeldet haben, worüber ich mich sehr gefreut, war bloß die Ankunft des Shawls und Tüchelchens Schuld, weil beides zugleich ankam, und ich und Caroline waren für Freude keine Menschen, ich habe nicht leicht etwas so lieb gehabt als diesen Shawl, und da wirst Du wohl verzeihen. Die Trauung ist schon am 1. Juli vollzogen worden; ich ging einige Tage vorher zu der Frau Hofmarschallin und erfuhr, daß von Damen niemand zu dieser Feierlichkeit eingeladen würde als die, welche an Hof präsentirt wären, und wo auch den Sonntag vorher eine ganze Menge erst präsentirt wurden. Freitags vorher gab die Ressource dem Hof einen Ball, und ich brachte da einiges von meinem Putz an und erschien so, daß es bei jedermann Beifall fand. Alles vom Hof war sehr freundlich und gesprächig gegen mich, so auch gegen Caroline; nur war von Seiten der Vorsteher zu nichts keine Anstalt, und alles lief schief ab, und zur Unbequemlichkeit aller Tanzenden und nicht Tanzenden hatten sie beinah einen ganzen Tannen- und Eichenwald in den Saal gebracht, so daß einem der Geruch von diesen Kräutern und Lauben, welche sie gebaut hatten, ganz weh machte. Von allen ihren andern Anstalten, die nichts taugten, können wir Dir nur mündlich erzählen, weil es viel zu weitläufig wäre zu schreiben. Ich habe diese Zeit viele Fremde von Jena bei mir gesehen, die alle zu diesen Festen kamen: Knebel, Frommanns und mehrere; alle sind einige Tage bei mir geblieben, so daß ich zuletzt recht verdrüßlich wurde und wünschte, ich wäre früher nach Lauchstädt gegangen. Den Trauungs-Tag sind wir den ganzen Tag nicht aus dem Haus gekommen. Den Abend waren wir zu dem Herrn von Lewandowski eingeladen, um das Feuerwerk zu sehen; wir gingen auch hin, fanden eine zahlreiche Gesellschaft von Herren und Damen, worunter auch der Propst war, und wurden so gut bewirthet, daß bei jeder Rakete auch ein Champagner-Stöpsel in die Höhe flog; und wir hatten uns beide lange nicht so gut amüsirt. Auch finden wir in näherem Umgang diesen Mann besser, als wir gedacht haben. Den zweiten Tag nach der Vermählung war wieder allerlei zu sehen, was Du in Augusts Brief liest; und wir gingen wieder hin, um alles vorbeiziehen zu sehen, und fanden wieder eine andere Gesellschaft da, worunter sich auch der Herr General-Superintendente nebst seiner Gemahlin befand, und kamen erst spät des Abends zu Hause. Heute ist August zu einem brillanten Hofball eingeladen worden wie auch zu Souper; ich habe ihn recht herausgeputzt und, da es regnete, auch sogar hinauffahren lassen. Und unter der Zeit, daß die tanzen, schreibe ich Dir. Die Festlichkeiten sind nun beinah vorbei, weil unser Durchlauchter Herzog seiner Gesundheit wegen so nach dem Bad eilt; und wir sind entschlossen, übermorgen, den 6., nach Lauchstädt zu gehen, worauf ich mich würklich sehr freue, um auch einmal wieder zur Ruhe zu kommen. Denn ich kann würklich sagen: so lange Du weg bist, bin ich beinah keinen Tag ohne Fremde gewesen, und dieß kostet einen doch am Ende nur Geld. Mit meiner Gesundheit geht es zwar leidlich, doch fühle ich im Ganzen noch immer eine Schwäche in mir, die ich nicht zu erklären weiß, so daß mich alles mehr angreift als sonst. Nun denke ich aber, das vortreffliche Lauchstädt, das Bad, und mein Merseburger Doctor sollen alles wieder herstellen, und ich werde Dich recht bald davon benachrichtigen. Caroline freut sich auch recht sehr darauf; und das Haus sollst Du bei Deiner Rückkehr auch in der schönsten Ordnung finden. Den Tod der Madame Teller wirst Du wohl von Genast erfahren haben. Madame Ackermann wird Dich wohl nun mit vielen Schreiben incommodiren. Aber zu einem Engagement wollte ich doch ja nicht rathen; es ist doch besser, Junge zu engagiren, da enige bei der Gesellschaft doch schon alt sind. Herr und Madame Wolff waren bei mir, um Abschied zu nehmen, und empfehlen sich Deinem ferneren Wohlwollen. Sophie Teller soll nach Petersburg transportirt werden.

Einige Briefe, welche an Dich angekommen sind, habe ich meinem Bruder geben müssen, da er mir sagt, daß sie der Herr Geheimsecretär Vogel mitnehmen wollte. Rinaldo ist mit seiner Mutter sechs Wochen in Meiningen gewesen und heute wieder zurückgekehrt; er hat mich gebeten, ihn bei Dir zu empfehlen. Vergiß nicht, dem armen Wurm etwas mitzubringen, etwa ein Westchen oder Halstüchelchen; er ist recht geschickt geworden und verdient es würklich. Mit der kleinen Prinzeß geht es wieder etwas besser, doch haben die Ärzte noch immer keine Hoffnung zu ihrer völligen Genesung. Die Hoheit wird auch heute Abend oder morgen früh wieder nach Jena gehen, und so wird bald alles hier still werden. Das Gedicht, welches Du zur Ankunft der Kaiserin gemacht hast, gefällt hier sehr, ich habe nur Ein Exemplar behalten, und es geht immer in der Stadt herum zum lesen und abschreiben. August hat sich bei seinem Hiersein in Weimar recht gut benommen, so daß man allgemein mit ihm zufrieden ist. Unsere Tanzübungen[1], an welchen August auch manchmal Theil genommen, gehen bis den Tag vor meiner Abreise fort. Ich und Caroline und zwei Fräulein von Milkau haben auf dem letzten Ressource-Ball mit auch vier eingelernten Tänzern eine sehr schöne Quadrille getanzt[2], welche sich nicht wie andere mit Ronde [?] anfängt und auch nicht so endigt; wir hatten sehr viele Zuschauer, und sie hat allgemein gefallen. Aber ein Spaß wurde den Kindern vereitelt. Caroline, die Mamsell Kästner, Fräulein Goldacker

1 Tanzübung.
2 Könnte auch heißen gedreht.

und die Schumann hatten eine spanische Menuett eingelernt, welche sie mit Bändern und Figuren tanzen sollten, wo auf jedem Band ein Gedicht stand, nämlich zwei an die Prinzeß und zwei an den Prinzen gerichtet waren, und es wurde ihnen von dem Herrn Vorsteher verweigert. Schumann und Ziegesar [?], welche sich dieß ausgedacht hatten, haben sich freilich nicht wenig geärgert, und die Herrschaft, welche schon davon benachrichtigt war, hat es von der Ressource sehr übel aufgenommen. Und so hat es beinah bei allen Feierlichkeiten Händel gegeben, weil in nichts keine Ordnung war. Das Hauptgedicht von der Ressource hatte Professor Schulze gemacht, welches mit Thränen anfängt und auch so endigt. Die Gedichte von den Kindern wurden auf Verlangen des Hofes den Tag nach dem Ball durch den Herrn Rath Schumann an die Prinzeß geschickt, wo wieder zwei von Schulze dabei waren, welche bloß aus dem Jesus Sirach geschrieben waren; und eins hat der Professor Kästner gemacht. Caroline ihr Gedicht hatte mein Bruder gemacht, und ich muß, ohne ihn zu rühmen, sagen, daß es das beste war. Wir heben alles auf, um Dir es zu zeigen. Es ist auch allgemein gelobt worden; der hat überhaupt viel dichten müssen, er hat auch das Gedicht für die Böttcher und [für die] Bauern-Hochzeit machen müssen. Ich habe sie noch nicht gesehen, sie sollen aber in ihrer Art auch recht gut sein; so auch für der Prinzeß ihre Amme, und dergleichen mehrere. Auch haben Wielands auf dem Ball ein Gedicht überreicht; und die Prinzeß, welche auf dem Ball sehr freundlich mit mir gesprochen hat, hat mir einen recht herzlichen Gruß an Dich aufgetragen, so auch die beiden Prinzen. Hast Du denn wegen Deines Bildes an Kügelgen geschrieben? vergiß es ja nicht. Die Schopenhauer ist jetzt mit Müllern in Dresden; sein Bruder, der Student, besuchte uns auch bei diesen Festlichkeiten, und aus diesen seinen Reden kann ich freilich nichts Anderes schließen, als daß sie ihn würklich heirathet. Sie hat schon in Ronneburg in seinem Haus logirt, und seine erste Geliebte hat sich das so zu Herzen genommen, daß sie wahnsinnig geworden ist. Nun denke Dir aber nur, Caroline hat auch noch gar nichts zugeschickt bekommen. Ich habe den Regierungs-Rath Voigt, so oft ich ihn gesehen habe, erinnert, und er hat mir versichert, daß es nur an ihm läge, es auszufertigen, und es solle bald geschehen. Caroline ist selbst zu ihm gegangen, und so hat er uns eine Woche nach der andern vertröstet, und Caroline hat sich genöthigt gesehen, zwei Erinnerungs-Schreiben bei der Regierung einzugeben, worauf wir aber auch noch keine Antwort haben. Gott weiß, wie dieß alles zusammenhängt. Weiter weiß ich Dir heute nichts zu sagen.

Den 5. Juli.

Da Der Brief liegend bleiben muß, und wir diese Nacht weggehen, so will ich dir selbst noch schreiben. Ich freue mich sehr, daß Dir das Bad so gut bekommt und Dir so heilsam ist; und mein einziger Wunsch ist, Dich recht gesund und froh wiederzusehen.

Ich denke, es soll mir künftiges Jahr auch gut sein, und vielleicht hilft es mir auch von dem bösen Magen-Krampf, der, wenn man es so leicht nimmt, doch zuletzt auch übel werden kann. Denn die arme Teller hat daran sterben müssen. Ich bin freilich nicht so ganz schwach wie diese, aber durch die Länge kann einem doch so ein Übel sehr schaden. Dieses Mal will ich nun sehen, was Lauchstädt thut.

Die Feierlichkeiten haben gestern mit einer Abend-Musik ihren Abschluß gemacht, und August ist wieder nach Jena. Auf dem Hofball hat es ihm sehr gefallen, und soll Dir Grüße von allen Herrschaften schreiben. Ich war gestern bei der Frau von Heygendorf gewesen; die läßt Dir auch viele Grüße sagen. Ich bin recht froh, daß ich aus Weimar komm, denn es ist seit drei Wochen von Fremden nicht leer geworden und hat mich viel gekostet; so auch 8 Tage Einquartirung. In Lauchstädt will ich mich recht klein einrichten, denn ich habe gar nicht viel Geld mehr. Denn August hat doch auch hier was haben müssen. Ich verlasse mich auf Deine Güte, sonst siehet es übel aus.

Lebe wohl und schreibe mir bald. C. v. Goethe.

500. *Christiane*

Lauchstädt, den 11. Juli 1810.

Lieber, bester Geheimerath,

Freitag, den 6. Juli, kamen wir glücklich um ein Uhr des Mittags in Lauchstädt an; Carolinen gefiel es gleich sehr, wir beschäftigten uns mit auspacken und ruheten aus. Sonnabend begrüßten wir erst die Allee und den berühmten Teich; ich erfuhr zu meiner größten Freude, daß der Herr von Helldorf bei dem Doctor Koch etwas an mich abgegeben hätte. Ich schickte sogleich hin. Und wie sehr ich mich freute über das schöne Becherchen, kannst Du Dir wohl denken; und mein wärmster Dank folgt hier. Die Chocolade wollen wir auf Deine Gesundheit verzehren. Die Gedichte sind sehr schön, das letzte hat mir noch besser als das erste gefallen. Ich habe sie fast alle ausgetheilt. Badegäste sind etliche 80 Familien hier, worunter ich auch einige Bekannte gefunden habe. Auch ist der Kammerrath Frege aus Leipzig hier; die meisten sind Leipziger. Im Theater habe ich es freilich noch nicht voll gesehen; das kommt dadurch[1], daß die Gesellschaft in Halle fast täglich spielt, so auch die Sonntage, so daß beinah niemand von Halle kommt. Die Freitage und Dienstage, wo hier nicht gespielt wird, machen sowohl die Schauspieler, als auch die Badegäste Partien nach

1 durch.

Halle. Künftigen Freitag denken wir vielleicht auch eine Partie zu machen. Man muß sich hier, da es an jungen Leuten fehlt, so gut als möglich zu amüsiren suchen. Vorigen Sonntag war es sehr angenehm hier, wo wir auch ein paar hübsche junge Edelleute kennen gelernt haben, einen Herrn von Pön [?] und Herrn von Morgenstern aus Mecklenburg, welche sehr gut tanzten. Ersterer wird nach Teplitz gehen, und ich werde ihm vielleicht einen Brief an Dich mitgeben; sie sind wieder in Leipzig, kommen aber zu nächstem Sonnabend und Sonntag wieder. Übrigens haben wir uns gut eingerichtet, und ich will Dir um des Spaßes Willen schreiben, wie theuer es ohngefähr hier ist. Im Salon haben wir abonnirt; vor Caroline zahle ich 8 Groschen, für mich 12 Groschen, also wöchentlich 6 Thaler. Fürs Logis gebe ich mit zwei Betten 2 Thaler 8 Groschen, denn ich habe wegen des Badens meine Köchin mitgenommen, und unsere zwei Betten waren beim Transport. Wenn ich keine Neben-Ausgaben mache, so brauche ich ohngefähr für das Gewöhnliche 10 Thaler wöchentlich; aber leider hat man mich schon zu drei Soupers dansant gequält, mich aufzuschreiben, wo es à Person 16 Groschen gekostet hat; und da wir doch gern tanzen, so hätte ich es auch ungern ausgeschlagen. Und für welcher Ausgabe ich mich noch fürchte, ist diese: es ist nämlich Montag über acht Tage ein Jubiläum hier, es wird 100 Jahre, daß das Bad in diesem Zustand ist, alle Armen sollen gespeist werden, und ein großes Souper und Diner ist veranstaltet, wo es à Person einen Laubthaler kosten soll. Auch soll jeder Badegast etwas für die Armen beitragen; von mir werden sie wenig bekommen. Der Kammerrath Frege hat schon 200 Thaler dazu gewidmet. Mit meiner Gesundheit geht es alle Tage besser. Den Merseburger Arzt habe ich noch nicht sprechen können, weil er eine kleine Reise gemacht hat. Ich will auch vor der Hand nicht in meine Gesundheit stürmen mit Arzeneien, da mir das Egerwasser allein so gut bekommt. Ich trinke jetzo an der letzten Kiste. Auf den Donnerstag will ich anfangen zu baden. Bis jetzt habe ich gar keine Anwandlung von Magenkrämpfen mehr. Der hiesige Arzt hat mir gerathen, nach dem Bad ein Glas Malaga zu trinken, und dieses will ich auch thun, weil das Baden den Magen doch wieder angreift. Wenn Du etwa noch Gelegenheit hast, eine Kiste Egerwasser zu besorgen, so thue es ja, denn ich habe auch sogar das vorjährige mit ausgetrunken und habe nur noch 16 kleine Fläschchen, welche bald alle sein werden. Künftiges Jahr, wenn Du nach Karlsbad gehst, werde ich erst nach Eger gehen und dann nach Karlsbad; so, glaube ich, wird es gut sein. Das mineralische Wasser ist doch das beste. Von Schauspielen wurden folgende hier gegeben: den Sonnabend ›Das Räuschchen‹, welches nicht gut ging; Sonntag ›Tyroler Wastel‹, welcher sehr gut gegeben wurde; Montag ›Die Mitschuldigen‹, wo sie alle ganz vortrefflich gespielt haben, besonders Lortzing, und darauf ›Die kurze Ehe‹, welche auch sehr gefiel. Sonnabend war der Canzler Niemeyer mit seiner Frau hier, welcher sich Dir vielmals empfehlen läßt; wir haben uns wechselseitig sehr gefreut, einander wiederzusehn. So fröhlich wie sonst ist es freilich nicht hier; und wenn man nicht im Salon speiste, wo es doch mitunter immer lustig ist, so hätte man gar nichts. Doch wir amüsiren uns außerdem so gut, wie wir können. Besser ist es immer als in Weimar; und es ist doch gut, wenn man einmal den Zustand wieder verändert. Desto häuslicher und froher werde ich alsdenn wieder in Weimar sein. Sei nur so gut und schicke mir noch ein kleines Papierchen, ich könnte es hier gleich an Frege geben; ausgeben will ich hier nicht viel davon, es ist nur, daß ich nicht ganz ohne Geld in Weimar bin. Ich wollte wohl welches ohne Papier von Dir bekommen, aber das mag ich nicht. Badegäste kommen noch alle Tage an; und ich glaube, bis in die Mitte dieses Monats wird es noch ziemlich voll hier werden. Freilich gegen Karlsbad ist es nichts; worauf wir uns denn freilich sehr freuen, übers Jahr mit Dir zu sein. Denn hier kann es nie wieder für das Theater etwas werden, wegen der Gesellschaft in Halle, denn alles von Halle und den umliegenden Gegenden geht in das Hallische Theater. Es wird jetzt eine große Kirche dazu eingerichtet, und es soll sehr schön werden, wie mir Niemeyer sagt. Auch in dem Hallischen Bade sollen so viel Gäste wieder [?] sein; sobald wir da gewesen sind, wollen wir Dir alles bestimmt schreiben, wie es aussieht. Ich sage Dir nochmals meinen schönsten Dank für das Überschickte. Aus dem Becherchen wird alle Tage in der Allee getrunken. Schreibe mir ja recht bald wieder, denn es macht mir immer die größte Freude zu hören, wie es geht. Der alte Karlsbader hatte hier schon mehrere Gedichte ausgetheilt; er hat mir auch versprochen, daß ich die Badelisten von ihm bekommen soll. Ist denn Bettine noch nicht da? Du wirst auch nun einen Brief von mir durch Vogeln bekommen haben, welcher mir sagte, daß er Dir ihn gleich von Dresden aus schicken wollte. Alles vom Theater empfiehlt sich Dir, besonders [1] und ihr Mann, so auch Wolff, welcher mir sagt, daß er nächstens an Dich schreiben wird. Ich bin heute mit ihm, weil wir beide Egerwasser trinken, spazieren gegangen, und da haben wir viel von Dir gesprochen. Wenn ich nur manchmal so ein Stündchen könnte bei Dir sein, dieses ist mein Wunsch.

Nun lebe wohl und denke mein. C. v. Goethe.

1 Name unleserlich.

501. *Christiane*

[Lauchstädt, 15. Juli 1810.]

Lieber Geheimerath,

Es hat sich nach und nach von Badegästen hier so angefüllt, daß über 200 Personen hier sind und viele Fremde, die immer ab- und zugehen. Nun wissen sie sich beim Theater nicht zu helfen und geben gewöhnlich, wegen Abgang der Madame Teller, kleine und nicht gern gesehene Stücke, und das bloß, weil sie der Engels in den neuen Rollen die Kleider von der Teller nicht hier geben wollen; und ohne Kleider kann sie doch die Rollen nicht übernehmen, denn ihre Garderobe ist doch nicht darauf eingerichtet. Und weil, wie Du weißt, wie immer kein Entschluß von Weimar kommt, so werden darüber auch die guten Stücke vorenthalten. Gestern war ›Egmont‹; da war es wohl voll, und es wurde recht gut und zur Zufriedenheit aller Zuschauer gegeben. Die Scene mit Egmont und Clärchen ist außerordentlich gut gegangen, und ich und Caroline haben uns an diesem Stück einmal wieder recht erbaut. Nach dem Theater war großes Souper dansant, wo wir uns auch gut amüsirt und neue Bekanntschaften gemacht haben. Der alte Ufel [?] und mehrere alte Verehrer sind auch angekommen. Vorigen Freitag fuhr eine große Gesellschaft nach Halle; wir ließen uns auch bereden, mit Herrn Riquet dahin zu fahren. Wir sahen uns in Halle um, konnten aber, da wir nicht allein waren und von der Gesellschaft abhingen, nicht zu Niemeyers gehen. Wir gingen ins Theater, welches aber nicht wie ein Theater, sondern wie ein Pferdestall aussieht, denn es ist eine alte Reitbahn gewesen. Es wird aber ein sehr großes, neues Theater in einer Kirche eingerichtet, wo nach 4 Wochen schon gespielt werden soll. Es wurde die Oper ›Das Sonntagskind‹ aufgeführt; doch wurde so schlecht gesungen und gespielt, daß wir nur einen Act aushalten konnten. Doch haben wir uns einmal recht ausgelacht. Einige Männer darunter könnten wohl gut sein, doch das weibliche Personal ist gar nicht zum ansehen. Wir waren schon ein Viertel auf elf Uhr des Abends wieder in Lauchstädt. Gestern ist der Capellmeister Müller von Weimar hier angekommen, um das Bad zu brauchen; er hat mir gleich eine Karte geschickt und mich auch gleich in der Allee aufgesucht. Wir haben viel von Dir und vom Theater gesprochen; er hat mir aufgetragen, ihn Dir zu empfehlen und Dir zu schreiben, daß künftigen Winter sein einziges Bestreben nur sein sollte, Dir in Ansehung der Oper Freude zu machen, und auch wegen unserer kleinen Singakademie alles Mögliche dazu beizutragen, daß es Dich auch erfreuen sollte. Er meint, ohne daß Du in Weimar wärst, hätte er nichts anfangen wollen; doch er habe für das Ganze [?] so viel Ernst und Freude, daß er wünschte, selbst mitzuwürken. Doch, meinte er, wäre Deine Gegenwart hauptsächlich dazu nöthig, das Übrige gäbe sich von selbst. Er spricht recht gut und gescheut über jede Lage; ich höre nur zu und lasse mir erzählen. Die Hoheit hat auch viel von unserer Singstunde mit ihm gesprochen. Wegen des Theaters bitte ich Dich, sei doch so gut mir ein kleines Zettelchen beizulegen, daß ich manchmal ein paar Billets bekomme, und daß mein Mädchen auf den zweiten Platz gehn kann; vergiß dieß ja nicht, der Cassir wünscht es nur um der Ordnung Willen. Auch bitte ich Dich, mir ja eine kleine Assignation an Frege zu schicken, denn ich möchte hier doch wohl noch etwas brauchen; denn der Merseburger Doctor und andere kleine Ausgaben, auf die ich nicht gerechnet habe, kommen mir doch noch in den Weg. Diesen Brief will mir Herr Riquet von Leipzig bestellen; schreib mir doch, wenn er angekommen ist, und antworte mir recht bald darauf. Eben, als ich dieses Blatt schließen will, kommt mir Dein lieber Brief von eigner Hand, mit den Gedichten und der Assignation an den Cassir richtig an; ich danke vielmals für Deine Güte, sowohl für das Geld, als auch für die Aufmerksamkeit, daß Du mir die schönen Gedichte geschickt hast, welche ich heute alle meinen Leipziger Freunden zu lesen geben werde. Heute wird es überhaupt ein äußerst brillanter Tag; und heute über 8 Tage soll ein großes Jubiläum gefeiert werden, wozu freilich die Badegäste das Beste beitragen müssen. Von August und mir mußt Du nun einen Brief erhalten haben, welchen wir den Tag vor unserer Abreise geschrieben, wo wir auch von allem, was Prinz Bernhard mitgebracht, erwähnen und danken. Ich habe Dir auch schon einen Brief von hier durch Genast geschicket. Aber sehr freun mich die 2 Briefe von Deiner Hand. Behalte mir nur Deine Liebe, so bin ich zufrieden und glücklich.

Lebe wohl und gesund. C. v. Goethe.

502. *Christiane*

Lauchstädt, den 18. Juli 1810.

Dein letzter Brief, mein Lieber, hat mir viel Freude gemacht. Du mußt nun wieder drei Briefe von mir haben, einen von Weimar kurz vor meiner Abreise, wo auch einer von August dabei war, schreib mir ja, ob Du diesen erhalten hast; einen durch Herrn Genast, und einen habe ich gerade nach Leipzig geschickt, und diesen besorgt mir Herr Kaufmann Riquet. Es fängt hier an recht brillant zu werden. Wir haben hier vier Tage hintereinander getanzt, und die größten Feste des Jubiläums stehen uns noch bevor, welches künftigen Montag gefeiert wird, wo alle Badegäste mit in die Kirche ziehen, und die Damen sich alle weiß und blau kleiden. Carolinen gefällt es hier sehr gut, und mir bekommt das Baden und Tanzen beides außerordentlich gut. Je mehr ich Bewegung habe, desto besser befinde ich mich. Und nun denke Dir[1] unsere große Freude: am Sonntag besuchte uns der Herr von Arntsschildt [?] und noch ein[2] junger[3] Hannoveraner, Herr von Klenke; sie hatten von Göttingen aus Geschäfte in Halle und von August durch Briefe erfahren, daß wir in Lauchstädt wären. Das war für diese Tage wegen des Tanzens für uns eine große Glückseligkeit, weil wir an jungen Tänzern hier großen Mangel leiden. Sie können aber zu unserer Betrübniß nur bis Freitag hier bleiben; doch habe ich einen Brief bekommen von August, daß zu den großen Feierlichkeiten die beiden Schmidte von Jena kommen wollen. Und wenn sich so die Tänzer wechselseitig ablösen, so können wir es schon mit ansehen. Deine schönen Gedichte haben hier allgemein gefallen; Blümner und mehrere haben sich es abgeschrieben, und Wolff hat sie declamiren müssen. Ich freue mich nur sehr, daß Dir das Wasser so gut bekommt; und so gern als ich Dich wieder bei mir sehe, so wünsche ich doch, daß Du es brauchst [so lange,] als es geht. Denn ich hoffe, daß wir noch einen schönen Herbst zusammen in Weimar zubringen wollen, wo Du im Häuschen alles wieder aufgeputzt und sauber finden sollst. Meinen Geburtstag werde ich wohl noch in Lauchstädt feiern. Den 12. Juli habe ich mit Carolinen zu Hause gefeiert; wir haben des Morgens von Deiner guten Chocolade getrunken, des Mittags speisten wir im Salon, wo es sich gerade so traf, daß uns die beiden Grafen von Schulenburg mit Champagner, worin sich Eis befand, regalirten, und so tranken wir beide im Stillen Deine Gesundheit; und des Abends waren wir allein und haben Dich hoch leben lassen. Die Gesellschaft wird wohl bis in die Mitte August hier bleiben; wenn aber die Einnahme so fort gehet wie jetzt, so wird sich wohl Herr Genast zureden lassen und vielleicht bis Ende August hier bleiben.

1 ich Dir.
2 einen.
3 jungen.

Das Längste ohngefähr, wie ich denke zu bleiben, wenn die Gesellschaft nicht früher weggeht, ist ohngefähr bis zum 20.; doch läßt sich darüber noch viel schreiben. Ich schreibe Dir bestimmt 8 Tage vorher, ehe ich weggehe. In Giebichenstein und auf dem Petersberg sind wir noch nicht gewesen; für so eine Partie kann man gleich eine Woche auskommen, deßhalb wollen wir abwarten, bis sich es etwas wohlfeiler machen läßt. Am Montag wurde ›Jery und Bätely‹, welches recht gut ging, und ›Der 24. Februar‹ aufgeführt. Es war alles mäuschenstill im Theater, und es ging beinah wieder so gut als die erste Vorstellung. Sie haben sich alle drei sehr viel Mühe gegeben; Haide hat besonders großen Beifall eingeerntet. Die Damen sind alle ohne Ohnmacht heraus gekommen, aber essen konnte niemand viel. Die Urtheile waren verschieden; Canzler Niemeyer wollte es nicht behagen und fand es zu gräßlich, doch seine Frau Gemahlin schien mehr Theil daran zu nehmen, doch durfte sie sich nicht so ganz für ihrem Herrn Gemahl äußern. Viel junge Leute fanden die Sprache des Stücks so vortrefflich, daß sie sagten: Werner hätte es nicht allein gemacht. Ich wollte dieses Mal in keine betrübte Stimmung kommen, weil mich alles doch zu sehr angreift; bin also abwechselnd heraus und herein gegangen und habe in der Zeit an etwas Anderes gedacht; und wenn ich wieder hereinkam, hat es mir doch außerordentlich gefallen. Caroline hat sich aber wieder ganz durchklopfen lassen, und ich glaube, sie sähe es noch einmal. Überhaupt hat es der jungen Welt sehr gefallen. Heute wird ›Fridolin‹ gegeben. Was sie zu den großen Feierlichkeiten geben, weiß ich noch nicht. In der Allee werden schon große Bogen zu transparenten Sachen aufgestellt, wo sich Lortzing wohl verewigen wird. Den 16. ist Aten[1] ihr Geburtstag gewesen, ich habe sie mit nichts anbinden können. Wenn

1 Athen.

sich vielleicht eine Gelegenheit fände, wo Du mir etwas für sie schicken könntest; oder bringe ihr eine Kleinigkeit mit, vielleicht etwas in die Ohren zu hängen oder sonst eine Kleinigkeit. Sie ist zu ihrem Geburtstag verreist gewesen. Der Herr Canzler Gutschmidt, welcher auch mit seiner Frau Gemahlin hier ist, empfiehlt sich Dir; er hat jetzt viel zu thun, um den Badegästen ihr Geld, welches zum Jubiläum eincassirt worden ist, auszugeben. Der Herr Capellmeister Müller hält sich sehr zu uns, so auch Herr Stromeyer, welcher mich schon einige Mal besucht hat. Das Egerwasser wird hier sehr häufig getrunken, und mit dem meinigen bin ich nun auch bald fertig. Diesen Sommer werde ich es wohl nun sein lassen müssen, denn ich habe beinah drei Kisten getrunken, und in die Länge greift es doch sehr an. Übers Jahr werde ich es ja wohl an der Quelle trinken, und das in Deiner Gesellschaft. Schreib mir doch, ob Du Dich von einem Jenaischen Kutscher wieder abholen läßt, oder wie Du es zu machen gedenkst. Beiliegendes Blättchen sei doch so gut und gib Herrn Riemer. Vorigen Freitag ist unsere Prinzeß mit ihrem Gemahl in Halle angekommen und den Sonnabend früh von da abgereist. Wir waren schon früher wieder weggereist; wäre ich noch dagewesen, so hätte ich ihr meine Aufwartung noch einmal gemacht. Der Obrist von Seebach war hier und hat mir gesagt, daß noch einige Festlichkeiten in Weimar im Stern und Park gewesen sind, und daß der Abschied von allen Damen und Herren sehr traurig gewesen ist, so daß beinah ganz Weimar geweint hat, wie die Prinzeß zum Thor heraus gefahren ist. Ich bin recht froh, daß ich nicht da war, denn es that mir schon sehr weh, wie zum letzten Mal Theater in Weimar war, und ich mir dachte, daß ich sie zum letzten Mal auf ihrem Platz sitzen sähe. Dieses hat mir schon so leid gethan, denn sie war die letzte Zeit gar freundlich und liebevoll mit allen Menschen.

Weiter weiß ich Dir für heute nichts zu sagen, als daß ich

wünsche, daß [Du] recht gesund zurückekommen mögest, und daß Du mich lieb behältst, so lieb wie ich Dich.

C. v. Goethe.

503. *Goethe*

Es war mir sehr angenehm, zu erfahren, daß meine kleine Sendung, durch Herrn von Helldorf, und mein Brief bei Dir wohl angekommen, und ich will nicht zaudern, auf Dein Letzteres einiges freundlich zu erwiedern.

Ich habe mich seit der Zeit nicht so gut wie im Anfang aufgeführt und bin von einigen Übeln angegriffen worden, von denen mich aber Stark glücklich befreit hat, der eben angekommen war; nun ist alles wieder in Ordnung, und ich befinde mich recht schön. Eigentlich war ich selbst Schuld an meinem Unfall. Ich hatte aufgehört zu trinken, und wollte nun gleich anfangen zu arbeiten, welches nicht ganz klug war. Stark selbst befindet sich abwechselnd, und ich will noch einige Zeit hier zusehen und dann nach Töplitz zum Herzog gehen. Stark räth mir die dortigen Bäder und das Eger-Wasser. Von diesem will ich noch ein paar Kisten nach Weimar schicken, wovon ich mir Eine[1] aufzuheben bitte.

Zelter war acht Tage hier, seine Gegenwart hat mir viel Freude gemacht, ich treffe ihn wieder in Töplitz. Auch ist Geh. Rath Wolf noch bei uns, wordurch wir denn auch auf mancherlei Weise erfreut und gefördert werden.

Von Bettinen hab ich einen Brief ohne Ort und Datum; sie ist aber in Böhmen, etwa eine Tagreise von hier, kommt aber nicht und schreibt: wenn ich nach Hause käme, würde ich entweder sie selbst oder einen langen Brief finden. Ich

1 Aus eine.

glaube das letzte, schwerlich lassen ihre Verwandte sie aus den Händen.

Frau von Eybenberg ist angekommen. Bei der großen Noth um Quartiere hab ich ihr das meinige abgetreten und bin eine Treppe höher gezogen. So führen wir denn ein ganz freundliches Leben zusammen. Doch aufrichtig gesprochen, so will es nicht mehr mit uns fort wie sonst; sie ist ganz unendlich politisch und auf eine Weise, daß wir nicht eben zusammenstimmen. Da schweigt man denn lieber, und bei Ermangelung anderes Interesses wird die Unterhaltung ein wenig lahm.

Ich freue mich, Dich wiederzusehen, um einmal wieder ganz offen mich mittheilen und ausreden zu können.

Riemer ist recht brav und geht mir in allem zur Hand; auch ist er überall geschätzt und wohl aufgenommen. Es hinge nur von ihm ab, sich weiter zu verbreiten. Er leistet mir aber sehr freundlich Gesellschaft, und so steht alles sehr gut. Wir essen zu Hause, und ich sehe seit den letzten vierzehn Tagen wenig Gesellschaft. Auch Frau von Eybenberg hat eine Societät, in die ich nicht komme, und so leb ich auf meine gewöhnliche Art ziemlich eingezogen.

Daß Lauchstädt sich bevölkert, dazu wünsche ich Dir Glück. Lasse Dir Cur und Zerstreuung wohlbekommen. Herr Müller sei freundlich und versichre ihn meiner besten Neigung. Es wird mich sehr glücklich machen, wenn er mit mir überzeugt ist: daß es gar nicht nöthig ist, sich immer zu ärgern in einer Sache, die eigentlich zum[1] Vergnügen gereichen soll.

Halte deßhalb zu allen Gliedern des Theaters ein gutes Verhältniß, insofern es nur möglich sein will. Grüße Genasten, er wird sich nach seiner Art wohl durchhelfen. Freilich spürt man in solchen Fällen, was Unentschlossenheit und allerlei

1 Aus zu.

Nebenrücksichten für Schaden bringen. Mögen sies doch in ihrer Casse fühlen.

Lebe recht wohl. Schreibe mir von nun an nach Töplitz *in den ›Drei Äpfeln‹*. Unterhaltet euch gut mit alten und neuen Verehrern. Carolinchen viel Grüße. Von August hab ich einen Brief.

Karlsbad, den 22. Juli 1810. G.

Lauchstädter Jubiläum

504. *Christiane*

Lauchstädt, den 24. Juli 1810.

Lieber Geheimerath,

Unser Aufenthalt in Lauchstädt wird immer lustiger, weil wir täglich mehr Bekanntschaft machen und theils auch viele alte Bekannte wieder gefunden haben, worunter besonders der Kaufmann Riquet aus Leipzig gehört. Überhaupt sind die Leipziger außerordentlich artig gegen uns. Seit zehn bis zwölf Tagen haben wir täglich einige Stunden getanzt und dieses, glaube ich, vollendet meine Cur besser, nebst dem Wasser, als alle Medicin; denn die Ärzte behaupten so, ich wäre vor lauter Gesundheit krank. Nun etwas von den hiesigen Festlichkeiten. Zwei Tage vor dem Jubiläum sah man schon nichts als Reiter und Wagen, und in ganz Lauchstädt war auch nicht ein Kämmerchen zu haben. Und es wurde folgender Maßen gefeiert. Sonnabend wurde ›So sind sie alle‹ gegeben, unser Capellmeister Müller dirigirte diese Oper, und sie wurde mit diesem kleinen Orchester zum Verwundern gut gegeben. Die kleine Genast spielte die Rolle von dem Kammermädchen, welche nachher als Doctor kömmt, recht niedlich. Mamsell Häßler erntete großen Beifall ein. Die Einnahme war diesen Tag 250 Thaler. Den Abend nach der Komödie wurde das Fest mit Kanonen angekündigt, worauf ein großes Souper dansant folgte.

Sonntag früh 9 Uhr wurden alle Badegäste in [den] Salon eingeladen, wo die Herren blau und die Damen blau und weiß erscheinen mußten, wo von da um den Brunnen herum in die Kirche gezogen wurde; den Anfang machte die Jugend, welche die kleinen Prinzen und Prinzessinnen von dem Prinzen Emil von Holstein anführten, darauf folgte die Prinzeß selbst und nach ihr alle Damen paarweis; so auch führte der Prinz den Zug der Männer an. Unter dem Donner der Kanonen und Glockengeläute kamen wir glücklich in der Kirche an, wo der hiesige Pastor eine sehr schöne Rede hielt, wo denn der König, unser Herzog von Weimar, und besonders die Künstler wurden gelobt und gepriesen. Vor und nach der Predigt wurde eine sehr schöne Kirchen-Musik von dem Capellmeister Müller und von unsern Sängern und Sängerinnen aufgeführt. Alsdenn ging der Zug wieder nach dem Salon, wo dann unter Gesang und Trompeten und Pauken zwei Linden hinter dem Brunnen, nach dem Salon zu, gepflanzt wurden, den hundertjährigen gegenüber. Alsdenn folgte ein großes Diner im Saal von 280 Personen; 200 speisten im Freien, und im kleinen Pavillon wurde auf Kosten der Badegäste gespeist, worunter sich denn Heinrichs Eltern auch befanden. Nach Tische unterhielt[en] das Publicum die Leipziger Hoboisten; um 6 Uhr wurde das Theater eröffnet, wo das Gedränge so war, daß über 200 wieder weggehen mußten; und man weiß sich sogar bei der Eröffnung zu erinnern, daß die Einnahme nicht so stark gewesen sei: sie haben nämlich 417 Thaler eingenommen. Es wurde ›Die Junggesellen-Wirthschaft‹ recht gut gegeben; vorher ging ›Haß den Frauen‹, welches hätte besser gehen können; zuletzt ein Epilog von Herrn Blümner, welches ein ländliches Fest vorstellte, wo Bauern und Bäuerinnen erschienen, welche den Baum bekränzten, die Lortzing als Nymphe über dem Brunnen nahm sich recht gut aus. Madame Wolff sprach den Epilog wie immer sehr gut. Den Epilog wirst Du wahrscheinlich zu lesen bekommen; mir kam es vor, als hätte man Deine Gedichte aus dem Karlsbad sehr dabei benutzt, doch bleibt dieß unter uns. Nach Endigung des Schauspiels war die ganze Allee illuminirt, und die hundertjährigen Linden bekränzt, so auch bis in ihre Wipfel illuminiert; transparente Vese in Bogen standen über dem Brunnen. Der Saal war mit Guirlanden geziert, und eine transparente Sonne stand über dem Namen des Königs. Beim Souper war alles auf Kosten der Badegäste beim Theater eingeladen, so auch die Capelle. Nach Tische führte der Prinz Emil eine Polonaise durch die ganze Allee auf, alsdann begann der Tanz. Gestern war kein Theater, aber Souper dansant. Den Freund von Giebichenstein habe ich auch gesprochen; er wollte Erklärung von mir haben, warum Du mit ihm zürntest. Ich habe mir damit herausgeholfen: daß ich von nichts wüßte, und ihn etwas beruhigt wieder zurückgeschickt. Er hat mich sehr dringend nach Giebichenstein eingeladen, welches ich aber wohlweislich nicht erfüllen werde. Diese Woche bekomme ich den zweiten Theil von seinen Briefen, welche ich hier lesen will. So auch war incognito der schönen Frau ihr Mann aus Weimar hier; man durfte sich aber hier in der Allee nicht sehn lassen, weil sonst einige Wechsel von Leipzig bezahlt[1] sein wollten. Und so haben ihn Wolffs verborgen, und man hat sich dadurch bei den Leipzigern sehr geschadet. So auch ist Freund Mahlmann hier gewesen; sobald er aber auf dem Theater erschienen ist, haben ihn Haide und Stromeyer herunter complimentirt, und er hat sich auch gleich von Lauchstädt entfernt. Dieses sind alle unsere Neuigkeiten. Gestern sind Freund [?] Bülow und der schöne Schmidt mit seinem Bruder angekommen, welches uns auch nicht wenig gefallen hat. Schreib mir doch, ob Du von August aus Jena einen Brief

1 sonst bezahlt.

bekommen hast, der Dämmerfürst hat mir bloß durch seine Freunde einige Grüße bringen lassen, aber weiter nichts. Schmidt sagte mir aber zu meiner Freude, er sei ungeheuer fleißig. Nun wird es hier auch wieder allmählich leerer werden, denn bis in die Mitte August dauert doch nur eigentlich der Spaß. Ich denke so ohngefähr den 15. oder 16. August forzugehen; ich will 8 oder 14 Tage früher als die Gesellschaft in Weimar sein, weil ich noch verschiedenes in meiner Haushaltung zu besorgen habe. Es ist aber sehr gut, daß ich dieses Jahr wieder hier war, denn ich habe vielerlei im Stillen für Lortzings würken können, wo ich denn doch täglich mehr sehe, daß die gewissen Leuten nur ein Dorn im Auge ist, und wovon ich Dir allerlei zu erzählen habe. Doch da ich hier war, und man sich von der andern Seite bei den Leipzigern selbst geschadet hat, so geht alles besser, als man sich wünschen kann. Deny nebst seiner Frau empfehlen sich Dir; es geht den armen Leuten[1] hier sehr knapp. Die Magdeburger Gesellschaft hat der Frau Anträge gethan, in Halle zu spielen; sie glaubte aber, dadurch bei Dir zu verlieren, und hat es lieber nicht gethan. Denys Bruder ist bei dieser Gesellschaft; er ist weit hübscher als unser Deny und soll auch recht gut spielen. Dieser empfiehlt sich auch, wenn bei uns etwas vorfallen sollte, in Deine Genade.

Die Schreiberin empfiehlt sich unterthänig.

505. *Goethe*

Euren Brief vom 24. Juli erhalte ich am siebenten Tage und will auch gleich dankbar ein Wörtchen dagegen vernehmen lassen. Euer Jubiläum hat auch meine besten Segnungen, da alles so wohl abgelaufen ist und anständig, und das Theater

1 Kann auch Luder heißen.

das Seinige gethan und erworben hat. Besonders freut mich, daß Capellmeister Müller eingreift; ich wäre sehr glücklich, wenn mir das auf künftigen Winter so viel Vergnügen machen könnte, was mir sonst so viel Verdruß gemacht hat.

Ich zweifle nicht, daß alter und neuer Äugelchen vollauf sein wird, dazu wünsche auch Glück. Macht euch in jener Gegend so viel Freude wie möglich; hier ists immer was Wunderliches und eine Confusion, die mir beinahe selbst verdrießlich wird. Mit der lieben Hausfreundin bleibts, wie ich Dir schon gesagt habe; so angenehm und liebreich sie ist, so gehn wir doch nicht auseinander, daß sie nicht etwas gesagt hätte, was mich verdrießt. Es ist wie in der Ackerwand.

In meinem Wesen gehe ich übrigens immer so fort nach meiner Art; und wenn auch nicht jeden Tag etwas gefertigt wird, so wird doch stets vorbereitet, und dann gehts auf einmal. Es fehlt mir nicht an vielerlei[1] Dingen, die mich interessiren.

Von August habe ich endlich auch einen ganz verständigen Brief, er scheint auch auf seine Weise vor sich hinzugehen und wenigstens immer einiges zuzulernen. Das erste halbe Jahr war es wirklich ein Verderb für ihn, daß Schömann ein Gegner von Thibaut ist, den August so sehr verehrt und deßhalb jenen nicht leiden konnte. Leider hats in Jena wieder Händel gesetzt mit Landsmannschaftlichen und dergleichen Verhältnissen. August hat sich aber, wie mir Herr von Hendrich schreibt, aus allem entfernt gehalten. Es ist sehr gut, daß er das Zeug in Heidelberg durchgearbeitet hat. Vielleicht haben Dir Schmidt und Bülow das Nähere erzählt.

Ich mache ihm einige Kleinigkeiten zusammen und schicke sie ihm nächstens mit Gelegenheit. Sonst habe ich nichts weiter angeschafft. Das Steigen und Fallen des Pa-

1 vierley.

piergeldes und das Steigen aller Preise macht einen so confus, daß man nicht weiß, ob etwas wohlfeil oder theuer ist. Steck- und Nähnadeln habe noch genommen. Übrigens habe ich keinen hübscheren Shawl gesehn unter denen, die nicht ächt sind, als der, den ich Dir schickte.

Zelters Gegenwart hat mich sehr glücklich gemacht, wahrscheinlich finde ich ihn noch in Töplitz. Ich wäre schon dorthin abgegangen, wenn ich sicher wäre, Quartier zu finden. Karlsbad leert sich schon, aber Franzenbrunn und Töplitz füllen sich.

Geh. Rath Wolf ist auch noch hier, aber ich sehe ihn wenig. Spazierfahrten, Gasterein, hübsche Frauen ziehen ihn an, und da hat er gar nicht unrecht.

Die überschickte Silhouette, physiognomisch genommen, sieht aus wie ein Frauenzimmerchen, das sein eigen Köpfchen hat. Ich danke schönstens fürs Andenken.

Grüße Herrn Genast aufs beste, nicht weniger Herrn Müller. Suche wenigstens mit Wolff in einem guten Verhältniß zu bleiben, wenn es auch mit ihr nicht geht. Lortzings grüße, auch Denys. Ich habe gegen sie alle den besten Willen. Was sich zu Michael thun und machen läßt, wollen wir sehen. Es ist mir von großem Werth, daß Du wieder in Lauchstädt warst. Denn gewöhnlich kochen sie im Sommer einen garstigen Hexenbrei, den ich im Winter schmackhaft machen soll.

Lebet recht wohl und vergnügt. Von nun an schreibe ich nach Weimar. Besonders, gleich wenn ich in Töplitz ankomme. Lebet wohl!

Karlsbad, den 1. August 1810. G.

*

Vom 4. August bis zum 16. September Goethe in Teplitz.

*

506. *Goethe*

Töplitz den 8. August 1810.

Da sich eine Gelegenheit findet, diesen Brief bis Dresden zu bringen, will ich sogleich melden, daß wir in Töplitz glücklich angekommen sind. Nachdem unser Aufenthalt in Karlsbad 11 Wochen gedauert hatte, gingen wir den 4. August von dort ab. Ich will nicht läugnen, daß die letzte Zeit mir nicht die angenehmste war: denn da sich meine Übel wieder meldeten, so verminderte sich das große Zutrauen auf Karlsbad einigermaßen. Das Wetter war sehr schlimm, so daß unter vierzehn Tagen kaum einer rein und heiter gewesen wäre. Und so war mirs denn ganz angenehm, zu vernehmen, daß man in Töplitz für mein Unterkommen gesorgt hatte. Hier ist es freilich um vieles heiterer als in Karlsbad, die Gegend weiter und erfreulicher. Auch haben wir gutes Wetter sowohl hier, als auf der Reise gehabt. An Gesellschaft fehlt mir es auch nicht, da der Herzog hier ist, bei dem ich speise, auch mit ihm die Abende beim Fürst Clary zubringe, wo viel Menschen sind. Zelters Gegenwart macht mich sehr glücklich. Morgen will ich anfangen zu baden, und mich sodann in der Gegend umsehen. Für dießmal lebe recht wohl. Ich werde von Zeit zu Zeit schreiben, wie es mir geht.

G.

Für die Nachrichten vom Jubiläum danke ich zum schönsten. Sie trafen mich noch in Karlsbad.

[*Nachschrift:* Riemer]

Für das gütige Andenken der gnädigen Frau und der Demoiselle Ulrich meinen gehorsamsten Dank. Den Auftrag des Herrn Eberwein werde ich mich bemühen zu erfüllen. Die letzte Zeit war in Karlsbad zu unruhig; ich denke, daß es mir hier gelingen wird, etwas auszudenken. Er soll es schon zu rechter Zeit erhalten. Mich zu fernerem Wohlwollen angelegentlichst empfehlend und das Beste wünschend

F. W. Riemer.

507. *Goethe*

Fräulein von Riedesel wird dieses Blatt mit über die Berge nehmen, und es soll Dich bei Deiner Ankunft in Weimar begrüßen. Vor allen Dingen muß ich Dir ein Abenteuer erzählen. Ich war eben in ein neues Quartier gezogen und saß ganz ruhig auf meinem Zimmer. Da geht die Thüre auf, und ein Frauenzimmer kommt herein. Ich denke, es hat sich jemand von unsern Mitbewohnern verirrt; aber siehe, es ist Bettine, die auf mich zugesprungen kommt und noch völlig ist, wie wir sie gekannt haben. Sie geht mit Savignys nach Berlin und kommt mit diesen auf dem Wege von Prag her hier durch. Morgen gehen sie wieder weg. Sie hat mir Unendliches erzählt von alten und neuen Abenteuern. Am Ende geht es denn doch wohl auf eine Heirat mit Arnim aus. Lebe für dießmal recht wohl. Ich habe schon ein paar Bäder genommen, die mir ganz gut anschlagen. Der Herzog befindet sich abwechselnd. Zelter ist immer der Alte. Seine Gegenwart macht mich sehr glücklich. Grüße Carolinchen und August.

Töplitz, den 11. August 1810. G.

508. *Goethe*

Töplitz, den 13. August 1810.

Zu einer Depesche, welche der Geheime Secretär Vogel absendet, leg ich nur ein paar Worte bei. Deinen lieben Brief von Lauchstädt habe ich erhalten, es thut mir leid, zu vernehmen, daß Du Dich nicht wohl befunden, und daß der Jubiläums-Gottesdienst so einen übeln Erfolg gehabt. Pflege Dich zu Hause, bis wir wieder zusammenkommen. Empfiehl mich Frau von Heygendorf und wünsche ihr Glück zum jungen Sohn. Du wirst ihr ja auf allerlei Weise assistiren. Mir geht es hier ganz wohl, nur macht das Bad etwas schwach im Kopfe. Thun kann man gar nichts.

Bettine ist gestern fort. Sie war wircklich hübscher und liebenswürdiger wie sonst. Aber gegen andre Menschen sehr unartig. Mit Arnim ists wohl gewiß. Lebe recht wohl. Schwarze Spitzen bringe ich. G.

509. *Goethe*

Töplitz, den 20. August 1810.

Dein lieber Brief vom 11. August, der mir eure Ankunft in Weimar meldet, hat mich glücklich erreicht. Du mußt nun gegenwärtig zwei von mir aus Töplitz erhalten haben, einen durch Fräulein von Riedesel, und einen, den der Geheime Secretär Vogel eingeschlossen hatte.

Die Bäder bekommen mir noch sehr wohl, und ich vermuthe fast, daß mich Töplitz künftig von Karlsbad abziehen wird: denn da ich dort von meinen Übeln nicht ganz frei geblieben bin[1], so hat sich der unbedingte Glaube und die Sicherheit etwas vermindert. Auch ist die Gegend hier viel lustiger, und wir haben eine recht heitere Wohnung.

Die vielfachen Einladungen nach Prag und Wien werden mich dießmal nicht bewegen, eine Reise an diese Orte zu machen. Ich will erst die Abreise des Herzogs erwarten, dem das Bad jetzt besser zuschlägt als Anfangs, und alsdann über

1 Über gestrichenem sind.

Dresden zu euch zurückkehren. Bei dieser Gelegenheit will ich mit Kügelgen sprechen, ob er lieber ein Bild von mir nach der Natur nochmals malen, oder das erste copiren will. Es soll alsdann in einem schönen Rahmen, wohl eingepackt, an den guten Schlosser wandern, der sich freilich mit unsern Sachen viel Mühe gibt. Grüße Frau von Heygendorf schönstens, und sei ihr behülflich und beiräthig. Frau von Dankelmann und Luise Seidler sind auch hier angekommen. Mehr sage ich nicht, als daß ich wünsche, es möge euch wohlgehen. Auf der Rückseite steht meine Adresse für die nächsten Briefe. G.

An
Herrn Geheimenrath von Goethe
Excellenz
zu
Dresden.

bei dem Königl. Sächsischen
Hauptmann Herrn
von Verlohren
wohnhaft in der Seegasse
an der Zahngassen-Ecke.

510. *Goethe*

Töplitz, den 28. August 1810.

Ich hoffe, daß ihr diesen Tag vergnüglich feiern werdet, besonders wenn ihr so schön Wetter habt, wie es hier ist. Karl hat mir heute früh einen herzlichen Glückwunsch gebracht, und dabei ists geblieben. Niemand weiß von meinem Feste, und ich werde es wohl im Stillen zubringen.

Die Bäder bekommen mir außerordentlich wohl. Dieß war um so erwünschter, als ich dießmal in Karlsbad kein Glück hatte. Von meinen Übeln blieb ich nicht ganz frei, die Arbeit wollte nicht vom Flecke, das Wetter war abscheulich, und die Gesellschaft in politischen Spannungen. Deßhalb ich seit Abreise der Kaiserin kaum einen vergnügten Tag hatte. Die hiesigen Bäder dagegen haben mich auf eine wunderwürdige Weise hergestellt. Du erinnerst Dich, daß Capellmeister Müller sie mir sehr dringend empfahl. Grüße ihn schönstens und sage ihm: es sei wirklich alles Gute für mich daraus erfolgt. Auch für Deine Zustände würden sie sehr heilsam sein. Vieleicht brauchst Du sie nächstes Jahr und siehst Dresden bei dieser Gelegenheit, das nur sieben Meile von hier liegt. Der Herzog geht den 31. ab. Ich will noch eine Woche länger bleiben, sodann über Dresden und Freiberg nach Hause gehen und zu Michael bei euch sein. Die Gegend ist hier außerordentlich schön, besonders zum spazierenfahren, denn es liegen viel Schlösser, Städtchen und Lustörter umher. Alle Menschen sind gutmüthig, gastfrei und würden wie im Himmel sein, wenn die unseligen, politischen Spaltungen nicht wären. Übers Jahr gehe ich wieder hierher, und dann kannst Du mit Carolinchen nachkommen. Zu tanzen gibts wenig; aber desto mehr Rutscherchen.

An Äugelchen fehlts nicht, jungen und alten, bekannten und unbekannten; und was das Beste ist, alles geht geschwind vorbei. Die Herzogin von Curland hat mich freundlich auf ihr Gut eingeladen, das bei Altenburg liegt. Wahrscheinlich besuche ich sie auf der Rückreise. Sehr wichtig ist mir, daß ich den König von Holland habe kennen lernen, mit dem ich in Einem Hause wohne. Ich sehe ihn öfter, und er hat Vertrauen und Güte gegen mich, wovon ich Dir manches zu erzählen habe.

Im Schauspiel bin ich wenig; sie haben einen einzigen Acteur, der brav ist; die übrigen sind unglaublich schlecht, und die Liebhaberinnen sehr häßlich. Einen Brief von August habe ich erhalten. Grüße ihn schönstens und so auch die Theaterfreunde. Richte alles recht ordentlich ein, damit wir einen frohen Winter haben. Ich wünsche öfter Freunde bei Tisch und die Musikübungen recht thätig und treulich fortgesetzt. Wenn Carolinchen recht artig ist, soll sie übers Jahr hier auch baden. G.

*

Am 16. September früh ½5 Uhr verläßt Goethe Teplitz und trifft zwölf Stunden später in Dresden ein.

*

511. *Goethe*

Hiermit sei Dir, mein liebes Kind, vermeldet, daß ich in Dresden den 16. zu guter Zeit glücklich angekommen bin. Mir gefällt es sehr wohl, das Wetter ist schön, die Bekannten freundlich und die Kunstsachen unerschöpflich. Ich wollte, Du wärest hier, daß wir ein vierzehn Tage vergnüglich leben könnten. Nach Hofe werde ich wahrscheinlich nicht gehen. Wenn ich alles gesehen und Freunde und Bekannte besucht habe, so gehe ich ab; auf Land- und Wasserfahrten lass ich mich nicht ein.

Vor Michael siehst Du mich jedoch nicht, denn ich gehe noch auf Freiberg und zur Herzogin von Curland nach Löbichau. Deinen einladenden Brief habe ich noch in Töplitz erhalten, allein es ist mir nicht möglich, zu kommen, wie der Hof-Kammer-Rath wünscht. Grüße ihn jedoch auf das beste.

Der Herzog hatte mich nach Eisenberg zum Fürsten Lobkowitz gesendet (Frau von Heygendorf wird Dir sagen, warum), sonst wäre ich schon seit acht Tagen hier, ja wohl schon wieder fort.

Grüße alles zum schönsten, und lebe vergnügt. Ich befinde mich ganz wohl. Ich will sehen, daß ich so nach Hause komme.

In Jena halte ich mich nicht länger auf, als nöthig ist, Knebel und Hendrich zu grüßen. Auf alle Fälle erhältst Du noch Briefe von mir. Lebe recht wohl, liebe mich und grüße Deine Juvenile.

Den 18. September 1810. Dresden. G.

*

Am 26. September reist Goethe von Dresden ab, hält sich zwei Tage in Freiberg, zwei Tage in Altenburg und Löbichau auf und langt am 2. Oktober nachmittags, nach einer Abwesenheit von mehr als sieben Monaten, wohlbehalten in Weimar an. – Von Familienereignissen aus dem letzten Viertel des Jahres wäre zu erwähnen, daß, wie das Tagebuch vermerkt, August am 15. Oktober sein Dekret als Kammerassessor erhält.

1811

Vom 9. bis zum 21. Januar Goethe in Jena.

*

512. *Goethe*

Der Ziegenhainer Botanicus geht nach Weimar und überbringt dieses Päckchen früher, als es durch die Boten gekommen wäre. Thut ihm etwas zu Gute, erwärmt und erquickt ihn. Wir sind glücklich hier angekommen, haben nur wenig gefroren und bei Herrn von Hendrich eine gute Mahlzeit gefunden. Die Zimmer sind auch nun ziemlich durchgeheizt, und wir werden uns bald eingerichtet haben, obgleich die ersten Tage immer mancherlei Unbequemlichkeiten gefühlt werden. Der Herr Obrist und August haben zusammen einen Rathkauf von einem Fäßchen Pricken gemacht, welches zwei Schock enthält, die jeder zur Hälfte verzehren will. Ich dachte eine Mandel für Dich zu erhalten; sie sind aber nicht geneigt, sie abzugeben. So viel für dießmal.

Jena, den 10. Januar 1811. G.

513. *Goethe*

Jena, den 11. Januar 1811.

Durch den Botanicus von Ziegenhain[1] werdet ihr heute ein Packet erhalten und die Inlagen wohl besorgt haben. Hier-

1 Ziegenhan.

bei folgt nur ein Brief an Hofrath Meyer, den ich gleich zu bestellen bitte.

Ferner wünschte ich das Zeichenbrett herüber zu haben, das in Deinen Zimmern in irgend einer Ecke stehen muß. Die alte Ruine von Graupen in Böhmen ist darauf gezogen. Man kann ein andres Papier mit einigen Stecknadeln drüber stecken und den Botenfrauen anempfehlen, daß es nicht gerieben wird.

Briefe und Packete wünsche ich hieher zu erhalten, auch sonstige Nachricht, ob etwas vorgefallen ist. Weiter weiß ich nichts zu sagen, als daß ich wohl zu leben wünsche. Das Wetter wird bei euch so schön sein wie hier. Freilich ist es der Schlittenfahrt nicht günstig. G.

514. *Christiane*

[Weimar, 13. Januar 1811.]

Mittwoch nach Deiner Abreise fuhren wir etwas Schlitten und gingen Abends ins Theater, wo ›Lorenz Stark‹ so gut gegeben wurde, daß würklich aus diesem Stück etwas wurde; besonders aber hat Madame Lortzing die Schmeichelscenen mit dem Vater so schön und gut gespielt, daß sie bei jeder Scene hat applaudirt bekommen.

Donnerstags früh ist unsere Singstunde von allen Mitgliedern besucht worden, und alles ist gut von Statten gegangen. Im Deckenzimmer speisten 12 Personen, wo außer den gewöhnlichen Sängern sich niemand als Fräulein Barisch befand. Zehn Chorschüler waren in meinem Zimmer bei Tische, welche sehr vergnügt waren, Deine und meine Gesundheit, jedoch mit dem größten Anstand, tranken; nach Tische reichte ich ihnen ihre Packetchen, und mit dankbaren Herzen eilten sie nach Hause.

Deny, welcher sich Dir zu Genaden empfehlen läßt, hat

mir aufgetragen, Dir zu melden, daß seine Frau mit einem Sohn glücklich entbunden ist. Graf Krokow, welcher sich hat bei Hof vorstellen lassen, machte mir gestern seine Visite, er wollte auch Dich gern sehen und bittet um die Erlaubniß bei Deiner Zurückkunft.

Das wilde Schwein, welches Du in Jena erwartest, ist von Hummelshain gerade hierher gekommen; es kam gerade, als wir bei Tische waren, und aus Versehen hat der Bote nur sein Botenlohn bekommen, und wie ich aus beifolgendem Zettel sehe, muß das Schwein noch in Hummelshain bezahlt werden, welches Du wohl besorgen wirst. Ich hätte Dir gern durch den Mundkoch Weise[1] den Kopf gleich zurechte machen lassen, wenn nicht das Schwein, weil es zu sehr gefroren war, erst einige Tage im Keller liegen müßte. Mittwoch Abend aber sollst Du ihn, recht schön zurechte gemacht, hinüber bekommen; und da August so neidisch mit seinen Bricken ist, so laß ihm auch von diesen Wohltaten nichts zu Theil werden.

Weiter weiß ich heute nichts zu sagen, als daß ich wünsche, daß es Dir recht wohl und nach Deinem Willen in Jena gehen möchte. Wir sind hier recht fleißig und mit Wäsche beschäftigt. Mit nächster Post erhältst Du einen ausführlichen Brief über die ›Teufelsmühle‹. Lebe recht wohl. Und wenn Dir so ein Fäßchen Bricken vorkommt, so schicke uns welche.

Lebe wohl und denke mein.

1 Weiße.

515. *Christiane*

[Weimar, 13. Januar 1811.]

Da soeben Herr Raabe mir bei der Frau Hofräthin Schopenhauer sagt, daß er morgen zu Dir ging', so ergreife ich die Feder, um Dir etwas von der ›Teufelsmühle‹ zu schreiben. Das Stück ist eine zweite ›Saalnixe‹, nur noch etwas dümmer; doch haben sich unsere Schauspieler alle mögliche Mühe gegeben, etwas daraus zu machen, doch wollte ihre Declamation gar nicht zu dem Unsinn passen. Herr Uhlich hat aber allgemein gefallen, und ich glaube auch nach meinem Urtheil, daß er als Buffon viel besser als Frey wäre. Das Mädchen wäre ganz leidlich gewesen, wenn sie nicht eine so unausstehliche Sprache hätte. Von unsern Schauspielern war am liebenswürdigsten die Genast und Unzelmann. Unserm verwöhnten Publicum hat es gar nicht gefallen wollen, doch schien es die Herrschaft zu amüsiren, denn es wurde in der Loge viel gelacht; so schien es auch dem Herzog sehr zu gefallen, und die Gallerie applaudirte und lachte; besonders aber hätte man dem Maschinenmeister applaudiren sollen, denn es ging alles sehr gut. Neues weiß ich weiter nichts, als daß Seyffarth hier gewesen ist und hat wollen seine Aufwartung als Hof-Secretär machen[1].

Daß wir Hoffnung haben, daß in Deiner Anwesenheit in Jena Ball sein soll, und wir Dich also wohl auf einen Tag besuchen, aber uns bloß zu Tische einladen werden.

Madame Beck, welche eben hier, empfiehlt sich diesem edlen, großen Mann zu Genaden.

Bis dahin lebe wohl und denke mein.

C. v. Goethe.

1 gemacht.

Vor allen Dingen will ich zuerst mein nächstes Bedürfniß melden, und dieses ist um Wein von meiner Sorte, denn Herr von Hendrich hat leider keinen von dieser Art, und ich habe mich die Zeit her theuer und unbequem behelfen müssen, weil ich vergaß, früher darum zu schreiben.

Wenn ihr mir den zugerichteten Schweinskopf schickt, so vergeßt die Sauce nicht: denn hier ist dergleichen schwer zu haben; wie denn auch unser gewöhnliches Essen so wenig erfreulich ist als sonst. Die Freunde geben uns manchmal etwas zum besten.

Da ihr uns nicht wolltet der Pferde genießen lassen, so haben euch die Götter gestraft, indem sie nicht allein keinen neuen Schnee gesendet, sondern sogar den alten recht langsam, nach und nach, vor euren Augen in Wasser und Schmutz verwandelt.

Der gute Raabe ist hier. Ich wünsche, daß ihm mein Bild gelinge; die Stunden will ich ihm gern gewähren. Wir thun zwar hier nicht viel Bedeutendes, aber doch immer viel mehr als zu Hause, und ich werde manches Alte und Stockende los, wodurch sich aufs Frühjahr ein neues Leben hoffen läßt.

Heute ist Karl Knebels Geburtstag. Er wird 15 Jahr alt, und ist als Studiosus inscribirt worden. Dieses denkt er sich heute als eine besondere Lust, wird aber schon in der nächsten Woche ihm und seinen lieben Eltern zu mancher Verwicklung und Verwirrung gereichen. August zeigt sich bei dieser Gelegenheit recht brav, indem er diesem einheimischen Fuchs eine Richtung gibt, die ihm vortheilhaft sein kann.

Raabe hat uns manche Weimarische Geschichte erzählt, und wir sehen daraus, daß es weder auf Redouten, noch Jagden sehr geziemend hergeht. Daß der Teufels-Müller kein recht feines Mehl liefern würde, sah ich wohl voraus. Ich bin zufrieden, daß es nur nothdürftig durchgegangen ist, und doch sagen immer die Leute: »Warum gibt man dieß und das Stück nicht? Es ist ja auf allen Theatern gespielt worden.«

Das beikommende Zeichenbüchlein erbitte ich mir wieder zurück. Es sollte euch nur die Silhouetten überbringen, die der jetzt anwesende Silhouetteur ausgefertigt hat. Stoßt euch nicht an die weißen Läppchen und barbarischen Uniformen. Das kann nun einmal nicht anders gemacht werden. Der Silhouetteur hat hier viel zu thun, und wenn er nach Weimar kommt, wird ihn Frau von Schopenhauer, hoffen wir, auch beschützen. Laßt das Stammbuch einigen Personen sehen. Saget dieser Freundin zugleich, daß sie den Aufsatz, wegen des Ausspielens des Barduaschen Gemäldes, nächstens erhalten soll.

Schreibe mir, was euch sonst begegnet, wie die Theater-Vorstellungen ablaufen. Meine Absicht ist, heute über acht Tage, Dienstags, den 22., zu Mittag bei euch zu sein. Auf alle Fälle könnt ihr in der Zwischenzeit, auf mehr als Einem Wege, das Nähere vernehmen.

Sende auch von dem andern Wein mit herüber: denn der hiesige geht zu Ende; und da wir nicht ohne Gäste sind, so erneut sich dieses Bedürfniß immer wieder.

Von einem Balle habe ich nichts vernommen. Freilich komme ich auch nicht leicht in Verhältniß mit Balllustigen. Doch wollen wir auch dieses dem Schicksal und seinen Dienern, den Studenten, überlassen. Lebet recht wohl.

Jena, den 15. Januar 1811. G.

517. *Christiane*

[Weimar, 16. Januar, 1811.]

Zuerst müssen wir Dir melden, wie sehr uns die schöne und ähnliche Silhouette erfreut hat; es gefällt mir besser als alle Gemälde von Dir, weil es so sehr ähnlich ist. Und wenn es möglich ist, so bitten wir noch um zwei Silhouetten von Dir, denn eine ist für mich und eine für die Ulrich, nun wünscht aber auch Ate[1] und noch jemand eine.

Mit der Jagd-Partie ist es leider wahr; doch hat Stromeyer den armen Teufel Deny dazu verführt. Letzterer hat zum Glück keine Flinte gehabt, Stromeyer seine ist von dem Jäger zerschlagen worden, und weil sie nicht sein eigen war, so muß er sie bezahlen. Durchlauchter Herzog hat die Genade gehabt, die Strafe in Geld verwandeln zu lassen, so daß Deny 6 und Stromeyer 15 Thaler zahlen muß.

Pippo, welcher schon im Park sich so sehr vergangen hat wegen der Schlägerei und zuletzt auf der Redoute dem Faß den Boden ausgestoßen hat, ist gestern in Begleitung von zwei Gendarmen und zwei Husaren mit einer Schrift von der Policei, daß er in solcher Gesellschaft von jedem Ort über die Grenze gebracht wird, bis er an Ort und Stelle ist und nie das Weimarische Land wieder betreten darf. Herr von Gemeiner hat als erweichter Oncle ihm 40 Thaler noch mit auf die Reise gegeben.

Die Freude über die Zerschmelzung des Schnees kam gewiß nur von Herrn Riemer; doch die Götter, welche uns immer beschützen, haben uns die Nacht schon wieder einen kleinen Schnee gegeben, und jetzt, indem wir schreiben, fallen auch schon wieder einige Flöckchen vom Himmel, und Herr Haberle, welchen wir am Sonntag bei der Schopenhauer haben kennen lernen, hat uns noch zwei große

1 Athe.

Schneee prophezeit, einen in diesem und einen im folgenden Monat.

Das wilde Schwein habe ich schön eingepeizt und hoffe, Dir künftigen Dienstag etwas davon vorzusetzen.

Bei Deny ist morgen Kindtaufe, wozu ich eingeladen bin. Die Gevattern sind folgende: die Gräfin Fritsch, Fräulein Baumbach, Herr Hofmarschall Ende und Kammerherr Bielke[1]. Am Montag wurde ›Haß den Frauen‹ von Wolffs sehr gut dargestellt, auch gingen ›Die Blinden von Toledo‹ sehr gut, die Häßler hat wieder recht schön gesungen. Von ›Lorenz Stark‹ hatte ich Dir geschrieben, daß es so gut gegeben worden ist; die Hoheit hat es so gefreut, daß sie dem alten Malcolmi zur Belohnung seines schönen Spiels 10 Louisd'or geschickt hat, welcher darüber ganz außer sich vor Freude und sehr gerührt gewesen ist. Die Lortzing hätte ebenso viel verdient, doch gönne ich es dem Alten. August sage aber, daß wir beide sehr böse auf ihn wären, daß er nicht einmal den Kasten schicke, wenn er uns auch keines Briefes würdigen wollte; ich hätte heute recht gut den Kopf hinein thun können. Bitte mir also die Schachtel und Flasche wieder aus.

[*Beilage*]

Den Schweinskopf betreffend.

Der Kopf liegt in der Schachtel; die Sauce, in welche der Kopf gleich gelegt werden muß, und so lange bis er aufgegessen ist, muß er drinnen liegen bleiben; die Senf-Sauce, welche dazu gemacht wird, sagte der Mundkoch Weise, sollst Du nur gleich bei dem Mundkoch Steinert bestellen lassen, dieser wisse schon, wie er sie machen sollte. Wir hätten sie hier machen lassen, er sagte aber: es wäre besser, wenn sie

1 Pülke.

gleich auf der Stelle gemacht würde. Dieß läßt Dir ja Hendrich wohl gleich machen.

518. *Goethe*

Herr Raabe fährt nach Weimar, und es wäre mir angenehm, durch den rückkehrenden Kutscher einige Flaschen Wein zu erhalten, weil wir alles das Überschickte schon von der Erde weggetrunken haben. Künftighin muß ich mir einen größeren Keller hier anlegen. Der vortreffliche Juvenil versäumt auch nicht, seinen Theil von der hellen Sorte zu trinken, und so weiß man gar nicht, wo dieses Gewächs des Weinstocks alles hinkommt. Lebet recht wohl, nur laßt euch nicht von einem Ball verführen, den man, wie ich höre, vielleicht auf den Dienstag ansetzen will. Es wäre mir sehr schrecklich, euch im Mühlthal zu begegnen. Auf fröhliches Wiedersehen.

Jena, den 18. Januar 1811. G.

519. *Christiane*

[Weimar, 19. Januar 1811.]

Erstlich, da wir gestern geschlachtet haben, folgen hier 2 Leber-Würste, eine Blutwurst und ein kleines Preßköpfchen. Herr von Wrisberg, welcher von Leipzig zurückgekommen ist, hat uns allerlei Späße mitgebracht. Dafür haben wir ihn auch gestern zur Schlachtschüssel eingeladen, wie auch Herrn von Poseck, Herrn von Lewandowski, Herrn Hofmedicus Schwabe, Herrn Strobe, Herrn Unzelmann, die Mamsell Engels und Mamsell Müller. Wir waren sehr vergnügt, es ist bis 1 Uhr gesungen und Guitarre gespielt worden; Herr von Wrisberg versicherte mir, daß er in ganz

Weimar keinen solchen vergnügten Abend gehabt hätte; er empfiehlt sich Dir zu Genaden und läßt Dir melden, daß die Dienstags-Gesellschaft künftigen Dienstag und für immer im Palais-Saal gehalten wird; die Abonnenten haben sich vermehrt, wie auch die Liebhaber, und man hofft, daß es künftig recht brillant werden wird.

Nun kommt aber eine curiose Geschichte, nämlich: Herr von Bülow hat uns sagen lassen, daß künftigen Dienstag Ball sein würde, und er heute selbst herüber käme, um uns einzuladen; wir möchten es zum zweiten Mal nicht gern dem Mecklenburger abschlagen, thun Dir also einen Vorschlag, daß Du bis Mittwoch drüben bleibst oder Montag nach Tische herüber kömmst. Wenn Du drüben bleibst, so wollen wir, ich, Caroline und Mamsell Müller, in der ›Sonne‹ absteigen; solltest Du aber herüber müssen, so gingen wir in Dein Logis, doch wäre es freilich lieber, wenn Du drüben bleiben könntest. Da wir von Deiner großen Güte überzeugt sind, so wirst Du alles zum besten einrichten. Freilich könntest Du vielleicht einen Brief mit der Post oder sonst durch jemand, der herüber kömmt, schicken, damit wir Deinen Rath und Willen vernähmen. Freilich möchten wir gern hinüber, und die Müller freut sich auch schon darauf. Wenn es nicht anders ist, und Du just den Dienstag herüber mußt, so bist Du den Mittag 1 Uhr bestimmt da; und wir führen erst um 2 oder 3 und wären noch zeitig genug zum Ball da. Wenn Du uns nichts schreibst, so soll es bei dem letzten Vorschlag bleiben, und wir wollen uns so darauf einrichten.

Wegen des Weines habe ich Dir nicht mehr schicken können, weil die Botenfrau nicht mehr tragen konnte; heute sollst Du wieder ebenso viel haben.

Von Herrn Raabe haben wir weder von ihm, noch von seinem Schätzchen etwas vernommen.

Soeben erfahre ich, daß Haide sehr krank an einem bösen Hals ist, so daß er bestimmt bis Mittwoch nicht spielen kann,

12. Christiane, 1807.
Ölgemälde von Caroline Bardua

und ›Johanna von Montfaucon‹ wohl nicht wird sein können. Also wäre es wohl das Beste, Du entschlössest Dich und bliebst bis Donnerstag früh in Jena. Oder aber, daß wir aus aller Noth kommen, so sei so gut und wende 2 Kopfstück an uns und schicke uns morgen einen expressen Boten, wie Du alles halten willst. Auf alle Fälle fahren wir erst den Dienstag nach Tische weg und steigen entweder bei Frommanns oder in der ›Sonne‹ ab.

520. *Goethe*

Nach reiflicher Überlegung aller Umstände haben wir uns entschlossen, Montags früh bei guter Zeit von hier abzufahren und bei euch zu Tische zu sein. Kämen wir auch nach Eins, so laßt euch nicht irren: denn ich weiß doch nicht, wann wir hier wegkommen. Auf diese Weise findet ihr das Nest Dienstags rein, habt eure Bequemlichkeit, und wir gewinnen unsre Stunden in Weimar, und somit ist allen geholfen.

Die schönen Würste haben ein gar gutes Ansehen, und so ist alles in der besten Ordnung. Gegenwärtiges sende ich durch den guten jungen Stark[1], dem Du etwas Freundliches erzeigen magst. Lebe recht wohl bis auf frohes Wiedersehen.

Jena, den 19. Januar 1811. G.

*

Zwei Tage später, am 21. Januar, kehrte Goethe bei strenger Kälte mittags nach 1 Uhr heim. Christiane fuhr am 22., in Begleitung Caroline Ulrichs, nach Jena, wo sie bis zum 24. blieb. – Die nächsten drei Monate brachten für Christiane besonders schöne Abende, da Goethe ihr die ersten Bücher

1 Starke.

von ›Dichtung und Wahrheit‹ frisch aus der Handschrift vorlas. – Am 12. Mai reist Goethe nach Karlsbad; Christiane und Caroline Ulrich treffen am 29. Mai gleichfalls dort ein. In den Tag- und Jahres-Heften erzählt Goethe: während dieses Badeaufenthalts habe ihn die frühere Lust am Zeichnen, am »Durchstöbern und Durchklopfen der allzu bekannten Felsmassen« gänzlich verlassen. »In Gesellschaft von lebenslustigen Freunden und Freundinnen übergab ich mich einer tagverzehrenden Zerstreuung. Die herkömmliche Promenade zu Fuß und Wandern gaben Raum genug, sich nach allen Seiten zu bewegen; die näheren sowohl, als die entfernten Lustorte wurden besucht.« Dieselben Tatsachen, nur farbig frischer, berichtet Goethe in seinem Briefe an Zelter vom 26. Juni: »Für dießmal hat es [Karlsbad] für mich eine eigene Physiognomie gehabt. Weil meine Frau hieher kam und die Equipage bei sich hatte, dadurch bin ich ins Freiere und Weitre gelangt, mehr als die letztern Jahre, und habe mich auch an der Gegend und an ihrem Inhalt wieder frisch ergetzt, weil ich sie mit frischen Personen, die über gar manches in ein billiges Erstaunen geriethen und sich sehr wohl gefielen, durchwandern konnte.« – Schon am 28. Juni verläßt Goethe Karlsbad, während Christiane noch zwei Wochen daselbst bleibt.

*

521. *Christiane*

Karlsbad, den 30. Juni 1811.

Daß Du auch siehest, wie es uns in Deiner Abwesenheit gehet, so schreiben wir gleich. Freitag früh, als Du weg warst, beschäftigten wir uns gleich mit aus- und einräumen, besuchten Frau von der Recke, welche nicht zu Hause war. Frau von Flies trafen wir zu Hause an und überbrachten ihr das bewußte Buch, wo sie sich über das versprochne Blättchen sehr freute und Dir tausend Dank sagen läßt. Vor Tische machte uns Frau von der Recke einen Besuch, mit dem Worte, daß ich sehe, daß mir dieser ganz allein gelte, und ladete uns zugleich ein, um 4 Uhr zu ihr zu kommen. Wir speisten zu Hause, gingen um 4 Uhr zur Frau von der Recke, fanden da Frau von Flies, Frau von Oppenheimer, Mamsell Saaling[1], Herrn von Rönne und die Frau Generalin von Dresden. Um 6 Uhr fuhren wir mit Frau von der Recke spazieren, ich mit der Frau von der Recke in einem Wagen, und Uli mit Frau Seebald; um 7 Uhr kamen wir wieder zurück, speisten kalte Ente, tranken um 8 Uhr beim läuten Deine Gesundheit, eilten alsdenn zur kleinen Capelle, um unsere Gebete für Dich zum Himmel zu schicken, kehrten vergnügt zurück.

Sonnabend ging ich wie gewöhnlich am Brunnen und badete; um 11 Uhr fuhren wir mit Diakonus[2] nach Wehediz, wo sich dieselben 6 und wir 2 Bouteillen Ruster mitnahmen; wir tranken zwar nur zusammen 3 Nößel, doch hätte beinah Deine Prophezeiung eingetroffen, wir kamen alle 4 sehr froh und lustig nach Hause und wurden von der Frau von Flies zu einer Partie nach Fischern eingeladen, aßen Forellen und Krebse. Wir fuhren mit ihr allein dahin, doch kamen von Hans Heiling zurück eine Partie von unsere Leut, welche sich auch an unsere Gesellschaft anschlossen, es waren nämlich folgende: Mademoiselle Saaling[3], Frau von Oppenheimer und die kleine unbekannte Dame, der bekannte Herr und ein Rittmeister aus Wien. Das Schönste war, daß wir uns in dieser Gesellschaft so amüsirt haben, als wir vorher nicht glaubten, und uns die schönen Forellen und Krebse nichts kosteten. Wir kamen erst Abends um 10 Uhr zurück. Heute sind wir von Herrn von Nitzschwitz[4] zu Bolza

1 Sahlin.
2 Djakus (so auch weiterhin).
3 Sohlen.
4 Nitwitz.

eingeladen und morgen von dem Herrn von Loeben, auf dem Hammer. Diesen Morgen am Brunnen habe ich viel Bekannte und Unbekannte gesprochen, bin auch lange mit Frau von der Recke und der Herzogin von Acerenza auf- und abgegangen, und alles grüßt Dich herzlich. Jetzt werden die Kleider zum Ball und Diner zurecht gelegt, dann fahren wir spazieren. In unserm neuen Logis gefällt es uns recht wohl, und wenn ich einmal allein herginge, würde ich mir kein bessers wünschen. Nun wünschen wir weiter nichts, als Dich bei unserer Ankunft recht gesund und wohl anzutreffen. Bis dahin lebe recht wohl und behalte mich recht lieb und grüße meinen lieben August. C. v. Goethe.

Es kommen alle Tage mehr Fremde.

*

Wie Christiane die letzten zwei Wochen in Karlsbad verlebt, zeigt uns ihr Tagebuch über diese Zeit.

521 a. *Christianes Brief-Tagebuch*

[30. Juni bis 15. Juli 1811.]

Sonntag Mittag speisten wir in Gesellschaft von 27 Personen bei Bolza, das Essen war sehr gut, wir zahlten à Person 10 Gulden und tranken etwas Ruster dazu. Um 7 Uhr holte uns Frau von der Recke zum Ball ab; der Ball war dieses mal nicht so voll, aber weit angenehmer zum tanzen, die Ulrich hat Schuh' und Strümpfe durchgetanzt; sogar die Frau von der Recke tanzte Polonaise. Alle Prinzessinnen trugen mir viele Grüße an Dich auf, die Hohenzollern hat mir besonders viel Schönes an Dich aufgetragen; auch haben wir mit den Prinzessinnen Oblaten[1] gespeist.

1 Obelaten.

Gräfin von der Recke erzählte eine merkwürdige Geschichte von Frau von Wedel. Wir blieben bis nach 10 Uhr auf dem Ball und gingen vergnügt nach Hause.

Montag früh wie gewöhnlich getrunken und gebadet. Um halb Eins fuhren wir in Gesellschaft des Kammerherrn Skribenski nach dem Hammer, wo wir aßen. Nach Tische gingen wir nach der nahen Porcelainfabrique; bei unserer Rückkehr hatte sich die Gesellschaft vermehrt, und alle Prinzessinnen waren da; wir fuhren aber unsern gewöhnlichen Spazierweg auf der neuen Chaussée; zu Hause fanden wir den Herrn Boisserée, welchen wir mit Gießhübler [?] Wasser und Wein erquickten; wir blieben zusammen.

Dienstag früh ging Boisserée mit mir an [den] Brunnen und machte Bekanntschaft mit Mamsell Saaling. Zu Mittag speisten wir im Kleinen Versailles, wo wir Gäste von Frau von Flies waren. Nach Tische fuhren wir spazieren, Abends speisten wir zu Hause. Die neu angekommene Dame wurde als Leiche aus dem Hause getragen, welches mich so angriff, daß ich bis 11 Uhr aufblieb und die ganze Nacht nicht schlafen konnte. Das größte Unglück war noch dazu, daß wir unsern guten Diakonus sehr krank zu Hause fanden.

Mittwoch früh bekam mir das Trinken sehr übel, am Sprudel wurde ich so krank, daß mich Boisserée nach Hause bringen mußte; doch nach einem Frühstück, welches wir in der Puppschen Allee genossen, wurde es mir wieder besser. Zu Mittag hatte uns der Kammerherr Skribenski bei Bolza eingeladen; es war eine Gesellschaft von 20 Personen, wir speisten im Freien sehr gut. Nach Tische fuhren wir spazieren. Abends waren wir bei Himmel, welcher sehr schön spielte; von da gingen wir mit Boisserée und dem Kammerherrn nach dem Posthof, wo wir die Saaling antrafen mit ihrer Gesellschaft und einen jungen Baron von Wickman aus Liefland kennen lernten. Wir gingen zusammen nach Hause.

Donnerstag früh wurde getrunken und gebadet; ich machte Bekanntschaft mit einem Grafen Zichy. Zu Mittag speisten wir im Sächsischen Saal. Nach Tische besuchte uns der Kammerherr und Poskowski. Den Abend gingen wir auf den Ball; der Ball war besser als sonst, wir tanzten beide sehr viel, besonders mit Herrn von Riedesel, Esterhazi und einem jungen Curländer.

Freitag früh getrunken und gebadet, ich machte Bekanntschaft mit dem Prinzen Louis Liechtenstein. Früh besuchte uns Körner, gegen Mittag machten wir einen Gegenbesuch; sie nahmen uns freundlich auf, doch war der Sohn sehr krank. Wir fuhren noch vor Tische mit Diakonus nach Wehediz; speisten zu Hause. Nach Tische mit einer Gesellschaft nach Dallwitz; wir kamen bald zurück und waren Abends in der Capelle.

Sonnabend früh am Brunnen; mit Rönne spazieren gefahren; den Mittag speisten wir auf dem Posthof. Eine spaßhafte Geschichte von Frau von Bocksdorf ist zu bemerken. Wir fuhren mit dem Herrn von Skribenski nach der neuen Chaussée, und von da gingen wir zusammen ins Theater. Den Abend waren wir bei der Gräfin von der Recke.

Sonntag, den 7. Juli, früh am Brunnen und bei Frau von Flies und Frau von der Recke; wir speisten zu Hause; nach Tische mit Diakonus spazieren gefahren; Abends nach der Capelle.

Montag Morgens am Brunnen, Bekanntschaft gemacht mit einem Baron Wickman aus Curland; alsdann zu Körners und zur Generalin. Den Mittag zu Hause; nach Tische mit Rönne die neue Chaussée über Eich zum ersten Mal gefahren. Gegen Abend nahm Herr von Skribenski Abschied. Wir gingen zur Capelle.

Dienstag getrunken und gebadet, Bekanntschaft gemacht mit einem Graf Wartensleben[1]; wir gingen in Gesellschaft

1 Wardesleben

von dem und Baron Wickman bis an [den] Posthof, frühstückten und fuhren mit der Stock und Mamsell Körner spazieren, verloren unterwegs eine Schraube, bekamen sie aber glücklicher Weise wieder.

Den Mittag speisten wir in Gesellschaft der Gräfin von der Recke bei Himmel, wo wir ganz vortrefflich aßen und uns sehr amüsirten. Abends kam der Oberforstmeister Fritsch von Weimar; um 8 Uhr gingen wir nach der Capelle und legten uns beruhigt zu Bette.

Mittwoch früh getrunken und gebadet; frühstückten in der Allee, gingen mit Prinz Louis den Choteckschen Weg nach Hause, beschäftigten uns mit Kleinigkeiten einzupacken. Doctor Schütz nahm Abschied, auch besuchten uns Körners und Baron von Wickman. Den Mittag speisten wir zu Hause, fuhren mit Körners nach dem Hammer. Den Abend waren wir bei Himmel, in Gesellschaft der Gräfin Recke, der Fürstin Hohenzollern, der Gräfin [1], welche beide wegen langer Bekanntschaft am Brunnen sehr artig gegen uns waren. Die Hohenzollern ladete uns ein, morgen mit ihr auf den Ball zu gehen. Übrigens war die Gesellschaft sehr groß, und Himmel spielte himmlisch.

Donnerstag in der Allee gefrühstückt, wo wir viel Bekannte antrafen, auch setzte sich der Graf Wartensleben und Prinz Louis zu uns; es waren diesen Morgen sehr viel Tische, wo Damen frühstückten. Körners holten uns von da zum spazierengehen ab; alsdann besuchten wir Frau von Flies und Oppenheimer[2]. Der Hofrath Meyer besuchte uns. Den Mittag speisten wir zu Hause. Nach Tische fuhren wir beide spazieren; es begegnete uns Herr von Riedesel, mit welchem die Pferde durchgegangen waren, in einem traurigen Zustande. Wir putzten uns sehr schön zum Ball, die Fürstin von Hohenzollern holte uns ab; bei unserer Ankunft war der Ball

1 Die Handschrift hat hier eine Lücke für den vergessenen Namen.
2 Offenheimer.

schon ganz brillant. Die Fürstin und ich wurden beide der Prinzeß von Sachsen vorgestellt. Wir tanzten viel und fanden auch einen neu erstandenen [?] Bekannten, den schönen Graf von Schulenburg, welcher sich auch gleich engagirte. Wir fuhren mit Frau Seebald und dem Baron Sievers[1] nach Hause.

Freitag früh nicht getrunken und gebadet. In der Puppschen Allee gefrühstückt. Um 11 Uhr zu Himmel, wo nichts wie Prinzen und Fürstinnen waren, und ich mit Prinz Moritz sehr viel vom Geheimerath gesprochen habe; das Concert dauerte bis 1 Uhr. Wir speisten im Sächsischen Saal, der Minister von Nostitz war mein Nachbar, und ich habe mich sehr gut mit ihm unterhalten. Nach Tische fuhren wir den gewöhnlichen Weg nach dem Hammer. Abends waren wir in der Capelle, zu Hause begleiteten uns Prinz Moritz und Louis von Liechtenstein.

Sonnabend frühstückten wir in der Allee, gingen in Geleitung einiger Herren bis zum Posthof. Von da machten wir alle unsere Abschiedsbesuche; bei der Gräfin Recke lernten wir den Herrn von Thümmel kennen. Am leidesten that uns der Abschied von Frau Gräfin Recke. Auch waren wir bei der Herzogin von Hohenzollern.

Den Mittag aß Fräulein Seebald bei uns. Nach Tische fuhren wir, Fräulein Seebald, Oberforstmeister Fritsch, Baron Sievers und Baron Wickman nach Elbogen, und waren da bis 8 Uhr sehr vergnügt.

Sonntag früh packten wir ein und machten noch viele Abschiedsbesuche. Uns besuchte Baron von Wickman, Fräulein von Hendrich und Körners. Den Mittag aßen wir zu Hause. Nach Tische war Herr und Frau Diakonus und Doctor Mitterbacher[2] bei uns. Gegen Abend kam Fritsch und Himmel. Wir gingen um 7 Uhr zur Capelle zurück;

1 Siefert.

2 Mittenbach.

begleiteten uns die beiden Prinzen Liechtenstein und Graf Schulenburg, nahmen Abschied, und wir gingen zu Hause.

Montag früh 8 Uhr reisten wir von Karlsbad ab; vorher besuchten uns noch Herr und Frau von Nitzschwitz, und viele Bekannte versammelten sich noch vor unserer Thüre. Mittag um 2 Uhr kamen wir mit Frau von Flies in Franzenbrunn an. Ich bekam aber so das Heimweh, daß ich gleich beschloß, morgen früh um 4 Uhr abzureisen.

*

Goethes Tagebuch, Jena, 17. Juli: »Kamen die Frauenzimmer von Karlsbad«; 19.: »Früh fuhren die Frauenzimmer nach Weimar.« Goethe folgte ihnen erst am 27. Juli und verbringt den übrigen Teil des Jahres, von zwei kurzen Aufenthalten in Jena abgesehen, in Weimar.

1812

Diesmal tritt Goethe seine Badereise schon am 20. April an, verweilt aber zunächst zehn Tage in Jena.

*

522. *Goethe*

Da ich durch Frau von Schiller Gelegenheit habe, so will ich Dir, mein liebes Kind, Nachricht von mir geben und Dir anzeigen, daß ich meinen Vorsatz, sogleich von hier wegzugehen, geändert habe. Das Wetter will sich nicht herstellen, die Wege sind abscheulich; doch würde mich das nicht abhalten, wenn nicht noch ein anderer Umstand dazu käme.

Der Kaiser von Frankreich, der über Bayreuth und Hof geht, ist noch nicht durch, ja, es ist noch ungewiß, wenn er kommt, und da wäre es sehr unangenehm, der großen Masse zu begegnen, die vor ihm her, hinter ihm drein und ihm zur Seite geht. Ich will mich also noch etwa acht Tage länger aufhalten, und das um so lieber, als ich glaube, hier etwas thun zu können. Du erfährst nächstens das Weitere, und ich schicke auf alle Fälle den Wagen, um euch noch einmal zu sehen. August verzieht auch noch so lange.

Hier schicke ich: Reseda-Same in Menge,

Stiefmütterchensamen sehr wenig, weil er selten ist. Laßt also den Raum unter dem Steine gegen der Gartenthür über graben, von Unkraut reinigen und recht sauber zurechte machen, und besäet ihn weitläuftig mit dem Wenigen; kann ich mehr schicken, so könnt ihr immer noch einmal aufsäen. Finde ich keinen weiter, so hat es auch nichts zu sagen, denn im Herbste säet er sich selbst aus, und übers Jahr ist der ganze Raum dicht voll.

Beikommende Paquete sende an die Herrn Meyer und Kruse. Gegen das beiliegende Blättchen erhältst Du die 200 Thaler von dem letzteren, hebe sie auf, bringe sie mit. Indessen lebet recht wohl!

Jena, den 23. April 1812. G.

*

Vom 27. bis zum 29. April hat Goethe Christianen und Caroline Ulrich als Besuch in Jena. Am 30. reist er nach Böhmen ab.

*

523. *Goethe*

Ausführliche Relation der Reise von Jena nach Karlsbad.

Donnerstag, den 30. April.

Früh halb 6 Uhr von Jena, beim schönsten Wetter; die Nebel sanken und stiegen, der Himmel überzog sich nach und nach, im Orlathale war es drückend heiß. Um ein Uhr langten wir in Podelwitz[1] an, es donnerte von fern. Gegen 2 Uhr begann ein sehr starker, allgemeiner Landregen, der 3/4 Stunden lang dauerte; hernach regnete es ab. Um 4 Uhr aufgebrochen, der Himmel war noch ganz bedeckt; das Wetter schien sich wieder zu setzen. Der Regen hatte sich bis Schleiz erstreckt, wo wir ein Viertel auf 9 Uhr ankamen.

1 Pudelwitz.

Freitag, den 1. Mai.

Früh halb 8 Uhr von Schleiz ab. Sehr schöner Morgen. Gegen 11 Uhr nach Gfäll. Nach halb 12 Uhr wieder von da weg. Gewitterregen, doch ohne Donner. Artiger Mauthinspector zu Töpen. – Um 3 Uhr in Hof angelangt und im ›*Hirsche*‹ eingekehrt. – Promenade auf die Höhe über Hof, wo wir die Stadt übersahen, die sich zertheilenden Gewitterwolken betrachteten, mit einem säenden Mädchen uns unterhielten und um 6 Uhr in den Gasthof zurückkehrten. Das Wetter klärte sich vor Sonnenuntergang völlig auf, so, daß der Himmel fast ganz rein ward. – Hübsche Lage des Gasthofs zum ›Hirsch‹ auf der Höhe vor dem Oberthor, große Lebendigkeit, hübsche Mädchen, muntere Kinder, viel Beweglichkeit, italienische Truppen, bei der günstigen Witterung alles mit ackern und säen auf den umliegenden Feldern beschäftigt. Die Truppen hatten Dunkelbraun und Gelb. – Der vielen Fuhren nicht zu vergessen, die uns, schwer beladen, theils entgegenkamen, theils in Hof an uns vorbei fuhren. Unzählige Kinderkütschchen. – Durchaus Wohlhäbigkeit.

Sonnabend, den 2. Mai.

Halb 5 Uhr aufgestanden; Nebel über der ganzen Gegend, doch helle im Zenith, man sah den Mond. Die schon längst aufgegangene Sonne erschien endlich, als Mond, ohne Strahlen; der Rauch der Össen stieg gerade in die Höhe, die Nebel sanken immer mehr. 150 Wagen, jeder mit 2 Ochsen bespannt, zogen vorbei; die Wagen, wie man sie in Italien sieht, die Räder und Gestelle schwer und alterthümlich; oben waren Bretterkasten, groß, aber flach aufgesetzt; die Ochsen graulich, falb, gesprenkelt; mehrere wurden lahm nebenher geführt, und ihr Mangel, an den letzten Wagen, durch Vorspanne ersetzt. Es waren auch Feldschmieden dabei; das Ganze wurde von den braunen Soldaten escortirt. – Dreiviertel auf 6 Uhr abgefahren; nach und nach reinigte sich der Himmel ganz, die sämmtlichen, leicht zu übersehenden Bergäcker waren mit eifrig Pflügenden und Säenden belebt; der helle Sonnenschein gar erfreulich; der Weg von sehr verschiedener Art, aber nicht schlimmer, als er bei trockener Jahreszeit sein würde.

Zu Neuhaus gefüttert; einiges gezeichnet. Die Straße war frequenter an Wanderern, als sie sonst zu sein pflegt; die Vögel sangen in den Fichtenwäldern, und alles war gutes Muths. Der Anblick ins Eger-Thal war herrlich, die ganze Gegend, bis auf die entferntesten Gebirge, nach Karlsbad zu, konnte man deutlich sehen; so war auch, bei reinem Himmel, alles Übrige klar. In Franzensbrunn, wo wir halb 5 Uhr anlangten, fanden wir die Kastanienknospen aufgebrochen, ingleichen die Lärchenbäume, und mußten die Einsicht und die Sorgfalt loben, mit der man einen Canal, von der Brücke an, diagonal durchs Ried gezogen und dadurch dem Wasser einen sehr schnellen Ablauf verschafft hat; man sieht dessen nur sehr wenig noch auf dieser großen Fläche. Das Dampfbad ist auch mit einem Häuschen überbaut, und gleich neben dem Badebrunnen, noch eine stärkere Quelle weiter gefaßt, die höher gespannt ist, durch eine Röhre abläuft, so daß man die Gefäße bequemer füllen kann. An den Wegen von Hof bis hierher ist wenig oder nichts gebessert, einige haben sich sehr verschlimmert, wie der von Neuhaus auf Asch. Dieser Ort ist noch der abscheulichste in der ganzen Christenheit. Auf der Seite von Franzensbrunn nach dem Lande zu macht man große Anstalten zum bauen; wahrscheinlich haben die ungeheueren Miethen, vom vorigen Jahr, den Egeranern Lust gemacht. – Die Luft ist vollkommen rein und klar und mild.

Sonntag, den 3. Mai.

Gleichfalls der klarste und schönste Tag, wir fuhren um 6 Uhr weg, hielten einen Augenblick in Mariakulm an, fuhren vergnügt weiter fort, wozu einige Späße des Kutschers nicht wenig beitrugen. Um 3 Uhr waren wir in Karlsbad; unsere Frau Wirthin, die nach Dallwitz gehen wollte, begegnete uns unfern der Egerbrücke; in dem engen Thale von Karlsbad war es wirklich heiß, und nun, da wir in der oberen Etage wohnen, glüht uns das Schindeldach der ›Drei Lerchen‹ wirlich an, wenn wir zum Fenster hinaussehen. Es wäre ein völliger Juli, wenn die dürren Bäume uns nicht erinnerten, wie früh es noch ist. Nun lebet wohl, in acht Tagen schreiben wir ein Mehreres. Karlsbad, den 3. Mai 1812. G.

524. *Goethe*

Das Wetter ist fürtrefflich und für uns, wie für den Feldbau wünschenswerth. Die Castanien auf der Wiese geben schon Schatten, die Blüthen brechen hervor, und in kurzer Zeit wird kein dürrer Zweig mehr zu sehen sein. Mein Befinden ist gut, und die Arbeiten gehen von Statten.

Deßhalb lassen wir uns nicht anfechten, wenn uns die ökonomische Seite unseres Aufenthalts etwas Bedenken macht. Das Silber ist seit einigen Tagen sehr gefallen; wir haben es nur noch zur Noth mit 100 gegen 1000 alte Banknoten, d. h. Einlösungsscheine 200, verwechseln können. Da nun die Leute nach den letzten rechnen und von den vorjährigen Preisen wenig heruntergehet[1], so sehet ihr die ungeheuere Differenz.

Wir suchen sie durch Ökonomie auszugleichen. Ich wohne im dritten Stock und spare also die Hälfte der Miethe. Durch die Gefälligkeit des Postmeisters, den ich mit der neuen Zuckerfabrication bekannt machte, haben wir noch

1 Von Goethe geändert aus heruntergehen.

kurz vor Thorschluß 80[1] Bouteillen Ofner[2] (leider klein Gemäß) um billigen Preis bezogen und sind also wegen dieses Hauptpunctes sicher. Andere Menagen sind auch beliebt, und so stehen wir, sowohl in der Hauptsache, als in der Casse, sehr gut.

Wollt ihr nun auch dieses Jahr der Gesundheit wegen hier sein und dabei noch manches unschätzbare Vergnügen der Gegend genießen, auf allen Saus und Braus des vorigen Jahres aber Verzicht thun, so seid ihr den 21. Juni willkommen und werdet in fünf Wochen das Hauptgeschäft abthun und Ende Juli erquickt und froh nach Hause zurückkehren.

Zu einer solchen veränderten Lebensart wird der heurige Zustand von Karlsbad das Seinige genugsam beitragen. Nicht allein sind wenig Quartiere bestellt, sondern mehrere und bedeutende Personen haben wieder abgeschrieben, woraus erhellet, daß an eine brillante Gesellschaft nicht zu denken ist. Demohngeachtet werden sich im Juli wahrscheinlich so viele Personen einfinden, als nöthig sind, um hier eines angenehmen Umgangs zu pflegen. Vor allem aber rathe ich Dir, Deinen Weinbedarf mitzubringen, weil dieser Artikel dieses Jahr, wegen des zu unserem Nachtheil schwankenden Curses, unerträglich theuer werden müßte. Ein sehr mäßiger Melniker kostet jetzt schon die Flasche 13 Groschen 6 ₰ Sächsisch. Einen starken und edlen Wein zu schaffen, würde, nach diesem Maaßstabe, theuer genug zu stehen kommen.

Ich habe einen Brief von Herrn Hofkammerrath erhalten, auf den eine offene Antwort beiliegt. August wird sehen, ob er das Manuscript findet. Laß allenfalls Pollak rufen, der es kennt und vielleicht ausspürt. Ich höre mit Vergnügen, daß die *›Sühne‹* gute Wirkung gethan hat. Der Brief des Herrn Hofkammerraths ist acht Tage gegangen. Wenn auch dieser

1 Von Goethe geändert aus 8.
2 Von Goethe über der Zeile nachgetragen.

hinauswärts etwas geschwinder geht, so hoffe ich doch kaum, vor Trinitatis etwas von euch zu hören. Sage mir Deine Gedanken, und ich will alsdann den letzten Entschluß melden, wie es werden kann und soll; denn bei diesem Postgange ist des Hin- und Herschreibens nicht viel zu unternehmen. Was ich wünsche, daß ihr mitbringt, schreibe ich alsdann. Vergiß aber ja ein Fläschchen Kartoffelsyrup und Kartoffelzucker nicht; man ist hier sehr neugierig darauf.

Von Wehediz ist auch nicht viel Erfreuliches zu erzählen; wir waren draußen und haben das hübsche Kind nicht einmal gesehen. Die Übrigen erheiterten kaum ihre Gesichter, als sie mich wiedersahen und nach Dir fragten: so sind die Menschen alle durch Erhöhung des Curses gedruckt, wodurch ihnen alles noch theurer vorkommen muß als uns, die wir denn doch unsere hiesigen Ausgaben mit den thüringischen vergleichen können. Alles Fuhrwesen stockt mit dem Handel, an wohlfeilen Weineinkauf ist nicht zu denken, und deßwegen der so oft besuchte Keller völlig leer. Und so ist auch das Wehedizer Paradies verschwunden, und man muß sich nach etwas Anderem umsehen.

Kutsch und Pferde werden freilich die ganze Sache weit lustiger machen, und die guten Thiere sollen den theueren Hafer schon wieder abverdienen. Jetzt machen wir weite Fußpromenaden von mehreren Stunden, kommen sehr müde nach Hause, befinden uns aber sehr wohl dabei, welches wir euch auch wünschen und uns baldige, hübsch umständliche Antwort erbitten.

Ich hoffe, daß der Brief durch den Kutscher, wie die Kiste Egerwasser glücklich angelangt ist. Herzlich grüßend

G.

Karlsbad, den 13. Mai 1812.

525. *Goethe*

Heute, Freitag, den 22., erhalten wir euer freundliches Schreiben vom 15., welches sich auf die erste Sendung durch den Kutscher bezieht; indessen werdet ihr erhalten haben einen eigenhändigen Brief vom 10. und einen anderen, umständlicheren, vom 13.

Da nun hieraus zu ersehen ist, daß die Briefe hin und her jedesmal ohngefähr acht Tage laufen, so muß man im Wechsel schreiben, wenn man einigermaßen in Verbindung bleiben will.

Vor allen Dingen wollen wir also die näheren Umstände unseres hiesigen Aufenthalts vermelden. Seit unserem letzten haben sich die Aspecten eher verbessert, als verschlimmert, und wir haben uns durch eine gute Ökonomie mit dem vorigen Jahre ins Gleiche zu setzen gesucht.

Der Werth des Silbers ist wieder gestiegen, es steht ohngefähr auf 220. Ich habe mich mit Prag in Connexion gesetzt, um nicht immer in den Händen der hiesigen Juden zu sein.

Nach dem Gelde ist wohl der Wein am ersten werth, daß man sein gedenke. Wir haben unseren Bedarf bis Ende Juni im Keller; alles aber wohl überlegt, mußt Du Dir nothwendig, was Du zu brauchen glaubst, mitbringen.

Das fruchtbare, den Wiesen und dem Sommergetraide ersprießliche Wetter erniedrigt vielleicht auch den Preis der Fourage, und das Essen ist auf alle Fälle besser und wohlfeiler, als bei Herrn Steiner in Jena.

Die Wehedizer, durch unsere Ankunft erfreut, bringen schon wieder die köstlichste Butter. Wenn August einmal seine Schenkhosen anziehen sollte, so siehe, daß Du einen Goldpfennig für Rösen erwischest. Sie haben uns für den Juli nicht ganz ohne Hoffnung von lustigem Wein gelassen; vor einem Jahre, sagen sie, hätten sie hundert Eimer verschenkt, doch nicht mit dem größten Vortheil. Die Herren Fremden wären artig gewesen und hätten bezahlt, die aus dem Lande hätten sich betrunken, tumultuirt und wären schuldig geblieben.

Seit einigen Tagen haben wir abwechselnd Gewitter und Regen, welches uns aber in unserem schönen Zimmerchen nicht rührt. Ich finde immer so viel Zeit, um mir im Trocknen eine artige Skizze zu holen, die ich nachher zu Hause ausführe.

Der Sprudel rast gewaltiger als jemals. Am Neubrunn ist der Aufenthalt ganz abscheulich, weil gebaut wird. Wenns regnet, weiß man nicht, wohin zu treten, geschweige wohin zu gehen.

Kein Blatt von der Liste ist noch nicht ausgegeben, indessen kommt doch täglich etwa eine Partie. Herr von Rönne ist der einzige ältere Bekannte. Zu Deiner größten Zufriedenheit aber kann ich Dir melden, daß Frau von Recke bald hier eintreffen wird. Sie ist schon in Töplitz und hat mich durch Doctor Mitterbacher grüßen lassen. Ich werde durch ein freundliches Betragen euch einen freundlichen Empfang vorbereiten.

Dem Herrn Hofrath Meyer vermelde meinen schönsten Gruß und sage ihm, er möchte sich nicht abwendig machen lassen, nach Karlsbad zu kommen; wer ordentlich leben wolle, lebe hier noch immer wohlfeil genug.

Sodann wünschte ich denn doch auch zu hören, wie es mit Professor Riemer geht, ob er sich bei euch sehen läßt, und, wenn nicht, ob ihr sonst etwas von ihm vernehmt. Es ist mir gar zu viel daran gelegen, zu wissen, wie er sich in seinem neuen Zustande befindet.

Grüßt mir alle Freunde, besonders die, die euch freundlich besuchen. Ich hoffe, daß ihr mir eine Radirung von Wolf mitbringen werdet.

Für die Theaternachrichten danke ich, es ist recht gut,

daß Du Dich der Lefevre annimmst. Siehe zu, daß Du sie für den Sommer gut unterbringst.

Noch ist zu vermelden, daß euere vorjährige Gönner und Freunde, der Graf Zichy in den ›Drei Lerchen‹, Herr Kreishauptmann von Nitzschwitz aus Leipzig in der ›Harfe‹ angekommen, und daß also immer mehr Gäste zu hoffen sind.

Wollt ihr mir von Zeit zu Zeit schreiben, wie es euch geht, so ist es wohlgethan; ich werde noch manches von mir hören lassen und meinen letzten Brief an August adressiren.

Lebet nun recht wohl, die Inlage bitte ich zu beherzigen; den 21. soll alles zu euerem Empfang bereitet[1] sein.

Karlsbad, den 24. Mai 1812. G.

[*Nachschrift:* John an Goethes Sohn]

Lange schon, lieber Assessor, hast Du kein Wörtchen von Dir hören lassen, und wenn es gleich löblich ist, daß Du Dich der Kammerangelegenheiten, die freilich, wie mir sehr wohl bekannt ist, in jetziger Jahreszeit sich etwas zu häufen pflegen, so ernstlich annimmst, so mußt Du doch auch bedenken, daß Dein Herr Vater sowohl, als meine Wenigkeit recht sehr wünschen, bald so ausführlich, als nur möglich, Nachricht zu erhalten, wie es seither in Weimar gegangen.

– Wir leben hier ungestört, fleißig und vergnügt. Der Herr Geh. Rath ist wohl; auf sein gütiges Anrathen trinke ich jetzt den Neubrunnen, der mir vortrefflich bekommt.

Eine kleine Mineraliensammlung, die wir angefangen, ist schon bis zu etlichen und achtzig Stück angewachsen und soll hoffentlich bald complett sein.

Nächstens werden wir auch einen Versuch der Stärkezuckerbereitung machen; die Gefäße sind schon bestellt.

An Unterhaltung fehlt es auf keine Weise. Hinlänglich

1 Aus bereit.

gewähren solche die Geschäfte und die Spaziergänge in der herrlichen Gegend, so wie durch die Stadt, wo man sich an den zierlichen, schlanken Gestalten, den munteren Gesichtern, dem glattgeflochtenen Haar und großen, schwarzen Augen der artigen Karlsbaderinnen erfreut. – Das schöne Wehedizer Röschen habe ich noch nicht zu sehen bekommen können. Laß Dich mit dem Goldpfennig ja nicht faul finden!

Der schöne Tag rückt immer näher, an dem die Schimmelchen angetrappelt kommen und unserem Kreis fröhlichen Zuwachs bringen werden. Könntest Du doch Deine Frau Mutter begleiten und die Nachtigallen des Weimarischen Parks mitbringen, dann wäre Karlsbad vollkommen schön; letztere fehlen leider.

Bist Du vielleicht in den unteren Garten gezogen?

Ist die Partie nach Dornburg schon vor sich gegangen?

Warst Du noch, wie Du zu thun Lust hattest, in Ilmenau?

Hast Du die Güte gehabt, die bewußten Bücher zu Reichel zu senden?

Werde nicht böse über die mancherlei Fragen, empfiehl mich gehorsamst Deiner Frau Mutter (deren Auftrag ich bei dem Nadler bestens besorgt habe), der Demoiselle Ulrich, Engels und Wolffs, und antworte bald

Deinem C. John.

526. *Goethe*

Karlsbad, den 3. Juni 1812.

Heute wollen wir nicht mehr als das Nöthige sagen, da wir dem Tag entgegensehen, an welchem wir hoffen können, euch hier zu empfangen. Wenn es im Ilmthale schön ist, so könnt ihr gewiß denken, daß es im Töpel- und Egerthale gleichfalls herrlich aussehe. Zu gewissen Stunden wünscht man sich mehr Augen, damit man nur alles recht einnehmen könne. Bis jetzt sind sechs und vierzig Familien hier; der Erbprinz von Mecklenburg ist gestern hier angekommen, welches Du in Weimar verkündigen kannst.

Den 21. sollt ihr eine wohl eingerichtete Haushaltung finden und es euch darin recht wohl sein lassen. Mich abzuholen, wird kein Wagen bestellt; ich will euere Ankunft erst abwarten und mich nachher entschließen. Lebet recht wohl! grüßet alle Freunde.

Hier folgen nun einige Commissionen.

1. Einige Buch Papier von dem, auf welches gegenwärtiger Brief geschrieben ist. Es liegt davon in meiner untersten Schublade rechts des großen Schreibtisches. Wäre es ja ausgegangen, so verschaffst Du solches wohl von der Geheimen Canzelei.

2. Ein Stange gut Siegellack.

3. Ein Exemplar der ›Wahlverwandtschaften‹. Sie liegen in derselben Schublade, die oben bezeichnet ist, aber ganz hinten.

4. Da der Zucker hier so theuer ist wie der Caffee, so bringe Dir auch welchen mit.

5. Unter den angekommenen Briefen wird ein Brief von Magister Stimmel in Leipzig sein (ich lege ein Blättchen von seiner Hand mit bei). Diesen macht August auf, und wenn er, wie wahrscheinlich, Nachricht enthält, wie es mit der Hackertischen Verloosung abgelaufen, so wird er solchen an Hofrath Meyer übergeben, welcher die Gefälligkeit haben wird, Durchlaucht die Herzogin und Erbprinzessin mit dem Inhalt bekannt zu machen. Beide Damen haben eingelegt.

6. Fragt Herrn Hofrath Meyer, ab er an mich etwas zu bestellen hat? G.

Nunmehr wüßte ich weiter nichts zu sagen; sollte mir noch etwas einfallen, so habe ich noch zwei Posttage, an denen ich Briefe absenden kann, die ihr erhalten könnt.

Frau von Recke hat mir von Töplitz geschrieben und läßt Dich schönstens grüßen; sie wird in diesen Tagen erwartet. Graf Zichy hat auch nach Dir gefragt.

Nun lebet schönstens wohl! wenn ihr nach Ankunft dieses Briefes noch einmal schreibt, so kann ich den Brief vor dem 21. erhalten.

*

Unbekannt ist das nächste, im Tagebuch unterm 7. Juni vermerkte Schreiben Goethes: »An Frau Geh. Räthin von Goethe nach Weimar, Bestellung der mitzubringenden Sachen und Schlußberedung.« Am 19. Juni trifft Christiane mit Caroline Ulrich in Karlsbad ein. Über das gemeinsame Leben berichtet Goethe in einem Brief an den Sohn vom 30. Juni: »Du erhältst hierdurch, mein lieber Sohn, die Nachricht, daß die Mutter glücklich angelangt ist und ihr die Cur sehr wohl bekömmt. Auch befindet sich gute Gesellschaft hier zu ihrer Unterhaltung, und jedermann benimmt sich gegen uns sehr freundlich, Frau von Recke, Graf und Gräfin Stolberg, Graf Geßler, vorzüglich aber Prinz Friedrich von Gotha, bei dem wir gestern sämmtlich gespeist und sehr gute Musik gehört haben.« – Am 14. Juli siedelt Goethe nach Teplitz über, von wo er erst am 12. August nach Karlsbad zurückkehrt.

*

527. *Goethe*

So muß ich denn wohl auch vermelden, wie es mir bisher gegangen. Bei gutem Wetter und leidlichem Wege, war ich Dienstag Mittage hier und wurde aufs beste und freundlichste empfangen. Es würde sehr anmaßlich aussehen, wenn ich schriftlich erzählen wollte, mit wie viel Gnade und Auszeichnung man mich hier beglückt; das soll also aufs mündliche verspart sein. Durchlaucht der Herzog ist wohl und munter, Fürst Lichnowsky immer der alte. Prinzeß Marianne von Sachsen hat nach Dir gefragt und einen Gruß an Dich mir aufgetragen. Die Abschrift der Gedichte ist, durch unglaubliche Saumseligkeit der Post, erst gestern, den 18., angekommen, und ist also 14 Tage unterwegs gewesen. Das ist aber auch zum Glück ausgeschlagen. Der Herzog schickte sie gleich Ihrer Majestät und nach Tafel befahl die Kaiserin auf die anmuthigste Weise, daß ich sie vorlesen sollte, welches wohl das sicherste Zeichen der Zufriedenheit war. Darauf erfuhr ich noch das Angenehme, daß einer der ersten Staatsmänner gegen mich vertraulich äußerte: er kenne gar[1] wohl die Schwierigkeit der Aufgabe und sehe mit Vergnügen, wie glücklich sie gelöst sei. Dieß wird besonders Johnen freuen, welcher am besten weiß, wie bedenklich mir die Sache gewesen. Fast alle Morgen habe ich das Glück gehabt, der Kaiserin vorzulesen. Sie spricht meistens dazwischen und äußert sich über die bedeutendsten Gegenstände mit außerordentlichem Geist und Originalität. Man kann sich kaum einen Begiff von ihren Vorzügen machen. Ihr werdet über gewisse Dinge, die ich zu erzählen habe, erstaunen, beinahe erschrecken.

Schon dreimal war ich zur Tafel geladen. Da ist sie denn, wo möglich, noch heitrer und anmuthiger als sonst; sie neckt diesen oder jenen von den Gästen und reizt ihn zum Widerspruch, und weiß der Sache zuletzt immer eine angenehme Wendung zu geben.

Und so müßt[2] ich noch immer fort erzählen, ob ich mir gleich vornahm, alles auf meine Rückkunft zu versparen.

1 Nachträglich über der Zeile.

2 Aus muß.

Gestern zeigte sie uns nach der Tafel eine sogenannte Toilette, ein kostbar verziertes Kistchen, worin alle denkbaren Bedürfnisse einer Reisewirthschaft enthalten sind. Die Kaiserin von Frankreich hat sie mitgebracht. Jedes einzelne Stück kann als ein Kunstwerk und Meisterstück betrachtet werden.

Ich wohne im ›Goldnen Schiff‹, in der alten Ecke, der Herzog in den Zimmern des Königs von Holland. Die Aussicht ist sehr schön, ich wünschte wohl, euch einen Mittag bewirthen und einen Abend mit euch ausfahren[1] zu können. Die Pferde kommen mir sehr zu Gute, besonders da ich nach dem Bade fahren muß, welches eine kleine Viertelstunde entfernt liegt. Fräulein von Stetten hat mir das Paquet sogleich zugeschickt, und ich habe daraus nicht viel, aber doch einiges von Weimar vernommen. Gar wunderlich ists hier mit den Preisen der Dinge, einiges wohlfeiler, andres theurer[2], im Ganzen würde es sich vielleicht gleichstellen.

Was meine Rückkunft betrifft, kann ich so viel sagen: daß meine Absicht sei, Sonntag, den 26., hier abzureisen und also Montag Mittag bei euch zu sein. Es ist mir auch ganz wahrscheinlich, daß das die rechte Zeit sein werde. Gewiß kann ich nichts sagen. Ändert sichs, so schreib ich. Dabei wünsche ich nur, daß ihr auch vergnügt eure Tage zubringt und mit Ernst die Cur gebraucht.

Empfehlet mich allen Gönnern und Freunden. Sage Prinz Friedrich Durchlaucht, daß ich nicht mit Beethoven sein kann, ohne zu wünschen, daß es im ›Goldnen Strauß‹ geschehen möge; zusammengefaßter, energischer, inniger habe ich noch keinen Künstler gesehen. Ich begreife recht gut, wie er gegen die Welt wunderlich stehen muß. Unserm trefflichen Meyer tausend Grüße. Euch alles Gute!

[Teplitz,] Sonntag, den 19. Julius 1812. G.

1 Aus ausführen.
2 andres theurer nachträglich über der Zeile.

13. Christiane, 1811.
Miniaturgemälde von Joseph Raabe

528. *Goethe*

In diesen Tagen dachte ich, mein liebes Kind, bei Dir zu sein, jetzt aber muß ich vermelden, daß ich noch so bald nicht kommen kann. Die Kaiserin geht erst den 10. August, und so werde ich nicht vor dem 12. wieder in Karlsbad eintreffen. Würde Dir das zu lange, so dürftest Du nur gleich an Herrn von Hendrich schreiben, der schickte Dir Timlers Wagen, Du nähmst den großen Coffer und packtest auf, was Du könntest, ließest mir aber den kleinen stehen, in den ich alsdenn packen würde, was mir zu schwer ist, und ihn auf die Post geben würde. Johns Steine, in ein Kästchen gepackt, nahmst Du auch mit.

Solltest Du Dich aber in Karlsbad gefallen, so ist es mir ganz lieb, wenn Du bleibst und meine Ankunft abwartest. Da der Magenkrampf sich leider wieder eingestellt hat, so wäre es wohl gut, wenn Du die Cur verlängertest, besonders wenn Du fleißig badetest. Hierüber müßtest Du mit Dr. Mitterbacher hübsch ordentlich sprechen. Doch vielleicht hast Du das schon gethan. Wenn Du Geld brauchst, so wird John schon verwechseln.

Mir geht es hier sehr gut. Der Kaiserin Gnade scheint täglich zuzunehmen, indem sie sich immer gleich bleibt; auch ihre Umgebungen sind mir günstig, und ich kann nicht mehr und nichts Bessers wünschen. Das Baden bekommt mir sehr wohl. Der Herzog ist wohl und vergnügt, das Wetter schön, und ich hoffe, daß ihr auch der guten Tage so viel möglich genießen werdet.

Grüße Hofrath Meyer schönstens und sage ihm: ich habe eine Nachbildung des *Moses* von Michelangelo in Bronze gekauft, die sehr schön und wahrscheinlich aus dem 16. Jahrhundert ist. Wie er sitzt, ist die Figur 13 Weimarische Zoll hoch. Also eine schöne Größe. Das Nackte ist wohl verstanden. Bart und Gewänder von der größten Ausführung.

Es ist Herr von Beethoven von hier auf einige Tage nach Karlsbad gegangen: wenn ihr ihn finden könnt, so brächte mir der am schnellsten einen Brief. Wäre er schon wieder fort, so geht Fürst Moritz von Liechtenstein in einigen Tagen hierher; durch diesen wünschte ich eine umständliche Nachricht zu erhalten, wie es euch geht, und was ihr beschließet. Bleibt ihr in Karlsbad, so ziehet, wie verabredet, hinauf, wenn Meyer abreist. Weiter wüßt ich nichts zu sagen. Lebe recht wohl, grüße Carolinchen und John. Dieser soll mir auch mit jener Gelegenheit schreiben. Schickt mir auch, was an mich vielleicht angekommen ist. Nun Adieu! Meine besten Wünsche auf ein fröhliches, liebevolles Wiedersehn!

Töplitz, den 27. Juli 1812. G.

529. *Goethe*

Töplitz, den 1. August.

Dein lieber Brief ist gestern Abend angekommen, und so will ich denn gleich wieder etwas vermelden. Das Baden bekommt mir sehr wohl, ob ich es gleich weder ordentlich, noch mit Ruhe brauchen kann. Meine Stunde ist Morgens von Fünf bis Sechs, da ich denn ganz gewiß ein frisches Bad finde, den übrigen ist nicht zu trauen. Die Kaiserin sehe ich täglich bei ihr selbst; auf Spaziergängen und Fahrten, bei Tafel und immer ist sie sich gleich, heiter, geistreich, anmuthig, verbindlich, und dabei kann man sagen, daß sie sich immer von neuen Seiten zeigt und jedermann in Verwunderung setzt. Sie hat ein klein Theaterstück in diesen Tagen geschrieben, das ich ein wenig zurecht gerückt habe. Es soll gespielt werden die nächste Woche. Hievon sagst Du niemanden. Ich lese täglich vor, heute waren Fürst Moritz und seine Gemahlin gegenwärtig. Sie brachten mir einige Nachricht von Dir. Die Churprinzeß von Hessen ist gar eine liebe

Dame. Es freut mich, daß Du sie gesehen und gesprochen hast. Den 10., Abends, geht hier alles fort, womit ich bisher gelebt; ich denke den 12. bei euch zu sein, erwartet mich aber nicht zu bestimmt, man weiß nicht, was vorkommt. Es ist ganz recht, daß ihr bleibt, der andre Vorschlag brachte keinen Vortheil, noch Zeitgewinn.

Was Du mir wegen der Haushaltung sagen wirst, soll mir sehr willkommen sein, so wie auch, daß ich in Jena besser leben kann. Zwar diesen Herbst werde ich wenig drüben sein können. Richte nur vorläufig unser Weimarisches Wesen gut ein. Da ich den Wagen hier habe, bin ich viel in der Gegend umhergefahren; auch war ich in Aussig, wo die Elbe vorbeifließt und eine sehr angenehme, abwechselnde Gegend belebt.

Zum *Sechsten* wünsche ich das beste Glück; es thut mir recht leid, ihn nicht gegenwärtig mit feiern zu können, ich will es in der Ferne thun. Laßt es euch zusammen wohl sein. Grüße Uli zum schönsten. Danke John für seinen Brief. Wenn ich die Sendung durch Beethoven erhalte, schreibe ich noch einmal; dann wirds nicht mehr nöthig sein. Lebe recht wohl und liebe mich.

Abgesendet den 2. August 1812. G.

530. *Goethe*

Von Dir zu hören, hat mich sehr gefreut; es bleibt aber beim Alten. Die Kaiserin geht den 10. Abends, und so kann ich den 12. bei euch sein. Wir besprechen noch alles, und ihr geht, ich folge. Jedes andre Arrangement führt zu weit, und wir wollen sehen, daß wir abschließen.

Mir geht es täglich besser. Es ist nicht zu berechnen, was dieß Verhältniß für Folgen haben kann.

Die Briefe und Packete durch Beyer und die Leute des

Prinzen August erwarte ich, sende aber nichts weiter. Denn ich komme, wie gesagt.

Wegen des Curses fügt euch in die Zeit, es ist nicht anders. Bade nur fleißig.

Von Arnims nehme ich nicht die mindeste Notiz, ich bin sehr froh, daß ich die Tollhäusler los bin.

Lebet recht wohl und gedenket mein in Liebe.

Teplitz, den 5. August 1812. G.

Grüßet alles nach gehöriger Art und Weise.

531. *Goethe*

[Teplitz,] den 5. August 1812.

Viel Glück zum sechsten!

Durch Gefälligkeit des Grafen Corneillan nur ein paar Worte. Alles bleibt, wie schon geschrieben. So herrlich und köstlich aber alles ist, so soll mirs doch lieb sein, wieder bei den ›Drei Mohren‹ einzukehren. In dem Stücke der Kaiserin habe ich zuletzt noch die Hauptrolle übernehmen müssen, wenn es zu Stande kommen sollte. Nun kannst Du wohl denken, daß es Zeit ist, zu enden. Da es ihr aber den größten Spaß macht, und sie über alle Begriffe gut, klug und theilnehmend ist, so thut jederman das Letzte. Lebe wohl. Bis auf fröhliches Wiedersehn. G.

*

Am 12. August trifft Goethe wieder in Karlsbad ein; drei Tage später reist Christiane mit ihrer Begleiterin nach Weimar ab.

*

532. *Goethe*

Karlsbad, den 27. August 1812

Da euere Briefe mir so bald Nachricht gaben, wie es um euch steht, so ist es billig, daß ich auch wieder etwas von mir vernehmen lasse. Seit euerer Abreise sind nun schon vierzehn Tage vergangen, und ich sehe mit Betrübniß, daß nun auch mein Scheiden bald heranruckt. Bei dem sehr schönen Wetter und denen fast ganz im Freien genießbaren Tagen wird Karlsbad immer anmuthiger, ob es gleich ganz von Fremden verlassen ist, und bei den Wenigen, die sich hier befinden, aus mehreren Ursachen keine besondere Heiterkeit wohnt. Meine fortgesetzten Beschäftigungen, der Umgang mit Staatsrath Langermann, ein wenig Zeichnen und Lectüre lassen mir die Zeit unvermerkt hinfließen, und die große Ruhe im Haus und sonst macht mir den Aufenthalt sehr erquicklich. Nun wäre es erst die rechte Zeit, sich der Equipage zu bedienen und sich das Land umher noch einmal zu besehen.

Der alte Müller ist noch immer fleißig und dienstfertig und hört nicht auf, von allen Ecken und Enden Steine zusammenzuschleppen, wenn man nur einigermaßen einen Wink gibt, was man wünsche. Dieser Alte ist aber auch beinahe das einzige Lebenszeichen von Karlsbad. Madame Mayer ist fort, ein Fremder nach dem andern schließt den Laden, und die Einwohner, die immer noch zufriedener sein können, als es Anschein hatte, sind alle gedrückt und traurig. Der Werth des Silbers fällt noch immer, sie wollen jetzt nur hundert und fünf und vierzig für 100 geben. In Prag und den übrigen Theilen des Erblandes fallen die Preise wegen der herrlichen Ernte. In Karlsbad ist alles beim Alten und die Einwohner so übel dran als die Fremden. Ich bin höchst neugierig, wie sich dieses Wesen in einem halben Jahr wird eingerichtet haben.

Grüße Augusten schönstens; ich freue mich über seinen Geschäftsgang, seine Reise und seine Aussichten. Wir sprechen uns nun bald selbst, und da, denke ich, solls vergnüglich vorwärts gehn.

Die Sache wegen Frankfurt muß wohl ruhen, bis ich wiederkomme; denn ohne Schlossers Mitwissen dürfen wir keinen Schritt thun. Daß eine Freundin die Sache indessen hat einleiten wollen, ist des besten Dankes werth.

Grüßet alle Freunde. Euere schnelle Reise hat mir sehr wohl gefallen; ich will sehn, ob ich nicht ein Gleiches thun kann. Ergetzt euch beim Vogelschießen, so gut es sich thun läßt, und gedenket mein. G.

533. *Goethe*

Da euer lieber Brief vom 31. August zu rechter Zeit angelangt ist, so hoffe ich, der gegenwärtige soll auch einige Tage vor mir ankommen.

Die Nachrichten von dem gnädigen und freundlichen Empfang, den Du erfahren, so wie die mehrere Nachfrage nach mir, machen mir nun auch Lust und Muth, wieder zurückzukehren. Karlsbad ist nun wirklich wie ausgestorben, alle fremde Läden sind zu, und selbst die von Karlsbadern besetzten kleinen Boutiquen werden nach und nach geschlossen. Alle Tage geht von den letzten einer fort, und es bleiben nur wenige Nordländer, die wegen ihres gemeinschaftlichen Interesses im Stillen zusammenhalten. Das Wetter hingegen ist seit einigen Tagen so angenehm, als man sichs wünschen kann. Besonders weil der Sommer so feucht war, sind alle Bäume noch über die Maaßen grün, die Kastanien, Akazien, Pappeln zeichnen sich vorzüglich aus.

Sollte es etwa jemand interessiren, so kannst Du erzählen, daß es in Töplitz sehr brillant hergeht, daß sehr viele Feste gegeben werden, sowohl durch die Prinzen, als den König selbst, der sich sehr aufgeheitert haben soll, und dieses soll noch bis in die Hälfte des Septembers währen.

Indessen wird es an euerem Vogelschießen auch nicht an guten Tagen gefehlt haben; und nun, da gar das Schauspiel wieder zurück ist, so sind wohl alle Wünsche vorläufig erfüllt. Grüße mir die Mitglieder, die sich bei Dir präsentiren, und horche, ob sie nicht etwa selbst Vorschläge zu neuen Stücken mitbringen: denn mir ist sehr wenig Brauchbares vorgekommen. Bemerke übrigens, wie die Verhältnisse stehen, damit ich mich bei meiner Ankunft gleich darnach richten kann.

Von uns kann ich noch hinzufügen, daß wir in voriger Woche zwei sehr große Promenaden mit dem alten Müller gemacht haben, eine vier- und eine sechsstündige. Dabei sind viele Steine geklopft und nach Hause geschafft worden; wie sich denn überhaupt, zu Müllers großer Freude, noch zuletzt mehrere Personen für diese Dinge[1] interessirt und von seinen Collectionen gekauft haben. Übrigens wird ein wenig gezeichnet, viel geschrieben und abgeschrieben, so daß wir auch von dieser Seite ziemlich beruhigt nach Hause gehen werden.

Weiter wüßte ich nun nichts hinzuzufügen, als daß ich Dich ersuche, überall viel Empfehlungen auszurichten und meiner in Liebe zu gedenken, bis ich selbst wieder erscheine. Auf die Pisangblüthen freue ich mich; ich erinnere mich zwar derselben noch von Alters her, aber nicht ganz deutlich. Zur Ordnung im Haus gratulire, so wie zu der reichlichen Kartoffelernte.

Karlsbad, den 7. September 1812. G.

NB. Es wäre sehr schön, wenn ihr euch nach Krebsen umthätet; diese habe ich den ganzen Sommer entbehrt, und

1 Durch Abreißen des Siegels verloren mit Ausnahme des D.

möchte nun noch zuletzt, ehe die R. gar zu sehr über Hand nehmen, einmal eine Schüssel vor mir sehen.

*

Am 12. September reist Goethe von Karlsbad ab und trifft, nach kurzem Aufenthalt in Jena, am 16. nachmittags ½2 Uhr in Weimar ein. – Vom 1. bis zum 24. November Goethe in Jena.

*

534. *Goethe*

Ich schreibe Dir, mein liebes Kind, in einem eignen Falle. Seitdem mir der leichte rothe Wein nicht mehr schmeckt, bekommt er mir nicht. Siehe doch zu, ob die letzten Flaschen noch vom vorigen sind oder vom neuen. Wenn Du noch nicht an Ramann geschrieben hast, so bestelle nur von dem Deinigen; oder contremandire den Auftrag. Ich trinke die Johnischen Nößel, er von meinem Wein. Sende also nur Languedoc, bis man sieht, wo es hinaus will. Nicht mehr. Lebe wohl.

[Jena,] den 4. November 1812. G.

535. *Goethe*

Da man euch liebenwürdige, unruhige Ungethüme doch einmal nicht los wird, man mag sich stellen, wie man will, so soll es mir recht angenehm sein, zu hören, daß ihr in der ›Sonne‹ glücklich angekommen seid. Laßt mir es melden, und wenn es schön Wetter ist, so kann der Morgen noch zu Spaziergängen und Besuchen, ist es häßlich, zu Revision meiner kleinen Haushaltung angewendet werden. Ich bin sehr zufrieden mit Heinrichen und der Köchin; ja, der Ernst, womit wir die Sache treiben, ist eine Lust und Spaß. Um nicht aus dem Gleise zu kommen, habe ich einen Karpfen von Winzerle für mein Geld kommen lassen und die polnische Sauce gleich aus der Tasche bezahlt. Das dient zur Unterhaltung, will aber zugleich so viel sagen, daß ihr hoffentlich so viel mitbringen werdet, um die genaue Wirthschaft für das herrliche Gastmahl zu entschädigen, welches euch bereitet ist, und das ich soeben mit der Köchin verabredet habe.

Ein Brief, den Du inzwischen erhalten hast, hat Dir gesagt, daß ich mich wenigstens für den Augenblick an den Languedoc halten muß. Bringe also von diesem ein halb Dutzend Flaschen mit, von dem Elsasser dagegen können wir einige mit zurücknehmen.

Es ist mir sehr angenehm, daß wir gerade am Ende von diesen acht Tagen alles besprechen können. Wenn es sich fortsetzen läßt, wie es angefangen ist, so kann es von den schönsten Folgen sein. Nur bedaure ich euch freilich, daß ihr in Absicht auf die Küche nun[1] leidet; doch kann es euch in diesem Puncte niemals so schlimm ergehn, als es mir[2] ergangen ist.

Ein herzliches Lebewohl, auf baldiges Wiedersehen.

Jena, den 6. November 1812. G.

Nachschrift.

Gestern Abend habe ich auch Minchen wiedergesehn. Ich überließ es dem Zufall, wie ich mit ihr zusammenkommen sollte. Der hat sich auch recht artig erwiesen, und es war eben recht. Sie ist nun eben um ein paar Jahre älter. An Gestalt und Betragen u. s. w. aber immer noch so hübsch und so artig, daß ich mir gar nicht übel[3] nehme, sie einmal mehr als billig geliebt[4] zu haben.

1 Über gestrichenem auch.
2 Nach gestrichenem euch.
3 Durch Lösen des Siegels in Verlust geraten.
4 Die letzten 5 Buchstaben durch Lösen des Siegels verloren.

Überhaupt kommt mir dießmal in Jena alles völlig wie vor mehreren Jahren vor. Knebel ist ganz allerliebst, und eine gewisse vernünftige Thätigkeit und Denkweise scheint wieder aufzutauchen, da wir bisher unter Bestialitäten mancherlei Art gelitten haben. Wenn des guten Voigts Coffre nicht wäre, so wüßte ich nichts zu wünschen, denn was meine Arbeiten betrifft, so ist für die kurze Zeit genug geschehn.

*

Goethes Tagebuch, 7. November: »Gegen 12 Uhr die Frauenzimmer. Speisten wir zusammen ... Nach 6 Uhr die Frauenzimmer zu einer kleinen Collation. Gingen auf den Ball«; 8.: »Die Frauenzimmer in Zwätzen ... Abends Herr von Hendrich und Knebel. Letzterer blieb zum Whist«; 9.: »Die Frauenzimmer zum Frühstück und Abschied zu nehmen.«

*

536. *Goethe*

Nach der Abfahrt der lieben und lustigen Frauen hat sich der gute und lobenswürdige Fleiß wieder eingefunden, es ist aber demohngeachtet eine gewisse Lücke entstanden. Ich glaube, es würde am besten sein, wenn ihr wieder gelegentlich in den Klippsteinischen Garten zögt; und wenn ihr euch auch daselbst wie[1] der selige Geheimderath Sternberg vorkommen solltet, so würde euch doch immer eine Kalbsbrust an die guten, alten Zeiten erinnern können.

Da ihr indessen bis dahin, daß diese goldne Zeit eintritt, durch meine Entfernung ziemlich leidet und sehr gut empfindet, daß die Stelle der Köchin in euerem Hause unbesetzt

1 Nach gestrichenem gelegentlich.

ist, so will ich nur zu einigem Ersatz versichern, daß hier alles vortrefflich geht. Heute früh gab es große Händel über ein Feldhuhn, welches Heinrich, ohne anzufragen, vom Rentbeamten für 5 Groschen angenommen hatte. Diesen Proceß schlichtete ich salomonisch dadurch, daß ich bezahlte und mir dieses Huhn außerordentlich zum Frühstück vorbehielt. Ferner hat die Köchin mir den morgendlichen Weinschaum für heute abdisputirt und mir dafür ein ganz vortreffliches Zwischenessen, welches sie künftig auf gleiche Bedingungen wiederholen soll, bereitet. Genug, es ist an dem ganzen Zustand nichts auszusetzen.

Mit größtem Schrecken werdet ihr jedoch bemerkt haben, daß Karten und Spielmarquen zurückgeblieben sind. Sie folgen hiebei um so lieber, als sie mir kein Glück gebracht, ja mich vielmehr um einen Karpfen mit polnischer Sauce *gebracht* haben. – Nun lebet recht wohl und sendet durch die Botenfrauen wenigstens einiges, daß wir wieder *einigermaßen* wenigstens zu unserem Schaden kommen.

Jena, den 10. November 1812. G.

537. *Goethe*

Wenn Du Dich, mein liebes Kind, in der Küche plagst, und ihr demohngeachtet mit dem Mittag-Essen manchmal nicht ganz zufrieden seid, so denkt, daß es mir inzwischen ganz wohl geht, und daß ich mich auch wieder einmal plage, wenn ihr euch gut befindet. Die Haushaltung geht immer ordentlich und zugleich spaßhaft fort. Was ich außerordentlich genießen will, bezahle ich baar, und so ist alles im Gleichen. Nur will der Wein immer nicht auslangen: denn wir selbst und einige Freunde nach Tische consumiren immer etwas mehr, als ausgesetzt ist. Sende deßwegen immer noch etwas Languedoc und Würzburger; der Elsasser wird wohl reichen. Seit ihr weg seid, habe ich außer Knebeln und den bekannten Haus- und Studienfreunden niemand gesehen.

Meine Geschäfte gehen gut. Wenn ich auch irgend etwas zu erinnern finde, so gibt es doch nichts Fatales, und ich denke, in acht Tagen alles so zu stellen, daß ich vor Februar nicht wieder herüber zu gehen brauche. Meine eignen Arbeiten machen sich auch recht hübsch; und ich brauche nach meiner Berechnung hier nicht viel mehr dafür zu thun. Wenn ihr also Sonnabend, den 21., anlangen wollt, so habe ich nichts dagegen einzuwenden. Meldet mir das Nähere und bringet gute Gaben mit, damit wir einmal wieder etwas Neues erleben. Grüßet alle Freunde und besorget die Inlagen aufs allerbeste: denn es sind lauter bedeutende Dinge.

Und somit Lebewohl! Weiter wüßte ich nichts zu sagen, als daß ich mich an der Hoffnung eines frohen Wiedersehens ergetze.

Jena, den 13. November 1812. G.

538. *Goethe*

Wir können nicht anders sagen, als daß vor wie nach alles sehr gut geht; die Köchin sowohl, als Heinrich gehen in ihrer Regel fort, und so weiß man täglich und wöchentlich, woran man ist, worauf denn doch am Ende alles ankommt. Meine Geschäfte und Ausarbeitungen machen sich auch gut, ja es thut sich sogar noch manches unerwartet Angenehme hervor.

Karl hat auf seiner Durchreise nach Karlsbad Abschied genommen, und ich habe ihm das noch zugesagte Vierteljahr ausgezahlt. Es ist mir sehr lieb, daß ein Verhältniß, das so lange gedauert und das doch zuletzt nicht mehr haltbar war, sich noch so leidlich auflöste. Ich habe ihn mit einigen Ermahnungen und Hoffnungen entlassen.

Wir vernehmen, daß große Bewegungen in Jena waren, wegen Tag und Stunde des Tanzens, auch sind uns die allerverschiedensten Nachrichten davon zugekommen. Nun aber scheint es gewiß, daß Sonntag ein Thé dansant sein soll, und ich erwarte daher die so liebe, als unruhige Nachbarschaft *Sonntags früh*, damit ja nicht die Weimaraner in Nichtachtung des Theaters den Jenensern ein böses Beispiel geben.

Wie es hernach zu halten sei, wird sich besprechen lassen; vorzüglich aber will ich anrathen, daß an Victualien und sonst allem Guten ein hinreichender Transport mit herüberkomme, damit nicht, wie schon mehr geschehn, mein Ende das Mittel und den Anfang aufzehre.

Denn bis jetzt haben wir uns löblich gehalten, und nach diesem Anschnitt kann ich künftig in Jena einen recht zufriedenen Aufenthalt haben. Verzeihe mir aber, wenn ich, um künftig einem verdrüßlichen, allgemeinen Aufwaschen vorzubeugen, im Einzelnen nörgele, wie ich es jetzt mit Heinrichen um die Lichtstümpchen thue. Karl reiste nicht als ein selbstständiger Herr von uns ab, wenn wir selbstständige Herrn gewesen wären.

Denn übrigens wollen wir an unserm Leibe und Gaumen[1] nicht sparen, noch auch sonst knickern; deßwegen *sende* und *bringe* noch etwas *Languedoc*, welcher nun einmal an der Tagesordnung ist.

Hiermit wollen wir denn abgeschlossen haben; denn ich wüßte nichts hinweiter hinzuzuthun. Sehr angenehm würde es mir sein, zu vernehmen, wie ›Romeo und Julie‹ reüssirt, wie es mit dem ›Herbsttag‹ abgelaufen. Ich weiß recht wohl, daß ihr ein so rasches Leben habt, daß ihr an Abwesende nicht denken könnt; aber daß ihr, so wie der Assessor, von den unendlich langen Tagen auch nicht einmal eine Viertel-

1 Über gestrichenem Gange.

stunde abmüßigen könnt, um mich in den unendlich langen Jenaischen Winterabenden einigermaßen zu unterhalten, kann ich nicht gut finden. Ihr solltet bedenken, daß es mit den Äugelchen nicht mehr gehen will, die man denn doch am Ende zu Hülfe rufen müßte, wenn ihr gar zu sorglos seid. Mit dieser Drohung empfehle ich mich zum schönsten.

Jena, den 17. November 1812. G.

*

Am 22. November kommen die »Frauenzimmer« abermals nach Jena, am 23. wird mit ihnen, wie das Tagebuch festhält, »verschiedenes über Haushaltung gesprochen«; die gemeinsame Heimkehr erfolgt am 24. – Schon am 4. oder 5. Dezember muß irgendeine Lustbarkeit die »liebenswürdigen, unruhigen Ungethüme« wieder nach Jena gezogen haben. Am 6., unter dem Goethe in sein Tagebuch diktirt: »Die Frauenzimmer waren ausgeblieben«, wird er das folgende Briefchen erhalten haben.

*

539. *Christiane*

[Jena, 6. December 1812.]

Lieber Geheimerath!

Da ich überzeugt bin, daß Du uns kein Vergnügen störst, so will ich nur mit ein paar Worten melden, daß wir erst den Dienstag früh in Weimar ankommen können. Der Ball war sehr brillant, und heute haben Sturms, Döbereiners, Gruners und mehrere eine Partie nach Zwätzen arrangirt, wo wir auch wieder bis jetzt getanzt haben. Und morgen sind wir zu Knebels eingeladen; die Knebel hat es uns als einen Beweis unserer Freundschaft angerechnet, wenn ich bleiben würde. Laß es nur gleich der Köchin wissen, die sich in allem helfen kann. Ich und Uli empfehlen uns zu fernerer Genade und Wohlwollen.

Abends um 8 Uhr in Eile. C. v. Goethe

*

Tagebuch, 8. Dezember: »Kamen die Frauenzimmer von Jena zurück.« – Seltsam wirkt der, Welttragödie und häusliches Idyll mit derselben Gewissenhaftigkeit gelassen nebeneinander buchende Tagebucheintrag vom 15. Dezember: »Herr von Wolbock, die Durchreise des Kaisers [Napoleon] notificirend, sowie daß er sich nach mir erkundigt. Abends Rabusche gespielt mit den Frauenzimmern und zu Tische geblieben.«

1813

Am 15. April faßt Goethe den Entschluß, nach Teplitz zu reisen, und fährt am 17. früh 6 Uhr ab, um erst am 19. August nach Weimar zurückzukehren. Leider haben die Briefe Christianens aus dieser Trennungszeit von vier Monaten sich nicht erhalten.

*

540. *Goethe*

[Naumburg, 17. April 1813.]

Denen lieben Personen, die uns von Weimar weggetrieben haben, sind wir schon einen sehr angenehmen Morgen schuldig geworden. Vor Seebachsburg begegnete uns ein Regiment Husaren, ihre Hütten und Zelte fanden wir leer; es sah aus, als wenn der Krieg für immer von uns Abschied nehmen wollte. Die Jenaischen Boten brachten Blumen und Paquete vor wie nach, und als wir nach Roßla zu einlenkten, fanden wir alles im tiefsten Frieden; freilich stiller als im Frieden, denn wir vermißten die Fuhrleute, die sonst um diese Zeit auf die Leipziger Messe zogen. Das Wetter bewölkte und entwölkte sich, zum Regen konnte es nicht kommen. Die Luft war warm und angenehm. Mein Begleiter erzählte mir eine alte Geisterlegende, die sich sogleich, als wir in Eckartsberge still hielten, rhythmisch ausbildet[e]. Sie wird Herrn Riemer gesendet werden mit der Bitte, solche vorzulesen, aber nicht aus Handen zu geben. Auf immer gleich ruhigem Wege kamen wir vor der Mittagsstunde im ›Scheffel‹ an, wo uns ein alter Kellner mit großer

Gemüthsruhe in den bekannten alten Zimmern empfing, uns jedoch nachher mit Gemüthlichkeit, als er merkte, daß wir gemüthlich seien, die neusten Kriegsereignisse erzählte. Die Pässe wollten ihm gar nicht ernsthaft vorkommen; doch versprach er, wenn wir es verlangten, sie vidiren zu lassen.

Da es Morgens früh gar zu sehr gestaubt hatte, gingen wir nach dem Dom, um Regen zu erbitten; allein der Himmel erhörte uns zu früh, und wir wären beinah tüchtig durchgenetzt worden. Wir gelangten jedoch glücklich in das altheilige, nunmehr vermodernde Gebäude, woraus wir gern einiges durch Kauf, Tausch oder Plünderung an uns gebracht hätten. Unter den Schnitzwerken der Chorstühle sind sehr hübsche Gedanken. Ein ganz dürrer, rebenartiger Stab schlängelt sich und wird durch mitumschlungene, akanthartige Blätter belebt. Noch sehr schöne gemalte Fensterscheiben sind übrig; ein Teppich, von dem die Theile der Figuren und des Grundes einzeln verfertigt und hernach mehr zusammengestrickt, als -genäht sind. Manches Größere und Kleinere von Bronze. Das Bild einer heiligen Schusterstochter, die zum Wahrzeichen den Schuh noch auf der Hand trägt. Ein Graf hatte sie wegen ihrer großen Schönheit geehelicht. Er starb früh, und sie nahm den Schleier. Sie muß sehr hübsch gewesen sein, da sie, nicht zum besten gemalt, etwas aufgefrischt und noch ein wenig lackirt, doch immer noch reizend genug aussieht. Was aber besonders Freund Meyern zu erzählen bitte, ist Folgendes. Das steinerne Bild eines Bischofs, Gerhard von Goch, hat mich in Erstaunen gesetzt; das heißt, das Gesicht. Er ward 1414 installirt, zog aufs Concilium zu Costnitz 1416 und ist derjenige, dem die Naumburger ihre Angst und wir das vortreffliche Schauspiel ›Die Hussiten‹ verdanken. Er starb 1422. Nun aber kommt die Hauptsache. Das Gesicht nämlich ist so individuell, charakteristisch, in allen seinen Theilen übereinstimmend, bedeutend und ganz vortrefflich. Die übrige Figur ist stumpf und deutet auf keinen sonderlichen Künstler. Nun erkläre ich mir dieses Wunder daraus, daß man sein Gesicht nach dem Tode abgegossen und ein nachahmungsfähiger Künstler diesen Abguß genau wiedergegeben habe. Dieses wird mir um so wahrscheinlicher, weil in den Augen eine Art von falscher Bewegung erscheint, und auch die Züge des untern Gesichts, bei sehr großer Natürlichkeit, doch nicht lebendig sind. Uralte Hautreliefs, gleichzeitig mit dem Kirchenbau. Sie stellen in einem Fries die Passion vor, sind höchst merkwürdig. Ich erinnere mich keiner ähnlichen. Doch konnte ich sie nicht scharf genug sehn und wüßte nichts weiter darüber zu sagen: denn wir eilten freilich wieder aus dem Heiligthume, wo es aus mehr als Einer Ursache feucht, kalt und unfreundlich war. Solche Räume, wenn sie nicht durch Meßopfer erwärmt werden, sind höchst unerfreulich. An sehr schönen und eleganten, zwischen die katholischen Pfeiler eingeschobenen, protestantischen Glasstühlen ist kein Mangel, so daß die Honoratioren sich nicht zu beschweren haben. Auf mein Befragen versicherte mir der Küster, der Prediger habe sich in diesem weiten und wunderlich durchbrochenen Raum gar nicht anzugreifen, wenn er nur deutlich articulire und das letzte Wort so genau ausspreche wie das erste. Das ist also ohngefähr, wie auf dem Weimarischen Theater und wie überall, und hieraus kann man sehen, was reisen für einen großen Nutzen bringt. Übrigens sind die Merkwürdigkeiten unerschöpflich. Das Wichtigste, ein sonst höchst bewallfahrtetes, wunderthätiges Marienbild steht nun in einer protestantischen Ecke, und der Küster versicherte, der Kopf sei hohl, mit Wasser gefüllt hätten muthwillige Fischlein dem Bilde sonst Thränen ausgepreßt. Ich habe Sünder gekannt mit hohlen Köpfen, denen auch solche Fischlein, im Gehirn schwimmend[d], zu gelegener und ungelegener Zeit Thränen auspreßten. Ich übergehe einige andere Hauptnebenpuncte, als die Bestien am Gesims, welche Wasser spieen, wenns regnete, zur Ergetzung der Christenheit, und was dem sonst mehr sein mag.

Dresden, den 21. April.

Vorstehendes war gleich den 17., Abends, in Naumburg geschrieben und sollte, zum Beweis meines Wohlbefindens, sogleich abgehn; allein der Postcurs war gehemmt, und wir mußten das Blättchen mit uns nehmen. Am Ostertage hatten wir auf dem Wege nach Leipzig trübes und stürmisches Wetter, fortdauernd vortrefflichen Weg, aber so menschenleer, daß man in der Wüste zu fahren glaubte. Der Himmel heiterte sich auf, und schon um 12 Uhr zogen wir in Leipzig im Hôtel de Saxe ein. In Markranstädt hatten wir einige Russen gesehn, die sich mit irgend einer Art von Spiel divertirten. Ein sehr gutes Essen stellte uns wieder her, wir durchzogen die Stadt, die gerade wegen des schneidenden Windes nicht erfreulich war. Abends gingen wir ins Declamatorium des Herrn Solbrig. Hohler, geist- und geschmackloser ist mir nicht leicht etwas vorgekommen; das Publicum aber hat mir gefallen. Es mochten gewiß[1] an 300 Thaler eingekommen[2] sein, sie applaudirten aber nur ein einzig Mal, als er den Kaiser Alexander hoch leben ließ. Hätte der arme Schlucker sein Handwerk verstanden, so hätte er gleich *»Wohl auf, Cameraden! aufs Pferd, aufs Pferd!«*[3] angestimmt, und hätte gewiß große Sensationen erregt. Dagegen fing er mit jämmerlichem Ton das elendeste aller jammervollen deutschen Lieder zu recitiren an: *»Ich habe geliebet, nun lieb ich nicht mehr.«* Es rührte sich aber hierauf, so wie nach andern ähnlichen Dingen keine Hand weiter, und wir machten uns in Zeiten davon. Dagegen schrieben wir zu

1 Davor gestrichen ihm.
2 Von Goethe geändert aus ingekommen.
3 Von Goethe nachträglich unterstrichen.

unserer Lust die von August erzählte Todtentanzlegende in[1]) paßlichen Reimen auf. Sie soll dem Prinzen Bernhard dedicirt und übersendet werden. An Spargel und an sonstigem Guten hat es auch nicht gefehlt.

Montag, den 19., fuhren wir ohne irgend ein Ereigniß, bei guten und leeren Straßen auf Wurzen, wo wir neben der Fähre eine ganz neue Militarbrücke fanden. In Oschatz fanden wir einen leidlichen Gasthof zum ›Löwen‹ und schrieben daselbst eine Parodie des Solbrigschen Lieds, sie beginnt: *»Ich habe geliebt, nun lieb ich erst recht!«* und so geht es denn weiter. Von Leipzig heraus war die Gegend beschneit und bereift, das thauete aber weg und verlor sich; von[2] einer gar freundlichen Abendsonne beleuchtet sahen wir das schöne Elbthal vor uns und gelangten zu rechter Zeit nach Meißen in den ›Ring‹. Ein großes Fourage-Magazin gegenüber versorgten[3] unzählige Fuhren, weßhalb die Wagen den ganzen Platz einnahmen. Eine Wittwe mit zwei Töchtern versorgte den Gasthof in dieser schweren Zeit, die jüngste erinnerte mich an euere glückliche Art, zu sein. Sie erzählte die Verbrennung der Brücke mit großer Gemüthsruhe, und wie die Flamme in der Nacht sehr schön ausgesehn habe. Die zusammenstürzende Brücke schwomm brennend fort und landete am Holzhof; weil aber nicht das mindeste Lüftchen wehte, so erlosch alles nach und nach. In anderthalb Stunden war das ganze Feuerwerk vorbei. Ferner erzählte sie von den Kranken und Gefangenen, die sie gespeiset hätte, von der Einquartirung in den letzten Zeiten, wie die Kosaken ihre Pferde abgesattelt, sich in Kähne gesetzt und die Pferde nachschwimmen lassen. Das war alles vorübergegangen, und Meißen befand sich vor wie nach. Dieß ists, was am meisten aufheitert, wenn man an Orte

1 Davor gestrichen und in hastigen.
2 Über gestrichenem bei.
3 Von Goethe geändert aus versorgte.

kommt, wo der Krieg wirklich getobt hat, und doch noch alles auf den Füßen findet.

Dienstag, der 20., war ein sehr angenehmer und unterrichtender Tag. Vor allen Dingen bestiegen wir das Schloß und besahen uns zuerst die Porcellainfabrik. Die Vorrathssäle nämlich. Es ist eigen und beinah unglaublich, daß man wenig darin findet, was man in seiner Haushaltung besitzen möchte. Das Übel liegt nämlich darin. Weil man zu viel Arbeiter hatte (es waren vor 20 Jahren über 700), so wollte man sie beschäftigen und ließ immer von allem, was gerade Mode war, sehr viel in Vorrath arbeiten. Die Mode veränderte sich, der Vorrath blieb stehn. Man wagte nicht, diese Dinge zu verauctioniren oder in weite Weltgegenden um ein Geringes zu versenden, und so blieb alles beisammen. Es ist die tollste Ausstellung von allem, was nicht mehr gefällt und nicht mehr gefallen kann, und das nicht etwa eins, sondern in ganzen Massen zu hunderten, ja zu tausenden. Jetzt sind der Arbeiter etwa über 300. Hauptmann von Wedel, ein Bruder unsers guten Oberforstmeisters, hat die Direction, freute sich sehr, einen Weimaraner zu sehn, und war äußerst gefällig. Hinter den wohlgeputzten Scheiben einer Wohnung auf dem Schloßplatze sahen wir eine von den lieblichsten Erscheinungen. Ein schönes Mädchen, von etwa 4 Jahren, wurde eben zum 3. Feiertage von der Mutter angezogen und stand auf dem dunkeln Grunde wie ein Porträtchen, das van Dyk und Rubens nicht schöner hätten malen können. Die Schönheit des Kindes, die günstige Beleuchtung, der dunkle Grund, der Firnis des Glases, alles trug dazu bei, daß man sich nicht satt sehen konnte; und als ihr nun die Mutter das Halskräuschen umlegte, war das Bildchen völlig fertig. Während der ganzen Zeit sah sie uns an und schien beinah zu empfinden, daß es was Artiges sei, so aufmerksam angesehn zu werden. Der Dom, der auf demselben Platze steht, hat aus mehreren Ursachen äußerlich nichts Anziehendes, inwendig aber ist es das schlankste, schönste aller Gebäude jener Zeit, die ich kenne; durch keine Monumente verdüstert, durch keine Emporkirche verderbt, gelblich angestrichen, durch weiße Glasscheiben erhellt, nur das einzige Mittelfenster des Chors hat sich bunt erhalten. In eben[1] dem Chor waren mir auffallend und neu die aus Stein gehauenen Baldachine über den Sitzen der Domherrn. Es sind Capellen und Burgen, die in der Luft schweben, und das Geistliche mit dem Ritterlichen wechselt immer ab. Ein höchst schickliche Verzierung, wenn man denkt, daß die Domherren altritterlichen Geschlechts waren und die Capellen[2] ihren Thürmen verdankten. Ich habe mir gleich eine Zeichnung davon gemacht, die den ganzen Begriff gibt, den man durch[3] Beschreibung niemandem geben kann.

Zum Frühmahl ward ein Karpfen mit polnischer Sauce genossen, wie er uns den Abend vorher schon trefflich geschmeckt hatte. Ich besah noch die Pfeiler der abgebrannten Brücke und fuhr um halb 1 ab. Bei halb bedecktem Himmel war die Luft kühl, und doch Sonnenblicke so reichlich, daß wir die vergnüglichste Fahrt hatten. Wir zogen über die neugeschlagene Schiffbrücke und dann an dem rechten Ufer der Elbe hin, das über alle Begriffe cultivirt und mit Häusern bebaut ist, die erst einzeln, dann mehrere Stunden lang zusammenhängend, eine unendliche Vorstadt bilden. In der Neustadt fanden wir alles auf dem alten Fleck, der metallne König galoppirte nach wie vor auf derselben Stelle unversehrt. In Weimar hatten sie ihm schon durch die Explosion der Brückenbogen einen Arm weggeschlagen. Schon ½ Stunde vor der Stadt begegneten uns reichliche Spaziergänger, sogar eine lesende Dame; auf der Brücke aber erschien der 3. Feiertag in seinem völligen Glanze, unzäh-

1 In eben aus Die neben.
2 Von Goethe geändert aus Capelle.
3 Davor gestrichen sich.

lige Herren und Damen spazierten hin und wieder. Die beiden gesprengten Bogen sind durch Holzgerippe wieder hergestellt, aber nicht bis zur Höhe der steinernen Brücke, weßwegen man hinunter- und wieder hinauffahren muß. Was diesen Mißstand veranlaßt, erfuhren wir nicht. Auch die Stadt war sehr belebt. In der Moritzstraße hielten Russen, erwartend eine selige Bequartierung. Uns aber gings wunderlich: denn als ich an der Wohnung des Prinzen Bernhard anfuhr, begegnete mir Hauptmann Verlohren und erzählte, daß er eben das Haus geräumt und für die Hoheiten eingerichtet habe. Ich bewunderte die gute Austheilung und anständige Einrichtung, fand auch Körners und andere Damen daselbst, welche diese Anstalten beurtheilen wollten und billigten. Hauptmann Verlohren verschaffte uns sogleich ein ander Quartier in der 1. Etage seiner Wohnung, bei Herrn Hofrath von Burgsdorf. Wir sind auf das allerbequemste eingerichtet, finden gute Bedienung, herrliches und nicht zu theures Essen in einem nahen Traiteurhause; unser Wein hat bis heute gehalten, der Rack natürlich auch. Herrn von Ende besuchte ich heute früh, sodann Körners, wo ich Herrn *Arndt*[1] antraf, der sich als Patriot durch Schriften bekannt gemacht. Und so weit wären wir gekommen, bis zu halb 3 nach Tische den 21. April. Leider ist nun der Wein ausgegangen, und der doppelt so theure schmeckt nicht. Nun wünscht man recht wohl zu leben und hofft auf die Fortsetzung.

[Dresden, 22./25. April 1813.]

Mittwoch, den 21., Nachmittag gingen wir zu den Mengsischen Gypsen, waren mehrere Stunden vollkommen vergnügt und belehrten uns aufs beste. Viele Russen gingen auf und ab und ließen sich von dem Inspector was vorerzählen.

1 Von Goethe nachträglich unterstrichen.

Ein junger, hübscher Officier hielt sich in der Gegend, wo ich war, und als ich es bemerkte, redete ich ihn an. Er nannte sich einen Herrn von Nolten, der Mann war mir bekannt. Einer seiner Verwandten hat eine Zeit lang in Jena, Weimar und Rudolstadt gelebt. Vielleicht erinnert ihr euch dessen. Ich sagte, wenn er nach Weimar käm, solle er mein Haus besuchen; es ist gar nicht unmöglich, und wer weiß, was so eine Bekanntschaft für Nutzen bringen kann.

Regierungsrath Graff von Königsberg, dessen sich August erinnern wird, ist hier bei der Verwaltungscommission angestellt. Er hatte sehr große Freude, mich zu sehn. Abends gingen wir ins Schauspiel. ›*Cosi fan tutte*‹, italienisch, war angekündigt. Nein! so ein Schreckniß ist mir niemals vorgekommen. Alte, vermagerte, ja lahme Frauen, statt der lustigen Dirnen, Liebhaber, steif und stockig über alle Begriffe, der Buffo nicht der Rede werth; der Gesang gerade nicht schlecht, aber unerfreulich. Mir ward so angst, daß ich mich flüchtete, wie die Officiere ins Schiff stiegen. Auf dem Rückwege begegnete mir ein großer Volksauflauf, über den weg ein schöner Postzug hervorragte, eine treffliche Reisechaise mit Vache[1] und auf dem Bocke der Hofmockel. Der Wagen hielt vor einem Hause, ich drängte mich durchs Volk und sah Schwebeln aussteigen; den 4. April hatte er in Weimar von mir Abschied genommen. Welch ein wunderliches Wiederantreffen. Herr von Ende und Verlohren haben sich seiner angenommen, er hat einen Arzt und gute Wartung.

Des Nachts gegen 11 weckte mich eine fürchterliche Erscheinung. Die Straße war von Fackellicht erhellt, und ein wildes Kriegsgetöse hatte mich aus dem Schlafe geschreckt. Eine Colonne hatte in der Straße Halt gemacht. Es war eine unangesagte Einquartierung. Ganz verwünscht sah es aus,

1 Wasche.

wenn sich die Thore der großen Häuser aufthaten und 10, 20, 30 bei Fackelschein in ein Gebäude hineinstürzten. Doch sind die Wirthe das nun schon gewohnt, sie haben Stuben und Lager, wie sie konnten, eingerichtet. Essen halten sie schon gekocht parat und wärmen es nur. Dicke Grütze, Rindfleisch und Sauerkraut, Kartoffelsalat mit viel Zwiebeln und Knoblauch, Brandtewein sind die Hauptingredienzien des Gastmahls. Donnerstags, den 22., gingen wir nach dem Kupferstichcabinet, wo wir uns an großen Bänden nach Raphael gar trefflich ergetzten, alte Bekanntschaften erneuerten und neue ganz unvermuthet machten. Nach Tisch auf die Galerie. Die besten Sachen sind auf Königstein geflüchtet, aber an dem, was zurückblieb, hätte man ein Jahr zu sehn; doch war das Erste, was uns der Inspector Demiany verkündigte, daß Director Riedel auf dem Königstein sei, um alles wieder herbeizuholen. Das wollen wir denn auch abwarten und als ein Glückszeichen ansehn.

Dresden ist freilich jetzt sehr lebhaft; wenn man denkt, daß es schon für sich im Gewissen 40 000 Einwohner hat, was dieses schon in Friedenszeiten für eine Bewegung gibt, und was für Bedürfnisse für eine solche Menge müssen zusammengeschafft werden. Nächstens soll eine Übersicht des Wochenmarkts[1] folgen, insofern es möglich ist.

Auffallend war folgende Erscheinung: Chorschüler, aber nicht etwa in langen Mänteln wie sonst, sondern in knappen, schwarzen Fracks und überhaupt schwarz gekleidet, etwa 30 an der Zahl, gingen, 4 Mann hoch, Arm in Arm mit großen Stürmern auf den Köpfen, der Präfect voraus, durch die Straßen. Sie marschirten nach der Melodie eines Gassenhauers, der ohngefähr so heißen mag:

1 Wochenmarks.

So gehen wir gassaten[1],
Wir lustigen[2]) Cameraden,
Und ziehen frank und frei.

Und was man uns genommen,
Das haben wir nicht bekommen;
Und wenn uns nun der Teufel holt,
So sind wir auch dabei.

Vor den ansehnlichsten Häusern und auch vor dem unsern machten sie Fronte, sangen einen Vers desselben Lieds oder auch eines etwas ernsteren, und dann zogen sie weiter. Der militärische Geist war auch schon völlig in diese Schwarzröcke gefahren.

Daß die Kosaken, die auf dem Markte halten, von allen Menschen umgeben und angestaunt werden, ohne sich in ihrer Gemüthsruhe im mindesten stören zu lassen, darf ich kaum sagen; aber wie lief jung und alt zusammen, als sie ein Kameel mitbrachten, zum ächten asiatischen Wahrzeichen. Ich sah mehrere dieser seltsamen Fremdlinge vor einem Laden stehn, wo Nürnberger Tand feil war. Sie kauften Nadelbüchsen und hatten große Freude an den Pferdchen, besonders aber an den bespannten Kutschen. Sie unterhielten sich darüber, deuteten auf alles ganz nah mit einer gewissen naiven Anmuth hin, berührten aber nichts.

Auf demselben Spaziergang kaufte ich einen *Fündling*. Ihr müßt aber nicht erschrecken, als wenn die Familie vermehrt werden sollte, vielmehr dient Herrn Riemer zur Nachricht, daß es ein seltsames Gestein seie, dem man keinen Namen geben kann, und das sich vielleicht nur einmal findet. Daß Truppen, besonders aber Officiere, zu Pferd und zu Fuß, in Wagen und auf Wagen hin- und

1 Gassaten aus gassaten.
2 Aus lustgen.

herziehen, läßt sich denken. An Fourage-Fuhren fehlt es nicht, vom Lande kommen viele Menschen herein, und es ist ein großes Treiben den ganzen Tag. Dazwischen fehlt es nicht an Orgelmännern, seltsam gekleideten Kindern, die Kunststücke machen, und sonst an Buden und Läden, wo, wie an der Messe, allerlei Wunderliches zu sehn ist.

Ich habe mir einen Plan von Dresden angeschafft und mache mich nach demselben mit der Stadt und den Vorstädten bekannt. Bewegung und Zerstreuung thun mir gar wohl. Ich fange nun erst an, mich wieder zu erkennen. Geht es euch auch gut, so bleibt mir nichts weiter zu wünschen. Ich habe noch nicht viel Personen gesehn, und ist auch nicht viel Freude dabei. Man hört nichts, als was man leider schon mit sich selbst hat abthun müssen. Das Vergangene zu hören, ist ekelhaft, und wer wüßte von der Zukunft was zu sagen. Proclamationen, Befehle, Gedichte und Flugschriften gibts unzählige. Für August wird eine vollständige Sammlung gemacht.

Wenn es Dir, mein liebes Kind, so gut geht, als Du es um mich sonst und jetzt verdienst, so kannst Du zufrieden sein. Die Bewegung und Zerstreuung hat mich bald wieder hergestellt. Lebe recht wohl und liebe mich. Vogel besorgt Dir alles an mich.

[Dresden,] den 25. April 1813. G.

Beiliegende Blätter gibts Du nicht aus der Hand, vorlesen[1] könnt ihr daraus nach Belieben und Schicklichkeit. Gedichte kommen nächstens.

1 Davor gestrichen näch[stens]. Vgl. das letzte Wort des Briefes.

541. *Goethe*

Teplitz, den 10. Mai 1813.

Seit meiner Abreise habe ich manche Blätter dictirt, die, wie ich hoffe, nach und nach in euere Hände kommen werden. Gestern erhielt ich das Schreiben vom 30. April, wofür Wolffen der schönste Dank gesagt sein soll, so wie für alles Gute, was er euch in diesen unruhigen Zeiten geleistet hat. Mir ist es durchaus wohl gegangen, und nichts als Angenehmes und Unterrichtendes ist mir begegnet. Ich recapitulire kurz die Geschichte der vergangenen drei Wochen. Den 17. übernachteten wir in Naumburg, den 18. in Leipzig, den 19. in Meißen; den 20. besahen wir uns früh in Meißen und langten Abends in Dresden an. Die Wege waren durchaus vortrefflich und das Wetter meist sehr schön. Den 21. sahen wir uns in Dresden um, betrachteten besonders die Mengsischen Gypsabgüsse, den 22. das Kupferstichcabinet und auf der Galerie. Ich sah mich in den Vorstädten um; den 23. fuhren wir nach Tharandt und hatten eine lehrreiche Unterhaltung mit Forstrath Cotta, auch fand ich O'Carolls daselbst. Den 24. kam der russische Kaiser und der König von Preußen nach Dresden. Sonntag, den 25., reisten wir um Mittag ab und nach Pirna. Den 26., nach einer Fahrt von 9 Stunden, kamen wir nach Teplitz, den 27. kam der Kaiser von Rußland, die Hoheit zu besuchen. Mittwoch, den 28., fing ich an zu baden, Abends fuhren wir gegen Bilin. Den 29. nach Graupen, die Zinnwerke zu besuchen. Den 30. Mittags und Abends bei der Hoheit. Meine Arbeiten waren seit meiner Ankunft gut von Statten gegangen. Vom 1. Mai bis den 8. gebadet, gearbeitet, und in der Gegend umhergefahren. Den 9. fuhr die Hoheit mit ihrer Schwester Katharina, welche den 7. Abends angekommen war, nach Prag.

Das Baden bekommt mir ganz außerordentlich wohl, ich wüßte nicht, mich jemals besser befunden zu haben. Die

Zahl der Curgäste vermehrt sich täglich durch Blessirte und Personen von Dresden. Die Einlösungsscheine haben seit unserm Hiersein zwischen 142 und 160 geschwankt. Der Aufwand ist dem Karlsbader vom vorigen Jahre ohngefähr gleich. Kutsch und Pferde machen die größte Annehmlichkeit des Aufenthalts. Der Kutscher versieht allen Dienst hinlänglich; wir wohnen in einem kleinen Gartenhause und haben die schönsten Blüthen vor uns. Da ich wegen eurer im Ganzen beruhigt bin, so wüßte ich mir weiter nichts zu wünschen. Schreibt mir manchmal auf dem eingeschlagenen Wege, ich werde das Gleiche thun. Lebet recht wohl! in Hoffnung eines fröhlichen Wiedersehns. Grüßet alle Freunde.

542. *Goethe*

Ob Du, mein liebes Kind, die Geschichte unserer ersten Reisetage, die ich bei Herrn von Verlohren in Dresden zurückließ, erhalten hast, ist freilich sehr ungewiß. Auch ist erst gestern über Eger ein Brief an Dich abgegangen. Weil dieser aber wahrscheinlich geschwinder zu Dir kommt, so will ich Dir dessen Inhalt kürzlich wiederholen, vorher aber sagen, daß mich der Brief vom 30. April höchlich vergnügt hat, für den, so wie für alles andre Gute Wolffen der beste Dank werden soll.

Sonnabend, den 17., kamen wir zeitig nach Naumburg und besahn uns noch in der Stadt. Den 18. waren wir in Leipzig und konnten uns umsehn. Abends gingen wir in ein Declamatorium. Den 19. kamen wir Abends nach Meißen, bei dem herrlichsten Weg und dem besten Wetter. Uns begegneten fast keine Truppen. Den 20. besahen wir uns im Dom und sonst, und fuhren Abends nach Dresden. Den 21. und 22. besahen wir die Merkwürdigkeiten von Dresden.

Den 23. fuhren wir nach Tharandt, wo wir den Forstrath Cotta besuchten. Den 24. kamen Kaiser und König. Es war ein unendliches Treiben und Wesen. Den 25. fuhren wir nach Pirna und hatten daselbst einen sehr schönen Abend. Den 26. um 3 Uhr waren wir in Töplitz. Ich fing gleich an zu baden, spazieren zu fahren und zu arbeiten. Die umliegende Gegend besuche ich fleißig. So ging es fort bis Sonntag, den 9. Da erhielt ich euren Brief, der mich sehr beruhigte. Die Hoheit ging nach Tafel ab, und seit der Zeit hab ich im Stillen mein einfaches Leben fortgetrieben. Das Bad bekommt mir wieder ganz vortrefflich, und es fehlt mir nichts als öftere und ausführlichere Nachricht von euch.

Ein herzliches Lebewohl.

Teplitz, den 14. Mai 1813. G.

543. *Goethe*

[Teplitz, 27. April 1813.]

Freitag, den 23., fuhren wir nach Tharandt. Der Weg dahin durch ein Thal an der Weißeritz hinauf, das sich bald sehr verengt, bald wieder erweitert und zu schönem Feldbau Gelegenheit gibt, ist höchst angenehm. Die Lage des Badeörtchens selbst ist wirklich gefällig. An dem Puncte, wo zwei Thäler zusammenkommen, steht die Ruine eines großen und weitläuftigen Schlosses auf einer isolirten Anhöhe. Um dieselbe und in die beiden Thäler hinauf ist der Ort gebaut, das Badehaus groß und geräumig und auch zum logiren eingerichtet. Ich erneuerte die Bekanntschaft mit Herrn Forstrath Cotta, dessen Anstalt, junge Leute zum Forstwesen zu bilden, sehr gut gedeiht. Andere Erziehungsinstitute schließen sich an und greifen ineinander. Auch besuchte ich Herrn von O'Caroll, der mit Tochter und Enkel sich in jenes friedliche Eckchen der Welt geflüchtet hat. Wir speisten und tranken gut und waren Abends zur rechten Zeit wieder zu Hause. Ich besuchte noch Frau von Grotthuß.

Sonnabends früh war alles auf den Beinen, weil man die Ankunft der Potentaten erwartete. Ich ging über die Brücke und besuchte Kügelgen in der Neustadt. Kosaken, Ulanen, andere Reuterei, Fuhrwerke aller Art, von den schlechtsten Kibitken bis zu den kostbarsten Reisewagen, bewegten sich hereinwärts, die wohlmontirte und sich gut präsentirende Dresdner Bürgergarde hinauswärts. Die Ankunft der hohen Häupter verzog sich. Ich ging wieder zurück nach Hause, sodann mit meiner Wirthin, Frau von Burgsdorf, in die Canzlei des Finanzcollegiums, deren Fenster gerade auf die Brücke gingen. Doch als mirs da zu warm und zu eng ward, ging ich mit Forstrath Cotta wieder in die Neustadt, nach dem Schwarzen Thor, wo man ein paar bekränzte Säulen aufgerichtet hatte, an deren Fuß die Bewillkommnung vor sich gehn und hübsche, weißgekleidete Kinder wie gewöhnlich Blumen streuen sollten. Hier erfuhr ich den Unfall, welcher Weimar betroffen hatte, auf eine Weise, die mich mehr verdroß, als erschreckte. Meine eigne, so wunderbare und unvorsetzliche Entfernung gab mir die Hoffnung, daß auch von euch das Übel werde entfernt geblieben sein. Kaiser und König ritten endlich ein; es war ½1 Uhr. Die Garden, wundersam schön, männlich und militarisch, folgten, bei 8000 Mann Infanterie. Mit Noth kamen wir zurück in die Stadt. Auf dem Neumarkte hielten Kaiser und König. Hier sah ich noch den Rest der Infanterie, alsdann Cavallerie und starke Artillerie vorbei defilieren. Nachts war Illumination, fast durchaus mit Lichtern hinter den Fenstern. Ein einziges Haus hatte einen transparenten Tempel, daneben Inschriften mit ziemlich kleinen Buchstaben, an welchen die Zuschauer die Schärfe ihrer Augen übten, ohne daß sie solche ganz hätten lesen können. Überhaupt scheint man, was diese Dinge betrifft, in Dresden nicht stark zu sein. So waren die Festone, womit die beiden Empfangssäulen oben verbunden waren, dergestalt dünn und mager, daß man sie den Mädchen auf die Kleider hätte garniren können. Ein starker Wind trieb sie nach der Stadt zu, so daß die hereinreitenden Fürsten wenig davon gesehn haben.

Sonntag *Quasimodogeniti*, den 25. Da entschieden war, daß die Hoheit nicht herüberkommen, sondern der Kaiser sie in Töplitz besuchen würde, so machten wir die Vorbereitungen zur Abreise. Ich dankte Herrn und Frau Hofrath von Burgsdorf, meinen freundlichen Wirthen, für gute Aufnahme, ingleichen Herrn Hauptmann Verlohren für seine Vorsorge. Wir wurden aus der Ressource, deren Vorsteher er ist, trefflich, reichlich und wohlfeil gespeist und getränkt.

Um 1 Uhr fuhren wir auf vortrefflichem Weg und bei herrlichem Wetter nach Pirna. Es liegt gar anmuthig an der Elbe. Wir kehrten im ›Rößchen‹ ein. Nach Tische besuchten wir den Dom, der ein merkwürdiges Gebäude ist. Nicht so alt wie der Meißner, aber doch auch sehr lobenswürdig. Die hie und da eingeschriebenen Jahrszahlen deuten auf die Mitte des 16. Jahrhunderts. Außen ist zwar ein Basrelief von 1404, das aber bei einem neuen Bau nur eingemauert scheint. Das Merkwürdigste war uns der Taufstein. Um den runden Fuß desselben, auf dem viereckten Sockel, sind zusammenhängende Gruppen von Kindern angebracht, wie folgt (siehe nächste Seite).

Dieß sind die Vorstellungen der vier Seiten, wobei zu bemerken ist, daß immer die letzte Figur der einen Seite, perspectivisch, mit in die folgende Seite componirt. Man sieht leicht, daß der Gedanke sehr naiv ist: denn was könnte man artiger thun, als die Kindheit um den Taufstein versammeln. Die Compositionen sind durchaus kunstgerecht, die einzelnen Stellungen allerliebst, die Figürchen ohngefähr 6 Zoll hoch. Ich will suchen, eine Zeichnung davon zu erhalten.

Erste Seite[1]

Drei schlafende,	ein erwachtes, betendes	zwei, die sich mit den Haaren eines kleinern beschäftigten

Zweite Seite, gegen den Altar gekehrt[1]

Ein verbindendes		Ein verbindendes
Ein Schildhaltendes	Ein Tafelhaltendes	Ein Schildhaltendes
	1561.	

Dritte Seite, Fortsetzung der ersten[1]

Zwei spielen mit einem Hunde, ein drittes will Theil nehmen	Zwei sich liebkosende	Ein trinkendes

Vierte Seite, gegen die Kirche gekehrt[1]

Drei Mußverzehrende	Ein drittes durch die Theilnahme verbindendes	Zwei Obstverzehrende

1 Alles kursiv Gedruckte ist von Goethe nachträglich hinzugefügt.

Wir gingen nach dem Flusse, der die Gegend sehr belebt, sahen mehrere auf- und abfahrende Schiffe. Diese sind sehr lang, vielleicht 90-100 Fuß. Ein solches Schiff trägt 1800 bis 2000 Scheffel (Dresdner) Getraide. Die Pirnaischen Steine werden auch darauf nach Dresden und weiter transportirt. Ein dergleichen mit Steinen beladenes Schiff strandete Sonnabends an einem Pfeiler der Dresdner Brücke. Die Schiffer waren sonst gewohnt, durch die jetzt gesprengten Bogen zu fahren, und sind noch nicht genug unterrichtet, wie sie durch die andern durchkommen sollen, besonders da wegen der verschütteten 2 Bogen der Strom durch die übrigen gewaltsamer durchzieht. An dem Elbufer der Stadt Pirna fanden wir dergleichen Steine, die oberwärts herabkommen, mehr jedoch große, aufgesetzte Haufen Kalksteine, 2 bis 3 Stunden von Pirna, bei Nensdorf und Borne gebrochen. Er muß mit dem Thonschiefer verwandt sein, denn er hat eine ganz schiefrige Lage. Auch Mühlsteine fanden wir von Kotta, eine Stunde von Pirna. Wir unterhielten uns mit einem entlassenen sächsischen Artilleristen, der uns allerlei Notizen gab, uns auf die Höhe hinter den Sonnenstein führte. Der Sonnenuntergang war unendlich schön, höherauchig; die Scheibe feuerroth und noch röther der Wiederschein im Wasser. Die Aussicht nach dem Königstein und Lilienstein sehr interessant. Seitdem Torgau zur Festung bestimmt ist, so hat man den Sonnenstein, ein weitläuftiges Schloß gleich über Pirna, zum Irren-, Kranken- und Besserungshaus mit großen Kosten eingerichtet, ansehnliche Gärten ummauert, pp. Die Anstalt soll vortrefflich sein und von einem geschickten Arzte Biniz[1] besorgt.

Montag, den 26., fuhren wir um 6 Uhr von Pirna ab, kamen um halb 11 in Peterswalde an, verweilten eine Stunde. Bei der Capelle war die Aussicht ganz wunderbar.

1 Von Goethe nachträglich in die frei gelassene Lücke gesetzt.

Durch starken Höhenrauch waren die hinter einander stehenden Bergreihen vortrefflich abgestuft. Um 3 Uhr in Töplitz im ›Schiff‹ eingekehrt und zwar im Gartenhause. Es ward ausgepackt. Nach Tische kam Herr von Ende. Abends ging ich zur Hoheit. Es regnete indessen sehr stark.

Teplitz, den 21. Mai 1813.

Ich hoffe, Du wirst die sechs ersten Blätter meines Reisetagebuchs, die ich bei Herrn von Verlohren zurückließ, jetzo wohl erhalten haben. Auch schrieb ich ein Zettelchen durch einen Weimarischen Kutscher (Knecht bei Herrn Sorge) am 9. Mai, ferner den 10. über Karlsbad und den 14. durch Graf Edling. Die beiden letzten waren ziemlich gleichlautend, es ist also genug, wenn Du nur einen erhalten hast. Von mir kann ich nur sagen, daß ich mich recht wohl befinde. Das Bad thut seine alten Dienste. Wir sind fleißig und fahren sodann in der Gegend umher. Ohne die Equipage wäre hier nicht zu leben: denn da man so nah am Kriegsschauplatz ist, daß man Nachts sogar manchmal die Feuerzeichen am Himmel sieht, wenn irgend ein unglücklicher Ort brennt; da man von lauter Flüchtigen, Blessirten, Geängstigten umgeben ist, so sucht man gern in die Weite zu kommen, wenn man zu Hause sein bißchen Geschäft abgethan hat. Der Frühling ist hier unendlich schön, besonders blühn die Kastanien jetzt im Park und an allen Wegen auf das allervollkommenste. Das Leben ist ohngefähr so theuer hier, wie vor dem Jahre in Karlsbad. Es wird wenig Unterschied sein.

Hiernächst muß ich den Kutscher loben, der nicht allein Pferde und Geschirr, wie immer, sehr gut hält, sondern auch seinen übrigen Dienst dergestalt versieht, daß man es nicht besser wünschen kann. Schon durch seine Ehrlichkeit wird mehr erspart, als zu berechnen ist.

Euere durch Herrn von Spiegel gesendeten Briefe sind

mir von Prag zugekommen. Sie haben mir sehr viel Vergnügen gemacht. In der jetzigen Zeit kann man nur Gott danken, wenn man auf seinen Füßen stehen bleibt. Das Unglück, was jetzt Dresden und die Gegend aussteht, darf man sich gar nicht vergegenwärtigen. Ich habe bis jetzt 17 Mal gebadet, und will so fortfahren. Alles kommt darauf an, wie meine Arbeit von Statten geht. Bis jetzt läßt sie sich gut an. Der künftige Monat muß ausweisen, was weiter zu thun ist. Grüße Professor Riemer zum schönsten und theil ihm das Gegenwärtige mit. Ich danke ihm für seine Zuschrift. Ich habe mir die griechische und römische Technologie in Dresden angeschafft und studire sie fleißig. Sobald ein paar Bücher der Biographie im Reinen sind, sende ich sie ab. Auch Hofrath Meyer grüße zum schönsten und laß ihm besonders die Stelle vom Taufstein zu Pirna lesen; diese ist ihm zugedacht. August soll gleichfalls Dank für sein Briefchen haben. Könnt ihr mir auf irgend eine Weise wieder etwas zubringen, so thut es. Frau von Stein alles Liebe und Gute, wie allen Freunden und Nachbarn, nicht weniger Wolffs und sämmtlichen Schauspielgenossen. So viel für dießmal, mit dem herzlichsten Lebewohl! welches auch dem kleinen Mandarinen gelten soll. G.

Da es mir nun, wie Du siehst, so wohl als möglich geht, so danke ich Dir herzlich für den Antrieb, mich hierher zu begeben. Einige Tage später wäre es unmöglich gewesen. Was Du erduldet hast, möge eine fröhliche Folgezeit vergelten. Bis jetzt steht alles noch schwankend, so daß man keinen Plan machen, noch sich etwas vornehmen kann; sobald dieß möglich ist, hörest Du mehr von mir. Indessen schreibe ich von Zeit zu Zeit, laßt mich auch etwas vernehmen.

August soll mich dem Erbprinzen, sowie dem Prinzen Bernhard bestens empfehlen. Letzterem sende ich das

Mährchen vom *Todtentanze*, in eine Ballade verwandelt, mit gegenwärtiger Gelegenheit und hoffe, es wird Spaß machen.

Von Karl kann ich euch so viel sagen, daß derselbe, obgleich von seiner Geliebten und Schwiegermutter begünstigt, noch nicht zu seinem Ziele gelangen können. Weil aber doch zuletzt durch Beharrlichkeit alles möglich wird, so wird sich das auch machen. Er ist gegenwärtig hier, um gewisser Negotiationen willen, zu deren Beförderung ich ihm ein zweites Attestat, ohngefähr im Sinn des ersten, nicht versage. Die Beharrlichkeit, wie gesagt, von Mutter und Tochter scheint immer die gleiche, und sie wird es denn doch noch zuletzt dahin bringen, daß wir Karln als Hausbesitzer in Karlsbad, wozu ihn sein Name schon berechtigt, dereinst begrüßen werden.

544. *Goethe*

Teplitz, den 1. Juni 1813.

Gestern langte Dein Brief vom 24.[1] glücklich an, ist also nicht länger wie billig unterwegs gewesen. Überhaupt sendet nur alles durch Vogeln an Verlohren, da erhalte ich es am sichersten und geschwindesten. Es freut mich sehr, daß ihr die bisherigen Unbilden mit gutem Muthe ertragen habt. Fahret ja so fort und in der Lage, in der ihr seid, beklagt euch ja über nichts: denn wie es in denen Gegenden aussieht, wo die Armeen wirklich zusammentreffen, das darf man sich gar nicht vergegenwärtigen. Wir befinden uns wohl und sind fleißig. In kurzer Zeit wird das Manuscript an Riemer abgehn, dem ich alsdann schreibe. Ich habe jetzt nur zwei Briefe von Dir; der mittlere, durch Frau von Berg, scheint noch unterwegs zu sein. Meine Sendung durch Stallmeister

1 Geändert aus unleserlicher Zahl.

Sievers wird nun auch in eueren Händen sein. Und so wäre nun alles wieder zwischen uns im Gange. Ich schreibe deßhalb auch gleich wieder, ob ich schon nicht viel zu melden habe. Der gute Voigt thut mir sehr leid. August soll mich ja gelegentlich dem Herrn Geh. Rath empfehlen und ihm meine Theilnahme bezeigen. Auch möchte ich etwas von Meyer und Knebel hören, wie es denen gegangen ist, und wie sie sich befinden. Körners sind noch hier, in einer sehr unangenehmen Lage. Ihr Sohn ist bei den Preußen, und sie mögen überhaupt beim Einrücken der nordischen Alliirten etwas laut gewesen sein, deßwegen, scheint es, mögen sie nicht gern nach Dresden zurück. Ich fahre sie einen Tag um den andern spazieren; es ist dieß doch Unterhaltung und Zeitvertreib. Dr. Schütze ist auch von Karlsbad hier angekommen, wird aber bald nach Dresden gehn. Sonst ist von alten Bekannten niemand hier außer Dr. Kapp und die Gräfin Brühl. Auch diese seh ich selten und sonst gar niemand. Die Gegend ist jetzt unendlich schön und das Wetter herrlich, recht für ein warmes Bad geeignet. Ich wünsche Dir auch schönes Wetter und reichliche Gartenfrüchte. Wegen 20 kleiner Flaschen Egerbrunnen geht heute ein Brief an den Inspector ab. Die Pferde befinden sich sehr wohl, es wird ihnen nicht viel zugemuthet. Der Kutscher macht seine Sachen vor wie nach höchst lobenswürdig, und läßt mir manchmal merken, daß er auch gegen Dich belobt sein möchte. Das Essen ist hier nicht sonderlich und theuer, der Wein auch nicht wohlfeil, indessen läßt es sich ertragen. Ich habe schon 28 Bäder genommen und werde im Juni so fortfahren. Vielleicht läßt sich in 4 Wochen eher entscheiden, was man thun will. Schreibt mir von Zeit zu Zeit dasselbige. Grüße Augusten zum schönsten. Er soll ja mit seinem Weimarischen Zustande zufrieden sein, wenn er auch manchmal lästig ist. Was die jungen Geschäftsleute hier ausstehn, die für Freund und Feind die Bedürfnisse herbeischaffen sollen und deßhalb immer mit im Felde liegen müssen, geht über alle Begriffe. Grüßet alles. Hierneben steht das verlangte Liedchen, dem man freilich Tag und Stunde nicht ansieht, wo es entstanden ist. Es findet sich leicht eine Melodie dazu. Wenn ich zurückkomme, soll mich die Engels damit empfangen. G.

Ich habe geliebet, nun lieb ich erst recht;
Erst war ich der Diener, nun bin ich der Knecht,
Erst war ich der Diener von allen;
Nun fesselt mich diese charmante Person,
Sie thuet mir alles zur Liebe, zum Lohn;
Sie kann nur allein mir gefallen.

Ich habe geglaubet, nun glaub ich erst recht;
Und geht es auch wunderlich, geht es auch schlecht,
Ich bleibe beim gläubigen Orden.
So düster es oft und so dunkel es war
In drängenden Nöthen, in naher Gefahr,
Auf einmal ists lichter geworden.

Ich habe gespeiset, nun speis ich erst gut;
Bei heiterem Sinne, mit fröhlichem Blut
Ist alles an Tafel vergessen.
Die Jugend verschlingt nur, dann sauset sie fort;
Ich liebe zu tafeln am lustigen Ort,
Ich kost und ich schmecke beim Essen.

Ich habe getrunken, nun trink ich erst gern;
Der Wein, er erhöht uns, er macht uns zum Herrn
Und löset die sklavischen Zungen.
Ja! schonet nur nicht das erquickende Naß;
Denn schwindet der älteste Wein aus dem Faß,
So altern dagegen die jungen.

Ich habe getanzt und dem Tanze gelobt;
Und wird auch kein Schleifer, kein Walzer getobt,
So drehn wir ein sittiges Tänzchen.
Und wer sich der Blumen recht viele verflicht,
Und hält auch die ein' und die andere nicht,
Ihm bleibet ein munteres Kränzchen.

Drum frisch nur aufs neue, bedenke dich nicht!
Denn wer sich die Rosen, die blühenden, bricht,
Den kützeln fürwahr nur die Dornen.
So heute wie gestern es flimmert der Stern;
Nur halte von hängenden Köpfen dich fern
Und lebe dir immer von vornen.

Entsprungen Leipzig, den 18. April 1813, in Solbrigs Declamatorium, geschrieben Oschatz, den 19. April, bei einem sehr friedlichen Mittagsessen.

Ich lege noch ein Blättchen bei, um Dir zu sagen, daß ich von Wien sehr erfreuliche Nachrichten habe, die mich überzeugen, daß Ihro Majestät fortfahren, in Gnade und Huld meiner zu gedenken. Über die Rede zu Wielands Andenken hat sie mir das Freundlichste sagen lassen. In so trüben Zeiten, wo man kaum mehr weiß, wohin man die Augen richten soll, thut ein solcher Sonnenblick gar zu wohl.

Wolffs Brief, den Du mir ankündigst, will ich abwarten und ihm sodann selbst schreiben und ihm für seinen treuen Beistand vorläufigen Dank sagen. Grüße das Ehepaar unterdessen zum allerschönsten.

Wie es unserer Schopenhauer ergangen, möchte ich doch auch wissen. Grüße sie von mir und versichere sie meiner Theilnahme.

545. *Goethe*

[Teplitz, 6. Juni 1813.]

Pfingsten, das liebste, lieblichste Fest bringt mir einen Brief von Dir, bis auf einen sind alle angekommen; da Du aber sie gleichlautend ausstelltest, so weiß ich, wie es ohngefähr bei euch aussieht, und wiederhole: danket Gott, daß ihr so davongekommen seid, ich habe ganz Anderes gesehen.

Ein Brief an Wolff wird angekommen sein. Ich sprach von Johns Krankheit, er ist wieder besser. Das Übel hat er sich durch einen temperleinischen Eigensinn zugezogen, es ward aber sehr ernsthaft. Nun ist er besser, ich habe mich der Lage gemäß eingerichtet, und an meiner Arbeit schadets mir nicht. Ich hatte so sehr viel vorgearbeitet, daß ich einige Wochen zur Revision brauche. Ich komme mit allem, was ich mir vorgenommen, sehr gut zu Stande. Am goldenen Ei solls nicht fehlen. Daß Du das Mögliche thust, weiß ich und erkenn es; fahre so fort und vergnüge Dich dazwischen, bis wir uns wieder in der Gegenwart einer treuen Liebe erfreuen können.

Zur Communication brauchts nun weiter keine Umstände. Schreibt mir nur direct nach *Töplitz* durch *Dresden*, so habe ich den Brief bald genug. Ohngefähr am 10. Tag.

Gesellschaft seh ich fast gar nicht, sie sind alle im Augenblick ersoffen und quälen sich von Morgen zu Abend mit widersprechenden Neuigkeiten; aber mit meiner Hauptsache geht es gut und muß immer noch besser gehn, da mir das Bad sehr wohl bekommt, und ich Zeit habe, alles wohl zu überlegen.

Wenn Du meinen Brief nicht lesen kannst, so wird Uli aushelfen, ich gewöhne mir fast ihre Hand an, es sieht fast aus, als wenn ich in sie verliebt wäre.

Kannst Du mir ohne große Beschwerlichkeit etwas von unsern Jenaischen Freunden sagen, und wie diese durch die

Zeit durchgekommen sind? Vom guten Knebel möchte ich gern etwas wissen. Sie haben es vielleicht leidlicher gehabt als ihr.

Seit dem 27.[1] Mai, dem Datum Deines letzten Briefes, wirst Du erhalten haben:

1. Ein Paquet durch Stallmeister Sievers unterm 24.

2. Einen Brief. Antwort auf Deinen vom 24. Mit Liedchen und Nachricht des besorgten Brunnens unterm 1. Juni.

NB. am 5. ging ein Brief an Wolff ab.

So weit war ich gestern gekommen. Heute noch einiges. Ich freue mich sehr, daß alles bei euch wieder im alten Gleise geht, die Besorgung der Gärten, das Theater und das liebe Belvedere. Fahret so fort, das Nöthige zu tun und euch zu vergnügen.

Melde mir doch auch etwas von Geh. Regierungs-Rath von Müller und grüße ihn schönstens. Ingleichen von Falk, auch diesem sage ich ein freundlich Wort, Lortzings nicht weniger.

Ich wünschte nur, Du könntest ein paar Tage mit mir in meinem Gartenhause sein. Das Gärtchen ist klein, liegt aber frei und hat die schönste Aussicht. Das Baden bekommt mir sehr gut, auch habe ich einen guten Wein gefunden und kann alle Tage Krebse haben; so siehst Du also, daß mir nichts abgeht.

John hat gut geschlafen, und es steht viel besser mit ihm. Madame Schopenhauer viel Grüße! wie ist es ihr da draußen ergangen? Meldet mir so nach und nach, was sich sagen läßt, und behaltet mich lieb. Teplitz, den 7. Juni 1813, als am 2. Pfingsttage. G.

Frau von Heygendorf die schönsten Grüße, auch Herrn Hofkammer-Rath und Genast.

1 Über gestrichenem: 24.

546. *Goethe*

[Teplitz, 10. Juni 1813.]

Wie euch der Sonntag immer etwas Gefährliches gebracht hat, so war es bei mir umgekehrt; jederzeit begegnete mir etwas Erwünschtes an diesem Tage, und zwar nach Maßgabe seines Namens, als Jubilate, Exaudi, u. s. w.

Durch die mehreren Briefe, die nun alle bei mir angekommen sind, seh ich nun, wie es bei euch steht; wir müssen eben wie alle Welt abwarten, was es geben kann. Der Stillstand läßt uns Frieden hoffen. Indessen wird der Besuch, wenn ihr welchen habt, desto eher bei euch bleiben.

Ich habe nun schon 36 mal gebadet und befinde mich dabei sehr wohl und thätig; auch wohne ich so hübsch und bin so gut eingerichtet, daß ich mich nicht wegsehne. Nirgends könnte ich meine Arbeit auf den Grad fördern wie hier, ich denke, sie soll gelingen.

[Teplitz,] den 14. Juni 1813.

Vorstehendes war geschrieben, als sich ein Reitknecht meldet, der nach Weimar geht. Ich will dieß Blättchen gleich mitgeben. Er wird euch sagen, daß er mich ganz wohl in meinem Gärtchen angetroffen hat.

John ruckt sich auch wieder zurechte. Deine und Augustens Briefe bis zum 6. Juni habe alle erhalten. Auch einen sehr werthen Brief vom Herzog.

Schlossern habe direct über Eger geschrieben. Eine Anweisung für Ramann lege ich bei. Schlosser ist avertirt.

Das Andre für August. Es sind keine Neuigkeiten, aber Originalpapiere.

Soeben fällt mir ein, die Rolle hinzuzufügen. Adieu. G.

Dem Überbringer erzeigst Du was Angenehmes.

547. *Goethe*

Teplitz, den 26. Juni 1813. a.

Es ist ein sehr guter Gedanke, mein liebes Kind, daß Du die Briefe von so langer Zeit her ordnest, so wie es sehr artig war, daß Du sie alle aufgehoben hast. Woran soll man sich mehr ergetzen in diesen Tagen, wo so vieles vergeht, als an dem Zeugniß, daß es selbst auf Erden noch etwas Unvergängliches gibt. Augusts gute Einrichtung mit den Papiertaschen hat also auch auf Dich gewirkt. Sie kommt mir auch zu Statten: denn ich habe mir, bei meiner Ankunft, dergleichen zusammengeleimt und habe alles in besserer Ordnung als vor dem Jahre.

Deine Briefe sind alle glücklich angekommen und, wie ich daraus ersehe, auch die meinigen bei euch. Wir hätten es uns aber bequemer machen können, wenn wir sie gleich Anfangs numerirt hätten. Da braucht es nicht so viele Wiederholungen, deßwegen will ich auch gleich die gegenwärtigen Blätter[1] oben in der Ecke mit a und so fort[2] bezeichnen: denn ich werde Dir doch noch von hier aus mehr als einmal[3] schreiben.

Mit dem dritten Bande geht es seinen Gang. Das erste Buch und den größten Theil des zweiten habe ich nach Dresden geschickt, adressirt an August. Wahrscheinlich nimmt es Peucer mit nach Weimar. Ich werde mich nicht vom Platze bewegen, bis ich mit den übrigen so weit bin, daß es mir nicht mehr fehlen kann. So eine Arbeit ist viel größer, ja ungeheuerer, als man es sich vorstellt. Da ich aber noch drei Monate Zeit habe, so brauche ich mich nicht gerade zu ängstigen.

Da Dir das kalte Bad zwischen Weimar und Belvedere

1 Von Goethe über der Zeile nachgetragen.
2 und so fort von Goethe über der Zeile nachgetragen.
3 Von Goethe aus einen geändert.

wohl bekommen ist, so brauchst Du Dich über die Whistmarken nicht zu betrüben. Wenn Du sie nicht wieder erhältst, so finden sich in Dresden wohl dieselbigen oder andere.

Vor allen Dingen muß ich nun die Ankunft des Herzogs erwarten. Es ist mir sehr angenehm, daß er sich entschlossen hat; er hätte sonst gewiß den traurigsten Winter verlebt. Ich wünsche nur, daß es ihm so wohl bekommt wie mir. Ich habe mich sehr lange nicht so gut befunden, aber freilich auch schon fünfundvierzigmal gebadet und mich sehr diät gehalten, wozu die hiesige Küche freilich den besten Anlaß gibt.

Die Theurung ist freilich groß in dieser Gegend, indem unsere Wirthe selbst 1 ½ Kopfstück für eine Mandel Eier geben müssen. Ein gebratenes, kleines Huhn wird zu 1 Gulden (2 Kopfstück)[1] angerechnet, die Flasche Melniker 15 Groschen. So genau wir leben, kommen wir die Woche nur mit 50 Gulden Sächsisch aus, und da darf kein merkliches Extraordinarium Statt finden. Die ersten Einlösungsscheine habe ich von Prag zu 157, die letzten zu 152 erhalten.

Unsere Wohnung ist und bleibt sehr angenehm, aber die Kälte ist groß, so wie die Trockne; über beides werden große Klagen von Badegästen und Landleuten geführt.

Ich sehe nun fast gar niemand mehr: denn da die Sachen überhaupt so confus und ungewiß stehn, so sind die Menschen noch confuser und ungewisser. Ich halte mich an meine Arbeit, wie es auch am Ende jeder thun muß, er mag ein Geschäft oder ein Handwerk haben, welches er will.

Daß Du Dich so gut eingerichtet hast, freut mich gar sehr. Deine Gegenwart erspart uns wenigstens die Hälfte von dem, was es sonst kosten würde: denn Du kannst doch gar manches ableiten und das Unvermeidliche wohlfeiler ein-

1 Die Klammer nachträglich über der Zeile.

richten; auch soll Dir dafür der schönste Dank gesagt sein, und ich hoffe, wir wollen das, was uns übrig bleibt, noch vergnüglich genießen.

Auch Uli grüße besonders. Sie soll gelobt sein, daß sie mein Westchen auch zur Zeit der Noth nicht zurückgesetzt hat. Ich verlange sehr danach. Vielleicht habt ihr den glücklichen Gedanken gehabt, es des Herzogs Leuten mitzugeben. Es ist auch recht schön und glücklich, daß sie sich den fatalen Verlust nicht allzu sehr zu Herzen nimmt. Bleibt immer hübsch einig und vergnügt unter unserm Dache, und wir wollen noch eine Zeit lang zusehn.

Heute hab ich einen merkwürdigen Besuch gehabt und zwar Herrn von Dankelmann, der sich sehr angelegentlich nach seiner Frau und Kindern erkundigt. Sein rechtes Auge war mit einer schwarzen Binde bedeckt, welche zugleich diese ganze Seite des Kopfs verhüllte.

Er hatte bei einem der leichten Corps gestanden, welches im Eislebischen operirte, wo man sich ganz wohl befunden haben mag. Von seinem Chef an den General Wintzingerode beordert, wohnte er der Schlacht vom (b.) 2. Mai mit guter Besonnenheit bei: denn er wußte recht hübsche Rechenschaft davon zu geben. Durch einen Sturz mit dem Pferde gequetscht und sonst beschädigt, retirirte er mit den Alliirten, erhielt die Erlaubniß, in Großenhain über der Elbe sich zu curiren und zu pflegen, mußte aber auch von da fort und wurde, als er sein Corps wieder aufsuchte, von russischen Marodeurs geplündert und mißhandelt. Endlich gelangte er nach Breslau und glaubte sich in Sicherheit; allein die Franzosen rückten unvermuthet ein und nahmen ihn nebst noch ein paar hundert Officieren gefangen. Bei dieser Gelegenheit wurde er abermals ausgeplündert und erhielt eine Kopfwunde, durch welche das Auge mit zu leiden scheint; und so ist er denn wieder nach Sachsen gekommen, hat sich, wie es scheint, selbst ranzionirt, sieht sich nun in Böhmen um und

14. Christiane, um 1812.
Büste von K. G. Weißer

will durch einen Umweg wieder nach Preußen. Dieses hat er mir erzählt, und ich schreibe es umständlich, weil man doch auch in Weimar die Schicksale dieses wunderlichen und unglücklichen Menschen nicht ungern vernehmen wird.

Dieses ist einer von den vielen Tausenden, die jetzt in der Irre herumgehn und nicht wissen, welchem Heiligen sie sich widmen sollen. Am schlimmsten sind die königlich sächsischen Landeskinder dran, besonders die, welche bei Leipzig den 18. Juni gefangen worden. Man verfährt gegen sie, ihr Vermögen, ihre Eltern sehr streng, und sie werden von niemand bedauert, weil selbst die Wohlwollenden doch immer meinen, sie hätten es können bleiben lassen.

Den 27. Juni.

Die Sonntage fahren fort, sich immer sehr gut gegen mich zu betragen, und so hab ich gestern spät endlich den Brief durch Frau von Berg erhalten. Er machte mir viel Freude, weil ich auch zurück sah, daß ihr euch, den Umständen nach, leidlich und immer thätig und resolut verhalten habt. Allen tüchtigen Menschen bleibt durchaus nicht weiter zu thun, und wenn der Schmied immer sein Hufeisen schmiedet und die Köchin immer kocht, so ist das Nothwendige und Rechte gethan im Krieg wie im Frieden. Alles reden, schwätzen und klatschen ist vom Übel.

Durch Frau von Berg habe ich denn auch erst heute früh die recht umständlichen und eigentlichen Nachrichten von mancherlei Dingen, die sich dort ereignet, erhalten, und die ich nur im Allgemeinsten gewußt, daher sie mir nicht wohl begreiflich schienen. Diese Damen haben sich lange genug in jener Gegend aufgehalten und manches gehört, wodurch ihre Relationen ziemlich vollständig werden konnten.

Frau von Schiller hatte Deinen Brief eingeschlossen. Empfiehl mich ihr zum allerschönsten; ich bin sehr dankbar, daß sie meiner auch in der Abwesenheit freundlich gedenkt.

Dagegen habe ich auch für sie fleißig gearbeitet, ich hoffe, sie soll sich dessen nächsten Winter erfreuen.

Von Wien hab ich wieder einen himmlischen Brief, und es ist sehr glücklich, daß man vom Südost etwas höchst Erfreuliches vernimmt, da von Nordwest nichts als Unheil zu erwarten steht. Niemand kann auch nur für den nächsten Tag gut sagen. Meine Lage wird durch die Ankunft des Herzogs sehr gesichert: denn es mag erfolgen, was da will, so ist er davon doch immer eher unterrichtet als wir Particuliers, und es ist meine Schuldigkeit und zugleich mein Vortheil, mich an ihn anzuschließen. Haltet euch nur an eurer Stelle, so gut ihr könnt, und wegen meiner seid unbesorgt; ich will schon das Meinige thun, damit meine Abwesenheit unserem Zusammensein zum Vortheil gereiche.

Den 28.

Was die nächste Zeit und die Zukunft betrifft, so wollen wir ganz ruhig sein. Dieß wiederhole ich Dir: thue nur jedes in jedem Augenblick das Seinige.

Wegen John wird manches zu besprechen sein; er ist gut, aber krank, durch körperliche Anlage und vielleicht durch Schuld. Dießmal übertrag ichs, es kostet mich, aber es hat mir noch nicht geschadet. Man muß jetzt alle Verhältnisse respectiren und Gott danken, wenn man leidliche Tage hat. Mein Befinden ist sehr gut und läßt mir alles zu, was ich will und soll. Wir erwarten den Herzog zur Cur, die Großfürstin Katharine als Durchreisende. Ich will aber mein Packet schließen, damit es der nächste Bote, an dem es nicht fehlen wird, mitnimmt. Lebe wohl. Liebe mich.

Erfahrung gibt Zutrauen, Zutrauen Hoffnung, und Hoffnung läßt nicht zu Schanden werden. So stehts ohngefähr geschrieben. G.

Teplitz, den 1. Juli 1813. c.

Ich will immer noch ein neues Blatt anfangen, da ich doch noch manches zu erzählen habe. Die Großfürstin *Katharina* war gestern hier, auf einem kleinen Umwege, den sie macht, nach Karlsbad zu gehen. Ich ward veranlaßt, sie zu sehen, und habe sie der Großfürstin *Marie* sehr ähnlich gefunden. Sie ist um weniges größer, aber im Gesicht, an Gestalt und Betragen erkennt man das Schwesterliche. Sie war sehr freundlich, und mir ist es höchst angenehm, ihr aufgewartet zu haben.

Eine merkwürdige Bekanntschaft habe ich sodann gemacht, einen Rittmeister von Schwane[n]feld, der den Gesandten in Gotha überfallen, Schwebeln entführt und sonst auf dem Thüringer Wald sein Wesen getrieben hat. Es ist ein junger Mann, von starkem Körperbau, regelmäßigem Gesicht, dem Bart und straubige Haare etwas Wildes geben. Im Gespräch ist er zwar kurz gebunden, aber bedeutend und, wenn er seine Abenteuer erzählt, ganz charmant, ja geistreich. Da er in diesem Feldzuge, so kurz er war, viel gewagt, gethan und gelitten hat, so ist er heimlich ergrimmt, daß nichts aus allen den Anstalten geworden ist, und spricht unter Vertrauten ganz offen über die vielen Fehler und Versehen, die von Anfang vorkamen. Er macht die Personen, ihre Reden und Betragen, besonders die alten Generale, gar treffend nach und sagt überhaupt viel, was ich ihm nicht nachsagen möchte. Er kommt Abends in den Garten herunter, und wenn nicht zu viel Personen beisammen sind, ist er offen und unterhaltend. Er hat mich mehr als einmal bis zu Thränen lachen gemacht.

Von diesen Dingen sagt ihr nur den Vertrautesten. Meine Briefe überhaupt gebt ihr nicht aus Händen; erzählen und vorlesen daraus werdet ihr mit Vorsicht. Ich wünsche nur, daß wir wieder so weit sein mögen, um reden zu dürfen wie dieser Soldat, der, als passionirter Theilnehmer, vernünftiger und mäßiger von allem spricht, als die sämmtlichen müßigen, philisterhaften Zuschauer.

Die Verlängerung des Waffenstillstandes beruhigt uns hier; die Einrichtung des Schlosses und der Stadt Gitschin zu einem Congreß gibt die besten Hoffnungen denen, die den Frieden wünschen. Worunter ich denn auch im Stillen gehöre. Denn laut darf man mit solchen Gesinnungen nicht sein. Lebe recht wohl. Du hörst bald wieder von mir. Grüße alles. G.

Am 3. Juli.

Nun kann ich euch noch vermelden, daß euer Brief vom 26. Juni bei mir angekommen ist, und ich freue mich, daraus zu ersehen, daß es euch leidlich geht; nur beunruhigts mich einigermaßen, daß ihr einer Rolle nicht gedenkt, die ich dem Weimarischen Reitknecht mitgegeben habe, der am 14. Juni von hier abging. Auf dieser Rolle war, nebst andern Dingen, eine Anweisung für Ramann auf 300 Gulden Rheinisch an Schlosser aufgewickelt. Erkundigt euch sogleich, wenn sie nicht angekommen sein sollte, nach diesem Menschen, dessen Namen ich leider nicht weiß[1]. Und August müßte gleich an Schlosser schreiben, daß die Assignation nicht honorirt würde, wenn sie nicht durch eure Hände gegangen ist. Ich tröste mich damit, daß ihr oft etwas in Briefen vergeßt und auslaßt, was man gern wissen möchte. Lebe recht wohl. In Prag war ich noch nicht. NB. Desport hat von Dresden ein Packet an August mitgenommen. Gebt mir bald Nachricht, so wie von der Rolle.

Da die Sache wegen der übersendeten Rolle von Bedeutung ist, so lege ich deßhalb noch ein besonderes Zettelchen bei.

Den 14. Juni kam ein Weimarischer Reitknecht zu mir,

1 Die Worte nach diesem ... nicht weiß nachträglich am Rande hinzugefügt.

dessen Namen ich leider nicht gefragt habe, und sagte, er gehe mit Pferden, die bisher krank gewesen, nunmehr auch nach Weimar, und fragte, ob ich etwas zu bestellen hätte?

Ich gab ihm hierauf eine Rolle mit, auf welche Folgendes gewickelt war:

1. ein Kupfer, die Sprengung der Dresdner Brücke vorstellend.

2. eine Anweisung für Ramann auf 300 Gulden Rheinisch.

3. ein Brief an Dich.

Dieser Reitknecht hätte eigentlich den dritten Tag in Weimar sein müssen; da aber zu jener Zeit die Freicorps noch im Voigtland schwärmten, wovon wir nicht unterrichtet waren, und ihr nichts von der Ankunft derselben meldet, so habe ich allerdings Ursache, besorgt zu sein. Zwar wird mich Herr von Seebach, welcher nächstens mit dem Herzog hier erwartet wird, hierüber schon aufklären; sollte er[1] aber nicht angekommen sein, wie ihr ja bei Herrn Hofkammerrath gleich Nachricht einziehn könnt, so müßte der Herr Lyceumsdirector Schlosser in Frankfurt sogleich davon benachrichtigt werden.

Teplitz, den 3. Juli 1813. G.

Soeben fällt mir ein, daß ihr wahrscheinlich in denen Herrn von Seebach mitgegebnen Briefen der Rolle gedacht habt; ich will also dessen Ankunft, welche in einigen Tagen erfolgen wird, ruhig abwarten. G.

1 Aus es.

548. *Goethe*

Teplitz, den 1. Juli 1813. d.

Damit ich nicht irre werde, will ich gleich dieses Blatt fortsetzen.

Den 6.

Gestern Abend sind Durchlaucht der Herzog angekommen. Es ist mir sehr lieb für ihn, daß er[1] dieser Bäder sich in einiger Ruhe bedienen kann, und wünsche nur, daß sie ihm so wohl thun als mir.

Die Sorge wegen der Rolle ist mir nunmehr ganz benommen; und ob ihr gleich der Assignation für Ramann nicht erwähnt, so hoffe ich doch, ihr habt sie ihm zugestellt, und die Sache ist in Richtigkeit.

Auf meine Anfrage, ob ein Brief an Wolff, der am 5. Juni von hier abgegangen und zwar über Eger, angekommen sei, hat mir auch niemand geantwortet. Ihr seid recht liebe Kinder, aber ich bitte, wenn ihr schreibt, so seht die letzten Briefe an und meldet das Gewünschte.

Ich werde diesem Briefe eine Anweisung an Frege auf 300 Thaler beilegen, damit haltet Haus und besorgt die Zwangs-Anleihe, so gut es gehen will. Zwar ist es freilich hart, daß man das, was man soeben mühselig verdient hat, gleich wieder hergeben soll; indessen muß man schon zufrieden sein, daß man es verdienen konnte. Von Hauptmann von Böhme und nun von Durchlaucht dem Herzog habe ich so viel von euren Schicksalen gehört, daß ich gerne zahlen will, ohne gelitten zu haben, da ich doch, wenn ich mitgelitten hätte, noch darüber auch zahlen müßte.

Es geht eine Gelegenheit nach Weimar, also schnell Adieu.

1 der.

Ich erwarte nun Nachricht, daß das Manuscript für Riemer und ein kleines Packet unterm 3. Juli bei euch angekommen sei. Lebet recht wohl. Wir haben jetzt hier herrlich Wetter. G.

549. *Goethe*

Teplitz, den 16. Juli 1813. e.

Soeben erhalte ich euren Brief mit der Nachricht von Augusts Krankheit und ziemlicher Genesung; dagegen habe auch nur Klagen zu schreiben: denn John hat einen Rückfall gehabt, und die Ärzte wollen, er soll nach Karlsbad gehen. Ich habe mich möglichst zusammengenommen, daß ich in der Hauptsache nicht gehindert ward; aber Unannehmliches und Kosten genugt hat es mir verursacht. Ich will ihn bald nach Karlsbad schicken und ihm das Michaels-Quartal vorschießen, mehr kann ich nicht thun. Es wird daher nothwendig, daß man seinen Eltern die Sache zwar schonend, aber deutlich vorstellt, damit sie für seinen ferneren Aufenthalt und seine Rückreise sorgen. Er wird seine Zustände selbst geschrieben haben, sie waren und sind sehr schlimm. Überlegt also die Sache und sprich mit der Mutter schonend, aber vernehmlich und meldet mir das Weitere gelegentlich.

Daß August von einer solchen Krankheit überfallen worden, ist sonderbar genug, er soll sich nur bei der Genesung schonen; denn das ist gerade die gefährlichste Zeit. Ich habe diese Tage viel an ihn gedacht und ihn zu mir gewünscht, indem ich die Zinnwerke von Zinnwalde und Altenberg besah. Ich bringe schöne Suiten mit. Grüße ihn schönstens. Das ist ein leidiges Jahr!

Riemer danke für seinen Brief, er hat mir viel Freude gemacht. Die Folge des Manuscripts kommt auch bald.

Die Hoheit ist hier mit dem Erbprinzen, sie hat mir ein paar sehr artige Bronze-Leuchter mitgebracht und ist wie immer allerliebst, aber auch von der Zeit unendlich gedruckt. Der Herzog ist wohl und munter, und mit mir ist es immer im Gleichen.

August soll sich nur in Acht nehmen, denn diese Krankheiten, wenn sie glücklich vorübergehen, bringen eher Nutzen als Schaden.

Für John dagegen fürchte ich sehr; wir wollen sehen, was das Karlsbad leistet. Dr. Stark ist hier und hat sich seiner freundlich angenommen.

Nun lebet wohl. Habt Dank für alles Gute und Sorgfältige, es wird ja wohl bessere Jahre geben. Alle Briefe sind mir richtig geworden. Nun lebe wohl und gedenke mein! Den 12. Juli habe ich bei einem großen Gastmahl im Stillen gefeiert. G.

550. *Goethe*

Hierbei, mein liebstes Kind, findest Du ein Blatt, das Du Johns Eltern mittheilen magst; die Sache muß ein Ende nehmen, wie Du Heinrichen zuletzt auch entlassen mußtest. Diese Menschen, wie es ihnen wohlgeht, wollen sich und nicht der Herrschaft leben, und so ist es besser, man scheidet. Wenn Du zu[1] Johns übrigen Untugenden noch eine schwere Krankheit denkst, der man alles verzeihen muß, so stellst Du Dir vor, was ich gelitten habe. Er ist prätentios, speisewählerisch, genäschig, trunkliebend, dämperich und arbeitet nie zur rechten Zeit. Überhaupt war es mit Riemer eine andere Sache. John[2] schreibt nur reinlich und gut, weiter leistet er auch nichts, und das kann man wohlfeiler haben. Mein Gedanke wäre, niemanden wieder ins Haus zu nehmen,

1 Nachträglich über der Zeile.
2 Über gestrichenem Dieser.

sondern einen jungen Menschen zu dingen, der die Morgenstunden für mich schriebe und nachher an seine[1] Geschäfte ginge[2]; was sodann bei mir[3] vorfiele, da könnte mir August beistehn, ich hülfe mir auch wohl selber, wie ich ja auch jetzt thun muß. Überlege die Sache, und wir werden ja wohl auch darüber hinauskommen. Grüße die genesenden Kinder. Das sind ja seltsame Ereignisse! Es ist nicht genug, daß man von außen gedrängt und verletzt wird, man hat auch noch mit innerlichen Zufällen zu kämpfen. Behalte guten Muth! Mir will er oft ausgehen: denn in der totalen Einsamkeit, in der ich lebe, wird es doch zuletzt ganz schrecklich. Ich habe nun auch gar niemand, dem ich sagen könnte, wie mir zu Muthe sei. Daß ich mich so wohl als möglich befinde, ist das größte Glück. Auch meine Arbeit habe ich trotz aller Hindernisse weit genug gebracht. Doch steht mir noch ein schweres Stück bevor. Lebe recht wohl. Liebe mich und grüße alles.

Teplitz, den 23. Juli 1813. Goethe

Dienemann beträgt sich musterhaft in allem.

551. *Goethe*

Geheime Secretär Vogel schreibt schon einige Tage für mich, nun rückt die Arbeit wieder, und ich bin wieder zufrieden. Verzeihe mir nur, wenn meine letzten Briefe allzu verdrießlich waren, es stürmte gar so mancherlei auf mich los; nun geht es aber schon wieder besser. Ich wiederhole nicht, was in dem Brief an Riemer steht, laß Dir ihn vorweisen.

Hauptmann Böhme, der diese Depesche überbringt, wird Dir sagen, daß ich mich recht wohl befinde. Der Herzog ist

1 Über gestrichenem andre.
2 Über der Zeile nachgetragen.
3 sodann bei mir über gestrichenem nachher.

auch wohl und munter, wie ihm denn Teplitz immer bekommt und behagt. Herr von Wolfskeel und Peucer waren hier, sie konnten nicht Guts genug von der französischen Komödie und nicht Trauriges genug von dem Zustand von Dresden erzählen. Auch dieß verleidet mir die Lust, dorthin zu gehen und des trefflichen Theaters zu genießen. Ich denke jetzt nur, meine Arbeit zu vollenden und zu euch zurückzukehren; ich habe es recht satt, wie Schillers Taucher, *allein in der gräßlichen Einsamkeit* und wohl gar *unter den Ungeheuern der traurigen Öde* zu leben. Die Teplitzer Wasser aber versöhnen freilich mit allem. Nun lebe wohl, liebe mich und grüße alles. [Teplitz,] den 27. Juli 1813. G.

Mit John wollen wir es sachte gehen lassen; was gut und recht ist, wird sich geben.

552. *Goethe*

Es sind zwar seit einiger Zeit allerlei Paquete und Briefe an euch gelegentlich abgegangen, welche auch nach und nach wohl ankommen werden. Jetzt will ich nur durch eine abermalige Gelegenheit melden, daß ich mich ganz wohl befinde. John ist in Karlsbad und bessert sich. Ich werde für seinen dortigen Unterhalt, sowie für seine Nachhausereise Sorge tragen; vielleicht kann er mit Dr. Stark, der im Gefolg Durchlaucht Herzogs dieser Tage nach Franzenbrunn geht, zur Rückreise Gesellschaft machen. Was an mich gelangen soll, wird an Herrn Hauptmann Verlohren in Dresden geschickt. In kurzer Zeit sollt ihr erfahren, wohin ich mich wende. In vierzehn Tagen wird Töplitz eine völlige Einöde sein. Mehr wüßte ich für jetzt nichts mehr zu sagen, als daß ich euch allen recht wohl zu leben wünsche.

Töplitz, den 1. August 1813. G.

553. *Goethe*

Ich kann Dir, mein allerliebstes Kind, nicht genug danken, daß Du Dich so ruhig, gefaßt und zugleich thätig erhältst, alles gut einrichtest und August und Uli wieder aufquäkelst. Wir wollen, hoffe ich, gesund wieder zusammentreffen. Der Herzog geht nächsten Freitag ab; sodann werde ich noch einige Tage zusehen, mich einrichten und auf Dresden wandern. Von da sollst Du gleich Nachricht haben, ich denke mich nicht lange dort zu verweilen. Daß Du die Whistmarken wiederbekommen hast, ist sehr artig und ein gutes Zeichen. Des Herzogs Küchkalesche bringt vier Steinkasten mit, die werden nicht eröffnet, bis ich komme. Wegen John habe ich aus vielen Ursachen, die ich nicht anführen will, mit Geh. Secretär Vogel verabredet, daß der für seine Cur in Karlsbad und für dessen Rückkehr sorgt. Gib Johns Eltern hievon Nachricht[1]. In der Entfernung wäre hierüber zu handeln nicht möglich. Jetzt lebe wohl, gedenke mein und liebe mich.

Teplitz, den 3. August 1813. G.

An Riemer die schönsten Grüße. Er wird nun längst abermals eine Sendung Manuscript erhalten haben. Grüße alles. Besonders auch Herrn Hofkammerrath.

Noch will ich hinzufügen, daß mich Dein Blatt auf den ganzen Tag vergnügt gemacht hat.

*

Am 10. August, morgens 6 Uhr, reist Goethe von Teplitz ab.

*

1 Dieser Satz am Rande nachgetragen.

554. *Goethe*

In Dresden bin ich am 10., Nachmittags um 3 Uhr, beim schönsten Wetter, glücklich angelangt, noch zeitig genug, um einen Theil des Napoleon-Festes, das auf diesen Tag verlegt war, mit anzusehen.

Nachts Feuerwerk und Illumination. Nun will ich einige Tage zusehen und dann zu euch zurückkehren. Wie sehr freue ich mich darauf.

Riemern sage, der Postmeister von Peterswalde habe mir seinen lieben Brief überreicht; überall würde er mich gefreut haben, aber an der jetzt so bedeutenden Gränze am meisten. Alles, was Riemer am Manuscript beliebt, billige im Voraus.

Nun lebet recht wohl. Ich schreibe nun nicht wieder.

[Dresden,] den 11. August 1813. G.

Für John ist in Karlsbad und Franzenbrunn gesorgt.

Die Pferde bringe ich nicht in natura, aber in Kopfstücken mit. Ich habe sie, da das eine lahm geworden, noch glücklich genug in Teplitz verkauft.

555. *Goethe*

Da eben eine Stafette abgeht, so melde ich Dir, mein liebstes Kind, daß ich bald möglichst von hier abgehe und bald bei euch zu sein hoffe. Worauf ich mich sehr freue. Ein paar höchst vergnügte Tage habe ich hier zugebracht. Grüße alles. Dresden, den 14. August 1813. Goethe.

*

Drei Tage später, am 17. August, früh 5 Uhr, fährt Goethe von Dresden ab und gelangt über Waldheim, Rochlitz, Altenburg, Gera, Köstritz, Jena am 19., abends 9 Uhr, nach einer Abwesenheit von mehr als vier Monaten, nach Weimar. Nachträglich konnte er nun mit Christiane in aller Stille die Feier seiner silbernen Hochzeit begehen. – Eine Unpäßlichkeit, die ihn am 22. befiel und sogar das Herbeirufen des Arztes nötig machte, scheint die Seinigen veranlaßt zu haben, ihn zu einem kleinen Ausflug in den Thüringer Wald zu bereden. Im Tagebuch heißt es unterm 25. August: »Augusts Anregung meiner Abreise. Unruhe wegen der annahenden Österreicher«; 26.: »Entschluß, nach Ilmenau zu gehen. Vorbereitung. Abreise um 10 Uhr. Kleine Gedichte.« So verlebt Goethe seinen 64. Geburtstag im »immergrünen Hain« der Ilmenauer Waldberge.

*

555 a. *Goethe*

[Stadt-Ilm, 26. August 1813.]

Ich ging im Walde
So vor mich hin,
Und nichts zu suchen
Das war mein Sinn.

Im Schatten sah ich
Ein Blümchen stehn,
Wie Sterne blinkend,
Wie Äuglein schön.

Ich wollt es brechen,
Da sagt' es fein:
Soll ich zum Welken
Gebrochen sein?

Mit allen Wurzeln
Hob ich es aus

Und trugs zum[1] Garten
Am hübschen Haus.

Ich pflanzt es wieder
Am kühlen Ort;
Nun zweigt und blüht es
Mir immer fort.

26. August 1813.

556. *Goethe*

[Ilmenau.] Am 28. August 1813.

Ich wachte zeitig auf, ohne mich des Tags zu erinnern. Ein Kranz mit Glück auf! von Bergrath Voigt, den mir Dienemann ans Bette brachte, erinnerte mich erst (s. No. 1); ich war noch nicht angezogen, als ich Durchlaucht den Herzog, den Prinzen und Gefolge herankommen sah, und eilte auf der Straße entgegen. Da gab es freundliche Begrüßungen, und kaum waren sie auf meinem Zimmer, als drei kleine Mädchen mit Sträußen und Goldpapier-Bogen auf Tellern hereintraten. Das Gedicht (No. 2) von Serenissimo entdeckt ich zuletzt. (No. 3) vom Grafen Edling. (No. 4) noch unbekannt. (No. 5) von Fritsch. Kaum hatte man sich damit bekannt gemacht, so traten drei hübsche Mädchen herein, jede einen Kranz haltend; sie recitirten ihre Gedichte (No. 6. 7. 8) gar hübsch, und als die letzte mir den Kranz aufsetzte, küßte ich sie gar behaglich und holte es bei den andern nach.

Bald hierauf kamen die Mütter und Großmütter mit den Enkeln und kleinsten Kindern und brachten eine bekränzte Kartoffel-Torte. Welche, so heiß sie war, dem Prinzen Bern-

1 Über gestrichenem pflanzts im.

hard fürtrefflich schmeckte. Und so war unerwartet ein sehr artiges, mannigfaltiges, wohlgemeintes, ja rührendes Fest entstanden, wo ich im Sürtout und ohne Halsbinde figurirte. So viel für dießmal. Ich siegle, damit es bei nächster Gelegenheit abgehe. Das war also auch wieder ein guter Rath, der mich nach Ilmenau hinwies. Daß ich unterwegs heiter war, saht ihr aus den Verslein. Gestern war ich sechs Stunden zu Pferde, welches mir sehr wohl bekam. Meine überraschende Ankunft machte viel Spaß. – Möget ihr dergleichen genießen! G.

[Beilagen] No. 1.

Glückauf, zu dem heutigen festlichen
Tage!
dem 28. August 1813.

No. 2.

Ilmenau

28. *August* 1813.

Wer mal vom Weibe geboren ist,
Der spare füran keine List,
Den Lebensfaden lang zu spinnen
Und täglich nur darauf zu sinnen,
Wie Wohlsein, Lust und Fröhlichkeit
Ihn bei dem Spinnen stets geleit'.
Dieß Künstchen hast du wohl verstanden,
Du spannest gut in fremden Landen,
Sowie zu Haus; dein Faden zwirnte fest.
Nun drehe fort, und halte steif den Rest.
Mein Rath ist, wünsch an diesem Tage:
Entfernt von dir sei alle Plage.

No. 3.

An
Herrn Geheimen Rath von Goethe.

Sagt, wo bin ich hingerathen?
Lacht doch hier kein blauer Himmel,
Tragen Berge nur Kartoffeln,
Wehen gar zu rauhe Lüfte,
Ach! wo bin ich hingerathen? –
Halt! ich sehe, den ich suche,
Den der Sonnengott erzogen,
Mit der Lyra, reich besaitet,
In den feuchten Wäldern sitzen.
Nun, so soll sein Blick mir lachen,
Und sein feurig Wort mich wärmen;
Ja, er soll den deutschen Wald
Zum Orangenhaine zaubern. –
Heißt das aber Kunst zu leben,
Wenn ich fodre, statt zu geben? –
Ei! die ausgelassne Freude
Kümmert kein Decorum heute.
Heute schenkt' er uns sich selber,
Laßt die Schenkung fest uns halten,
Und die Parzen kniend flehen,
Daß sie lang und rosenhell
Ihm das seidne Fädchen drehen.
Wandl er tief in Norden ein,
Doch will ich sein Schatte sein.
Wenn ihn seine Deutschen ehren,
Soll es meine Roma hören.
O, wer weiß, sieht er mich gerne,
Denket, ach! der milden Ferne,
Wo ihm Amor schalkhaft lachte

Und, um stille Mitternacht,
Brauner Mädchen Küsse brachte.

Ilmenau, den 28. August 1813. G. v. E.

No. 4.

Dem
Hochbetrauten Beschützer
und Patrono
der
magnifiquen Academiae Jenensis
überreicht
diese sich so nennende Gratulation,
ein
ungenannter, doch wohlgekannter
Musensohn.

Ilmenau
am Thüringer Walde,
den 28. August 1813.

Mich sendet Academia
Zu ihrem Mäcenaten,
Ich soll in bester Formula –
Obgleich ganz unberathen –
Begratuliren diesen Tag;
Ach, helfe doch, wer helfen mag.

Ich ging oft ins Collegium,
Wie Professores wissen;
Die Weisheit hab ich, ohne Ruhm,
An Schuhen abgerissen;
Doch Verse machen lernt ich nie,
Ich trieb Natur-Philosophie.

Ich steh in Jena, dacht ichs schon,
Wie Butter an der Sonne,
Es stockt die Gratulation
An diesem Tag der Wonne;
Doch hab ich Ehre gnug daran,
Daß ich mit dir nur reden kann.

Erdenk dir selber, großer Geist!
Was Professores wollten,
Als sie – darob ich hergereist –
Dir Wünsche multum zollten.
Denn ich, der Bruder Studio,
Ich sage nur:
Leb lang und froh!

X. Y. Z.

No. 5

Gegrüßet seist Du im Bergland!
oft erfreue Dich die Felswand,
einst geborsten am schroffen Rand.
treue Freunde umgeben Dich
heut recht innig und freuen sich
einer wie alle! glaubs sicherlich.

No. 6.

Erste Jungfrau.

Dich suchten wir, geehrter Mann!
Und zittern, Dich zu finden.
Wiss, es gebot ein hoher Geist,
Die Kränze Dir zu winden.
Und wir – wir dachten nur des Glücks
Und nicht an unsre Schwächen;
Was wir gewünscht und nie gehofft –
Kann, wer das fühlt, wohl sprechen? –

Auch hörst du keinen Wunsch von mir,
Du schaffst Dir selbst die Welten,
Und zauberst Alle mit hinein –
O! laß mich schweigend dieß vergelten.
(Übergibt den Kranz von Vergißmeinnicht.)

No. 7.

Zweite Jungfrau.

Der Liebe Wort gilt überall,
Du wirst es freundlich hören;
Drum, was die Schwester nicht gewagt,
Wag ich, Dir zu beschwören.
Dein Geist, der in das Tiefste blickt,
Zum Höchsten Brücken bauet,
Bedarf doch zu des Lebens Glück
Des Herzens, dem er trauet;
Drum nimm im Kranz das stille Pfand
Der herzlichen Verehrung.
Vergiß nicht, die Dir alles weihn;
Gib allen oft Belehrung.
(Übergibt den Rosenkranz.)

No. 8.

Dritte Jungfrau.

Ihr Schwestern, laßt auch mich zum Wort!
Zwar weiß ichs kaum zu sagen,
Doch hier in unserm freien Wald,
Hier läßt sein Blick michs wagen.
Was hölfe Geist und Kraft und Glück,
Will Dich die Freude fliehen?
Sie jagt ich von den Bergen auf,
Um bei Dir einzuziehen.
Daß sie nun gleich, zu unsrer Lust,
Auf Deiner Stirne throne! –

Für dich trug längst der ewge Wald
Die helle Eichenkrone.
(Übergibt einen Eichenkranz.)

557. *Goethe*

Vogel hat mir so schöne Federn geschnitten, daß dadurch die Lust, zu schreiben, bei mir erregt wird. Vom 28. wißt ihr das meiste, nur muß ich noch melden, daß Abends der Stadtrath mir ein Ständchen brachte und durch die Vorsteher etwas Freundliches sagen ließ.

Am 27. war ich sechs Stunden zu Pferde und sah bei dieser Gelegenheit einen großen und schönen Theil der Gegend. Am 29. ward wieder ausgeritten, in die Gebirge. Abend Ball auf dem sehr wohlgebauten Felsenkeller-Saal, wo ich euch auch wohl hätte mögen herumspringen sehen. Das alles ist mir wohl bekommen, und ich habe auch schon gute Gedanken gehabt. Heute, den 30., bin ich zu Hause geblieben, um auszuruhen und mit Bergrath Voigt allerlei Mineralogisches zu treiben. Für August habe ich wieder sechs hübsche Versteinerungen ausgesucht. Er soll die sämmtlichen pseudovulkanischen Producte, die auf dem runden Tischchen in dem Garten-Zimmer liegen, in eine Schachtel packen und mit nächster Gelegenheit herauf schicken. Ich suche dagegen, euch etwas von dem wahrhaften Angelröder Schafkäse zu verschaffen.

Der Gedanke war höchst glücklich, mich hierher zu dirigiren. Es gefällt mir so wohl, und ich denke hier zu bleiben; denn in dieser Ruhe und Abgeschiedenheit gelingt mir gewiß manche Arbeit. Grüße Riemern! Erfreut euch jedes beruhigten Tages.

Schönsten Dank für den Brief. Hier das Neuste vom Tage. Ihr könnt eure Namen in schönster Glorie lesen.

Was ich thun will, bin noch nicht entschieden; lebet recht wohl.

[Ilmenau,] den 30. August 1813. G.

*

Am 2. September bei guter Zeit kehrt Goethe nach Weimar zurück, um tags darauf seinem Fürsten im Römischen Hause seine Glückwünsche zum Geburtstag persönlich darbringen zu können.

1814

In jenen Jahren, als Goethe das Freigut Ober-Roßla besaß (1798-1803), war es sonderbarerweise zum Natürlichen, Selbstverständlichen niemals gekommen: zu einem mehrwöchigen, heitern Aufenthalte der Familie auf dem Lande in der Nähe Weimars. Der Frühling 1814 brachte dieses Glück. In dem kleinen Städtchen Berka an der Ilm, das damals noch einen ganz dörflichen Charakter hatte, war seit kurzem, dank der Aufmerksamkeit, die Goethe und der Erbprinz Karl Friedrich der dort entdeckten Schwefelquelle geschenkt hatten, eine Badeanstalt eingerichtet worden. Hier, in der ländlichen Stille, gedachte Goethe einige dringende Arbeiten (darunter das Festspiel ›Des Epimenides Erwachen‹ für Berlin) rasch zu fördern. Schon am 12. April, dann wieder am 5. Mai hatte Christiane eine gute Wohngelegenheit im ›Edelhof‹ vorbereitet; am 12. Mai siedelt sie dorthin über, Goethe folgt am 13. und verbringt daselbst sechs Wochen in heiterster Geselligkeit und fleißiger Arbeit. Am 25. Juni trifft Freund Zelter in Berka ein, mit ihm kehrt Goethe am 28. nach Weimar zurück, während Christiane in Gesellschaft Caroline Ulrichs (die sich inzwischen mit Riemer verlobt hatte) noch einige Zeit in Berka bleibt. – Vier Wochen später, am 25. Juli, reist Goethe nach dem Rheingau, um in Wiesbaden eine Kur zu brauchen, wie die bescheidenen Heilwasser Berkas sie ihm nicht zu bieten vermochten.

*

557. a. *Goethe*

Artges Häuschen hab ich klein,
Und, darin verstecket,
Bin ich vor der Sonne Schein,
Gar bequem, bedecket:
Denn da gibt es Schalterlein,
Federchen und Lädchen;
Finde mich so wohl allein,
Als mit hübschen Mädchen.

Denn, o Wunder! mir zur Lust
Regen sich die Wälder,
Drückte gern an meine Brust
Die beblümten Felder.
Und so tanzen auch vorbei
Die vollkommnen Berge;
Fehlt nur noch das Lustgeschrei
Der vertrackten Zwerge.

Doch so gänzlich still und stumm
Rennt es mir vorüber,
Meistens grad und oft auch krumm,
Und so ist mirs lieber.
Wenn ichs recht betrachten will
Und es ernst gewahre,
Steht vielleicht das alles still,
Und ich selber fahre.

Eisenach, den 25. Juli 1814
Abends 6 Uhr. G.

558. *Goethe*

[Hanau, 28.] Juli, 1814.

Zuvörderst also muß ich die charmante Person loben, welche mich das Fahrhäuschen zu betreten bewog; bei der großen Hitze, dem Staub und dergleichen wäre ich sonst vergangen.

Den 25. schrieb ich viele Gedichte an *Hafis*, die meisten gut. Mittags Gotha, im ›Mohren‹ wars behäglich. Herrn und Frau von Franckenberg hatte unterwegs besucht. Um sechs Uhr in Eisenach, vom Schloß-Voigt wohl empfangen, regalirte mich selbst mit einer Kaltschale, deren Ingredienzien jedem Reisenden empfehle. Die Herren von Göchhausen und von Egloffstein besuchten mich.

Den 26., fünf Uhr von Eisenach. Herrlicher Duftmorgen um die Wartburg. Köstlicher Tag überhaupt. In Hünfeld fand ich Jahrmarkt und bemerkte einige Späße. Um 6 Uhr im Posthaus zu Fulda. Ließ mir erzählen und erquickte mich. Magister Petri vom Gymnasium suchte mich auf. Den Tag über hatte ich weniger Gedichte geschrieben und sehr wenige gut.

Den 27. verließ ich Fulda, beim heitersten Himmel, von der Höhe betrachtet ich noch das herrliche Pfaffenthal, das, zu seinem Schaden, jetzt niemanden angehört. Bei Neuhof reifes Korn. Zwischen Schlüchtern und Salmünster Flachs- und Hanfbrechen durch Städtchen und Dörfer, Haus an Haus. Der erste Storch auf der Wiese und erstes Kornerndten. Weiter nach Gelnhausen zu. Vor diesem Orte Weinberge, sodann dieß alte Gehocke, das schrecklicher, nach den letzten Leiden, aussieht als je. Ich besuchte die Burg Kaiser Friedrich des Rothbarts. Eine höchste Merkwürdigkeit. Ruine, theilweise noch gut zu erkennen, von festem Sandstein. Säulenknäufe und Wandzieraten wie von gestern. *Würde*, aber *engsinnig*, *Zierlust*, ohne Begriff von *Verhältnissen.* So möcht ich im kurzen das Ganze charakterisieren. Um Sieben in Hanau.

Jene Burg liegt eine Viertelstunde von Gelnhausen; was man so nennt, ist eigentlich eine Insel, von lebendigem Wasser umflossen. Der alte Kaiserliche Palast nimmt nur einen Theil davon ein. Der übrige Raum ist mit meist schlechten, theils einfallenden, von Juden bewohnten Häusern besetzt. Denn hier ist ein Asyl. Die Insel war[1] nie der Stadt unterworfen, sondern an die Burg Friedberg gekommen. Zeichnete jemand im rechten Sinne die Reste des Palastes, so gäbe es ein höchst interessantes Blatt. Vielleicht ists Herrn Hundeshagen gelungen, der jetzt in Wiesbaden angestellt ist.

Mein Weg zu und von der Burg, in der größten Hitze, setzte mich in Wasser; ich mußte mich umkleiden und war sehr zufrieden, als ich in Hanau ankam, wo ich mich wieder herstellte.

Geh. Rath Leonhard ist nicht hier. Bruder und Factor haben mir viel gezeigt. August wäre erschrocken, wenn er den Vorrath Versteinerungen gesehen hätte, der daliegen muß, wenn die Sammlungen eingerichtet werden sollen. Von jeder Sorte centnerweis, und was im losen Gestein gesessen, einzeln abgesondert und gewaschen. Ganze Schubladen voll Turbiniten, pp., wie bei Conditorn die Macronen und gebackne Mandeln. August[2] thut sehr übel, wenn er sich nicht mit dieser Firma in Connexion setzt. Sie erwarten aus Paris eine Sendung, wer weiß wo alles her, und sie werden uns in jedem Betracht begünstigen.

Grüßet Ulinen und Riemer, saget Meyer vom Kaiser-Palaste. Es ist eine Hitze, von der ich keinen Begriff mehr hatte.

NB. 1. Heut früh Sechse war ich auf dem Thurn. Es ist eine Weite und Schöne des Thals, an die man sich auch erst wieder gewöhnen muß.

1 Aus ward.
2 Aus Er.

NB. 2. Der Plan zur Oper *›Der Löwenstuhl‹* ist gestern zu Stande gekommen und heute abgeschrieben.

NB. 3. und das Angenehmste: Schwalbacher Wasser soll von Frankfurt abgehen, es ist ein Himmelstrank.

Hanau, [28. Juli] 1814. G.

Und nun, nach Werners Beispiel, an der Seite ein Lob der Gemüse. Wirsching und Kohlrabi, wie ich sie in vielen Jahren nicht gegessen. Nun steht meine Hoffnung auf Artischocken!

Ein Liebchen ist der Zeitvertreib, auf den ich jetzt mich spitze,
Sie hat einen gar so schlanken Leib und trägt eine Stachelmütze.

559. *Goethe*

[Frankfurt, 29.] Juli [1814].

Also fuhr ich zu Frankfurt ein, Freitag Abends, den 28.; die Stadt war illuminirt, und ich, wie Fritz Frommann, nicht wenig über diese Attention betroffen. Allein meine Bescheidenheit fand einen Schlupfwinkel, indem der König von Preußen, gleichfalls incognito, angekommen war. Ich bedankte mich daher nicht und ging, auf Karlen gestützt, durch die erhellte Stadt hin und her. Wo die Lampen nicht leuchteten, schien der Mond desto heller. Auf der Brücke verwunderte ich mich über die neuen Gebäude und konnte überall wohl bemerken, was sich verschlimmert hatte, was bestand, und was neu heraufgekommen war. Zuletzt ging ich an unserm alten Hause vorbei. Die Haus-Uhr schlug drinne. Es war ein sehr bekannter Ton, denn der Nachfolger im Hausbesitz hatte sie in der Auction gekauft und sie am alten Platze stehen lassen. Gar vieles war in der Stadt unverändert geblieben.

Heut, den 29., früh ging ich zum Bockenheimer Thor hinaus und freute mich über die neu entstandene Welt. Erst ging ich links, dann rechts und ans Eschenheimer Thor. Die Anlagen sind gut und schön.

Sodann zu Schlossers, wo mich Frau Schöff, nach der Erkennung, freundlichst bewillkommte. Christian war lieb und gut und verständig. Köstliche alte Kupfer sah ich da, und manches neuere Gute. Der ältere Bruder kam auch, und viel wurde geschwatzt.

Willemer ist auf der Mühle, Riesen konnt ich, der Hitze wegen, nicht aufsuchen. Zwei-, dreimal des Tages kleid ich mich um und weiß im Zimmer kaum wohin. Ich hoffe, diesen seltsamen Zustand gewohnt zu werden. Zur Nachtzeit will ich auf Wiesbaden, der Mondschein begünstigt mich.

Director Schlosser spedirt das Schwalbacher Wasser nach Eisenach, an Burgemeister Sältzer. Jetzt ein Lebewohl im Schweiß meines Angesichts und Körpers. G.

560. *Goethe*

Wiesbaden also, den *1. August 1814*. Die Bewegung einer glücklichen Reise, die überwarme Jahrszeit, das erquickliche Schwalbacher Wasser, und die wenigen warmen Bäder wirken schon so gut auf mein ganzes Wesen, daß ich mir das Beste verspreche. Solchen Anfang und solche Hoffnungen braucht es aber auch, daß ich den hiesigen Aufenthalt erträglich finde, wo alles zusammenkommt, was ich hasse, und noch drüber. Nächstens sende eine Litanei, und ihr werdet mich bedauern. Doch zu Steuer der Wahrheit sei gesagt:

eigentlich ist die Schuld mir beizumessen, der ich die Güter und Gaben, die solch eine Gegend, solch ein Zustand darbietet, nicht mehr genießen kann. Denn euch andern lebenslustigen Hasenfüßen wäre hier das köstlichste Gastmahl bereitet. Vier Chausseen, die von Hügeln und Bergen in die Tiefe führen, wo der Ort liegt, stieben den ganzen Tag von Zu- und Abfahrenden, von Lust- und Spazierfahrenden. Da solls nach Mainz, Biebrich, Elfeld, Schlangenbad, Schwalbach, und wohin alles. Da liegen für Fußgänger verfallne Schlösser, mit Erfrischungs-Örtern, im nächsten Gebirg. Da, und so weiter! *Zelter*, ein furchtbarer Fußwandrer, hat das alles schon durchstrichen, als Liebhaber von allen Sorten Erheiterung, das alles schon durchfahren, durch { trunken[1] / gessen } und will, ich soll das auch thun. Ich hoffe, die Lust dazu soll kommen, er muß sich meinetwegen nicht binden; einige Stunden des Tags mit ihm sind mir die größte Erquickung, das Übrige theilt sich ein.

Hundeshagen wird mir zu viel Freude und Nutzen sein. Er ist viel besser als das, was er zu Markte bringt. Und das geht ganz natürlich zu. In der Gegenwart erkennt man sein redliches Streben, den Reichthum seiner Erwerbnisse; aber um alles dieß zusammenhänglich, anschaulich mitzutheilen, fehlt ihm, daß er den Stoff nicht ganz durchdringt und nicht Herr der Form ist; daher erscheint auf den Blättern Übertriebenheit und Leerheit[2], die seiner Unterhaltung keineswegs vorzuwerfen sind. Über Gelnhausen hat er mir die schönsten Dinge gesagt. Auf meiner Rückreise hoff ich das mit Augen zu sehen. Er scheint die Zeiten kritisch zu sondern und, da er von der Technik ausgeht, das Wachsende derselben sehr schön und einsichtig auszulegen.

1 Nachträglich über der Zeile.
2 Umgestellt aus Übertriebenheit und Leerheit auf den Blättern.

Riemer und Meyer werden sich an dieser Stelle erfreuen.

Auch Geologisches und sonst noch manches alterthümliche Gute erwartet mich.

Für die Hasen aber ist hier ein Saal gebaut, welcher den Weimarischen Schloß- und Schießhaussaal vereint darstellt und größer ist als jene beide zusammen. NB. der Erbauer ist, auf Wolzogens Veranlassung, in Weimar gewesen und hat sich zu diesem Tragelaphen die Glieder geholt[1]. Diesen, Sonntags, mit Tafelreihen ausgerichtet zu sehen, woran köstlich gespeist und getrunken wird, das ist so was, wornach man lüstern sein könnte. Die Anlage davor und überhaupt das Ganze ist imposant für jeden, der nicht mit allzu reinen architektonischen Forderungen einhertritt. Nein! so einen Sonntag wollt ich euch wünschen! Denkt nur! Schon belauft sich die Badeliste über 3000, sage dreitausend, wäre auch nur die Hälfte davon noch da. Nun der Zudrang von allen Seiten, man darf sagen, daß 10 000 Menschen in Bewegung sind. Nun leb wohl. Führe mich Gott gestärkt dem Koppenfelsischen Giebel entgegen. G.

561. *Christiane*

Berka an der Ilm, den 3. August 1814.

Dein liebes Gedicht von Eisenach hat mir sehr viel Freude gemacht. Dienstag und Mittwoch nach Deiner Abreise gab ich zwei Theegesellschaften: den ersten Tag die Schopenhauer mit ihrer ganzen Umgebung, so daß es vierzehn Personen waren; Mittwoch die Dillon, den Propst und mehrere von der Suite. Donnerstag früh bekam ich Deinen Brief von Eisenach; gegen Abend gingen wir nach Berka. Freitag kam die gewöhnliche Gesellschaft, doch mehr Herren als Damen. Durchlauchter Prinz kam selbst unter das Zelt, so

1 Dieser Satz am Rande nachgetragen.

auch alle die Herren von Hof, und Graf Edling führte mich im Saal; Uli und die anderen Damen wurden von andern Herren hineingeführt. Sonnabend ging still vorüber; Sonntag waren über 300 Menschen hier, und Montag kam schon wieder der Prinz. Dienstag war der König in Weimar. Mittwoch früh reiste er mit der Hoheit ab. Wir waren den Dienstag bei Herrn Dreyßig in Tonndorf, wo alles sehr schön war, die Levkojen waren in ihrem besten Flor, so auch die Nelken; Gillens und mehrere Badegäste waren mit. Der Pachter, der sich einen fröhlichen Tag machen wollte, hatte Abends nach Tische die Musikanten im Saal bestellt, und es wurde getanzt; um 10 Uhr aber gingen wir zu Hause. Der Saal wird jetzt recht brillant; diese Woche werden die Fenster noch fertig, die Maler haben auch schon den Accord machen müssen. August ist heute nach Jena gereist und hat mir Deine zwei lieben Briefe von Hanau und Frankfurt heraus geschickt. Ich freue mich sehr, daß Dir der Rath, mit dem zugemachten Wagen zu fahren, so wohlthat. Das Wasser sollte mich freuen, wenn es noch zu Berka käm. Ich lebe jetzt weit wohlfeiler hier. Die Köchin kocht für August und uns in Weimar sogar den Kaffee in Bouteillen, und so leben wir recht wohlfeil. Ich habe auch nun schon sechs Mal hintereinander gebadet und trinke Selter-Wasser dabei, welches mir scheint recht gut zu bekommen. Von Wiesbaden werden wir wohl auch bald Nachricht von Dir bekommen. Von der Ankunft des Herzogs ist noch gar nicht die Rede. Frau von Heygendorf ist nach Karlsbad gereist mit dem Professor. Uli empfiehlt sich zu Gnaden.

Und ich bitte, mich lieb zu behalten. C. v. Goethe.

[*Nachschrift:* Riemer]

Ich bitte, das Couvert zu öffnen, um das eröffnete Siegel sich zu erklären.

562. *Goethe*

Wiesbaden, *Sonntag, den 7. August 1814.*

Nun muß ich auch wieder einmal melden, wie mir es geht, welches gar nicht schlecht ist. Ich habe mein Quartier verändert und bewohne nun ein sehr angenehmes Zimmer, das des Morgens nicht von der Sonne leidet, Nachmittags sehr wenig. Das Bad bekommt mir wohl, ob es gleich angreifischer sein mag als das Teplitzer; Zelter ist brav wie immer und vermittelt mich der Gesellschaft. Daß ich mich leidlich befinde, könnt ihr daraus sehen, daß ich täglich an der Wirthstafel speise, die nie unter hundert Gästen ist, und wo es weder an Hitze, noch an Lärm, noch an Fliegen fehlt. Den 3. August waren wir, eingeladen, in Mainz. Der Geburtstag des Königs ward sehr anständig gefeiert. Früh militarischer Gottesdienst unter freiem Himmel, auf einer Aue nah dem Rhein, dann große Mittagstafel in einem hohen, geräumigen Saale, gutes Essen und Trinken. Abends Feuerwerk, sodann Ball. Von allem diesem habe ich mein bescheiden Theil hingenommen. Das Übrige hätte ich euch gegönnt. Der frische Lachs schmeckt mir noch immer, obgleich die Hiesigen sagen: die Zeit sei vorbei. Der Anblick des Rheins und der Gegend umher ist freilich etwas einzig Schönes. Man würde die Bewohner dieses Bezirks beneiden, wenn sie nicht so unendlich ausgestanden hätten. Doch scheinen sie alle Noth so ziemlich vergessen zu haben und erlustigen sich aufs beste. Heut wird in Schwalbach das Portiunkel-Fest gefeiert, da fährt, reitet und läuft alles hin. Das Wetter ist immer sehr schön und nicht gar so heiß die letzten Tage. Ich finde hier mancherlei Unterhaltung. Hundeshagen gefällt mir immer besser. Er hat recht schöne Kenntnisse und viel Thätigkeit. Gestern sah ich eine wunderbare Erscheinung, einen jungen Mann, Advocaten in Darmstadt, ganz zum Schauspieler geboren. Schöne Gestalt, schickliche Bewegungen, wohlklingende Stimme; er declamirte, in einer Art von Hamlets Kleide, Schillers ›Glocke‹. Leider ist er, in Absicht auf Declamation, ganz auf falschem Wege; er müßte völlig umlernen, wenn er bei uns Glück machen wollte. Frage Herrn Geh. Hof-Rath, was er ihm geben will, wenn ich ihn engagire. Es ist nur Scherz! Er wird schwerlich aufs Theater gehen; und wenn er sich nicht bekehren ließe, möcht ich ihn nicht einmal. Aber ein prächtiger Bursche ists.

Montag, den 8. *August* 1814.

Gestern war ich in Biebrich zur Tafel, die Herrschaften sehr gnädig und freundlich. Der Gesellschaftssaal eine Galerie, man sieht an einer Seite den Rhein, an der andern den Lustgarten. Es ist völlig ein Mährchen. Der runde Speisesaal tritt etwas vor die Linie des Gebäudes. Die Herzogin, neben der ich saß, sitzt gerade so, daß man durchs offne Fenster den herunterfließenden Rhein vor einen See halten kann, an dessen jenseitigem Ufer Mainz liegt. Ganz in der Ferne sieht man die Berge der Bergstraße und den Melibocus. Der Tag war sehr schön. Allerlei gute Bissen wurden genossen: Artischocken, sodann zum Nachtisch frische Mandeln, Maulbeeren und dergleichen, das ich in vielen Jahren nicht geschmeckt. Nach Tafel besah man den Park und eine recht artig angelegte Ritterburg. Von dem Altan ist die Aussicht sehr schön. August kann von diesem theilweise erzählen. Die Vegetation im Garten und Park sehr lebhaft. Platanen von großer Schönheit, so auch babylonische Weiden von außerordentlicher Größe. Zelter war zu Fuße hinüber gegangen und fuhr mit nach Hause. Dann besuchten uns einige Freunde, und so war der Tag geschlossen.

Ferner muß ich noch eines gar artigen und fast zu reichlichen Festes erwähnen, welches uns die Fräulein von Stein, Schwestern unsres ehemaligen Oberforstmeisters, Sonnabend, den 6., in der Nähe eines alten Schlosses, Sonneberg genannt, gegeben. Es liegt diese Ruine, etwa eine Stunde, auf einer noch fruchtbaren Höhe. Der Abend war schön, des guten Getränkes ein Überfluß, und die Gesellschaft munter durch Erzählungen aus dem letzten Kriege. Nun will ich aber schließen. Gestern hatte ich Besuch von Brentano und Guaita, Herrn und Damen. Meline ist noch immer recht hübsch. Madame Hollweg war auch darunter. Schon vor einigen Tagen besuchte mich Willemer mit seiner kleinen Gefährtin. Und so gibts immer was Neues. Nun lebet wohl.

G.

563. *Goethe*

[Wiesbaden, 13. August 1814.]

Zuvörderst also wirst Du abermals gerühmt, mein liebes Kind, daß Du mich in diese Gegend zu gehen bewogen. Erde, Himmel und Menschen sind anders, alles hat einen heitern Charakter und wird mir täglich wohlthätiger. Die Verhältnisse eines Badegastes sind mir nun auch schon deutlicher; ich habe ein sauberes, kühles Quartier bezogen, speise auf dem Zimmer und lebe ganz nach meiner Weise. Unter den hiesigen Angestellten und Geschäftsleuten gibt es bedeutende Männer, ich habe schon mehrere kennen gelernt. Oberbergrath Cramer besitzt ein trefflich Mineralien-Cabinet, das mich schon viele Abende beschäftigt. Das Schwalbacher Wasser, zusammen mit dem hiesigen Bade, bekommt mir sehr wohl, und so geht ein Tag nach dem andern hin, vergnüglich, heilsam und nützlich. Riese hat mich besucht, er ist gar treu, gut und verständig. Gerning ist auch hier, spielt aber eine wunderliche Rolle, die mir noch nicht ganz klar ist. Er mischt sich in vieles, macht den Unterhändler, Mäkler, Versprecher. Als Dichter, Antiquar, Journalist sucht er auch Einfluß und scheint nirgends Vertrauen zu erregen.

Überhaupt scheinen sich die Menschen nicht aneinander zu schließen. In einem Orte, wo man täglich unter ein Dutzend Lustpartien wählen kann, müssen sich Gesellschaften und Familien sehr zerstreuen. Auch das Geschäftsleben hat einen weiteren und lustigern Wirkungskreis. Ich will mir das alles recht ansehen. Der dirigirende Minister und alle oberen Staatsbeamten sind junge Männer, die auch für den Genuß arbeiten und für ihre Thätigkeit einen schönen Spielraum haben. Der Herzog ist in den Siebzigen, nimmt sich vorzüglich des Militärs an, das aus schönen, jungen Leuten besteht. Der hier garnisonirende Theil ist fast gekleidet wie unsre.

Wiesbaden liegt in einem weiten Thal, das vorwärts, nach Süden, von Hügeln, nordwärts von Bergen begränzt wird. Besteigt man die letzteren: so hat man eine unendliche und höchst schöne Aussicht.

(Vorstehendes war geschrieben Sonnabend,
den 13. August. Was mir seit jener Zeit Gutes
begegnet, enthält das nächste Blatt.)

Sonntag, den 14., speiste ich abermals in *Bieberich*, wo ich wieder gnädige, freundliche Herrschaften, treffliche Tafel und köstliche Weine fand. *Montags* hatte ich den Einfall, nach Rüdesheim zu gehen, und fuhr mit Bergrath Cramer und Zelter nach Tische ab, durch das übermäßig schöne *Rheingau*. Wir kamen zeitig genug an, daß wir bei Sonnen-Untergang die alte, von Graf *Ingelheim*, auf eine gar löbliche Weise, wiederhergestellte römische Ruine besteigen konnten. August mag davon[1] erzählen. Dienstag, den 16., war auf dem jenseitigen Rheinufer große erste Wallfahrt zu einer, nach dem Kriege, wiederhergestellten Capelle, dem heiligen *Rochus* gewidmet. Wir setzten über beim heitersten Wetter

1 Aus das.

und fanden auf der Höhe wohl 10 000 Menschen, um das Kirchlein sich versammlend. Die Mannigfaltigkeit und Lust dieses Festes ist schriftlich nicht zu beschreiben. Bis Mittag währte das Gedränge. Dann gingen wir nach *Bingen* hinunter, fuhren im Kahn durchs Bingerloch hin und zurück und ließen uns nach Rüdesheim hinauf ziehen. Nachdem wir trefflich gespeist, fuhren wir nach *Elfeld*, blieben im Gasthaus zur *›Rose‹*, das unmittelbar auf den Rhein sieht. Morgens regnete es gewaltig, nach so langer Dürre höchst erwünscht. Doch konnten wir abfahren, besuchten Herrn von *Gerning* in *Schierstein* und waren zur rechten Tafelzeit hier. Abends im Cursaal und sodann Donnerstag, den 18., mit einer großen Gesellschaft auf der *Platte*, wo es denn lustig zuging. Indessen befleißige ich mich des Badens und Schwalbacher Wassers, und befinde mich sehr wohl.

Riemern danke für die mir mitgetheilten Correspondenz-Nachrichten. Ich schreibe nächstens dagegen. August soll sich auf die Versteinerungen freuen. Die aus der Übergangs-Epoche sind sehr wichtig. Grüße Ulinen und sagt mir gelegentlich, wie es euch geht. Meine Absicht ist, bis Anfang September hier zu bleiben. Sendet mir deßhalb spätere Briefe an Schlosser. Die Kastanien gerathen nicht reichlich, doch will ich für eine tüchtige Sendung sorgen. Jetzt lebet wohl, grüßet Hofrath Meyer. Zelter ist prächtig und lobt auch die Wirkung des Bades. Adieu.

[Wiesbaden, 19. August 1814.] G.

564. *Christiane*

Weimar, den 25. August 1814.

Lieber, guter Geheimerath, ich freue mich recht sehr, aus Deinen Briefen zu sehen, daß Dir alles nach Wunsche geht, und Du mich wieder ein bißchen gelobt hast. Wie Du weg warst, befand ich mich gar nicht wohl; es wurde mir von Huschken gerathen, nach Berka zu gehen und ordentlich zu baden, und habe Selterwasser getrunken des Morgens. Im Ganzen war es in Berka recht hübsch. Jetzt sind wir wieder zu Hause; und da ich nun weiß, daß Du bald kommst, so soll das Haus recht ordentlich zurecht gemacht werden. Das Schwalbacher Wasser habe ich nicht bekommen. Ich habe achtzehn Bäder in Berka genommen, und nun wollen wir sehen, was es für Würkung macht. Wir freuen uns alle recht sehr, Dich gesund und vergnügt wiederzusehen. Schon wird der Herzog wieder erwartet, und man fängt wieder an, alles grün zu machen. Ich bin noch wie ehedem bei der Schopenhauer, welche Dich sehr freundlich grüßen läßt. Sie ist auch sehr krank gewesen. Der Geheime Hofrath, mit welchem ich gesprochen habe, sendet Dir hier diesen Brief; ich habe das Couvert heruntergenommen, weil der Brief doch zu stark war. Aus diesem Briefe siehst Du allenfalls, wie es aussieht.

In unsrem Logis in Berka, die grüne Stube ausgenommen, wohnen Linkers, der Rath Brunnquell, der Geheime Regierungsrath Müller. Es gefällt allen Leuten, nur niemand ist mit dem Essen aus der Apotheke zufrieden. Am Sonntag habe ich ganz allein in der Kirche Gevatter gestanden und zwar bei der Frau, die uns aufgewartet hat; die Menschen waren ganz glücklich. Die Hebamme sagte zu den Leuten: »Ihr könnt zufrieden sein, denn so eine Taufe ist noch nicht in Berka gewesen.« Die ganze Kirche war voll, alle Badegäste waren darinne; der mir auffallende war der Herr Generalsuperintendent Löffler aus Gotha. Und sogar spielte unser Herr Organist die Orgel, welches sonst beim taufen nicht der Fall ist. Ich habe mir durch dieses ganz Berka zum Freund gemacht. Das Wetter war sehr schlecht; wir tranken den Kaffee in der Königin Oborea. Es kamen viele Herren aus Weimar; und als acht bis neun Paar haben wir uns recht amüsirt. Jetzt wird sehr viel eingemacht und alles vor den Winter vorbereitet. Schreib uns recht bald, wann Du ohngefähr zu kommen denkst. Leb wohl, ich bin wie immer Dein, so lange ich lebe.

Uli legt sich Ew. Exzellenz zu Füßen und wünscht nichts mehr, als bald ihr Amt wieder als Secretär anzutreten.

565. *Goethe*

Du erhältst hier, mein liebes Kind, einen alten Brief mit einem gleichzeitigen Blättchen; der Freund hat in der Zeit Gelegenheit gehabt, sich mündlich zu erklären. Ich wünsche allen Glück und Heil, da es mir sehr wohl geht. Das Bad bekommt mir trefflich, die Menschen sind gut und freundlich, und die Gegend himmlisch in der Runde. Seit meinem Letzten vom 19. bin ich in Mainz gewesen, wo der Herzog eintraf. Mit ihm war ich sodann hier und in Biebrich; wenn Gegenwärtiges ankommt, wird er bei euch schon eingezogen sein.

Meinen Geburtstag haben sie mehr als billig gefeiert. Äbtissin von Stein lud uns den 27. Abends ein, es war eine Gesellschaft von etwa 12 Personen, alle bekannt. Sie verzögerten das Mahl bis zwölf Uhr und feierten diesen Eintritt wie einen Neujahrstag. Frau von Holzhausen gab den 28. ein großes und überreichliches Frühstück im Cursaal. Mittags fuhr ich nach Biebrich, wo die wahrhaft wohlwollenden Herrschaften und die Wohlgesinnten des Hofes mir Glück wünschten. Abends hatte ich Zelter, Schlosser und einen Dritten bei mir zu Tische. Frau Brentano-Birkenstock hatte mir früh, von *Winkel*, 10 Flaschen des ächtesten Weines gesendet; davon wurden die Freunde nun erfreut, und alles endigte zum besten. Schlosser überbrachte gleichfalls früh eine ungeheure Schachtel mit Artischocken, Früchten und

Blumen. Ferner hatte ich von den Damen zwei Blumentöpfe mit hohen Sträußern erhalten; das alles diente zum Zierat, wie zum Genuß. Eine Chocoladen-Tasse mit hiesigen Gegenden darf ich auch nicht vergessen, ob ich gleich manches Andre nicht erwähne. Jedoch mußt Du August sagen, daß mir verehrt worden ist ein wohlerhaltner, goldner Denar mit dem Bilde des *Caligula* auf der einen, des *Augusts* auf der andern Seite, beide wunderschön, der erste vollkommen frisch.

Und so müßte ich noch allerlei Gutes erzählen, wenn ich nicht endigen und diese Blätter absenden wollte. Lebet wohl, grüße Ulinen, und schreibet gelegentlich. Noch etwa 14 Tage bleibe ich hier und in der Gegend. Dann gehts auf Frankfurt, Darmstadt, Heidelberg. Zurück und dann nach Hause. Worauf ich mich sehr freue. Zelter geht heute ab, den Rhein hinunter. Den werde ich sehr vermissen. Und nun lebt wohl! Wiesbaden, den 29. August 1814. G.

566. *Goethe*

Sehr lange habe ich nichts von euch gehört, möge das ein Zeichen sein, daß ihr euch wohlbefindet. Mir ist es die letzte Zeit gar gut ergangen, woran das schöne Wetter nicht wenigen Antheil hat.

Montag, den 12. September. Fuhr ich mit Ober-Berg-Rath Cramer von Wiesbaden ab, über den Weilbacher Schwefelbrunnen, den ich euch nach Berka gewünscht hätte. Er liegt einsam, unter hohen Pappeln, mitten im Kornfelde, und strömt aus vier Röhren unendliches Wasser. Dieß wird weit und breit verführt. Keine Badeanstalt ist nicht dabei. Bei Schlossers war ich freundlich empfangen und schön logirt. Ein Brief von Herrn von Müller machte mir viel Vergnügen.

Dienstags, den 13. Ging ich ganz früh durch das Meßgewühl, wo man lauter frohe Gesichter sah. Seit dreißig Jahren war keine solche Messe gewesen. Ein Kaufmann mußte Wache vor seinen Laden stellen. Die Sachsen und Voigtländer sind alles gleich losgeworden. Bestellungen wurden auf halbe Jahre gegeben. Frau Melber, Brentanos, Gerning wurden besucht, die schönen Umgebungen der Stadt beschaut. Abends bei Schlossers.

Mittwoch, den 14. Durch die Messe zu Riese, Madame Stock, Vohs, pp. Im Braunfels, wo die vielen, unübersehlichen Waaren den schönsten Anblick geben. Mittag bei Melbers. Der Doctor Melber ist ein wackrer, thätiger Mann, der sich in eine gute Lage versetzt hat und seiner Mutter alles Liebe erzeigt. Sie fühlt sich sehr glücklich, ist im 81. Jahre munter und thätig. Mineraliensammlungen. Schauspiel[1]. Nicht schlecht, aber freudelos. Wilde Thiere, Bereuter; alles hintereinander bis tief in die Nacht.

Donnerstag, den 15. Visiten, bei Bethmann, Nikolaus Schmidt, Städel. Mittag bei Brentano (Franz). Nach Tische herrliche Fahrt um die Stadt, auf den Mühlberg, zu Willemer auf die Mühle. Er war sehr freundlich, der Sonnenuntergang unendlich schön. ›Wilhelm Tell‹, nicht ergötzlich.

Freitag, den 16. Bei dem Landschaftsmaler Schütz. Dessen schöne Zeichnungen der Rheingegenden. Altdeutsche Bilder; zu Prinz Bernhard, Fürst Reuß, andre Visiten. Bei Madame Stock zu Mittag. Riese war von der Gesellschaft. ›Titus‹. Löbliche Vorstellung. Bei Brentanos.

Sonnabend, den 17. Bei dem Kunsthändler Silberberg. Treffliche Sachen, aber sehr theuer. Mit Schütz in das Museum. Ein köstlicher Martin Schön daselbst und andres Gute. Eine aus Surinam zurückgekommene, alte Bekannte: Frau Generalin von Panhuys[2], geb. von Barkhaus. Bei Herrn

1 Über gestrichenem Wilhelm Tell.
2 Panheus.

von Hügel zu Tische. Boisserée war angekommen, Abends Windischmann; mit beiden bei Schlosser zu Nacht.

Sonntag, den 18. Geschenk des Stammbuchs aller Stammbücher. Ein Baron Burkana, aus Aleppo in Syrien, reist die Kreuz und quer durch Europa und nöthigt alle, die ihm aufstoßen, ihm etwas zu schreiben. Die Zeit seiner Wanderschaft dauert von 1748 bis 1776, wo er in Wien 70 Jahr alt starb. In zwei dicke Octavbände hat man die hinterlassnen Blätter zusammengebunden, die ich mitbringe. Unter manchen unberühmten Namen stehen die berühmtesten: Voltaire und Montesquieu an der Spitze. Übrigens ist auch diese Sammlung wegen der Handschriften verschiedner Nationen und Regionen merkwürdig. Es ist eine große Acquisition. Sah ich die Gemälde-Sammlung des Herren Dr. Grambs, besuchte einige Freunde in den Gärten, fuhr sodann mit Madame Brentano und Städel zu Willemer. Der Tag war höchst schön, der Wirth munter, Mariane wohl. (Das letzte Mal hatten wir sie nicht gesehen.) Dießmal sahen wir die Sonne, auf einem Thürmchen, das Willemer auf dem Mühlberg gebaut hat, untergehn. Die Aussicht ist ganz köstlich.

So viel für dießmal, die Fortsetzung folgt.

Frankfurt, den 21. September 1814. G.

567. *Goethe*

[Frankfurt, 22. September 1814.]

Nun will ich gleich meine gestrige Relation fortsetzen!

Montag, den 19. Kam Boisserée. Zu Mittag bei Georg Brentano. Sodann nach Rödelheim beim schönsten Wetter. Herrlicher Sonnenuntergang hinter dem Taunusgebirge. ›Braut von Messina‹. Sie gaben sich Mühe; aber sie sind auf solche Stücke nicht eingerichtet.

Dienstag, den 20. Kam Windischmann von Aschaffenburg. Machte verschiedne Visiten. Speiste bei Fürst Reuß. Besuchte Frau Stock, wo ich Frau von Malapert fand und ihre Tochter und Enkel, auch eine Tochter von Crespel. Abends war ich zu Hause mit jenem Stammbuch beschäftigt. Es stehen gewiß über hundert der berühmtesten Personen darin. Le Chevalier d'Eon (ungewiß, ob nicht ein Andrer des Namens). Aber von Gelehrten desto mehr sichre.

Mittwoch, den 21. September. Bei Dr. Grambs, den Rest seiner Gemälde, besonders aber schöne Copien, in Wasserfarbe, berühmter Gemälde. Mit Schelver einige Stunden. Bei Herrn von Bethmann zu Tische. Dessen Familie. Zur Fürstin von Nassau. Bei Baron Hügel. Dessen Fräulein Tochter spielte Händelische Sonaten, die mich an die Bachischen des Badekönigs erinnerten. Zeitig zu Bette.

Donnerstag, den 22. Mit Schelver. Jene gewirkte Tapeten gesehen, die ehmals in Weimar vorgezeigt wurden. Bei meinem alten Freunde Passavant. Zu Frau von Holzhausen, auf ihrem sehr schön gelegnen Gute vor der Stadt. Mittag mit Schlossers. Dann zu Herrn Städel, dessen Gemälde zu sehen. Abends[1] bei Du Fay im Garten.

Freitag, den 23., wird zu einigen Visiten und Besichtigungen genutzt werden. Morgen Sonnabend gehe mit Christian Schlosser nach Heidelberg. Sobald ich zurückkomme, schreibe ich. Und werde mich dann nicht lange aufhalten; denn ich sehne mich denn doch wieder nach Hause. Nun lebet wohl und grüßet alles.

Und so seht ihr denn, daß ich meine Zeit gut angewendet und mich vielfach vergnügt habe. Morgen, *Sonnabend*, den 24., gehe mit Christian Schlosser nach Heidelberg; sobald ich zurückkomme, schreibe ich; es wäre mir angenehm, etwas von euch zu finden. In diesen Tagen gehen drei Kisten an Herrn Burg[e]meister Sältzer nach Eisenach, 2 mit Mi-

1 Nach gestrichenem Freitag, den 23. Mit Schelver. Die gewirkt.

neralien bleiben uneröffnet, bis ich komme: 1. Mit Wein, gezeichnet X, mag eröffnet und etwas davon genossen werden. Das Schwalbacher Wasser wird auch angekommen sein. Einen wunderlichen Einkauf habe gemacht. Ein tausend Stöpsel der ausgesuchtesten, die sich fanden. Wohlfeiler als bei uns die schlechtesten. Diese werden überall untergesteckt und sind leicht zu transportiren. An einigen Stücken Cattun und Westen wirds auch nicht fehlen. So viel für dießmal.

[Frankfurt,] den 23. September 1814. Goethe.

568. *Christiane*

Lieber, guter Geheimerath.
Wir wollen Dir nur in größter Eile melden, daß Du uns alle in der besten Gesundheit finden wirst. Aus Deinem Brief haben wir gesehen, daß es Dir recht wohl gegangen ist, und ich freue mich recht sehr, daß ich doch die Ursache war, daß Du wieder einmal in diese Gegend kamst. Und nun, da es zum Winter geht, erwarten wir Dich alle mit größter Sehnsucht. Das Theater hat wieder seinen Anfang genommen, und die Schauspieler wünschen alle nur Deine Zurückkunft; die Engels ist auch wieder zurück und soll den nächsten Sonnabend spielen. Wolff ist recht krank, aber so gut dabei, daß es mir sehr bange vor ihm[1] ist; sie und er empfehlen sich beide Deiner Gewogenheit, und so das ganze Theater.

Bei diesem schönen Wetter fahren wir oft aus nach Tiefurt, Berka u. s. w. Auch waren wir gestern in Jena und Zwätzen, die Wolff war mit uns; und als wir zurückkamen, fanden wir Deinen lieben Brief. Grüße ja alle Bekannte in Frankfurt von mir. Herr Professor Riemer, welcher bei uns

1 So, aber wohl beabsichtigt vor ihn (d. h. für ihn, für seine Gesundheit).

ist, empfiehlt sich auch Deinem gütigen Andenken, so auch Uli.

Karl soll wegen des Zucker und Kaffees nicht vergessen; wenn nämlich der Kaffee nicht mehr als 9 Groschen 6 Pfennige kostet und der Zucker 13 Groschen, so bekomme ich ihn von Citronenfrauen.

So wie ich mich dieses Mal auf Dich freue, läßt sich nicht beschreiben, ich darf mir es gar nicht denken. Nun lebe wohl. Mit Liebe erwarte ich Dich wie immer und bin glücklich.

Weimar, den 26. September 1814. C. v. Goethe.

569. *Goethe*

[Heidelberg, 28. September 1814.]

Sonnabend, den 24. Um sechs Uhr von Frankfurt ab bei einem frischen Nebel, der den Fluß und sodann auch, aufsteigend und sich verbreitend, die Gegend einhüllte. Wir kamen so nach Darmstadt, der Himmel heiterte sich völlig auf, so daß wir die Bergstraße in ihrem ganzen Glanze genossen. Die Nüsse wurden eben abgeschlagen, die Birnen erwarteten ihre Reife. So ging es von Station zu Station ohne Aufenthalt, bis endlich Weinheim und zuletzt Heidelberg erreicht ward. Den Sonnenuntergang sahen wir noch von der Brücke. Bei Boisserées fand ich das lieblichste Quartier, ein großes Zimmer neben der Gemälde-Sammlung. August wird sich des Sickingischen Hauses erinnern auf dem großen Platze, dem Schloß gegenüber. Hinter welchem der Mond bald herauf kam und zu einem freundlichen Abendessen leuchtete.

Sonntag, den 25. Begann die Betrachtung der alten Meisterwerke des Niederlandes, und da muß man bekennen, daß sie wohl eine Wallfahrt werth sind. Ich wünschte, daß alle

Freunde sie sähen; besonders habe ich mir Freund Meyer, zu meinem eignen und der Sache Besten, an die Seite gewünscht. Ich darf nicht anfangen, davon zu reden; so viel sage ich nur, daß die beiden Boisserées, mit ihrem Freunde Bertram, das große Verdienst des Sammlens und Erhaltens dieser Kostbarkeiten durch genießbare Aufstellung und einsichtige Unterhaltung erhöhen. Sage Hofrath Meyer: gewisse Phrasen bespotte man in diesem Cirkel wie bei uns. Ich besuchte Paulus, Thibaut und Voß, fand alle drei wohl und munter. Gegen Abend erstiegen wir das Schloß, das Thal erschien in aller seiner Pracht, und die Sonne ging herrlich unter. Der Schein hinter den Vogesen her glüht bis in die Nacht. Ich ging zeitig zu Bette.

Montag, 26. Gestern war *van Eyck* an der Tages-Ordnung, heute sein Schüler *Hemling*. Um diese zu begreifen, werden auch die Vorgänger in Betracht gezogen, und da tritt ein neues Unbegreifliches ein. Doch läßt sich der Gang dieser Kunst auf Begriffe bringen, die aber umständlich zu entwickeln sind. Zugleich machten mir Voß, Thibaut und Paulus Gegenbesuch, der sehr angenehm vor jenen Bildern angenommen und begrüßt werden konnte. Mittags aßen wir zusammen, und ein muntrer junger Arzt, Professor Neef, speiste mit uns. Unter andern erzählte man Geschichten von der Juden Lebenslust und ihrer Freigebigkeit gegen den Arzt. Nach Tische Fortsetzung der Bilder-Beschauung und -Verehrung. Frau von Humboldt mit ihrer Familie war angekommen. Ein Spaziergang mit Boisserée und ein Besuch bei Frau von Humboldt schlossen den Tag.

Dienstag, den 27. Man setzte die Betrachtung nachfolgender Meister fort. *Johann Schoreel*, zeichnet sich aus, er soll der erste gewesen sein, der aus Italien die Vortheile der transalpinischen Kunst herübergebracht. Seine Arbeiten setzen, in ihrer Art, abermals in Erstaunen. Auf ihn folgt *Heemskerk*, von welchem viele Bilder, dem Heiligen Mauritius gleich, den Meyer in Weimar, copirt von Frau von Helvig, gesehen. Zwischen alle diese setzt sich *Lucas von Leyden* hinein, gleichsam abgeschlossen für sich; er sondert sich auf eine eigne Art von seinen Zeitgenossen. Alle diese Bilder sind gut erhalten und meist von großem Format. Oft Altarblätter mit beiden Flügeln. Mittag bei Paulus, mit Voß und Familie. Abends Spaziergang, den Necker hinauf und zurück auf die Brücke.

So viel für dießmal. Ich werde fortfahren, mein Tagebuch zu senden. Theile dieses Blatt Hofrath Meyer mit, schönstens grüßend, sowie alle Nächsten und Freunde. G.

Raaben fand ich hier, er wird nächstens in Weimar eintreffen.

570. *Goethe*

Heidelberg [1. October 1814].

Mittwoch, den 28. September. Wiederholte Betrachtung der Bilder des *Schoreel* in Gesellschaft von *Johann van Eycks*, *Heemskerks* und *Albert Dürers* Werken. Sodann ward der große van Eyck, die Anbetung der Könige, mit seinen beiden Flügeln, der Verkündigung und Darstellung im Tempel, zusammen aufgestellt, wozu sie schöne Vorrichtung haben. Diese drei streiten mit einem vierten um den Vorzug, Lukas, der die säugende Mutter Gottes malt. Selbst wenn man sie oft gesehen hat, hält man diese Bilder nicht für möglich. Ich suche mir jetzt den Gang dieser Kunst so gut, als es gehen will, zu vergegenwärtigen; auch bei ihr greift die politische und Kirchengeschichte mächtig ein. Die Besitzer haben die Sache gut studirt und erleichtern die Einsicht auf alle Weise.

Mittags bei Voß mit Paulus, wo es recht vergnüglich herging. Sodann spazieren. Abends bei Frau von Humboldt.

Nachts die Geschichte der Meister, die mir bekannt geworden, im Descamps gelesen.

Donnerstag, den 29. September. Byzantinische und *Niederländische gräcisirende* Bilder. Nach *Eyck* auf Goldgrund gemalte. Johann van Eycks Altar aus der Ferne gesehen. *Quintin Messis.* (Miniaturen aus Meßbüchern. Übereinstimmung der älteren[1] Zeiten in sich. Ungeheures Element, das kirchliche, worin unzählige Künstler Unterhalt und Gelegenheit finden. Mosaik, Schnitzwerk[2], Goldschmieds Arbeit, Fresco, Miniatur-Malerei, Stickerei, Teppiche, Fahnen, alles in ganzen Gilden und Brüderschaften. Traditionen der Art, die Characktere und Geschichten vorzustellen, von denen man erst gar nicht abwich, und auch zuletzt immer das Wesentliche beibehielt.)

Bei Thibaut, in großer Männergesellschaft, sehr munter und vergnügt. Unser freundlicher Wirth trank Augusts Gesundheit mit theilnehmender Liebe. Zu Hause, noch einiges gesehen. Zu Paulus, zu Frau von Humboldt, welche sich zur Abreise anschickte. Herrlicher Mondenschein.

Freitag, den 30. September. Spazierte früh erst[3] über die Brücke und zurück, die Sonne bezwang die Nebel. Durch die Stadt, zum Karlsthor hinaus, den Necker aufwärts im Schatten der Felsen. Es war der herrlichste Herbstmorgen. Ein wunderlicher Mann redete mich an, Namens Loos, ein Arzt, wollte Augusten gekannt haben. Ich erfuhr allerlei von ihm. Dann begegnete mir[4] Paulus, und nun fing es an, heiß zu werden.

Zu Hause wurden wieder die besten Bilder hervorgerufen, nebeneinander gestellt und verglichen.

Mittags speisten wir bei Herrn Minister von Reitzenstein,

1 Nachträglich über der Zeile.
2 Nach gestrichenem Malerei.
3 Nach gestrichenem des.
4 Nachträglich über der Zeile.

in sehr angenehmer Gesellschaft; zu Hause discurrirten wir bis gegen Abend. Brachten einige Stunden bei Herrn Domherr von Wambolt zu.

Das Wetter war noch immer schön, obgleich die Hähne schon Morgens gekräht hatten.

Sonnabend, den 1. October, bei einem obgleich windigen, doch heitern Morgen auf das Schloß. Die Anlage des Gartens ist einzig reizend[1], wie die Aussicht heiter und reich. Die Gräben, Terrassen, Wälle so hübsch und reinlich angelegt, daß es mit den alten ruinirten Thürnen, Gebäuden und Epheumauren den gefälligsten Contrast macht.

Dann las ich einiges, betrachtete mehrere Bilder, unter andern des *Martin Heemskerk*, mit Aufmerksamkeit. Von Cöln und den Niederlanden, und was alles dort noch aufbewahrt ist, ward viel gesprochen. Zu Mittag im Hause, mit denen Herrn von Reitzenstein und Thibaut. Die Bilder, die man bisher einzeln betrachtet, waren nun in den drei Zimmern zusammen aufgehängt. Sie überwiegen alle Pracht, die sich der Reichste geben kann. Heute Abend werden mehrere Freunde zusammenkommen. Morgen fahren wir nach Mannheim, ich werde vor allem *Lucks* besuchen und ins Theater gehen. Davon vernehmt ihr das Weitere. Und nun Adieu. G.

571. *Goethe*

[Heidelberg, 6. (?) October 1814.]

Sonntag früh, den 2., fuhren wir nach Mannheim. Der starke Nordost konnte uns im Fahrhäuschen nichts anhaben und hatte den Himmel ganz rein gefegt. Die schöne Ebne, in der Ferne von Gebirgen begrenzt, lag klarest vor uns. Ich fuhr

1 Nach gestrichenem P[aradiesisch?].

mit Boisserée, dem älteren, und wir gelangten gesprächig zum regelmäßigen Mannheim. Zuerst besuchte ich Herrn von Luck, dann Frau von Seckendorf, sah bei Geh. Rath Drais ein schönes Bild. Dann mit Luck in den Schloßgarten, der sehr schöne, freie Ansichten zeigt. Dürre und kalter Wind machten ihn dießmal weniger angenehm. In den Gasthof zu den ›Drei Königen‹ zu Tische, die übrigen Gesellen waren auch angekommen. Gegen Abend zu Herrn von Pfenning, dem Schwiegersohn der Frau von Dalberg, er nahm uns mit ins Schauspiel, wo ein Stück der Frau von Weißenthurn, ›Johann von Friedland‹, uns gewaltig zusetzte. Nach eingenommenen zwei Acten beurlaubten wir uns und fuhren zurück, da wir denn um ein Uhr bei hellem Mondschein glücklich in Heidelberg wieder anlangten.

Montag, den 3., beschauten wir die Zeichnungen des Cölner Doms, es sind deren fast so viele fertig, als zum Werke gehören, und sehr fürtrefflich. Die Probedrücke der radierten sind auch lobenswerth. Vor Tische zu Paulus; die Tochter ist ein gar hübsch Frauenzimmerchen geworden, und scheint noch immer ihre Eigenheiten zu bewahren. Der Sohn, klein für sein Alter, ist ein gar muntrer, neckischer Junge. Wir aßen zusammen zu Hause, umgeben von trefflichen Kunstwerken. Ich besuchte Voß in seiner Burg und fand ihn wie gewöhnlich. Am Abend, oder vielmehr zu Nacht, wurden einige Bilder, die es vorzüglich vertragen, bei Erleuchtung angesehen, da man sich denn über das lebhafte Vortreten derselben verwundern mußte. Alsdann wurden allerlei Geschichten erzählt, wie sich manche Zuschauer betragen, da es denn freilich manches zu lachen gibt. Ich ging zeitig zu Bette. Und las erwachend *Thibauts* kleine Schrift: ›Über die Nothwendigkeit eines allgemeinen bürgerlichen Rechts für Deutschland‹. Sie läßt, mit großer Sachkenntniß, uns tief in die Übel schauen, ohne sehr die Hoffnung zu beleben, daß sie gehoben werden könnten.

Dienstag, den 4., lockte uns der völlig klare Morgen, bei leidlicher Ostluft, aufs Schloß, wo wir des angenehmsten Spaziergangs bei trefflicher Aussicht genossen. Die Gegend sieht Morgens so rein und frisch und sonntäglich aus, daß man nichts Friedlichers denken kann. Darauf betrachteten wir zu Hause die Risse vieler Kirchen, die von der Zeit vor Karl dem Großen bis zum Cölner Dom gebaut worden und meist in Cöln und der Nachbarschaft befindlich sind. Einige leider nunmehr abgetragen. Paulus war bei uns zu Tische. Wir besuchten den Botanischen Garten, fanden die Gärtner beschäftigt, ihre Pflanzen vor dem eindringenden Nord zu flüchten, entdeckten einen Kolben Wälsch-Korn durch den Brand wundersam entstellt: die Körner aufgeschwollen, mit schwarzem Pulver gefüllt. Ich bringe dieß seltsame Exemplar in Spiritus mit. Abends zu Hause, unter mannigfachen Gesprächen über Kunst- und Weltgeschichte, auch manches Moralische und Religiose. – Daß man in Mannheim eurer in Liebe gedacht, will ich nachholen.

Mittwoch, den 5. October. Lockte mich der schönste Sonnenschein früh aufs Schloß, wo ich mich in dem Labyrinth von Ruinen, Terrassen und Garten-Anlagen ergötzte und die heiterste Gegend abermals zu bewundern Gelegenheit hatte. Als ich eben herabsteigen wollte, überraschte mich die Gegenwart des Erbprinzen, den ich sodann zu den Merkwürdigkeiten des Schlosses begleitete. Er besuchte darauf die Sammlung der Boisserées und verließ Heidelberg alsbald. Ein großes Diner von Professoren, Civilbeamten und sonstigen Honorationen im Karlsberg, wozu[1] man mich einlud, war sehr anständig und munter; es wurden Gesundheiten genug getrunken, um zuletzt eine allgemeine Munterkeit zu verbreiten. Den Abend brachten wir unter mancherlei Gesprächen hin, und so war auch dieser Tag gut angewendet. –

1 Davor gestrichen Hof.

Bemerken muß ich hier, daß Kastanien schon angeschafft worden und, gleich den Stöpseln, in mancherlei Gepäck vertheilt, mit nach Hause geführt werden. Mein Nächstes[1] berichtet mehr vom Künftigen. Dießmal nur noch ein freundliches Andenken. G.

572. *Goethe*

[Darmstadt, 10. October 1814.]

Donnerstag, den 6. October. Hatte Boisserée Copien der Originalrisse der vorzüglichsten Thürme und Kirchenvorderseiten an die Wände gesteckt und ging solche mit mir durch, nach den Jahren und Eigenschaften. Gleichfalls waren, zu diesem Zweck, vielerlei Werke und Kupfer zur Hand, an welchen man den Gang der Kunst gleichfalls beobachten konnte. Dieses lehrreiche Studium beschäftigte uns den ganzen Morgen. Graf Hochberg besuchte mich und trug mir einen Gruß an August auf. Zu Tische waren Herr von Wamboldt und Justiz-Rath Martin. Nach Tische stiegen[2] wir durch einen nach dem Rheinthale zu gelegnen Garten des Herrn von Smidts, gelangten bis zu den Riesensteinen, welches herabgestürzte, ungeheure Sandsteinblöcke sind. Sahen einen, zwar verhüllten, doch schönen Sonnenuntergang und stiegen herab in das Wohnhaus, welches Frau von Munck gegenwärtig bewohnt, ihr Gemahl ist in Karlsruhe. Sie erinnerte sich sehr freundlich der Gefälligkeit, welche August für sie gehabt, und trug mir Grüße an ihn auf. Abends las ich noch etwas von Thibaut und bewunderte abermals seine Einsichten.

Freitag, den 7. October. Thibauts Arbeit zu Ende gelesen. Mit Boisserée Fortsetzung gestriger architektonischer Be-

1 nächstens.
2 Über gestrichenem gingen.

trachtungen. Professor Voß brachte mir die neue Ausgabe des Homers zum Geschenk. Sprach von Griesens Calderon. Zu Professor Thibaut, zu Herrn von Reitzenstein, zu Paulus. Zu Tische waren: Kirchenrath Abegg, [1]

Eine Promenade gegen das Karlsthor dauerte nicht lange, ich studirte zu Hause das Gesehne und Gehörte durch. Dann ward beschlossen, Sonntags von hier ab nach Darmstadt zu gehen. Abends saßen wir abermals in den Bilderzimmern beisammen, beleuchteten einen wundersamen Lukas von Leyden, sodann den größeren Hemling, lasen einige Lebensbeschreibungen der Maler und schieden vergnügt. Es ist gerade Zeit, daß ich von hinnen gehe. Fürs erste Mal ist es genug, nun müßte man wieder[2] von vorne zu weiterer Ausführung anfangen.

Sonnabend, den 8. Noch einiges Architektonische. Dann Spaziergang den Necker aufwärts, rechts hinauf zum Wolfsbrunn. Mittag für uns. Dann zu Voß, den ich wegen Beharrlichkeit in seinem Übersetzungswesen bewundern mußte. Zu Paulus, wo eine ganz muntre Zeit verbracht wurde. Zu Hause machte der Frau Amtmann, deren Zimmer ich eigentlich bewohne, Besuch, und hörte recht gut und schön Reichardts Compositionen meiner Lieder singen.

Hofrath Thibaut war später noch bei uns zu einigem warmen Bischof, da denn manches durchgesprochen wurde. Ungern nahm man Abschied von den Zimmern, in denen so viele Schätze augenfällig, andre verhüllt stehen. Sie sind in der Gegenwart so vollkommen, daß man wünschen muß, sie immer wieder zu sehen. Einige lästige Besuche waren abgeleitet worden, aber manches Gute wiederholt, und so war diese Epoche abgeschlossen.

Sonntag, den 9. Früh sechs Uhr von Heidelberg beim schönsten Sonnen-Morgen abgefahren. Bei Weinheim war

1 Folgt Lücke für die entfallenen Namen.
2 Nachträglich über der Zeile.

die Gegend köstlich. In Heppenheim frühstückten wir. In Darmstadt kamen wir gerade zur Table d'Hôte. Nachher spazierte ich mit Schlosser durch die ebne, staubige Stadt. Mancherlei kam zur Sprache. Abends ward der ›Wasserträger‹ gegeben. Das Orchester ist ganz fürtrefflich, die Sänger gut, das Haus geräumig, die Zuschauer still und aufmerksam. Applaudirt wird wenig.

Und nähere ich mich denn immer wieder meinem Ziel, bald bei euch zu sein. Heute, Montag, den 10., besehe ich hier die Museen, gehe an Hof und gedenke morgen in Frankfurt zu sein, wo ich Nachrichten von euch zu finden hoffe, die ich so lange entbehre. Somit lebet wohl. Das Wetter ist sehr schön, aber kalt; doch ist auf der Reise das trockne am wünschenswerthesten. Lebet wohl! G.

573. *Goethe*

[Frankfurt, 12. October 1814.]

Montag, den 10. In Darmstadt. Um acht Uhr aufs Museum, welches im Schlosse errichtet worden. Es hat Herrn Schleiermacher zum Vorsteher, der es gegründet. Es ist merkwürdig wegen der Mannigfaltigkeit seines Inhalts, sowie durch den Werth seiner einzelnen Schätze. Wenn dieser Anlage nach fortgefahren wird, so kann das Schloß zu Darmstadt sich künftig mit dem Schloß von Ambras vergleichen. Herrliche Gyps-Abgüsse hat es vor diesem genannten älteren voraus. Die Pallas Velletri sah ich hier zuerst, dann manches Bekannte, sehr schön gegossen, wieder. Einige Basreliefs von dem Tempel der Pallas zu Athen erfreuten mich höchlich. Ein solches Wunderliche muß man mit Augen gesehen haben. Ein Pferdekopf von den Venetianischen – und was müßte man nicht alles registriren! Von da an möchte wohl aus allen Kunstepochen, bis auf die neuste Zeit, wohl irgend ein Musterstück zu finden sein.

(Siehe die dritte Seite.)

Dienstag, den 11. Wiederholte meinen Besuch auf dem Museum und besah mir noch alle vorzügliche Werke, die ich mir gestern gemerkt hatte. Darauf zu einem Architekten, Moller, der sehr geschickt ist und den Boisserées an ihrem Werke behülflich gewesen. Durch den sonderbarsten Zufall hat dieser den Original-Aufriß des[1] Cölner Doms entdeckt, wodurch jene Arbeit sehr gefördert und genauer bestimmt wird. Ferner besuchte ich Primavesi, der früher die Aussichten von Heidelberg radirte, nun aber Theater-Maler in Darmstadt ist. Hierauf zu Prinz Christian, der mich freundlich empfing und mich kurz vor meiner Abreise noch besuchte. Sulpiz Boisserée blieb, und ich fuhr mit Schlosser ab. Ein Schaden am Rad hielt uns in Langen auf, doch kamen wir zu rechter Zeit nach Frankfurt, wo uns Frau Schöff Schlosser gar liebreich empfing. Nach einer heitern Abendtafel gings zu Bette. Überhaupt ist mir nicht leicht etwas so glücklich gelungen als diese Heidelberger Expedition, wovon eine umständliche Relation in euren Händen sein wird: denn dieß ist der fünfte Brief, den ich seit dem 28. September absende.

(Supplement zum Montag.) Bei Hofe war ich zu Tafel, die Großherzogin sehr freundlich und früherer Zeiten eingedenk. Der Großherzog speist nicht mit, weil er am Fuße leidet. Ihm wartete ich in seinem Zimmer auf, wo er sich nach allem, was ihm in Weimar lieb und werth ist, erkundigte. Wenn August Gelegenheit findet, Durchlaucht der Herzogin von den hiesigen Herrschaften, auch von Prinz Christian, das Beste zu sagen, so soll ers nicht versäumen.

1 den.

Auch nach Frau von Wedel und Stein ward gefragt und Herrn von Einsiedel, und mir viele Empfehlungen aufgetragen.

(Nun geht es wieder nach Frankfurt.)

Mittwoch, den 12. Gestern Abend fand ich euren Brief. Ihr sagt mir in Eil, daß ihr euch sehr wohl befindet, das ist freilich besser, als wenn ihr mit vielen Worten von einem schlechten Zustand Nachricht gäbet; doch hätte etwas mehr auch nicht geschadet. Heute besucht ich Gerning, dann Frau Melber, Mittag speiste Herr von Buchholtz mit uns. Nach Tische ging ich in eine Kupferstich-Auction und kaufte für einen Kronenthaler sehr schöne Sachen. Abend zu Frau Geheimeräthin Willemer: denn dieser unser würdiger Freund ist nunmehr in forma verheirathet. Sie ist so freundlich und gut wie vormals. Er war nicht zu Hause. Mit Schlossern ging ich sodann auf die Brücke und an der Schönen Aussicht hin; und nun bin ich zu Hause, erwartend, was morgen kommen wird. Jetzt lebet wohl. Nächstens erfahrt ihr, wie lange meines Bleibens hier sein wird. Grüßet Wolffs und pflegt ihn aufs beste. G.

574. *Goethe*

Donnerstag, den 13. Spazieren mit Schlosser auf die Brücke, in die Leonhardkirche, wo noch alterthümliche Architektur von Zeiten Karl des Großen befindlich. Zu Demoiselle Servière, in den Brönnerischen Buchladen, welcher mit viel Geschmack und Eleganz angelegt ist. Zu Herrn Staatsrath Molitor. Zu Herrn von Schellersheim. Es ist der bekannte Deutsche, der sich so lange in Florenz aufhielt und auf geschnittne Steine, Goldmünzen und Antiquitäten von edlem Metall sammelt. Wir sahen eine silberne Statue, nicht gar 3 Zoll hoch, aus römischer Zeit, einen Ziegenhirten vorstellend, man kann nichts Artigers sehen. Von den Gemmen bringe ich Abdrücke mit. Bei Frau Brentano-Birkenstock zu Tische. Spazieren gefahren. Herrlicher Sonnenuntergang. Wir fuhren zum[1] Bockenheimer Thor hinaus, über den Gärten rechts herum nach Bornheim. Abends bei Herrn von Hügel. Die Fräulein spielte Händelische Sonaten und Ouvertüren. Am Familien-Tisch, mancherlei Gespräche über Vergangnes und manche gegenwärtige und nächste Verhältnisse.

Freitag, den 14. Zu Herrn von Schellersheim, um die Gemmen und Münzen weiter zu betrachten. Er hat ganz köstliche Dinge, wovon wir die Abdrücke genommen. Dann zu Geh. Rath Willemer. Nur Frau Städel war bei Tische, Schlosser, ich und das junge Ehepaar. Wir waren sehr lustig und blieben lange beisammen, so daß ich von diesem Tage keine weitere Begebenheiten zu erzählen habe.

Sonnabend, den 15. Ging ich zu Frau Stock, wo über die bevorstehenden Feierlichkeiten gesprochen wurde. Dann durch die Stadt, begegnete Riesen, mit dem ich die Anstalten der Gerüste besah, die man zur Illumination aufführt. Vor dem Fahrthor fand ich mich mit Schlosser zusammen; wir fuhren über, zu Herrn Salzwedel, dessen Mineralien-Sammlung wir besahen. Sie enthält köstliche Exemplare, allein die vielen Kriegsstürme haben dem Besitzer die Lust daran verkümmert. Mittags mit der Familie, dann zu Herrn Städel, der uns Zeichnungen wies. Unschätzbare Dinge. Über drei Dutzend Guercin, eins immer besser gedacht und ausgeführt als das andre. Federzeichnungen. Ein Original Mantegna, Rothstein. Von Cambiaso[2] allerliebste Sachen. Einen Julius Roman, der ihn ganz charakterisirt, fast das Wundersamste, was ich von ihm gesehen habe. Vielleicht

1 zu.
2 Cambiagi.

ists möglich, eine Durchzeichnung davon zu erlangen. Noch andere treffliche Sachen, doch unter falschem Namen.

Zu Madame Brentano. Frauenzimmer-Sitzung wegen der Nationaltracht. Wir empfahlen uns bald, um nicht nach solchen Geheimnissen lüstern zu scheinen. Solltet ihr auch eingeladen werden, euch von außen zu nationalisiren, so bedenkt, daß einige englische Cattune mitkommen, welche, obgleich fremder Stoff, doch gar gut kleiden. Ferner ist auch für Nähnadeln gesorgt, von der größten Brauchbarkeit. Kastanien sind aufgehäuft, daß Karl nicht mehr weiß wo mit hin.

Und so geht es mir fast auch mit allem, was ich gesehen, und mit den vielen Menschen, die mir vorgekommen. Ich wünsche uns nur einen ruhigen Winter, daß ich erzählen und mittheilen kann. Meine Briefe hebt wohl auf, denn seit Heidelberg habe ich mein Calender-Tagebuch ausgesetzt.

Nun muß ich auch von der Schlosserischen Familie erzählen! Die Frau Schöff ist wohl und im Hause immerfort thätig, im Umgang sehr verständig, klug und einsichtig; auch sie hat diese Jahre her unendlich ausgestanden, ihre Ruhe und Gleichmuth ist musterhaft. Der ältere Sohn ist nach Wien mit seiner Frau. Er reiste denselben Tag, als wir nach Heidelberg gingen, und ist glücklich dort angekommen. Mit Christian komme ich sehr gut zurecht, er ist liebevoll und thätig, kennt die Stadt und die Verhältnisse; dadurch wird er mir sehr nützlich, indem ich mich mit meinem Betragen darnach richten kann. Auch besitzt nicht leicht jemand hier so viel Wissen, so viel Kunstkenntniß und Liebe. Sein guter Wille gegen mich ist vollkommen. Und da jeder Mensch doch in allen Hauptpuncten für sich selbst sorgen muß, so mische ich mich weder in seine innre Angelegenheiten, noch in das, was andre Menschen besonders betrifft. Die allgemeinen Gesellschafts-Verhältnisse sind für mich deßhalb höchst angenehm. Dieses schreibe Sonntags.

15. August von Goethe, o. J.
Zeichnung von Julia Gräfin Egloffstein

Ein nächstes Blatt wird die Begebenheiten dieses Tags berichten.

Sonntag, den 16. [October 1814,] Frankfurt. G.

575. *Goethe*

[Frankfurt, 20. October 1814.]

Sonntag, den 16., besuchte mich Gerning, manches beredend. Sodann ging ich mit Schlosser auf den Katharinen-Thurn. Der Land-Sturm zu Roß und Fuß zog, vom Exerciren, die Gallengasse herein und stellte sich auf der Zeil. Ich bedauerte, daß die gute Mutter nicht auch das von ihrem Fenster aus mit anschaute. Angekündigt war eine Gemälde-Ausstellung zur Auction. Daselbst fanden wir Portraits, in Cassel erbeutet, in Coblenz verkauft, sämmtlich von Gérard (vielleicht dessen nächsten Schülern als Mitwirkern): Napoleon, Josephine, König und Königin von Spanien und Westphalen, alle weiland; aber trefflich gemalt. Besonders Sammt, Seide, Stickerei und Passament über alle Begriffe. Mich besuchte Herr Willms, ehmals unser, jetzt noch Souffleur des hiesigen Theaters. In guten Umständen, sogar Kunstliebhaber und Kupferstichsammler. Zu Herrn Geh. Rath Guaita zu Tische, Meline die Hausfrau, die ganze Familie beisammen. Fröhliche Tafel. Alle sprechen, wie sie denken, und sind gutes Muths. Englische und französche Caricaturen. Später nochmals zu Guaita. Vermehrte Gesellschaft.

Montag[1], *den 17.* Um acht Uhr zu Schütz, wo wir die Bilder alter deutscher Kunst, wie sie aus den aufgehobnen Klöstern genommen worden, abermals betrachteten. Freilich konnten wir sie besser schätzen und beurtheilen, nachdem wir die Sammlung in Heidelberg so wohl studirt hat-

1 Über gestrichenem Sonnabend.

ten. Wir beschäftigten uns damit bis gegen zwölf Uhr, da wir denn zu Brentanos gingen, dort zu speisen. Madame Jordis, welche von Paris zurückgekommen, war auch daselbst. Nach Tische fuhren wir nach Offenbach, wo wir zuerst in dem Metzlerischen Garten eine Strelitzia Reginä[1] mit vielen Blumen blühend fanden, zwar nicht in der ersten Schönheit, doch immer interessant genug, ferner andre bedeutende, wohlerhaltne Pflanzen. Von da zu Herrn Meyer, seine Sammlung inländischer Vögel zu beschauen, die sehr schön aufgestellt und merkwürdig ist. Dann fuhren wir zurück und gelangten, unter dem Geläute aller Glocken, die das morgende Fest verkündigten, nach Hause. Zu Herrn von Hügel zum Thee.

Die Feierlichkeiten von Dienstag und Mittwoch[2] vermelden euch vorläufig die Zeitungen, sie waren sehr glänzend. Heute, Donnerstag, den 20., gehe nach Hanau und bin Dienstag oder Mittwoch, wills Gott, in Weimar. Ich freue mich sehr, euch wiederzusehen. Es ist der Außenwelt nun genug, wir wollen es nun wieder im Innern versuchen. Lebt wohl und liebt! G.

[*Beilage*]

Publicandum.

Die Feier des Jahrestags des ewig denkwürdigen Sieges bei Leipzig, welchem Deutschland seine Befreiung verdankt, ist der gerechte Wunsch *Eines Hochedlen Raths* und gesammter Löblichen Bürgerschaft.

Je mehr *Ein Hochedler Rath* von der Allgemeinheit dieses Wunsches überzeugt ist, desto vertrauensvoller erwartet *Hochderselbe* von sämmtlichen hiesigen Bürgern und Einwohnern, daß jeder aus allen Kräften dazu mitwirken werde, daß nichts die Würde dieses Festes störe.

1 Aus Reginae.
2 und Mittwoch über der Zeile nachgetragen.

Damit aber das Ganze nach einer bestimmten Ordnung und im Zusammenhange vor sich gehe, wird Folgendes zur allgemeinen Kenntniß gebracht:

Beschreibung der am 18. und 19. October 1814 zum Jahres Gedächtniß der Schlacht bei Leipzig Statt habenden Festlichkeiten.

§ 1.

Das in ganz Deutschland gefeiert werdende Fest wird am 17. October in der Abendstunde von 5 bis 6 Uhr, durch das Läuten aller Glocken in der Stadt und auf den Dorfschaften angekündigt, welches am 18. Morgens von 6 bis 7 Uhr wiederholt wird.

§ 2.

Der 18. October ist theils religiöser Feiertag, theils Volksfest.

Die religiöse Feier dauert bis 5 Uhr Nachmittags, von wo an sich das Publicum der Freude auf eine Weise überläßt, welche dem Dankgefühl gegen den Allmächtigen und der unmittelbar vorangegangenen religiösen Feier angemessen ist.

§ 3.

Während der religiösen Feier müssen alle Läden, Gewölbe und Werkstätten geschlossen sein.

§ 4.

Um zehn Uhr Vormittags wird in allen christlichen Kirchen Gottesdienst gehalten. Der Rath verfügt sich in Corpore unter dem gewöhnlichen Kirchen-Geläute in die St. Katharinen-Kirche, allwo der Bürger-Ausschuß sich ebenfalls einfindet, und sodann feierlicher Gottesdienst gehalten wird, zu welchem eigne Texte und ein eignes Dankgebet gedruckt sind.

Nach dem Gottesdienst wird in allen Kirchen ein feierliches Te Deum angestimmt – so wie feierliche Gebete in der Synagoge der israelitischen Gemeinde verordnet sind.

§ 5.

Während des Gottesdienstes in der Hauptkirche wird die gewöhnliche Sammlung für die Armen eingestellt, dagegen nach der Kirche an allen Ausgängen Becken ausgesetzt.

Das darin gesammelte Geld ist den Armen, vorzüglich aber den bei der Leipziger Schlacht Verwundeten und den Wittwen und Waisen gefallener Sieger gewidmet.

Gleichen Zweck hat die Sammlung in den andern christlichen Kirchen und in der Synagoge der israelitischen Gemeinde, so wie alle an diesem Tag gemacht werdende öffentliche Sammlungen.

§ 6.

Während der Vormittägigen Feier werden 101 Kanonenschüsse gelöst.

§ 7.

Die dahier befindlichen Kranken und Verwundeten in den Militärhospitälern, so wie alle Gefangene werden an diesem Mittag gespeist.

§ 8.

Von 3 bis 4 Uhr Nachmittags, als der Stunde, wo die *Allerhöchsten Verbündeten* die Nachricht des entscheidenden Sieges erhielten, wird von den drei Hauptthürmen der St. Katharinen-, St. Nikolai- und Dom-Kirche nach den vier Richtungen jedes dieser Thürme die Melodie eigends hierzu gedruckter Danklieder mit vollständiger, aus blasenden Instrumenten bestehender, Musik angestimmt.

Auf dem Römerberg, dem Paradeplatz, dem freien Platz

vorm Leinwandshaus, und an dem Einigkeitsbrunnen, so wie zu Sachsenhausen werden sich die Schullehrer mit ihren Schulkindern versammeln, um diese Lieder ebenfalls feierlich anzustimmen.

Dasselbe geschieht in den Dorfschaften auf den Gemeindeplätzen.

Bei allenfalls ungünstiger Witterung hat dieses in den Kirchen zu geschehen.

§ 9.

Von 4 bis 5 Uhr wird mit allen Glocken, zum Schluß der religiösen Feier, geläutet.

§ 10.

Das Bockenheimer-, St. Gallen-, Allerheiligen- und Affenthor sind am 18. October wegen der an diesem Abend Statt habenden Beleuchtung der Wartthürme bis Mitternacht ein- und auslaßfrei offen. NB. Der Feldberg, der Melibocus und andre sind mit Feuern gekrönt.

§ 11.

Am 19. October Abends 7 Uhr wird die ganze Stadt, alle öffentliche Gebäude, Plätze, die Brücke und die Stadtthürme bis Mitternacht erleuchtet.

Vor dem Römer wird ein, der Feier des Tages entsprechendes Transparent aufgestellt, welches die Dankgefühle, wovon hiesige Stadt gegen die Allerhöchsten Verbündeten für die wiedergeschenkte Freiheit durchdrungen ist, an den Tag legt.

An einem vor diesem Transparent aufgestellten Altare, so wie an mehreren öffentlichen Plätzen werden Sammlungen zu dem oben § 5 erwähnten Zwecke veranstaltet.

§ 12.

Von dem St. Nicolai-Thurme aus wird, während der Beleuchtung, in Zwischenräumen feierliche Musik gemacht.

Wenn *Ein Hochedler Rath* durch diese Verordnungen Seinen eignen Gefühlen sowohl, als den Wünschen Löblicher Bürgerschaft entsprochen zu haben glaubt, so erwartet *Hochderselbe* dagegen von den bekannten biedern Gesinnungen Seiner Mitbürger, so wie aller hiesiger Einwohner, daß dieselbe Feier des religiösen Theils dieses Festes durch reine Gottesverehrung und Dank gegen die alles leitende Vorsehung würdig begehen, während der, der öffentlichen allgemeinen Freude gewidmeten Zeit aber durch Ordnung und sittliches Betragen sich auszeichnen und im Wohlthun wetteifern werden.

Frankfurt am Main, den 13. October 1814. *Stadt-Canzlei.*

Dieses so nahestehende Fest hier mit zu feiern, wird mir viel Vergnügen machen. Möge das weimarsche auch fröhlich ausfallen. G.

*

Am 20. Oktober, nachmittags 2 Uhr, reist Goethe von Frankfurt ab, hält sich bis zum 24. in Hanau auf und gelangt über Gelnhausen, Fulda und Eisenach nach Weimar, wo er am 27., nachmittags 4 Uhr, eintrifft. – Nicht lange darnach verliert Christiane ihre langjährige Gesellschafterin Caroline Ulrich, da diese am 8. November die Gattin Riemers wird. – Vom 4. bis zum 21. (oder 22.) Dezember hält Goethe sich in Jena auf, doch sind aus dieser Zeit keine Briefe bekannt.

1815

Wie in den letzten Monaten des vergangenen Jahres, so arbeitet Goethe zu Anfang des neuen mit jugendlicher Kraft an seiner neusten Aufgabe: der dichterischen Aneignung der persisch-orientalischen Welt; daneben fördert er rüstig die neue Gesamt-Ausgabe seiner Werke. Christiane aber beginnt unversehens ernstlich zu erkranken. Lakonisch vermerkt das Tagebuch unterm 9. Januar (einem Montag): »Doppelter Unfall. Mittag gestört. Herstellung«; und nicht minder dunkel, für uns wenigstens, heißt es einige Tage später in einem Brief Goethes an den Minister v. Voigt: »Freilich war der Unfall erzeugende Unfall, den mir ein wunderlich Geschick Dienstag [?] zwischen 1 und 2 Uhr zudachte, etwas derb, und nur die liebevolle Theilnahme würdiger Freunde und Freundinnen (bei denen alles Gute verweilen möge!) konnte uns so schnell wieder aufrichten und herstellen, wenn ich gleich nicht leugnen will, daß die Nachempfindung mir noch in allen Gliedern liegt.« Es scheint, daß durch die Überfülle des Blutes, die Christianen öfters zu schaffen gemacht hatte, jetzt ein Schlaganfall verursacht worden war. An den Arzt Kieser in Jena schreibt Goethe unterm 27. Februar: »Meine Frau wird in diesen Tagen nach Jena gehen, da ihr eine Ortsveränderung und Zerstreuung sehr nöthig thut. Haben Sie die Güte, ihr einige Aufmerksamkeit zu schenken. Herr Hofrath Stark ist von allem unterrichtet, es würde mir sehr erwünscht sein, wenn Sie mit ihm über ihren Zustand conferiren möchten.« Unterm 1. März heißt es im Tagebuch: »Meine Frau ließ zur Ader«; tags darauf fährt Christiane in Begleitung von Madame Kirsch nach Jena, wo sie bis zum 13. in ärztlicher Behandlung bleibt.

*

576. *Goethe*

Nur mit einigen Worten will ich melden, daß es mir ganz wohl gehet, und ich mein Zeit theils allein, theils mit August, Riemer und Meyer zubringe; überall wird Ordnung möglichst hergestellt. Habe Dank für die gegebenen Nachrichten. Mein größter Wunsch ist, daß Du Dich glücklich wieder herstellen mögest. Grüße alle Freunde und entschuldige mich, daß ich nicht schreibe; es gibt diesen Morgen gar zu viel zu thun.

Alles Gute und Vergnügliche wünschend.

Weimar, den 4. März 1815. G.

577. *Christiane*

[Jena, 5. (oder 6.) März 1815.]

Ich befinde mich jetzt ganz leidlich hier. Gesehn habe ich noch niemand als Kieser und Stark, die Frau von Knebel, Marezolls, die Seidler, und alles freut sich, mich wiederzusehen. Knebel wird geschrieben haben, was Stark über meine Diät gesagt hat. Jetzt fehlt mir weiter nichts, als daß ich meinen Magen noch in Ordnung bringen muß; und dieses wird hoffentlich auch bald geschehn. Heute sind wir bis Winzerle gefahren, und nach Tische sind wir bei dem schönen Sonnenschein bis an das Geleits-Haus spazieren gegangen und zurück um den ganzen Graben, welches mir bis jetzt wohl bekommen. Und nachdem ich ein Whistchen[1] gemacht habe, hoffe ich auch gut zu schlafen.

1 wüstgen.

Weiter weiß ich nichts, als daß ich Dich von ganzem Herzen liebe und mich recht freue, Dich wiederzusehen. Grüße August. Die Kirsch empfiehlt sich zu Genaden.

C. v. Goethe.

578. *Christiane*

[Jena, 8. März 1815.]

Mit mir gehet es alle Tage besser, und ich hoffe recht bald wieder hergestellt zu sein. Stark wird Dir schon geschrieben haben. Sonnabend war der Tag wie gewöhnlich, früh gefahren und dann den Nachmittag gegangen. Das Gehen wird mir doch nicht mehr so sauer wie im Anfang. Die Seidler habe ich seit Sonnabend nicht wieder gesehen; sie ist nach Saalfeld gereist. Sonntag früh war ich bei Voigts, wo mir die Frau von Löwenich besonders gefallen hat. Die Voigten gefällt mir noch besser als die andre Schwester. Morgen ziehen die Mutter und Schwester zur Griesbach. Auch ging ich zu Frommans, traf sie aber nicht zu Hause. Den Nachmittag fuhren wir mit der Knebeln spazieren, und bei der Zurückkunft wurde Whist[1] gespielt. Auch besuchte mich die Marezoll. Bachmann ist fast jeden Abend da. Wagner hat mir recht schöne Blumen geschickt, worüber ich mich recht gefreut habe. Montag ließen mir Knebels keine Ruhe, ich müßte Mittag da essen; sie hatten auch lauter zarte Speisen gekocht, die mir auch bis jetzt wohl bekommen sind. Früh hatte ich einige Besuche, dann fuhren wir aus bis 1 Uhr, wo wir gleich bei Knebels abstiegen, und um 6 Uhr holte uns der Kutscher wieder ab.

Knebeln habe ich sehr munter gefunden. Er sehnet sich sehr nach Dir; sollte es nicht möglich sein, daß Du auf einen oder ein paar Tage rüberkommen könntest? Du sollst Deine

1 wüst.

Stube und Dein Schlafzimmer ganz vor Dich allein haben. Schreib mir darüber Deinen Willen. Auch wünscht es der Berg-Rath Voigt sehr, Dich einmal hier zu sehen. Heute, den 8., machte ich des Morgens einige Besuche, bei der Voigten, der alten, und Mamsell Seidler, Gruner, und der Steinen, und bei mir war die Klimschen, Madame Frommann und Schemann; gleich nach dem Essen sind wir bis Winzerle gefahren und haben uns sehr über das schöne Wetter gefreut. Diesen Abend besuchen mich Marezolls und der Graf Reuß auf ein Boston[1]. Und so wäre denn der heutige Tag beschlossen. Der Himmel wird helfen, daß die übrigen auch gut und gesund beschlossen werden.

Lebe wohl und behalte mich so lieb, als ich es schon von Dir überzeugt bin.

Dein Dich ewig liebender Schatz

C. v. Goethe.

579. *Goethe*

Aus Deinem Briefe habe ich mit Vergnügen gesehen, daß es gut geht, und wünsche nichts weiter als glückliche Folge. Grüße mir alle Freunde und entschuldige mich, wenn ich nicht schreibe. Mein Katarrh hat so[2] überhandgenommen, daß mir selbst das Dictiren beschwerlich wird, wodurch ich denn, wenigstens für den Augenblick, verhindert bin, euch zu besuchen. Übrigens scheint sich allerlei Angenehmes ereignen zu wollen. Die Berliner schreiben, daß sie den ›Epimenides‹ den 30. März aufführen werden, zu Ehren der Einnahme von Paris; dieser Gedanke wäre denn ganz gut, wenn nicht wieder etwas Albernes dazwischen kommt. Da

1 Folgt zu mir (im Vorhergehenden kommen statt besuchen mich voraussetzend).

2 Davor gestrichen mir.

ich nicht an Hof gehen konnte, als der Herzog von Gotha hier war, so hat er mir die Ehre erzeigt[1], mich zu besuchen. Er war sehr gnädig und in seinen Äußerungen mäßig und wohlwollend. Diesen Charakter hat er auch dießmal nicht überall behauptet.

August steht mir in allen Dingen bei, Meyer und Riemer besuchen mich oft, auch wird viel geschrieben, und es geht in allem vorwärts. Auch sind die Kupfer und Zeichnungen unterdessen geordnet worden.

Ich lege ein Packetchen für Harras bei, es ist veronesischer Broccoli-Samen, zugleich 4 Körner von Pinien. Wenn der Broccoli gut geräth, so soll er uns auf den Herbst von Zeit zu Zeit etwas herüberschicken. Unser Gärtner mag sich nicht weiter damit abgeben, und mag auch wohl Recht haben.

Grüße alle Freunde, gedenke meiner und laß mich mit jedem Botentage etwas von Dir wissen.

Weimar, den 8. März 1815. G.

580. *Christiane*

Jena, den [8. bis] 10. März 1815.

Daß Du Dich nicht wohl befindest, hat mir viele Sorge gemacht; meine Sehnsucht, Dich wiederzusehen, ist groß, daß ich mir fest vorgenommen habe, Montag früh von hier abzureisen, um den Mittag einzutreffen. Auch, hoffe ich, wirst Du Dich gewiß über mich freuen, wie viel froher und heitrer ich jetzt bin, als ich war, da ich abreiste. Es wäre auch ein Wunder, wenn ich es nicht wäre, da die Menschen hier sich alle Mühe geben, meinen Aufenthalt so angenehm als möglich zu machen. Bis Dienstag weißt Du, wie es mir

1 erzeugt.

ergangen. Heute, als den Mittwoch, war ich zu Voigts zum Thee gebeten, wo ich es wagte hin zu gehen. Und es ist mir recht wohl bekommen; ich nehme mich allenthalben sehr in Acht. Donnerstag waren wir bei die Frau Professor Köthen, auch zum Thee und recht vergnügt, denn sie waren alle sehr artig gegen mich. Man macht mir allenthalben einen Spiel-Tisch, und so vergehet die Zeit, ich weiß nicht wie. Das schöne Wetter hat uns den Rücken gewandt, und wir haben hier den völligen April. Wenn es doch noch bis Montag gehalten hätte! so aber werden wir unsre Spazier-Fahrten einstellen müssen. Soeben bin ich wieder heute Nachmittag bei Knebels eingeladen, und morgen zu Gruners.

Auch habe ich noch eine Bitte um einige [1]. Ich hätte recht gut auskommen können, wenn ich nicht so viel Holz hätte kaufen müssen; ich habe schon vor 8 Thaler 12 Groschen gebraucht. Auch muß ich noch die Apotheke bezahlen. Nun kommt auch etwas Erfreuliches, welches mich sehr überraschte. Gestern früh kam der Berg-Rath Lenz zu mir; so heiter und vergnügt habe ich ihn noch nicht gesehen. Auf einmal brachte er mir, mit einem geheimnißvollen Lächlen, das Diplom als Ehrenmitglied der Mineralischen Gesellschaft aus der Tasche. Ich freute mich sehr, setzte ihm eine Bouteille Wein vor, da haben wir Deine Gesundheit getrunken und Dich recht hoch leben lassen. So vergnügt habe ich Lenzen noch niemals gesehen.

Soeben fällt mir bei, daß ich vergessen habe, Karln zu sagen, daß es nach meinen Öfen gesehen werden muß, weil es ein wenig rauchte. Dürfte ich Dich daher bitten, es ihm zu sagen.

Es ist itzo mein einziger Gedanke, Dich wiederzusehen und Dir zu sagen, wie lieb ich Dich habe. Und wie freue ich mich, wenn ich jeden Morgen, wie ich aufwache, Dir dan-

1 Nicht entziffert: Spetschs (Speziesthaler?).

ken kann, wie meine Kräfte wieder zugenommen haben. Ich danke auch alle Morgen Gott dafür. Nun lebe wohl und denke mein. C. v. Goethe.

Die alte Lorsbach ist auch eine liebe Frau, und die Tochter ein liebes Kind.

581. *Goethe*

Nichts könnte mir angenehmer zu hören sein, als daß Du Dich wohlbefindest und Dich nach und nach erholst; aber eben deßwegen wünsche ich, daß Du Dich einrichtest, noch einige Zeit drüben zu bleiben. Meinen Katarrh muß ich abwarten, dabei kann mir niemand helfen; aber wer gegenwärtig sein muß, dem wird grade ein solches Übel lästig und langweilig. Ich führe mein Leben wie immer durch, es geschieht alle Tage etwas. August macht seine Sachen ganz ordentlich, Meyer und Riemer kommen meistens die Abende.

Da Du nun drüben gute Unterhaltung hast und nach dem stürmischen Wetter der letzten Tage guter Zeit entgegen siehst, so seh ich nicht ein, warum Du den Ort verändern willst. Richte Dich ein, daß Du den Montag nach Palmarum wieder hier bist, da läßt sich mancherlei vorarbeiten und verabreden, ehe die Höchsten Herrschaften kommen. Das wird wieder einen gewaltigen Sturm geben, möge er der letzte dieser Art sein.

Rath Völkel wird heute erwartet, von der Ankunft der Hoheit weiß man noch nichts Gewisses. Durchlaucht Herzog sind auf den 29. hujus angekündigt.

Nun habe ich auch einen Brief von dem Graf Brühl als Königlichem Theater-Intendanten, worin er mir meldet, daß ›Epimenides‹ zur Feier des Jahrestags der Einnahme von

Paris gegeben werden solle. Ich habe ihm zu diesem Zweck noch einiges hinzureimen müssen, und so kommt denn dieses langbearbeitete und verschobene Werk auch endlich zu Stande.

Beiliegenden Brief gib Lenzen mit meinem Dank zurück. Dieser Biedermann findet doch noch immer Gelegenheit, sich einen Spaß zu machen. Die ›Proserpina‹ gib Knebeln: es ist zwar immer noch die alte, die er kennt, und die neue Musik, so wie die Gebärden können wir mit Worten nicht überliefern.

An Voigt schreibe ich ein Blättchen, das Du ihm übergeben wirst. Sonst wüßte ich nicht viel zu sagen bei dem einfachen Lebenslauf, den wir führen. Der Orient gibt noch immer die meiste Beschäftigung.

Und somit lebe wohl, grüße Madame Kirsch und alle Freunde, vor allen Dingen aber sorge für Erheitrung und Erneurung alter angenehmer Bilder. Danke Herrn Hofrath Stark für seine umständliche und gute Relation. Und so nochmals das beste Lebewohl!

Herzlich theilnehmend und das Beste wünschend

Weimar, den 11. März 1815. G.

Auch ist das Nothwendigste nicht vergessen.

*

Schon am 8. März hatte Goethe seinem jungen Freunde Christian Schlosser in Frankfurt geschrieben: »Meine gute Frau, die sich von einer schweren Krankheit wieder erholt, grüßt mit mir Ihre verehrte Frau Mutter auf das herzlichste. Sie soll nach Karlsbad gehen, und ich wünschte, ihr mit ein paar neuen Kleidern eine kleine Freude zu machen. Zwei Muster liegen bei, das seidene zeigt nur den Stoff an, nicht die Farbe, welche nach beliebiger Einsicht gewählt werden könnte; von jedem bittet man um 14 Ellen. Bitten Sie wegen dieser Bemühung um gütiges Verzeihen.« Am 3. April bekennt er in einem Briefe an Willemer: »Ich habe viel gelitten, meine gute Frau war zwei Querfinger vom Tode. Jetzt ist sie wieder auf den Beinen.« Vom 11. April an ist Christiane abermals für eine Woche in Jena.

*

582. *Christiane*

Jena, den 11. April 1815.

Es wird Dich freuen, wenn ich Dir schreibe, daß wir noch vor 11 Uhr gut und glücklich hier angekommen sind. Wir würden den Weg noch eher zurückgelegt haben, wenn wir nicht durch viele Preußen, welche in Hohlstedt frühstückten, aufgehalten worden wären; denn es machte doch einige Schwierigkeiten, ehe die Menge Wagens uns Platz machen konnten.

Zimmer und Wirth waren beide sehr freundlich bei unserer Ankunft, und das Wetter ist hier sehr schön und um einen guten Theil wärmer als in Weimar.

Da mich die Reise gar nicht ermüdet hat, werde ich diesen Nachmittag noch einen kleinen Spaziergang machen und dann zu Knebels und noch zu einigen von meinen Bekannten gehen.

Nun lebe wohl und denke mein. Ich liebe Dich sehr. Hier bin ich aber wie ein Vogel so vergnügt. Dein treuer Schatz

C. v. Goethe.

583. *Goethe*

Ich freue mich gar sehr, daß Dein Hauptwunsch und Zweck erfüllt ist; so können wir denn wieder eine Weile ohne Sorgen leben.

Mein Tag geht sehr angenehm hin. Ich bin fleißig. Mittags leistet August Gesellschaft, die Köchin ist lobenswerth. Abends kommt Hofrath Meyer, und so geht es früh wieder von vornen an. Aus dem Hause sehn ich mich nicht. Wie es in Jena aussieht, kann ich mir denken. Der Menge kann man nicht übelnehmen, wenn sie bei so großen, drohenden Übeln Verrath fürchtet. Nur mag ich nicht Zeuge ihrer Verwirrungen sein. Bleibe, solange Dirs behagt. Auch uns bist Du immer willkommen!

Weimar, den 15. April 1815. G.

Dank für die Spargel!

*

Schneller, als man zu hoffen gewagt, hatte Christianens kräftige Natur den ernsten Anfall überwunden; es war anzunehmen, daß eine Badekur in Karlsbad ihre Gesundheit völlig wiederherstellen werde. Und so trat Goethe getrost am 24. Mai seine Sommerreise an, die ihn abermals in die geliebten Main- und Rheingegenden führte. Daß während dieser sonnevollen Reisetage »sich ein Quell gedrängter Lieder ununterbrochen neu gebar«, lassen Goethes Briefe an seine Frau kaum ahnen. Dafür vernehmen wir von Christianens kleinen Erlebnissen mehr, als es während der letzten Jahre der Fall war.

*

584. *Goethe*

Kund und zu wissen jedermann, den es zu wissen freut, daß ich

in Erfurt 7½ Uhr.
in Gotha 11 Uhr.
Eisenach 3 Uhr.

eingetroffen. Daß mich unterwegs sogleich die guten Geister des Orients besucht und mancherlei Gutes eingegeben, wovon vieles auf das Papier gebracht wurde. Nun lebet wohl und gedenkt mein.

Eisenach, den 24. Mai 1815. G.

Nahe bei Gotha, gegen Eisenach, finden sich auf den Chausseehaufen viele Ammonshörner und Pektiniten, aus[1] einem schwachen Steinlager. Wie der Kalkstein stärker und fester wird, hören sie auf.

585. *Goethe*

Wiesbaden. Sonnabend, den 27. Mai 1815.

Vor allen Dingen also die Fortsetzung der Stationen.

Den 25. Mai	Den 26. Mai	Den 27. Mai
von Eisenach		
ab 6 Uhr	von Fuld 5¼	von Frankfurt 8¾
von Berka ab 8¼	Neuhof 7	Hattersheim[3] 11
von Vach[2] ab 11	Schlüchtern 10	Wiesbaden 1½
von Buttlar ab 1½	Salmünster 11½	
von Hünefeld ab 3¾	Gelnhausen 1	
in Fulda angekommen 6½	Hanau 6	
	Frankfurt 8	

Durchaus ist alles gut gegangen. Hier hab ich gerade das gewünschte Zimmer getroffen. Ich richte mich ein. Die Reise war nicht unfruchtbar. Mein ›Divan‹ ist mit[4] 18 Assessoren vermehrt worden. In Frankfurt hab ich niemand gesehen. Wenn man von der Höhe vor Wiesbaden den Rhein

1 Davor gestrichen in.
2 Fach.
3 Hadersheim.
4 mich.

sieht, von Oppenheim herab, bei Mainz vorbeifließen, und wie er dann, gegen Elfeld, die große Aue in sich faßt, und weiter hinab die Reihe von Ortschaften, der Johannisberg und bis Bingen die Landschaft erscheint, so weiß man doch, warum man Augen hat. Dieß zu erfahren, war mir sehr nöthig. Nun lebet wohl und liebet. G.

586. *Christiane*

[Weimar, 31. Mai 1815.]

Deinen lieben Brief von Eisenach hab ich mit Freuden gelesen, denn ich sah auch daraus, daß Du sehr schnell reisen kannst, und so bin ich Dir in Gedanken gefolgt. Augusten bekomm ich Tage lang nicht zu sehen; von früh an geht es auf die Rabenjagd, wo er heute schon zum dritten Male ist, und gewöhnlich vor Nachmittags 3 Uhr nicht zurückkommt. Durch die Feier des Jubiläums hat er sich großen Ruhm erworben: der Legations-Rath Kirms hat ihn gestern besucht und selbst gedankt. Die Soupés beim Erbgroßherzog hören nicht auf. Ich besorge unterdessen meine Wirthschaft, Krautländer und den Garten, und befinde mich leidlich, und so kommt denn die Zeit immer näher herbei, wo wir abzureisen gedenken; es bleibt beim 4. Juni.

Nun kommt aber etwas, warum ich Dich bitten wollte, nämlich: die Treutern ist sehr krank, und ich vermuthe, daß ich sie nicht wieder lebend antreffen werde. Wenn Du daher Augusten erinnern wolltest, daß er die Sache nicht in der Dämmrung ließe, oder gäbst geradezu Genasten den Auftrag, wie Du es fürs zweckmäßigste hältst; denn es sind schon einige Liebhaber da, und meinen Gedanken nach dürfte es uns hier auf einige hundert Thaler nicht ankommen.

Nun lebe wohl und denke mein. Von Karlsbad ein Mehres. Behalte mich nur so lieb, wie ich Dich habe. C. v. Goethe.

587. *Goethe*

Wiesbaden [31. Mai 1815.]

Nun bin ich so ziemlich eingerichtet, ich wohne allerliebst, aber theuer, esse gut und wohlfeil; Wein habe ich von Frankfurt verschrieben und werde mich also in diesen Hauptpuncten bald wohl versorgt finden. Morgens, nach köstlichem Schwalbacher Wasser, bade ich in dem heilsamen Wiesbade; das alles bekommt mir recht gut, und ich kann dabei thätig sein. *Neapel* rückt vor, so wie *Sicilien*; diese lustigen Erinnerungen unterhalten mich, ohne die mindeste Anstrengung. Ich habe sie so oft erzählt, daß es Zeit ist, sie auf dem Papier zu befestigen. Oberbergrath *Cramer* und Bibliothekar *Hundeshagen* sind freundlich, theilnehmend, hülfreich, wie voriges Jahr. Major von *Luck* aus Mainz hat mich schon besucht, von niemand weiter habe ich gehört und lebe also in der erwünschtesten Einsamkeit. Des Tages gehe ich zweimal spazieren, die Gegend erscheint herrlicher, je mehr man sie sieht und schätzt.

Es ist das heiterste Wetter, freilich zum Schaden des Land- und Gartenbaues, sie haben in zehn Wochen keinen anhaltenden Regen gehabt. Indessen genießt man schon hier Schotenerbsen, auch ausgelieferte; was aber besonders erfreulich ist, wird doch immer der *Salmen* bleiben, dessen Portion mit trefflicher Gelée man, zu jeder Stunde, für 30 Kreuzer im Cursaal haben kann. Es ist jetzt grade seine rechte Zeit; ich muß mich nur in Acht nehmen, daß ich mich nicht daran überesse. Herzkirschen stehen schon, in großen Körben, an allen Ecken.

Unter den Pflanzen ist mir eine gefüllte *Lychnis* vorgekommen, als Gartenschmuck das Schönste, was man sehen kann; auf den Herbst, hoffe ich, soll man uns Pflanzen schicken. Die Rosen blühen vollkommen, die Nachtigallen singen, wie man nur wünscht, und so ist es keine Kunst, sich nach *Schiras* zu versetzen. Auch sind die neuen Glieder des ›*Divans*‹ reinlich eingeschaltet und ein frischer Adreßcalender der ganzen Versammlung geschrieben, die sich nunmehr auf hundert beläuft, die Beigänger und kleine Dienerschaft nicht gerechnet.

Und so sind denn die Tage der Reise und des hiesigen Aufenthalts froh und nützlich zugebracht. Die Fortsetzung nächstens.

Sonntag, den 4. Juni.

Nun bin ich volle acht Tage hier, und alles läßt sich sehr gut an. Ich trinke das Weilbacher Schwefelwasser mit Milch, bade täglich und dictire dabei immer fort. Nach der Badeliste sind schon vierhundert Gäste hier, die ich nicht bemerke: der Ort ist groß, sie sind alle wahrhaft krank, und dann komme ich auch weder an öffentliche Tische, noch Orte. Bergrath Cramers bedeutendes Cabinet unterhält mich wie voriges Jahr; schon weiß ich mir die metallreichen Gegenden, bis nach der Grafschaft Mark hin, besser zu vergegenwärtigen, und der Umgang mit diesem biedern, verständigen, unterrichteten Mann ist mir belehrend und erheiternd.

Die hiesige Bibliothek, alle Zeitungen, Staatsblätter und Journale anschaffend, sie in der schönsten Ordnung mittheilend, bewirkt gleichfalls eine für den Fremden sehr günstige Unterhaltung.

Mittwoch, den 7. Juni 1815.

Und nun zum Schlusse einiges! Deinen lieben Brief habe erhalten. Du wirst nun in Karlsbad sein. An Genast schreibe ich. August lassen wir gewähren. Brentanos haben mich freundlichst besucht, Wein zurückgelassen und mich liebevoll eingeladen. Auch hier wird mir das Beste erwiesen. Beuthers Decorationen läßt mich Geh. [Rath] Pfeiffer nach und nach sehen, wenn das Schauspiel vorbei ist. Von denen

Sachen, die Du kennst, sehr schöne. Eingerichtet bin ich zum Besten. Das hoffe ich nun von Dir auch zu hören. Heut über 14 Tage schreib ich wieder. Melde mir, wenn dieser Brief ankommt. Grüße die Geleitende. G.

Karl macht seine Sachen sehr gut. Heute war Gewitter und Platzregen.

Die Liebe das Beste!

588. *Christiane*

Karlsbad, den 9. Juni 1815.

Deinen lieben Brief aus Wiesbaden habe ich noch in Weimar erhalten und mich sehr gefreut über die schnelle Reise. Sonntag, als den 4. d. M., reisten wir früh 6 Uhr von Weimar ab und kamen bei guter Zeit in Kahle an, von da wir den folgenden Morgen früh 5 Uhr wieder abreisten. Der Kutscher führte die Schimmel, und ein freundlicher Kutscher saß auf dem Bock. Um 3 Uhr kamen wir in Schleiz an, aßen schnell, um uns bald zu Bette zu legen. Bis Hof, den 6., ist uns nichts Merkwürdiges begegnet. Es ging wie immer, wir waren müde und legten uns bald nieder. Allein, wie wir von Hof weg waren und kamen in den Rehauer[1] Wald, so wurden wir sehr angenehm überrascht: es begegneten uns 2 Trotschken[2], die wir von weitem vor Russen hielten und schon ziemlich verlegen waren; aber wie groß war unser Erstaunen, als es näher kam und wir sahen, daß es unser Groß-Herzog war. Er grüßte uns sehr freundlich; wie er einige Schritte vorbei war, fragte er seine Leute, wer wir wären. Er ließ sogleich halten und stieg aus, um zu meinem Wagen zu kommen. Wie ich es sahe, so stieg ich geschwind

1 Riegauer.
2 Trockten.

aus, um ihm entgegen zu gehen. Er war sehr gnädig und fragte gleich nach Dir, erkundigte sich nach meinem Befinden und wünschte mir Glück zu meiner Cur. Es war ein wunderschöner Russe bei ihm, es mußte ein Fürst sein, er hatte eine Menge Orden, war noch jung und war, was man einen schönen Mann nennen kann. Wir haben ihn den ganzen Weg nicht vergessen können.

Den 7. kamen wir auch glücklich in Franzen-Brunnen an, wo wir nur so viel Zeit hatten, eher es regnete, an den Brunnen zu gehen. Überhaupt haben wir bis hieher viel Glück gehabt, wir haben auf der ganzen Reise auch nicht den geringsten Anstoß gehabt. Den 8., Nachmittag, kamen wir glücklich und wohlbehalten hier an; und der Herr Graf, den wir gleich nach einem Logis fragten, sagte uns, daß bei dem Burgemeister auf der Wiese, in der ›Schönen Königin‹ noch das oberste zu haben sei. Wir schickten danach, wurden des Handels einig, die Woche 5 Gulden Sächsisch. Es ist zwar[1] hoch, allein sehr freundlich und hat eine sehr schöne Aussicht. Gestern waren wir sehr mit auspacken beschäftigt. Die Kirschen ist von allem, was sie gesehen hat, sehr bezaubert; besonders hat sie der Sprudel sehr überrascht. Und sie hat noch nicht alles gesehen, die Zeit war zu kurz; sie hat nur ein Stückchen Spazierengang und den Neubrunnen und den Sprudel [gesehen]. Heute früh haben wir Salz genommen und sind beide sehr matt, und wollen sehen, wie uns morgen der Brunnen bekommen wird.

Mir gehet es ganz leidlich. Ich bin heute sehr zufrieden, daß es mir die Reise so gut gegangen hat, und ich glaube, daß es mir sehr nöthig ware, einmal wieder was zu brauchen. Die Frau von Reck und auch die Herzogin von Curland ist wieder hier. Nun lebe wohl und liebe mich, wie ich Dich liebe, und gedenke mein. C. v. Goethe.

Bade-Gäste sind 180 hier.

1 zwahrt.

589. *Goethe*

Dein Brief war nur zehn Tage unterwegs, deßhalb schreibe ich sogleich wieder. Meinen umständlichen Brief, der den achten von hier abging, wirst Du erhalten haben. Da es im Karlsbad denn doch einmal aufs steigen angesehen ist, so habt ihr wohlgethan, in die Höhe zu ziehn. Die Aussicht ist immer höchst angenehm und auch bei Regenwetter tröstlich.

Ich lebe hier ganz einfach fort; man kann auch nicht viel Sprünge machen, denn das Bad ist auf die Länge doch angreifend und regt die Übel auf, die man gerne los sein möchte. Die Ärzte verweisen uns zur Geduld und Ordnung. Übrigens ist es hier so stille wie im tiefsten Frieden. Sähe ich Sonntags in Biebrich nicht Östreicher und Preußen, so wüßte ich gar nicht, daß Krieg bevorsteht, und glaubte den Zeitungen kaum, deren mir täglich eine große Menge mitgetheilt wird.

In Biebrich habe ich den Erzherzog Karl gesprochen, der sich sehr freundlich und gnädig erwies. Sonst ist niemand Bekanntes unter den Curgästen.

Mein Speisewirth nährt mich zwar nicht köstlich, dabei ist aber angenehm, daß sie einem zubereiten, was man ihnen schickt. Brentanos haben mich von Frankfurt mit Artischocken versehen; heute sind große Krebse gekauft worden, von welchen das Stück etwas über 3 Kreuzer kostet. An Confect und getrockneten Früchten zum Nachtisch, nicht weniger an Chocolade lassen es die Freunde auch nicht fehlen. Rothen und weißen Wein ließen sie mir gleichfalls zurück. Ferner habe ich einen Petit Burgunder verschrieben, die Bouteille einen leichten Gulden hier auf der Stelle, ein sehr angenehmer und trinkbarer Wein. Auf einem nahen Lustorte, der Geisberg genannt, findet sich treffliches Pöckelfleisch, von welchem mir der freundliche Wirth manchmal ein Stück herein sendet. Denkt ihr nun noch gutes Brot und Bretzeln darzu, so seht ihr ein, daß mir von dieser Seite nichts abgeht.

August hat mir den Verlauf jener Feierlichkeit umständlich beschrieben, es war alles recht schicklich und ordentlich; später habe ich noch ein Gedicht gesandt und dadurch meine Theilnahme aus der Ferne bewiesen.

Von Landsleuten hat mich Riese schon besucht und ein alter achtzigjähriger Forstmann. Sodann kann ich vermelden, daß der Magnetismus in Frankfurt und überhaupt in dieser ganzen Gegend, besonders unter jungen Ärzten, im Schwange ist.

Und hier, im Gegensatz von so hohen Dingen, das Maß der Krebse, die ich heute gespeist. Schwarz von Schalen, auf dem Puncte des Übergangs, die alte Hülle abzuwerfen.

Weimarisch Maß über 7 Zoll[1]

Um die Seite noch anzufüllen, will ich noch allerlei, wie es mir einfällt, hinzufügen. Abermals haben sich schöne Mineralien bei mir eingefunden; von Zeit zu Zeit wird ein Spaziergang in die Steinbrüche und auf die Bauplätze unternommen, wo allerlei Merkwürdiges zusammengepocht wird. Für Jena wird auch ein interessanter Kasten zusammengepackt. Herr Oberbergrath Cramer, als Gevatter von Lenz, wird sich dabei hervorthun.

Gebaut wird hier sehr viel; die Anlagen dazu sind höchst

1 [Da das Maß mit Rücksicht auf die Größe des Buches um die Hälfte verkürzt werden mußte, erhält man die Länge der Krebse, wie Goethe sie in seinem Briefe (einem Quartbogen) angibt, wenn man die obige Länge doppelt nimmt.]

verständig und lobenswürdig, die Linien, wornach gebaut werden muß, wohl überlegt. Es gibt Straßen, die der größten Stadt Ehre machen würden. Alles greift eins ins andere; was aus den Kellern ausgegraben wird, schafft man in Vertiefungen, die ein kleiner Bach verursachte und durchfloß, dadurch entstehen sehr schöne Gärten. Aufgeregt zu diesem Bauen werden die Einwohner durch die günstigsten Umstände. Die Plätze erhalten sie von der Herrschaft, ein ansehnliches, verhältnißmäßiges Baudouceur dazu, dagegen sie vorschriftsmäßig bauen müssen. Ein unerschöpflicher Steinbruch von talkartigem Thonschiefer in der Nähe liefert das Material.

Und so lebe recht wohl. Versäume nicht, mir wenigstens *drei* complete Kreuzkrystalle von Müllern mitzubringen. Grüße ihn schönstens. Die Briefe an mich werden immer an Schlosser adressirt.

Wiesbaden, den 17. Juni 1815. G.

590. *Christiane*

Karlsbad, den 19. Juni 1815.

Deinen lieben Brief habe ich den 15. erhalten, und gleich nach meiner Ankunft habe ich Dir geschrieben; den wirst Du schon erhalten haben. Schreib mir doch auch, wenn Du ihn erhalten hast. Aus Deinem Brief sehe ich, daß es mit den Gewittern ziemlich übereintrifft. Den 7., Abend, als wir in Franzen-Brunnen waren, sahen wir ein schreckliches Gewitter nach Karls-Bad zu ziehen, und [als] wir den 8. hier ankamen, sahen wir schreckliche Verwüstung, denn es war den Abend zuvor ein Wolkenbruch hier niedergegangen, und seit der Zeit hat[1] es alle Tage geregnet, einen mehr,

1 Aus ist.

einen weniger. Man muß jeden Augenblick stehlen, wenn man spazieren gehen will; und das ist die Schuld, daß wir bis jetzt noch nicht viel gesehen haben. Bekanntschaften habe ich gar keine, außer Riquets, welche aber schon den Sonntag wieder weggehen, und Madame Brede[1], welche von Wien kömmt und in Stuttgart engagirt ist. Sie erkannte mich am Brunnen gleich wieder, ich aber mußte mich besinnen, denn es sind 7 Jahr, daß ich sie in Lauchstädt gesehen habe. Da sahe ich doch, daß mein Gedächtniß gelitten hat. Es sind nun beinahe 14 Tage, daß wir hier sind, und 4 Wochen werde ich wohl noch hier bleiben müssen; denn seit ich hier bin, habe ich einen starken Schnupfen, welches aber Mitterbacher gutheißt. Ich befinde mich doch schon um vieles besser als zu Hause. Die Kirschen macht jede neue Entdeckung glücklich, und in einer solchen Stimmung empfiehlt sie sich Dir. Das Capellchen wird fast jeden Tag besucht; es führt ein schöner Weg auf die Höhe. Wir stiegen hinauf, fanden wieder ein kleines Capellchen; von da kamen wir zu einem Tempel, der mit Gesellschaft angefüllt war. Wir wußten nicht, wo der Weg hin ging, es fing an abwärts zu gehen; wir schritten zu in der Hoffnung, einen Ausweg zu finden. Als wir am Ausweg kamen, stritten wir uns, wo wir waren, bis uns ein Mann den rechten Weg zeigte; es war weit über den Posthof. Auf diese Motion hat uns unser Mittags-Brod vortrefflich geschmeckt. Auch läßt Dich[2] die Frau von Recke, die Herzogin von Curland freundlich grüßen; auch Tiedge[3] empfiehlt sich Dir, auch die starke Hofdame aus Prag, deren Name ich vergessen habe.

Madame Mayer habe ich auch besucht; der alte Müller hat mich besucht. Überhaupt alles, was Dich hier kennt, fragt nach Dir und bittet um Empfehlung.

1 Bröthe.
2 sich.
3 Dütge.

Vergangnen Sonnabend Abend waren wir zu einem Picknick im Posthofe eingeladen, es war Ball; alle Equipagen fuhren hinaus. Es sind einige Prinzen hier, doch keine bekannten. Von Wien ist niemand da, auch nicht Ein Bekannter. Im Ganzen ist alles theurer als sonst hier. Wir essen vom Grafen, weil es da am wohlfeilsten ist. Im ›Hecht‹ ist es sehr theuer. Doch daß wir die Gulden eingekauft haben, haben wir wohlgethan, denn je mehr Fremde kommen, je mehr steigt das Papier.

Auch sind wir im Theater gewesen. Es wurde ›Der Rehbock‹ gegeben; das Stück reizte uns nicht sowohl, als die mimischen Vorstellungen, die uns sehr gelobt worden waren, und sie haben uns auch sehr wohl gefallen. Überhaupt finde ich, daß die Gesellschaft [sich] recht gebessert hat, denn Lortzings beide Rollen waren ganz artig besetzt. Man hat mir auch einen Zettel geschickt, den ein Schauspieler selbst brachte.

Daß Dir alles so gut gehet, [ist] die Hauptsache, und ich denke, wir wollen recht frohe Dir alles erzählen. Alle Tage wird, wie wir zu Tische kommen, das erste Glas Wein trinken, Deine Gesundheit getrunken. Wasser und Wein sind unser Bestes, denn das Essen ist mir wieder schlechter vorgekommen. Wenn nur erst das Wetter besser wird, alsdann ist alles gut. Ich bin schon ganz anders als zu Hause, sehe aber ein, daß ich sehr krank war. Ich bin aber auch nur glücklich durch Dich und Deine Liebe, und mir ist nur betrübt[1], daß es Dir so viel kostet. Doch Du gibst es mir gerne. Nun lebe wohl.

C. v. Goethe.

1 bedrbült.

591. *Goethe*

Deinen lieben Brief vom 19. Juni habe zu rechter Zeit erhalten, den meinigen vom 17. wirst Du auch empfangen haben. Möge Dir es recht wohl gegangen sein! Persönlich habe mich auch recht gut befunden; leider ist mir aber Karl krank geworden, wodurch denn freilich manche Unbequemlichkeit entsprang. Da wir aber einen sehr geschickten Arzt haben, so war die Sorge geringer; ich suchte meine Zeit möglichst zu nutzen, und nun geht alles wieder ganz leidlich und wird nächstens im alten Wege sein. Besuche von Frankfurt hab ich mehrere gehabt. Jetzt ist Christian Schlosser bei mir zu sehr angenehmer und nützlicher Unterhaltung, die, bei immer trübem und kalten Wetter, um so erwünschter ist. Einige schöne Tage habe auf dem Lande zugebracht. Sonntags fahre nach Biebrich[1]. Gestern war ich mit Frau von Linker dort. Durch diese habe ich Briefe und Nachrichten von Weimar erhalten, auch ein sehr artiges Täßchen von Granit mit Stahlarbeit, von der Erbprinzeß Hohheit.

Wegen des Treuterischen Hauses ist Vorsehung getroffen. Daß August zum Kammerjunker erhoben worden, weiß ich zu schätzen. Er aber genösse der Ehre noch lieber, wenn auch was Klingendes dabei gewesen wäre. Das wird auch kommen.

Kräuter, höre ich, benimmt sich sehr gut, August lobt ihn. Es war nicht anders zu vermuthen. Solch ein Wesen ist mir höchst nöthig.

Ehe Karl krank wurde, habe ich ihm viel dictirt und das Corrigirte abschreiben lassen, daß ich also doch nicht ganz leer nach Hause komme. Wenn wir nur erst wieder zusammen sind, wird sich manches schicken und richten.

Vielleicht ist ein Brief von Dir unterwegs. Wenn Du

1 Biberich.

diesen erhältst, schreibe mir noch einmal, was Du zu thun gedenkst, und dann nicht weiter. Ich denke, noch ein Stückchen Badecur mitzunehmen, in Frankfurt wenige Tage mich herumzucomplimentiren und dann nach Hause zu eilen. Die Menschen sind alle so erstaunend in Agitation, daß ich mich recht wieder zum Koppenfelsischen Giebel sehne.

Brentanos fahren fort, sehr freundlich zu sein, sie haben mir Wein und alles Erfreuliche gesendet und gebracht. Georg hat seine schöne Frau verloren. Er ist nach Ems und wollte mich aufs freundlichste mit sich. Franz und Frau waren schon zweimal hier.

Eine große, stille und laute Freude ist in dieser Gegend wegen des errungenen Siegs. Wäre die Schlacht verloren gegangen, so hätte man die unruhige, unglückliche Nachbarschaft schon wieder auf dem Halse. Unterdessen bedauert jede Familie einen Todten, Verwundeten, Vermißten, Verstummten. Und dieß gibt bei so großem Glück dem Aufenthalt eine traurige Stimmung; auch Blessirte kommen nach und nach. Charpie und Bandagen werden in Massen über den Rhein gesendet. Die vorjährigen Vereine sind wieder in voller Thätigkeit. Und doch ist alles froh, weil man bedenkt, daß diese Übel von dem allergrößten hätten verschlungen werden können.

Nun lebe recht wohl an Deinen böhmischen Felsen. Grüße alles zum schönsten. Namentlich die Herzogin von Curland Durchlaucht, Frau von Recke und Tiedge. Schützens auch, die wohl noch da sind. Deine Gesellschaft zum besten. Schöbe sich nicht so manches dazwischen, was ich nicht wegräumen kann, so wäre ich Anfangs August in Weimar. Schreibe mir, wann Du dort zu sein gedenkst.

Wiesbaden, den 11. Juli 1815. G.

592. *Christiane*

Karls-Bad, den 19. Juli 1815.

Deinen lieben Brief vom 11. Juli habe ich den 18. erhalten und mich sehr gefreut. Daß Karl krank geworden, betrübt mich, da Du wahrscheinlich manche Bequemlichkeit hast entbehren müssen. Mit mir gehet [es] nun auch alle Tage besser. Getrunken habe ich gestern zum letzten Mal; gebadet habe ich nur einmal, weil es mir nicht bekam. Nun soll ich noch 14 Tage nach Eger gehen und [versuchen,] ob mir das Baden dort bekömmt. Freitag, den 21., früh werde ich hingehen und denke also den 8. oder 9. August in Weimar zu sein. Solltest Du auch ein paar Tage früher kommen, so will ich schon anordnen, daß Du alles in Ordnung finden sollst. Ich freue mich sehr, wieder nach Hause zu kommen, denn es fehlt einem doch an mancherlei im Auslande. Wenn wir erst wieder gesund zusammen sind, dann ist alles gut. Und ich denke, daß wir so ziemlich zusammen kommen.

Weimaraner sind viel hier. Dich grüßt die Heygendorf und Schopenhauer, und viele Karlsbader, welche sich Deiner erinnern. Wegen des schlechten Wetters haben wir wenig Veränderung gehabt, wir haben die Momente stehlen müssen; aber das Nöthigste haben wir doch gesehen. Der Kutscher hat sich musterhaft betragen. Aber ohne Equipage wäre es nicht möglich hier zu sein. Auch die Schimmelchen befinden sich wohl; sie fahren die Frau von Heygendorf alle Morgen ins Bad.

Der gestrige Tag war mir ein sehr erfreulicher Tag. Kurz nachher als ich Deinen lieben Brief erhalten, ging ich mit der Kirschen nach dem Choteckschen Weg und wollte noch einmal Madame Mayer besuchen, wo sie mir sagte, daß Du einen Orden vom Kaiser erhalten hättest oder würdest. Damit Du mir glaubst, so überschicke ich es Dir gedruckt;

ich schmeichelte mir, ich würde die Erste sein, von der Du es erfährst, aber Du wirst es wohl schon wissen.

Daß August Kammer-Junker worden ist, hat er mir auch durch die Heygendorf gemeldet. Daß Kräuter sich gut benehmen würde, habe ich gleich geglaubt, denn er hat mir auch viel Freundliches erzeigt.

Die Herzogin von Curland ist fort und grüßt herzlich. Bei Frau von Recke war ich am Montag zu Tische, sie bleibt immer so herzlich und gut gegen mich; das Nähere stehet im Tagebuche. Sie gehet morgen nach Franzen-Brunnen. Und ich übermorgen; dann wollen wir sehen, was das vor Würkung thun wird. Die Gulden steigen alle Tage, der Gulden stehet jetzt auf ein Kopfstück. Ich muß mir doch noch etwas einwechseln, eher ich nach Franzen-Brunnen gehe. Ich hoffe, Du wirst im Ganzen mit unsrer Wirthschaft zufrieden sein; denn ich habe verschiednes gekauft, was man nicht wieder so wohlfeil bekömmt. Auch bringe ich Dir Chocolade mit, weil es die Mayern nicht anders that. Nun denke Dir einmal, ich habe einen unverhofften Besuch gehabt. Ehlers ist hier; er freute sich sehr, mich noch zu treffen. Er gibt heute ein Concert, ich freue mich, ihn wieder einmal zu hören. Den Zettel bringe ich mit. Wenn Du nach Frankfurt kommst, [grüße][1] alles von mir, besonders Christian; bringe mir [1] etwas zu einem Überrock mit, denn wegen dem ü[blen][1] Wetter habe ich meinen immer anziehen müssen, und da ist er ziemlich hin; nur keinen [2] die Schlosser weiß es schon, so etwas von [2].

Die Freude des Wiedersehens kann ich mir gar nicht oft genug denken. Ich habe Dir vielerlei zu sagen und freu mich sehr, wenn wir zusammenkommen. Lebe recht wohl bis auf Wiedersehen. Die Kirschen empfiehlt sich.

C. v. Goethe.

1 Lücke durch Ausschneiden des Siegels.
2 Unleserlich.

593. *Goethe*

Endlich muß ich denn doch die Stockung unterbrechen, die in unsern Briefwechsel gekommen ist. Täglich hoffte auf Briefe von Dir, da mir August unter dem 7. August Deine Ankunft und Geburtstagsfeier gemeldet hatte. Wahrscheinlich habt ihr mir nicht mehr geschrieben, weil ich die Absicht äußerte, früher zu kommen. Folgendes zum Ersatz des bisherigen Schweigens.

Am 11. August fuhr ich von Wiesbaden ab, mit Boisserée nach Mainz; am 12. durch Frankfurt auf die Gerbermühle, wo ich freundlichst empfangen wurde. Die ersten Tage ungünstige Witterung, doch wurde die Stadt besucht, Freunde und Sammlungen. Am 16. überraschten mich Abends Herzog und Herzogin von Cumberland. Am 17. fand den Erbgroßherzog von Mecklenburg-Strelitz und Frau von Berg noch im ›Römischen Kaiser‹. Jenes hohe Paar war schon abgereist.

Von da bis zum 21. Täglich Besuch, Mittagsgäste, Abendspazierfahrt. Nun holte Herr Nikolaus Schmidt mich ab aufs Forsthaus, zum Hochzeitsfeste einer Enkelin der Tante Melber.

Den 22. In der Stadt. Grambs' Cabinet. Bei Schlossers zu Tische. Gemälde bei Städel.

Den 24. Kam Dr. Seebeck. Mit ihm nach der Stadt. Bei Herrn von Hügel gespeist. Bis zum 27. Beschäftigung mit Seebeck, Boisserée, Schlosser. Ersterer zog auf die Mühle. Die andern gingen ab und zu. Wie mehrere Freunde.

Den 28. Früh Musik auf dem Wasser. Allerlei artige und lustige Geschenke. Gesellschaft zu Tische. Wobei Riese und die Obbenannten. Nach Tische mehrere. Sehr schöner Tag. Die Gegend herrlich. Und so sind wir denn bis hierher gelangt. Schreibe mir weniges. Von Deinem Befinden vorzüglich. Bei Schlossers findet mich der Brief. Von mir hört ihr noch. Seidenmuster lege ich bei. Sende das gewählte gleich zurück. Die Messe ist noch nicht angegangen, und schon wird wüthend gekauft und verkauft. Nun Adieu. Grüße und liebe.

[Frankfurt,] den 30. August 1815. G.

Die Muster schicke nicht. Ich will das gefälligste wählen, damit es nicht weggekauft werde.

594. *Christiane*

Weimar, den 5. September 1815.

Da ich von Deiner Güte und Liebe so überzeugt bin und in Karlsbad den letzten Brief vom 11. Juli erhalten habe, wo Du meintest, Du wolltest Anfangs Augusts in Weimar sein, so habe ich seit der Zeit von Tag zu Tag auf einen Brief von Dir gehofft, und so verging mir hier ein Tag still nach dem andern. Den 29. August war Vogelschießen hier, welches ich auch auf einige Stunden besuchte: die Großherzogin, der Erbgroßherzog und alles erkundigte sich, wenn Du kämest; ich konnte ihnen aber keine genügende Antwort geben, da ich es selbst nicht wußte. Und den Zeitungen nach warst Du im Begriff, um dem Verlangen des Großherzogs zu willfahren, nach Baden zu gehen und dann noch der Belagerung von Hüningen beizuwohnen. Daher kommt unser Schweigen.

Ich habe allen Damen meine Visite gemacht, sie waren sehr artig und haben mir alle sehr viele Grüße an Dich aufgetragen; besonders die Frau von Linker, welche sich mit sehr viel Feuer der schönen, angenehmen Stunden in Wiesbaden erinnerte. Die Gräfin Fritsch, Frau von Egloffstein, Fräulein von Baumbach u.a.m. haben mir Gegenvisiten gemacht; auch Frau von Stein ist einigemal hier gewesen.

Und alles lobt unsern August in seinem neuen Stande bei Hof; und es kommt mir selbst vor, als wenn er sich auch recht gut darein fände. Zum Geburtstag des Großherzogs, als den 3. September, hat sich alles in den neuen Uniformen gezeigt, und sie soll Augusten recht gut gestanden haben. Ich habe ihn nicht darin gesehen, denn ich war in Berka, wo es auch recht schön ist und Dich alles herwünscht. So ein Herbsttag, wie wir sie jetzt haben, kann doppelt schön in Berka genossen werden. Doch in Frankfurt mag es nicht minder schön sein. Ich wünsche mich vielmal im Stillen hin; denn da wir uns so lange nicht gesehen haben, ist das Verlangen nach Deiner Nähe um so stärker. Mit meiner Gesundheit geht es leidlich, und daß es noch besser wird, hoffe ich zuversichtlich. Nur sollte man hier mehr Zerstreuung haben; denn meine Anwesenheit in Karlsbad selbst hatte wenig Erfreuliches und Erheiterndes für mich wegen der übeln Witterung; man mußte so ängstlich nach jedem guten Moment haschen. Hier gehe ich alle Tage aus, fahre aus, und so verrinnt die Zeit. Abends habe ich gewöhnlich eine kleine Spielgesellschaft bei mir, oder ich bin zu einer solchen anderswo eingeladen. Nun denk Dir aber auch mein Erstaunen: ich saß ruhig am Fenster und sah von weiten jemand kommen, der Fritz Stein ähnlich sah; es kam aber jemand unterdessen zur Thür herein; und ich ward verhindert, mich von der Wahrheit meiner Muthmaßung zu überzeugen. Ich setzte mich wieder ruhig hin; es klopfte an meine Kammerthür, ich machte auf, und Fritz Stein trat mir entgegen mit den Worten: »Ich bin wie vor alten Zeiten da.« Wir lachten zusammen, und er blieb sehr lang bei mir. Augusten, sagte er, wolle er unter den Cavaliers am Hofe zu erkennen suchen; es war grade, wie August Dienst hatte. Er schickte mir diesen Brief, der hier folgt, und bat mich sehr, ihn Dir bald zuzustellen. Weiter ist mir nichts Neues, noch Angenehmes hier begegnet. Die

16. Christianes Grabstätte auf dem Friedhof der Sankt-Jakobskirche in Weimar. Nach einem Foto von Louis Held, Weimar

Erkennungsscene zwischen August und Stein ist sehr lustig bei Hofe erfolgt.

Nun lebe wohl bis auf Wiedersehen, und grüße alles in Frankfurt, besonders die Schlossers und Willemers. Auf das seidene Zeug freu [ich] mich. Deine C. v. Goethe.

595. *Goethe*

Von Dir wieder ein Wort zu vernehmen, war mir sehr erfreulich. Wohl hat uns beide der Sommer übel behandelt, und darin hast Du vollkommen recht, daß man sich durch äußere Gegenstände von der Betrachtung seines innern Zustandes zerstreuen müsse. Die angenehmsten Tage, die ich zubrachte, waren immer die, wo alles so schnell zuging, daß ich nicht an mich denken konnte. Deßhalb mache Dir so viel Bewegung und Veränderung, als Du kannst, in diesen schönen Tagen und denke darauf, wie wir diesen Winter abwechselnd die Tage zubringen. Etwas Musik wäre sehr wünschenswerth, es ist das unschuldigste und angenehmste Bindungsmittel der Gesellschaft. Gegenwärtig bin ich in der Stadt, allein, in Willemers Wohnung, deren unschätzbare Aussicht Du kennst. Von Morgens bis Abends ists unter meinen Fenstern lebendig; Tags laufe in der Stadt herum, Menschen und Sammlungen zu sehen. Frankfurt stickt voll Merkwürdigkeiten.

Seebeck war hier und wohnte mit auf der Mühle, Boisserée ist noch hier, Schlossers sind förderlich und liebreich. Wie gerne gönnt ich Dir nur vierzehn Tage in dieser unendlich schönen Gegend! Mittags esse ich manchmal im ›Schwanen‹ an Wirths-Tafel, das ist auch in der Messe unterhaltend. Riese ist noch unverändert. Alle suche ich auch zu fördern, und alle sind froh und freundlich. Das seiden Zeug ist gekauft, es gefällt jedermann. Manche Kleinigkeit bring ich mit; denke, wem man eine Artigkeit erzeigt? Riemers, Madame Kirsch, Kräuter, und wem sonst?

Fritz Stein versäumt zu haben, thut mir leid. Sein Brief ist gar liebreich und verständig. Suche die Mutter und übrige Frauen im Guten zu erhalten. In kleinen und großen Städten, an Hof, wie im Freistaat ist Ruhe und nachgiebige Beharrlichkeit das Einzige, was leidlich durchs Leben bringt. Daß wir in Weimar sind, daß August sich in das Hofwesen so gut findet, ist unschätzbar. Wie sich das alles in diesen Paradies-Gegenden treibt und reibt, ist höchst unerquicklich. Wie sehr wünsche ich, über alles das mit Dir zu sprechen und wenigstens für die nächste Zeit hierüber Maßregeln zu nehmen. Herr und Frau von Mettingh sind hier, ich habe sie aber noch nicht finden können. Hofrath Schweitzer besucht ich. Szen grüßt Augusten vielmal. Wegen meiner Rückkehr sag ich Folgendes: Da es in vielem Betracht so schicklich als räthlich ist, daß ich dem Großherzog unterwegs begegne, so halte ich mich hier so lange auf, bis er zurückkehrt, und sehe ihn wahrscheinlich in Heidelberg und kehre über Würzburg zurück. Das Nähere erfährst Du. Möge ich euch froh und gesund antreffen! Zu einiger Unterhaltung sende ein Kästchen ab mit dem Postwagen, darin ihr euch vergnüglich theilen werdet.

Gar mancherlei habe ich vorgearbeitet, welches diesen Winter fertig werden soll. Grüße August, Kräuter und die Freunde in der Stadt. Hofrath Meyer sage: daß ich ihn oft vermisse, indem ich Kunstwerke aller Art beschaue. August möge mich den Herrschaften empfehlen! Und nun lebe wohl, meine herzlich Geliebte, und denke auf Unterhaltung für den Winter.

Frankfurt, den 12. September 1815. G.

Das Liebste zu hören ist, daß Du so vergnügt und wohl bist, und ich will mich nun gern wegen Deiner so verspäteten Zurückkunft zu trösten suchen. Ich gehe viel zu Riemers und sehe überhaupt alle Menschen; und die Desportsche Auction verschafft mir jetzo des Nachmittags eine artige Unterhaltung, nur muß man sich selbst bewachen, daß man ihr nicht so viel Geld zuwendet.

Da Du in Frankfurt so herumgehst, so wirst Du auch die Frau Stock sehen, grüße sie herzlich von mir. Ich wünsche mich freilich sehr oft in die schöne Gegend zu Dir; wir wollen sehn, was sich übers Jahr thun läßt.

Soeben fuhr Frau von Heygendorf mit 4 Pferden bei mir vorbei, und ich kann nicht läugnen, daß in mir der geheime Wunsch, mitreisen zu können, lebhaft wurde, denn die Schweiz und Mailand mag gewiß sehenswerth genug sein. Wäre ich doch nur erst ganz wieder hergestellt und wohl, dann würde ich die Erfüllung des Wunsches, auch noch einmal mit Dir solch eine Reise zu machen, für viel ausführbarer halten; doch für jetzt will ich erst sehen, ob ich noch ein paar Tage nach Jena gehen kann. Die Adelheid ist aber in Eisenach; vielleicht kommt sie bald zurück.

Der Geheime Regierungsrath Müller ist vor ein paar Tagen bei mir gewesen; auch habe ich diese Woche meine Karlsbader Bekannten zu Tische gehabt, diese waren: der Dr. Köhler, Collaborator Vent und der Regierungsbotenmeister Schwabe. Und so schleicht mir ein Tag nach dem andern hin.

Nun etwas von Häuslichkeiten: ich habe für den Winter sehr viele Gurken und Bohnen und dergleichen eingemacht, von den Odysseeischen, langnäsigen Völkern habe ich vier Stück im Hause; und so ist im Ganzen meine Wirthschaft ziemlich gut bestellt. Nur fehlt bei uns das Obst; wenn Du nur Gelegenheit[1] fändest, für etwas getrocknetes Obst zu sorgen. Auf den ankommenden Kasten freut man sich, wie sonst auf die Judenkrämchen. August sagt mir, er würde Dir selbst schreiben.

Nun lebe wohl und glücklich, da bin ich zufrieden.

Deine[2] C. v. Goethe.

Weimar, den 14. September 1815.

597. *Goethe*

Mit den schönsten Grüßen, im Begriff, nach Heidelberg zu fahren. [Frankfurt,] den 18. September 1815. G.

598. *Goethe*

[Heidelberg, 26. und 27. September 1815.]

Dein lieber Brief vom 14. ist mir heute, den 26., in Heidelberg geworden. Ich begrüße Dich von Herzen und fahre fort, zu erzählen. Seit meinem Letzten ist mirs durchaus wohl gegangen. Ich blieb in Frankfurt bis den 15. Durchkroch die Stadt und habe viel gesehn und erfahren. Nun zog ich mit Boisserée auf die Mühle, nachdem ich das Krämchen an Dich abgesendet hatte. Nach zwei muntern Tagen zogen wir beide auf Darmstadt, wo ich mich am Museum sehr ergötzte und meinen gnädigsten Herrschaften aufwartete, auch Künstler und gute Leute sah. Am 20. trafen wir zu Mittag in Heidelberg ein. Die Bergstraße war über alle Begriffe schön und herrlich. Die Freunde wurden besucht, das Schloß bestiegen, allerlei vorgenommen, bei Paulus arabisch geschrieben.

1 Nach gestrichenem für solches zu sorgen.
2 Dein [doch ist kaum anzunehmen, daß als Vorname Christel gedacht ist].

Am 22. kamen Willemers und Frau Städel. Voll Wohlwollen und Theilnahme. Sie blieben bis den 26. früh, sahen und besahen sich alles. Die guten Frauen grüßen Dich schönstens, auch Willemer den August. Indessen war ein Brief von Frau von Heygendorf gekommen, die in Mannheim den Großherzog erwartet. Er wäre schon längst hier, aber er macht den Weg jagend. Der Großherzog von Baden ist auch ein großer Jäger, Prinz Christian von Darmstadt ist auch dabei. Wir wollen es ihnen gönnen nach so viel Noth und Leiden. Die Russen gehen in drei Colonnen durch Franken, täglich ziehen sie hier eilig durch. Da sie so geschwind gehen, werden sie bald vorüber sein, worauf ich hoffe, um den Rückweg über Würzburg zu machen. Nach Frankfurt möcht ich nicht wieder. Es ist schwer, sich von so viel Verwandten, Bekannten und Freunden loszumachen; dazu kommen noch so viele Fremde, die man nicht umgehen kann, noch will.

Erinnerst Du Dich des schönen Russen mit Einem Arm! Er begegnete mir gestern, auf dem Schloß, wir freuten uns beiderseits des Wiedersehns. Er wird durch Weimar kommen. Sodann besuchte mich ein gleichfalls hübscher Junge, der auch schon auf euch guten Eindruck machte: von Bülow. Er kommt von Paris, erzählt die seltsamsten Verworrenheiten von dort. Er fragte theilnehmend nach Dir; ich gab ihm Gelegenheit, von Ulinen zu reden, welches ihm sehr wohl that. Kieser ist in Paris, hat die Aufsicht über alle preußische Hospitäler und noch andre! Bülow erzählte dieß scherzend. Jener thue doch solche große Thaten nur aus Verzweiflung, meinte er. Bülow ist würklich recht hübsch und angenehm.

So wie auf die Gerbermühle, bei schönen Tagen, so zu den köstlichen Bildern wirst Du hergewünscht. Ich arbeite einen Aufsatz aus über meine Reise, Herr von Stein forderte mich auf. Überall find ich nur Gutes und Liebes; bin überall willkommen, weil ich die Menschen lasse, wie sie sind, niemanden etwas nehme, sondern nur empfange und gebe. Wenn man zu Hause den Menschen so vieles nachsähe, als man auswärts thut, man könnte einen Himmel um sich verbreiten; freilich ist auf der Reise alles vorübergehend, und das Druckende läßt sich ausweichen.

Deßhalb freu ich mich sehr, daß Du mit Riemers gut stehst; ich wünsche diesen Winter mit ihm das nähere Verhältniß, denn ich bringe viel zu thun mit, bedarf seiner Hülfe und kann ihm helfen. Kräuter kriegt auch vollauf zu thun; diesen grüße.

Zwei Kisten werden ankommen, auch ein Coffre; laßt sie stehn, bis ich komme. Das Kästchen habt ihr längst, ich hoffe, zur Freude. Getrocknetes Obst schickt Frau Schöff Schlosser.

Sage August: Herr von Gerning habe die berühmte Vase, aus orientalischem Alabaster, welche im Kloster Eibingen, als Gefäß von Cana in Galiläa, aufbewahrt wurde, großmüthig spendirt; grüß Hofrath Meyer und sag ihm dasselbe. Übrigens habe noch gar hübsche Alter- und Neuthümer verehrt erhalten.

Nun wüßte nur noch das Wichtigste hinzuzufügen, den Wunsch, daß Du Dich immer mehr herstellen mögest. Dich zu zerstreuen, ist die Hauptsache; sieh immer Leute, und leite Dir und mir manches gute Verhältniß ein. Sobald der Großherzog da war, schreibe ich wieder. Vielleicht folg ich[1] ihm nach Mannheim. Lebe recht wohl und liebe mich. Verlangend, Dich wiederzusehen, die besten Wünsche.

Heidelberg, den 27. September 1815. G.

*

Am 7. Oktober reist Goethe von Heidelberg ab; Sulpiz Boisserée begleitet ihn bis Würzburg. Über Meiningen und

1 Über der Zeile nachgetragen.

Schmalkalden gelangt Goethe am 10. Oktober nach Gotha und trifft tags darauf, nach einer Abwesenheit von fast fünf Monaten, wohlbehalten in Weimar ein.

1816

Am 11. Mai begibt Goethe sich für einige Wochen nach Jena. Wie sein eigenes Befinden, so war das Christianens seither ganz befriedigend gewesen; dafür sprechen auch kleinere Lustfahrten Christianens in die Nachbarschaft: Oßmannstedt und Jena, deren Goethes Tagebuch unterm 2., 12. und 16. Januar gedenkt. Goethes Briefe an Christiane aus den nächsten Wochen sind leider nicht bekannt.

*

599. *Christiane*

Weimar, den 15. Mai 1816.

Tausend Dank für alles Überschickte. Bei uns ist alles in Tumult, der Zauberlehrling ist in allen Zimmern eingekehrt; Deine Zimmer sind aber alle schon fertig. Minchen ist mit Arbeit noch ganz beschäftiget.

Der neue Schauspieler ist, wie Du weißt, sehr hübsch und hat sehr lebhaft gespielt gegen unsern. Hier folgen auch noch 6 Bouteillen Wein.

Lebe wohl und denke mein. C. v. Goethe.

600. *Christiane*

Weimar, den 18. Mai 1816.

Ich freue mich unendlich, daß Dirs gut geht, denn das ist ja unser aller Glück. Daß Du das vorige Mal nicht mehr geschrieben hast, war nicht meine Schuld; Kräuter, der mich am besten versteht und in meiner Correspondenz der Brauchbarste ist, war an diesem Tage früh weggefahren, und ich sah mich genöthigt, um Dir doch nur einiges zu schreiben, Franken von der Bibliothek holen zu lassen, mit dem ich nicht so recht fertig werden konnte, daher die wenigen Zeilen. Jetzt aber, da mir Kräuter wieder zur Hand ist, hoff ich, soll es besser fließen.

Die Bestätigung Deines Wohlbefindens aus dem Munde des Canzler Müller hat mich sehr vergnügt. Auch ich befinde mich leidlich; ich benutze jeden Sonnenblick, um in freie Luft zu kommen, die mir so wohl thut. Im Allgemeinen aber ist die gegenwärtige Witterung in unserm Thale nicht die angenehmste, es ist kühl, naß, windig, alles auf einmal.

Dein Garten steht gegenwärtig in seiner größten Pracht, und es macht wirklich verdrüßlich, daß die üble Witterung so wenig im Freien zu sein erlaubt. Die Äpfelbäume blühen in höchster Fülle, es steht Blüthe an Blüthe, die Rabatten vor Deinen Fenstern schmücken die schönsten gefüllten Tulipanen, deren schöne Farben die stolzen Kaiserkronen verdunkeln, und trotz der geringen Wärme und den kühlen Nächten reift doch alles der Vollkommenheit entgegen. Möge Dich die schöne Blüthe in Jena für diese Entbehrung reichlichst entschädigen.

Wäre nur recht viel Neues und Interessantes bei uns vorgefallen, meine Feder sollte nicht ermüden, Dir alles haarklein zu erzählen; so aber fehlt es mir gänzlich an dergleichen, alles geht seinen ruhigen Gang fort, und was ich Dir ja noch würde erzählt haben, das hat mir schon August in seinem Briefe, über dessen Länge Du Dich dießmal freuen wirst, weggenommen.

Nun lebe wohl und vergnügt. C. v. Goethe.

Unmittelbar nach der Absendung dieses frühlingfrohen Briefes wurde Christiane von einem ähnlichen Anfall wie

1814 betroffen, von dem sie sich jedoch gleichfalls in kurzer Zeit erholte. Schon unterm 21. Mai vermerkt Goethes Tagebuch: »[Durch] Huschke bessere Nachricht vom Hause«, und am 22. schreibt Christiane selbst ihm wie folgt.

*

601. *Christiane*

Lieber Geheimerath!
Ich habe Dich um Verzeihung zu bitten, daß ich Deinen gut gemeinten Rath wegen des Aderlasses nicht schleunig genug nachgekommen, wodurch höchst wahrscheinlich ich diesem Unfalle entgangen wäre. Ich danke Gott, daß es so glücklich überstanden ist. Gegenwärtig befinde ich mich ziemlich wohl, der Kopf ist mir sehr leicht, alle Sinne sind frei und heiter, und nirgends[1] ist mehr ein[2] Druck oder betäubende Schwere zu bemerken. Nur die spanische Fliege incommodirt mich noch etwas.

Leb nun wohl und gedenke mein.

Weimar, den 22. Mai 1816.

Champagner ist dießmal in unserm Keller gar nicht zu finden. Ramann hat mir noch keinen geschickt. *Wertheimer*, 2 Bouteillen, folgen anbei. C. v. Goethe.

*

Das sind die letzten Zeilen, die uns von diesem Briefwechsel erhalten sind. Wenige Tage, nachdem Christiane sie abgesandt, am 29. Mai, verdunkeln sich ihre »frei und heiter« gewordenen Sinne, sie erkrankt bedenklich. Goethe eilt von Jena herbei; nach kurzer Besserung verschlimmert ihr Zustand sich schnell; sorgenvollste Tage und Nächte folgen;

1 Nach gestrichenem nichts.
2 Nach gestrichenem der.

auch die Dienstboten erkranken, Goethe selbst wird von einem plötzlichen, heftigen Fieberanfall niedergeworfen. Unterm 5. Juni heißt es in seinem Tagebuch: »Den ganzen Tag im Bett zugebracht. Meine Frau in äußerster Gefahr. Die Köchin und Minchen leidlich. Mein Sohn Helfer, Rathgeber, ja einziger haltbarer Punct in dieser Verwirrung«; am 6.: »Gut geschlafen und viel besser. Nahes Ende meiner Frau. Letzter fürchterlicher Kampf ihrer Natur. Sie verschied gegen Mittag. Leere und Todtenstille in und außer mir.« –

Zwei Tage später setzt Goethe Freund Zelter von dem Geschehenen in Kenntniß: »Wenn ich Dir, derber, geprüfter Erdensohn, vermelde, daß meine liebe, kleine Frau uns in diesen Tagen verlassen, so weißt Du, was es heißen will.« Der Vereinsamte sucht sich zu sammeln. Er versucht auszusprechen, was er verloren; zögernd schreibt er die trostlosen Worte nieder: »Ich kann weiter keinen Gewinn des Lebens haben, als ihren Verlust zu bedauern«, dann rhythmisch umgebildet:

Du versuchst, o Sonne, vergebens
Durch die düstren Wolken zu scheinen!
Der ganze Gewinn meines Lebens
Ist, ihren Verlust zu beweinen.

Bald aber entreißt er sich diesem Zustande dumpfer Verzweiflung; männlich entschlossen wendet er sich wieder dem Leben, der Arbeit zu. Und wie eine heiter-ernste Grabschrift für Christiane empfinden wir jene Verse, die, ihr wahres Wesen aussprechend, jetzt entstanden sein mögen:

Ein rascher Sinn, der keinen Zweifel hegt,
Stets denkt und thut und niemals überlegt,
Ein treues Herz, das wie empfängt, so gibt,

Genießt und mittheilt, lebt, indem es liebt.
Froh glänzend Auge, Wange frisch und roth,
Nie schön gepriesen, hübsch bis in den Tod.

* *
*

Anhang

Erläuterungen

Goethes Briefe befinden sich (mit Ausnahme von Nr. 398) im Goethe-und-Schiller-Archiv, und zwar lose, nach den Jahren geordnet, in mehreren Umschlägen und Papiertaschen; der erste dieser Umschläge trägt die Aufschrift »1792-1795 Briefe von mir an meine Frau« und enthält, der Zeitfolge zuwider, als erstes Stück das unter Nr. 555a mitgeteilte Gedicht sowie eine von Schreiberhand geschriebene Besuchskarte Christianens »Frau Geheime Räthin Goethe p – p – C.« – In den Erläuterungen ist bei jedem Briefe nach dem Datum in Klammern Band und Seite angegeben, wo er sich in der Weimarer Gesamtausgabe von Goethes Briefen gedruckt findet. Angaben darüber, ob der Brief eigenhändig geschrieben ist oder von Schreiberhand, Mitteilungen über eigenhändige Verbesserungen und über die Adressen, ebenso über die Namen der Schreiber sind nur in besonderen Fällen gemacht worden.

Christianens Briefe (nebst den Briefchen Augusts) befinden sich sämtlich im Goethe-und-Schiller-Archiv, eingeheftet in die Jahreshefte der »Eingegangenen Briefe«; nur die von Lauchstedt aus geschriebenen Briefe aus dem Jahre 1810 (nebst einigen aus dem Jahre 1811) sind nicht eingeheftet, sondern lose, der Zeitfolge nach, in einer besonderen Papiertasche verwahrt, die von Goethes Hand die Aufschrift trägt »Briefe von Lauchstedt 1810 Vli's Hand«. In den Erläuterungen ist bei jedem Briefe nah dem Datum in Klammern die ihm entsprechende Seitenzahl des betreffenden Jahresheftes angegeben.

Für einige, in der Einführung und in den Erläuterungen häufiger genannte Handschriften und Druckwerke sind folgende Abkürzungen gebraucht worden:

Bettina = Bettina von Arnim. Goethes Briefwechsel mit einem Kinde. Hsg. von Jonas Fränkel Band 1/3. Jena 1906.

Br. = Goethes Briefe Band 1/50 ... Weimar 1887/1912. (Goethes

Werke. Hsg. im Auftrage der Großherzogin Sophie von Sachsen. IV. Abteilung.)

C.-Meyer I = Freundschaftliche Briefe von Goethe und seiner Frau an Nicolaus Meyer. Aus den Jahren 1800 bis 1831. [Hsg. von Salomon Hirzel.] Leipzig 1856.

C.-Meyer II = Briefe von Goethes Frau an Nicolaus Meyer. Mit Einleitung, Facsimiles, einer Lebensskizze Nicolaus Meyers und Porträts. [Hsg. von?] Straßburg 1887.

EBr. = Eingegangene Briefe (Handschriften in Goethes Nachlaß).

Eichendorff = Tagebücher des Freiherrn Joseph von Eichendorff. Mit Vorwort und Anmerkungen von Wilhelm Kosch. Regensburg [1908].

FB. = Fourir-Bücher des Hofmarschall-Amtes zu Weimar (Handschriften).

Geiger = Goethe und die Seinen. Quellenmäßige Darstellungen über Goethes Haus von Ludwig Geiger. Leipzig 1908.

Gespräche = Goethes Gespräche Gesamtausgabe. Neu hsg. von Flodoard Frhr. von Biedermann unter Mitwirkung von Max Morris, Hans Gerhard Gräf und Leonhard L. Mackall. Band 1/5. Leipzig 1909/11.

GJ. = Goethe-Jahrbuch. Hsg. von Dr. Ludwig Geiger. Band 1/34. Frankfurt a. M. 1880/1913.

Gräf = Goethe über seine Dichtungen. Versuch einer Sammlung aller Äußerungen des Dichters über seine poetischen Werke von Dr. Hans Gerhard Gräf. Band 1/9. Frankfurt a. M. 1901/14.

Morris = Goethe-Studien von Max Morris. Band 1/2. Zweite veränderte Auflage. Berlin 1902.

Pasqué = Goethes Theaterleitung in Weimar. In Episoden und Urkunden dargestellt von Ernst Pasqué. Band 1/2. Leipzig 1863.

Reinhold = Bad Lauchstedt, seine literarischen Denkwürdigkeiten und sein Goethetheater nach Berichten der Zeitgenossen dargestellt. Von Dr. phil. Heinrich Reinhold. 2. verm. und verb. Auflage. Halle a. d. S. 1914.

Riemer = Mittheilungen über Goethe. Aus mündlichen und schriftlichen, gedruckten und ungedruckten Quellen. Von Dr. Friedrich Wilhelm Riemer. Band 1/2. Berlin 1841.

Riemers Tgb. = Aus den Tagebüchern Riemers, des vertrauten Freundes von Goethe. Mitgeteilt von Robert Keil. (Deutsche Revue 1886 Jan.-, Mai-, Oct.-Heft, 1887 Jan.-, Febr.-, März-, Juli-, Oct.-Heft.)

SdGG. = Schriften der Goethe-Gesellschaft. Band 1 flg. Weimar 1885 flg.

TB. = Todten-Bücher der Stadtkirche zu Weimar (Handschriften).

Tgb. = Goethes Tagebücher Band 1/13. Weimar 1887/1903. (Goethes Werke. Hsg. im Auftrage der Großherzogin Sophie von Sachsen. III. Abteilung.)

TP. = Tauf-Protokolle der Hofkirche und der Stadtkirche zu
TrP. = Trau-Protokolle Weimar (Handschriften).

Voß = Goethe und Schiller in Briefen von Heinrich Voß. Briefauszüge, in Tagebuchform zeitlich geordnet und mt Erläuterungen hsg. von Dr. Hans Gerhard Gräf. Leipzig [1896]. (Reclams Universal-Bibliothek 3581/2.)

W. = Goethes Werke. Hsg. im Auftrage der Großherzogin Sophie von Sachsen. Band 1/53. Weimar 1887/1914.

*

1. Goethe, 1792 Aug. 9 (Br. 10, 1). – *Wir*: G., Heinrich Meyer (der dem Freunde bis Gotha das Geleit gab) und G's Diener Paul Götze. – *von Wanzen gequält*: G's gewöhnliches Leiden auf Reisen (vgl. G. an Schiller, 1797 Aug. 30). – *Zimmerleute*: die beim Umbau in G's Haus tätig waren. – *Krämchen:* auch »Judenkrämchen«, mundartlich für Geschenksendung, die manchmal beim Handelsjuden auf der Messe eingekauft wurde; es bestand diesmal in Kleiderstoff und Spitzen (vgl. S. 63).
2. Goethe, 1792 Aug. 17 (Br. 10, 5). – *Deinen Brief:* nicht bekannt.
3. Goethe, 1792 Aug. 21 (Br. 10, 7). – *Äugelchen:* dieser Lieblingsausdruck von G's Haus- und Familiensprache (Christiane schreibt zumeist mundartlich »Äuglichen«) bedeutet bald die Tätigkeit »liebäugeln«, bald die Person, mit der man liebäugelt; er klingt leise an in dem Gedicht ›Gefunden‹: »Wie Äuglein schön« und in einer Hudhud-Strophe: »Nistet äuglend, wie scharmant!«, mit starker Betonung des Sinnlichen dagegen in dem Gedicht ›Frech und froh‹:

»Nur von Tüchtgen will ich wissen,
Heißem Äuglen, derben Küssen«,

und findet noch spät seine Verklärung in den Diwan-Versen:

»Über meines Liebchens Äugeln
Stehn verwundert alle Leute.«

4. Goethe, 1792 Aug. 25 (Br. 10, 8). – *Wo das Trier in der Welt liegt:* Christiane durfte gewiß von sich bekennen, wie G's Mutter (an den Sohn, 1792 Dez. 4): »Ich bin eine schlechte geografin.«

5. Goethe, 1792 Aug. 28 (Br. 10, 10). – *Bei dem Herzoge:* Karl August. – *Herr Meyer ... gibt ihn ... Voigt'* d. h. Christianens Antwortbrief: G. gleichzeitig an Voigt: »... erlauben Sie, daß Herr Meyer Ihnen ein Briefchen zustelle, und schicken Sie mir es doch mit dem nächsten Packete, daß ich einige Nachricht von den Meinigen erhalte«, und an H. Meyer: »Schicken Sie mir bald einen Brief [von Christiane] und schreiben ein Wort.«

6. Goethe, 1792 Sept. 2 (Br. 10, 13). – *Aus Paris:* diese Hoffnung erfüllte sich nicht; vgl. S. 64.

7. Goethe, 1792 Sept. 8 (Br. 10, 14). – *Körbchen ... mit Liqueur:* vgl. S. 63. – *im vordern Quartier:* Goethes bewohnten zunächst nur das Hinterhaus, da der bisherige Besitzer, Helmershausen, das Recht hatte, einige Räumlichkeiten des Vorderhauses noch eine Zeitlang zu behalten (vgl. zu S. 64).

8. Goethe, 1792 Sept. 10 (Br. 10, 17). – *Körbchen mit Liqueur ... Päcktchen mit Zuckerwerk:* In der ›Campagne‹ (3. September) unterläßt G. nicht, die guten Verduner Liqueure und »Dragéen, überzuckerte kleine Gewürzkörner, in saubern cylindrischen Deuten« zu erwähnen, und gedenkt auch des nach Weimar gesandten Kistchens, »wodurch sich denn die Freundinnen zu Hause in höchster Beruhigung überzeugen mochten, daß wir in einem Lande wallfahrteten, wo Geist und Süßigkeit niemals ausgehen dürfen«.
Daß zwischen den Briefen 8 und 9 einer an Christiane verlorengegangen ist, beweist die Numerierung (die übrigens schon nach Brief 9 in Vergessenheit geriet).

9. Goethe, 1792 Sept. 27 (Nr. 10, 24). – *Dein Briefchen:* nicht bekannt. – *hervorziehst:* in das Vorderhaus (vgl. S. 61-64.)

10. Goethe, 1792 Okt. 10 (Br. 10, 29). – *das Dich betrüben konnte:*

die Stelle über seine Eifersucht S. 62. – *dem Herrn Geh. Assistenz-Rath:* an C. G. Voigt, Okt. 15: »Helmershausen ist ja wohl ausgezogen und die Meinigen völlig im Besitze des Quartiers. Haben Sie die Güte, Ihre Hand nicht abzuziehen.« – *die Treppe:* G. an H. Meyer, Okt. 15: »Was unser Haus betrifft, so wollt ich Sie bitten, sobald Frost zu befürchten ist, nichts weiter mit tapeziren und malen zu unternehmen. Wir wollen diesen Winter mit allem zufrieden sein. Da die Tüncher so langsam gearbeitet haben, wird wohl das Treppenhaus nicht ganz fertig werden, es hat aber nichts zu sagen.« – *in die Komödie:* das Hoftheater hatte Okt. 4 mit Kotzebues Schauspiel ›*Der Papagoy*‹ die Winterspielzeit eröffnet.

11. Goethe, 1792 Nov. 4 (Br. 10, 37). – *der König:* Friedrich Wilhelm II. von Preußen.

12. Goethe, 1792 Nov. 15 (Br. 10, 39). – *schön eingerichtet:* in Pempelfort (damals außerhalb der Stadt gelegen, jetzt im Besitz des Düsseldorfer Künstlervereins ›Malkasten‹, mit Erinnerungen an die Familie Jacobi), wo G. den Freund schon 1774 besucht hatte.

13. Christiane, 1793 Mai 13 (EBr. 1793, 153); Adresse von fremder Hand. Der Brief wurde (wie EBr. 1793, 156 zeigt) durch H. Meyer Mai 16 abgeschickt. – *Hof-Rath:* Stark. – *Schlampamps-Stündchen:* Plauder- und Kose-Stündchen; auch das Zeitwort »schlampampsen« kommt vor (S. 87); G. selbst sagt »Schlender- und Hätschelstündchen« (S. 563). – *Jule:* Singen und Johlen der Studenten. – *Beilage:* Christiane hat dem dreijährigen Söhnchen beim Schreiben die Hand geführt.

14. Goethe, 1793 Mai 17 (Br. 10, 1); in der Weimarer Ausgabe irrtümlich unter das Jahr 1792 gestellt und »12. August« datiert; daß das unvollständige Datum der Handschrift durch »Mai 1793« richtig ergänzt wird, beweist die Erwähnung sowohl von Christianens Schwangerschaft (S. 71) als auch von deren Aufenthalt in Jena mit August (S. 71). – *in meinem Hause:* G's Mutter an den Sohn, März 15: »Es ist Raum genug in der Frau Aja ihrem Häußlein, kome du nur – freylich mußt du dich mit dem zweyten Stockwerck begnügen.« – *wenn ihr:* d. h. wann ihr. – *Caraco:* »eine Art Damen-Spencer, mit einer kleinen schoß-

artigen Verzierung am Ende des Rücktheils« (Heyses Fremdwörterbuch). – *Krabskrälligkeit:* Schwangerschaft (eine ganz befriedigende Erklärung des Ausdrucks ist, soviel ich sehn kann, noch nicht gegeben worden; vgl. Frankfurter Zeitung 1905 Aug. 31 und Sept. 6); eine andre Bezeichnung für denselben Zustand »Pfuiteufelchen« begegnet zuerst S. 73.

15. Christiane, 1793 Mai 24? (EBr. 1793, 162); der Tag ist nach dem Datum von H. Meyers Brief an G. (EBr. 1793, 158) zu vermuten. – *beiden Kinder:* August und ein kleiner Spielkamerad. – *den Garten:* am Haus in der Stadt (Hausgarten) und am Gartenhäuschen im Park (»alter« und »unterer« Garten). – *Komödie:* ›Ignez de Castro‹, Trauerspiel des Grafen v. Soden. – *Jacobin:* Max Jacobi, Sohn von G's Freund in Pempelfort, studierte von Ostern 1793 bis Ostern 1795 in Jena Medizin, verkehrte viel in der Familie G's, der ihm mit Rat und Tat beistand; G. an F. H. Jacobi, 1793 Febr. 27 (nicht: 22): »Maxens Bette ist auch schon in meinem Hause bereitet, er mag sich bei mir zum Schritte von Pempelfort nach Jena gewöhnen.« Vgl. zu S. 140 – *Frau Burgemeistern:* Bohl. – *Pfuiteufelchen:* vgl. zu S. 72 Krabskrälligkeit.

16. Goethe, 1793 Mai 29. 31 (Br. 10, 60). – *große Stadt:* Mainz. – *in ein Dorf . . . einquartirt:* Ober-Olm. – *das Hauptquartier:* Marienborn. – *Verwundeten und Todten:* unter letzteren die Weimaraner Offiziere Major v. Laviere und Rittmeister Voß (vgl. G. an Herder, Juni 2); G. an C. G. Voigt, Mai 31: »Welche sonderbare Empfindung mir das war, als ich, wie es Tag wurde, hinunter ritt und erwarten mußte, *wen* ich dort nun todt oder verwundet fände! – . . . nehmen [Sie] Sich der Meinigen an, wenn mir ein Unfall begegnen sollte.«

18. Christiane, 1793 Juni 7 (EBr. 1793, 189). – *schöne Tuch:* nicht »Schämtuch« (wie Br. 10, 378 irrtümlich angegeben ist). – *Gruß von der lieben Mutter:* nicht bekannt. – *habe an die liebe Mutter geschrieben:* Brief nicht bekannt. – *Schätzchen:* junge Freundinnen. – *Wernern:* etwa die Frau des Kammermusicus Heinrich Gottfried W. oder die des Hofmusicus Friedrich Ludwig W. oder die des Hofmusicus und Organisten an der St. Jacobskirche Johann August W., der 1794 März 17 starb (TB.

der Stadtkirche 1791/1804, 43). – *Burkhardtin:* nicht sicher festzustellen (es gab zur Zeit 4 Unterbeamte mit Namen B. in Weimar). – *Doctor:* der weiter unten genannte Huschke. – *Sonntag:* Juni 2.

19. Goethe, 1793 Juni 7 (Br. 10, 71). – *gewisse Umstände:* Christianens Schwangerschaft.

20. Christiane, 1793 Juni 14 (EBr. 1793, 202). – *5 Briefe:* von denen 2 nicht überliefert sind. – *einen von Jena:* Nr. 13. – *Herzogin:* Anna Amalia.

21. Goethe, 1793 Juni 14 (Br. 10, 76). – *an meine Mutter geschrieben:* vgl. zu S. 76 und wegen Frau Rats Antwort zu S. 82.

22. Christiane, 1793 Juni 17 oder 18 (EBr. 1793, 220). – *Hofgärtner vom Belvedere:* Johann Reichert. – *Bauverwalter:* Steffany. – *Kleine Häuschen neben uns:* über das östlich anstoßende »Fränkische Haus« schreibt Philipp Seidel Juli 16 (EBr. 1793, 256) an?: G. biete 300 Taler, Frankes Witwe, die die Mansarde bewohnte, 405 Taler. Im Erdgeschoß war eine Schusterwerkstatt. Vgl. S. 84. G. verzichtete auf den Ankauf (an C. G. Voigt, Juli 27).

24. Christiane, 1793 Juni Ende (EBr. 1793, 226). – *rechten lieben Brief:* datiert Juni 20, unterzeichnet »Ihre Freundin Goethe«. – *wieder geantwortet:* Brief nicht bekannt. – *Hofgärtner:* vgl. zu S. 80. – *Jacobi:* vgl. zu S. 14; G. an F. H. Jacobi, Juli 7: »Es ist mir lieb, daß Max auch in meiner Abwesenheit sich zu den Meinigen hält. Auf der kleinen Insel des festen Landes, die sie bewohnen, ist er gern gesehen und gut aufgehoben.«

25. Goethe, 1793 Juli (Br. 10, 86). – *Mutter hat Dir geantwortet:* vgl. zu S. 82. – *Wegen des Häuschens:* vgl. zu S. 80; G. an Voigt, Juli 3: »Wie steht es mit dem Verkaufe des kleines Hauses neben dem meinigen?«

26. Christiane, 1793 Juli 5 (EBr. 1793, 233). – *der heutige:* Nr. 23.

27. Goethe, 1793 Juli 10 (Br. 10, 93). – *Moritz todt:* gestorben Juni 26 in Berlin; Christiane hatte ihn gut kennengelernt, als er, 1788 Dez. 4 aus Italien in Weimar eingetroffen, zwei Monate in G's Haus wohnte. G. an F. H. Jacobi, Aug. 19: »Hab ich Dir schon gesagt, wie sehr ich Leid um den armen Moritz getragen habe? Ich verliere einen guten *Gesellen* an ihm.«

28. Christiane, 1793 Juli Mitte (EBr. 1793, 253). – *Aber so bin ich:*

das betonte »so« mundartlich für: sonst, im allgemeinen (ebenso in Nr. 74 und öfters). – *Doctor:* Huschke.

29. Christiane, 1793 Juli 19 (EBr. 1793, 266). – *Frau Räthin:* G's Mutter hatte mit Brief von Juli 11 (unterzeichnet »Ihrer ergebenen Dienerin Goethe«) geschickt: »1 gantzes Stück Bettzwilch ... 2¾ Ehlen zum zweyten Pfühl ... ein Taffelgedeck von 1 Taffeltuch und 12 Servietten.« *Artischocken:* Lieblingsspeise G's, vgl. S. 784. – *kramseligen:* zur Haussprache gehörig, wie das Zeitwort »gramseln« (zuerst S. 181), soviel wie: Trübsal, Gramsal blasen.

30. Christiane, 1793 Juli 25 (EBr. 1793, 274). – *Dein Brief:* unbekannt; die Übergabe von Mainz war Juli 22 erfolgt.

31. Goethe, 1793 Aug. 1 (Br. 10, 101). – *Gore:* über ihn spricht G. ausführlich in der ›Belagerung von Mainz‹ unter Juli 15.

32. Christiane, 1793 Aug. 8 (EBr. 1793, 288). – *Altan:* G. hatte ihn im Frühjahr 1777 an der Südseite des Gartenhäuschens errichten lassen (vgl. Tgb. 1777 März 17). Nach dem Abbruch dieses um 1800 baufällig gewordenen »Angebäudes« fanden die noch brauchbaren Balken, Bretter und Latten im Jahre 1802 bei Ausbesserungsarbeiten in dem Freigut Ober-Roßla Verwendung (Aufzeichnung von 1802 Okt. 11 in den Akten, Ober-Roßla betr.).

33. Goethe, 1793 Aug. 9 (Br. 10, 102). – *Devisen:* darunter wohl auch die von G. an Fritz v. Stein Okt. 23 mitgeteilten: »Devise eines Reichen: pain bis et liberté, oder eines Erzjuden: ›Wenig, aber mit Recht‹.«

Zu G's Geburtstag schrieb Vulpius für den kleinen August folgenden Glückwunsch (EBr. 1793, 319):

Liebes Väterchen!
Dein Geburtstag ist heute,
Darüber habe ich eine große Freude;
Ich wünsche: Du möchtest noch hundert Jahre fein
Gesund und zufrieden, wie jetzo, sein.
Den 28. August 1793. August.

35. Christiane, 1793 Sept. Ende oder Okt. Anfang (EBr. 1793, 373). – *courios zu Muthe:* infolge der nahenden Niederkunft. Unter den Briefen an G. aus dem September findet sich (EBr.

1793, 364), ein Blättchen Herders an G. über den »modus« der Taufe »zu Vermeidung des Aufsehens«.

36. Christiane, 1793 Okt. Anfang (EBr. 1793, 380); Adresse eigenhändig: an Herrn Geheime Raht vonn Gotte Jena. (Auf der leeren 3. Seite Bleistiftzeichnung G's). – *Mittwoch:* Okt. 2 oder 9. Geburt von G's 3. Kinde, einem Mädchen, Donnerstag, November 21, früh 6 Uhr; Taufe am selben Tage abends 5 Uhr im Hause, durch den Kollaborator Hahrseim; Name *Carolina;* Pate: Demoiselle Juliana Augusta Vulpius (TP. der Hofkirche 1787/97, 327). Das Kindchen starb Dez. 4 am »Steckfluß« und wurde mit der Viertel-Schule beerdigt (TB. der Stadtkirche 1791/1804, 38).

37. Goethe, 1794 Juli 30/Aug. 1 (Br. 10, 176). – *Deinem Geburtstage:* G. meint den 6. August; dieser Irrtum, der immer wiederkehrt, rührt offenbar daher, daß Christiane ihren Geburtstag (Juni 1) mit dem ihrer jüngeren Schwester Sophie Friederike Charlotte (1781 Aug. 6) verwechselt hat. Der Eintrag über Christianens Geburt im TP. der Hofkirche 1755/65, 354 lautet: »H. Johann Friedrich Vulpius, F., Sächß. Amts. Copistens alhier, und Fraun Christienen Margarethen gebor. Riehlin, Töchterlein, ist gebohren Sonnabends den 1. Jun. a. c. Abends halb 9 Uhr, und Montags darauf als den 3. dito, nachmittags ¾ auf 1 Uhr, von dem Herrn Hof-Diac. Gottschalg getauft worden. Empfieng in der Heil. Taufe die Namen Johanna Christina Sophia. Die Taufpathen waren 1. Jungfer Friederice Sophia Wirsingin, Herrn August Heinrich Wirsings, Hochfürst. Sächß. Rent-Secretarii alhier, eheleib. älteste Jungfer Tochter; 2. Herr Anthon Justus Friedrich Schmidt, F Sächß. Hofadvocat alhier; 3. Frau Christiana Sophia Riehlin, verehelichte Kesselringin, Herrn Carl Heinrich Kesselrings, F. Sächß. Amts-Actuarii alhier, Eheliebste.«

39. Christiane, 1795 Jan. 12 (EBr. 1795, 3). – *Ihnen:* warum hier und in Nr. 40 plötzlich die Anrede »Sie« eintritt, ist nicht einzusehen; auch weiterhin begegnen gelegentliche Rückfälle zum »Sie«. – *Beilage:* adressiert »an meinen lieben Vater Weimar Frei nach Jena«.

40. Christiane, 1795 Jan. 14 (EBr. 1795, 15); im Datum ist »oder

16.« zu streichen. – *Sonntag:* Jan. 11. – *Komödie:* ›Glück bessert Thorheit‹, Lustspiel nach dem Englischen der Miß Lee von F. L. Schröder. – *Ernestine:* Christianens um 10 Jahre jüngere Schwester.

41. Goethe, 1795 April 3 (Br. 10, 247). – *meine Sachen:* Besprechung mit Schiller wegen der ›Horen‹, naturwissenschaftliche Studien bei Loder, Batsch und Göttling, Überwachung der Wasserbauarbeiten an der Saale und der baulichen Veränderungen im botanischen Garten.

43. Christiane, 1795 April 9 (EBr. 1795, 116). – *Sonnabend:* April 11.

45. Christiane, 1795 April 11 (EBr. 1795, 120). – *Komödie:* ›Das Portrait der Mutter‹, Lustspiel von F. L. Schröder. – *›Wilhelm‹:* Band 1 der ›Lehrjahre‹, Anfang 1795 erschienen.

Zur Zwischenbemerkung. Christanens Jenaer Torzettel von April 14 (für Demoiselle »Volpius« und Gesellschaft) hat sich erhalten, da G. ihn als Umschlag für den Entwurf von Versen aus Faust II, Helena-Akt, benutzte (W. 15 [2], 69 H^{40}).

46. Christiane, 1795 April 16 oder 17 (EBr. 1795, 128); auf der eigenhändigen Adresse der Zusatz: »nebst 12 Flaschen Wein und Einer Schadel« (wegen »Schadel« vgl. zu Nr. 424).

47. Christiane, 1795 April 18 oder 19 (EBr. 1795, 140). – *ausgenommen:* undeutlich geschrieben, aber wohl gemeint; »ausnehmen« alter Ausdruck für »beim Kaufmann auswählen, kaufen«.

48. Christiane, 1795 April 19 oder 20 (EBr. 1795, 141). – *künftige Woche doch:* erst nach 2 Wochen (Mai 2) kehrte G. zurück.

49. Goethe, 1795 Juli 2 (Br. 10, 275). – *Donnerstag:* das war aber Juli 2; demnach muß das Briefchen vorm 2. geschrieben und das Datum erst unmittelbar vor der Abreise hinzugefügt worden sein.

50. Goethe, 1795 Juli 7 (Br. 10, 275). – *viel Bekanntschaft ... Äugelchen:* unter andern Friederike Brun, Rahel Levin (spätere Frau Varnhagen v. Ense), Sarah v. Grotthuß, geb. Meyer, und deren Schwester Marianne Meyer (spätere Frau v. Eybenberg); vgl. Gespräche 1, 231/7.

51. Goethe, 1795 Juli 15 (Br. 10, 277). – Die beiden Verse schon im Tagebuch der Reise nach Schlesien 1790 (vgl. Gräf 7, 174 Nr. 372). – *Meyern:* Heinrich M.

52. Goethe, 1795 Juli 19 (Br. 10, 278). – *Hoffnung auf Arbeit:* G. gedachte den Badeaufenthalt »einer Revision meiner naturwissenschaftlichen Bemühungen zu widmen« (an Schiller, Juni 18) und einer letzten Durchsicht von Buch 5 der ›Lehrjahre‹.

56. Goethe, 1795 Sept. 2 (Br. 10, 294). – *Sonntag:* Sept. 6. – *die Bergleute einen Aufzug:* wie alljährlich zur Feier von Karl Augusts Geburtstag, Sept. 3. – *in die Kirche will er nicht:* G. an C. G. Voigt, Sept. 2: »Morgen zieht er mit den Bergleuten auf, will aber nicht mit in die Kirche. Es scheint, das entschiedne Heidenthum erbt auf ihn fort.«

58. Christiane, 1795 Okt. 16 (EBr. 1795, 315). – *Koffer ... Frau Räthin:* diese schreibt, ebenfalls am 16., an G.: »Dein Koffer ist wohlbehalten angekommen« und bittet dringend, G. möge bald kommen, »damit ich nicht Tagelang (wie seit Sonntag [Okt. 11] der Fall war) am Fenster mich blind gucke und jede Postschäße vor die deinige halte«.

60. Christiane, 1795 Okt. 16 (EBr. 1795, 322). – *Prinz Bernhard:* Karl Augusts 2. Sohn, zur Zeit 3 Jahre alt.
Geburt von G's 4. Kinde, einem Knaben, Freitag, Oktober 30 (nicht Nov. 1), abends; Taufe Oktober 31 abends ½6 Uhr im Hause, durch den Kollaborator Hahrsein; Name *Karl;* Pate: Demoiselle Jul. Aug. Vulpius (TP. der Hofkirche 1787/97), 438).

62. Christiane, 1795 Nov. 10 (EBr. 1795, 347). – *Doctor ... Liebern:* Huschke und die Wartefrau.
Tod des Söhnchens Karl: da G. selbst Nov. 16 an H. Meyer berichtet: »Ein kleiner Ankömmling hat uns schon wieder verlassen«, und Nov. 17 an Schillers Frau schreibt, der Kleine sei »gestern«, also am 16., gestorben, wird das Datum in TB. der Stadtkirche 1791/1804, 65: Nov. 18 wohl auf Irrtum beruhen. Die Beisetzung fand mit der Viertelschule statt, den Tag nennt das TB. nicht.

63. Goethe, 1796 Jan. 8 (Br. 11, 4). – *siebenten Buche:* der ›Lehrjahre‹. – *Die Götzen:* wohl die auch S. 227 Genannte. – *hatte ich Gäste:* nach Tgb. am 6. mittags C. G. Voigt und Kammerherrn v. Milkau; dieser, Polizeimajor von Jena, wohnte gleich G'n im Schloß.

64. Christiane, 1796 Jan. 9, (EBr. 1795, 11). – *Mittewoche:* Jan. 6.

65. Goethe, 1796 Jan. 12 (Br. 11, 4). – *siebentes Buch:* ›Lehrjahre‹.

66. Christiane, 1796 Jan. 13 (EBr. 1796, 7). – *Madame Becker:* geb. Neumann; sie hatte die Marianne schon bei der ersten Aufführung am Hoftheater (1792 Jan. 21) gespielt. (Bei der Uraufführung, einer Liebhabervorstellung, 1776 Nov. 21, hatte G. den Wilhelm, Amalie Kotzebue die Marianne gespielt.) – *›Prozeß‹:* Lustspiel von Herklots.

67. Goethe, 1796 Jan. 15 (Br. 11, 5). – *siebentes Buch:* ›Lehrjahre‹. – *Cabinet:* die im Schloß untergebrachte, naturwissenschaftliche Sammlung.

68. Christiane, 1796 Febr. 17 oder 18 (EBr. 1796, 64). – *Krautland:* dieses hatte die Katasternummer 2130 und lag nördlich des Lottenbaches, etwa an der Stelle des Hauses Nr. 27 der heutigen Lassenstraße, nördlich der jetzigen Lottenstraße. Nach der von Christiane unterzeichneten Urkunde vom 23. März 1796 (sie schrieb: 22.) kaufte der Raths-Bau-Kämmerer Joh. Ehrhard Stichling als Vormund Christianens in deren Vollmacht das dem Wachtmeister Joh. Gottlieb Kratz in Weimar gehörige »hinter der Lotte neben Frau Maroldin gelegene Krautland, so dem Rathe lehnet, vor 60 Reichsthaler, in Laubthalern à 1 Thaler 15 Groschen« (Handelsbuch de anno 1796, Bl. 366/8, im Großh. Sächs. Amtsgericht zu Weimar). Goethe vermachte das Land in seinem Testament vom 6. Januar 1831, § 13, seinem Diener J. F. Krause (W. 53, 333). – *12 Mann Statisten:* vom Theater, die bei einer Hof-Festlichkeit mitgewirkt hatten (2 diese Angelegenheit betreffende Briefchen von Luise v. Göchhausen an G. in EBr. 1796, 41. 43).

69. Goethe. 1796 Febr. 19 (Br. 11, 33).– *gestern ... geschrieben:* Brief nicht bekannt. – *Böttcher:* vielleicht K. A. Böttiger? – *hervor:* aus dem im Hinterhaus gelegenen Zimmer G's.

71. Goethe, 1796 Febr. 20 (Br. 11, 34); der erste der uns erhaltenen Briefe G's an Christianen, der nicht eigenhändig, sondern von Schreiberhand geschrieben ist. – *Roman:* ›Lehrjahre‹.

72. Christiane, 1796 Febr. 21 (EBr. 1796, 69). – *›Knicker‹:* Oper von Dittersdorf ›Hieronymus Knicker‹. – *neuen Sänger:* Leißring in der Rolle des Ferdinand. – *Roman:* ›Lehrjahre‹. – *Werner ... der Musicus:* vgl. zu S. 77.

Daß zwischen Nr. 72 und 74 ein oder zwei Briefe G's liegen, die nicht bekannt sind, beweisen die Worte Christianens S. 122: »Daß es mit dem Roman nicht gehen will.«

73. Christiane, 1796 Febr. 24 (EBr. 1796, 79). – *Capital:* Hauptschlüssel.

74. Christiane, 1796 Febr. 27 (EBr. 1796, 87). – ‚*Käppchen*‘: Oper von Dittersdorf ›Das rothe Käppchen‹. – *so schien sie mir:* vgl. zu Nr. 28.

75. Christiane, 1796 März 2 (EBr. 1796, 94). – *Mariannichen:* die zu Nr. 50 genannte Marianne Meyer; vgl. den Schluß des Briefes. – *neuen Sänger:* der zu S. 119 Genannte als Leutnant v. Felsenberg. – ›*Vetter aus Lissabon*‹: F. L. Schröders bürgerliches Familiengemälde ›Der Vetter in Lissabon‹.

Zwischen Nr. 75 ud 76 fehlt ein Brief G's; vgl. Nr. 76.

76. Christiane, 1796 März 5 (EBr. 1796, 101). – ›*Aussteuer*‹: Schauspiel von Iffland, März 3 gegeben. – ›*Sonnenfest*‹: Oper von Wenzel Müller, ›Das S. der Braminen‹. – *Freitagesgesellschaft:* 1791 von G. angeregt (an Karl August, Juli 1), gegründet Juli 5 von G., C. G. Voigt, Wieland, Bertuch, Knebel, Bode, Herder und Buchholz zum Zweck wissenschaftlicher Vorträge in monatlichen Versammlungen; sie bestand nur bis 1797; vgl. G. an C. G. Voigt 1796 März 3, an Schiller 1796 Okt. 15 und G's erläuternden Aufsatz aus dem Jahre 1824 (W. 42 (2), 454; GJ. 19, 14). Die ›Statuten‹ und einige Protokolle bei O. Jahn: Goethes Briefe an C. G. v. Voigt S. 443/52, weiteres bei K. A. Böttiger: Literarische Zustände und Zeitgenossen 1, 23/47. – *so Ostern:* mundartlich für: sowieso, überdies, noch dazu.

77. Goethe, 1796 März 7 (Br. 11, 43); eigenhändig nur S. 125 »Ich habe so viel« bis »G.« – *so viel gearbeitet:* an den ›Lehrjahren‹, daneben an der Übersetzung des ›Benvenuto Cellini‹.

78. Goethe, 1796 April 29 (Br. 11, 59). – *Meine Sachen:* vgl. zu Nr. 77.

Zwischen Nr. 78 und 82 sind uns mehrere Briefe Christianens verloren.

80. Goethe, 1796 Mai 4 (Br. 11, 61). – *Karl:* Schillers 3jähriges Söhnchen; G. an Schiller Juli 9, als die zweite Niederkunft von dessen Frau herannahte: »Wollten Sie uns im Falle, daß sich Ihre Familie vermehrt, für die erste Zeit Karln herüber schicken, so würde er Augusten sehr willkommen sein und, in Gesellschaft

der vielen Kinder, die sich in meinem Hause und Garten versammeln, sich recht wohl befinden.«

82. Christiane, 1796 Mai 14 (EBr. 1796, 198); der Zusatz im Datum »(oder 18.?)« ist wohl zu streichen; G. wird in einem nicht bekannten Briefe über den Tag des Kommens usw. geschrieben haben.
Zur Zwischenbemerkung. *mein Ehstand ist eben 8 Jahre ... alt:* daß G. und Christiane den 12. (nicht den 13.) Juli als den Tag ihrer Eheschließung betrachteten und feierten, beweisen die Stellen ihrer Briefe S. 451 und S. 661, 766. Deshalb wäre G's Brief an Schiller wohl besser vom 12. zu datieren, in der Annahme: daß G. Schillers Brief vom 12. abends noch am selben Abend beantwortet habe.

83. Goethe, 1796 Aug. 22 (Br. 11, 168). – *Bauverwalter:* vgl. zu S. 80. – *Versuche und Arbeiten aller Art:* außer dem zu Nr. 77 Genannten naturwissenschaftliche Studien, besonders Raupen und Schmetterlinge betreffend.

85. Goethe, 1796 Sept. 4 (Br. 11, 181). – *Hofmedicus:* Huschke. – *inliegendes Heft:* nicht ermittelt.

86. Goethe, 1796 Sept. 6 (Br. 11, 184). – *Stallmeister:* Seidler. – *zur Frau von Stein:* G. an diese tags darauf: »Erlauben Sie auch ferner [seit Ende März d. J. hatte August, zuerst in Gesellschaft von Schillers Karl, dann allein Frau v. Stein öfters besucht] meinem armen Jungen, daß er sich Ihrer Gegenwart erfreuen und sich an Ihrem Anblick bilden dürfe. Ich kann nicht ohne Rührung daran denken, daß Sie ihm so wohl wollen«; Frau v. Steins Antwort, Sept. 10, schließt mit den Worten: »Sie müssens meinem Herzen eigentlich sehr natürlich finden, daß ich Ihr Kind so lieb haben muß.«

87. Goethe, 1796 Sept. 9 (Br. 11, 189). – *große Idylle:* ›Hermann und Dorothea‹.

88. Goethe, 1796 Sept. 11 (Br. 11, 191). – *gestern schrieb:* G. meint wohl seinen Brief vom 9. – *Hochzeitfeste:* der Bürger und Weißbäcker J. A. L. Reinhardt heiratete Sept. 15 Caroline Christiane Henr. Bürcke, Tochter des Hofböttchers Theodor David Bürcke (TrP. der Hofkirche 1762/1800, 538, der Stadtkirche 1784/1821, 118c) – *meiner Arbeit:* vgl. zu Nr. 87.

89. Goethe, 1796 Sept. 13 (Br. 11, 197). – *Hochzeit:* vgl. zu S. 132 – *Idylle:* vgl. zu Nr. 87. – *Probedruck von dem ... Kupfer:* für Schillers Musen-Almanach für das Jahr 1797 (Xenien-Almanach).

90. Christiane, 1796 Sept. 14? (EBr. 1796, 314). – *Buchbinder:* Schillers Almanach betr. – *das Gut:* erste Erwähnung des Freigutes zu Ober-Roßla, das zwei Jahre später von G. käuflich erworben wurde. – *Bauverwalter:* vgl. zu S. 20. – *Abdrücke von Starken:* vgl. zu S. 133.

91. Christiane, 1796 Sept. 25 (EBr. 1796, 336). – *Buchbinder:* vgl. zu S. 133.

92. Christiane, 1796 Sept. 30 oder Okt. 1 (EBr. 1796, 339); in der eigenhändigen Adresse der Name wieder »Gotte« geschrieben wie in Nr. 36. – *solchen Umständen:* G. wird in einem nicht bekannten Briefe über Schillers Söhnchen Ernst, geboren Juli 11, ähnlich geschrieben haben wie Sept. 30 an C. G. Voigt: »... ich habe nicht Muth, den guten Schiller in seiner gegenwärtigen Lage zu verlassen, sein Vater ist vor kurzem [Sept. 7] gestorben, und sein jüngster Knabe scheint auch in kurzem wieder abscheiden zu wollen.« – *Buchbinder ... Starke:* vgl. zu S. 133. (Starke an G. in dieser Angelegenheit Sept. 26, Okt. 3, EBr. 1796, 338. 347). – *Exemplar:* von Schillers Almanach oder von dessen ersten beiden (›Alexis und Dora‹ enthaltenden) Bogen. – *Christ-Kram:* dessen Frau Aja in ihrem Briefe an G. Sept. 17 als schon »gepackt-ambalirt« gedenkt. – *das Äugelchen:* nicht ermittelt (Marianne Meyer? sie hatte Ende Sept. G'n in Weimar besuchen wollen).

93. Goethe, 1796 Okt. 31/Nov. 1 (Br. 11, 253); eigenhändig nur das zwischen den beiden Daten Stehende. – *Judenkrämchen:* vgl. zu S. 135. – *meine Geschäfte:* Anordnungen wegen des in der Nacht Okt. 22/3 auf dem Martinröder Stollen eingetretenen Bruches, infolgedessen die Abflußwege der Wasser verschüttet waren (vgl. Julius Voigt: Goethe und Ilmenau S. 137-140.

94. Goethe, 1796 Nov. 3 (Br. 11, 255). – *Tod des Wirthes:* des »guten Türk« (G an C. G. Voigt, Nov. 3). – *Mein Geschäft:* vgl. zu Nr. 93. – *Bergrath:* J. K. W. Voigt.

95. Christiane, 1796 Nov. 6 (EBr. 1796, 391). – *Schiller ... geschrie-*

ben: Brief nicht bekannt; Schiller an G., Okt. 31: »Ich habe ... an Mademoiselle Vulpius geschrieben, mir, wenn sie dazu kommen kann, die bei Ihnen noch vorräthig liegende [Exemplare des Musen-Almanachs] auf Druckpapier zu senden.«

96. Goethe, 1797 Jan. 1 (Br. 12, 3). – *interessante Menschen ... alte Freunde und Bekannte:* unter jenen der Abbé Sabatier, der Naturforscher Dr. Fischer und der junge Österreicher Graf Moritz Fries, Student der Rechte, unter diesen der Hofmeister des Letztgenannten Franz Lerse, die Leipziger Adam Oeser und Christian Felix Weiße, die Frankfurter Moritz Bethmann und Gontard. – *Kunstwerke:* darunter Bilder von Domenichino (?), Lairesse und Bourdon; in Dessau kam dazu Angelika Kauffmanns ›Amor und Psyche‹. – *ein Cabinet:* »Früh die Gemälde des Herrn Otto besehen, welcher schöne Dietrich von allerlei Manier hat, auch sonst manche gute Sachen« (Tgb. Jan. 1). – *Gastmahl:* bei Chevalier La-Motte. – *Abendessen:* bei Frege.

97. Goethe, 1797 Jan. 3 (Br. 12, 3). – *Der Jude:* Elkan. – *das Gedicht:* ›Hermann und Dorothea‹. – *Jacobi:* vgl. zu S. 73 und Br. 12, 394/5.

98. Christiane, 1797 Febr. 21/2 (EBr. 1797, 85); vgl. das Faksimile; gedruckt die Worte: »wie Du in Kötschau ... so wunderlich« Br. 12, 404. – *Komödie:* ›Das Landmädchen‹, Lustspiel von d'Arien. – *Aufsätzchen:* entweder Kopfputz (oder Kleiderbesatz) für Christiane, oder eine Zimmerverzierung; das letztere macht G's Bemerkung S. 142 wahrscheinlich (jedenfalls keine Stil- und Schreib-Übungen in G's Auftrag, wie manche irrtümlich angenommen haben). – *Deine beiden Hasen:* oft wiederkehrender Ausdruck der Familiensprache für ein weich anschmiegendes, zärtliches, liebevolles Wesen, ebenso: hasig, Hasigkeit, hasen (Zeitwort) und Hasenfuß. – *Gakala:* Spitzname, nicht ermittelt (dieselbe Person wie S. 472 »Galla«?). – *Schönfuß:* hier und S. 174 geschrieben »Sckenfuhs« und »Schkenfus«; da ich in dieser Wortform keinen Sinn zu finden vermochte, habe ich vorerst »Schönfuß« eingesetzt (etwa ehelicher Ausdruck für Amor?) und wäre für Mitteilung einer besseren Deutung dankbar. – *zum Gedicht:* ›Hermann und Dorothea‹.

99. Goethe, 1797 Febr. 24 (Br. 12, 52). – *allerlei Dingen:* darunter

die Farbenlehre. – *zum Gedicht:* ›Hermann und Dorothea‹. *wegen des ›Nathans‹:* in dem Caroline Jagemann die Recha spielen sollte; sie war Febr. 18 zum erstenmal am Weimarer Hoftheater aufgetreten (in Wranitzkys Oper ›Oberon, König der Elfen‹).

100. Christiane, 1797 Febr. 25 (EBr. 1797, 87). – *das Gedicht:* ›Hermann und Dorothea‹. – *in Italien:* schon seit 1796 plante G. eine dritte Reise nach Italien. – *Dienstag:* Febr. 28, zugleich Fastnacht.

101. Christiane, 1797 März 1 (EBr. 1797, 97). – *Bürgemeister:* falls der von Weimar gemeint ist, entweder J. C. Häublein oder J. H. S. Rentsch. – *das Gedicht:* ›Hermann und Dorothea‹.

102. Goethe, 1797 März 3 (Br. 12, 60). – *das Gedicht:* ›Hermann und Dorothea‹.

103. Christiane, 1797 März 3/4 (EBr. 1797, 103). – *Gastmahl:* März 1; vgl. S. 143. – *Komödie ... Jagemann:* sie sang den Prosper in der Oper ›Die Wilden‹ von Schmieder; gleichfalls anerkennend Kirms an G., März 4 (Wieland sei »ganz enthusiasmirt« gewesen) und Vulpius an G., März 5 (EBr. 1797, 105. 117). – *Plan:* Frauenplan, an dem das Goethe-Haus liegt. – *das Gedicht:* ›Hermann und Dorothea‹. – *Burgemeister:* vgl. zu S. 143.

104. Goethe, 1797 März 5 (Br. 12, 61); eigenhändig nur die kurze Nachschrift. – *von Hamburg Nachricht:* durch F. Perthes, der, angeregt von F. H. Jacobi, Febr. 25 an G. geschrieben hatte (EBr. 1797, 109). – *Museum:* G's eigene Sammlungen. – *dem Gedichte:* ›Hermann und Dorothea‹.

105. Goethe, 1797 März 7 (Br. 12, 62). – *dem Gedichte:* ›Hermann und Dorothea‹. – *wegen Riehls:* Vulpius an G., März 5: der alte »Theater-Friedrich« (Theaterdiener Friedrich Höpfner) sei soeben gestorben, »da bitten wir nun, ich, meine Schwester und August, gar sehr, Dieselben möchten doch bei dieser Gelegenheit auf den armen Capelldiener Riehl reflectiren, der mit jährlichem Gehalt von 50 Thalern mit seinen armen [6] Kindern beinahe verhungern muß« (EBr. 1797, 118); vgl. S. 148 und E. v. d. Hellen in Br. 12, 406. – *Silhouetten:* sie stellten die Nike dar, die G. durch Körners Vermittlung 1796 aus dem Nachlaß von J. F. Wacker in Dresden erworben hatte und die er H. Meyern brieflich Mai 20/2 ausführlich beschreibt.

106. Christiane, 1797 März 8? (EBr. 1797, 121). – *schon einmal schuld:* durch den mehrtägigen Besuch in Jena 1796 Sept. (vgl. S. 134. – *Riehl:* vgl. zu S. 147. – *Rommel:* vgl. Herzog Karl August an G., März 9, und G. an Karl August, März 13/4. – *Walter ... Eckebrecht:* Unklarheit durch Ausfall eines oder mehrerer Wörter.

107. Goethe, 1797 März 10 (Br. 12, 63); eigenhändig nur das Datum. *Anwesenheit des Herzogs:* Karl August war vom 7. abends bis 8. abends in Jena (Tgb.). – *meinem Gedicht:* ›Hermann und Dorothea‹. – *Packet ... an Fräulein Gore:* darin Exemplare der zu S. 147 genannten Silhouette (vgl. Br. 12, 406). – *Starke ... einen Thaler:* wohl für die S. 147 genannten Silhouetten.

109. Goethe, 1797 März 14 (Br. 12, 64). – *Spielplatz:* für August. – *mein Gedicht:* ›Hermann und Dorothea‹. – *nach Berlin:* an W. v. Humboldt, der die Druckvorlage nach erfolgter Durchsicht an den Berliner Verleger F. Vieweg weitergab. – *Theaterdieners:* vgl. zu S. 147.

110. Christiane, 1797 März 15 (EBr. 1797, 132). – *das Gedicht:* ›Hermann und Dorothea‹. – *alten Garten:* vgl. zu S. 73.

111. Goethe, 1797 März 17 (Br. 12, 71); eigenhändig. – *die Sachen:* ›Hermann und Dorothea‹, daneben hauptsächlich optische Studien.

113. Goethe, 1797 März 21 (Br. 12, 76); auf der Adresse der Zusatz »Nebst 6 Bouteillen«. – *des Gedichts:* ›Hermann und Dorothea‹.

114. Christiane, 1797 März 22 (EBr. 1797, 156. 160). – *Böttiger seinem:* von März 21 (EBr. 1797, 155). – *Beilage:* adressiert »An Herren Geheimmer von Geothe Raht«.

115. Goethe, 1797 März 24 (Br. 12, 76); eigenhändig nur die Schlußworte »und liebe mich«. – *neue Ideen:* darunter den Plan zu einem »Jagd-Epos« (der späteren ›Novelle‹), der noch vor dem völligen Abschluß von ›Hermann und Dorothea‹ auftauchte.

116. Christiane, 1797 März 25 (EBr. 1797, 166. 170). – *6 zu Tische:* Christiane, August, die Tante Vulpius, die Schwester Ernestine Vulpius, das Dienstmädchen und die Köchin. – *Starke den Thaler:* vgl. zu S. 149 – *Bild von Meyern:* Kopie von Annibale Carraccis Gemälde ›Genius des Ruhms‹ in der Galerie zu Dresden, die H. Meyer dort 1794 gemalt und G. zunächst in seinem

Hause aufbewahrt hatte (vgl. Hans Wahl: Briefwechsel des Herzogs-Großherzogs Carl August mit Goethe 1, 424. 437). – *Römische Haus:* nach dessen Fertigstellung seit 1797 Lieblingswohnung Karl Augusts.

117. Goethe, 1797 März 26 (Br. 12, 77); eigenhändig. Tgb., März 26: »Bote nach Weimar mit Geld.« – *Stück seiner Arbeit:* wahrscheinlich Teile der ›Piccolomini‹.

Nicht bekannt ist der im Briefverzeichnis 1797 unter Mai 23 vermerkte Brief G's an »Dem. Vulpius. Rechnungen verlangt« (Br. 12, 461).

119. Christiane, 1797 Mai 24? (EBr. 1797, 250). – *in Tiefurt:* hier hatte Mai 23 der Pacht-Mahlmüller Johannes Timotheus Oschatz die Tochter Christiane Maria des Anspänners Johann Christian Grobe geheiratet. Des letzteren Frau ist wahrscheinlich die S. 256, 300 genannte »Frau Grobin«. (Bei Grobes wohnte der Überlieferung nach Wieland häufig, wenn er in Tiefurt war.) – *Habtanz:* gemeint ist wohl der »Hopswalzer« oder »Hopser« (Ekossaisen-Walzer). – *zum Feste:* Himmelfahrt, Mai 25.

120. Goethe, 1797 Mai 26 (Br. 12, 129). – *Hochzeitspaß:* vgl. zu Nr. 119. – *Quittung:* über die von Karl August (Brief von Mai 21) für das Jenaer Mineralien-Kabinett an G. übersandten Opale.

121. Christiane, 1797 Mai 26 (EBr. 1797, 275). – *unglückselige Theater-Dichter:* Christianens Bruder. Seit Jahren in beständiger Geldnot, hatte er G'n wiederholt um ein festes Gehalt für seine Theaterarbeiten, um Anstellung als Sekretär bei der Bibliothek gebeten (EBr. 1795, 228/9); jetzt hatte er sich abermals März 14 bittend an G. gewandt: es fehle ihm »beinahe an allem, was zu den unentbehrlichen Lebensnothwendigkeiten gehört, vom Gelde bis zum Holze« (EBr. 1797, 130; vgl. auch die Briefe von Kirms an Vulpius, März 13, und an G., März 15, EBr. 1797, 139. 134), und war als »Registrator« an der Bibliothek mit 100 Talern Jahresgehalt angestellt worden (EBr. 1797, 146. 150). An G. schreibt er März 25: »August hat sich, glaube ich, am meisten über meine Bibliotheks-Erhöhung gefreut« (EBr. 1797, 171). Zu Weihnachten 1800 endlich erhielt er das Dekret als »Bibliotheks-Secretär« (EBr. 1800, 575).

122. Christiane, 1797 Mai 27 (EBr. 1797, 272). – *an Meyern:*

Heinrich M. in Italien, wohin Gerning zu reisen im Begriff war; vgl. Nr. 123/4.

123. Goethe, 1797 Mai 28 (Br. 12, 132); eigenhändig von »Herr Cotta« an. – *Veränderung von Schillers Wohnung:* Sch. hatte Mai 2 seine in unmittelbarer Nähe des Schlosses gelegene Wohnung (im Griesbachschen Haus) mit seinem neu erworbenen Gartenhaus an der Leutra vertauscht, wodurch die Entfernung von G. (im Schloß) sich erheblich vergrößert hatte; vgl. S. 230. – *drei Hemden:* für H. Meyer; vgl. Nr. 122, 124. – *Die Angelegenheit:* Christianens Bruder betreffend; vgl. zu S. 159-161 – *Doppellouisd' oren:* Honorar für G's Beiträge zu Schillers ›Horen‹.

124. Christiane, 1797 Mai 29 (EBr. 1797, 288. 293). – *in meinem Brief:* d. h. in dem an Christiane gerichteten, Nr. 123. – *die Hemden:* vgl. S. 160 f. – *Sonnabend ... in dem ›Petermännchen‹:* Mai 27 war der zweite Teil dieses »tragi-komischen Mährchens« von Weigl in neuer Bearbeitung aufgeführt worden (Christiane Becker, geb. Neumann, gab darin, für das Weimarer Publikum zum letztenmal, die Euphrosyne; vgl. zu S. 202 f.). – *Walter:* auf dem Theaterzettel nicht genannt. – *kleine Götzen:* auf dem Theaterzettel nicht genannt; sie spielte ein Fischermädchen. Vgl. S. 171. Die Angabe bei Pasqué 1, 143. 2, 291: sie sei 1804 in Weimar als Madame Zülch gestorben, läßt sich aus den Weimarer Kirchenbüchern nicht bestätigen (nach TP. der Hofkirche 1777/87, 296 starb 1804 die 1783 Juni 29 geborene Maria Christiane Elisabetha Caroline Götze, Tochter des Hoflaufers Johann Heinrich Götze, deren Lebensalter 1797, 14 Jahre, auf die in Rede Stehende gut passen würde). – *Das Äuglichen:* nicht ermittelt (vgl. S. 202). – *Cotta:* vgl. zu S. 161 f. – *werden itzo auch sparsam:* Charles Gore und seine drei Töchter Hanna, Emilia und Elizabeth waren bekannt wegen ihrer Leutseligkeit und Freigebigkeit. – *Sommergewächs:* einjährige Blumenpflanzen (vgl. ›Die Wahlverwandtschaften‹ Teil 2, Schluß von Kap. 9). – *Beilage:* der Brief ist von andrer Hand (Eisert?) mit Blei vorgeschrieben, von August mit Tinte nachgezogen (nur die Nachschrift selbständig geschrieben). G. an Fritz v. Stein, April 26: »... jetzt wird er [August] unter Herrn Professor Kästners Aufsicht von einem jungen Eisert unterrichtet.«

125. Goethe, 1797 Mai 30 (Br. 12, 133). – *Brief an meine Mutter:* »wegen Familienangelegenheiten« (Briefverzeichnis 1797, Br. 12, 462) nicht bekannt; aus der Antwort der Mutter, Juni 5, zu erschließen: ». . . so will ich doch auf deine Erbschaft Verzicht und überhaupt alles thun was dir Vergnügen machen kan – damit du ruhig und ohne Kummer die Reiße antretten – und noch 40 Jahre theils in Italien theils in Weimar des Lebens genüßen kannst und solts«; vgl. G. an Karl August, Juli 22. – *daß wir . . . reisen können:* nach Frankfurt; G. wollte Frau und Sohn der Mutter vorstellen und mit dieser Vermögensangelegenheiten besprechen (vgl. G. an Karl August, Juni 6).

126. Christiane, 1797 Mai 31 (EBr. 1797, 291). – *Komödie wegen der Madame:* in Ifflands Lustspiel ›Die Reise nach der Stadt‹ spielte Madame Erfurth die Rolle der Madame Traut; ihre Antrittsrolle war Mai 22 die Eulalia in Kotzebues ›Menschenhaß und Reue‹ gewesen (kann man die hierauf bezügliche, nicht entzifferte Stelle lesen: »In der betrübten Schönen«?). – *die Feiertage:* Pfingsten, Juni 4/5. – *Comptoir:* Bertuchs Landes-Industrie-Comptoir. – *geschlossene Gesellschaft:* der später »Erholung« genannte Verein? – *Deinen Brief:* wird nicht Nr. 125 sein, sondern ein nicht bekanntes Schreiben, in dem G. Christianen auffordert, Juni 1 nach Jena zu kommen.

Zur Zwischenbemerkung. Zu dem Ausflug nach Dornburg vgl. das Übungsbriefchen Augusts auf S. 174.

128. Christiane, 1797 Juni 3? (EBr. 1797, 303). – *bewußte Sachen:* Kauf des Freigutes zu Ober-Roßla (oder des Gutes zu Oßmannstedt, auf das G. gleichzeitig bot; vgl. G. an C. G. Voigt, Okt. 25). G's Brief von Juni 3: »Wegen der Hebung der 100 Ducaten« (Briefverzeichnis 1797, Nr. 12, 462) ist nicht bekannt; vgl. Nr. 130.

129. Christiane, 1797 Juni 5 (EBr. 1797, 304). – *Brief . . . der Frau Räthin:* von Juni 2. – *Pfingsten, das liebliche Fest:* Anfangsworte von G's ›Reineke Fuchs‹ (das einzige Zitat aus den Dichtungen G's in Christianens Briefen). – *nach Lauchstädt:* dort sollte die Spielzeit des Weimarer Hoftheaters Juni 18 beginnen. – *Herder:* der älteste Sohn, Gottfried, heiratete (zu Vater Gleims Leidwesen nicht eine von dessen Nichten, sondern) die Tochter des

Weimarer Kaufmanns Johann Christoph Schmidt (TrP. der Hofkirche 1762/1800, 553). – *»Jesuiten«:* Schauspiel von J. G. L. Hagemeister, bearbeitet von Vulpius; vgl. S. 168 f. – *Raritätskasten:* Guckkasten, in dem durch Pappfigürchen »schöne Raritäten«, d. h. zumeist biblische oder weltgeschichtliche Begebenheiten dargestellt waren (vgl. Max Herrmann: Jahrmarktsfest zu Plundersweilern, Berlin 1900, S. 16/42).

130. Goethe, 1797 Juni 6 (Br. 12, 144). – *100 Ducaten:* Honorar für ›Hermann und Dorothea‹; vgl. G an Böttiger, Juni 3. – *Nummer des Looses:* am Schluß zu S. 167 genannten Briefes. – *Schluß des Gedichtes:* ›Hermann und Dorothea‹ wurde tags darauf, Juni 7, vollendet. – *Gespenster-Romanze:* ›Die Braut von Korinth‹, entstanden Juni 4/5, veröffentlicht in Schillers Musen-Almanach für 1798.

131. Christiane, 1797 Juni 7 (EBr. 1797, 307. 311). – *Den Brief und das Geld:* vgl. zu Nr. 130. – *»Jesuiten«:* vgl. zu S. 168 f. – *»Oberon«:* die von Vulpius textlich bearbeitete Oper von Wranitzky; Jagemann: Oberon, Leißring: Hüon, Weyrauch: Amanda (die kleine Götz [vgl. zu S. 162] gab den Puck). – *auf unserer Seite:* der rechten (G. an Kirms, Juni 9: »Einen Husaren auf die rechte Seite zu stellen, habe ich schon früher urgirt, es ist aber nie geschehen«); vgl. auch G. an das Hofmarschallamt, Juni 9. – *Lavater:* wahrscheinlich der nach der Matrikel freilich erst 1798 Okt. 23 immatrikulierte Schweizer Diethelm Lavater, über dessen Vater und Studium die Matrikel jedoch keinerlei Angaben macht. – *wieder etwas fertig:* ›Die Braut von Korinth‹, vgl. zu S. 168. – *Götze:* vgl. zu S. 162 und G. an Kirms, Juni 9.

132. Goethe, 1797 Juni 9 (Br. 12, 150). – *Brief meiner Mutter:* den zu S. 167 genannten. – *das Gedicht:* ›Hermann und Dorothea‹. – *unermüdet am Almanach:* für ihn war am 6./7. (und 9.) ›Der Gott und die Bajadere‹ fertig geworden. – *inliegende Briefe:* an G's Mutter, Kirms, C. G. Voigt, Böttiger (Briefverzeichnis 1797, Nr. 12, 463).

133. Christiane, 1797 Juni 9? (EBr. 1797, 323. 318). – *Brief von der Frau Räthin:* vgl. zu S. 167 – *Götzen:* vgl. zu S. 162. – *Friedrich:* vgl. zu S. 147 f. – *nicht bleistiftüberzogen:* vgl. zu S. 163 f. – *Marianne:* die zu S. 104 Genannte; der Brief ist nicht bekannt,

ebensowenig der durch den Herzog Karl August Juni 17 an G. übersandte, in dem sie vielleicht ihren Besuch in Weimar für Ende Juli ankündigte (vgl. G. an Schiller, Juli 26, und L. Geiger: GJ. 14, 108). – *Herr von Schönfuß:* vgl. zu S. 142 – *nach Dornburg:* vgl. die Zwischenbemerkung nach Nr. 126.

134. Christiane, 1797 Juni 10 oder 11 (EBr. 1797, 327), *Frau Vice-Präsident:* C. G. Voigts Gattin.

135. Goethe, 1797 Juni 13 (Br. 12, 157); Briefverzeichnis 1797 (Br. 12, 463); »Obiges [Briefe an Böttiger und Kirms] eingeschlossen, nebst 1 Schachtel Obst.«

136. Christiane, 1797 Juni 14 (EBr. 1797, 343. 336). – *Burgemeister:* J. J. Bohl. – *Friedrichen:* vgl. zu S. 162.

137. Goethe, 1797 Juni 14 (Br. 12, 160); eigenhändig nur der letzte Satz und das Datum. – *inliegenden Brief:* an Gerning (von Juni 14), Antwort auf Gernings Brief von Juni 10 (EBr. 1797, 328).

138. Christiane, 1797 Aug. 7 (EBr. 1797, 407). – *Deinen Geist:* G's Schreiber, der sie bis Hanau geleitete.

139. Goethe, 1797 Aug. 9 (Br. 12, 221). – *›Müllerin‹:* Operette von Paesiello. – *in dieser Wohnung:* im 2. Stock des Hauses zum »Goldnen Brunnen« am Roßmarkt, wo Frau Rat seit Sommer 1795 wohnte (vgl. ihre Briefe an G. von 1795 Mai 16 und Aug. 24).

140. Christiane, 1797 Aug. 8/11 (EBr. 1797, 411). – *›Weißen Schwan‹:* in Frankfurt, wo Christiane mit August gewohnt und G. die Mittage mit ihnen gegessen hatte (vgl. Tgb. Aug. 4/7). – *Gericht-Secretär:* P. H. Köhler. – *Schafnüsse:* die größte Art der vielfach abartenden Früchte des Walnußbaums, auch »Pferde-, Roß-, Riesen-, Polter-Nuß« genannt.

142. Christiane, 1797 Aug. 13 (EBr. 1797, 416); mit Christianens eignem Siegel (Postament mit einem zierlichen V und Blumengewinden geschmückt, darauf eine Schale mit Blumen). – *diesen Brief:* d. h. den an G's Mutter gerichteten, in Nr. 142 beigelegten; nicht bekannt. – *schöne Leuchter:* in dem Faszikel, ›Inventarium über das Neue Haus 1797‹ (Geh. Haupt- und Staats-Archiv, Weimar, B 9155b) werden 2 kleinere Leuchter genannt, die sich im »gelben« Zimmer befanden, und ein im »blauen« Zimmer in der Kuppel befestigter »sehr schöner von böhmischem Glas

geschliffener Kronleuchter«, der reich mit Gold und Bronze verziert war. – *Globus:* wegen eines solchen stand G. mit dem Buchhändler Fleischer in Leipzig in Unterhandlung (vgl. Briefverzeichnis 1797, Br. 12, 471 unter Nov. 23).

143. Goethe, 1797 Aug. 15 (Br. 12, 236); eigenhändig nur der Schluß (S. 190 von »Und nun« an. – *Dein Tagebuch:* d. h. Brief 140. – ›Palmira‹: Oper von Salieri, Aug. 13 aufgeführt; über die von Fuentes gemalten Dekorationen vgl. G. an Schiller, Aug. 14. – *Von Hamburg ... Seeschnecken:* durch Perthes? – *daß der Säbel, den ich mitbringe:* statt »daß ich den Säbel mitbringe«; bei dieser Satzbau-Entgleisung möchte ich eher einen Hörfehler des Schreibers vermuten, als daß ich sie (wie Br. 12, 408 geschieht) einer besonderen »Flüchtigkeit« in G's Briefen an Christiane zuschriebe, von der ich nichts wahrnehmen kann. In andern Briefen G's, z. B. in denen an Schiller, begegnet Ähnliches, als Hör- und Schreibfehler Aufzufassendes. Daß G. in seinen Briefen an Christiane besonders bequem und »läßlich« im Ausdruck ist, wird niemandem entgehen, ist aber etwas anderes als Flüchtigkeit. – *An das Wasser:* an den Main, den G. gleich am 4. morgens den Seinen gezeigt hatte (Tgb.). – *Komödie ..., wo wir so vergnügt zusammen:* am 5. in der Oper ›Der Deserteur‹ von Monsigny (Text von Sedaine), am 6. in dem Trauerspiel ›Die Tempelherren‹ von J. N. v. Kalchberg (Bühnenbearbeitung von Kaffka).

144. Christiane, 1797 Aug. 16 (EBr. 1797, 423. 425); Adresse »An den lieben Geheimen Rath«. – *Hunnius:* er solle den zu Ostern d. J. abgegangenen Buffo J. A. Gatto ersetzen und wurde nebst seiner Frau in Weimar »mit Sehnsucht erwartet«, weil die Gesellschaft »zur Aufführung gewisser beliebter Stücke nicht vollzählig genug« war (G. an. K. M. E. v. Moll in Salzburg, Juli 2); vgl. S. 202. – *Frau von Wedel ... Packet:* G. hatte am ersten Reisetag, Juli 31, in Erfurt unter den in Frankfurt zu erledigenden Aufträgen vermerkt: »Packet von Frau v. Wedel an Herrn v. Wiesenhüten« (Tgb.), und schrieb Aug. 21 darüber an Frau v. Wedel (Briefverzeichnis 1797, Br. 12, 466).

145. Christiane, 1797 Aug. 18 (EBr. 1797, 427). – *der Doctor:* Huschke; er berichtete Ende August selbst an G. über Augusts

Krankheit (Darmkatarrh mit Fieber), deren Behandlung und merkliche Besserung (EBr. 1797, 441). – *kommen die Schauspieler:* aus Lauchstädt zurück. – *Markgräfin von Baden hier mit 2 Prinzessinnen:* Erbprinzessin Amalia von Baden-Durlach (eine Schwester der Herzogin Luise), nebst ihrem Gemahl Erbprinz Karl und ihren Töchtern Friederike und Maria; die erstere hatte sich Aug. 15 in Erfurt mit dem König Gustaf IV. Adolf von Schweden verlobt; vgl. Karl August an G., Aug. 23. – *Frau von Wedel:* vgl. zu S. 191, 194.

146. Christiane, 1797 vor Aug. 24 (EBr. 1797, 436). – *fremde Herrschaft:* aus der Begleitung der zu S. 193 f. genannten Fürstlichkeiten? In G's Briefverzeichnis 1797 ist kein Brief an Fräulein v. Waldner vermerkt. – *Sonnabend:* Aug. 19. – *Die Eberwein ... ihr Liebhaber:* Caroline Rosina, E., Tochter von A. B. Eberwein, und J. A. Wettich, Sohn des Churf. Sächs. Stutenmeisters Joh. Mart. Wettich in Döhlen bei Torgau; die Hochzeit fand in Weimar 1798 Febr. 27 statt (TrP. der Stadtkirche 1784/1821, 132).

147. Goethe, 1797 Aug. 24 (Br. 12, 252); eigenhändig nur der Schluß von »Lebe recht wohl« an. Briefverzeichnis 1797 (Br. 12, 467): »Beruhigung wegen der Reise nach Italien. Sorge für das Kind wegen den bösen Augen, besonders auf Reisen. Beilage an Herrn Zapff. Nachricht von dem 81ger für Herrn Bauverwalter [Steffany] – und dessen baldige Ankunft. Anweisung auf zweihundert Thaler bei Herrn Geh. Rath Voigt. – Preise verschiedner Victualien überschickt. Nebst der Tasse von Frau Räthin Goethe. Um 2 Bände Hufelands, über langes Leben, geschrieben.« (Ebenda über den Inhalt des gleichzeitigen Briefs an C. G. Voigt: »Um Erhebung des Michaelis-Quartals gebeten. Davon 200 Thaler an Demoiselle Vulpius gegen Quittung zu übersenden.«) *mit dem Doctor:* vgl. zu S. 193, 196 – *Blättchen an Herrn Zapff:* nicht bekannt. – *Hufelands Buch:* ›Makrobiotik oder die Kunst, das menschliche Leben zu verlängern‹, 1796 erschienen; das Werk erregte Frau Raths höchsten Unwillen, nicht durch seinen Inhalt, sondern weil es mit lateinischen, d. h. nach Frau Ajas Meinung »vor die größte Menschenhälfte unbrauchbahren Lettern« gedruckt war (an G., 1798 März 12). –

mit einem dankbaren, heitern Briefe: nicht bekannt; G's Mutter dankt ihr Sept. 23. – *beiliegendes Blättchen;* nicht bekannt.

148. Goethe, 1797 Aug. 28 (Br. 17, 271); eigenhändig nur der kleine Schlußabsatz. – *nach so langer Zeit:* seit dem Herbst 1775, denn 1779 auf der Reise in die Schweiz, 1792 und 1793 auf dem Wege zur Campagne in Frankreich und zur Belagerung von Mainz hatte G. sich nur wenige Tage in Frankfurt aufgehalten. – *artiges Zimmer:* im Gasthof zur ›Sonne‹ (Tgb. Heilbronn, Aug. 27). – *alte Bekannte . . . auch neue:* unter jenen Cotta, unter diesen Rapp, Dannecker, Tiedemann, Wing, Harper. – *viel Bekanntschaften:* darunter Thouret, v. Madeweis, Zumsteeg. – *in der Gegend:* Ausflug nach Hohenheim (Sept. 1) und Neckar-Rems (Sept. 3).

149. Goethe, 1797 Sept. 11/2 (Br. 12, 296); eigenhändig nur die Nachschrift von »Nun muß ich« (S. 201) an. Briefverzeichnis 1797 (Br. 12, 469). – *Scheunen vorm Erfurter Thor:* Aug. 31 war das Feuer durch Blitzschlag entstanden und hatte mehr als 40 Scheunen eingeäschert, die am Schweinemarkt (an der Westseite des jetzigen Karlsplatzes) standen. Die von G. im Febr. 1798 ausgearbeiteten Vorschläge zur Verlegung der Scheunen und zur Bebauung der Brandstätte sind jetzt, nebst dem von G. gezeichneten Lageplan, von Julius Wahle in W. 53, 257/66 veröffentlicht worden. Vulpius berichtet an G. über das Ereignis Sept. 1 (EBr. 1797, 517); vgl. auch C T. Musculus: Euphrosyne S. 8. – *der Kleine wieder auf gutem Wege:* vgl. zu S. 193.

151. Christiane, 1797 Sept. 25 (EBr. 1797, 463). – *›Rothe Kappe‹:* die zu S. 75, 202 genannte Oper von Dittersdorf, in der Hunnius (vgl. zu S. 190, 202, 208) als Antrittsrolle den Dorfschulzen Nietsche sang. – *die neue als Ophelia:* Madame Schlanzovsky (auf den Theaterzetteln so und auch Schlansofsky geschrieben) in der Antrittsrolle als Nachfolgerin von Christiane Becker, die zum letztenmal in *Weimar* als Ophelia (Juni 14), in *Lauchstädt* als Euphrosyne (Juli 17 [nicht 16]) in dem zu S. 162, 202 genannten Stück die Bretter betreten hatte, dann tödlich erkrankt und Sept. 22 gestorben war. Über das Spiel der Schlanzovsky äußert Vulpius sich gegen G. beifällig. Okt. 2: sie sei eine »sehr routirte Schauspielerin, und weiß, *was* sie sagt. Aber – ihr Spiel ist

markirt. Doch wird sich das geben« (EBr. 1797, 470). – *dem jenaischen Äuglichen:* wohl dem schon S. 162 genannten.

152. Goethe, 1797 Sept. 23/6 (Br. 12, 305); eigenhändig »Nun muß ich« (S. 204 f.) bis zum Ende. – *heute schreibt ... Schiller:* »Ihr Kleiner, höre ich, ist ganz wieder hergestellt.« – *das gute Glück:* dem G. im Frühling 1777 in seinem Garten am Park das Kubus-Kugel-Denkmal errichtet hatte (*ἀγαθη τυχη*, vgl. Tgb. 1776 Dez. 25, 1777 April 5). – *Brief von ... Voigt:* diesem antwortet G., Sept. 26: »Daß ich den Kleinen wieder gesund und froh bei Ihnen denken kann, wie Sie die Güte haben, seine Reiseerinnerungen rege zu machen und ihm so zu einer weitern Ausbildung zu verhelfen, ist mir unschätzbar.« – *Beilage:* fast gleichlautend mit der Sept. 26 an Schiller gesandten. – *andere ... Basaltfelsen:* Hohenkrähen und Hohenstoffeln, sämtlich Phonolithkegel, nur stellenweise mit Basalt durchsetzt.

153. Christiane, 1797 Okt. 2 (EBr. 1797, 473. 467). – *in der »Lilla«:* Sept. 25 in der Oper ›Cosa rara‹ von Martin (auch unter dem Titel ›Lilla oder Schönheit und Tugend‹), worin Madame Hunnius als Königin Isabella ihre Antrittsrolle gab. – *2 Neue:* die zu S. 202 genannte Madame Schlanzovsky und Demoiselle Tilly, die Christiane wohl Okt. 1 in ihrer Antrittsrolle als Klara in dem Ritterschauspiel ›Klara von Hoheneichen‹ von C. H. Spieß gesehen hatte. – *eine Beckern:* vgl. zu S. 202. – *Von der guten Mutter:* Brief von Sept. 23. – *Globus:* vgl. zu S. 187. – *Seeschnecken;* vgl. zu S. 189 – *Beilage ... Hertels Wilhelm:* aus den TP. der beiden Weimarer Kirchen nicht festzustellen.

154. Goethe, 1797 Okt. 13 (Br. 12, 323); eigenhändig nur S. 211 »Grüße und küsse« bis »kennen lernen«. – *11 Tage:* Sept. 28 bis Okt. 8.

155. Goethe, 1797 Okt. 17 (Br. 12, 336). – *über 14 Stunden abgelegen:* in Sankt Gallen, vgl. S. 213.

156. Goethe, 1797 Okt. 25 (Br. 12, 348); eigenhändig, mit Ausnahme der Nachschrift von »Sage Deinem Bruder« an. – *Todtenfeier:* Christiane Becker (vgl. zu S. 202) war Sept. 25 abends auf dem Jakobsfriedhof beigesetzt, am 26. durch eine kirchliche Feier am Grabe geehrt worden; Vulpius hatte für die am 29. abgehaltene Gedächtnisfeier im Theater eine Rede in Versen

verfaßt, die, von Vohs gesprochen, beifällig aufgenommen worden war; vgl. Musculus: Euphrosyne S. 9, und Kirms an G., Okt. 2 (SdGG, 6, 91). – *›Amalfi‹:* Weigls Oper ›Die Prinzessin von Amalfi‹ kam 1798 Jan. 6 in Weimar zur Aufführung. – *sein Werk:* Vulpius an G., Okt. 2 (EBr. 1797, 469): er plane nach Art des *Joinville*, den Schiller in seinen historischen Mémoires mitgeteilt, eine Sammlung von dergleichen »*Selbsterzählungen* ehrwürdiger Deutschen«; »diese möchte ich theils aus der lateinischen, theils aus der deutschen Sprache, einem Tone, der zwar immer noch schlicht und gerade, vorzeitgemäß deutsch klingt, aber doch sich *jetzt* lesen läßt, treuherzig (mit Weglassung alles Unnützen pp.) nacherzählen«; bittet um G's Vermittlung bei Cotta. (Vielleicht hat der »kleine historische Versuch«, den G. an Schiller Dez. 9 zur Beurteilung schickt, auf diese Angelegenheit Bezug.)

158. Christiane, 1798 März 20/1 (EBr. 1798, 116). – *Komödie:* Ifflands Schauspiel ›Die Aussteuer‹. – *alte Kotzebuen:* diese hatte G'n vor kurzem gebeten, bei den Stücken ihres Sohnes »die nothwendigen Verbesserungen mit eigner Meisterhand vorzunehmen und sie nicht Pfuschern zu überlassen« (Br. 13, 387); in G's beruhigender Antwort, März 17, heißt es zum Schluß: »Bleiben Sie übrigens eine fleißige und freundliche Zuschauerin unseres Schauspiels.«

159. Goethe, 1798 März 23 (Br. 13, 103). – *Pachter aus dem Blankenhainischen:* Becker in Kiliansroda. – *den Köttendorfer:* Tischner.

160. Christiane, 1798 März 24 (EBr. 1798, 122). – *Beilage. kleine Karl:* Schillers Sohn.

161. Goethe, 1798 März 27 (Br. 13, 103). – *nicht gethan, was ich wünschte:* wohl Arbeit am ›Faust‹, die erst im April gelang, oder ›Achilleis‹ (oder das Tell-Epos? vgl. G. an Meyer, März 23). – *ein Blättchen:* nicht bekannt.

162. Christiane, 1798 März 28 (EBr. 1798, 130). – *Beilage. ›Cosa rara‹:* vgl. zu S. 208. – *Herr Benda:* als Infant von Spanien.

163. Goethe, 1798 März 30 (Br. 13, 104). – *Flur-Karten:* vom Jahre 1791; J. C. Weise wollte sie für G. abzeichnen (Weise an G., März 28, EBr. 1798, 129). – *nicht, was ich wünschte:* vgl. zu S. 218.

164. Christiane, 1798 März 31 (EBr. 1798, 139). – *Komödie:* ›Die Hochzeit des Figaro‹ von Mozart. – *Brief an die liebe Mutter:*

nicht bekannt. – *Die Madonna:* Meyers Kopie von Raffaels Madonna della sedia (G. an Meyer, März 23). – *Beilage. Brief an die liebe Großmama:* vgl. Schluß von Nr. 166.

166. Goethe, 1798 April 2 (Br. 13, 106). – *Mittwoch:* April 4. – *Termin:* wegen der Verpachtung des Gutes Ober-Roßla.

167. Goethe, 1798 April 3 (Br. 13, 107). – *nicht gegangen, wie ich wünschte:* vgl. zu S. 218.

168. Christiane, 1798 April 3 (EBr. 1798, 155. 158). – *begieren:* in den Wörterbüchern über thüringische Mundarten nicht zu finden, vielleicht »begären« zu lesen, d. h. über etwas »gären«, sprechen, schwatzen (einen Schwätzer bezeichnet man in Weimar noch heute scherzweise als »A. W. G.«, d. h. »Altes Weimarisches Gärluder«).

169. Goethe, 1798 April 4 (Br. 3, 109). – *Unser hoher Gast:* Herzog Karl August. – *Herrn Professor:* H. Meyer.

170. Goethe, 1798 Mai 22 (Br. 13, 152). – *unsere gemeinschaftlichen Arbeiten:* für G's Zeitschrift ›Propyläen‹. – *in unserm Werke:* den ›Propyläen‹.

171. Christiane, 1798 Mai 22 (EBr. 1798, 209). – *Pastorin von Rossel:* Frau Reimann, Tochter des Landschaftskassen-Revisors C. L. Ortmann in Weimar. – *die Hochzeiten:* 3 Kinder des Obristen Alex. Christoph v. Seebach auf Stedten heirateten an *einem* Tage, Mai 21, und zwar: 1. seine Tochter Amalia den Sohn der Frau v. Stein, Karl v. Stein auf Kochberg; 2. sein Sohn Ludwig Ernst Rudolf Gustav die Tochter des Kammerherrn K. A. P. v. Beulwitz, Caroline Christiane Augusta v. Beulwitz; 3. seine Tochter Charlotte Elisabeth Sophie Wilhelmine den Sohn des dänischen Kammerherrn Detlev v. Ahlefeld, Johann Rudolf v. Ahlefeld; außerdem wurden gleichzeitig getraut H. F. v. Breitenbauch auf Bucha und Dorothea v. Oldershausen. Die Trauungen wurden durch Herder vollzogen (TrP. der Hofkirche 1762/1800, 575/8), nach dem Fourir-Buch in der Wohnung der Frau v. Stein, »wobei sämmtliche Herrschaften zugegen waren«. Das Theater, in dem Mai 21 nicht gespielt wurde, war für die Hochzeitsfeier freigegeben worden. – *Die alten Götzen:* wohl die auch S. 113 Genannte. – *Beilage. mein Onkel:* Vulpius. – *kleinen Karl:* Schillers Sohn, dem August vor kurzem durch G. einen

Brunnen und ein Püppchen geschickt hatte (G. an Schillers Frau, April 14).

173. Goethe, 1798 Mai 25 (Br. 13, 156). – *bei Schiller im Garten:* vgl. zu S. 160. – *Interessantes zusammen gelesen:* Mai 21/4 allabendlich W. v. Humboldts Manuskript ›Über Goethes Hermann und Dorothea‹ (1799 als Band 1 seiner ›Aesthetischen Versuche‹ erschienen). – *Für den Kleinen ... ein Briefchen:* nicht bekannt. – *unsern Meister:* H. Meyer.

174. Christiane, 1798 Mai 25 (EBr. 1798, 221). – *das Fest:* Pfingsten, Mai 27/8. – *Frau Pastorin:* aus Ober-Roßla, vgl. zu S. 227. – *lange Baron:* der in den folgenden Briefen mehrfach genannte Friedrich v. Lätzow aus Paakens im Jeverschen, Student in Jena (die Matrikel gibt nur seinen Namen, als Heimat Jever und als Datum der Immatrikulation 1797 Mai 18 an), der ein Liebesverhältnis mit G's Schwägerin Ernestine angeknüpft hatte (vgl. S. 236. 269, 271); seine Mutter, die mit ihrer Tochter in schlechten Vermögensverhältnissen lebte, versagte ihre Einwilligung zur Heirat und ließ das G'n durch den Pastor H. Toel mitteilen (dessen Brief von 1799 Jan. 25, EBr. 1799, 63; vgl. Br. 14, 247). In G's Antwort (undatiertes Konzept von Ende Jan. oder Anfang Febr.) heißt es: »Das Frauenzimmer hat, so viel mir bekannt ist, ihm nur insofern einiges Gehör gegeben, als die Einwilligung der Seinigen möglich scheinen konnte, und wird sich immer so betragen haben, um der Achtung ihres Freundes auf jeden Fall gewiß zu sein«; G. gibt den Rat, dem jungen Manne »auf sein Gesuch keine entschieden abschlägliche Antwort zu geben, indem er dadurch nur verwirrt und zu hartnäckigem Widerstand aufgereizt werden könnte«; vor allem aber: ihn möglichst bald nach Hause zu berufen (Br. 14, 16). Ein Brief v. Lützows an G., 1798 Sept. 21, Sendung von spanischem Wein betr., EBr. 1798, 453.

G's Brief von Mai 29 (Briefverzeichnis 1798, Br. 13, 433) ist nicht bekannt.

175. Christiane, 1798 Mai 30 (EBr. 1798, 233). – *Wein von ... Wolzogen:* aus der herzoglichen Kellerei (der Wolzogen vorstand) für das Fest der Gutsübergabe in Ober-Roßla, vgl. S. 242. – *Beilage. Götze:* wohl der zu S. 255 Genannte.

L. Geist an Christiane. *Der Herzog:* Tgb. Mai 31: »Mit Serenissimo von der Reitbahn ins Schloß«, Juni 1: »Mittags bei Serenissimo auf dem Zimmer. Nach Tafel reisten Serenissimus ab«; die Gespräche Karl Augusts mit G. betrafen vor allem den Schloßbau und den Umbau im Theater, die durch den eben aus Stuttgart eingetroffenen Thouret gefördert werden sollten.

G's Brief von Juni 8 ist nicht bekannt (Briefverzeichnis 1798, Br. 13, 433: »Demoiselle Vulpius, August, Erdbeere übersendet«).

176. Christiane, 1798 Juni 8 (EBr. 1798, 241). – *Karten:* die S. 219 genannten Flurkarten, vgl. G. an Rühlemann, Juni 8. – *bewußten Sachen:* es scheint nach dem folgenden fast, als habe v. Lützow mit Ernestine Verlobung gefeiert; vgl. zu S. 231. – *Beilage. ›Schachmaschine‹:* Lustspiel von H. Beck. – *daß ich meine liebe Tante:* hieraus geht hervor, daß August, wenigstens jetzt, nicht bei Prof. Kästner wohnte (vgl. dagegen E. v. d. Hellen: Goethes Briefe, Ausgewählt 4, 76); er war nur zu gewissen Stunden des Tages dort, um unter Aufsicht Eiserts zu arbeiten.

177. Goethe, 1798 Juni 11 (Br. 13, 174). – *Brief an Gores:* nicht bekannt, Einladung nach Jena enthaltend (Tgb.).

178. Christiane, 1798 Juni 12 (EBr. 13, 255); auf der eigenhändigen Adresse der Zusatz: »nebst 8 Bouteillen, 2 Nößel mit Wein. Ein Packet mit Wäsche, eine Schachtel.« – *wie es zuging:* wahrscheinlich hatte Christiane das »Kummerfeldsche Wasser« gebraucht, das dessen Erfinderin, die ehemalige Schauspielerin Caroline Schultze, spätere Frau Kummerfeld, seit 1796 zum Verkauf ausbot. Das Wasser (heute in der Hofapotheke zu Weimar erhältlich) vertreibt, wie es in der von der Erfinderin verfaßten Anweisung heißt, »alle im Gesicht habenden Kupfer-, Finnen- und Hitzbläschen«. So hätte G., der als Student in Leipzig Caroline Schultze als Miß Sara Sampson und in Weißes ›Romeo und Julie‹ als Julie bewundert, ihr auch kleine Gedichte gewidnet hatte, jetzt der Kummerfelden in Versen für die Wohltat danken können, die sie Christianen erwiesen. Vgl. S. 484 »Waschwasser«, und Christianens Brief an Nik. Meyer, 1804 März 25, woraus hervorgeht, daß zur Bereitung des Wassers »Märzenschnee« verwendet wurde.

179. Goethe, 1798 Juni 12 (Br. 13, 175). – *Gedicht auf die Beckern:*

›Euphrosyne‹, nach Tgb. Juni 13 »geendigt«. – *glatten Gesicht:* siehe oben. – *Gedichte für den Almanach:* Schillers Musen-Almanach für 1799, der außer ›Euphrosyne‹ die (Juni 15/7 entstandenen) Gedichte ›Sängerwürde‹ (später ›Deutscher Parnaß‹ überschrieben), ›Die Musageten‹, ›Das Blümlein Wunderschön‹, ›Der Müllerin Verrath‹ und ›Die Metamorphose der Pflanzen‹ brachte. – *Gores und die französische Gesellschaft:* Tgb. Juni 14: »Kamen von Weimar Fouquets, Gores und Fräulein Waldner.«

180. Christiane, 1798 Juni 13 (EBr. 1798, 260). – *nach Erfurt:* vgl. S. 243-246. – *Beilage. wieder nach Hause komme:* vgl. zu S. 235. – *Kloster:* der Zisterzienserinnen, als solches um 1530 aufgehoben; ein Teil der zu ihm gehörigen Gebäude dient jetzt als Pfarrhaus.

181. Christiane, 1798 Juni 16 (EBr. 1798, 269). – *als die Boten-Frau kam:* G's Brief vom Juni 15 nicht bekannt (Briefverzeichnis 1798, Br. 13, 433).

182. Goethe, 1798 Juni 17 (Br. 13, 179); eigenhändig nur S. 243 »Bei der Übergabe« bis »küsse den Kleinen«. – *einen Aufsatz:* Reinschrift nicht bekannt; Konzept, datiert Juni 17, in dem ›Separat-Fascikel Ober-Roßla 1797/8‹; hierin ebenfalls das Konzept des im folgenden genannten »Zettels«, das Verzeichnis der Gäste für Juni 23 enthaltend. – *Von Herrn von Wolzogen:* vgl. zu S. 233. *Rühlemann zum Beistande:* G an diesen, Juni 17: seine Gegenwart in Roßla werde ihm »diejenige Zufriedenheit und Sicherheit verschaffen, die man empfindet, wenn man bei irgend einem Geschäft einen Mann in der Nähe weiß, der es völlig übersieht, und dessen Charakter man sowohl, als dessen Einsicht völlig vertrauen kann«.

183. Christiane, 1798 Juni 18 (EBr. 1798, 283); die Worte »Da ich nunmehr« bis »alle sehr geputzt« gedruckt Br. 13, 401. – *Unsere Fahrt:* nach Erfurt, vgl. S. 240-246. – *nunmehr ganz glatt;* vgl. zu S. 238.

184. Vulpius, 1798 Juni 19 (EBr. 1788, 287); die auf Bibliothekangelegenheiten bezügliche Nachschrift und die darauffolgende Unterschrift sind hier weggelassen.

185. Goethe, 1798 Juni 20 (Br. 13, 186); eigenhändig nur die

Nachschrift »Auch gib« bis »G.« Der Brief ging erst am 21. ab (Tgb.), unter dem das Briefverzeichnis 1798 ihn auch verzeichnet. – *Erfurter Tour:* vgl. S. 240-246. – *der Registrator schreibt:* in Nr. 184. – *Brief von Fräulein von Göchhausen:* G. lud sie nach Roßla ein; sie antwortete zusagend Juni 24 (EBr. 1798, 294). – *Die Arbeiten:* darunter die zu S. 238 genannten Gedichte. – *glattes Gesichtchen;* vgl. S. 244.

187. Goethe, 1798 Juni 21 (Br. 13, 191); Zusatz auf der Adresse: »Überbringer erhält 1 Groschen Trinkgeld.« – *Sonnabends:* Juni 23. – *Pfarrer:* C. F. Reimann; G. soll auch später vorgezogen haben, bei ihm zu wohnen, statt in seinem eigenen Gute, weil des Pfarrers sonniges Gastzimmer gemütlicher war als die etwas düsteren Gutszimmer.

190. Christiane, 1798 Juli 16 oder 17 (EBr. 1798, 330. 334). – *die Schätzchen:* vgl. zu S. 76. – *von dem Müller:* nicht genau festzustellen; vielleicht der Amtsverwalter und Kammergutspächter Weidner in Nieder-Roßla, dessen Witwe jedenfalls später die Besitzerin der Mühle war. – *Beilage.* Adresse »An meinen lieben Vater«; die Schrift des Briefchens, das offenbar ohne alle Hilfe geschrieben ist, beweist, daß bei den früheren und späteren Briefen der Lehrer geholfen hat und erst ein Konzept gemacht worden ist.

191. Goethe, 1798 Aug. 3 (Br. 13, 237). – *verschiednen Dingen:* hauptsächlich Arbeit für die ›Propyläen‹. – der *›Niobe‹:* H. Meyers Aufsatz ›Niobe mit ihren Kindern‹.

191 a. August, 1798 Aug. 3 (EBr. 1798, 359); Christianens Brief nicht bekannt; er muß, nach G's Trostbrief (Nr. 192) zu schließen, lebhafte Klagen, wohl über Klatsch und Mißreden, enthalten haben, und wurde vermutlich deshalb von G. vernichtet.

192. Goethe, 1798 Aug. 5 (Br. 13, 240); eigenhändig. – *Deinem Geburtstag:* vgl. zu Nr. 37. – *Betrübe Dich nicht:* vgl. zu Nr. 191a.

193. Christiane, 1798 Aug. 5 (EBr. 1798, 372); die Worte »Ich habe Deine Liebe« bis »froh machen« gedruckt Br. 13, 409. – *meinen Geburtstag:* vgl. zu Nr. 37.

G's Brief von Aug. 7 (Briefverzeichnis 1798, Br. 13, 435) nicht bekannt.

195. Goethe, 1798 Aug. 10 (Br. 13, 245); eigenhändig. Der Brief ist

vielleicht nur eine Nachschrift G's zu einem diktierten Briefe (vgl. E. v. d. Hellen: Br. 13, 410). – *Meine Arbeiten:* für die ›Propyläen‹.

196. Christiane, 1798 Aug. 13 (EBr. 1798, 384. 391); eigenhändig adressiert: »An Herrn Geheimer [!] von Goethe in Jena.« – *Canzler:* wahrscheinlich der Maurermeister J. G. Canzler in Ober-Roßla (aus den Rechnungen ergibt sich, daß auch der Böttcher Georg Cantzler und ein Adam Canzler in Ober-Roßla für G. gearbeitet haben). – *Götze:* Wilhelm G. (Diener oder Gärtner G's? vgl. August an G., S. 234; sein Brief, der unserer Nr. 196 beilag, beginnt: »Bester Herr Geheimderath, wenn Sie sich noch recht wohl befinden, so soll es mir lieb sein«, und schließt: »Leben Sie wohl und hoffen Sie nicht Böses von mir« (EBr. 1798, 385). – *Beilage. Tröbel:* zum Freigut gehörige, geschützte, für Gemüse- und Obstbau geeignete Bodensenkung westlich vom Dorfe, an deren Südseite eine gefaßte Quelle; vgl. S. 387.

Zu G's Geburtstag stellte August sich mit einem 6 Seiten langen Glückwunschschreiben ein, voll guter Vorsätze für Fleiß usw. Christiane brachte Blumen aus Ober-Roßla dar, begleitet von folgendem Gedicht, von Vulpius geschrieben, aber wohl von Christiane selbst mit August zusammengeschmiedet (EBr. 1798, 413):

»Diese Blumen sind aus Roßla gekommen;
Sie freuen sich und haben vernommen,
Daß auch das Blümchen auf dem Gänse-Rain
Würde angenehm und willkommen sein.
Drum erscheinen sie heute ganz zierlich,
Wünschen viel Glück und Freude manierlich,
Wünschen, noch sechzig Jahre zu kommen,
Und werden erscheinen in ländlicher Tracht,
Natürlich und unbeklommen
Immer, wie sies dieses Jahr haben gemacht.«

197. Christiane, 1798 Sept 26? (EBr. 1798, 475. 479). – *Beilage:* liegt zwar bei Nr. 200, muß aber vor den Besuch in Buttstädt fallen, da August nichts über diese Fahrt schreibt (vgl. auch die Worte Augusts »Gestern bin ich« mit »Gestern waren wir« in Nr. 199).

198. Goethe, 1798 Sept. 27 (Br. 13, 278). – *Meine Arbeiten:* ›Diderots Versuch über die Malerei‹ für die ›Propyläen‹ und der Aufsatz ›Weimarischer neudecorirter Theatersaal. Dramatische Bearbeitung der Wallensteinischen Geschichte durch Schiller‹ für die Allgemeine Zeitung.

199. Christiane, 1798 Sept. 29 (EBr. 1798, 467). – *wegen des Theaters:* dessen Umbau der Vollendung sich näherte.

201. Goethe, 1798 Okt. 15 (Br. 13, 289); eigenhändig nur die beiden Büchertitel auf S. 258. – *den Prinzen:* Karl Friedrich. – *im Keller:* der Herzoglichen Kellerei.

202. Christiane, 1798 Okt. 15 (EBr. 1798, 500). – *den Büchern:* den beiden S. 258 genannten.

203. Christiane, 1798 Okt. 16 (EBr. 1798, 504). – *Beilage. ›Fähndrich‹:* Lustspiel von F. L. Schröder; darin gab F. Cordemann seine Antrittsrolle als Wilhelm v. Vizar (Vulpius an G., Okt. 19: »Er wird der hiesigen Bühne sehr brauchbar werden«, EBr. 1798, 515). – *Onkel:* Vulpius.

204. Christiane, 1798 Okt. 19 (EBr. 1798, 517). – *Wegen des Hauses kannst Du außer Sorge sein:* demnach scheint G. seine schon Aug. 10 (S. 254) ausgesprochene Mahnung in einem nicht bekannten Briefe zwischen Okt. 16/9 wiederholt zu haben.

205. Goethe, 1798 Nov. 14 (Br. 13, 308). – *Briefe, ... nach Frankfurt:* an G's Mutter; vgl. Nr. 206. – *Meine Geschäfte:* vor allem Farbenlehre.

206. Christiane, 1798 Nov. 14 (EBr. 1798, 552). – *Brief an die Mutter:* nicht bekannt; Frau Rat dankt Nov. 23 in ihrem Brief an G.

207. Christiane, 1798 Nov. 15 (EBr. 1798, 556). – *Gerning ... wird Dich ... besuchen:* im Tgb. unter Nov. 20 und 25 erwähnt. – *der guten Mutter ihre Silhouette:* »in Lebensgröße« ist gewiß nicht wörtlich zu nehmen, sondern bedeutet: in ganzer Gestalt. Die Silhouette (vielleicht von demselben Künstler verfertigt, den Frau Rat in ihrem Brief an Ludwig und Luise Nicolovius 1796 Febr. 1 erwähnt) wird in dem Verzeichnis der Bildnisse bei Karl Heinemann: Goethes Mutter (2. Aufl., Leipzig 1892), S. 341 nicht aufgeführt und ist nach gütiger Mitteilung der Direktion des Goethe-National-Museums daselbst weder vorhanden noch

bekannt, muß demnach als verschollen betrachtet werden. – *Die Oper:* Dittersdorfs ›Hieronymus Knicker‹; vgl. Augusts Brief S. 264.

G's Antwort auf Nr. 207 von Nov. 16 (Briefverzeichnis 1798, Br. 13, 437 nicht bekannt.

208. Christiane, 1798 Nov. 17? (EBr. 1798, 567. 564. – *Professor:* H. Meyer. – *Beilage. Malcolmi:* als Kaufmann Tobias Filtz; vgl. S. 263.

210. Goethe, 1798 Nov. 20 (Br. 13, 315); eigenhändig. – *Wegen des Kopfwehs:* vgl. S. 264 f., 267. – *Doctor:* Huschke. – *Meine Arbeiten:* Diderots ›Versuch über die Malerei‹.

211. Christiane, 1798 Nov. 21 (EBr. 1798, 576. 580). – *Herr Richter:* Jean Paul; er lebte seit Oktober in Weimar. Vgl. S. 271. *bei Schütz:* Tgb. Nov. 24: »Abends bei Schütz. Waren zugegen: Böttiger, Richter, Loder, Hufeland, Mereau, Succow mit Frauen.« – *Herrn Professor:* H. Meyer. – *Komödie:* Ifflands Lustspiel ›Leichter Sinn‹. – *meiner Köchin:* mit ihr war es so schlimm, daß Augusts Neujahrsglückwunsch diesmal lautete: »An meine liebe Mutter! Ich wünsche Ihnen zum Neuenjahre eine gute Köchin, die Sie niemals ärgern thut. Von August Goethe am 1. Januar 1799« (EBr. 1799, 10). – *Beilage. blauen Bibliothek:* die von Bertuch begründete ›Blaue Bibliothek aller Nationen‹, eine Sammlung von Volksmärchen, Sagen, komischen Romanen, Schnurren u. a., erschien 1790/1800 in 12 Bänden (vgl. W. Feldmann: Friedrich Justin Bertuch, S. 26).

G's Brief von Nov. 23 (Briefverzeichnis 1798, Br. 13, 437), ist nicht bekannt; vgl. S. 269.

212. Christiane, 1798 Nov. 24 (EBr. 1798, 586. 583); in der Orthographie des Originals gedruckt von »Jtzo gehen bei uns« bis »vergnügt zusammen sein« Br. 13, 421 (statt »verbittern« liest E. v. d. Hellen »verleidern«). – *Komödie:* die zu S. 266 genannte Vorstellung am 21. – *Meisel:* der Lehn-Sekretär Gottlieb Meißel (so schreibt er sich selbst, EBr. 1800, 268). Nach Weimarischem Klatschgerücht sollte G. die Absicht haben: Amalie v. Imhoff zu heiraten. – *Kutsche und Pferde:* vgl. S. 277. – *Dein lieber Brief:* vgl. die Zwischenbemerkung in den Erläuterungen vor Nr. 212. – *Beilage. Baumgarten:* Bertuch-Froriepscher Garten.

213. Goethe, 1798 Nov. 25 (Br. 13, 319); eigenhändig. – *Mit meinen Arbeiten:* vor allem ›Der Sammler und die Seinigen‹.

214. Goethe, 1798 Nov. 27 (Br. 13, 321). – *einen Brief erhalten:* Nr. 213. – *Meine Arbeiten:* wie in Nr. 213.

215. Christiane, 1798 Nov. 27 (EBr. 1798, 599. 600). – *Deinen lieben Brief:* Nr. 213. – *Die Verliebten:* vgl. zu S. 231. – *Herrn Richter ... in Jena ein Räuschchen:* vgl. S. 266 und Jean Paul an Otto, 1799 Jan. 27: »Noch in keinem Jahre ... trank ich so viel« (Gespräche 1, 273).

216. Christiane, 1798 Nov. 29 (EBr. 1798, 604/5); Christiane schreibt diesmal auf Bleistiftlinien, die August gezogen haben mag. – *Harmonika:* der Glasharmonika-Virtuose Hierling scheint Nov. 29 ein nicht öffentliches Konzert im Theater gegeben zu haben; er lädt in den ›Weimarischen Wöchentlichen Anzeigen‹, Dez. 1, Nr. 96, zu einem öffentlichen Konzert im Theater für Dez. 4 ein und führt an: er habe die Gnade gehabt, sich mit Beifall vor der Landesherrschaft hören lassen zu dürfen.

217. Goethe, 1799 Febr. 8 (Br. 14, 18). – *unsere gestrige Fahrt:* »mit Schiller im Schlitten« (Tgb. Febr. 7). – *fleißig gewesen:* Farbenlehre.

217 a. August, 1799 Febr. 9 (EBr. 1799, 58). *Frau Professorin:* Kästner. – *Feuer in Ehringsdorf:* nach der Ortschronik von Ober-Weimar und Ehringsdorf Band I wurden (Febr. 7) 5 Wohnhäuser und 9 Scheunen eingeäschert; vgl. S. 279 f.

218. Goethe, 1799 Febr. 12 (Br. 14, 19). – *Meine Arbeiten:* Farbenlehre. – *Wildpret:* Rehbraten (Tgb.). – *inliegendes Briefchen:* nicht bekannt. – *Das Buch:* wohl das in Nr. 217 genannte.

218 a. August, 1799 Febr. 12 oder 13 (EBr. 1799, 55). – *›Stille Wasser sind tief‹:* Lustspiel von F. L. Schröder, Febr. 11; Vohs: Baron Wiburg, Beck: Herr v. Rehberg.

219. Goethe, 1799 Febr. 15 (Br. 14, 21); Tgb. vermerkt am Schlusse einer großen »Expedition nach Weimar« (Sendungen an H. Meyer, Vulpius, C. G. Voigt, Herder enthaltend): »[Brief] An August mit einer Schachtel Zuckerwerk und der Großmutter Brief. Alles in einem Paquet an Demoiselle Vulpius.« – *›Albert von Thurneisen‹:* Trauerspiel von Iffland, Febr. 13. – *Mit den Pferden:* vgl. S. 268 und Nr. 226 Ph. Seidel an G., Febr. 14: freut

sich, daß G. sich Pferde anschaffen wolle, »denn ich fange an zu begreifen, daß ohne diese vornehmen Thiere eine nicht gemeine Existenz immer unvollständig bleibt«; »Mamsell Vulpius sagt mir, daß Sie gern Auskunft haben möchten, was Sie an Fourage auf 2 Pferde erhielten, und was an dem Rückständigen etwa zu gewinnen sein könnte«; folgt die Berechnung, mit dem Ergebnis: da G's Deputat mit Michaelis 1798 angegangen, so könne G. an der halbjährigen Fourage einen reinen Gewinn von 40 Talern 2 Groschen 6 Pfennigen machen (EBr. 1799, 34). – *Meine Arbeiten:* Farbenlehre und ›Propyläen‹.

220. Goethe, 1799 Febr. 19 (Br. 14, 27). – *des Doctors:* Huschke.

220 a. August, 1799 Febr. 20 (EBr. 1799, 45). – *›Wie machen sie es in der Komödie?‹* Lustspiel von W. H. Brömel, Febr. 18. – *›Juristen und Bauer‹:* Lustspiel von J. Rautenstrauch; Becker: Rechenmeister Grübler.

221. Goethe, 1799 Febr. 20 (Br. 14, 28); die Nachschrift eigenhändig. – *meine Arbeiten:* Anzeige der ›Propyläen‹ und Anzeige von Schillers ›Piccolomini‹, beides für die Allgemeine Zeitung; ferner Aufsatz über die ›Chalkographische Gesellschaft zu Dessau‹ (mit H. Meyer) für die ›Propyläen‹. – *Frau Postverwaltern:* Eber.

221 a. August, 1799 Febr. 20 (EBr. 1799, 42). – *kleinen Karl:* Schillers Sohn.

221 b. August, 1799 Febr. 22? (EBr. 1799, 51). – *Ehringsdorf:* vgl. zu S. 275.

222. Christiane, 1799 März 23 (EBr. 1799, 96. 98). – *kleines Tagebuch:* Nr. 223. – *Beilage. kleinen Stein:* Dietrich v. Stein, das 6jährige Söhnchen des Hof- und Jagdjunkers Wilhelm v. Stein. – *Götze:* wohl der mit August nahezu gleichaltrige Johann Karl Nikolaus G., Sohn des Hofmusikus Ernst Johann Karl G., geb. 1791 Febr. 10 (TrP. der Hofkirche 1787/97), 182).

Unter März 25. 26. 27 sind im Tgb. Briefe und Expeditionen nach Weimar vermerkt.

223. Christiane, 1799 März 27 (EBr. 1799, 103/5; von »Redoute, wo ich« bis »schlief ein« (S. 282) gedruckt (Br. 14, 256). – *Komödie:* März 25, ›Hamlet‹. – *Spitzeder:* Vater des nachmals berühmten Joseph Sp., er gab März 27 seine Antrittsrolle als

Osmin in Mozarts ›Entführung aus dem Serail; vgl. S. 283 – *Beilage. Ernsten:* Kästner?

März 29, Tgb.: »Expedition nach Weimar.«

224. Christiane, 1799 März 30 (EBr. 1799, 107. 112). – *Spitzeder:* vgl. zu S. 282. – *setzen der Bäume:* G. ließ im Tröbel (vgl. zu S. 255) Apfel- und Birnbäume pflanzen. – *dem Pachter:* Fischer. – *Meerweibchen:* auch »Meerweiblichkeit«; die Herkunft dieser poetischen, der Ehesprache Goethes angehörigen (in den Wörterbüchern, soviel ich sehe, nirgends gebuchten) Bezeichnung für die monatliche Regel war nicht zu ermitteln. Friedrich Kluge vermutet italienischen Ursprung (Venedig?).

April 1, Tgb.: »Expedition nach Weimar.«

225. Goethe, 1799 April 2 (Br. 14, 63); Schluß von »Ich füge noch« an eigenhändig. – *Meine Arbeit:* ›Achilleis‹. – *Baumpflanzung:* vgl. zu S. 283. – *einem dürren:* es wäre richtiger gewesen »ein dürrer«, als süddeutsche Mundart, unverändert zu lassen (wie auch in der Weimarer Ausgabe geschehen ist), anstatt es als Verhören des Schreibers aufzufassen.

226. Christiane, 1799 April 2 (EBr. 1799, 130. 129). – *Barmer:* erbärmlich tuender Jammerer; Hendrich teilt in seinem undatierten Brief an Christiane mit: auf seine Equipage seien 500, auf seine Chaise 400 Taler geboten worden; »Da ich Dames gerne gefällig lebe, und ich glaube, daß Ihnen vorzüglich daran liegt, eine niedliche und sichere Equipage zu haben, so habe ich geglaubt, Ihnen hiervon Nachricht geben zu müssen«; bittet um Antwort (EBr. 1799, 129). An den Bauverwalter Steffany hatte Hendrich März 11 geschrieben: für die Gesamtsumme von 600 Talern wolle er an G. verkaufen: 2 Wallachen, 1 Batarde (bedeckter, leichter Wiener Wagen), fein lackiert, mit Tuch ausgeschlagen, 2 Kutschgeschirre, 2 Pferdedecken, 2 Trensen, 2 Halfter (EBr. 1799, 72). – *Beilage. ›Fremden‹:* Lustspiel von Iffland, April 1; Vohs und Frau: Kaufmann Freesen und dessen Frau.

April 4, Tgb.: »Expedition nach Weimar . . . [Brief an] Demoiselle Vulpius. Billet an Hendrich.« Nicht bekannt.

227. Christiane, 1799 April 5 (EBr. 1799, 131. 135). – *Mit dem Herrn von Hendrich:* vgl. zu S. 286.

228. Christiane, 1799 April 6 (EBr. 1799, 139). – *›Zauberflöte‹:* sie

war bis zu diesem Tage innerhalb 5 Jahren (seit 1794) vom Weimarer Hoftheater 54mal, davon in Weimar 33mal, aufgeführt worden.

229. Goethe, 1799 Mai 3 (Br. 14, 73); Tgb.: »An Demoiselle Vulpius: Wegen der Pferde, wegen des Heideloffischen Packets. Den obigen Brief [an H. Meyer] mit eingeschlossen, nebst einem Kistchen J. G. G. sign.« – *Herr Professor:* H. Meyer; er kehrte Mai 3 morgens nach Weimar zurück (Tgb.). – *am 15. Februar:* mit Nr. 219. – *meiner Arbeit:* ›Der Sammler und die Seinigen‹.

230. Christiane, 1799 Mai 3 (EBr. 1799, 159. 157); gedruckt die Sätze »Wegen des Packet« bis »geblieben wäre« und »hier wäre manches« bis »mit meinem Leben stehen« Br. 14, 259. – *schick mir ihn den Mittewoch:* Tgb. Mai 5: »Weinzettel an Demoiselle Vulpius.« – *Beilage. den Steiger:* Apoldaer Steiger wird das Stück der Fahrstraße Jena–Apolda genannt, das aus dem Mühltal steil nach der Hochebene ansteigt. – *›Das Epigramm‹:* Lustspiel von Kotzebue, Mai 1.

231. Goethe, 1799 Mai 7 (Br. 14, 78). – *zu den Feiertagen:* Pfingsten, Mai 12/3. – *in meiner Arbeit:* ›Der Sammler und die Seinigen.‹

232. Christiane, 1799 Mai 7 (EBr. 1799, 164. 162); die Worte »Mit Heideloffen« bis »im Februar erhalten« gedruckt Br. 14, 260. – *Brunnen-Fege:* oder Born-Fege, altes, hier und da bis in die Gegenwart fortlebendes Fest bei Gelegenheit der jährlichen Brunnenreinigung. Über eine Feier der Bornfege in Jena findet sich in der betreffenden Literatur nichts. Wie aus einer gedrängten Übersicht der Ausflüge G's während des Monats Mai hervorgeht, die sich auf einem freien Blatt des Tgb. am Schluß des Monats April vorfindet (Tgb. 2, 352), besuchte G. mit Christiane und August am 20. die Bornfege in Golmsdorf. (Nach gütiger Mitteilung der Universitäts-Bibliothek zu Jena wurde die Bornfege in dem Dorfe Beutnitz »bis zum Ende des 19. Jahrhunderts alljährlich am Donnerstag nach Pfingsten« gefeiert, d. h. 1799 also Mai 16.) – *Fischers:* dem Pächter des Gutes Ober-Roßla. – *Beilage. Dietrich:* Friedrich Gottlieb D., Hofgärtner beim Park in Weimar, später Garteninspektor in Eisenach, von dem G. in der Morphologie, Abschnitt ›Der Verfasser teilt die Geschichte seiner

botanischen Studien mit‹, ausführlich spricht (er war ein Oheim jenes Dietrich, dessen tapfere Frau Amalie durch das Buch ihrer Tochter ›Amalie Dietrich Ein Leben erzählt von Charitas Bischoff‹ weit bekannt und berühmt geworden ist). Vgl. S. 344.

233. Goethe, 1799 Mai 9 (Br. 14, 83); eigenhändig, mit Ausnahme der Nachschrift. – *Bornfege:* vgl. zu S. 292.

234. Christiane, 1799 Mai 10 (EBr. 1799, 178. 170). – *so ein schönes Exemplar von ›Hermann und Dorothea‹:* wahrscheinlich meint Christiane die kostbarste, zum Geschenk an Damen bestimmte Ausgabe in Einband von gewirkter Seide, der Messer und Schere beigegeben war (vgl. Schiller an Böttiger, 1797 Okt. 18), denn Frau Rat sagt in ihrem an G. gerichteten Dankbrief, Mai 24, ausdrücklich: »das Werck verdint solche verschönerungen.« Vgl. übrigens S. 296.

235. Christiane, 1799 Mai 12 (EBr. 1799, 180). – *in dem Garten-Haus:* das in dem (S. 722 genannten) Klippsteinschen Garten lag. (Schon 1797 hatte G. in Jena in Unterhandlungen gestanden wegen Pachtung eines Gartenhauses und Ankaufs eines Gartens; vgl. P. Götze an G., 1797 April 7. 16, EBr. 1797, 197. 210.)

236. Goethe, 1799 Mai 12 (Br. 14, 90); bis »vergnügen und ausschwätzen« eigenhändig. – *Brunnenfege:* vgl. zu S. 292. – *am Garten:* vgl. zu Nr. 235. – *eins für die Mutter:* vgl. zu S. 294.

Mai 14, Tgb.: »[Brief an] Demoiselle Vulpius. Brief der Mutter [von Mai 10] zurück. Wegen ihrer nächsten Ankunft . . .« (Diesen nicht bekannten Brief beantwortet Christiane durch Nr. 237.) Daß auch ein Briefchen an August beilag, beweist dessen Antwort.

237. Christiane, 1799 Mai 15 (EBr. 1799, 195. 189). – *im Garten:* vgl. zu Nr. 235. – *Hofgärtner:* entweder der zu S. 292 Genannte oder Johann Sckell in Belvedere. – *Kästchen:* Frau Rat hatte Mai 10 gebeten, »bey dem Weimarer Hoffgärtner ein Kistgen Nordamerikanischer Holtzarten« für Frau Elisabeth v. Bethmann zu besorgen. – *Lützow hat geschrieben:* jedenfalls in der zu S. 231 erwähnten Angelegenheit; er war zur Zeit in seiner Heimat und berichtete auch über die damals in Jever spielende Theatergesellschaft (Vulpius an G., Mai 15, EBr. 1799, 192).

Mai 17, Tgb.: »[Brief] An Demoiselle Vulpius. Schlüssel zum

Schreibtisch wegen ›Wallenstein‹ und ›Piccolomini‹. Auftrag wegen ›Don Quixote‹. Durch Bauinspector Steffany.«

238. Christiane, 1799 Aug. 6 (EBr. 1799, 265/7). – *Beilage. Karl:* Schillers Sohn.

239. Goethe, 1799 Aug. 23 (Br. 14, 164). – *Gesellschaft guter Freundinnen:* im Tgb. nicht vermerkt.

August 28: Zu G's Geburtstag wartet August dem Vater mit einem säuberlich geschriebenen, wohl von seinem Lehrer Eisert verfaßten Gedicht auf (EBr. 1799, 282).

240. Goethe, 1799 Sept. 17 (Br. 14, 182). – *Herrn Professor:* H. Meyer.

241. Christiane, 1799 Sept. 18 (EBr. 1799, 303. 301). – *Beilage. Althansbirnen:* da eine Birnenart dieses Namens nicht bekannt zu sein scheint, ist wohl »Altansbirnen« zu lesen, d. h. Birnen von einem Baume, der nahe dem Altan an G's Gartenhäuschen stand; vgl. zu Nr. 32.

241 a. August, 1799 Sept. 21 (EBr. 1799, 308); Christianens Brief nicht bekannt. Tgb. Sept. 22: »Briefe und Packete von Weimar.« Sept. 24, Tgb.: ». . . [Brief] an Demoiselle Vulpius.«

242. Christiane, 1799 Sept. 25 (EBr. 1799, 314. 318); gedruckt: »Deine Zimmer« bis »wie immer nichts« Br. 14, 280. – *Einrichtung des Theaters:* die Winterspielzeit sollte Sept. 30 beginnen.

243. Christiane, 1799 Sept. 28 (EBr. 1799, 325. 323). – *Plätze im Theater:* vgl. S. 306. – *Beilage. Karl und Ernst:* Schillers Söhne. Okt. 1, Tgb.: »[Briefe] An August und Demoiselle Vulpius.«

244. Christiane, 1799 Okt. 2 (EBr. 1799, 334. 338). – *Deine Arbeiten:* vor allem ›Mahomet‹. – *Nähe der beiden Gärten:* am Park; sie waren Zaunnachbarn« (vgl. W. Bode: Goethes Leben im Garten am Stern, S. 28/9). – *Meine Bank:* im Theater; vgl. S. 304. – *auf die Leuchtenburg ziehen:* humoristischer Ausdruck für »ich werde nächstens verrückt (und muß in das Irrenhaus auf der Leuchtenburg)«; vgl. S. 299. G. sah sich dadurch zu einem Beruhigungsbrief (Nr. 245) veranlaßt.

245. Goethe, 1799 Okt. 3 (Br. 14, 195); eigenhändig. Tgb. Okt. 4: »[Brief] An Demoiselle Vulpius, mit einem Weinzettel auf 6 Bouteillen.« *nur einzelne Sachen:* darunter auch ›Faust‹ und Farbenlehre. – *französisches Trauerspiel:* Voltaires ›Mahomet‹. –

Stallmeister: Seidler (Tgb. Sept. 24: »Mit dem Stallmeister wegen des Pferdes«).

246. Christiane, 1799 Okt. 6 (EBr. 1799, 349. 360). In den verhältnismäßig sauberen, bis ans Ende gleichmäßigen Schriftzügen dieses Briefes spiegelt sich Christianens Freude über G's beschwichtigende Zeilen; ihr Gemüt war beruhigt. – *das Stück: ›Mahomet‹.* – *Komödie:* F. L. Schröders Lustspiel ›Der Ring‹, Okt. 5 (nicht 6); deshalb muß Christiane den Brief am 5. geschrieben und den Schluß oder nur das Datum erst am 6. hinzugefügt haben.

Okt. 6, Tgb.: »Expresser nach Weimar ... [Brief] An Demoiselle Vulpius, den August herüber zu schicken.«

249. Goethe, 1799 Okt. 8 (Br. 14, 198); eigenhändig. – *Hofmedicus:* Huschke. – *bringe mit, was:* ›Mahomet‹, dessen Bearbeitung G. Okt. 11 beendete.

250. Christiane, 1799 Okt. 9 (EBr. 1799, 359). – *Doctor:* Huschke.

251. Goethe, 1799 Okt. 11 (Br. 14, 199); eigenhändig. – *August ist gar artig:* Tgb. Okt. 9: »Mit August auf dem [mineralogischen] Cabinet«; 11: »Nachmittag mit den Kindern [August und Karl Schiller] auf der Lobeda-Burg«; am Abend dieses Tages wurde Schillers Tochter Caroline geboren. – *Montag:* Okt. 14.

Nov. 12, Tgb.: »[Briefe an] Herrn Hofmedicus Huschke wegen eines Recepts; Demoiselle Vulpius, Bestellung desselben.«

253. Christiane, 1799 Nove. 13 (EBr. 1799, 395/7). – *zur guten Stunde nach Jena:* am 12. hatte G. in einem nicht bekannten Briefe an C. G. Voigt über »die neusten hiesigen Unruhen« (Tgb.) geschrieben; es handelte sich um Studentenkrawalle. – *meine Kinder:* Schiller hatte Nov. 6 den Sohn Karl bei Goethes gelassen, um das Hauswesen zu entlasten, da seine Frau krank war und die Vorbereitungen zur Übersiedelung nach Weimar (Dez. 3) begannen. G. an Schiller, Nov. 8: »Karl befindet sich in seinem neuen Zustand ganz leidlich, nur beim Eintritt der Nacht tritt auch, wie es bei Kindern immer geschieht, die Sehnsucht nach dem gewohnten Zustande ein.« Karl blieb bis Nov. 25 in G's Familie, vgl. Nr. 254/6. 260.

Nov. 15: Tgb. vermerkt einen Brief an Christiane.

254. Christiane, 1799 Nov. 16 (EBr. 1799, 407/9). – *unser Pachter:*

Fischer in Ober-Roßla. – *mit Karlen:* Schillers Sohn. – *Komödie:* d'Allayracs Oper ›Die Wilden‹.

255. Christiane, 1799 Nov. 20 (EBr. 1799, 318. 410); G's Brief vom 19., den Christiane hiermit beantwortet, ist im Tgb. nicht vermerkt. – *Die Optik:* seit Nov. 16 hatte G. die Farbenlehre wieder in Angriff genommen (Tgb.). – *Die Kinder:* August und Schillers Karl. – *So habe ich:* der Ton liegt auf »So« in der zu Nr. 28 bemerkten Bedeutung.

257. Christiane, 1799 Nov. 23 (EBr. 1799, 431). – *Weinzettel:* im Tgb. nicht vermerkt. – *Herr Professor:* H. Meyer. – *Karl:* Schillers Sohn. – *Frau Hofräthin:* Schiller.

258. Goethe, 1799 Nov. 24 (Br. 14, 221); eigenhändig. – *Mein Fleiß:* Farbenlehre.

259. Christiane, 1799 Nov. 25 (EBr. 1799, 435). – *Schmidt:* ob hier der Frankfurter Kaufmann Philipp Nikolaus Sch., der Freund und »Finanzminister« der Frau Rat, gemeint ist, konnte ich nicht feststellen. – *Gustel heute bei Dir:* vgl. Nr. 260. Tgb. Nov. 25: ». . . kam August. Frau v. Stein«; 26.: »Mit August spazieren nach den Teufelslöchern. . . . [Brief] An Demoiselle Vulpius.«

260. Christiane, 1799 Nov. 27 (EBr. 1799, 440). – *daß beide dableiben sollten:* August und Karl Schiller.

Nov. 29, Tgb.: »[Brief] An die Demoiselle Vulpius. Durch Herrn [Heinrich] Meyer«; in diesem nicht bekannten Brief hatte G. jedenfalls wegen der in Nr. 261/2 besprochenen Aufnahme von Schillers Kindern (einschließlich des Säuglings Caroline und deren Amme) geschrieben, um Schillers beim Umzug nach Weimar am 3. Dezember zu entlasten.

261. Christiane, 1799 Nov. 29 (EBr. 1799, 446). – *Die beiden Kinder, . . . mit der Amme und dem kleinen Kinde:* vgl. die Erläuterungen zwischen Nr. 260/1.

262. Goethe, 1799 Dez. 1 (Br. 14, 229); eigenhändig. – *Wegen Schillers Kindern:* vgl. die Erläuterungen zwischen Nr. 260/1. – *Rudolph:* Diener und Schreiber Schillers. – *Meine Arbeiten:* für die ›Propyläen‹ und Farbenlehre.

Die im Tgb. unter Dez. 4 und 6 vermerkten Briefe G's sind nicht bekannt.

1800 April 11, August an den Vater von Buttstädt aus, wohin er mit seinem Lehrer Eisert gereist war: »Ich bin bei dem Herrn Reimann gewesen. Er sagte mir: er habe seinem Bruder [dem Pfarrer Reimann in Ober-Roßla] geschrieben, daß er dem Pachter [Fischer] sagen sollte, Pfähle und Dornen bereit zu halten, den dritten Feiertag wolle er selbst nach Roßla und das Übrige besorgen«; »Meiner lieben Mutter wünsche ich eine glückliche Reise und viel Spaß in Nieder-Roßla« (EBr. 180, 97).

264. Christiane, 1800 Mai 3 (in dem Faszikel ›Reisetagebuch zur Leipziger Ostermesse 1800‹). – *Deine Messe:* die Geschenksendung, vor allem wohl Kleiderstoffe enthaltend (vgl. unten »Kattunkleidchen«) hatte G. gleich am ersten Tage nach seiner Ankunft in Leipzig besorgt, April 29: »zu mehrern Handelsleuten« (Tgb.). – *Bury:* seit Ende Oktober 1799 in Weimar, wohnte in G's Haus. Vgl. G. an Schiller, 1799 Nov. 2, an Hirt, 1799 Nov. 4. – *1. Beilage. mein Onkel:* Vulpius. – *2. Beilage. die Farbe des Mantels:* auf dem leider noch immer verschollenen Goethe-Bildnis, das Bury jetzt entworfen hatte und im Juni und Juli ausführte. In der Besprechung des Bildes, die Alois Hirt im Herbst 1800 veröffentlichte, heißt es: »Trefflich sticht der Scharlachmantel gegen das blaue Unterkleid und die dunkeln Fonds ab« (vgl. F. Zarncke: Kurzgefaßtes Verzeichniß der Originalaufnahmen von Goethe's Bildniß, S. 26; K. Th. Gaedertz: Bei Goethes zu Gaste, S. 360; E. Schulte-Strathaus: Die Bildnisse Goethes, S. 43).

265. Goethe, 1800 Mai 4 (Br. 15, 63); von »Ich freue mich darauf« an eigenhändig. – *in meinem Briefe:* nicht bekannt.

266. Vulpius, 1800 Mai 5 (wie Nr. 264) – *›Rinaldini‹:* Vulpius hatte seinen, 1798 erschienenen Räuberroman ›Rinaldo Rinaldini‹, der mit großem Beifall aufgenommen worden war, jetzt zu einem Schauerdrama bearbeitet (es erfuhr in der Neuen Allgemeinen Deutschen Bibliothek 58, 364 eine sehr abfällige Besprechung).

267. Goethe, 1800 Mai 5 (Br. 15, 65). – *meinen Brief:* Nr. 265. Zwischenbemerkung. *verschiednes einzukaufen:* das im Reisetagebuch enthaltene Ausgaben-Verzeichnis führt u. a. an: 4 Hüte (4 Taler 4 Groschen), 31 Ellen Kattun (10 Tl. 20 Gr.), 2 Sonnenschirmchen (2 Tl. 14 Gr.), 10 Ellen Musselin (6 Tl. 18 Gr.), 1

Fächer zum Aufziehen (2 Tl. 2 Gr.), 4 Salzfässerchen (14 Gr.), 1 Halstuch für Herrn Eisert (12 Gr.), Augustchen nach und nach (12 Gr.). – *›Ariadne auf Naxos‹:* Melodrama von J. C. Brandes und G. Benda. – *›Abällino‹:* Trauerspiel von H. Zschokke (Theaterzettel im Reisetagebuch).

269. Christiane, 1800 Juli 26 (EBr. 1800, 284. 296); beantwortet einen nicht bekannten, im Tgb. nicht vermerkten Brief G's von Juli 25. – *Meyer:* Nikolaus M. – *Beilage. Frau Legations-Räthin:* Bertuchs Frau.

270. Goethe, 1800 Juli 27 (Br. 15, 90); eigenhändig. – *meinen Arbeiten:* ›Tancred‹.

271. Goethe, 1800 Juli 29 (Br. 15, 90); *Herrn Professor:* H. Meyer; er war am 28. nach Jena gekommen (Tgb.). – *nach Roßla:* vgl. Nr. 272.

272. Christiane, 1800 Juli 30 (EBr. 1800, 305. 307). – *Wir haben 5:* ich vermute jetzt, daß Christiane »Karauschen« schreiben wollte.

August 28: Geburtstagsglückwunsch Augusts in Versen in den EBr. 1800, 343.

274. Christiane, 1800 Sept. 13 (EBr. 1800, 372. 368). – *Beilage. Freundes Karls:* Schillers Sohn, sein Geburtstag war aber der 14. September. – Das diesen Briefen beiliegende Schreiben von Vulpius an G. hat die Nachschrift: »Ramanns Quittung und seinen Brief wird meine Schwester mitsenden« (EBr. 1800, 366).

275. Christiane, 1800 Sept. 17 (EBr. 1800, 383. 381). – *Meyer:* der Hausfreund Nikolaus M.; er hatte Juli 13 Abschied von Goethes genommen (Tgb.), um nach Bremen zu reisen, und jetzt Sept. 4 an G. geschrieben: er wolle am 13. Bremen verlassen, um über Weimar, wo er »zu Ende der darauf folgenden Woche« einzutreffen gedenke, nach Wien zu reisen (EBr. 1800, 374).

276. Christiane, 1800 Sept. 20 (EBr. 1800, 392. 390). – *Meyer:* vgl. zu Nr. 275. – *Herrn Professor:* H. Meyer; er fuhr am 21. mit Schiller nach Jena und kehrte abends nach Weimar zurück (Tgb.). – *Beilage. des Walfisches:* wegen der Absendung des Skeletts für das Museum in Jena hatte G. Sept. 10 an Nik. Meyer geschrieben (Tgb.).

277. Goethe, 1800 Sept. 21 (Br. 15, 110); eigenhändig. – *muß ich es*

uns doch versagen: diese für Christianen schmerzliche Absage veranlaßte G'n wohl mit zu der humoristischen Äußerung im Brief an Schiller von Sept. 23: »Um mir nicht den Fluch der Ehefrauen noch mehr zuzuziehen, als er schon auf mir liegt, will ich Sie nicht zu Ihrer Heimreise aufmuntern.« – *noch wenig gethan:* ›Faust‹ (Helena-Akt) und Farbenlehre. – *zu Pastor Günther:* in Mattstädt. – *Meyern:* Nikolaus M., er besuchte G'n am 25. (Tgb.). – *meiner neusten Gedichte:* der Verleger Unger hatte auf G's Wunsch Exemplare von Band 7 der ›Neuen Schriften‹ (erschienen im Frühling 1800) mit dem Titel ›Göthe's neueste Gedichte‹ versehen, die G. zu Geschenkzwecken benutzte (G. an Unger, April 2). – *Registrator:* Vulpius.

278. Christiane, 1800 Sept. 24 (EBr. 1800, 396. 402). – *auf unserm Plan:* Frauenplan. – *3 junge Bursche:* im TB. 1791/1804, 159 wird in dieser Zeit als am Scharlachfieber verstorben nur der 17 Jahre alte Adam Samuel Zeitz, Sohn des Fuhrmanns Zeitz, genannt (gestorben Sept. 11). – *Meyer:* Nikolaus M. – *Professor:* H. Meyer; er schreibt an G., Sept. 26: »an die Mamsell Vulpius habe die 3 Carolin abgegeben« (EBr. 1800, 410). – *Beilage. Milvius:* richtiger Milvus, eine Falkenart.

279. Christiane, 1800 Sept. 27 (EBr. 1800, 409. 414); beantwortet einen nicht bekannten Brief G's Sept. 26: (Tgb.). – *Kammermeister:* Löschner. – *Karte von Jena:* Vulpius an G., Sept. 27: »Meine Schwester will wissen, wo sie ist, und will sie mitschicken. Ich hoffe, sie wird dieselbe finden« (EBr. 1800, 411). – *Beilage. die süßen Weinbeere:* nach S. 340 scheinen sie nicht oder nur zum Teil für August und Christiane bestimmt gewesen zu sein. – *Milvius:* vgl. zu S. 338.

280. Christiane, 1800 Sept. 29 (EBr. 1800, 419); beantwortet einen nicht bekannten Brief G's vom 28. (Tgb.). – *Rathkauf:* Kauf, der gerät, d. h. der Vorteil bringt, bei dem man Geld spart, ebenso S. 679 (Grimms Wörterbuch führt als einzigen Beleg eine Stelle aus K. A. Böttiger: Literarische Zustände und Zeitgenossen an). – *schreib mir ein paar freundliche Worte:* das tat G. in einem nicht bekannten Briefe vom 30. (Tgb.).

281. Christiane, 1800 Okt. 1 (EBr. 1800, 423. 421). – *Mißverständniß:* vgl. zu Nr. 279 Beilage. – *Komödie:* Eröffnung der Winter-

spielzeit mit Kotzebues Lustspiel ›Der Besuch oder Die Sucht zu glänzen‹. – *›Heilige Genoveva‹:* ›Leben und Tod der heiligen Genoveva‹. G. selbst hatte sie durch eine Vorlesung Tiecks an zwei Abenden 1799 Dez. 5/6 (Tgb.) kennengelernt, die, wie G. 1829 Sept. 9 an Tieck schreibt, »mich so sehr hinriß, daß ich die nahertönende Thurmglocke überhörte, und Mitternacht unvermuthet herbeikam«. Bei der Vorlesung der zweiten Hälfte war G's Sohn auch anwesend (vgl. Gespräche 1, 279). Vgl. auch ›Tag- und Jahres-Hefte‹ 1799 und Gespräche 4, 418, Nr. 3023. – *Beilage. Milvius:* vgl. zu S. 338 – *dem Prinzen:* dem 8jährigen Karl Bernhard.

283. Christiane, 1800 Nov. 19 (EBr. 1800, 493/5); Antwort auf einen nicht bekannten Brief G's vom 18. (Tgb.). – *Beilage. im Theater:* Nov. 17 Kotzebues Schauspiel ›Die Corsen‹.

284. Christiane, 1800 Dez. 13 (EBr. 1800, 540/2). – *das Kistchen:* wohl die in Nr. 286 genannte Weihnachtssendung der Frau Rat. – *Beilage. mein Stammbuch:* vgl. S. 347, sowie Walther Vulpius: Das Stammbuch von August von Goethe (Deutsche Rundschau 1891 Juliheft S. 71, Augustheft S. 241) und Gräf 7, 363.

285. Goethe, 1800 Dez. 16 (Br. 15, 335); der Brief muß durch einen andern, nicht bekannten, vielleicht nur an August gerichteten ersetzt worden sein; Tgb. Dez. 16: »Briefe nach Weimar. An August, sein Stammbuch zurück.« – *Meine Arbeit:* ›Tancred‹. – *Meyer von Bamberg:* Nikolaus M.; er hatte infolge der kriegerischen Ereignisse seine Reise nach Wien aufgeben müssen. Vgl. S. 346 unten und G. an N. Meyer, Dez. 30.

286. Christiane, 1800 Dez. 16/7 (EBr. 1800, 559). – *Die gute Mutter!:* vgl. deren das »Christkindlein« ankündigenden Brief an G. vom 8. – *Feier des Jubiläums:* zum Beginn des neuen Jahrhunderts, die aber nicht zustande kam; vgl. G. an Schiller: Nov. 18, Dez. 22, Schiller an Körner: Nov. 16, an G.: Nov. 19, Dez. 18; ferner Ludwig Geiger: Aus Alt-Weimar S. 1/2 und besonders August Sauer: Die Deutschen Säculardichtungen an der Wende des 18. und 19. Jahrhunderts S. XCIX/CIII. – *Professor:* H. Meyer. – *Am Sonnabend:* Dez. 20; der Brief wurde aber, wie Nr. 287 zeigt, im Gegenteil besonders kurz. – *Schreib doch der guten Mutter:* G. schrieb Dez. 22 »Dank für den Weihnachten« (Tgb.).

287. Christiane, 1800 Dez. 20 (EBr. 1800, 571. 569). – *Professor:* H. Meyer. – *Beilage. Schiller hat . . . eingeschrieben:* »Holder Knabe, dich liebt das Glück, . . .« Dez. 17.

1801. Zwischenbemerkung vor Nr. 289. Das Zeugnis über G's »Reden an den Erlöser« bei Riemer 1, 121 (vgl. Gräf 9, 807).

289. Christiane, 1801 April 16 (EBr. 1801, 160). – *Die Pachtern:* Fischer. Die Übernahme des Gutes durch den neuen Pächter Reimann erfolgte April 24 (Tgb.), die eigentliche Übergabe erst Juni 29 (vgl. S. 356).

290. Christiane, 1801 April 27/8 (EBr. 1801, 186). – *Herrn Gern:* er hatte als Gast am 25. den Sarastro in Mozarts ›Zauberflöte‹, am 27. den Axur in Salieris ›Tarare‹ gesungen; Sonnabend, Mai 2 (vgl. weiter unten) schloß er sein Gastspiel als Leporello in Mozarts ›Don Juan‹. – *morgen:* in J. F. Jüngers Lustspiel ›Maske für Maske‹. – *auf dem Lindenberge:* an der Westseite des Dorfes, damals zum Freigut gehörig, jetzt Tanzplan für die Kirchweihfeste. G's Brief vom 28. (Tgb.; auch im Brief an Steffany vom 28. genannt) ist nicht bekannt.

291. Goethe (und Geist), 1801 Juni 6 (Br. 15, 237. 354); eigenhändig. Der Brief kam erst nach 3 Wochen, Juni 25, bei Christiane an, wie aus H. Meyers Brief an G. vom 26. hervorgeht; Meyer fügt hinzu: »Mademoiselle Vulpius würde Ihnen wohl darauf geantwortet haben, wenn sie gewußt hätte, daß sich eine neue Gelegenheit zeigen würde, Briefe abgehen zu lassen; allein sie ist eben gestern nach Naumburg gefahren« (EBr. 1801, 284). – *›Die neuen Arkadier‹:* heroisch-komische Oper von Franz Süßmeyer. – *Terkalion:* richtig Terkaleon, ein böser Dämon.

292. Christiane, 1801 Juni 23 oder 24 (EBr. 1801, 285). – *der neue Pachter . . . die Übergabe:* vgl. zu S. 351 – [S. 249.] *Auf Cassel:* dort war, um Christiane für die lange Einsamkeit zu entschädigen, für den Monat August ein Zusammentreffen verabredet worden; vgl. S. 366. – *in Brunnen fällt!:* bildlicher Ausdruck, der in den Briefen des jungen G. öfters begegnet (z. B. an Auguste zu Stolberg, 1775 Sept. 15). – *Prinz von Baden:* Juni 18 traf der Erbprinz von Baden-Durlach mit seinem Sohne Karl zum Besuch am Hof ein, am 19. folgte die Erbprinzessin mit ihren Töchtern Amalia und Maria; sie blieben bis zum 21. (FB.).

293. Goethe, 1801 Juni 26 (Br. 15, 239); der Brief ist, wie Tgb. und der Ausdruck »Gestern« (S. 357) beweist, nicht am 26., sondern am 25. geschrieben. – *Hügel 5/4 Stunden von hier:* Tgb. Juni 24: »Nach Tische mit Herrn Rector Werner auf dem Kristallberg hinter Lügde.«

Juni 29, Vulpius an G.: meldet, daß alles wohl sei. »Meine Schwester ist in Naumburg und Sulza gewesen, und heute übergibt sie in Roßla dem Pachter das Gut. Übermorgen will sie schreiben« (EBr. 1801, 279). Dieser Brief Christianens von Juli 1 ist nicht bekannt.

294. Goethe, 1801 Juni 30 (Br. 15, 241). – *Mein Brief aus Göttingen:* Nr. 291. – *des Herzogs Ankunft:* er kam Juli 9 (Tgb.). – *Acquisition des schönen Siegels:* Meyer hatte seinen Brief an G. vom 26. mit einem Amethyst gesiegelt, der durch Tausch in seinen Besitz gelangt war (EBr. 1801, 284).

295. Christiane, 1801 Juli 3 (EBr. 1801, 277). – *Herr Professor:* H. Meyer.

296. Goethe, 1801 Juli 12 (Br. 15, 246); eigenhändig. – *Herrn Professor:* H. Meyer.

297. Goethe, 1801 Juli 24 (Br. 15, 248); eigenhändig. – *fleißig sein:* Farbenlehre. – *Professor:* H. Meyer. – *Instrumentmacher Krämer:* bei ihm hatte G. bereits Juni 11 für die Zeit von Mitte Juli bis Mitte August im 1. Stock 2 Zimmer nach der Allee hinaus, nebst 1 Kammer hinten hinaus, mit 3 Betten, für 3 Friedrichd'or gemietet (Acta der Reise nach Pyrmont 1801, Blatt 7).

298. Christiane, 1801 Juli 27 (EBr. 1801, 268). – *gute Mutter hat ... geschrieben:* Juli 10; Frau Rat beantwortet einen Brief Christianens, der Nachricht von der Übernahme des Freigutes durch den neuen Pachter (vgl. zu S. 351) gegeben haben wird: »Sie meine Liebe Tochter haben sehr wohl gethan das Gut zu verpachten – legen Sie Sich ja nicht mehr Last auf als Sie tragen können – Ihre Gesundheit könte drunter leiden – wo doch so viel sowohl für meinen Sohn, als vor uns alle darann gelegen ist – Es ist recht schön daß Sie meine Liebe, so eine Brave Hauß-Mutter sind – aber mann kann auch dem guten zu viel thun. Schonen Sie also ich bitte Ihnen Ihre *uns allen so* theure Gesundheit!«

299. Goethe, 1801 Juli 31 (Br. 15, 249). – *artig Quartier:* vgl. zu S. 363. – *nahe gelegenen Berge:* der S. 366 genannte Hainberg.

300. Christiane, 1801 Aug. 5 (EBr. 1801, 265. 270). – *Bauinspector:* Steffany; er zahlte Christianen 4 Karolin aus zur Reise nach Kassel, deren Empfang sie Aug. 12 bescheinigt (in den auf Ober-Roßla bezüglichen Papieren ›45 Stück Belege nebst verschiedenen Beilagen‹, Nr. 26). – *was hinten arbeitet:* im Schloß. Zwischenbemerkung. *›Camilla‹:* Oper von Paer.

301. Christiane, 1801 Aug. 26 oder 27 (EBr. 1801, 291): vielleicht lag diesem Briefe der Glückwunsch Augusts zum 28. (in Versen) bei, den G. in den EBr. 1801, 258 aufbewahrt hat.

301 a. August, 1801 Nov. 4 (EBr. 1801, 379). – *bei dem Prinzen:* Karl Bernhard.

Nov. 6: Tgb. vermerkt einen nicht bekannten Brief an Christiane »wegen den herüberzusendenden Wagen«.

302. Christiane, 1801 Nov. 7 (EBr. 1801, 390. 388). – *die Jagemann:* als Iphigenie in Glucks ›Iphigenie auf Tauris‹. – *Beilage. »Jüngst sprach mein Herr, der Bader«:* Lied des Barbiergesellen Adam aus dem Singspiel ›Der Dorfbarbier‹ von Beethovens Lehrer J. Schenk, das in Weimar, mit Ehlers als Adam, bisher dreimal aufgeführt worden war (1801 Febr. 11, März 23, Mai 30).

303. Goethe, 1802 Jan. 19 (Br. 16, 10); das Begleitbriefchen an August (»mit einem Stück blauem Gyps« (Tgb.) nicht bekannt. – *Hofkammerrath:* Kirms.

304. Christiane, 1802 Jan. 20 (EBr. 1802, 28. 25). – *mein lieber Schatz:* in der Absicht, diesen Brief nach Kräften gut und richtig zu schreiben (was auch gelang und von G. sofort lobend anerkannt wurde, vgl. Schluß von Nr. 305), hat Christiane das Wort »Schatz«, ehe sie es niederschrieb, auf dem vor ihr liegenden Briefe G's erst zweimal versucht; zuerst wurde »Satz«, dann »Sahtz« daraus, schließlich gelang es aber sehr gut. – *habe mir großen Ruhm erworben:* dieser Ausbruch naiver Freude wirkt angenehmer als die hämische Bemerkung in Karl v. Steins Brief an seinen Bruder Fritz von Jan. 9: »Niemand fährt aber mit einer triumphierenderen Miene und mit mehr Passion, scheint es, als der dicke Geheimrath Goethe neben seiner Gattin sitzend«

(L. Rohmann: Briefe an Fritz v. Stein, S. 81). – *Hofkammerrath:* Kirms. – *Beilage. den Onkel:* Vulpius, der bei der Ordnung des Büttnerschen Nachlasses half.

305. Goethe, 1802 Jan. 22 (Br. 16, 19); an August sandte G. gleichzeitig »einen Schriftstein« (Tgb.). – *meinen Arbeiten:* ›Die natürliche Tochter‹. – *neuen Commandanten:* v. Hendrich. – *Redoute:* zur Vorfeier des Geburtstags der Herzogin Luise sollte am 29. G's ›Maskenzug. Zum 30. Januar 1802‹ aufgeführt werden; in ihm wirkte August als Amor mit; »Zwar ist er zu einer solchen Function fast zu groß«, hatte G. Jan. 17 an Henriette v. Egloffstein geschrieben, »doch wächst ja auch das Urbild manchmal über Nacht, so daß man sich vor ihm kaum erwehren kann.« – *Gräfin:* Henriette v. Egloffstein. – *akademischen Zahnstocher:* Nik. Meyer an G., Jan. 20: »Die Zahnstocher, welche Ihnen die Demoiselle überschickt, kommen, wie das Papier, worin sie gewickelt sind, beweist, direct aus Coimbra; es ist vermuthlich ein Stück von dem Hefte des Studenten, der sie geschnitten hat; ich habe geglaubt, sie würden Ihnen vielleicht angenehm sein« (EBr. 1802, 24). – *Die Abende:* Tgb. Jan. 19: »Abends bei Loder mit Paulus«; 20.: »Abends bei Hufeland im Kränzchen«; 21: »Abends bei Loders zum Thee in großer Gesellschaft.« – *vorigen Brieftag:* vgl. zu Nr. 304.

306. Christiane, 1802 Jan. 22/3 (EBr. 1802, 42. 39). – *armen Professor:* H. Meyer; er litt, wie er Jan. 19 an G. schrieb, an »Schwielen und Flecken«; vgl. Nr. 310. – *Der Meyer:* Nikolaus. – *die alte Großmama:* die auch in Augusts Briefchen genannte Frau v. Egloffstein. – *denn ich wär, denn ich wär:* aus einem damals beliebten Liede? – *noch gar nichts fertig:* für den Maskenzug, vgl. zu S. 372.

307. Christiane, 1802 Jan. 25 (EBr. 1802, 49. 54). – *Begleitung:* wohl eine Magd. – *Frau Gräfin:* Henriette v. Egloffstein. – *wennehr:* mundartlich für: wann.

308. Christiane, 1802 Febr. 10 (EBr. 1802, 62. 64). – *daß er einen hatte:* Tgb. Febr. 9: »[Brief] An August, eine Schachtel mit Steinen«, nicht bekannt. – *Beilage. bei dem Prinzen: Karl Bernhard. – den Jon:* veranlaßt durch A. W. Schlegels Schauspiel ›Jon‹, das Jan. 2 und 4 in Weimar aufgeführt worden war.

309. Goethe, 1802 Febr. 12 (Br. 16, 31); eigenhändig. Tgb.: »[Brief] An Demoiselle Vulpius, nebst einer Schachtel mit Mineralien für Augustchen.« – *die Arbeit:* ›Die natürliche Tochter‹.

310. Christiane, 1802 Febr. 13 (EBr. 1802, 74. 72). – *wegen des Professor:* H. Meyer; vgl. zu S. 373 – *dem Meyer:* Nikolaus.

311. Goethe, 1802 Febr. 16 (Br. 16, 40); das beigelegte Briefchen an August »mit dem Katalog des Büttnerschen Nachlasses« (Tgb.) ist nicht bekannt. – *Bauinspektor:* Steffany. – *poetischen Angelegenheiten:* ›Die natürliche Tochter‹.

312. Christiane, 1802 Febr. 16/7 (EBr. 1802, 90. 92). – *Den Professor:* H. Meyer, vgl. S. 373, 377. – *unsern Haus-Doctor:* Nik. Meyer. – *Die neue Schauspielerin:* Wilhelmine Maaß; sie spielte als Antrittsrolle am 17. die Kathinka in dem (von Vulpius bearbeiteten) Schauspiel ›Das Mädchen von Marienburg‹ von Kratter; vgl. S. 381 f. Über ihre »glückliche Individualität« äußert G. sich in den ›Tag- und Jahresheften‹ zu 1802 – *auch Meyer krank:* Nikolaus M., vgl. S. 381. – *Beilage. der Prinz:* Karl Bernhard.

313. Christiane, 1802 Febr. 18 (EBr. 1802, 95); gedruckt nur die Worte »es kann sich auch . . . in einen kleinen Schatz verlieben« (Br. 16, 411). – *die neue Schauspielerin:* Maaß, vgl. zu S. 380. – *Caspers:* Fanny, die jüngere der beiden Schwestern C., die gleichzeitig von 1800 bis Ostern 1802 am Weimarer Hoftheater tätig waren. – *unser Doctor:* Nik. Meyer, vgl. S. 380. – *Herrn Professor:* H. Meyer.

314. Goethe, 1802 Febr. 19 (Br. 16, 41); eigenhändig. Das beigelegte Briefchen an August »mit der zinnernen Medaille« (Tgb.) ist nicht bekannt. – *der Doctor:* Nik. Meyer. – *einigen poetischen Arbeiten:* neben Fortschritten an der ›Natürlichen Tochter‹ die Gedichte, ›Schäfers Klagelied‹, ›Generalbeichte‹ und ›Tischlied‹.

315. Christiane, 1802 Febr. 20 (EBr. 1802, 101. 103). – *Deine Arbeiten:* vgl. zu S. 382. – *die Frau Gräfin:* Henriette v. Egloffstein?

315 a. August, 1802 März 6 (EBr. 1802, 128). – *Akanticone:* auch Arendalith genannt (zu den Epidoten gehörig). – *vom Prinzen:* Karl Bernhard.

316. Goethe, 1802 März 9 (Br. 16, 50); eigenhändig nur der Schluß von »Lebe recht wohl« an. Das beigelegte Briefchen an August

»mit einigen Mineralien« (Tgb.) ist nicht bekannt. – *einiges gelesen:* die in G's Brief an Schiller vom 9. genannten ›Mémoires historiques et politiques du règne de Louis XVI.‹ von Soulavie zur Arbeit an der ›Natürlichen Tochter‹. – *jüngsten Tochter:* Sylvie; G. war am 5. und 6. bei Loders mit ihnen zusammen gewesen (Tgb.).

317. Goethe, 1802 März 12 (Br. 16, 50); eigenhändig ›Wegen des Skeletts‹ bis zur Unterschrift. *Dr. Meyern:* Nikolaus. – *Exemplare meiner letzten Gedichte:* der zu Nr. 277 genannte Band; Vulpius an G., März 16: »Der Buchbinder hat die Gedichte noch nicht fertig, zu meinem großen Ärger!« (EBr. 1802, 159).

318. Christiane, 1802 März 13 (EBr. 1802, 146. 148). – *unser Pachter:* Reimann. – *Quelle ... im Tröbel:* vgl. zu S. 255. – *den Doctor:* Nik. Meyer. – *Auction:* ein Teil des Büttnerschen Nachlasses wurde versteigert; vgl. den Schluß von Nr. 320.

319. Christiane, 1802 März 15 (EBr. 1802, 147. 150). – *Die Schätzchen:* vgl. zu S. 76.

320. Goethe, 1802 März 15 (Br. 16, 53); auf der Adresse der Zusatz »Nebst einem Kistchen D. V. Sign. frank.« Nach Tgb. ging der Brief erst am 16. ab. – *Auction:* vgl. zu S. 387 – *inliegenden Briefe:* nicht bekannt.

321. Goethe, 1802 März 17 (Br. 16, 56). – *etwas ... zu erstehen:* auf der zu S. 387 genannten Auktion.

322. Christiane, 1802 März 17 (EBr. 1802, 155. 160). – *Bauinspector:* Steffany. – *Beilage. Auction:* vgl. zu S. 387.

März 19: G muß in einem (im Tgb. nicht vermerkten) Briefe an diesem Tage seine Heimkehr für den 22. in Aussicht gestellt haben, worauf Nr. 323 die Antwort ist.

324. Goethe, 1802 April 6 (Br. 16, 65). – *einiges gearbeitet:* vgl. den Schluß der vorhergehenden Zwischenbemerkung. *sein Bruder:* – der Ober-Roßlaer Pfarrer Reimann.

325. Christiane, 1802 April 28 (EBr. 1802, 222. 220). – *Krautland:* vgl. zu S. 116 f. – *Beilage. Herrn Präsident:* Herder. – *zu dem Prinzen:* Karl Bernhard. – *Prager:* böhmische Musikanten (›Wallensteins Lager‹ Vers 481: »Lustig! lustig! da kommen die Prager!«).

326. Christiane, 1802 Mai 1 (EBr. 1802, 223). – *Rechnung wie das Milchmädchen:* Perrette, in Lafontaines Fabel.

327. Christiane, 1802 Mai 2 (EBr. 1802, 229). – *nach der Komödie:* Mozarts ›So sind sie alle‹.

328. Goethe, 1802 Mai 4 (Br. 16, 77); das beigefügte Briefchen »An Augustchen« (Tgb.) nicht bekannt. – *sehr fleißig:* an der ›Natürlichen Tochter‹.

329. Christiane, 1802 Mai 5 (EBR. 1802, 242/4); gedruckt nur die Worte »Ich freu mich recht« bis »zu hören« und »das war vor Lachen nicht auszuhalten« (Br. 16, 422). – *Deiner Arbeit:* ›Die natürliche Tochter‹. – *einige Tage recht krank:* Christiane befand sich in der ersten Zeit einer neuen Schwangerschaft – *eine Ariadne:* am 3. war Elise Bürger in dem Melodrama ›Ariadne auf Naxos‹ vn J. C Brandes und G. Benda als Gast aufgetreten; vgl. Augusts Urteil in der Beilage.

330. Goethe, 1802 Mai 7 (Br. 16, 81); eigenhändig mit Ausnahme der Nachschrift. – *Arbeiten:* ›Die natürliche Tochter‹.

332. Goethe, 1802 Mai 11 (Br. 16, 86); eigenhändig. – *›Iphigenie‹:* G's Schauspiel wurde Mai 15. zum erstenmal am Hoftheater aufgeführt. – *meine Arbeiten:* ›Die natürliche Tochter‹. – *Kammerherr und Major:* v. Hendrich.

333. Christiane, 1802 Mai 12 (EBr. 1802, 256. 254). – *Deiner Arbeit:* ›Die natürliche Tochter‹. – *Beilage. Schiller:* Karl.

334. Goethe, 1802 Juni 8 (Br. 16, 91). – *mit meiner Arbeit:* ›Was wir bringen‹. – *Besuch in Drakendorf:* bei Ziegesars.

Zwischenbemerkung. Der zu Nr. 196 genannte Götze schrieb Juni 29 nach Lauchstädt an Christiane: »Werthgeschätzte Demoiselle, Demoiselle Ernstinchen und Tantchen lassen sich Ihnen bestens empfehlen und freun sich recht sehr, daß es Ihnen so wohl gefällt; in dem Garten wird recht fleißig gearbeitet, und auch wird das Holz gefahren. Hier sind die Strümpfe auch für den Herrn Geh. Rath mitgeschickt, welche Geist verlangt hat. Ernstinchen und Tantchen lassen auch Augustchen viele Complimente sagen. Wenn ich Ihnen drum bitten darf, so grüßen Sie meine Schwester. Ich verbleibe Ihr gehorsamer Diener W. Götze« (EBr. 1802, 358).

336. Christiane, 1802 Juli 16 oder 17 (EBr. 1802, 427); Antwort auf einen im Tgb. nicht vermerkten Brief G's vom 15. oder 16. – *dem Wöchener:* Schauspieler Heinrich Becker. – *Der Professor:* H. Meyer.

337. Christiane, 1802 Aug. 4 (nicht: 7; EBr. 1802, 403/5). – *Beilage.* Diese ist hier irrtümlich angefügt, sie gehört zu Nr. 338. Dagegen gehört zu Nr. 337 folgendes Briefchen Augusts (EBr. 1802, 401):

»Lieber Vater!

Ich hoffe, daß Sie gestern glücklich nach Jena gekommen sind. Heute kam ein Mineralienhändler zu uns und wollte Sie gern sprechen. Als wir ihm aber sagten, Sie wären nach Jena gereiset, lud er mich ein, seine Mineralien zu besehen. Er logirt im ›Schwane‹, und ich werde ihm bald einen Besuch machen. Er sagte uns auch, daß er über acht Tage nach Jena reisen würde, wo Sie seine Mineralien wahrscheinlich auch zu sehen bekommen werden. Vergessen Sie auf Ihren Spaziergängen die Insecten nicht. Ich habe gestern einen seltenen Erdläufer gefangen. Leben Sie wohl. Weimar, den 4. August 1802. A. Goethe.«

338. Christiane, 1802 Aug. 7 (nicht: 9 oder 10; EBr. 1802, 410). – *Nieder-Roßler Pachter:* Weichner. – *Bauinspector:* Steffany. – *Reitschmied:* Schröter. – *Stallmeister:* v. Seebach in Weimar (oder Seidler in Jena).

339. Christiane, 1802 Aug. 11 (EBr. 1802, 419. 415). – *itzigen Umständen:* vgl. zu S. 397. – *der Hofrath:* J. C. Stark. – *Stallmeister von Jena:* Seidler.

340. Christiane, 1802 Aug. 14 (EBr. 1802, 424/6). – *Herrn Stallmeister:* Seidler in Jena. – *Beilage. Schauspieler angekommen:* von Lauchstädt, wo sie am 12. die letzte Vorstellung gegeben hatten.

341. Goethe, 1802 Aug. 17 (Br. 16, 115. 429); eigenhändig nur der Schluß von »Thue Dir« an bis »G.«

342. Christiane, 1802 Aug. 18 (EBr. 1802, 438. 440). – *hier folget ein Brief:* wahrscheinlich von Frau v. Herda in Eisenach (ebenso in Nr. 343); vgl. G. an Frau v. Herda, Nov. 5., über »die mir freundschaftlich überlassenen Pferde.« – *Stallmeister:* v. Seebach. – *Brief vom Doctor:* Nik. Meyer; in Christianens Antwort an ihn vom 23. heißt es: »Hier lebe ich ganz still, komme gar zu niemand, finde bloß Freude an der Haushaltung und an weiter nichts ... schreiben Sie mir nur recht oft, denn dieses ist meine

einzige Freude, etwas von Ihnen zu hören. Überhaupt wünsche ich mir wegen etwas [der bevorstehenden Niederkunft?] nur eine Stunde mit Ihnen zu sprechen, was sich nicht dem Papier anvertrauen läßt; doch bitte ich Sie, darauf antworten Sie mir nicht« (C.-Meyer II 21).

343. Goethe, 1802 Aug. 19 (Br. 16, 116); eigenhändig nur der Schluß von »Ich verlange sehr« an. – *Brief wegen der Pferde:* vgl. zu S. 409.

344. Christiane, 1802 Aug. 21 (EBr. 1802, 449. 455). – *die Pferde:* der Handel wird Ende des Monats zum Abschluß gekommen sein; Tgb. Sept. 2: »Kamen die neuen Pferde.« – *Stallmeister:* Seidler.

Zwischenbemerkung. Zum Geburtstag überraschte August den Vater durch einen Glückwunsch in lateinischer Sprache (EBr. 1802, 465). – Über Geburt und Tod des Töchterchens findet sich im TP. der Hofkirche 1798/1808, 242 der Eintrag: es sei am 18. Dez., »wegen zugestoßener Schwäche von der Wehmutter, Frau Gottschalgin, genothtaufet« worden (Taufname nicht genannt) und am 19. »an einem Stöckfluß verstorben«; nach dem TB. der Stadtkirche 1791/1804, 213 wurde es am 22. mit der Viertelschule beerdigt. Vulpius schreibt 1803 Jan. 19 an Nik. Meyer: das Mädchen hätte durch seine Frau aus der Taufe gehoben werden und den Namen »Kathinka« erhalten sollen (GJ. 2, 416).

346. Christiane, 1803 April 20 (EBr. 1803, 187). – *›Lilla‹:* vgl. zu Nr. 153.

347. Goethe, 1803 Mai 4/5 (Br. 16, 221). – *Nachdem wir:* G., sein Schreiber Geist und der Schauspieler Bloß. – *die Hallen:* der noch heute vorhandene Wandelgang mit zahlreichen Verkaufsständen.

349. Christiane, 1803 Mai etwa 27 (EBr. 1803, 231. 236). – *dieses Fest:* Pfingsten, Mai 29. – *Zelter:* er kam Anfang Juni nach Weimar (G. an Unger, Juni 8). – *Beilage. ›Saalnixe‹:* Kauers Oper ›Das Donauweibchen‹, in der Bearbeitung von Vulpius ›Die Saalnixe‹ betitelt, war in diesem Jahr März 5 aufgeführt worden, eine Wiederholung folgte während dieser Spielzeit in Weimar nicht, sondern erst in Lauchstädt, Juli 23.

350. Christiane, 1803 Juni 13/4 (EBr. 1803, 261). – *unser Karl:* der Diener. – *Lauterbach:* entweder der Wirth Johann Gottlieb L. im Gasthaus zur ›Stadt Weimar‹, wo Christiane wohnte (er besaß zugleich das ›Hôtel de Saxe‹ in Weimar), oder dessen Sohn Karl Friedrich L., gelernter Mundkoch, der als Junggeselle in Buttstädt lebte (Buttstädter Kirchenprotokoll der Verstorbenen 1822/47: 1824 Nr. 30; Kirchenprotokoll der Kopulierten und Verstorbenen, Band 2, 1816 Nr. 21). – *Unzelmann:* er spielte am 11. in der Eröffnungsvorstellung (›Die Braut von Messina‹) den Olivier (einen der Boten, die im Personen-Verzeichnis ohne Namen sind, aber auf dem Theaterzettel als Lanzelot und Olivier aufgeführt wurden), am 13. in Ifflands Schauspiel ›Alte Zeit und neue Zeit‹ den Louis. – *»Es waren so selige Tage«:* C. A. Overbecks Lied »Das waren mir selige Tage«, Melodie von F. F. Hurka. – *›Saalnixe‹:* vgl. zu S. 420.

351. Christiane, 1803 Juni 15/20 (EBr. 1803, 270. 265). – *zu dem Italiener:* der weiterhin öfters genannte Sangusto. – *außer der Maaß:* als Recha. – *Die Wöchner:* A. Genast und Becker. – *An wen dieß Gedichte ist:* an ein wegen Krankheit in Weimar zurückgebliebenes Mitglied des Hoftheaters? – *›Opferfest‹:* Winters Oper ›Das unterbrochene Opfer‹ (auf dem Theaterzettel nicht ›Opferfest‹); Mirrha: Jagemann; deren Gespielen Guliru: Silie, Balisa: Baranius, Sira: Götz; Roka: Ehlers. – *Herrn Canzler:* v. Gutschmid. – *›Schreibe-Pult‹:* (oder die Gefahren der Jugend) Schauspiel von Kotzebue. – *Ehlers ... wegen der Frei-Exemplare:* vgl. zu S. 428.

352. Goethe, 1803 Juni 21 (Br. 16, 241); eigenhändig. – *an dem kleinen Stücke:* Max Morris hat mit guten Gründen wahrscheinlich gemacht, daß hier das Drama ›Der Löwenstuhl‹ gemeint sei (GJ. 31, 101/3). – *wegen seiner Exemplare:* vermutlich auf das Heft ›Gesänge mit Begleitung der Chittarra eingerichtet von Wilhelm Ehlers‹ bezüglich, dessen Erscheinen bevorstand (es enthält 10 Gedichte G's); vgl. S. 426 f., 440, sowie Gräf 7, 392.

353. Christiane, 1803 Juni 20/6 (EBr. 1803, 274. 279. 286). – *›Maria Stuart‹:* Jagemann: Maria Stuart, Cordemann: Leicester. – *Grimmer:* er gab den Grafen Bellievre; in Weimar war er noch gar nicht aufgetreten. – *In Deinem Logis:* beim Advokaten

Rothe. – *›Die Fremde aus Andros‹:* Niemeyers Bearbeitung der ›Andria‹ des Terenz; sie war in Weimar Juni 6 zum erstenmal gegeben worden. Schiller an seine Frau von Lauchstädt aus, Juli 6: »Die ›Fremde aus Andros‹ ... hat nichts gethan, und es ist am Schluß sogar von einigen gepfiffen worden.« Oels gab den Pamphilus, Silie: Glycere, Becker: Davus, Ehlers: Byrrhia. – *Cotta:* wahrscheinlich verschrieben für: Bode (vgl. S. 432). – *Kartusche:* die am Bandelier über die Schulter getragene Patronentasche. – *›Offene Fehde‹:* Lustspiel von L. F. Huber. – *›Scherz und Ernst‹:* Spiel in Versen von J. L. Stoll; Jagemann: Cephise. – *›Der Herbsttag‹:* Schauspiel von Iffland. – *Gesprochen habe ich sie:* d. h. Reichardts, die Christianen eingeladen hatten, sie in Giebichenstein zu besuchen.

354. Goethe, 1803 Juni 28 (Br. 16, 242); eigenhändig mit Ausnahme der Nachschrift. – *eine wichtige Arbeit:* Farbenlehre. – *aus beiliegendem Blatt:* Brief der Frau Rath an G. von Juni 24, der ihren Besuch bei der Königin Luise von Preußen auf deren Einladung in Wilhelmsbad bei Hanau schildert, wo auch der Herzog Karl August zugegen war; »Gott!!! welche Freude vor mich«; »die Königin ging an einen Schrank und brachte ein kostbares goldenes Halsgeschmeide und nun erstaune!!! Befestigte es um meinen Hals mit Ihren eigenen Händen – biß zu Thränen gerührt – konte ich nur schlecht dancken.« G. an Zelter, Juli 28: »Ihre schöne Königin hat auf der Reise viel Glückliche gemacht, niemand glücklicher als meine Mutter, ihr konnte in den letzten Lebensjahren nichts Erfreulicheres begegnen.« – *das Gut übergeben:* an den bisherigen Pachter Reimann; vgl. S. 461.

355. Goethe, 1803 Juli 3 (Br. 16, 249); eigenhändig. – *die Taschenbücher:* 1. ›Die natürliche Tochter‹, 2. ›Der Geselligkeit gewidmete Lieder‹ in dem von Wieland und G. gemeinsam unternommenen ›Taschenbuch für das Jahr 1804‹; beides wurde bei Frommann in Jena gedruckt; vgl. S. 440. – *Schiller:* er war am 2. in Lauchstädt eingetroffen. – *den Wöchnern ... Hofkammer-Rath:* A. Genast und Becker; Kirms.

356. Christiane, 1803 Juni 27/Juli 4 (EBr. 1803, 296). – *wegkapern, den Oertzen:* vgl. S. 501. – *das große Haus vom Kirchhof gegen-*

über: möglicherweise das jetzige Gasthaus ›Goldner Stern‹. – *den König und die Königin:* von Preußen. – *›Iphigenie‹:* Glucks ›Iphigenie auf Tauris‹. – *Deinel:* kann auch Dimel (Thümmel?) heißen; in der sehr lückenhaften Badeliste (die auch Christianen nicht anführt) nicht zu ermitteln. – *›Die Schachmaschine‹:* Lustspiel von H. Beck. – *der guten Mutter ihr Brief:* vgl. zu S. 433. – *›Die theatralischen Abenteuer‹:* Oper von Cimarosa. – *›Die Hussiten‹:* Kotzebues Schauspiel ›Die Hussiten vor Naumburg im Jahre 1432‹. – *›Der Stammbaum‹:* Lustspiel von C. L. Heyne (Anton-Wall). – *ein großes Gewitter kam:* vgl. S. 493. Schiller an seine Frau, Juli 4: ». . . es war eine drückende Gewitterluft, und ich habe mich weit hinweg gewünscht . . . wobei die Donnerschläge und besonders der Regen so heftig schallten, daß eine Stunde lang man fast kein Wort der Schauspieler verstand und die Handlung nur aus der Pantomime errathen mußte . . . Wenn sehr heftige Blitze kamen, so flohen viele Frauenzimmer aus dem Haus heraus, es war eine ganz erstaunliche Störung« (vgl. auch Schiller an G., Juli 6; andre Berichte bei Reinhold S. 148/9). – *Zahlung des Geldes:* bei der Gutsübergabe, vgl. zu S. 434. – *Schiller logirt auf dem Kohl-Hofe:* beim Gärtner Rabeding nahe dem Kohlhof.

357. Goethe, 1803 Juli 5 (Br. 16, 251); eigenhändig nur der Zusatz »Grüß ihn von mir« (S. 440). – *Dürrschmidt:* vielleicht ist der Museumsdiener Dürrbaum gemeint. – *wegen des Drucks der Taschenbücher:* vgl. zu S. 434. – *Noten von Ehlers:* in dem zu S. 428 genannten Hefte. – *Vornehmen und Unternehmen:* neue Bühnenbearbeitung des ›Götz von Berlichingen‹, vgl. G. an Schiller, Juli 5. – *Sonnabend, Sonntag und Montag:* Juli 2/4, bei den Aufführungen von ›Wallensteins Lager‹, der ›Braut von Messina‹ und der ›Natürlichen Tochter‹. – *Wöchner:* A. Genast und Becker.

358. Goethe, 1803 Juli 7 (Br. 16, 253): eigenhändig. – *Mit der Geldzahlung:* aus Anlaß der Gutsübergabe, vgl. zu S. 434. – *Meine Arbeiten:* vgl. zu S. 440.

359. Christiane, 1803 Juli 4/10 (EBr. 1803, 311). – *›Die natürliche Tochter‹:* Juli 4; Graff: Herzog, Müller: Hofmeisterin. – *Prinz Eugen:* von Württemberg; vgl. Schiller an G., Juli 6, an

W. v. Wolzogen, Sept. 4. – *Schmalz aus Königsberg:* jetzt aber in Halle Direktor der Universität. – *von dem König und der Königin:* von Preußen. – *von der guten Mutter:* vgl. zu S. 433. – *das Reiterlied:* aus ›Wallensteins Lager‹. – *Ich sprach lange mit ... Schiller:* dieser an seine Frau, Juli 6, bezeichnend genug: »Aus Weimar ist die Oberforstmeister Stein und ihre Mutter hier, ... sonst ist außer dem Theater nichts von weiblicher Welt aus Weimar hier.« – *Der Geheime Rath:* Schmalz. – *heftiges Gewitter:* vgl. zu S. 439. – *von dem Feldzuge:* Schiller erzählt von diesem »Maneuvre« im Brief an seine Frau vom 9. – *›Die Brüder‹:* Terenzens Komödie in der Bearbeitung F. H. v. Einsiedels. – *›Der Hausverkauf‹:* Lustspiel von Herzfeld (?). – *unser Schwarzköpfchen:* vgl. S. 465. – *nach Giebichenstein:* zu Reichardts. – *Die ältste:* Luise, die musikalisch sehr begabte älteste Tochter aus Reichardts erster Ehe (mit Juliane Benda); sie hatte sich, nachdem ihr Verlobter F. A. Eschen im Jahre 1800 tödlich verunglückt war, mit dem Maler Gareis verlobt, der jetzt in Florenz schwer erkrankt und gestorben war. – *Lottchen:* eine der beiden Töchter aus Reichardts zweiter Ehe; ihr Bräutigam hieß Pistor. – *Julichen:* zweite Tochter aus Reichardts erster Ehe, heiratete den Präsidenten Stelzer in Halberstadt. – *Die hübsche Dicke:* Friederike; sie heiratete 1811 Karl v. Raumer. (Die von Christiane nicht erwähnte Tochter Hannchen heiratete im September 1803 Henrik Steffens.) – *Deinem gestrigen Briefe:* Nr. 357. – *bringt Gille Marianne als Frau:* er heiratete im Juli Marianne Pfuhl. – *Madame Giese [?] aus Leipzig:* unter Juli 9 in der Badeliste nicht verzeichnet (vielleicht die unter Juli 13 aufgeführte Madame Güttig aus Leipzig). – *›Das Mädchen von Marienburg‹:* (oder Die Liebschaft Peter des Großen), fürstliches Familiengemälde von F. Kratter; Maaß: Kathinka. – *Herrn Hofrath besuchen:* Schiller. – *Deinen Brief:* Nr. 358.

360. Christiane, 1803 Juli 11 (EBr. 1803, 326. 331). – *noch ein paar Worte dazu:* d. h. zu Nr. 359. – *›Der argwöhnische Liebhaber‹:* Schauspiel von C. F. Bretzner; Becker: Baldrian Klau, Haide: Hofrat Albert. – *Kanzler:* v. Gutschmidt in Merseburg. – *Herr Hofrath:* Schiller. – *Loos:* »Töpfer auf Jahrmärkten haben die Gewohnheit, verschiedene ihrer Waaren zusammenzustellen

und mit einander zu veräußern; das heißt ein Loos Töpfergeschirr« (Grimm: Deutsches Wörterbuch 6, 1156). – *Wöchner:* A. Genast und Becker. – *der Silie ihren Bräutigam:* Claude Marie (den Grimmer spielte). – *heut und morgen ... Deine Gesundheit:* im Gedanken an den Hochzeitstag, vgl. zu Nr. 82.

361. Christiane, 1803 Juli 12/3 (EBr. 1803, 328). – *Herrn Hofrath:* Schiller. – *In der ›Jungfrau‹ ... Die Miller:* Schiller an Körner, Mai 12 (in Weimar erste Aufführung April 23): »Die Jungfrau von Orleans wurde von einer Schauspielerin gespielt, welche sonst nicht im Besitz der großen Rollen ist, hier aber durch ein glückliches Zusammentreffen ihrer eigenen Individualität und einer großen Routine dahin kam, etwas Vortreffliches zu leisten.« – *›Der Hausfriede‹:* (Titel ›Hausfrieden‹) Lustspiel von Iffland. – *Rudolf:* Schillers Diener.

362. Goethe, 1803 Juli 12/4 (Br. 16, 256); eigenhändig. – *Deinen Brief:* Nr. 359. – *die Kaufgelder:* vgl. zu S. 441. – *Deinen Brief von gestern:* Nr. 360. – *Herr Hofrath:* Schiller. – *Deinen Brief gebracht:* Nr. 361. – *durch einen lieben Boten:* August.

363. Christiane, 1803 Juli 14/8 (EBr. 1803, 340). – *Herrn Hofrath:* Schiller. – *›Der Hausfriede‹:* vgl. zu S. 453. – *›Alarcos‹«* Fr. Schlegels Trauerspiel; Haide: Alarcos, Graff: Dagobert, Maaß: Donna Clara; vgl. S. 458. Karl v. Raumer, damals Student in Halle, berichtet (›Leben von ihm selbst erzählt‹, Stuttgart 1866, S. 39): »Als Friedrich Schlegels ›Alarcos‹ aufgeführt ward, hielten wir es für unsere Pflicht, dieß Trauerspiel gegen eine antischlegelsche Partei zu vertreten, wiewohl unsere Bewunderung mehr principiell und daher ziemlich kühl war.« – *»Pereat Coubu!«:* man muß wohl lesen »Kuhbuh!« d. h. Kotzebue. – *eine Nichte:* Luise Mitgau. – *ein Dichter:* Anton Niemeyer, der 20jährige Sohn von August Hermann N.; seine ›Gedichte‹ waren soeben (zusammen mit solchen von K. A. Döring) in Halle erschienen. Briefe von ihm an Christiane und an G. aus den Jahren 1804/5 finden sich in den EBr. – *›Das Epigramm‹:* Maaß: Caroline, Haide: Dr. Busch. – *›Alarcos‹:* vgl. zu S. 456. – *›Der Neffe als Onkel‹:* Schillers Bearbeitung des Lustspiels von Picard; Maaß: Sophie (Silie auf den Zetteln nicht genannt).

364. Christiane, 1803 Juli 18/9 (EBr. 1803, 347). – *›Die Jäger‹:* Ifflands »ländliches Sittengemälde«.

365. Goethe, 1803 Juli 20 (Br. 16, 259); eigenhändig. – *Gutsübergabe:* vgl. zu S. 440. Die Kaufsumme hatte 13 125 Reichstaler (39 375 Mark) betragen, G. verkaufte das Gut jetzt für 15 500 Reichstaler; die Urkunde darüber ist von Juli 16 datiert.

366. Christiane, 1803 Juli 23 (EBr. 1803, 349); gedruckt die Worte »es ist mit tanzen . . . just genug« (S. 462) Br. 16, 459. – *›Die Jäger‹:* vgl. zu S. 459. – *›Der Wildfang‹:* Lustspiel von Kotzebue. – *›Die Räuber‹:* da dieser Titel verpönt war, hieß es auf dem Theaterzettel ›Karl Moor‹. – *›Die Saalnixe‹:* vgl. zu S. 420. – *›Herr von Hopfenkeim‹:* Fastnachtsposse von G. Reinbek. – *›Die Mohrin‹:* Fr. H. v. Einsiedels Bearbeitung des ›Eunuchus‹ von Terenz.

367. Christiane, 1803 Aug. 10 (EBr. 1803, 381). – *die Münzen:* als Geschenk von Nik. Meyer (vgl. G. an diesen, Sept. 6). – *Freitag mit den Schauspielern zu thun:* sie gaben am 11. in Lauchstädt als Abschiedsvorstellung ›Clavigo‹ und kehrten am 12. (Freitag) nach Weimar zurück, um am 16. schon wieder in Rudolstadt zu spielen. – *Komödie bei Lievie:* nicht zu ermitteln.

368. Christiane, 1803 Aug. 17/9 (EBr. 16, 391). – *mit dem Herrn Major:* v. Hendrich. – *Noth- und Hülfs-Conferenz wegen Halle:* wohin C. G. Schütz, der Mitbegründer und Leiter der ›Allgemeinen Litteratur-Zeitung‹ in Jena, diese jetzt verlegen wollte; vgl. ›Tag- und Jahres-Hefte‹ von 1803. – *Frau Doctorin:* nicht ermittelt.

369. Goethe, 1803 Aug. 20 (Br. 16, 269); eigenhändig. – *Brief von Silien:* sie hatte G'n schon Aug. 15 brieflich mitgeteilt, daß ihre Mutter schwer krank sei (EBr. 1803, 397). – *Schwarzköpfchen:* im Tgb. nicht genannt; es ist der von Christine in ihren Briefen aus Lauchstädt wiederholt erwähnte »recht artige Mensch aus Breslau« (S. 432), den sie auch »unser Schwarzköpfchen« nennt (S. 446). – *Herrn Major:* v. Hendrich.

370. Christiane, 1803 Nov. 5 (EBr. 1803, 526. 524). – *in der ›Versöhnung‹:* Schauspiel von Kotzebue, Nov. 2

Nov. 7, Vulpius an G.: »E. E. sende ich hierbei einen Brief, den meine Schwester aus Versehen am Sonnabend hat liegen lassen« (EBr. 1803, 537).

371. Christiane, 1803 Nov. 9 (EBr. 1803, 540. 539). – *von dem Doctor:* Nik. Meyer. – *›Die deutschen Kleinstädter‹:* Lustspiel von Kotzebue, Nov. 7; Baranius: Frau Brendel, Becker: Sperling. – *›Der Lorbeerkranz‹:* (oder Die Macht der Gesetze), Schauspiel von Ziegler; Wolff: Kammerjunker v. Windeck. – *Beilage. aus der Campischen Reisebeschreibung:* ›Robinson Crusoe der Jüngere‹. – *Zettel für den Herrn Riemer:* dessen freien Eintritt im Theater betreffend; ebenso S. 471.

372. Christiane, 1803 Nov. 29? (EBr. 1803, 568). – *Kastanien von der Mutter:* daß ihr die Beschaffung der üblichen Sendung dieses Jahr »viel unlusten« machte, zeigt ihr Brief an G. und die Seinen von Nov. 10; wie der Wein, so waren diese Kastanien nicht geraten.

373. Christiane, 1803 Nov. 30 (EBr. 1803, 579/80). – *›Portrait der Mutter‹:* (oder Die Privatkomödie), Lustspiel von F. L. Schröder; Haide (Wolff); Bernheim. – *Don Ranudo:* Titelrolle (von Becker, nicht von Wolff gespielt) in Kotzebues Bearbeitung von Holbergs Lustspiel, erste Aufführung Dez. 14; Wolff gab darin den Gonzalo della mare. – *den drei neuen Stücken:* 1. das eben genannte Lustspiel von Holberg-Kotzebue; 2. Kotzebues Schauspiel ›Hugo Grotius‹ (vgl. aber S. 581); 3. Racines ›Mithridat‹. – *Akademie:* hier in der Bedeutung von Konzert. – *Beilage.* August schreibt hier, durch Riemer beeinflußt, in lateinischen Buchstaben und römischen Zahlen. – *Zettel für den Herrn Riemer:* vgl. zu S. 469. – *Zettel für den Sonnabend:* Dez. 3 (›Die Saal-Nixe‹).

374. Christiane, 1803 Dez. 3 (EBr. 1803, 589. 595. 588). – *Galla:* dieselbe Persönlichkeit wie S. 70 »Gakala«?

375. Christiane, 1803 Dez. 7 (EBr. 1803, 612/4). – *›Hugo Grotius‹:* vgl. zu S. 470. – *Beilage. beim Prinzen:* Karl Bernhard.

376. Christiane, 1803 Dez. 9 (EBr. 1803, 621/3). – *morgen:* vielmehr am 11. (vgl. die Zwischenbemerkung S. 475). – *Beilage. die beiden Briefe:* vom 9., nicht bekannt; Tgb.: »[Sendung] An August mit dem Vogel und der Rose von Jericho.«

378. Christiane, 1803 Dez. 14 (EBr. 1803, 637/8). – *Herr Hofkammerrath:* Kirms. – *die Kleider von Frankfurt:* Frau Rat an G., Dez. 2: »Meine Liebe Tochter schriebe mir neulich Sie würde etwas Corpulent die Kleider würden zu enge – da hat nun das

Christkindlen davor gesorgt und bringt zwey schöne neue Kleider das eine von Taffend die Farbe Egyptische Erde und einen Catun der sich vortrefflich waschen läßt – und den Jedermann vor Seidenzeug ansieht – mit einem Wort schön schön.«

379. Christiane, 1803 Dez. 15 (EBr. 1803, 643). – *junge Herr:* der in Nr. 378 genannte Cassel (?).

380. Christiane, 1803 Dez. 17 (EBr. 16, 666. 668). – *Herr von Stein:* welcher? – *Beilage. Meerzeisige:* Leinfinken, auch Birken-, Berg- oder Flachs-Zeisige genannt (Carduelis linaria).

381. Christiane, 1803 Dez. 18 (EBr. 1803, 670). – *›Der Wasserträger‹:* erste Aufführung dieser Oper Cherubinis in Weimar. Jagemann: Constanze, Ehlers: Micheli; es wurde eine Lieblingsoper G's, weil er den Gegenstand ebenso vollkommen fand wie die Musik (Gespräch mit Eckermann, 1828 Okt. 9). – *Müller:* der Kammer-Musicus, der die Oper schon in Lauchstädt dirigiert hatte (der neue Konzertmeister Destouches war wohl durch Krankheit verhindert). – *Der junge Mann:* vgl. zu S. 477.

1804 Mai 30. Als G. Ende Mai in Jena war (das Tgb. enthält nichts über diese Zeit), schrieb August an ihn (EBr. 1804, 201):

Lieber Vater,

Hier überschicke ich Ihnen einige Briefe und Zeitungen. Ich habe mich sehr gefreut, als ich hörte, daß Sie schon morgen Abend hier eintreffen werden. Ich befinde mich recht wohl und schlafe alle Nacht mit der Mutter im Garten, wo es jetzt recht schön ist. Jetzt muß es in Jena auch recht schön sein, und ich wünschte mich hinüber, da wollten wir recht spazieren gehen. Sagen Sie dem Herrn Bergrath Lenz viele Empfehlungen von mir.

Leben Sie recht wohl.

Weimar, den 30. Mai 1804. A. Goethe.

383. Goethe, 1804 Juli 17 (Br. 17, 157); eigenhändig. – *›Götz‹:* schon seit Febr. 18 versuchte G., eine neue Bühnenbearbeitung zustande zu bringen, »um ihn zu einem Bissen zusammenzukneten, den unser deutsches Publicum allenfalls auf einmal hinun-

terschluckt« (an Zelter, Febr. 27); in der neuen Fassung wurde das Stück Sept. 22 zum erstenmal in Weimar aufgeführt. – *Stall-Cassiren:* Frau Burckhardt, geb. Stenger; über den Vorfall ist aus den Akten nichts zu ermitteln.

384. Goethe, 1804 Juli 24 (Br. 17, 162); eigenhändig. – *Voßens:* der Dichter Johann Heinrich V. und dessen Sohn Heinrich, der seit kurzem in Weimar als Lehrer am Gymnasium tätig war. – *Karl:* der Diener. – *›Götz‹:* vgl. zu S. 482. – *die freimüthigen und eleganten Mißgönner:* Kotzebue und Garlieb Merkel in ihrem Organ ›Der Freimüthige, oder Ernst und Scherz, Berlinische Zeitung für gebildete und unbefangene Leser‹, und die ›Zeitschrift für die elegante Welt‹. – *Königin Mutter von Preußen:* die Witwe Friedrich Wilhelms II. – *›Tell‹:* in Lauchstädt Juni 23 und Juli 2 aufgeführt; H. Becker, als Wöchner, berichtet in seinem Briefe an Kirms von Juni 25 ausführlich über den festlichen Empfang, den das Theater am 23. der hohen Frau bereitete (Briefe an Schiller. Hsg. von L. Urlichs, S. 567 f.). – *Waschwasser:* das zu S. 237 genannte. – Herrn Kanzler: v. Gutschmid.

385. Goethe, 1804 Juli 28 (Br. 17, 167); eigenhändig. – *auf Deinen Geburtstag:* vgl. zu Nr. 37.

386. Goethe, 1804 Aug. 1 (Br. 17, 175); eigenhändig. – *von einer Tochter entbunden:* Emilie Schiller, Juli 25.

1804 Sept. 19, Christiane an Nik. Meyer: »Wir sind in Lauchstädt und Halle gewesen. Zuerst ich allein auf 4 Wochen, dann noch auf 14 Tage mit dem Herrn Geheime Rath . . . Auch hat der Geheime Rath seinen ›Götz von Berlichingen‹ ganz umgearbeitet, der diese Woche [Sept. 22] zum ersten Mal gegeben wird« (C.-Meyer I 94).

1805 *April.* Während des Aufenthaltes bei der Großmutter schrieb August folgendes Briefchen nach Hause (EBr. 1805, 59):

Frankfurt, den 23. April 1805.

Lieber Vater,

Ich kann Ihnen weiter nichts Merkwürdiges schreiben, aber da Sie wünschten alle Posttage etwas von mir zu sehen, so schreibe ich. Ich werde den 2. Mai hier Abends abreisen und Sonnabend den 4. in Erfurt eintreffen, aber erst gegen Abend, ich wünschte gleich von da abreisen zu können und bitte also um die Kutsche.

Grüßen Sie die Mutter und Herrn Riemer vielmals von mir.

August Goethe.

387. Goethe, 1805 Juni 27 (Br. 19, 21); eigenhändig. – *Demoiselle Jacobi:* F. H. Jacobi hielt sich auf der Reise nach Ems und München eine Woche (Juni 23 bis Juli 1) in Weimar und Jena auf; ob eine seiner Schwestern oder seine Tochter Clara hier gemeint ist, bleibt zweifelhaft.

Zwischenbemerkung. Über die Aug. 3 stattgehabte Vorstellung des ›Götz von Berlichingen‹ vermerkt Eichendorff, damals Student der Rechte in Halle, in seinem Tagebuch: »... da die Vorstellung nicht sogleich anfangen wollte, machten die Studenten, von denen das Theater wimmelte, mit ihren Kanonen und Pfundsporen einen so unbändigen Lärm, da sich alles die Ohren zuhalten mußte. Um desto mehr aber erfreute uns das vortreffliche Trauerspiel und die nicht minder gute Darstellung ... S. E. der Geheime Rath v. Goethe saß selbst mit seiner Demoiselle Vulpius in der Loge und blickte so herab auf das Entzücken, welches das Kind seines Geistes rings verbreitete« (Eichendorff S. 106).

388. Goethe, 1805 Aug. 19 (Br. 19, 44); eigenhändig. – *Unser Wirth:* F. A. Wolf. – *auf den Berg:* d. h. nach Giebichenstein.

389. Goethe, 1805 Aug. 28 (Br. 19, 46); eigenhändig. – *zu einigen Arbeiten:* darunter die groß geplante Dichtung ›Schillers Todtenfeier‹, die leider unvollendet geblieben ist. – *nur 10 Thaler übrig geblieben:* G. hatte sogar bei F. A. Wolfs Tochter Minchen Schulden in der Höhe von 20 Talern 14 Groschen machen und dem Barbier das Trinkgeld schuldigbleiben müssen (vgl. G. an F. A. Wolf, Sept. 5).

1806. Zwischenbemerkung. *Tod von Christianens Schwester und Tante.* Ernestine starb Jan. 7 mittags 12 Uhr an Auszehrung und wurde am 12. beerdigt; die Tante Juliane verschied März 1 früh 7 Uhr am Schlagfluß und wurde am 4. begraben (TB. 1806, 27b. 31); vgl. Vulpius an Nik. Meyer, 1806 Jan. 7 und März 3 (GJ. 2, 423). – *Augusts Reise nach Berlin:* sie soll nach E. v. d. Hellen

(Goethes Mutter. In einer Auswahl aus ihrem Briefwechsel dargestellt, S. 234) daran gescheitert sein, daß G. keinen auf den Namen Goethe lautenden Paß für August erhalten konnte (vgl. S. 175).

390. Goethe, 1806 Juni 17 (Br. 19, 133); eigenhändig. – *manches gethan:* die naturwissenschaftlichen Anstalten betreffend (vgl. G. an C. G. Voigt, Juni 17). – *mit Carolinen:* Ulrich. – *Mariane:* wohl das Stubenmädchen; über die Art der Krankheit konnte ich nichts ermitteln.

391. Goethe, 1806 Juni 25 (Br. 19, 143). – *habe einiges thun ... können«:* darunter die Besprechung dreier neuerdings erschienenen Dichtungen von P. F. F. Buchholz, Friederike Unger und Caroline Paulus (W. 40, 367). – *August ... mit seinen Gesellen:* im Tgb. nicht erwähnt. – *Johannisfeuer:* Juni 24 (»vor zwei Jahren«, 1804, hatte G. bei dieser Gelegenheit aus dem Stegreif den Vierzeiler geprägt »Johannisfeuer sei unverwehrt«). – *Minchen:* Tochter von F. A. Wolf.

392. Goethe, 1806 Juni 26 (Br. 19, 146); im Tgb. erst unter Juni 27 vermerkt. – *daß Du allenfalls etwas mehr ausgibst:* bei G's Briefen an Christiane befindet sich folgender Zettel G's: »Sollte Demoiselle Vulpius etwas Geld in Lauchstädt bedürfen, so kann Herr Cassir Bergfeld derselben solches gegen Quittung einhändigen, von mir bei der Rückkehr zu ersetzen. Weimar, den 15. Juni 1806. Goethe.« – *Brief von Herrn von Arnim:* aus Karsdorf, beendet Mai 28 (SdGG. 14, 97). – *von uns:* G. und Riemer.

393. Goethe, 1806 Juli 3 (Br. 19, 154); eigenhändig nur die letzten vier Worte. – *›Die Hussiten vor Naumburg‹:* vgl. zu S. 436 f. – *ganz angenehm logirt:* vgl. zu S. 499. – *wie vor Alters:* seit 11 Jahren (1795) war G. nicht wieder in Karlsbad gewesen (vgl. S. 103 ff.).

394. Goethe, 1806 Juli 7 (Br. 19, 155); eigenhändig nur der Schluß von »Lebe recht wohl« an und die Nachschrift. – *ein besser Quartier:* in den ›Drei Mohren‹ bei Frau Lucia Heilingötter, wo G. von jetzt an regelmäßig wohnte.

395. Goethe, 1806 Juli 14 (Br. 19, 157); eigenhändig nur der Schluß von »Noch setze ich« an. Antwort auf den im Tgb. unterm 12. vermerkten Brief Christianens vom 7. – *Madame Unzelmann:* Tgb. vermerkt ihre Ankunft unterm 12. – *bringe*

verschiedenes mit: darunter mehr als 21 Ellen Spitzen (vgl. Tgb. 3, 417). – *Minchen:* Wolfs Tochter.

396. Goethe, 1806 Juli 21 (Br. 19, 161). – *Herrn von Oertzen:* vgl. S. 435. – *Meine Reisegefährten:* Riemer und v. Hendrich. – *allerlei eingekauft:* vgl. zu S. 500. – *die Frauenzimmer:* d. h. die Schauspielerinnen. – *Deine Nachrichten:* Christiane wird auch von ihrem Besuch in Halle zur Feier der Prorektor-Wahl erzählt haben, über die Eichendorff in seinem Tagebuch vermerkt: »Aus des Prorectors [J. E. E. Maaß] Hause die Schauspielerin Brand und Goethes Vulpius [d. h. Christiane] herausguckend. Unten unter den Studenten der junge Goethe, in grüner polnischer Jacke mit Quasten, nicht groß, jung und zart und – geschminkt. Der große Studentenkreis über den ganzen Markt, der innere bunte Kreis der Burschen in Wichs, ihr Blitzen und Zusammenschlagen der Hieber, die wankenden Federn, das einstimmige Vivat, mit Trompeten und Pauken der akademischen Freiheit gebracht, das alte Lied: »Ein freies Leben führen wir« etc. mit Musikbegleitung von vielleicht mehr als 6-700 Studenten auf offenem Markte gesungen, machte einen fürchterlich schönen Eindruck. Darauf wurde die Nacht hindurch wie gewöhnlich auf dem Rathskeller in Wein kommerschirt, wobei auch der Schauspieler Unzelmann aus Weimar und der Sohn des Ministers v. Goethe tapfer mittranken« (Eichendorff S. 140).

397. Goethe, 1806 Juli 28 (Br. 19, 165). – *Brief vom 22.:* Ankunft im Tgb. unter Juli 26 vermerkt. – *Frau von Brösigke und ihre Tochter:* Tgb. Juli 27: »Frau v. Brösikge und Frau v. Levetzow (Pandora [vgl. Gräf 6, 23 zu Nr. 3535])«; der letzteren Tochter Ulrike, zur Zeit 2 Jahre alt, wurde 17 Jahre später von G. in der Marienbader ›Elegie‹ als das »allgeliebte Wesen« verherrlicht. – *von Egerbrunn:* d. h. Franzensbad. – *Vorgestern ... in der Komödie:* Tgb. Juli 26: »Um 4 Uhr in das Schauspiel. Ward ›Pinto‹ aufgeführt.« Das Schauspiel ›Pinto oder Die Verschwörung in Portugal‹ von W. Vogel wurde in Weimar zuerst 1807 Okt. 10 aufgeführt.

August 1, Tgb.: »Briefe von Lauchstädt.«

398. Goethe, 1806 Sept. 30 (Br. 19, 193); die Handschrift befindet sich im Kestner-Museum zu Hannover (Culemannsche Samm-

lung, Katalog V Nr. 9); die durch Werner Deetjen gütigst ausgeführte Vergleichung ermöglichte einige Berichtigungen. – *meine Geschäfte:* Ordnung der in Karlsbad gesammelten Steine, unter Beihilfe des Mineralogen Lenz.

Okt. 19. Trauung. Der Eintrag in TrP. der Hofkirche 1801/21, 67 lautet: »Sr. Excellenz, Herr Johann Wolfgang von Göthe, Fürstl. Sächß. Geheimer-Rath, allhier, mit Demoiselle Johanna Christiana Sophia geb. Vulpius, des weil. Herr Johann Friedrich Vulpius, Fürstl. Sächß. Amts-Copistens allhier, hinterlassene älteste Tochter, sind Dom. XX post Trinitatis als den 19. Octobris in allhiesiger Fürstl. Hofkirchen-Sacristei von dem »Herrn Oberconsistorial-Rath Günther in der Stille copuliret worden.«

399. Goethe, 1807 März 30 (Br. 19, 291). – *Pistolen:* es scheint, daß Christiane die ihren, wie schon 1797 auf der Rückfahrt nach Weimar (S. 182), habe »ein bißchen weiter als sonst herausgucken« lassen müssen; vgl. Frau Rats Brief an Christiane zu S. 514. – *Grünen Donnerstag:* März 26. – *den beiden gewöhnlichen Gästen:* Deny und Demoiselle Elsermann. – *›Helene‹:* Oper von Méhul. – *das Einsiedelsche Stück :* ›Das Gespenst‹, Bearbeitung der ›Mostellaria‹ des Plautus; erste und einzige Aufführung in Weimar April 29. Vgl. S. 511. – *Herzogin Mutter:* vgl. S. 511; sie verschied April 10. – *Mittwoch . . . die Damen:* April 1; G's Mittwoch-Gesellschaft, die sich um 10 Uhr vormittags bei ihm versammelte, um wissenschaftliche Vorträge zu hören; außer der Herzogin Luise erschienen Charl. v. Stein, Charl. v. Schiller, Knebels Schwester Henriette u. a.; G. an Knebel, 1805 Dez. 7: »Der Mittwoch treibt mich immer an, über das Ganze und Einzelne [hier ist die Farbenlehre gemeint] zu denken, und fördert mich sehr.« – *Bei Madame Schopenhauer:* April 26 und 29 (Tgb.) – *Das junge Bertuchische Paar:* Karl Bertuch hatte im März 1807 Henriette Feder aus Dessau geheiratet. – *nochmals zu malen angefangen:* Tgb. April 27: »Bei . . . Demoiselle Bardua«; diese hatte, nach einem ersten Versuch im Jahre 1805, im Dezember 1806 ein zweites Bildnis G's begonnen (Tgb. 1806 Dez. 12); hier ist wohl die Weiterarbeit an diesem zweiten Bildnis gemeint (kein drittes).

400. Goethe, 1807 April 3 (Br. 19, 295). – *Herzogin Mutter:* siehe

oben. – *Krieg und Kriegsgeschrei:* Faust I, Szene Vor dem Tor, Vers 861. – Mittwoch: vgl. zu Nr. 399. – *Oper ›Helene‹:* vgl. zu S. 509. – *dem neuen Maskenstücke:* vgl. zu S. 510. – *für die Elsermann:* der G. die Rolle der Philematium selbst einstudierte (Tgb. März 15, April 6). – *manches Freundliche eingegangen:* darunter vor allem das G'n gewidmete Werk A. v. Humboldts ›Ideen zu einer Geographie der Pflanzen‹ (G. an A. v. Humboldt, April 3). – *die Reiter:* August und vermutlich Deny.

401. Goethe, 1807 Mai 22 (Br. 19, 333). – *Inliegenden Brief:* von G. selbst, am 22. geschrieben. – *Der Mutter Brief:* an Christiane, vom 16.; in diesem »langen wohlstilisirten« Brief (wie Frau Rat ihn selbst nennt) heißt es u. a.: ». . . da ich aber nun das Vergnügen habe Ihnen genauer zu kennen – durch die Kriegs trublen die Sie so meisterhaft bestanden haben [vgl. S. 508] in meinem Glauben an Ihnen gestärckt und befestigt; so haben meine Sorgen um alles was in Ihrem Wirckungs Kreiße liegt – von oben biß gantz herunter ein Ende. Das alles hat die nähre Bekandschaft mit Ihnen Bewerkscheligt – Gott erhalte und seegne Ihnen vor alle Ihre Liebe und Treue.« – *Zelter:* vgl. S. 514. – *Karl:* G's Diener Eisfeld.

402. Goethe, 1807 Mai 24 (Br. 19, 335). – *fahren wir:* G. mit Riemer. – *dem Zelte:* vgl. S. 514. – *Der Mutter Brief:* an Christiane, von Mai 19, dem ein (nicht bekanntes) »Brieflein von der kleinen Brentano« an G. beilag, die diesen April 23 (Tgb.) zum erstenmal besucht hatte. G's Mutter an Bettina, Mai 19: »Meine Freude war groß da ich von meiner Schwieger Tochter hörte daß du in Weimar gewesen wärest – du hast viel vergnügen dort verbreitet – nur bedauerte man daß dein Aufenthalt so kurtz war.« – *lege ein Blättchen bei:* fehlt. – *dem Herrn Major:* v. Hendrich.

403. Goethe, 1807 Mai 28 (Br. 19, 340). – *unser altes Quartier:* zu den ›Drei Mohren‹; vgl. zu Seite 540.

404. Goethe, 1807 Mai 28 (Br. 19, 340); auch die Adresse »An meine Frau« von Riemers Hand. – *Beilage:* Nr. 403. – *die Spitzen:* vgl. S. 518, 520.

405. Goethe, 1807 Juni 2 (Br. 19, 342). – *Von Leipzig:* wo das Weimarische Hoftheater von Mai 24 bis Juli 5 Gastvorstellungen

gab. – *Rochlitz:* er berichtet Mai 30 ausführlich über die ersten vier Vorstellungen, Mai 24: G's Prolog und ›Don Carlos‹, 26: Paers Oper ›Camilla‹, 28: ›Die Mitschuldigen‹ und Kotzebues Lustspiel ›Das Geständniß‹, 29: G's ›Iphigenie auf Tauris‹ und Contessas Lustspiel ›Das Räthsel‹.

406. Goethe, 1807 Juni 9 (Br. 19, 344); Tgb. Juni 9: »Expedition eines Packets, das durch einen Boten nach Weimar gehen sollte. Einige Stücke Spitzen, die Haarnadeln für die Prinzessin [Caroline].« – *an Lieschen:* Elisabeth Hoch, die G's Mutter die Wirtschaft führte (Tgb. Juli 20: »Brief an Frau Räthin Goethe mit Spitzen an Lieschen«; G's Mutter dankt im Namen der »Ließel« Aug. 17). – *vier Bände meiner Werke:* Band 1/4 der ersten Cottaschen Ausgabe: sie waren März 16 in Weimar eingetroffen (Tgb.). – *unsern jungen Schauspielern:* vgl. zu S. 518 – *die Prinzeß:* Caroline, in deren Stammbuch G. während dieser Wochen mancherlei zeichnete (vgl. Gräf 7, 427 zu Nr. 841).

407. Goethe, 1807 Juni 18 (Br. 19, 351). – *die Granaten:* Tgb. Juni 4: »Glasgranaten gehandelt«, 8: »Der Steinschleiferin aus Turnau einige Granaten abgekauft.« – *die Trauerzeit:* wegen Anna Amalias Ableben; vgl. zu S. 510 f. – *Schlossern:* hier wie S. 524 ist wahrscheinlich Fritz Schl. gemeint; G's Mutter an Christiane, Juli 9: »Schlosser ist glücklich angelangt – und kann nicht genung rühmen und preißen wie gut und herrlich es Ihm bey Euch ergangen ist.«

408. Goethe, 1807 Juni 24 (Br. 19, 353). – *schreibe ... von hier aus an die Mutter:* dieser im Tgb. Juni 24 vermerkte Brief ist nicht bekannt; Frau Rat meldet die Absendung des Spaa-Wassers Juli 9 an Christiane. – *die Schauspieler ... in Lauchstädt:* sie spielten nur von Juli 5 bis August 2 daselbst, um August 4/31 abermals ein Gastspiel in Leipzig zu geben. – *Einnahme von Danzig:* durch die Franzosen, Mai 24. – *›Camilla‹:* Oper von Paer, war Juni 19 in Karlsbad gegeben worden (Tgb.). – *Granaten:* vgl. zu S. 520 – *guten Effect:* vielleicht humoristische Anspielung auf eine Stelle im ›Triumph der Empfindsamkeit‹ Akt II (vgl. Gräf 6, 373 zu Nr. 4339). – *Riemer empfiehlt sich:* als Schreiber des Briefes. – *Freund Schlosser:* vgl. zu S. 521.

409. Goethe, 1807 Juli 1 (Br. 19, 362); eigenhändig der Schluß von

»Mit eigner Hand« an. – *Schwänchen:* von G. mit Vorliebe gebrauchter Ausdruck für eine Geschenksendung; vgl. S. 526, 645 sowie die W. 6, 434/5 angeführten Belegstellen. – *Das Kästchen:* vgl. S. 526 – *des Arztes:* Kapp. – *schon fleißig hier gewesen:* ›Die neue Melusine‹, ›Die gefährliche Wette‹, ›Der Mann von funfzig Jahren‹ waren zur Zeit bereits niedergeschrieben, ein Schema zur ›Pilgernden Thörin‹ entworfen, andre »romanhafte Motive zu den ›Wanderjahren‹« wurden in den folgenden Wochen wiederholt »überdacht«. Vgl. S. 534.

410. Goethe, 1807 Juli 3 (Br. 19, 365); eigenhändig. Auf der Adresse von unbekannter Hand die Bemerkung: »Diesen Brief hat Ihr Herr Sohn laut Ihrer gütigen Erlaubniß geöffnet, auch er empfiehlt sich Ihnen auf das herzlichste.« – *mein Schwänchen:* vgl. zu S. 524. – *eine Kopfkette:* Tgb. Juni 9: »Zum Juwelier Knoll, dessen Arbeit angesehen«, 11: »zum Goldschmied Knoll; den Lapislazuli zum Fassen gegeben«, Juli 21: »Negoz mit Knoll«, 22: »zu Knoll, wegen des Halsbandes«, 24: »Die Kette mit nachgeahmten Edelsteinen vom Goldschmied.« Vgl. S. 530. – *von einem trefflichen Manne:* K. F. Reinhard; vgl. S. 528.

411. Goethe, 1807 Juli 14/6 (Br. 19, 369); nur die letzte Zeile eigenhändig. – *das Schwänchen:* vgl. zu S. 524. – *Karl:* vgl. zu S. 514. – *›Fanchon‹:* Lustspiel mit Gesängen nach dem Französischen von Kotzebue, Musik von Himmel. – *Sie ist . . . schreibselig:* dafür zeugen ihre den Verkehr mit G. lebhaft schildernden Briefe an ihre Mutter (Gespräche, 1, 494/501). Von Weimar aus schrieb Reinhard Aug. 9 an G.: »Ihrer Frau und Meyern verdanken wir den Anblick Ihrer Kunstschätze und jede angenehme Stunde, die wir nicht am Hof oder im Wolzogenschen Haus zubrachten« (Briefwechsel zwischen Goethe und Reinhard S. 5). – *die Herren Wöchner:* A. Genast und Becker. – *Berlinischen Kleeblatt:* nicht ermittelt. – *›Hagestolzen‹:* Lustspiel von Iffland.

412. Goethe, 1807 Juli 23/7 (Br. 19, 372); zur Datierung Tgb. Juli 23: »Briefe an meine Frau . . . angefangen.« – *nach Weimar:* vgl. dagegen S. 531. – *Nach Wien . . . Einladungen:* vgl. S. 533. Der einladende Brief des Grafen v. Purgstall, in dem derselbe sich als »das Organ meiner Landsleute« bezeichnet, von Juli 7, ist gedruckt SdGG. 18, 249; G. antwortete ihm ablehnend Aug. 28.

Vgl. G. an Charl. v. Stein, Aug. 10, und Tgb. Juli 24: »... Geheimer Rath von Faßbender. Abermalige Einladung nach Wien.« – *Fernow... Schütze:* ihre Ankunft ist im Tgb. Juli 17 vermerkt. – *unerwartet Friede:* Friede zu Tilsit Juli 7 und 9; Tgb. Juli 10: »Nachricht von den Friedenspräliminarien.« – *silberne Thee- und Milchkanne:* Tgb. Juli 15: »Bei Franz Mayer wegen des Austausches der Broncen«, 18: »Bei Mayer, Thee- und Milchkanne gegen die Broncen umgetauscht.« – *Die Kette:* vgl. zu S. 525 f. *zum Geburtstage:* vgl. zu Nr. 37. – *Salzfässer:* sie wurden Juli 31 abgeschickt (Tgb.).

413. Goethe, 1807 Aug. 10 (Br. 19, 382); von »Noch ein paar Worte« (S. 534) an eigenhändig. – *Dein Brief:* Tgb. Aug. 8: »Brief von Weimar.« – *beiliegenden Briefe an Herrn Frommann:* nicht bekannt. – *Einladungen nach Wien:* vgl. zu S. 529. – *habe viel dictirt:* vgl. zu S. 525.

414. Goethe, 1807 Aug. 23 (Br. 19, 389); eigenhändig nur der Schluß von »Lebe recht wohl« an. – *August... angekommen:* Tgb. Aug. 22: »Nach Tische kam August, mit mehreren Briefen.« – *das famose Lied:* von Kotzebue, Melodie von Himmel (vgl. Hoffmann v. Fallersleben: Unsere Volksthümlichen Lieder, 3. Aufl., Leipzig 1869, S. 46).

August 28, Tgb.: »[Brief] An meine Frau«; nicht bekannt.

415. Goethe, 1808 April 26 (Br. 20, 50); eigenhändig. (Zu beiden Seiten des »G.« der Unterschrift hat Christiane, im Begriff, den Brief zu beantworten, erst die Feder versucht und sich bemüht, regelrechte D zu schreiben.) – *schon etwas gearbeitet:* ›Pandora‹. – *Werner hat geschrieben:* Zacharias W. war von 1807 Dez. 19 bis 1808 März 28 in Weimar gewesen (Tgb.); sein Brief an G. von April 15 (gedruckt SdGG. 14, 3) enthält die Worte: »Ihrer trefflichen Gattin küsse ich die Hände mit tiefer Rührung; was sie ist, habe ich erst in der letzten Abschieds Minute erfahren; sie verdient es, die Marthe meines Meisters und Herrn zu sein.« Vgl. S. 539. – *Die Briefe von Frankfurt:* von G's Mutter an Christiane, April 22, und wohl von August, der an diesem Tage von Frankfurt nach Heidelberg abreiste. – *Blatt von Bettinen:* nicht bekannt; G. antwortet ihr Mai 4.

416. Goethe, 1808 April 26 (Br. 20, 51); eigenhändig. – *sein erster*

Eintritt in die Welt: über das Fest, welches der Fürst-Primas v. Dalberg G's Mutter und Sohn gab, vgl. Frau Rat an Christiane, April 22, und Bettina an Christiane, April 7 (Bettina 1, 148). – *Meyer:* Heinrich M., vgl. S. 539. – *besondern Blättchen:* nicht bekannt.

417. Goethe, 1808 April 29 (Br. 20, 53); eigenhändig. – *den Wienern:* Leo v. Seckendorf und J. L. Stoll, den Herausgebern der Zeitschrift ›Prometheus‹, in deren erstem und zweitem Heft Bruchstücke der Dichtung zuerst erschienen sind. – *Werner hat geschrieben:* vgl. zu S. 538. – *Meyer:* vgl. zu S. 539. – *in Frankfurt:* vgl. S. 538.

418. Goethe, 1808 Mai 16 (Br. 20, 65); Tgb. Mai 16: »[Brief] An meine Frau nebst 1 ℔ Stecknadeln, 1 ℔ Chocolade und 400 Nähnadeln.« – *Unsre Wirthsleute:* vgl. zu S. 999; G. an seinen Sohn, Juni 3: »Die Wände unserer Zimmer, die Du noch weiß gekannt hast, sind recht freundlich in bunte Felder abgetheilt und mit lustigen Einfassungen versehen.« – *ein besondres Blättchen:* nicht bekannt.

419. Goethe, 1808 Mai 29 (Br. 20, 69); eigenhändig. – *Dein ... Brief:* Tgb. Mai 25: »Brief von ... meiner Frau«; G. nennt ihn in seinem Briefe an August, Juni 3, ein »lakonisches Blatt«. – *was ich durch den Kutscher sendete:* vgl. zu Nr. 418. – *Meusel:* wahrscheinlich ist der S. 268 genannte Meißel gemeint. – *an die Gränze von Polen:?*

420. Goethe, 1808 Juni 12 (Br. 20, 78); Tgb. Juni 12: »[Brief] An meine Frau, eingeschlossen die Eberweinischen Noten, Briefe von Ziegesars und einen an Frau von Stein.« – *Von allen Seiten ... Briefe:* das Tgb. verzeichnet solche von August (am 3.), Fritz v. Stein (am 6.,), Bettina (am 7.), Knebel, Hendrich, Vulpius (am 8.), Frau Rat (am 10.). – *das Kästchen:* Tgb. Juni 12: »Kästchen von Weimar durch den russischen Diakonus [Egorow] überbracht.« – *manches gearbeitet:* die ›Wahlverwandtschaften‹. – *Ziegesarschen Familie:* im Tgb. zuerst am 8. und 9. genannt. – *der Mutter Brief:* von Juni 3. – *Zelter ... in einem Briefe:* von April 6 (beendet Mai 7); G. hatte Kompositionen des jungen Karl E. an Zelter zur Beurteilung geschickt (vgl. G. an Zelter, April 20).

421. Goethe, 1808 Juni 15 (Br. 20, 81), eigenhändig; Tgb. Juni 15: »[Brief] An meine Frau nach Lauchstädt mit dem Auszug aus Zelters Briefe, für Eberwein.« – *die Russen:* vgl. zu S. 542. – *der alten Äugelchen:* Sylvie v. Ziegesar und Pauline Gotter. – *beiliegende Blatt:* vgl. S. 542. – *alles baar bezahlen zu müssen:* Christiane an August, Anfang Juni: »Sei nur wegen der Ausgaben ruhig und denke nur, daß der liebe Vater so gut ist, daß er Dir gewiß geben wird, was Du brauchst, wenn er weiß, daß Du es ordentlich anwendest, und auf eine Kleinigkeit von mir kannst Du auch immer rechnen« (GJ. 10, 13). – *Die musikalischen Übungen:* von G's Hauskapelle; vgl. S. 546 f. über das »Singechor«. – *Brief von der Bardua:* im Tgb. unterm 14. vermerkt. – *das Service:* vgl. S. 553.

422. Goethe, 1808 Juli 2 (Br. 20, 101); eigenhändig. – *Die Ziegesarische Familie:* sie war Juli 1 nach Franzensbad gereist (Tgb.). – *Frau von Staël:* sie war Juni 9/19 abermals in Weimar gewesen; G. an Charl. v. Stein, Juli 2: »Frau von Staël in Weimar kann ich mir recht gut denken ... Sie treibt ihr Wesen ohne viel nach andern zu fragen. Sie wirkt, erregt wo nicht Bewunderung, doch Verwunderung, mißfällt besonders den Frauen, und läßt einen üblen Leumund hinter sich.« – *Brief, ... von Voß:* d. h. dem Sohne Heinrich, im Tgb. Juni 28 vermerkt. – *das Singechor:* vgl. zu S. 544. – *wann Eberwein weggehen kann:* zu Zelter nach Berlin; vgl. G. an Zelter, Sept. 19. – *Marianchen:* Frau v. Eybenberg; im Tgb. schon Juli 17 erwähnt. Vgl. zu Nr. 50.

Juli 5, Tgb.: »[Brief] An meine Frau nach Lauchstädt, wegen Dr. Kapp, mitgeschickt einen Brief von August«; nicht bekannt.

423. Goethe, 1808 Juli 13? (Br. 20, 114), eigenhändig; Tgb. Juli 13: »[Brief] Nach Lauchstädt.« – *hierher zu kommen:* Tgb. Juli 9: »Mit Frau Generalin v. Berg nach 9 Uhr abgefahren ... Um 7 Uhr in Franzenbrunn«; G. blieb daselbst bis zum 21. abends und traf am 22. früh 6 Uhr wieder in Karlsbad ein.

424. Goethe, 1808 Juli 22 (Br. 20, 117), eigenhändig; Tgb. Juli 21: »Nach Lauchstädt mit einer Assignation von 200 Thalern Sächsisch. Nach Lauchstädt eine Schachtel mit einem Häubchen.« – *Schatel:* so die Handschrift, Änderung nicht nötig (Schatel in

engem Anschluß an ital. scatola, wie Schatulle); auch Christiane braucht gelegentlich »Schadel« (vgl. zu Nr. 46).

425. Goethe, 1808 Aug. 1 (Br. 20, 124); eigenhändig. – *Niedermühle:* unterhalb der Kegelbrücke an der Ilm (jetzt Karlsmühle). – *Lauchstädter Aufenthalt:* vgl. die Zwischenbemerkung nach Nr. 426. – *Bury:* Tgb. Juli 23: »Überraschung durch Burys Ankunft«; 24: »Mittags Burg. Über Berlin, Dresden. Kunst und Leben«; 25: »Bury portraitirte. Von seinem Leben, Ereignissen, Arbeiten, Gesinnungen, Meinungen, Überzeugungen. Zusammen gegessen«; 26: »Burry portraitirte . . . Mittags Bury«; 27: »Bury zeichnete . . . Bury nahm Abschied.« G. an H. Meyer, Aug. 17: ausführlich über Bury; »Ich habe meiner Frau etwas geschickt, was er hier gemacht hat. Wenn ich nicht irre, so werden Sie ihn in seiner besten Seite darin wieder erkennen.« Das jetzt entstandene Bildnis G's von Bury (Umrißzeichnung, Zarncke: Kurzgefaßtes Verzeichniß Nr. 31), das, wie G. in den Tag- und Jahres-Heften 1808 erzählt, »meine Familie als erfreuliches Denkmal jener Zeit in der Folge zu schätzen wußte«, befindet sich noch heute im Goethe-Haus zu Weimar. – *Brief von Werner:* aus Heidelberg, Juli 12 (SdGG. 14, 9).

426. Goethe, 1808 Aug. 7 (Br. 20, 131); eigenhändig. – *Die Schachtel:* vgl. zu Nr. 424. – *Kriegsrath von Stein:* Fritz v. Steins erste Frau Helene, geb. v. Stosch, war Juli 18 im Wochenbett gestorben. – *Eberweins Wiederkehr:* vgl. zu S. 547. – *Dein Geburtstag:* vgl. zu Nr. 37. – [S. 416.] *in die Arbeit:* Geschichte der Farbenlehre. – *gechnittene Steine:* G. erwarb deren 4 durch Vermittlung der Frau v. Eybenberg für 120 Taler Sächsisch (Tgb. Aug. 7; G. an Frau v. Eybenberg, Aug. 7; vgl. auch G. an H. Meyer, Juli 3 und undatiert, Ende Juli, Br. 20, 123).

427. Goethe, 1808 Aug. 19 (Br. 20, 151), eigenhändig nur der Schluß von »Möchtest Du nun« an, im Tgb. unter Aug. 20 vermerkt. – *Das Service:* vgl. S. 545. – *wenn sie wiedergekommen:* von Schloß Wilhelmstal; die Herzogin war das ganze Jahr hindurch leidend.

428. Goethe, 1808 Aug. 28 (Br. 20, 160); eigenhändig. – *fleißig genug gewesen:* Geschichte der Farbenlehre, ›Die Wahlverwandtschaften‹, Hackerts Biographie; G. an Frau v. Eybenberg, Aug. 22:

»Von mir kann ich so viel sagen, daß ich meine Tage gerade so zubringe, als wenn ich erst mein Fortkommen in der Welt suchen wollte. Ich bin unausgesetzt auf allerlei Weise fleißig.«
Zwischenbemerkung nach Nr. 430. Frau Rat war am 13. Sept. gestorben. Vulpius an August, Sept. 21: »Hier traf sie [die Todesnachricht] am 17. ein, gerade an dem Tage, als Dein Vater hieher zurück kam. Das Haus war mit Kränzen, Guirlanden, Teppichen behangen, mit Orangeriebäumen besetzt, und die Fußboden mit Blumen bestreut. Nach Tische mußte es Deinem Vater gesagt werden. Er war ganz hin« (GJ. 10, 17).

431. Goethe, 1808 Okt. 4 (Br. 20, 172); eigenhändig. – *Eh ich von Erfurt abgehe:* Tgb. Okt. 4: »Um 2 Uhr nach Weimar.« – *Zum Schauspiel:* Tgb. Sept. 29: »Gegen Abend nach Erfurt. Zum Schauspiel kam ich zu spät. Es war [Racines] ›Andromache‹.« – *dem Kaiser aufgewartet:* vgl. S. 560. – *Deine Gesellschafterin:* Caroline Ulrich.
Okt. 8, Tgb.: »[Brief] An meine Frau nach Frankfurt.«
Okt. 10, Tgb.: »[Brief] An Frau Geh. Räthin von Goethe nach Frankfurt am Main.«

432. Goethe, 1808 Okt. 12 (Br. 20, 175); eigenhändig. – *Sartorius und Frau:* im Tgb. unter Okt. 8 zuerst genannt. – *pflege ihn wohl:* von Augusts Erkrankung (Ruhr) im September hatte G. durch Achim v. Arnims Brief, Sept. 29, erfahren (SdGG. 14, 135); vgl. G. an August, Dez. 5, an Thibaut, 1809 Jan. 22, A. v. Arnim an Bettina, Sept. 27 (R. Steig: Achim von Arnim und Bettina Brentano S. 202).

433. Goethe, 1808 Okt. 16 (Br. 20, 182), eigenhändig; links von der Unterschrift (S. 560) klebt eine kleine dreieckige Probe von hellrotem, geripptem Seidenstoff. – *Sanct Annen-Ordens:* Tgb. Okt. 15: »Annen-Orden«; Kaiser Alexander von Rußland hatte ihn jetzt an G. und Wieland verliehen. – *Orden der Ehrenlegion:* im Tgb. Okt. 14 vermerkt: von Napoleon an G. und Wieland verliehen. – *Sartorius und Frau:* nach dem Tgb. waren sie am 16. mittags bei G., reisten am 19. ab. – *Pflege ... August:* vgl. zu S. 559. *wegen des Bürgerrechtes:* vgl. zu S 562. – *ein alter Freund:* Schönborn; Tgb. Okt. 17: »Der alte Freund Schönberg [irrig für: Schönborn], über dessen bisheriges Leben, Reisen. Gegenwär-

tige Lage.« – *Den Fürsten Primas:* Tgb. Okt. 7: »Sprach den Fürst Primas [Dalberg] bei Frau von Wolzogen.« – *Carolinen:* Ulrich.

434. Goethe, 1808 Okt. 25/6 (Br. 20, 187), eigenhändig; Antwort auf einen nach Riemers Tgb. Okt. 20 eingetroffenen Brief Christianens. Tgb. Okt. 27: »[Brief] An meine Frau nach Frankfurt am Main. Wegen dem Bürgerwerden pp. Eingeschlossen an Landrath Schlosser.« – *Herzogin:* Tgb. Okt. 25: »Kam die Herzogin ins [Mineralogische] Museum, in den Botanischen Garten ... Abreise der Herrschaft nach Tafel.« Vgl. S. 562. – *Deine Gefährtin:* Caroline Ulrich. – *Die Göttingischen Freunde:* Sartorius und dessen Frau; während deren Anwesenheit Tgb. Okt. 13: »Abends Concert.« – *Eberwein:* vgl. zu S. 547. – *Hofkammerrath:* Kirms. – *Wegen des Bürgerwerdens:* vgl. das Folgende und S. 560, sowie die ausführliche Darstellung über G's (Ende 1817 erfolgtes) Ausscheiden aus dem Frankfurter Bürgerverbande von Rudolf Jung (GJ. 13, 213). – *Souverain:* Fürst-Primas v. Dalberg. – *mit den Trauscheinen:* vgl. zu Nr. 398; in ihm ist über Christianens Alter keine Angabe gemacht. – *Schlosser schreibe ich beiliegend:* unter Okt. 26: »Daß die Meinigen in dem gegenwärtigen Augenblick das Frankfurter Bürgerrecht gewinnen, ist eigentlich nicht unumgänglich nothwendig. Es war ein Wunsch von mir, um auch für die Zukunft alles arrangirt zu sehen. Da aber so manche Dinge dabei zur Sprache kommen, die man lieber nicht anregt, so dächte ich, man könnte die Sache gegenwärtig ruhen lassen und in der Folge bei günstiger Gelegenheit mit dem Gesuch wieder hervortreten. – Aufrichtig zu sein, so sind wir in unsern Verhältnissen gewöhnt, oder verwöhnt, daß in Fällen, wo etwas Versäumtes nachzuholen, etwas Verfehltes zu verbessern ist, der Souverain, mit Beseitigung üblicher Formen, den Mantel der Gnade überzieht, und das Vergangene der Vergessenheit widmet. Ich glaube wohl, daß dorten, bei kaum veränderter Verfassung, dergleichen nicht so ganz leicht sei. Da wir aber nicht gedrungen sind, so warten wir lieber einige Zeit ab. Vielleicht gelingt es mir einmal persönlich, um so mehr, als ich hoffen kann, meine liebe Vaterstadt auch wieder zu sehen und unserm Fürsten aufzuwarten schuldig bin.« – *Auf dem Napoleonsberge:* d. h. auf dem Windknollen, wo der Grenzstein

Nr. 15 der Flurgrenze Jena-Cospeda »Napoleonstein« genannt wird, weil Napoleon dort in der Nacht vor der Schlacht bei Jena biwakiert hat. – *Der Bremische:* Nikolaus Meyer; er zog, aus Gesundheitsrücksichten Bremen verlassend, nicht nach Weimar, sondern nach Minden. Doch zogen die Erwägungen sich noch durch das ganze Jahr 1809 hin, so daß Christiane 1809 Ende März an August schreiben konnte: »Daß Meyer von Bremen Rath hier geworden ist, weißt Du wohl, und daß er auf Johanni zu uns nach Weimar zieht und Huschken sein Haus gekauft hat« (GJ. 10, 33). Vgl. S. 592 f. nach Christianens Brief an Nik. Meyer, 1809 Nov. 12 (C.-Meyer I 106).

435. Goethe, 1808 Okt. 31 (Br. 20, 195); eigenhändig. – *wieder in Weimar:* seit Okt. 29 (Tgb.). – *Eberwein ist wieder da:* vgl. zu S. 547. Tgb. Okt. 30: »Gesang. Oberconsistorial-Rath Günther und Frau. Demoiselle Gotter von Gotha. Graf Borkowski und Bonnard.« – *›Sargino‹:* (oder Der Zögling der Liebe), Oper von Paer, Okt. 29. – *›Fridolin‹:* (oder Der Gang nach dem Eisenhammer), Schauspiel von F. Holbein; in Weimar erst 1809 April 12 zum erstenmal aufgeführt. Christiane hatte das Stück Okt. 27 im Frankfurter Theater gesehen (vgl. ihren Brief an August, Okt. 28, GJ. 10, 20). – *Von Werner:* aus Zürich, Sept. 24 (SdGG. 14, 14). – *Oehlenschläger:* ein Brief desselben von Sept. 4 im Archiv (ungedruckt). – *Riemer legt etwas bei:* Brief an August, Okt. 30 (GJ. 10, 20).

436. Goethe, 1808 Nov. 7 (Br. 20, 199). – *von Frankfurt abzugehen:* Christiane stellt die Abreise nach Heidelberg in ihrem Brief an August, Nov. 5, auf den 11. in Aussicht, doch verzögerte die Abreise sich bis zum 14. (GJ. 10, 21). – *vom 27. October:* Tag der Absendung, vgl. zu Nr. 434. – *beim Theater Dinge vorgekommen:* infolge der bei Gelegenheit einer Unpäßlichkeit des Sängers Morhard durch die Handlungsweise Caroline Jagemanns und Karl Augusts selbst herbeigeführten Spannung bat G. Nov. 10 den Herzog, ihn von einem Geschäft zu entbinden, das seinem Zustand als Theaterleiter »zur Hölle« mache (vgl. die eingehende Darstellung von Julius Wahle, SdGG. 6, 312). – *An August . . . geschrieben:* s. S. 566 f. – *Herrn und Frau von Luck:* der erstere hatte sich in einem Briefe an G., Juli 24., freund-

schaftlich beklagt, daß August sie noch nicht besucht habe (GJ. 10, 81). Wie aus einem ungedruckten Briefe von Heinrich Voß an Christiane vom 8. Dezember hervorgeht, begleitete Voß die Reisenden nach Schwetzingen und Mannheim; Voß schreibt: »Lucks, besonders sie, die lebendige Frau, ist noch ganz froh über Ihren Besuch; sie hat mir schon einmal geschrieben, und einmal durch den Baron von Rönne bitten lassen, sie auf das herzlichste zu grüßen.«

Zur Zwischenbemerkung. Riemers Tgb. Nov. 23: »Mittags traf die Geh. Räthin ein... Abends... Ward der Geh. Räthin ein Ständchen von Janitscharen-Musik gebracht. Nachher ihr Tagebuch von der Reise vorgelesen«; Dez. 1: »Nach Tische mit Goethe, der Geh. Räthin die Theaterangelegenheiten besprochen. Goethes Vorschlag. Einwendungen dagegen und Offens«; Dez. 2: »Abends ... über Theaterangelegenheiten, und der Geh. Räthin Vorschlag von *gänzlicher* Separation der Oper vom Schauspiel und Drama überhaupt auch des Personals.«

437. Goethe, 1809 April 30 (Br. 20, 320). – *Fahrt nicht sonderlich bekommen:* Tgb. April 29: »Abend und Nacht schlimm zugebracht«, 30: »Früh im Bette geblieben.« – *unserer schönen Freundin:* Caroline Ulrich.

438. Goethe, 1809 Mai 2 (Br. 20, 322). – *auf dem Cabinet:* dem mineralogischen; Tgb. Mai 2: »Auf dem Museum mit Lenz. Nachher mit Knebel ebendaselbst.« – *In meinen ... Arbeiten:* Geschichte der Farbenlehre, ›Wilhelm Meisters Wanderjahre‹. – *Freundinnen aus der Nachbarschaft:* Frommanns und Ziegesars in Drakendorf. – *in der Nachbarschaft:* bei Charl. v. Stein.

440. Goethe, 1809 Mai 5 (Br. 20, 324). – *die Freundinnen:* vgl. zu S. 570. – *›Hamlet‹:* vgl. S. 570; er wurde am 17. aufgeführt. – *›Herr Lorenz Stark‹:* (oder Die deutsche Familie), Schauspiel nach Engels Roman von F. L. Schmidt, war am 3. aufgeführt worden. – *mit Karln:* Eisfeld, G's Diener.

441. Goethe, 1809 Mai 9 (Br. 20, 327). – *das an Herrn Cotta:* Tgb. Mai 9: »Packet an Cotta, enthaltend die Oehlenschlägerschen Trauerspiele und den Beitrag zum Damencalender«, d. h. die das ›Taschenbuch für Damen für das Jahr 1810‹ eröffnenden, ersten vier Kapitel des ersten Buches von ›Wilhelm Meisters Wander-

jahren‹. – *meine nothwendigsten Arbeiten:* Geschichte der Farbenlehre. » ›*Hamlet*‹: vgl. zu S. 572. – *Solltest Du 14 Tage in Jena zubringen:* G. an Charl. v. Stein, Juni 6: ». . . ist doch alles, was mich in Jena umgibt, so trümmerhaft gegen vorige Zeiten, und ehe man sichs versieht, stolpert man einmal wieder über einen Erdhöcker, wo, wie man zu sagen pflegt, der Spielmann oder der Hund begraben liegt.« – *Carolinchen:* Ulrich. – *die Freundinnen:* vgl. zu S. 570. – *beiden beigelegten Briefe:* an J. F. H. Schlosser und Gerning (Tgb.).

442. Goethe, 1809 Mai 10 (Br. 20, 330). – *Deinen ausführlichen Brief:* Tgb. Mai 10: »Botschaft von Weimar«. – ›*Hamlet*‹: vgl. zu S. 572.

443. Goethe, 1809 Mai 12 (Br. 20, 332); eigenhändig. – *Riemer:* daß er G's Geduld durch »böse Laune« in der letzten Zeit »auf starke Proben gestellt« hatte (vgl. G. an Riemer, Mai 19), verschweigt G. Christianen. – *was ich arbeite:* ›Wahlverwandtschaften‹.
Zur Zwischenbemerkung. Riemers Tgb. Mai 18: »Kam Frau v. Goethe, mit der Bibliothekar Vulpius«, 19: »Ging die Geheimeräthin nach Weimar zurück.«

444. Goethe, 1809 Mai 26 (Br. 20, 337); eigenhändig. – *etwas thun kann:* Geschichte der Farbenlehre und ›Wahlverwandtschaften‹. – *der Herzog:* er verließ Jena schon am 27. abends wieder (Tgb.).
Zur Zwischenbemerkung. Riemers Tgb.: »Kam Frau Geheime Rath mir Wolffs, Elsermann und Lortzing. Mit den Frauenzimmern aufs [mineralogische] Cabinet und auf die Plattform des Schlosses. Mittags speisten wir sämmtlich bei Frommanns. Fuhren die Damen nach der Trießnitz. Abends wieder bei Frommanns.« Vgl. den Schluß von Nr. 445.

445. Goethe, 1809 Mai 30 (Br. 20, 338). – *Kaaz:* er veranstaltete in Weimar und Jena eine Ausstellung seiner Gemälde und gab der Prinzessin Caroline einige Wochen hindurch Zeichenunterricht (vgl. G. an Kaaz und H. Meyer, Mai 30, an Charl. v. Stein, Juni 6, und W. v. Biedermann: Goethe und Dresden, S. 123/5). – *in der Arbeit:* ›Wahlverwandtschaften‹. – *Gesellschaft, die Dich neulich begleitete:* vgl. die Zwischenbemerkung nach Nr. 444.

446. Goethe, 1809 Juni 2 (Br. 20, 347). – *Meine Arbeiten:* ›Wahl-

verwandtschaften‹. – *Deinem Gaste:* Kaaz, vgl. zu S. 576. – ›*Hamlet*‹: er wurde am 3. wiederholt.

447. Goethe, 1809 Juni 3 (Br. 20, 349). – *durch die Freunde:* wahrscheinlich Frommanns. – *Bauanlagen in der Ackerwand:* vgl. S. 439. – *Das Beigeschlossene:* Tgb. Juni 3: »Aufsatz an Herrn von Müffling«, den Bebauungsplan betreffend.

448. Goethe, 1809 Juni 6 (Br. 20, 350). – *Die Freundinnen:* vgl. zu S. 570. – *Werner:* Tgb. Juni 4: »Bibliothekar Walch und Werner ... Abends mit Major von Knebel zu Frommanns, wo Werner und Gries, Demoiselle Seidler, Madame Bohn und Demoiselle Wesselhöft. Las Werner seine neue Ballade von den drei Freiern vor«, d. h. ›Die drei Reiter. Ballade. Ein Ehestands-Lied‹. – *Bauplätzen im Welschen Garten:* vgl. S. 578. Tgb. Juni 5: »Über die neuen Bauanlagen in der Ackerwand nachgedacht.« – *meinen Arbeiten:* ›Wahlverwandtschaften‹. – *Prinzeß:* Caroline; vgl. zu S. 576. – *Unzelmann:* im Tgb. nicht erwähnt; er hatte im Nov. 1808 Demoiselle Silie geheiratet.

450. Goethe, 1809 Juli 25 (Br. 21, 11), auf der Adresse der Zusatz: »nebst einer Schachtel«. – *Wir:* G. mit Riemer. – *am Roman:* ›Wahlverwandtschaften‹.

451. Goethe, 1809 Juli 28 (Br. 21, 12); bis zur ersten Unterschrift »G.« eigenhändig. – *der kleinen Nachbarin:* nicht ermittelt. – *Kaaz:* er war vom 26. bis Aug. 2 in Jena (Tgb.); vgl. S. 584. – *Cabinet:* Mineralogisches Museum. – *des Romans:* ›Wahlverwandtschaften‹; den Anfang hatte G. am Morgen dieses Tages in die Druckerei geschickt und erhielt am 30. den ersten Bogen (Tgb.). – *unsres guten Knaben:* August sollte nach Schluß des Semesters Heidelberg verlassen, dessen Klima ihm nicht zu bekommen schien, und vom Herbst an in Jena seine Studien fortsetzen. – *der Essig:* vgl. S. 585 f.

452. Goethe, 1809 Aug. 1 (Br. 21, 17). – *Hofräthin Schopenhauer:* G. war mit ihr Juli 27 abends bei Frommanns zusammen gewesen (Tgb.). – *Knebel:* dessen eheliche Verhältnisse Schwierigkeiten bereiteten; vgl. G's Brief an Knebel von Juli 11 und H. v. Knebel-Doeberitz: Carl Ludwig v. Knebel S. 96. – *Der Knabe:* Knebels dreizehnjähriger Sohn Karl. – *des Romans:* ›Wahlverwandtschaften‹, vgl. zu S. 582. – *Essig:* vgl. S. 583. – *Badewanne:*

vgl. S. 585 f. – *Rolle mit Kupferstichen:* sie traf, von H. Meyer gesendet, am 2. ein (Tgb.); vgl. G. an H. Meyer, Aug. 11.

453. Goethe, 1809 Aug. 4 (Br. 21, 22). – *Bibliothekarius:* Vulpius. – *unsre Geschäfte:* Drucklegung der ›Wahlverwandtschaften‹, wobei Riemer half.

454. Goethe, 1809 Aug. 5 (Br. 21, 29). – *Essig:* vgl. S. 583. – *Sonnabend:* vgl. zu S. 586. – *die Wanne:* Tgb. Aug. 6: »Zum ersten Mal gebadet«, weitere Bäder im Tgb. vermerkt unter Aug. 7. 8. 10. 17, Sept. 4.

454 a. Riemer (in Goethes Auftrag), 1809 Aug. 8 (bei G's Briefen an Christiane). – *Einige Besuche:* Clemens Brentano und die Familie Ziegesar von Drakendorf (Tgb.). – *Egerwasser:* d. h. Franzensbader; Tgb. Aug. 9: »Egerwasser im botanischen Garten getrunken.« – *auf den Sonnabend:* Aug. 12, unter dem Riemers Tgb. bemerkt: »Früh ging die Geh. Räthin hier durch nach Gera«, während G's Tgb. keinen Vermerk enthält.

Zur Zwischenbemerkung. Daß Christiane auch in Köstritz und Ronneburg gewesen war, ersehen wir aus Riemers Tgb. vom 21.

455. Goethe, 1809 Aug. 22 (Br. 21, 39). – *Was August betrifft:* er brauchte für den Rest seines Aufenthaltes in Heidelberg noch einen »Nachschuß« an Geld; vgl. G's Brief an ihn vom 24., dem ein nicht bekannter »Brief an Cotta« beilag nebst einer Anweisung auf 360 Gulden (Tgb.). – *Inliegendes:* nicht bekannt.

Zur Zwischenbemerkung. Nach Riemers Tgb. waren die in G's Tgb. vom 28. Genannten schon am 27. in Jena eingetroffen; Riemer vermerkt weiter: »Zu Hanburys. Unterhaltung über Verdienstlichkeit in der Liebe, oder Glück. Man kann niemals sagen, daß man die Liebe verdiene, sie ist ein freies Geschenk. – 28. August. Früh gingen die Damen zu Goethe, den sie mit Gesang und Blumen aufweckten. Mit Goethe und den Damen auf die Museen . . . Nach Tische Guitarre.«

456. Goethe, 1809 Aug. 29 (Br. 21, 47). – *in meinen Fleiß zurückgekehrt:* ›Wahlverwandtschaften‹.

457. Goethe, 1809 Sept. 2 (Br. 21, 49); eigenhändig. – G. gleichzeitig an Charl. v. Stein: »Die gestrige Anwesenheit unsrer gnädigsten Herrschaften erleichterte mir die Gewährung des Wunsches, noch eine Zeit lang hierbleiben zu können, ja nicht eher

wegzugehen als nach völlig vollbrachter Arbeit«, d. h. nach Fertigstellung des Drucks der ›Wahlverwandtschaften‹.

458. Goethe, 1809 Sept. 5 (Br. 21, 50). – *unserer Arbeit:* ›Wahlverwandtschaften‹. – *das Theater:* die Spielzeit in Weimar hatte schon Aug. 19 begonnen. – *Die Herrschaften:* vgl. Nr. 457.

459. Goethe, 1809 Sept 8 (Br. 21, 56). – [S. 449.] *unsern Arbeiten:* ›Wahlverwandtschaften‹. – *Briefen von Frau von Schiller und Wernern:* jener aus Rudolstadt, Aug. 27 (GJ. 4, 259), dieser aus Tübingen, Aug. 22 (SdGG. 14, 38). – *Knebel:* vgl. zu S. 584. – *Rinaldo:* der Sohn von Christianens Bruder; vgl. S. 613, 651.

460. Goethe, 1809 Sept. 10 (Br. 21, 59), eigenhändig; im Tgb. schon unterm 9. vermerkt, mit dem Zusatz »durch Frau Stallmeister Seidler«. – *der Nachbarin:* Frau des Kammermusicus Hirschfeld.

461. Goethe, 1809 Sept. 12 (Br. 21, 62). – *Mein Geschäft:* ›Wahlverwandtschaften‹. – *Freund Meyer:* Nikolaus M., vgl. zu S. 563.

462. Goethe, 1809 Sept. 15 (Br. 21, 64). – *ein Bändchen:* Teil 1 der ›Wahlverwandtschaften‹; vgl. S. 594. – *künftigen Mittwoch:* Sept. 20.

463. Goethe, 1809 Sept. 20 (Br. 21, 74); im Tgb. schon unterm 19. vermerkt. – *August:* er wurde Anfang Oktober aus Heidelberg zurückerwartet, traf aber schon Sept. 25 oder 26 in Weimar ein.

464. Goethe, 1809 Sept. 22 (Br. 21, 75). – *Die gestrigen Freunde:* »Dr. [Nikolaus] Meyer und Lortzing von Weimar. Dieselben zu Tische. . . . Befand mich nicht ganz wohl, doch ging der Anfall bald vorbei« (Tgb.). – *ersten Theil des Romans:* vgl. Nr. 462.

465. Goethe, 1809 Sept. 26 (Br. 21, 81). – *des Gartenhauses:* am Garten der Stadtwohnung.

466. Goethe, 1809 Sept. 30 (Br. 21, 94); im Tgb. schon unterm 29. vermerkt.

467. Goethe, 1809 Okt. 2 (Br. 21. 106), eigenhändig; im Tgb. nicht vermerkt. – *unserm Geschäft:* ›Wahlverwandtschaften‹.

1810 März 12, Riemers Tgb.: »Um 9 Uhr von Weimar gefahren. Weinte die Geh. Räthin und Demoiselle Ulrich sehr.«

469. Goethe, 1810 März 13 (Br. 21, 206), der letzte Absatz eigenhändig; zur Datierung Tgb. März 13: »Briefe nach Weimar«. – *des Wachholderbaums:* dieser, wahrscheinlich der älteste Baum

im Garten am Park, 43 Fuß hoch, am Fuß 17 Zoll im Durchmesser, war durch einen heftigen Sturm in der Nacht vom 30. zum 31. Januar 1809 umgebrochen worden; Tgb. 1809 Febr. 4: »Um 11 Uhr in den untern Garten, den umgestürzten Wachholderbaum zu besehen. Mittags Professor Oken. Nach Tische mit ihm und der Familie nochmals in den Garten. Kam Professor Meyer und Professor Voigt dahin.« Goethe berichtet über das Ereignis in seinen Briefen an August von 1809 Febr. 5 und März 31. Die auf seine Veranlassung angefertigten Zeichnungen des Baumes befinden sich in der Großherzogl. Bibliothek zu Weimar. Vgl. S. 604, 609 und Wilhelm Bode: Goethes Leben im Garten am Stern S. 340/2.

470. Goethe, 1810 März 14 (Br. 21, 208). – [S. 459]. *Das Tagebuch:* d. h. das jedenfalls von Caroline Ulrich geschriebene Brieftagebuch über die Ereignisse von 12./4. März; Tgb. März 14: »Abends Sendung von Weimar.« – Nachschrift. *wegen des Balles:* In den EBr. 1810, 100/1 findet sich ein Brief des Rechtskandidaten P. v. Lowtzow in Jena (wahrscheinlich eines Studiengenossen Augusts) an Christiane, der eine Einladung nach Jena enthält.

471. Goethe, 1810 März 23 (Br. 21, 212). – *Saul:* vgl. S. 604. Alfieris Tragödie wurde in Knebels Übersetzung 1811 April 6 zum erstenmal in Weimar aufgeführt. – *zur schönen ›Müllerin‹:* Paesiellos Oper wurde am 24. in Weimar aufgeführt.

472. Goethe, 1810 März 27 (Br. 21, 218), eigenhändig; die Datierung der Weimarer Ausgabe auf den 24. kann nicht richtig sein, da es unterm 24. im Tgb. heißt: »August war nach Weimar gegangen«, unterm 26.: »kam August«, d. h. von Weimar zurück. Untem 27. vermerkt das Tgb. Besuche von B. R. Abeken, Dr. Seebeck und v. Hendrich, ferner »Zu Mittag August. . . . Die ›Belagerung von Smolensk‹ an Herrn Genast. Verschiedene Expeditionen an Herrn Hofkammerrath Kirms«, was alles zum Inhalt von G's Brief paßt. – *des Treuterischen Hauses:* vgl. Nr. 473. – *die Dose:* ein Geschenk von Leon de Yacovleff, mit dem G. 1807 in Karlsbad verkehrt hatte; damals hatte G. das Kunstwerk bereits gesehen (Tgb. 1807 Juni 26). Der Besitzer übersandte die Dose mit Brief von 1809 Dez. 30 von Stuttgart aus, G. dankte 1810 Febr. 5 (Br. 30, 129). Vgl. S. 618 sowie G. an K. F.

v. Reinhard, 1810 April 22, ferner A. Fresenius: Br. 22, 405/6. – *August . . . dämmert:* d. h. ist nach seiner Gewohnheit in »Dumpfheit« und Träumerei versunken, weshalb er auch den Spitznamen »Dämmerfürst« erhielt (S. 668 f.); vgl. auch G's Urteil über das Wesen des Sohnes S. 606. Das Wort »dämmern« scheint im Jahre 1808 aus dem Heidelberger Studentenkreis in Goethes Familiensprache aufgenommen worden zu sein, denn Christiane schreibt, nach ihrer Rückkehr aus Frankfurt, von Weimar aus Nov. 30 an August: »das Wort Dämmern hat hier sehr viel Beifall gefunden« (GJ. 10, 24); vgl. B. Suphan: GJ. 10, 82.

473. Goethe, 1810 März 29 (Br. 21, 218). – *Dienstags:* am 27., vgl. den Anfang von Nr. 472. – *Treutersche Haus:* zum Ankauf dieses Nachbargrundstücks kam es erst 1815; vgl. S. 842, sowie G. an August 1815 Juli 11, an A. Genast 1815 Juli 15 und an Soph. Carol. v. Hopfgarten, 1818 Jan. 2. – *›Sauk:* vgl. zu S. 602. – *Holz des Wachholderbaums:* vgl. zu S. 600. – *Hof-Trauer:* wegen des März eingetretenen Todes der Prinzessin Dorothea von Braunschweig, einer Schwester der Herzogin-Mutter Anna Amalia. – *Vermählungsfeierlichkeiten:* Prinzessin Caroline heiratete am 1. Juli d. J. den Erbprinzen Friedrich Ludwig von Mecklenburg-Schwerin; vgl. S. 649 f. – *Brief von Schlossern:* vgl. S. 618. – *das Kind:* den vierjährigen Sohn Karl Wolfgang.

474. Goethe, 1810 März 30 (Br. 21, 222). – *Meine Arbeiten:* Geschichte der Farbenlehre. – *August:* er ging nach Weimar, um die am 31. stattfindende Aufführung des ›Hamlet‹ zu sehen (vgl. Nr. 475); April 2 war er nach dem Tgb. wieder in Jena. – *Kümmeltürkisches:* »Kümmeltürke« nach Grimms Wörterbuch studentischer Ausdruck für »Philister«, nach F. Kluges Etymologischem Wörterbuch dagegen bedeutet er in der Studentensprache seit 1790 den »aus dem Bannkreise der Universitätsstadt gebürtigen Studenten«; vgl. zu S. 603. – *Deinen hübschen Secretär:* Caroline Ulrich.

475. Goethe, 1810 April 3 (Br. 21, 224). – *Aufführung des ›Hamlets‹:* März 31. – *ziemlich weit sein:* mit der Drucklegung des Polemischen Teils und der Redaktion der Geschichte der Farbenlehre. – *Karl:* G's Diener Eisfeld.

476. Goethe, 1810 April 13 (Br. 21, 227). – *Schirmvoigt:* August, der die Osterferien teils in Weimar, teils auf einer Reise zur Jagd nach Gerstungen verbrachte; vgl. zu S. 613. – *an Herrn Geh. Rath von Voigt:* Brief (vom 13., Tgb.), nicht bekannt, ebensowenig die Angelegenheit, von der auch S. 611, 631 f., 653 die Rede ist und die vermutlich Vermögensverhältnisse Caroline Ulrichs, die eine Waise war, betraf.

477. Goethe, 1810 April 17 (Br. 21, 231); auf der Adresse der Zusatz: »nebst einer Kiste«. – *Der Bibliothekar:* Vulpius.

478. Goethe, 1810 April 17 (Br. 21, 231). – *Wachholderbaum:* vgl. zu S. 600. – *Unsere Geschäfte:* vgl. zu S. 606. – *der Bibliothekar:* Vulpius. – *Schreiber dieses:* Riemer. – *Wegen Carolinchen:* vgl. zu S. 608. – *›Schweizerfamilie‹:* Oper von Weigl, am 14. aufgeführt. – *an Ludecus:* Tgb. April 17: »Avisbrief an Frege nach Leipzig wegen der 800 Thaler, zugleich Anweisung derselben an Ludecus.«

479. Goethe, 1810 April 20 (Br. 21, 237). – *Einladung:* wahrscheinlich zum 22., Ostersonntag. – *das Schwerste:* Abschluß der Farbenlehre. – *Feierlichkeiten in Cleve:* man hatte den Jahrestag der Katastrophe, bei der die siebzehnjährige Johanna Sebus den Tod fand (in der Nacht vom 12. zum 13. Januar 1809), und Napoleons Geburtstag, als welcher lange Zeit Jan. 7 (statt Aug. 15) galt, zusammen gefeiert. – *den neuen Capellmeister:* Aug. Eberh. Müller (seit 1810), Nachfolger von Destouches. – *auf unsere Bank:* die beiden Schreiben G's an die Hoftheater-Kommission von April 20 und 22 beziehen sich auf diese Angelegenheit (danach hatte G. selbst früher auf der fraglichen Bank, die »unmittelbar an die Bank der Kammerfrauen« stieß, gesessen). – *Nachschrift. zum Feste:* Ostern, April 22.

480. Goethe, 1810 April 24 (Br. 21, 246). – *unsere Arbeit:* Abschluß der Farbenlehre.

481. Goethe, 1810 April 27 (Br. 21, 246). – *Die Freundinnen:* Frau Frommann und Ziegesars. – *Wagnern:* Hofgärtner. – *Rinaldo:* vgl. zu S. 591. – *unser Vorhaben:* vgl. zu S. 611.

482. Goethe, 1810 April 29 (Br. 21, 253). – *Besuch von August:* am selben Tage: Tgb.: »Kam August. Nachher Lortzing. August aß mit uns und erzählte von seinen Jagdfreuden in Gerstungen und

ritt nach Tische weg.« – *für Aten:* die Köchin, deren wirklicher Name nicht zu ermitteln war; vgl. ›S. 655, 662, 685. – *Schillers Gedächtnißfeier:* an deren Schluß wieder, wie schon 1805/6, das ›Lied von der Glocke‹ szenisch dargestellt und G's ›Epilog‹ dazu (um 1 Strophe bereichert) von Amalie Wolff gesprochen werden sollten.

483. Goethe, 1810 Mai 1 (Br. 21, 261). – *Karl:* der Diener Eisfeld. – *beiden Orden:* die zu S. 559 genannten. – *Büste der Prinzeß:* Caroline, vgl. zu S. 604. – *Die Portefeuilles:* vgl. S. 614.

484. Goethe, 1810 Mai 2 (Br. 21, 270); Christiane sollte den Brief Zimmern übergeben, deshalb die Adresse: »An Herrn Zimmer, angesehenen Buchhändler zu Heidelberg, gegenwärtig in Weimar.« – *wegen des bewußten Geschäftes:* Begutachtung von sechs Zeichnungen des Kölner Doms, die Sulpiz Boisserée übersandte; vgl. dessen Brief an G. von Mai 8 (Sulpiz Boisserée 2, 1) und G's Briefe an K. F. v. Reinhard, Mai 14, und an Boisserée, Mai 15.

485. Goethe, 1810 Mai 7 (Br. 21, 275). – *allerlei Späße:* Tgb. Mai 6: »Kam August . . . Eberwein, der mit uns speiste. Tanzmeister von Rudolstadt. Nach Tische russische Lieder.« – *unsrer Anstalt:* G's Hauskapelle.

Zur Zwischenbemerkung. Riemers Tgb. Mai 14: »Zu Knebel, wo Goethe und seine Frau. Eifersüchtiges Weinen derselben. Deßhalb bald nach Hause. Nachher zusammen, doch Sie ohne Antheil«; Mai 15: »Mittags die Geh. Räthin zu Tische. Verdrießlichkeiten aus Eifersucht. Apaisiert hernach.«

486. Goethe, 1810 Mai 16 (Br. 21, 302). – *Stier von Bronze:* G. hatte dieses aus dem 16. Jahrhundert stammende italienische Kunstwerk durch Knebels Vermittelung erworben; vgl. G. an Knebel, Mai 16 und Juni 12, sowie M. Schuette: *Das Goethe-National-Museum zu Weimar S. 35.* – Dose: vgl. zu S. 603. – *Brief von Schlossern:* vgl. S. 604.

487. Goethe, 1810 Mai 16/9 (Br. 21, 303); Tgb. Mai 19: »Stecknadeln an Madame Herder und meine Frau. Nähnadeln an letztere. 1 Dutzend zinnerne Löffel an dieselbe. 2 Sätze Stricknadeln deßgleichen. Alles an Herrn Obrist von Hendrich adressirt. Geld nach Franzensbrunn für 2 Kisten Egerwasser. Glaskrug an August.« – *großen Quarzfelsen:* zwischen Asch und Franzensbad;

August hatte ihn 1807 Sept. 8 kennengelernt (Tgb.); der Felsen gehört zu sogenannten Romersreuter Schweiz. Vgl. auch ›Briefwechsel und mündlicher Verkehr zwischen Goethe und dem Rathe Grüner‹ S. 203. – *Merseburger Arzt:* Schlegel, vgl. S. 621. – *unser Quartier:* ›Drei Mohren‹. – *Deinen lieben Secretarius:* Caroline Ulrich.

488. Christiane, 1810 Mai 24 (in besondrem Umschlag); Carol. Ulrichs Hand, von »Gleich nach der Rückkehr« an eigenhändig. – *zur Vermählung:* vgl. zu S. 604. – *nach Ronneburg:* vgl. S. 653. – *der neue Capellmeister:* A. E. Müller, vgl. zu S. 610. – *Frau von Wolzogen:* sie reiste nach der Schweiz, um ihren Sohn Adolf nach Yverdun zu bringen (vgl. Charl. Schiller an G., Juni 18, GJ. 4, 267); ihr Gatte war 1809 gestorben. – *›So sind sie alle‹:* Mozarts Oper; wegen der Aufführung (Juni 2) unter Leitung des neuen Kapellmeisters A. E. Müller vgl. S. 629. – *Cölner Bilder:* die zu Nr. 484 genannten Zeichnungen. – *Karl Schiller:* er ging nach Tübingen, um Forstwissenschaft zu studieren. – *Meerweibchen:* vgl. zu S. 284.

489. Goethe, 1810 Mai 27 (Br. 21, 313). – *für künftige Arbeiten:* ›Dichtung und Wahrheit‹, wozu G. jetzt Schemata diktierte.

490. Goethe, 1810 Juni 3/5 (Br. 21, 315); im Tgb. unterm 6. vermerkt. – *Dein lieber Brief:* Nr. 488, Juni 1 in Karlsbad angekommen (Tgb.). – *Shawl:* Tgb. Juni 1: »Shawls angesehen.« – *Exemplare eines Gedichts:* ›Der Kaiserin Ankunft‹, das erste der »im Namen der Bürgerschaft von Karlsbad« verfaßten Gedichte; die Überreichung fand erst am 6. statt.

491. Goethe, 1810 Juni 6 (Br. 21, 318), eigenhändig; auf der von Riemer geschriebenen Adresse der Zusatz: »mit einem Packet [den Schal enthaltend] in schwarzem Wachstuch unter derselben Adresse 100 fl. an Werth«; abgesandt Juni 7 (Tgb.). – *alle drei:* G., Riemer und wahrscheinlich Herr v. Tümpling aus Jena.

492. Christiane, 1810 Juni 6 (in besondrem Umschlag); Carol. Ulrichs Hand; letzter Satz eigenhändig. – *unserm jenaischen Aufenthalt:* Nach Knebels Briefen an G. von Juni 3 und an seine Schwester von Juni 4 (deren Briefwechsel S. 451) ist anzunehmen, daß Christiane Knebeln Nr. 487 mitgeteilt habe. – *Die Hoheit:* Maria Paulowna. – *die kleine Prinzeß:* Maria, zweijährig:

vgl. S. 639. – *Der Obrist:* v. Hendrich. – *›So sind sie alle‹:* vgl. zu S. 623. – *Die Russen:* unter ihnen der Sekretär der Großfürstin Maria Paulowna Lewandowsky (vgl. Charlotte v. Schiller und ihre Freunde 1, 595). – *die Prinzen:* die S. 489 genannten. – *dem kleinen Secretarius:* Carol. Ulrich. – *wegen ihrer Angelegenheit:* vgl. zu S. 608. – *Tochter von dem Syndicus:* J. G. Schlossers Tochter aus zweiter Ehe Henriette, die 1809 den Kaufmann Hasenclever geheiratet hatte. – *den 12. Juli:* vgl. S. 648 und zu S. 128.

493. Goethe, 1810 Juni 12 (Br. 21, 325). – *die sächsischen Herrschaften:* außer der S. 626 genannten Prinzessin Marianne, Prinz Anton und dessen Familie. – *Hochzeitsfeste:* vgl. zu S. 604. – *Beiliegendes:* nicht bekannt.

494. Christiane, 1810 Juni 14 (in besondrem Umschlag); Carol. Ulrichs Hand, von »Du kannst mir aber« an eigenhändig. – *Hofkammerrath:* Kirms. – [S. 488.] *›Götz‹:* er war unter Iffland bereits 1805 in Berlin aufgeführt woden (vgl. G. an Zelter 1805 Okt. 12). Wegen des um diese Zeit von der Mannheimer Bühne gewünschten Manuskripts schrieb G. Juni 27 und Aug. 20 an Kirms. – *›Rochus Pumpernickel‹:* Quodlibet von Stegmayer, Juni 9 und 11 aufgeführt (vgl. G. an die Hoftheater-Kommission, Mai 7). – *Herr Capellmeister:* A. G. Müller. – *neuen Tanzmeister:* Name nicht ermittelt. – *Schillers Kinder:* Ernst und Caroline; vgl. Schillers Frau an G., Juni 18 (GJ. 4, 265/6). – *Triolet:* eine besondere Art von Ekossaise. – *Monteviva, Birgotine:* in den mir zugänglichen Werken über den Tanz von R. Voß und F. M. Böhme nicht zu ermitteln. – *Prinzen von Mecklenburg:* Erbprinz Friedrich Ludwig, als Bräutigam, und Prinz Gustav; am 13. war außer dem Prinzen Wilhelm von Preußen auch Prinz Leopold von Hessen-Homburg in Weimar eingetroffen (FB.). – *Prinz Bernhard:* vgl. S. 632. – *im Garten-Haus:* im Garten der Stadtwohnung. – *Die Gedichte:* die Exemplare des zu S. 628 genannten. – *das Portefeuille:* vgl. Nr. 484.

495. Christiane, 1810 Juni 19/20 (in besonderem Umschlag); Carol. Ulrichs Hand. – *eigenhändiger Brief:* Nr. 491. – *von den Gedichten:* Exemplar des zu S. 628 genannten. – *Prinzeß:* Caroline. – *Unsere Tanzstunden:* vgl. S. 635. – *ein Zettelchen:* nicht überliefert. – *proper:* hier in der älteren Bedeutung: eigentüm-

lich. – *Hoheit:* Maria Paulowna. – *kleine Prinzeß:* Maria, vgl. S. 629. – *Hofmarschall:* v. Egloffstein. – *beiden Prinzen:* von Mecklenburg-Schwerin, vgl. zu S. 636. – *die Gedichte:* Exemplare des zu S. 628 genannten. – *unsere neuen Tänze:* vgl. S. 635. – *nach dem Bade:* Teplitz. – *ein kleines Gedicht:* G. konnte zur Vermählungsfeier der Prinzessin Caroline zu seinem Leidwesen keine poetische Gabe darbringen (vgl. S. 497), auch nachträglich gelang es ihm nicht; vgl. Gräf 7, 494 zu Nr. 981. – *›Der 24. Februar‹:* von Zach. Werner, Juni 18 (erste Aufführung in Weimar Febr. 24 dieses Jahres). Daß die mecklenburgischen Prinzen das Stück besonders zu sehen gewünscht hatten, geht aus Charl. Schillers Brief an G. von Juni 18 hervor (GJ. 4, 267). Vgl. auch über die Vorstellung in Lauchstädt S. 662 f. – *die großen Schirme:* vgl. S. 646. – *mit einem Sohn entbunden:* Guido Adelbert Falk, geboren Juni 9; unter den Taufpaten befand sich J. H. Meyer. – *so auch die Frau von Ziegesar:* Tochter Flavie, geboren Juni 19.

496. Christiane, 1810 Juni 25 (in besondrem Umschlag); Carol. Ulrichs Hand, nur letzter Satz eigenhändig. – *›Farbenlehre‹:* G. hat das Werk der Herzogin Luise gewidmet. – *Hoheit:* Maria Paulowna. – *das Exemplar:* der Farbenlehre. – *4 Damen:* darunter seine Gattin (FB.). – *›Der Wasserträger‹:* von Cherubini, Juni 23. – *›Der Tyroler Wastel‹:* Operette von Haibel. – *Mittwoch, den 27.:* statt des genannten Stückes wurden ›Die Mitschuldigen‹ und Steigenteschs Lustspiel ›Die Kleinigkeiten‹ gegeben. – *Madame Teller:* sie starb bereits am 27. – *Graf Balken:* in H. Becks Lustspiel ›Die Schachmaschine‹ (in der letzten Zeit war diese Rolle von Becker und Frey gespielt worden).

497. Goethe, 1810 Juni 27 (Br. 21, 331). – *der Schreiber dieses:* Riemer. – *Schwänchen:* vgl. zu S. 524. – *sächsischen Herrschaften:* vgl. zu S. 633. – *Sammlung der Gedichte:* die vier später unter dem Titel ›Im Namen der Bürgerschaft von Karlsbad‹ vereinigten von 1810; vgl. S. 648. – *nach meiner Art etwas Freundliches:* vgl. zu S. 640. – *des Enkelchens:* Prinzeß Maria, vgl. S. 629, 639, 652. – [S. 497.] *Schirme zur Farbenlehre:* vgl. S. 640. – *von dem Tanzlehrer:* vgl. S. 635. – *die letzten Zeilen der vorigen Seite:* d. h. den unmittelbar vorhergehendenSatz (der jedoch nicht ausgestrichen ist).

498. Goethe, 1810 Juli 3 (Br. 21, 337), eigenhändig; im Tgb. unterm 4. vermerkt: »Brief an meine Frau nach Lauchstädt mit den Gedichten an die Kaiserin.« – *ein Packet an Dich:* Tgb. Juni 30; »Packet nach Lauchstädt an meine Frau durch Herrn von Helldorf, mit Chocolade, Pfeffermünze und einem Glase nebst Brief«; dieser Brief G's ist nicht bekannt. Übrigens vgl. S. 654. – *eine Artigkeit erzeigen:* sie verehrte G'n eine goldene, mit Brillanten besetzte und mit ihrem Namen geschmückte Dose, die aber erst 1811 Febr. 18 (Tgb.) bei G. eintraf; vgl. Graf Althann an G., 1810 Dez. 1 (SdGG. 17, 22) und G. an Graf Althann, 1811 Jan. 23, ferner A. Sauer: SdGG. 17, XXXVII. – *Den 12. Juli:* vgl. zu S. 128. – *allerlei zu Stande gebracht:* Arbeit an den ›Wanderjahren‹. – *die Gedichte:* vgl. zu S. 646.

499. Christiane, 1810 Juli 3/5 (in besonderm Umschlag); Carol. Ulrichs Hand, von »Den 5. Juli« an eigenhändig. – *Die Trauung:* vgl. zu S. 604; außer den zu S. 636 genannten Fürstlichkeiten waren der Herzog und die Herzogin von Gotha anwesend. – *Frau Hofmarschallin:* v. Egloffstein. – *der Propst:* Yasnowsky. – *General-Superintendente:* J. L. G. Vogt. – *nach dem Bad:* Teplitz. – *Merseburger Doctor:* Schlegel. – *Tod der Madame Teller:* vgl. zu S. 642. – *Madame Ackermann:* sie war, zur Zeit in Naumburg, schon unter Bellomo 1784/91 in Weimar tätig gewesen, hatte 1803 daselbst gastiert, ohne angestellt zu werden, und kehrte 1811 April dahin zurück (vgl. Pasqué 2, 66/8). – *Sophie Teller:* Tochter der verstorbenen Madame Teller; sie blieb bis 1813 Mitglied des Weimarer Hoftheaters. – *Rinaldo:* vgl. zu S. 591. – *kleinen Prinzeß:* Maria, vgl. S. 629, 639, 646. – *Die Hoheit:* Maria Paulowna. – *Das Gedicht:* vgl. zu S. 628. *für die Böttcher und für die Bauern-Hochzeit:* Knebel an seine Schwester Henriette, Juli 8: »Einmal hätte ich Dich schon hier gewünscht, und zwar zu einer Bauernhochzeit, welche einige Bursche und Bürgermädchen den zweiten Tag auf dem Schloßhof aufgeführt haben. Es war völlig wie ein heitres flammändisches Gemälde, voll Leben und Munterkeit, und ich weiß mir gar nicht zu erinnern, daß ein guter Spaß so gut gelungen hätte. Sie kamen in vier Wagen an, und dann wurde getanzt. Ich kann nicht ohne Vergnügen dran denken, wie ganz vortrefflich jedes seine Rolle spielte, so herz-

lich lustig, nichts zu viel, noch zu wenig. . . . Früher hatten die Böttcher einen Tanz, der auch recht schön war. Unter der Menge von Zuschauern saßen einige auf dem Dach vom Schloß und vom grünen Thurm« (Briefwechsel S. 463). Die beiden anonymen Gedichte von Vulpius liegen im Umschlag der Briefe Christianens von 1810: 1., Anrede an ein Durchlauchtigstes Brautpaar, gehalten bei einem fröhlichen Böttcher-Tanze zu Weimar, den ersten Juli 1810‹, 2. ›Einem Hochfürstlichen Ehepaare wünschet Segen, Glück, und Freude ein Brautpaar vom Lande, nebst Gefolge, zu Weimar, am 2. Juli 1810‹. – *Wielands . . . ein Gedicht überreicht:* ein Gedicht Wielands zur Vermählung der Prinzessin Caroline scheint bis jetzt nicht bekannt geworden zu sein (vgl. Bernhard Seuffert: Prolegomena zu einer Wieland-Ausgabe VI 86). – *wegen Deines Bildes:* vgl. S. 675. – *Mit Müllern:* v. Gerstenbergk, genannt Müller. – *Caroline . . . nichts zugeschickt bekommen:* vgl. zu S. 608.

500. Christiane, 1810 Juli 11 (in besonderem Umschlag); Carol. Ulrichs Hand, letzter Satz eigenhändig. – *schöne Becherchen:* in der zu S. 647 genannten Sendung. – *Die Gedichte*: vgl. zu S. 646. – *meine Köchin:* vgl. zu S. 614. – *Merseburger Arzt:* Schlegel. – *Der hiesige Arzt:* Koch. – *›Das Räuschchen‹:* Lustspiel von Bretzner. – *›Tyroler Wastel‹:* Operette von Haibel. – *besonders Lortzing:* als Wirt. – *›Die kurze Ehe‹:* Lustspiel von Sonnleithner.

501. Christiane, 1810 Juli 15 (in besondrem Umschlag); Carol. Ulrichs Hand, Schluß (von »Ich habe Dir auch« an) eigenhändig. – *›Das Sonntagskind‹:* von Wenzel Müller. – *Die Hoheit:* Maria Paulowna. – *Merseburger Doctor:* Schlegel. – *Dein lieber Brief:* Nr. 498. – *den Gedichten:* vgl. S. 661 und zu S. 646.

502. Christiane, 1810 Juli 18 (in besonderm Umschlag); Carol. Ulrichs Hand, von »Weiter weiß ich« an eigenhändig. – *Herr von Arntsschildt [?]:* vielleicht v. Arnswaldt, ein Sohn des späteren Staatsministers in Hannover? – *die beiden Schmidte von Jena:* Universitätsfreunde Augusts? vgl. S. 668. – *Deine schönen Gedichte:* vgl. zu S. 646 sowie unten S. 668. – *Meinen Geburtstag:* vgl. zu S. 95 – *Den 12. Juli:* vgl. zu S. 128. – *Grafen von Schulenburg:* die Lauchstädter Badeliste nennt unter Juli 10 einen Premierleutnant Grafen v. d. Schulenburg vom Regiment

Garde du Corps. – *alle drei:* Haide als Kunz Kuruth, Amalie Wolff als Trude, deren Gatte als Kurt; vgl. auch zu S. 640. – *›Fridolin‹:* (oder Der Gang nach dem Eisenhammer), Schauspiel von Holbein. – *Alten:* vgl. zu S. 614. – *unsere Prinzeß mit ihrem Gemahl:* vgl. zu S. 604. Über den Abschied der Herrschaften von Weimar Juli 13 berichtet Henriette v. Knebel an ihren Bruder, Juli 14 (Briefwechsel S. 466). – *zum letzten Mal Theater in Weimar:* Juni 27 (vgl. zu S. 642).

503. Goethe, 1810 Juli 22 (Br. 21, 357), eigenhändig. – *meine kleine Sendung:* vgl. zu S. 647. – *Stark:* er war Juli 7 abends angekommen (Tgb.). – *Zelter:* Tgb. Juli 15: »Kam Zelter«, 20: »Abends Zelter zum letzten Male«; vgl. S. 664. – *Wolf:* vgl. S. 671. – *Von Bettinen hab ich einen Brief:* nicht bekannt; Bettina, die sich zur Zeit in Bukowan bei Pilsen aufhielt und von dort aus vor kurzem brieflich ihr Jawort an Arnim gegeben hatte, traf im August, auf der Reise nach Berlin, in Teplitz mit G. zusammen; vgl. Nr. 507. – *Frau von Eybenberg:* sie war Juli 8 in Karlsbad eingetroffen (Tgb.); über ihren Verkehr mit G. vgl. S. 669.

504. Christiane, 1810 Juli 24 (in besonderm Umschlag); Carol. Ulrichs Hand. – *Sonnabend:* Juli 22. – *Die kleine Genast:* Nannette. – *Mamsell Häßler:* Lotte. – *der hiesige Pastor:* K. W. J. Schroeder. – *›Die Junggesellen-Wirthschaft‹:* Singspiel von Girowetz. – *›Haß den Frauen‹:* Lustspiel von Blümner. – *Epilog:* abgedruckt bei Reinhold S. 98. – *Deine Gedichte:* vgl. zu S. 646, 661. – *Freund von Giebichenstein:* Reichardt; dieser scheint während seiner letzten Anwesenheit in Weimar im März d. J. nicht mit G. zusammengetroffen zu sein (vgl. jedoch Tgb. März 5); übrigens vgl. Knebel an seine Schwester Henriette, 1810 März 8 (Briefwechsel S. 421). – *zweiten Theil von seinen Briefen:* ›Vertraute Briefe aus Wien‹ (1810). – *Mahlmann:* er hatte sich als Herausgeber der ›Zeitung für die elegante Welt‹ durch ungünstige Besprechungen über das Weimarer Hoftheater bei diesem verhaßt gemacht (vgl. Julius Wahle: SdGG. 6, 179/84). – *der Dämmerfürst:* vgl. zu S. 603.

505. Goethe, 1810 Aug. 1 (Br. 21, 366), eigenhändig. – *der lieben Hausfreundin:* Frau v. Eybenberg, vgl. S. 665. – *wie in der Ackerwand:* bei Frau v. Stein – *stets vorbereitet:* Lektüre für

›Dichtung und Wahrheit‹, Arbeit an den ›Wanderjahren‹. – *Zelters Gegenwart:* vgl. zu S. 664. – *Wolf:* vgl. S. 664.

506. Goethe, 1810 Aug. 8 (Br. 21, 369). – *Nachrichten vom Jubiläum:* in Nr. 504. – *Nachschrift. Auftrag des Herrn Eberwein:* bezieht sich wohl auf einen von Riemer zu liefernden Text für eine Komposition.

507. Goethe, 1810 Aug. 11 (Br. 21, 370), eigenhändig. – *neues Quartier:* Tgb. Aug. 9: »Ausgezogen ins Goldne Schiff.« – *Bettine:* vgl. zu S. 664 f. – *von alten und neuen Abenteuern:* Tgb. Aug. 11: »Mit Bettinen im Park spazieren. Umständliche Erzählung von ihrem Verhältniß zu Fräulein Günderode. Charakter dieses merkwürdigen Mädchens und Tod.«

508. Goethe, 1810 Aug. 13 (Br. 21, 371), eigenhändig. – *Deinen lieben Brief von Lauchstädt:* nicht bekannt. – *zum jungen Sohn:* August v. Heygendorf, geboren Aug. 10; vgl. S. 675.

509. Goethe, 1810 Aug. 20 (Br. 21, 372). – *Brief vom 11. August:* nicht bekannt. – *Kügelgen:* vgl. S. 652 sowie G. an Schlosser, Dezember 14, an Kügelgen, Dezember 26, und F. Zarncke: Kurzgefaßtes Verzeichnis S. 31/2. – *Frau von Heygendorf:* vgl. zu S. 675.

510. Goethe, 1810 Aug. 28 (Br. 21, 375), eigenhändig; Abgang im Tgb. unterm 29. vermerkt. – Karl: der Diener Eisfeld. – *die Arbeit:* vgl. zu S. 670. – *Rutscherchen:* Wagenfahrten in die Umgegend. – *auf ihr Gut:* Löbichau; vgl. S. 676. – *König von Holland:* Louis Bonaparte; vgl. G. an Knebel, Aug. 30 sowie besonders J. Falk: Goethe aus näherm persönlichen Umgange dargestellt, S. 141, und B. Suphan: GJ. 15, 111.

511. Goethe, 1810 Sept. 18 (Br. 21, 386), eigenhändig. – *nach Löbichau:* vgl. S. 677. *Deinen einladenden Brief:* nicht bekannt; die Einladung bezog sich vielleicht auf die für Sept. 24 angesetzte Aufführung des ›Torquato Tasso‹. – *Hof-Kammer-Rath:* Kirms. – *nach Eisenberg:* G. war von Sept. 8/12 daselbst, um mit dem bayrischen Kammersänger Brizzi wegen eines Gastspiels in Weimar persönlich zu verhandeln, insbesondere über die Aufführung von Paers Oper ›Achille‹; vgl. G. an Karl August, Sept. 13/4. – *Deine Juvenile:* den Sohn (wie S. 687) und Caroline Ulrich.

512. Goethe, 1811 Jan. 10 (Br. 22, 7). – *Ziegenhainer Botanicus:* Dietrich, vgl. zu S. 292. – *dieses Päckchen:* drei in Weimar zu bestellende Briefe enthaltend; vgl. Nr. 513. – *Die Zimmer:* im Hause des Polizeiinspektors Bischoff (jetzt Gastwirtschaft zum ›Herzog Bernhard‹) nahe dem Schloß (vgl. Voß S. 168). – Rathkauf: vgl. zu S. 340.

513. Goethe, 1811 Jan. 11 (Br. 22, 12). – *Botanicus von Ziegenhain:* Dietrich, vgl. zu S. 292. – *ein Packet:* vgl. Nr. 512. – *Ruine von Graupen:* Zeichnung G's aus dem Jahre 1810, wiedergegeben auf Blatt 17 (oder 18) in den SdGG. Band 3.

514. Christiane, 1811 Jan. 13 (in besonderm Umschlag); Carol. Ulrichs Hand, letzte Zeile eigenhändig. – *›Lorenz Stark‹:* (oder Die deutsche Familie) Schauspiel von F. L. Schmidt; Lorenz Stark: Malcolmi, dessen Tochter Sophie: Beate Lortzing; vgl. S. 686. – *Barisch:* Parish? – *Deny . . . seine Frau:* Dennys zweiter Sohn Constantin Roderich Friedrich Wilhelm Emil, geb. Jan. 8 (TP. der Hofkirche 1809/19, 117). – *Graf Krokow:* aus Preußen, Jan. 8 bei Hof vorgestellt (FB.). – *›Teufelsmühle‹:* (am Wiener Berge) Oper von Wenzel Müller, Jan. 12 zum erstenmal aufgeführt (vgl. Nr. 515); Uhlich (als Antrittsrolle): Schildknappe Kaspar, dessen Tochter Th. [Therese?]: Schutzgeist Jriel, Unzelmann: Kellner des Wirts, Demoiselle Genast: Märtchen.

515. Christiane, 1811 Jan. 13 (in besonderm Umschlag); Carol. Ulrichs Hand, Schluß von »Bis dahin« an eigenhändig. – *›Teufelsmühle‹:* vgl. Nr. 514. – *›Saalnixe‹:* vgl. zu S. 420. – *Das Mädchen:* Uhlichs Tochter.

516. Goethe, 1811 Jan. 15 (Br. 22, 14). – *mein Bild:* Miniaturölgemälde auf Metallplatte, im Besitz von Sanitätsrat Dr. Vulpius in Weimar; es entstand in den Monaten Januar bis April und galt als »zum Sprechen ähnlich« (vgl. Zarncke: Kurzgefaßtes Verzeichnis Nr. 35a). Raabe malte jetzt auch Christiane und August. – *nicht viel Bedeutendes:* Bearbeitung von ›Philipp Hackert‹. – *Weimarische Geschichten:* darunter die von Christiane in Nr. 517 erwähnte. – *Teufels-Müller:* vgl. zu S. 681. – *Der Silhouetteur:* der Name des Künstlers nicht ermittelt; G's Schattenriß in Hofuniform befindet sich im Goethe-Hause. Vgl. Nr. 517, G. an Trebra, 1811 Febr. 16, und Zarncke: Kurzgefaßtes Verzeichnis Nr. 78a. b.

– *wegen des Ausspielens des Barduaschen Gemäldes:* Kopie von Raffaels Madonna della sedia; die Verlosung, bei der C. G. v. Voigt das Bild gewann, fand März 26 bei Johanna Schopenhauer statt (Tgb.); vgl. Riemer an Frommann, 1811 März 27 (F. Heitmüller: Aus dem Goethehause S. 181).

517. Christiane, 1811 Jan. 16 (in besonderm Umschlag); Carol. Ulrichs Hand – *Silhouette:* vgl. zu Nr. 516. – *Ate:* vgl. zu S. 614. – *Bei Deny:* vgl. zu S. 680 f. – *›Haß den Frauen‹:* Lustspiel von Blümner, Jan. 14. – *›Die [zwei] Blinden von Toledo‹:* Oper von Méhul, Jan. 14. – *›Lorenz Stark‹:* vgl. zu S. 680.

518. Goethe, 1811 Jan. 18 (Br. 22, 17). – *Der vortreffliche Juvenil:* August (wie am Schluß von Nr. 511).

519. Christiane, 1811 Jan. 19 (in besonderm Umschlag); Carol. Ulrichs Hand. – *›Johanna vn Montfaucon‹:* Schauspiel von Kotzebue, konnte erst Febr. 20 gegeben werden.

520. Goethe, 1811 Jan. 19 (Br. 22, 19). – *jungen Stark:* sein Vater war Jan. 11 in Jena gestorben.

521. Christiane, 1811 Juni 30 (in besonderm Umschlag); Carol. Ulrichs Hand, Schluß von »Bis dahin« an eigenhändig. – *Frau Generalin von Dresden:* Baronin v. Feilitzsch (Liste der Kur- und Badegäste Nr. 521). – *Diakonus:* Egorow, an der russischen Kirche in Weimar. – *Rittmeister aus Wien:* v. Carli (Liste der Kur- und Badegäste Nr. 420). – *neuen Logis:* bis dahin hatte sie mit G. in den ›Drei Mohren‹ gewohnt.

521. a. Christanens Brief-Tagebuch, 1811 Juni 30 bis Juli 15 (in besonderm Umschlag); Carol. Ulrichs Hand. – *Boisserée:* in der Liste der Kur- und Badegäste unter Juli 2, Nr. 588, als »Particulier Sulp. v. Boisserée aus Kölln am Main [!]« angeführt; über seinen Aufenthalt in Karlsbad berichtet Boisserée, mit mehrfacher Erwähnung Christianens, brieflich an Bertram, Juli 8 (Sulpiz Boisserée 1, 140). – *Diakonus:* vgl. zu S. 691. – *Baron von Wickman:* vermutlich ist »Johann v. Wiecken, Edelmann aus Curland« gemeint (Liste der Kur- und Badegäste Juni 30, Nr. 530). – *Graf Zichy:* vgl. S. 707. – *Poskowsky:* der in der Liste der Kur- und Badegäste schon unter Mai 31, Nr. 69 angeführte Paßkowski? – *Körner:* dieser gedenkt des Zusammentreffens mit Christiane in seinen Briefen an G. von Juli 3 und Aug. 14 (GJ.

4, 305. 8, 58). – *der Sohn sehr krank:* Theodor Körner litt am kalten Fieber. – *Baron Wickman; vgl. zu S. 693.* – *Generalin:* vgl. zu S. 691. – *Graf Wartensleben:* Graf Karl, preußischer Schloßhauptmann zu Berlin, oder Graf Ludwig, preußischer Kämmerer (Liste der Kur- und Badegäste Juli 6, Nr. 680, Juli 8, Nr. 739). – *Doctor Schütz:* wahrscheinlich Stephan Schütze aus Weimar. – *Himmel spielte himmlisch:* ähnlich hatte G. das naheliegende Wortspiel schon 1807 in dem Gedicht ›An Uranius‹ benutzt. – *Hofrath Meyer:* Heinrich M., dessen Boisserée in dem zu S. 693 genannten Brief an Bertram gedenkt. – *Graf von Schulenburg:* die Liste der Kur- und Badegäste nennt zwei dieses Namens, Juli 10, Nr. 776: Graf Sch. aus Bodendorf, und Juli 13, Nr. 839: Graf Karl v. d. Sch., Gardeleutnant aus Dresden. – *Prinz Moritz:* Fürst M. von Liechtenstein. – *Herr und Frau Diakonus:* vgl. zu S. 691.

522. Goethe, 1812 April 23 (Br. 22, 351). – *Kruse:* Tgb. April 23: »Herrn Rath Kruse, die Bergwerksobligation nebst Schreiben.« Die im Tgb. unter April 24 und 26 vermerkten Briefe G's an Christiane sind nicht bekannt.

523. Goethe, 1812 Mai 3 (Br. 23, 1); auf der Adresse der Zusatz: »mit einem Kästchen Egerwasser an den Bibliotheksdiener Färber in Jena abzugeben durch den rückkehrenden Kutscher.« – *Asch. Dieser Ort . . . der abscheulichste:* Klagen über den elenden Zustand dieser Stadt finden sich auch anderwärts; so nennt Fernow sie in seinem Briefe an Johanna Schopenhauer von 1807 Juli 18 »ein ganz schändliches Nest«, das eigentlich in einen »Aschenhaufen« verwandelt werden müßte (Joh. Schopenhauer: Sämmtliche Schriften 2, 184). – *Frau Wirthin:* Heilingötter in den ›Drei Mohren‹.

Tgb. Mai 10 »[Brief an] Frau v. Goethe, Weimar, eigenhändig« (vgl. S. 328); Mai 12: »Briefe von Weimar.«

524. Goethe, 1812 Mai 13 (Br. 23, 14); eigenhändig nur der Schluß »Herzlich grüßend. G.« – *die Arbeiten:* ›Dichtung und Wahrheit‹. – *mit der neuen Zuckerfabrication:* Tgb. Mai 7: »Dem Postmeister von dem Stärkezucker gesprochen.« Über diesen wichtigen Gegenstand hatte G. in den letzten Wochen vielfach mit Döbereiner verhandelt; vgl. Tgb. April 12. 21. 28 und G's Brief an Seebeck von April 29, der schließt: »Die Ökonomen sind

nun schon dahinter her, welche Kartoffel die stärkereichste und zugleich an Menge der Knollen die ergiebigste ist.« – *eine offene Antwort:* nicht bekannt; Tgb. Mai 13: »Auftrag an Hofkammerrath Kirms wegen der Theatermanuskripte«, d. h. Abschriften von ›Egmont‹ und ›Götz von Berlichingen‹ für Iffland; vgl. G. an diesen, Mai 14. – *›Sühne‹:* Theodor Körners Trauerspiel, in Weimar Mai 4 aufgeführt. – *das hübsche Kind:* Röschen, die Tochter des Weinwirts; vgl. S. 705. 708. – *Kiste Egerwasser:* vgl. zu Nr. 523.

525. Goethe, 1812 Mai 24 (Br. 23, 26). – *erste Sendung:* Nr. 523. – *Brief vom 10.:* nicht bekannt. – *für Rösen:* vgl. zu S. 704. – *Meyer:* er kam auch nach Karlsbad (Tgb. Juli 4). – *Riemer:* er hatte 1812, aus G's Hause scheidend, eine Stelle als Professor am Gymnasium in Weimar angetreten, fühlte sich in dieser Tätigkeit aber wenig befriedigt. – *Wolf:* wahrscheinlich ist hier nicht ein sonst unbekannter Radierer dieses Namens in Weimar gemeint (wie Br. 30, 185 angenommen wird), sondern der Schauspieler P. A. Wolff, der von früher Jugend an viel zeichnete und malte, auch während einiger Jahre in einer Kunst- und Landkartenhandlung in Berlin tätig war (vgl. Max Martersteig: Pius Alexander Wolff, Leipzig 1879, S. 6/7). – *Lefevre:* seit Anfang des Jahres am Hoftheater tätig. – *die Inlage:* nicht bekannt, wohl gleichlautend mit den folgenden, im Konzept vorhandenen Bemerkungen (Br. 23, 445):

»Was mitzubringen wäre:

1. Alle Briefe
2. Die Allgemeine Zeitung. Wenn sie August finden kann, vom Anfang des Jahrs.
3. Das Mineralogische Taschenbuch von Leonhard.
4. Ein Fläschchen Syrup und eine Schachtel Stärkezucker.
5. Einige Pfund Kaffee, der hier äußerst theuer ist.
6. Einige Pfund Tabak von verschiedenen Sorten. Frage darüber echte Tabaksraucher um Rath. Der Assessor [August] soll sich an Herrn Geh. Kammerrath Büttner wenden.
7. Lasse Dir viele Katalogen von Färber zu bewußtem Gebrauch mitgeben: dergleichen Nothwendigkeiten sind hier rar.
8. Den Goldpfennig für Rösen nicht zu vergessen.«

– *Nachschrift. John:* der humoristisch vertrauliche Ton dieses Briefes erklärt sich daraus, daß John Schulkamerad und Studiengenosse Augusts gewesen war. Er hatte nach Riemers Weggang im März d. J. dessen Stelle als Sekretär G's übernommen.

526. Goethe, 1812 Juni 3 (Br. 23, 30). – *der Hackertischen Verloosung:* vgl. den Abschnitt ›Hinterlassens‹ in den Nachträgen zu ›Philipp Hackert‹.

527. Goethe, 1812 Juli 19 (Br. 23, 43); eigenhändig. – *der Herzog:* Karl August. – *Gedichte:* die drei von G. später in der Gruppe ›Im Namen der Bürgerschaft von Karlsbad‹ mit den 1810 entstandenen Gedichten vereinigten, Huldigungsgedichte an die Kaiserin Maria Ludovikc, den Kaiser Franz I. von Österreich und die Kaiserin Marie Luise von Frankreich; die für die Kaiserin von Österreich bestimmte Abschrift war bereits Juli 5 von Karlsbad an den Herzog Karl August nach Teplitz abgegangen (Tgb.). – *einer der ersten Staatsmänner:* der Oberstburggraf von Böhmen Graf Chotek; vgl. G. an Charl. v. Stein, Aug. 15, und Gräf 7, 559/60. – *des Königs von Holland:* vgl. zu S. 676. – *Prinz Friedrich:* dem S. 709 genannten Erbprinzen von Mecklenburg-Schwerin. – *Beethoven:* im Tgb. unter dem Datum dieses Briefes zum erstenmal genannt; vgl. S. 714.

528. Goethe, 1812 Juli 27 (Br. 23, 45); eigenhändig. – *Der Herzog:* Karl August. – *Moses:* Tgb. Juli 22: »Moses gekauft«; vgl. G. an H. Meyer, Aug. 14, und Gespräch mit Soret (bei Eckermann), 1830 Mai 12.

529. Goethe, 1812 Aug. 1/2 (Br. 23, 47); eigenhändig. – *Dein lieber Brief:* Tgb. Juli 31: »Briefe von Karlsbad.« – *Theaterstück:* das Lustspiel ›Die Wette‹; G. hatte es jedoch nicht »zurecht gerückt«, sondern es, nachdem ihm Juli 28 die »Aufgabe, das Betragen zweier durch eine Wette getrennter Liebenden« (Tgb.) gestellt worden war, Juli 29 und 30 selbst verfaßt (Tgb.); G. selbst hatte darin die Rolle des Dorn übernommen, erkrankte aber, so daß die Aufführung nicht stattfinden konnte; vgl. Gräf 6, 446/8 und Chronik des Wiener Goethe-Vereins 26, 36. – *Ich lese täglich vor:* G. hatte an diesem Tage das Gedicht ›Wirkung in die Ferne‹ gelesen, Juli 20 Elegien, Juli 21 aus ›Pandora‹ und ›Der neue Pausias und sein Blumenmädchen‹, Juli 31 Szenen aus, ›Iphige-

nie‹ und Schillersche Balladen (Tgb.). – *in Aussig:* Juli 26. – *Zum Sechsten:* vgl. zu Nr. 37.

530. Goethe, 1812 Aug. 5 (Br. 23, 51); eigenhändig. – *Beyer:* wahrscheinlich der im Tgb. Aug. 6 genannte »Dr. Beyer von Wien«, da G. zugleich in Tgb. vermerkt: »Packet von Karlsbad.« – *Prinzen August:* von Preußen, im Tgb. Aug. 8 zuerst genannt. – *Arnims:* auf sie geht das an diesem Tage entstandene Epigramm ›Den Zudringlichen‹:

Was nicht zusammen geht, das soll sich meiden!
Ich hindr euch nicht, wo's euch beliebt, zu weiden:
Denn ihr seid neu und ich bin alt geboren.
Macht, was ihr wollt; nur laßt mich ungeschoren!

Achin v. Arnim war mit seiner Frau Bettina und deren Schwester v. Savigny Juli 24 in Teplitz eingetroffen (nach der Kurliste bei R. M. Werner: Goethe und Gräfin O'Donell, S. 197); wegen der 1811 in Wien eingetretenen Entzweiung mit G. vgl. SdGG. 14, 355/6 und vor allem R. Steig: Christiane v. Goethe und Bettina Brentano (Jahrbuch der Goethe-Gesellschaft Band 3).

531. Goethe, 1812 Aug. 5 (Br. 23, 52); eigenhändig. – *dem Stücke der Kaiserin:* vgl. zu S. 714.

Aug. 22, Tgb.: »[Brief] An meine Frau.«

532. Goethe, 1812 Aug. 27 (Br. 23, 77). – *Beschäftigungen:* vornehmlich Arbeit an ›Dichtung und Wahrheit‹. – *Lectüre:* darunter Caroline Pichlers ›Agathokles‹ (Tgb. Aug. 17/9) und Apostelgeschichte (Tgb. Aug. 23. 25). – *Madame Mayer:* die Handschrift hat »Meyer«, doch ist hier, wie der Zusammenhang ergibt, offenbar nicht Heinrich Meyers Frau zu verstehen, die G. gewiß als »Frau Hofräthin Meyer« bezeichnet haben würde, sondern die Frau des Galanteriewarenhändlers Frau Mayer aus Wien, bei der G. oft einsprach. – *Augusten . . . seine Reise:* nach Eisenach in Amtsgeschäften; vgl. G. an C. G. v. Voigt, Aug. 14. – *Sache wegen Frankfurt:* Verkauf bayrischer Obligationen betreffend; vgl. G. an J. F. H. Schlosser, Sept. 21. – *eine Freundin:* nicht ermittelt.

533. Goethe, 1812 Sept. 7 (Br. 23, 90). – *Nordländer:* unter ihnen der Graf v. Alopeus (Tgb. Sept. 2). – *die Prinzen, . . . den König:* von Sachsen; die Kurliste nennt: Prinz Maximilian, Friedrich,

Clemens und Johann (R. M. Werner: Goethe und Gräfin O'Donell, S. 198). – *das Schauspiel wieder zurück:* aus Halle, wo von Juni 11 bis Aug. 31 gespielt worden war; in Weimar war die Spielzeit Sept. 3 eröffnet worden. – *zwei sehr große Promenaden:* Tgb. Sept. 1: »Nach Tische mit Langermann und Müller zu dem Pseudo-Vulkan hinter der Gobes-Mühle. Spät zurück«, Sept. 3: »Nach Tische mit Langermann und Müller über den Berg an die Fähre, übergesetzt; nach Dallwitz gegangen bis zu dem Pseudovulkan über Hohendorf; durch Hohendorf über Wehediz zurück.« – *viel geschrieben:* an ›Dichtung und Wahrheit‹.

534. Goethe, 1812 Nov. 4 (Br. 23, 124); eigenhändig. – *Languedoc:* vgl. S. 721.

535. Goethe, 1812 Nov. 6 (Br. 23, 125). – *Minchen:* Wilhelmine Herzlieb, die sich seit Okt. 24 als Braut von Johann Gottfried Pfund in Jena bei Frommanns aufhielt (vgl. K. T. Gaedertz: Goethes Minchen, 2. Aufl., S 108/9); Tgb. Nov. 5: »Bei Frommanns.« Vgl. auch G. an Zelter, 1813 Jan. 15. – *des guten Voigts Coffre:* dem Botaniker F. S. Voigt war auf der Reise in Erfurt ein Koffer abhanden gekommen; vgl. Tgb. Okt. 4, Nov. 3, und G. an Karl August, Nov. 14. – *meine Arbeiten:* ›Dichtung und Wahrheit‹.

Zwischenbemerkung. *Whist:* vgl. S. 723.

536. Goethe, 1812 Nov. 10 (Br. 23, 130). – *Klippsteinischen Garten:* wo Christiane 1799 gewohnt hatte; vgl. zu Nr. 235. – *Sternberg:* über ihn vermochte ich nichts zu erfahren. – *Rentbeamten:* Rentkommissär Kühn? – *Karten und Spielmarquen:* vgl. die Zwischenbemerkung auf S. 722.

537. Goethe, 1812 Nov. 13 (Br. 23, 137). – *Haus- und Studienfreunden:* v. Hendrich, F. S. Voigt, Kieser, v. Münchow (Tgb.). – *Meine Geschäfte:* ›Dichtung und Wahrheit‹, daneben Erwägungen über das in Berka bei Weimar einzurichtende Schwefelbad (vgl. H. G. Gräf: Goethe in Berka an der Ilm, Weimar 1911, S. 11/20). – *die Inlagen:* 9 im Tgb. verzeichnete Briefe.

538. Goethe, 1812 Nov. 17 (Br. 23, 156). – *Meine Geschäfte:* die zu Nr. 537 genannten, ferner Jahresbericht über die wissenschaftlichen Anstalten zu Jena. – *manches unerwartet Angenehme:* wahrscheinlich ist die Aussicht gemeint, Iffland bald wieder in

Weimar auftreten zu sehen (vgl. G. an Kirms, Nov. 16). – *Karl:* der Diener Eisfeld; Tgb. Okt. 26: »Ward Karl entlassen«, Nov. 17: »Karl ging durch Jena nach Karlsbad.« Er heiratete später eine Tochter von G's Karlsbader Wirtin Heilingötter; vgl. S. 749 – *unruhige Nachbarschaft:* Anspielung auf den Neben-Titel von Wenzel Müllers Oper ›Die musikalische Tischlerfamilie‹. – *›Romeo und Julie‹:* in G's Bearbeitung Nov. 14 aufgeführt. – *›Herbsttag‹:* Ifflands Schauspiel, Nov. 16 aufgeführt.

539. Christiane, 1812 Dez. 6 (EBr. 1812, 166); Carol. Ulrichs Hand, letzte Zeile eigenhändig.

540. Goethe, 1813 April 17/25 (Br. 23, 317); nur der Schluß, von S. 739 »Wenn es Dir« an, eigenhändig. Zur Datierung vgl. Adolf Strack: GJ. 24, 265 (die hier gemachten Angaben sind nicht alle haltbar: so kann die Stelle über den »Fündling«, S. 738, nicht April 22 früh niedergeschrieben sein). – *von Weimar weggetrieben:* Knebel an seine Schwester Henriette, April 22: »Er [Goethe] hatte sich vorgenommen, es diesen Sommer, wo möglich, in Weimar auszuhalten, ... Auf inständiges Zureden seiner Frau hat er sich endlich schleunig entschlossen, abzureisen, und das Glück hat ihm dadurch gewollt, daß er die Szenen, die sich gleich Tags darauf in Weimar durch Besetzung der Franzosen und Vertreibung des preußischen Pickets zugetragen, nicht daselbst mit erlebte« (Briefwechsel S. 650). Vgl. den Brief C. G. Voigt an K. A. Böttiger von April 17 bei L. Geiger: Aus Alt-Weimar, S. 201/2. – *Mein Begleiter:* K. John. – *Geisterlegende:* ›Der getreue Eckart‹. – im *›Scheffel‹:* Gasthof zu Naumburg; vgl. L. Geiger: GJ. 20, 83. – *heiligen Schusterstochter:* wahrscheinlich das Bild der heiligen Mechtildis am Barbara-Altar (GJ. 20, 85). – *›Die Hussiten‹:* das zu S. 437 f. genannte Schauspiel von Kotzebue. – *Art von Spiel:* Tgb. April 18: »... ihrer zwei schienen mit einem Stäbchen etwas zu entscheiden, nach der Art, wie es bei uns im Ballspiele mit der Pritsche geschieht.« – *»Ich habe geliebet«:* der Verfasser ist unbekannt; abgedruckt bei W. v. Biedermann: Goethe und Leipzig 2, 84. – *Eine Witwe:* Frau J. C. Freyer. – *Verbrennung der Brücke:* April 12 (vgl. GJ. 20, 86). – *schwomm:* die Br. 23, 322 vorgenommene Änderung im »schwamm« ist unnötig (vgl. Grimms Wörterbuch 9, 2627). –

metallne König: das vergoldete Bronzestandbild Augusts des Starken, nahe der Augustusbrücke, von der zwei Bogen und Pfeiler auf Befehl Davousts März 19 gesprengt worden waren (vgl. GJ. 20, 86). – *bei . . . Burgsdorf:* in der Seestraße Haus Nr. 20 (vgl. W. v. Biedermann: Goethe und Dresden S. 30/1). – *nahen Traiteurhause:* der S. 744 genannten Ressource. – *Rack:* soviel wie Arrak. – *Arndt:* vgl. dessen ›Erinnerungen aus dem äußeren Leben‹ (Gespräche 2, 179/80) – *von dem Inspector:* Demiany. – *Vache:* »eine mit Leder überzogene Aufschnallkiste, ein Deckbehälter auf Reisewagen« (Heyses Fremdwörterbuch). – *Schwebeln:* Schwebel hatte, als Legationssekretär bei dem französischen Gesandten St. Aignan in Weimar, mit diesem April 4 die Stadt verlassen und war April 12 durch den Rittmeister v. Schwanenfeld von Gotha aus entführt worden; vgl. S. 761. – *im Gewissen:* soviel wie: sicherlich, mindestens. – *gassaten:* gassatim (ire), durch die Gassen. – *was man uns genommen:* d. h. was die Lehrer uns vorenthalten haben, das haben wir »angeblich, nach der falschen Aussage der Lehrer, von dem mildthätigen, schenkenden Publicum gar nicht bekommen« (Schnorr v. Carolsfeld: GJ. 21, 293). – *Fündling:* April 22 (Tgb.). – *Beiliegende Blätter:* d. h. die von G. mit den Ziffern 1 bis 6 versehenen Blätter dieses Briefes, dessen Fortsetzung Nr. 543 bildet.
Mai 9, Tgb.: »Brief von Weimar . . . Zettelchen an meine Frau durch einen Lohnkutscher«; vgl. S. 747.

541. Goethe, 1813 Mai 10 (Br. 23, 337; abgegangen über Karlsbad-Eger Mai 13, vgl. S. 579. 584. – *manche Blätter:* die den ersten Teil von Nr. 543 bilden. – *die Hoheit:* Maria Paulowna. – *Meine Arbeiten:* ›Dichtung und Wahrheit‹ Teil 3. – *Schwester Katharina:* Tgb. Mai 7: »Kam die Herzogin von Oldenburg.« – *Der Kutscher:* Dienemann; vgl. S. 747, 749 – *in einem kleinen Gartenhause:* zum ›Goldnen Schiff‹ gehörig, vgl. S. 747.

542. Goethe, 1813 Mai 14 (Br. 23, 339); vgl. S. 747. – *Geschichte unserer ersten Reisetage:* Nr. 540. – *gestern über Eger ein Brief:* Nr. 541. – *Kaiser und König:* vgl. S. 742 oben. – *Die Hoheit:* Maria Paulowna.

543. Goethe, 1813 Mai 21 (Br. 23, 342); eigenhändig nur S. 748 f. »Da es mir nun« bis »Spaß machen«. Fortsetzung des ausführli-

chen Reiseberichts in Nr. 540; abgegangen Mai 24 (Tgb.). – *Thal an der Weißeritz hinauf:* Plauensche Grund. – *der Potentaten:* die S. 740 oben genannten. – *Kügelgen:* vgl. W. v. Kügelgen: Jugenderinnerungen eines alten Mannes, Teil 2 Kap. VIII (Gespräche 2, 180), und GJ. 20, 87/8. – *Unfall, welcher Weimar betroffen:* es war April 18 nahe bei der Stadt, am Kegeltor und selbst in den Straßen zu einem heftigen Gefecht zwischen dem Blücherschen Korps und der französischen Avantgarde des Marschalls Ney unter General Souham gekommen; der Sohn C. G. v. Voigts und Kammerherr v. Spiegel waren auf Befehl Souhams arretiert worden (vgl. F. v. Müller: Erinnerungen aus den Kriegszeiten von 1806-1813, Braunschweig 1851, S. 275/7, und Knebel an seine Schwester Henriette, April 22, Briefwechsel S. 650/1. Voigts Sohn starb an den Folgen dieser Ereignisse bereits Mai 13; vgl. S. 750. – *die Hoheit:* Großfürstin Maria Paulowna. – *Pirna . . . den Dom:* 1502 bis 1546 erbaut; der im folgenden beschriebene Taufstein trägt die Jahreszahl 1561 (vgl. GJ. 20, 86). – *die jetzt gesprengten Bogen:* vgl. zu S. 734 f. – *sechs ersten Blätter:* Nr. 540. – *Zettelchen:* vgl. die Erläuterung zwischen Nr. 540/1. – *den 10. über Karlsbad:* Nr. 541; G. hatte diesen Brief als Einschluß nach Karlsbad an Elisa v. d. Recke gesandt, die ihn weiterbeförderte; ihr Begleitschreiben an Christiane von Mai 19 ist GJ. 20, 89 veröffentlicht. – *den 14.:* Nr. 542. – *Feuerzeichen am Himmel:* Tgb. Mai 12: »Nachts Feuerschein über dem Gebirge«. – *den Kutscher:* vgl. zu S. 741. – *Dresden und die Gegend:* Mai 8 Kampf um die Stadt, Einzug der Franzosen; Tgb. Mai 8: »Alle waren in Bewegung und Sorge wegen des zu erwartenden Einmarsches der Franzosen in Dresden. . . . begegneten uns preußische Reiter mit Handpferden. In der Stadt waren mehrere blessirte Russen angekommen. Napoleon in Dresden.« – *meine Arbeit:* ›Dichtung und Wahrheit‹, Teil 3. – *Technologie:* von Ernesti, im Tgb. schon April 12 genannt. – *Mandarinen:* vielleicht Carol. Ulrich. – *Karl: Eisfeld;* vgl. zu S. 724.

544. Goethe, 1813 Juni 1 (Br. 23, 353). – *bisherigen Unbilden:* außer den zu S. 743 genannten Schrecknissen auch noch starke Einquartierung; Luise Seidler an Pauline Gotter, Juni 22: »Bei Goethes fand ich . . . alles voll Einquartirung«; diese »hält sie

[Christianen] sehr wider ihren Willen festgebannt, indessen hoffen sie, den Geheimrath noch abzuholen« (Im neuen Reich 1875 Nr. 19, S. 730). – *das Manuscript:* von ›Dichtung und Wahrheit‹ Buch 11 und 12, das G. mit Brief von Juni 20 Riemern überschickt; vgl. aber zu S. 756. – *der mittlere, durch Frau von Berg;* vgl. S. 759. – *Sendung durch Stallmeister Sievers:* Nr. 543. – *Der gute Voigt:* vgl. zu S. 743. – *an den Inspector:* Musil, in Franzensbad (Tgb.). – *Der Kutscher:* vgl. zu S. 741. – *wo es entstanden:* vgl. S. 731 f., 752. – *Sie thuet mir alles:* später geändert in »Sie thut mir auch alles«. – *von Wien:* durch die Gräfin Josephine O'Donell; doch ist deren nach dem Tgb. Mai 29 angelangter Brief nicht bekannt (vgl. SdGG. 17, 323). Vgl. S. 760. – *Rede zu Wielands Andenken:* sie war durch den Herzog Karl August der Kaiserin von Österreich übermittelt worden (vgl. SdGG. 17, LV. 324).

545. Goethe, 1813 Juni 6/7 (Br. 23, 360); eigenhändig, da der Schreiber John Juni 3 erkrankt war. – *Pfingsten, ... Fest:* Anspielung auf den Anfang von G's ›Reineke Fuchs‹; vgl. zu S. 167. – *einen Brief von Dir:* Tgb. Juni 6: »Brief von Hause, der vierte, vom 27. Mai.« – *Brief an Wolff:* nicht bekannt, im Tgb. Juni 5 vermerkt; vgl. S. 754. – *temperleinischen Eigensinn:* d. h. durch Saumseligkeit, wie der alles verschiebende, immer Zeit vertändelnde Kaufmann Temperlein in dem Lustspiel ›Herr Temperlein oder Wie die Zeit vergeht!‹, einer anonymen Bearbeitung von Picards ›Monsieur Musard, ou Comme le temps passe‹ (erschienen im ›Familientheater nach neuen französischen Lieblingsstücken‹, Erstes Bändchen, Leipzig 1808, S. 59). Das Stück war vom Weimarer Hoftheater dreimal aufgeführt worden (zuerst 1807 Juli 26 in Lauchstädt). – *Am goldenen Ei:* Honorar von Cotta. – *meiner Hauptsache:* der Fortführung von ›Dichtung und Wahrheit‹ Teil 3. – *Wenn Du meinen Brief nicht lesen kannst:* Maria Belli, geb. Gontard, erzählt von Christiane: »Einst war sie hier [in Frankfurt], bekam einen Brief von ihm [Goethe], und da sie nicht lesen konnte, bat sie ein junges Mädchen, welches gerade bei ihr war, denselben ihr vorzulesen. Er kam ihr so zärtlich vor, daß sie glaubte, diese habe falsch gelesen, um Spott mit ihr zu treiben; sie eilte damit zu Frau Schöff Stock und war

hocherfreut, die nämlichen Worte zu hören« (Leben in Frankfurt am Main 3, 106/7). – *Vom guten Knebel:* dieser schrieb Juli 2 von Jena aus an seine Schwester Henriette: wenn der Himmel nicht bald helfe, seien sie, infolge der ununterbrochenen Durchmärsche, der Not nahe: Mein Winkel hier im Garten ist so ziemlich noch von der Unruhe und vom Lärm verschont geblieben« (Briefwechsel S. 652). – *Paquet . . . unterm 24.:* Nr. 543. – *Brief . . . unterm 1. Juni:* Nr. 544. – *Brief an Wolff:* vgl. zu S. 753. – *Hofkammer-Rath:* Kirms.

Juni 8, Tgb.: »Brief von zu Hause, Antwort auf die Sendung vom 24.«, d. h. auf Nr. 543.

546. Goethe, 1813 Juni 10/4 (Br. 23, 365); eigenhändig; Tgb. Juni 14: »Eine Rolle mit dem Kupfer der Sprengung der Dresdner Brücke. Einigen Novis. Anweisung für Ramann. Brief an meine Frau. Durch einen Weimarischen Reitknecht.« Vgl. S. 762. – *Der Stillstand:* Waffenstillstand von Poischwitz, Juni 5 bis Juli 26, später verlängert bis Aug. 10; vgl. S. 762. – *36mal gebadet:* Juni 10 (Tgb.), danach das Anfangsdatum ergänzt. – *Brief vom Herzog:* Karl August, nicht bekannt. – *Schlosser ist avertirt:* G. an J. F. H. Schlosser, Juni 11: »Eine Assignation auf 300 f. habe an Weinhändler Ramann in Erfurt ausgestellt.«

Juni 21, Tgb.: »Rittmeister Böhme. Brief von Hause, vom 16.«; vgl. S. 764.

547. Goethe, 1813 Juni 26/Juli 3 (Br. 23, 376); eigenhändig das Datum auf S. 756, 759 »Die Sonntage« bis »ist vom Übel«, S. 760. »Den 28.« bis S. 762 »so wie von der Rolle«, S. 764 Mitte. – *daß Du die Briefe . . . ordnest:* darunter G's Briefe aus Italien; vgl. Luise Seidler an Pauline Gotter, Juni 22 (Im neuen Reich 1875 Nr. 19, S. 730). – *dem dritten Bande:* ›Dichtung und Wahrheit‹. – *adressirt an August:* Buch 11 und 12, mit Brief an August von Juni 23; vgl. Tgb. Juni 23 und 30. – *Whistmarken:* vgl. S. 769. – *Ankunft des Herzogs:* Karl August traf Juli 5 in Teplitz ein (Tgb.); vgl. S. 764. – *den fatalen Verlust:* an Geld infolge des Krieges. – *Dankelmann:* vielleicht der Schwager der Frau v. Heygendorf; vgl. L. Geiger: GJ. 20, 92 und C. Schüddekopf: Nr. 23, 506. – *Schlacht vom 2. Mai:* bei Groß-Görschen – *Brief durch Frau von Berg:* vgl. S. 749; Tgb. Juni 27: »Frau v. Berg und

Mengden, Briefe von zu Haus.« – *Frau von Schiller:* deren Brief scheint verschollen zu sein. – *Von Wien . . . Brief:* von der Gräfin Josephine O'Donell, nicht bekannt. Vgl. S. 753. – *Wegen John:* vgl. S. 753. – *Schwane[n]feld:* Tgb. Juni 29: »Im Garten. Rittmeister v. Schwane[n]feld erzählte seine Abenteuer bei Eröffnung der unglücklichen Campagne.« Vgl. F. v. Schwanenfeld: Aus den Denkwürdigkeiten eines alten Soldaten, Breslau 1862, S. 4 (Gespräche 2, 187). – *Schwebeln entführt:* vgl. zu S. 736. – *des Waffenstillstandes:* vgl. zu S. 755. – *einer Rolle:* vgl. zu Nr. 546. – *an Schlosser:* vgl. zu S. 755. – *Packet an August:* vgl. zu S. 756. – *ein besonderes Zettelchen:* eben das Blatt, worauf diese Worte und das Folgende geschrieben sind. – *Hofkammerrath:* Kirms.

548. Goethe, 1813 Juli 1/6 (Br. 23, 395), eigenhändig; im Tgb. erst unterm 9. als abgegangen vermerkt. – *wegen der Rolle:* vgl. zu Nr. 546 und S. 762. – *Assignation für Ramann:* vgl. zu Nr. 546. – *Brief an Wolff:* vgl. S. 753. – *Hauptmann von Böhme:* er hatte G'n Christianens Brief von Juni 16 überbracht (Tgb.). – *Manuscript für Riemer:* vgl. zu S. 756. – *Packet unterm 3. Juli:* Nr. 547.

549. Goethe, 1813 Juli 16 (Br. 23, 400), eigenhändig; im Tgb. schon unter Juli 15 als abgegangen vermerkt. – *John:* vgl. S. 753. – *er soll nach Karlsbad:* Johns Abreise dahin erfolgte Juli 18 (Tgb.). – *August . . . Krankheit:* Masern; vgl. Ottilie v. Pogwisch an ihre Mutter, Juli 14 (SdGG. 27, 20). – *Zinnwalde und Altenberg:* Juli 9/11 (Tgb.); vgl. G's ausführliche Schilderung ›Ausflug nach Zinnwalde und Altenberg‹ (Naturwiss. Schriften 9, 139), in der die Daten ungenau angegeben sind. – *Folge des Manuscripts:* ›Dichtung und Wahrheit‹ Buch 13 und 14; vgl. G. an Riemer, Juli 24. – *Die Hoheit:* Maria Paulowna; sie war Juli 13 eingetroffen (Tgb.). – *Den 12. Juli:* an dem G. vor 25 Jahren seine Ehe mit Christiane schloß (vgl. zu Nr. 555a); Tgb. Juli 12: »Mittag bei Serenissimo«.

550. Goethe, 1813 Juli 23 (Br. 23, 406); eigenhändig. – *ein Blatt:* nicht bekannt; zur Sache vgl. S. 753, 764. – *dämperich:* vielleicht soviel wie »dämpfig«, was in Thüringen (nach Grimms Wörterbuch 2, 720) »kurzatmig, engbrüstig« bedeutet; doch scheint mir der Zusammenhang wahrscheinlicher zu machen, daß das Wort sich hier nicht auf einen unverschuldeten körperlichen Mangel

wie Engbrüstigkeit bezieht, sondern, die vorher aufgezählten Untugenden ergänzend, mit »dämmen«, d. h. schlemmen, schwelgen, zusammenhängt, oder, zum folgenden überleitend, mit »dämmern«, in dem zu S. 603 angeführten Sinne. – *weiter leistet er auch nichts:* mehr Gerechtigkeit erweist G. dem Unglücklichen, wenn er über ihn an H. L. Verlohren schreibt (24. Jan. 1814): »Seine schöne Kenntniß der lateinischen Sprache, so wie einiger neueren, seine schon früh geprüfte Gewandtheit in den Rechtswissenschaften, ferner eine leichte Fassungskraft und schöne Handschrift, eine angenehme Unterhaltung, eine Gabe, sich fremden Personen vortheilhaft darzustellen, nicht weniger Aufträge persönlich geschickt auszurichten, machten ihn zu einem sehr erwünschten Gesellschafter.« – *die genesenden Kinder:* August (vgl. zu S. 765) und Caroline Ulrich, die wohl auch die Masern bekommen hatte; vgl. S. 769. – *meine Arbeit . . . noch ein schweres Stück:* Abschluß von ›Dichtung und Wahrheit‹, Buch 14? – *Dienemann:* vgl. S. 747.

551. Goethe, 1813 Julo 27 (Br. 23, 414). eigenhändig; im Tgb. unterm 28. als abgegangen vermerkt. – *die Arbeit:* ›Dichtung und Wahrheit‹ Teil 3. – *Brief an Riemer:* von Juli 27, oder der frühere von Juli 24. – *französischen Komödie:* mit Talma, den G. auf der Rückreise in Dresden mehrfach sprach (Tgb. Aug. 11/2). – *Mit John:* vgl. Nr. 552.

552. Goethe, 1813, Aug. 1 (Br. 23, 421). – *John . . . bessert sich:* vgl. Johns ausführlichen Brief an G. aus Karlsbad, Juli 25 (GJ. 20, 421).

553. Goethe, 1813 Aug. 3 (Br. 23, 422); eigenhändig. – *August und Uli:* vgl. zu S. 765, 767 – *nächsten Freitag:* Aug. 6 (Tgb.). – *Whistmarken:* vgl. S. 757. – *Wegen John:* vgl. Nr. 552. – *Sendung Manuscript:* vgl. zu S. 765. – *Hofkammerrath:* Kirms.

554. Goethe, 1813 Aug. 11 (Br. 23, 427); eigenhändig. – *des Napoleons Festes:* Napoleons Geburtstag Aug. 15. – *Riemern . . . seinen lieben Brief:* von Aug. 3 über ›Dichtung und Wahrheit‹ Buch 13 und 14. – *Die Pferde:* Tgb. Aug. 7: »Pferdehandel«; 8: »Verkauf der Pferde 300 f. W. W.«

Zwischenbemerkung. *Kleine Gedichte:* außer Nr. 555 a das Rätsel auf die Herbstzeitlose für Riemer: »Da sind sie wieder.«

555 a. Goethe, 1813 Aug. 26 (W. 1, 25. 374; hier mit den unrichtigen Angaben »pflückts« statt »pflanzts« in den Lesarten zu Strophe 4 und »immerfort« statt »immer fort« zu Strophe 5); eigenhändig mit Bleistift und in lateinischer Schrift, ebenso die Adresse »Frau v. Goethe«. Nachträgliches Huldigungsgedicht zum 12. Juli 1813, dem Gedenktag ihrer fünfundzwanzigjährigen Verbindung, entstanden zwischen Weimar und Stadt-Ilm, niedergeschrieben an letzterem Ort. Gedruckt, mit kleinen Änderungen (so in Vers 7: »Wie Sterne leuchtend«), zuerst 1815 mit der Überschrift ›Gefunden‹ in der zweiten Cottaschen Gesamtausgabe der Werke 1, 26.

556. Goethe, 1813 Aug. 28 (Br. 23, 429); eigenhändig. – *den Prinzen:* Bernhard. – *Das Gedicht (No. 2) von Serenissimo:* eine lakonisch-kräftige Gegengabe für G's Gedicht an den Herzog ›Ilmenau, am 3. September 1783‹. – *ihre Gedichte* (No. 6. 7. 8): verfaßt vom Ilmenauer Justizamtmann Ackermann. – *aus den Verslein:* die in der Zwischenbemerkung zu S. 605 genannten beiden Gedichte.

557. Goethe, 1813 Aug. 30 (Br. 23, 430), eigenhändig; die Nachschrift von »Schönsten Dank« an auf einem besondern Blättchen. – *in dem Garten-Zimmer:* im Gartenhäuschen am Hausgarten. – *das Neueste vom Tage:* unbekannt.

557 a. Goethe, 1814 Juli 25 (W. 3, 55. 390. 53, 549); eigenhändig in lateinischer Schrift. Gedruckt mit kleinen Änderungen erst 1827 mit der Überschrift ›Der neue Copernicus‹ in der dritten Cottaschen Gesamtausgabe der Werke 3, 61; ursprünglich sollte das Gedicht mit der Überschrift ›Vision‹ (die eine von Juli 26 datierte Handschrift hat) dem ›Diwan‹ eingegliedert werden. Es scheint mir *nicht* Beilage zu Nr. 558 gewesen zu sein (wie J. Wahle: W. 53, 549 annimmt), sondern mit dem nicht bekannten, am 28. in Weimar eingetroffenen Brief am 25. von Eisenach aus an Christiane abgegangen zu sein (vgl. zu Nr. 561), und ist deshalb hier als besondere Nummer gedruckt worden. – *Artges Häuschen:* der geschlossene Reisewagen, vgl. »Fahrhäuschen« in Nr. 558. 571 Anfang und S. 788. – *vertrackten Zwerge:* d. h. karikaturartig verzerrten Zwerge: in dieser ursprünglichen Bedeutung (von »vertrecken« = verziehen) begegnet das Wort

auch sonst bei G., z. B. in der Italienischen Reise, Venedig, Den 6. Oktober: »meist schöne Männer, keine einzige vertrackte Gestalt« (W. 30, 128). G. hat den Vers später geändert in: »Aufgeregter Zwerge«.

558. Goethe, 1814 Juli 28 (Br. 25, 1); eigenhändig. – *die charmante Person:* Zitat aus dem Gedicht ›Gewohnt‹ gethan‹, Vers 4. – *Gedichte an Hafis, die meisten gut:* solche Selbstbeurteilung findet sich bei G. äußerst selten; vom 25. sind Handschriften folgender Diwan-Gedichte datiert: ›Phänomen‹, ›Liebliches‹, »Sollt' einmal durch Erfurt fahren«, ›Der neue Copernicus‹ (vgl. Gräf 7, 625). – *unterwegs:* d. h. in Siebleben vor Gotha. – *Schloß-Voigt:* Constantin Metschke. – *bemerkte einige Späße:* darunter das Gedicht ›Jahrmarkt zu Hünfeld‹. – *weniger Gedichte:* von 9 Diwan-Gedichten sind Handschriften mit dem Datum des 26. vorhanden (vgl. Gräf 7, 625). – *jetzt niemanden angehört:* das Bistum Fulda, 1810 bis 1813 zum Großherzogtum Frankfurt gehörig, wurde erst 1815 von Preußen besetzt und bald darauf zwischen Bayern und Kurhessen aufgeteilt. – *Hundeshagen:* die erste Auflage von dessen Werk ›Kaiser Friedrichs I. Barbarossa Palast in der Burg zu Gelnhausen‹ war durch das Bombardement von Hanau 1813 Okt. 30/1 vernichtet worden (vgl. G's Schrift ›Kunst und Alterthum am Rhein und Main‹, Abschnitt: Wiesbaden); eine neue Ausgabe erschien erst 1819. – *Factor:* J. Menge (Tgb. Juli 28). – *Oper ›Der Löwenstuhl‹:* Arbeit daran ist im Tgb. unter Juli 28/9 und Aug. 1 vermerkt (vgl. Gräf 5, 327. 331/2); leider blieb die Dichtung unvollendet. – *Werners Beispiel:* wohl Zacharias W., obgleich sich in dessen Briefen an G. (SdGG. Band 13) dergleichen nicht findet. – *Artischocken:* vgl. zu S. 88.

559. Goethe, 1814 Juli 29 (Br. 25, 4); eigenhändig. – *wie Fritz Frommann:* im August 1906; vgl. Frau Rat an den Sohn, 1806 Aug. 19: »Du kanst denken wie freundlich Herr Frommann von mir empfangen wurde da ich durch Ihn deinen Lieben Brief emfing – . . . Illuminationen – Feyerwerck – und der gleichen aber kein Zeichen der Freude.« – *Karlen:* den Diener Stadelmann. – *unserm alten Hause:* zur Zeit im Besitz der Witwe Rössing (vgl. O. Volger: Goethes Vaterhaus, Frankfurt 1863, S. 171). – *Die Haus-Uhr:* seit G's Geburtstag 1828, als Geschenk

des Großherzogs Georg von Mecklenburg-Strelitz, im Goethe-Haus zu Weimar.

560. Goethe, 1814 Aug. 1 (Br. 25, 6); eigenhändig. – *Hasenfüßen:* vgl. zu S. 141 (hier also und S. 787 nicht im Sinne von »Angsthasen«, auch gewiß nicht in der älteren Bedeutung »Tor, Narr, Geck«, vgl. Grimms Wörterbuch 4[2], 529. 536/7). – *Zelter:* er war bereits Juli 12 in Wiesbaen eingetroffen (vgl. seinen Brief an G., Juli 15). – *was er zu Markte bringt:* vgl. GJ. 6, 126. – *die Hasen:* vgl. zu S. 786. – *der Erbauer:* Zais. – *Tragelaphen:* eigentlich »Bockhirsch« (Fabeltier des Orients), ein von G. auch für seine Faust-Dichtung (Brief an Schiller, 1797 Dez. 6) gebrauchter Ausdruck zur Bezeichnung eines wunderlichen Gebildes, in dem einander Widersprechendes verschmolzen erscheint.

561. Christiane, 1814 Aug. 3 (EBr. 1814, 300); Carol. Ulrichs Hand, nur der Schlußsatz »Und ich bitte« eigenhändig. – *Dein liebes Gedicht:* Nr. 557a. – *Propst:* Yasnowsky. – *Deinen Brief von Eisenach:* nicht bekannt; vgl. zu Nr. 557a. – *Durchlauchter Prinz:* Karl Friedrich. – *der König:* Friedrich Wilhelm III. von Preußen war, begleitet von Prinz Wilhelm, Aug. 1 nachmittags 4 Uhr in Weimar eingetroffen und Aug. 2 früh 5 Uhr nach Berlin weitergereist. Kurz darauf, gleichfalls am 2., war der Erbprinz Karl Friedrich mit seiner Gemahlin nach Franzensbad abgereist (FB.). – *Dreyßig in Tonndorf:* der Kaufmann D. betrieb, nachdem er mit seiner in Tonndorf begründeten Fabrik für französische Spielkarten Bankrott gemacht hatte, eine Blumengärtnerei, aus der G. und Christiane manches bezogen (vgl. G's Gedicht ›Pfingsten‹); er ertrank, wie aus dem Tonndorfer Kirchenbuch hervorgeht, 1822 durch einen unglücklichen Zufall in seinem Fischteich. Das kleine zierliche Mausoleum, das die Witwe ihm in seinem Garten errichtete, steht noch heute; die Gärtnerei als solche besteht nicht mehr. Tonndorf, damals noch preußisch, kam erst 1815 zu Weimar (vgl. Hermann Freiherr v. Egloffstein: Carl August auf dem Wiener Kongreß, Jena 1915, S. 124). – *Der Pachter:* Der Ratskellerwirt Tränkler oder der Gastwirt Langenberg. Der Apotheker Nikolai hatte, durch Erlaß Karl Augusts von 1813 Juni 26, das Recht erhalten, für die Badegäste von Juni bis September eine Speisewirtschaft zu führen (Akten der Ge-

meinde Berka an der Ilm, Fasz. 35 Blatt 12); diese Befugnis war 1814 auf den Nachfolger in der Apotheke, Fiedler, übergegangen; vgl. S. 794. – *Der Saal:* in dem noch heute stehenden Kurhause. – *Deine zwei lieben Briefe:* Nr. 558/9. – *dem Professor:* Heinrich Meyer. – *das eröffnete Siegel:* nicht mehr erkennbar.

562. Goethe, 1814 Aug. 7/8 (Br. 25, 11); eigenhändig. – *mein Quartier verändert:* aus dem Gasthof zum ›Adler‹ war G. Aug. 5 in den ›Bären‹ übergesiedelt (Tgb.); vgl. S. 791. – *des Königs:* von Preußen. – *Hundeshagen:* vgl. S. 618. – *einen jungen Mann:* Hallwachs. – *Geh. Hof-Rath:* Kirms. – *in Biebrich ... die Herrschaften:* Herzog Friedrich August von Nassau (vgl. S. 792) und dessen Gemahlin Luise, geb. Prizessin von Waldeck. – *einige Freunde:* Tgb. nennt nur »Hauptmann v. Luck. Bibliothekar Hundeshagen.« – *die Fräulein von Stein:* Eleonore (Pröpstin zu Waitzenbach bei Würzburg, vgl. S. 795 und Christiane v. St. – *kleinen Gefährtin:* Marianne Jung, deren Hochzeit mit Willemer Sept. 27 stattfand; vgl. S. 812.

563. Goethe, 1814 Aug. 13/9 (Br. 25, 17); eigenhändig. – *kühles Quartier:* vgl. zu S. 789. – *Cramer:* vgl. G. an August, Aug. 8. – *Riese:* im Tgb. Aug. 10 und 11 genannt. – *Gerning:* Aug. 12 und 19 im Tgb. erwähnt; das Folgende »Er mischt sich in vieles« vielleicht (wie E. v. d. Hellen: Goethes Briefe. Ausgewählt 5, 181 annimmt) Anspielung auf das in Weimar häufig aufgeführte Lustspiel von Jünger ›Er mischt sich in alles‹. – *Der dirigirende Minister:* Marschall v. Bieberstein. – *Der Herzog:* vgl. zu S. 790. – *Die Mannigfaltigkeit und Lust dieses Festes:* von G. im ›St. Rochus-Fest zu Bingen‹ geschildert. – *Correspondenz-Nachrichten:* Auszüge aus den inzwischen für G. angekommenen Briefen. – *an Schlosser:* nach Frankfurt.

564. Christiane, 1814 Aug. 25 (EBr. 1814, 340); Carol. Ulrichs Hand, nur die Worte »Leb wohl« bis »ich lebe« (S. 795) eigenhändig. – *der Herzog wieder erwartet:* seit Mitte Juli hatte man in Weimar die umfassendsten Vorbereitungen getroffen, Karl August würdig zu empfangen, er kehrte erst Sept. 1 zurück (vgl. G's Gedicht »Was haben wir nicht für Kränze gewunden!«). – *Der Geheime Hofrath:* Kirms. – *In unsrem Logis:* dem sogenannten Edelhof auf dem rechten Ufer der Ilm. – *Essen aus der*

Apotheke: vgl. zu S. 788. – *Gevatter gestanden:* Aug. 21, bei dem Aug. 15 gebornen Sohn des Bürgers und Handarbeiters Nußbaum (Berkaer Kirchenbuch Band 6, S. 29); dieses Patenkind Christianens wurde Holzhauer. – *Herr Organist:* Schütz, der S. 799 genannte »Badekönig«, d. h. Badinspektor (vgl. H. G. Gräf: Goethe in Berka an der Ilm, S. 30/42. – *Königin Oborea:* (Arborea?) nicht nachweisbar.

565. Goethe, 1814 Aug. 29 (Br. 25, 25); eigenhändig. – *einen alten Brief:* damit kann G's Brief an August vom selben Tage (auf den Br. 25, 350 hingewiesen wird) kaum gemeint sein; vielleicht bezieht sich auf ihn der Vermerk im Tgb.: »Brief Uli«. – *der Freund:* Gerning? die Beziehung ist unbekannt. – *der Herzog:* Tgb. Aug. 23: »Kam Geh. Secretär Vogel. Mit ihm nach Mainz [nicht: Wiesbaden]. Mit Serenissimo bis tief in die Nacht.« – *Äbtissin von Stein:* vgl. zu S. 790. – [S. 626.] *einen Dritten:* F. v. Luck (Tgb.). – *Frau Brentano-Birkenstock:* vgl. G's Dankbrief an sie von Aug. 28.

566. Goethe, 1814 Sept. 21 (Br. 25, 37); eigenhändig. – *Doctor Melber:* er war der Hausarzt von G's Mutter gewesen; vgl. GJ. 1, 263/5. – *Mineraliensammlungen:* über das mineralogische Kabinett der Senckenbergischen Stiftung, das zur Zeit von Neuburg (Tgb. Sept. 14) geordnet wurde, vgl. ›Kunst und Alterthum am Rhein und Main‹, Abschnitt: Frankfurt (W. 34[1], 123). – *Schauspiel:* ›Das Dorf im Gebürge oder Die glückliche Rückkehr‹, Schauspiel mit Gesang von Weigl, und ›Der Vetter aus Bremen‹ von Theodor Körner. – *auf die Mühle:* Gerbermühle, oberhalb Frankfurts, Willemers Sommersitz; vgl. S. 798. – *Altdeutsche Bilder:* Tgb.: »Roger von der Weyden, geb. 1480 † 1528. Burgmayr. Martin Schön und dem ähnlich Grünewald.« – *Prinz Bernhard:* von Weimar. – *Fürst Reuß:* Heinrich XIII. von Reuß-Greiz, in den Jahren 1813/5 Generalgouverneur von Frankfurt am Main. – *Bei Madame Stock zu Mittag:* diese schrieb Okt. 2 an Christiane hocherfreut über G's Anwesenheit in Frankfurt; »er schenkte mir einige Stunden, ja er aß auch freundschaftlich mit mir zu Mittag. Ihre Gesundheit, meine Beste, brachte ich aus, und er freute sich herzlich mit uns, er eine so gute Frau und ich eine so liebe Freundin zu haben« (EBr. 1814, 428). – ›Titus‹: die

Vorstellung fand auf G's Wunsch statt, ebenso am 19. die ›Braut von Messina‹ (vgl. Weimars Festgrüße zum 18. August 1899, S. 114 Anmerkung 15). – *Geschenk des Stammbuchs:* durch Antonia Brentano; vgl. deren das Stammbuch begleitenden Brief an G. von Sept. 18 (Weimars Festgrüße S. 115 Anmerkung 20) und G's Dankbriefchen vom selben Tage, sowie Rudolf Jung: Goethes Briefwechsel mit Antonie Brentano, S. 25. 27. Vgl. S. 799. – *einige Freunde:* Tgb. Sept. 18: »Du Fay. Guaita. Beide im Garten.« – *zu Willemer:* auf die Gerbermühle (Tgb.) – *Das letzte Mal:* d. h. am 15., vgl. S. 797.

567. Goethe, 1814 Sept. 22/3 (Br. 25, 40); eigenhändig. – *›Braut von Messina‹:* vgl. zu S. 797. – *verschiedne Visiten:* Tgb. Sept. 20: »Gräfin Coudenhofen. Engländerinnen an ihrer Statt. Herr Leers. Frau Städel.« – *Stammbuch:* vgl. zu S. 798. – *des Badekönigs:* Schütz in Berka, vgl. zu S. 794. Im übrigen vgl. S. 813. – *vor der Stadt:* »auf der Öde« (Tgb.). – *bei Du Fay:* Schwiegervater von J. F. H. Schlosser.

568. Christiane, 1814 Sept. 26 (EBr. 1814, 356); Carol. Ulrichs Hand, der Schluß von »So wie ich mich« an, außer dem Datum, eigenhändig. Gedruckt nur die Worte »Wolff ist ... Deiner Gewogenheit«: Weimars Festgrüße zum 28. August 1899, S. 116 Anmerkung 29. – *in größter Eile:* vgl. G's Rüge deshalb S. 812 oben. – *Deinem Brief:* Nr. 566. – *Das Theater:* es war Sept. 10 wieder eröffnet worden. – *Karl:* Stadelmann.

569. Goethe, 1814 Sept. 28 (Br. 25, 42); eigenhändig. Zur Datierung vgl. S. 811. – [S. 632]. *Betrachtung der alten Meisterwerke:* vgl. ›Kunst und Alterthum am Rhein und Main‹, Abschnitt: Heidelberg. – *Frau von Humboldt:* vgl. Gespräche 2, 276/7.

570. Goethe, 1814 Okt. 1 (Br. 25, 45); eigenhändig. – *Descamps:* ›Vie des peintres flamands, allemands et hollandais‹ (Paris 1753/63). – *vor allem Lucks:* vgl. S. 807.

571. Goethe, 1814 Okt. 6? (Br. 25, 48); eigenhändig. – *Fahrhäuschen:* vgl. zu S. 780. – *und wir gelangten ... Mannheim:* regelrechter Hexameter, Anspielung auf ›Hermann und Dorothea‹ Vers 24 des 3. Gesangs: »Und das freundliche Mannheim, das gleich und heiter gebaut ist.« – *die übrigen Gesellen:* die Brüder Boisserée und vielleicht Bertram. – *›Johann von Friedland‹:*

vielmehr ›Johann Herzog von Finnland‹. – *Zeichnungen des Cölner Doms:* sie erschienen in dem Werk ›Geschichte und Beschreibung des Doms von Cöln‹ (Stuttgart 1823/32). – *die Tochter:* Sophie Caroline; sie wurde 1818 A. W. Schlegels zweite Frau. – *Der Sohn:* August Wilhelm, zwölfjährig (er starb schon 1819), der »Schenke« des ›Westöstlichen Diwans‹ (vgl. Tgb. 1815 Sept. 20 und G. an S. Boisserée 1815 (Dez. 21). – *Thibauts kleine Schrift:* sie war vor kurzem in dessen ›Civilistischen Abhandlungen‹ erschienen. – *in Mannheim:* bei v. Lucks, in Erinnerung von Christianens Besuch im Jahre 1808; vgl. zu S. 566. – *des Erbprinzen:* Markgrafen von Baden? – *Diner . . . im Karlsberg:* vgl. Voß S. 111 (Gespräche 2, 282). – *Kastanien:* mit diesen bevorzugten Früchten versahen auch Schlossers noch im Spätherbst das Goethe-Haus in Weimar (Brief von Maria Schlosser an Christiane, Nov. 10, EBr. 1814, 432).

572. Goethe, 1814 Okt. 10 (Br. 25, 53); eigenhändig. – *Professor Voß:* Heinrich, der älteste Sohn Voßens. – *Griesens Calderon:* diese Übersetzung von Calderóns Werken begann jetzt zu erscheinen; die in Band 1 enthaltene ›Zenobia‹ wurde in Weimar bereits 1815 Jan. 30 aufgeführt. – *der Frau Amtmann:* Sartorius, geb. Schmuck; sie war mit ihrem Vater, dem kurfürstlich pfälzischen Hofkammerrat und Domanialverwalter Johann Karl Schmuck, Miteigentümerin des Hauses, in dem auch die Brüder Boisserée wohnten. – *›Wasserträger‹:* vgl. zu S. 479.

573. Goethe, 1814 Okt. 12 (Br. 25, 56); eigenhändig. – *Moller:* vgl. wegen dieses Besuchs und des neu aufgefundenen, 13½ Fuß großen »Original-Aufrisses« S. Boisserée an seinen Bruder, Okt. 10 (Sulpiz Boisserée 1, 226). – *Prinz Christian:* Bruder der Herzogin Luise von Weimar. – *der fünfte Brief:* danach müßte G. die drei Briefe Nr. 570/2 in fünf Stunden haben abgehen lassen; »fünfte« wird jedoch Irrtum sein statt »vierte«. – *euren Brief:* Nr. 568. – *Frau Geheimeräthin Willemer:* vgl. zu S. 790. – *pflegt ihn:* vgl. S. 800.

574. Goethe, 1814 Okt. 16 (Br. 25, 59); eigenhändig. – *Die Fräulein:* vgl. S. 799. – *die bevorstehenden Feierlichkeiten:* vgl. S. 816. – *wegen der Nationaltracht:* zu dieser Frage hatte Willemer sich öffentlich geäußert in seinem Schriftchen ›Ein Wort an Deutsch-

lands Frauen‹ und tat es nochmals in seinem Vorwort zu dem im Morgenblatt 1814 Dez. 2 anonym erschienenen Gedicht ›Gespräch zwischen Völkertracht und Mode‹ von Sophie Jassoy (vgl. T. Creizenach: Briefwechsel zwischen Goethe und Marianne von Willemer, 2. Aufl. S. 28/9. – *Karl:* Stadelmann. – *Calender-Tagebuch:* die bedauerliche Lücke geht von Sept. 23 bis Okt. 13. – *ist nach Wien:* J. F. H. Schlosser nahm als Vertreter der Stadt Frankfurt am Wiener Kongreß teil.

575. Goethe, 1814 Okt. 20 (Br. 25, 63); eigenhändig. – *die gute Mutter:* vgl. deren Brief an G., 1795 Aug. 24. – *Die Feierlichkeiten:* vgl. besonders S. Boisserée an Amalia v. Helvig, Okt. 23 (Sulpiz Boisserée 2, 227/8). – *Beilage.* Gedrucktes Folioblatt, auf dem G. zu § 10 und am Schluß das hier in Textgröße Gesetzte mit Bleistift hinzugefügt hat.

Zwischenbemerkung von Nr. 576. In Christianens Tagebuch, das von ihrer eigenen Hand Einträge nur unter Jan. 1/4 und 9 enthält, heißt es unter Jan. 9: »War ich sehr krank.« Vgl. Schillers Frau an Knebel, Febr. 8 (Briefe von Schillers Gattin an einen vertrauten Freund, S. 177, und Riemer an Frommann, undatiert (Ferdinand Heitmüller: Aus dem Goethehause, S. 226).

576. Goethe, 1815 März 4 (Br. 25, 218). – *Meyer:* Heinrich M.

577. Christiane, 1815 März 5 oder 6 (EBr. 1815, 111); geschrieben ist der Brief, mit Ausnahme des eigenhändigen Schlusses von »Weiter weiß ich« an, von Christianens Begleiterin Madame Kirsch (von G. und Christiane meist »Kirscht« geschrieben). Ich halte für wahrscheinlich, daß von den zahlreichen Vertreterinnen der Namen Kirsch und Kirscht in Weimar hier nur Johanna Christiane Sophia Kirsch in Frage kommt, Tochter des Pastors Johann Christian Müller zu Troistedt und Schoppendorf, die am 5. Mai 1800 den Weimarer Bürger und Besitzer des Kaffeehauses Johann Christian Wilhelm Kirsch (Sohn des Fürstl. Sächs. Hofsprachmeisters Johann Georg Kirsch) geheiratet hatte (TrP. der Hofkirche 1762/1800, 622). – *Knebel wird geschrieben haben:* März 3 hatte Knebel an G. gemeldet: die »wunderlich strenge Diät« der Weimarer Ärzte habe Christianen mitgenommen, die Jenaer Ärzte seien »milder«, und es sei kein Zweifel, daß das hypochondrische Wesen, das nur von Schöpfung herrühre, sich

bei einer »mäßigen, etwas geistigen Nahrung« verlieren werde (ungedruckt, EBr. 1815, 109).

578. Christiane, 1815 März 8 (EBr. 1815, 120); Frau Kirschs Hand, der Schluß von »Lebe wohl« an eigenhändig. – *Stark:* er schrieb an G., März 8: »Seit dem Hiersein ist es recht gut gegangen. Alle Functionen sind in der besten Ordnung, das Gemüth ist heiter. Ich habe fleißige Bewegung in freier Luft empfohlen, welches treulich befolgt wird. Um 11 Uhr wird spazieren gefahren. Nach Tische eine Stunde gegangen. Die Strenge der Diät habe ich in etwas vermindert, weil der Magen anfing zu leiden. Spuren von Lähmung oder Krampf haben sich gar nicht gezeigt. Das Wetter begünstigt den hiesigen Aufenthalt. Deßhalb habe ich, ich hoffe mit Ew. Excellenz Genehmigung, gerathen, so lange, als die Witterung gut und freundlich sein wird, den Aufenthalt zu verlängern, weil wirklich unsere gemischte Thal- und Bergluft den Nerven mehr zusagt als die Luft um Weimar« (EBr. 1815, 122); vgl. S. 828. – *bei Voigts:* dem (S. 824 genannten) Botaniker Friedrich Siegmund V., der eine Tochter der Frau v. Löwenich zur Frau hatte. – *Wagner:* der Hofgärtner in Jena (vgl. den Schluß von G's Brief an C. G. v. Voigt, März 10?). – *der Voigten:* der Mutter des eben genannten Botanikers.

579. Goethe, 1815 März 8 (Br. 25, 223). – *Katarrh:* Tgb. März 6: »Böser Katarrh.« – *Die Berliner:* Graf Brühl an G., Febr. 28 (Br. 25, 392), vgl. S. 827; ferner der Verleger Duncker an G., Febr. 28 (vgl. Tgb. März 6 und Gräf 3, 358). – *nicht an Hof gehen konnte:* vgl. G. an F. K. E. v. Haake, März 5. – *wird viel geschrieben:* Vorarbeiten für die Noten und Abhandlungen zum ›Diwan‹ und Korrespondenz, ›Des Epimenides Erwachen‹ betreffend. – *die Kupfer:* vgl. Tgb. März 1. – *Broccoli:* italienischer Sprossen- und Spargelkohl, eine Art Blumenkohl, dessen Bau die größte Sorgfalt erfordert. – *Unser Gärtner:* der Hofgärtner für den Park J. W. Grosse?

580. Christiane, 1815 März 8/10 (EBr. 1815, 125); Frau Kirschs Hand, der Schluß von »Es ist itzo« an eigenhändig. – *Voigts:* vgl. zu S. 823. – *Mineralischen Gesellschaft:* der von Lenz 1798 gegründeten Mineralogischen Societät, deren Präsident G. seit 1804 Okt. 22 war (vgl. W. 26, 362 Zeile 29); sie zählte »sowohl

in Deutschland, als in den übrigen europäischen Reichen, ja sogar in entfernten Welttheilen ansehnliche Mitglieder« (G's Aufsatz, ›Mineralogische Gesellschaft‹, Naturwissenschaftliche Schriften 13, 269). – *Karln:* Stadelmann.

581. Goethe, 1815 März 11 (Br. 25, 230); eigenhändig nur der Schluß von »Herzlich theilnehmend« an; mit Ausnahme des Datums. – *Meinen Katarrh:* vgl. zu S. 824; Tgb. März 11: »Nachmittag wegen Übelbefindens in das hintere Zimmer«, 12.: »Den Tag über in meiner Stube geblieben.« – *Montag nach Palmarum:* März 20 – *der Hoheit:* Maria Paulowna. – *Brief von ... Brühl:* vgl. zu S. 825. – *hinzureimen müssen:* Strophe 3 des Schlußchors (Vers 971/8); vgl. G. an Brühl, März 12. – *sich einen Spaß zu machen:* durch das S. 828 Mitgeteilte. – *›Proserpina‹:* Exemplar des Textbuches für die Febr. 4. 6, März 6 stattgehabten Aufführungen: ›Proserpina. Melodram von Goethe, Musik von Eberwein. Weimar, zur Feyer des zweiten Februars 1815‹ (vgl. Gräf 6 95/6). – *An Voigt:* den zu S. 824 Genannten, nicht bekannt. – *Der Orient:* vgl. zu S. 824. – *Stark ... Relation:* den zu S. 823 mitgeteilten Brief. – *das Nothwendigste:* das S. 826 gewünschte Geld.

582. Christiane, 1815 April 11 (EBr. 1815, 173); unbekannte Hand, der Schluß von »Nun lebe wohl« an eigenhändig. Gedruckt die Worte »Hier bin ich« bis »Goethe« Br. 25, 400.

583. Goethe, 1815 April 15 (Br. 25, 263); eigenhändig. – *bin fleißig:* Redaktion der ›Italienischen Reise‹; vgl. S. 833.

584. Goethe, 1815 Mai 24 (Br. 26, 1); eigenhändig. – *vieles auf das Papier gebracht:* wegen der jetzt entstandenen Diwan-Gedichte vgl. Gräf 8, 38.

585. Goethe, 1815 Mai 27 (Br. 26, 2); eigenhändig. – *das gewünschte Zimmer:* im ›Bären‹ (wie 1814, vgl. zu S. 789. – *18 Assessoren:* vgl. Gräf 8, 38/9.

586. Christiane, 1815 Ende Mai (EBr. 1815, 283); Kräuters Hand, der Schlußabsatz eigenhändig. – *Feier des Jubiläums:* am 30. feierten Karl Kirms und E. K. C. v. Schardt ihr fünfzigjähriges Dienstjubiläum, zu dem G. nachträglich Juni 11 das Gedicht »Frage nicht, durch welche Pforte« einsandte; vgl. Tgb. Mai 19, Juni 10/1, und G. an August, Juni 11, sowie unten S. 838. – *die Treutern:* Besitzerin des Nachbarhauses; vgl. S. 603.

587. Goethe, 1815 Mai 31/Juni 7 (Br. 26, 4); eigenhändig nur der Schluß von »Mittwoch, den 7. Juni 1815« an; abgegangen Juni 8, vgl. S. 837. – *von Frankfurt verschrieben:* Tgb. Mai 29: »[Brief an] Weinhändler Cappes.« – *Luck ... schon besucht:* Mai 29 (Tgb.). – *ausgelieferte:* mundartlich für: aus den Schoten herausgelöste. – *frischen Adreßcalender:* das Mai 30 (Tgb.) angelegte Verzeichnis ›Des deutschen Divans mannigfaltige Glieder‹ (s. Gräf 8, 40. 9, 943 Tab. XVII). – *An Genast:* vgl. S. 832; G. schrieb an ihn erst Juli 15 (vgl. G. an August, Juni 8 und Juli 11). – *Brentanos:* Juni 6 (Tgb.). – *Beuthers Decorationen:* vgl. G. an August, Juni 8, sowie Tgb. Juni 4. 6. 14 und ›Tag- und Jahres-Hefte‹ 1815. Eine Ausstellung von Dekorationen Beuthers wurde in Weimar 1816 veranstaltet (vgl. G. an C. G. v. Voigt, 1816 April 8). – *Karl:* Stadelmann.

588. Christiane, 1815 Juni 9 (EBr. 1815, 305); Frau Kirschs Hand, der Schluß von »Mir gehet es« an eigenhändig. – *Brief aus Wiesbaden:* Nr. 585. – *daß es unser Groß-Herzog war:* Karl August kehrte vom Kongreß aus Wien zurück und traf am 8. nachmittags in Weimar ein (FB.). Christianens Bericht über diese Begegnung läßt sich aus ihrem Tagebuch vervollständigen« »Er [Karl August] fragte gleich nach Dir. Ich war so bestürzt, daß ich mich versprach und anstatt Wiesbaden Teplitz sagte. Er half mir aber gleich, indem er sagte: er habe gehört, Du seist am Rhein; da fiel es mir erst ein, daß ich mich versprochen hatte.« – *ein wunderschöner Russe:* der russische Rittmeister v. Tomson (FB.); in ihrem Tagebuch gesteht Christiane scherzhaft: daß er »nicht wenig dazu beigetragen hat, meine Verwirrung zu vergrößern«. – *der Herr Graf:* Bolza, Besitzer des Gasthofs zum ›Goldenen Schild‹.

589. Goethe, 1815 Juni 17 (Br. 26, 16); der Schluß von »Und so lebe« an eigenhändig. – *Dein Brief:* Nr. 588; er war 9 (nicht 10) Tage unterwegs gewesen. – *Erzherzog Karl:* vgl. Tgb. Juni 11/3; er hatte G'n sein 1814 in Wien erschienenes, dreibändiges Werk ›Grundzüge der Strategie, erläutert durch die Darstellung des Feldzugs von 1796 in Deutschland‹ zur Lektüre gegeben. – *jener Feierlichkeit ... ein Gedicht:* vgl. zu S. 832. – *Forstmann:* G's Schulkamerad Kehr; wie hier nicht, so nannte G. seinen Namen

auch nicht gegen Boisserée und Cramer (vgl. Sulpiz Boisserée 1, 261). – *von Müllern:* dem Steinschneider in Karlsbad: vgl. S. 719, 840.

590. Christiane, 1815 Juni 19 (EBr. 1815, 308); Frau Kirschs Hand, der Schluß von »Daß Dir alles« an eigenhändig. – *Deinen lieben Brief:* Nr. 587. – *Madame Brede:* Karlsbader Kurliste 1815 Juni 15 Nr. 297; in Christianens Tagebuch unter Juni 16 genannt. Sie kam 1818 an das Weimarer Hoftheater, wo sie bis 1820 blieb (Pasqué 2, 284). – *Hofdame aus Prag:* Gräfin Buquoy, Gemahlin des Grafen Ludwig B. (Kurliste Juni 10 Nr. 221)? – *Madame Mayer:* vgl. zu S. 717. – *einige Prinzen:* Christianens Tagebuch nennt mehrmals die Prinzen Constantin und Paul von Württemberg; »er [Prinz Paul] ist eine schöne Figur und tanzt ganz allerliebst. Er hatte viel Geschmack in Ansehung der Tänzerinnen, er wählte sich immer die besten« (Juni 18). – *vom Grafen:* Bolza, vgl. zu S. 836. – *›Der Rehbock‹:* (oder Die schuldlosen Schuldbewußten), Lustspiel von Kotzebue, das Christiane vor ihrer Reise in Weimar Mai 22 oder 31 gesehen hatte; Lortzing: Pachter Grauschimmel, dessen Frau, geb. Elsermann: Baronin Freiling. Die Aufführung in Karlsbad hatte am 14. stattgefunden (Christianens Tagebuch).

591. Goethe, 1815 Juli 11 (Br. 26, 34); eigenhändig. Nach dem Tgb. Juli 12 abgegangen. – *zu rechter Zeit erhalten:* Tgb. Juni 26: »Brief von Karlsbad.« – *Karl:* der Diener Stadelmann; vgl. G. an August, Juli 5. – *auf dem Lande zugebracht:* Tgb. Juli 3: »auf der Nonnenmühle«, 6: »Fahrt auf den Nürnberger Hof«. – *Frau von Linker:* vgl. S. 847. – *Täßchen von Granit:* wegen dieser Streusandbüchse an G's geliebtem Urgestein, einem Geschenk Maria Paulownas, vgl. G. an J. H. Meyer, Juli 5, und die Bemerkung Rulands Br. 26, 362. – *Treuterischen Hauses:* vl. zu Nr. 587. – *Kammerjunker:* vgl. G. an August, Juli 5, an Karl August, Juli 20; August hatte G'n Juni 26 gemeldet, daß er das Dekret Juni 20 erhalten habe (Br. 26, 361). Vgl. S. 848. – *viel dictirt:* ›Italienische Reise‹. – *Georg:* Brentano, dessen Frau Mai 23 gestorben war. – *Franz:* Brentano. – *des errungenen Siegs:* in der Schlacht bei Waterloo, Juni 18 (vgl. Tgb. Juni 21/2). – *die unruhige … Nachbarschaft:* vgl. zu S. 725. – *Schützens:* Stephan Sch. nebst Frau.

592. Christiane, 1815 Juli 19 (EBr. 1815, 349): Frau Kirschs Hand, der letzte Absatz eigenhändig. – *Karl:* vgl. zu S. 842. *Der Kutscher:* Dienemann. – *Orden vom Kaiser:* Kommandeurkreuz des österreichischen Leopold-Ordens; G. erhielt die Nachricht durch v. Hügel an dem Tage, wo Christiane diesen Brief schrieb, vgl. Tgb. Juli 19, sowie G an August und an den Großherzog Karl August, Juli 20, an Metternich, Aug. 4, und Chronik des Wiener Goethe-Vereins, 12, 31. Christianens Tagebuch, Juli 18: »Wie groß war meine Freude, als mir Madame Mayer erzählte, daß sie in [der] Zeitung gelesen: der Herr Geheimde Rath habe von dem österreichischen Kaiser einen Orden bekommen. Sie gab mir sogleich das Zeitungs-Blatt, wo es darinne stand; ich schnitt die Stelle heraus, und da ich meinem Mann schrieb, so wollte ich es mitschicken. Ich träumte mir, ich sei die Erste, von der er es erfahren sollte. Wahrscheinlich weiß er es aber, ehe er meinen Brief bekommt. Es sei! ich will den Gedanken festhalten und den Tag so heiter beschließen, als er angefangen hat.« – *August Kammer-Junker:* vgl. zu S. 842. – *das Nähere . . . im Tagebuche:* daselbst unter Juli 17: »Ich war diesen Mittag zur Frau von Recke gebeten, wo es mir sehr wohl gefallen hat; es war da die Schopenhauer, ein preußischer Minister [die hier folgende Lücke für den Namen ist entweder durch: v. Voß, oder: v. Schuckmann auszufüllen, die beide gleichzeitig in Karlsbad waren, Kurliste Juli 5 Nr. 640, Juli 11 Nr. 802], ein Graf aus Prag [folgt Lücke für den Namen, wahrscheinlich: Buquoy], ein Doctor aus Tirol [folgt Lücke für den Namen], Tiedge und Frau von Recke. Es ist weiter keine Gesundheit getrunken worden als meinem Manne seine. Und das Essen war gut.« – *Ehlers ist hier:* Christianens Tagebuch, Juli 15: »Wir waren kaum nach Hause, als sich ein Herr Ehlers bei mir melden ließ. Ich wußte nicht, ob ich meinen Augen trauen sollte, als er schon zu uns ins Zimmer stürzte, es war Ehlers, der bei uns in Weimar war. Ich freute mich sehr, er war ganz außer sich vor Freude. Er sagt, er habe sehr gehofft, den Herrn Geheimde Rath hier zu sehen. Er ist recht dick geworden, und er kommt mir auch größer vor. Er ist noch ganz entzückt, wenn er von Weimar spricht; wir haben ein paar Stunden recht angenehm verplaudert.« Über das Konzert,

das im Böhmischen Saal abgehalten wurde, heißt es in Christianens Tagebuch, Juli 19: »Ehlers hat ganz vortrefflich gesungen; auch die Heygendorf hat eine schöne Arie gesungen. Sie haben beide viel Beifall erhalten. Es waren über 400 [kann auch 900 heißen sollen] Menschen da; es war mir lieb, daß er so eine gute Einnahme hatte.« Am 20. vermerkt Christiane im Tagebuch: »Ohngefähr um 11 Uhr kam Ehlers bei uns, um uns zu sagen, daß er heute Abend 6 Uhr nach Prag reise; er habe einen Brief bekommen, er müsse den Sonntag spielen. Und brachte die Guitarre mit, weil er mir versprochen hatte, noch etwas vorzuspielen. Er erfreute uns mit ein paar schönen Liedern; besonders war ein Abschieds-Lied dabei, das konnte er ohne Rührung nicht weiter singen. Und so lief er fort. Mir ging es auch nahe; ich war froh, daß er ging, er ist doch ein guter Mensch!« – *Christian:* Schlosser.

593. Goethe, 1815 Aug. 30 (Br. 26, 70); eigenhändig; im Tgb. unterm 31. als abgegangen vermerkt. – *Deine Ankunft:* sie war Juli 31 erfolgt. – *Geburtstagsfeier:* vgl. zu Nr. 37. – *Herzog und Herzogin von Cumberland:* vgl. die beiden Vierzeiler G's »Wohl erleuchtet, glühend milde« und »Doch am Morgen ward es klar«, und Chronik des Wiener Goethe-Vereins Band 14 Nr. 9 (Festgabe zur Enthüllung des Wiener Goethedenkmals) S. 21/4, sowie Gräf 8, 643 Nr. 2819. – *Enkelin der Tante Melber:* Tgb. Aug. 21: »Hochzeit des Baumeisters Heß und Demoiselle [Neuburg]«; vgl. Sulpiz Boisserée 1, 271. – *Grambs' Cabinet: Tgb. Aug. 22: »Zu Grambs. Blumenzeichnungen. Rembrandtische Sammlung.«* – *mehrere Freunde:* Tgb. Aug. 25: »Savigny und Frau. Guaita und Frau«, 27: »Mittag Scharf und Frau, auch Frau Städel.« – *Den 28.:* über die Geburtstagsfeier vgl. Gespräche 2, 328/30.

594. Christiane, 1815 Sept. 5 (EBr. 1815, 416); Kräuters Hand, der letzte Absatz eigenhändig. – *Frau von Linker:* vgl. S. 842. – *August in seinem neuen Stande:* vgl. zu S. 842. – *diesen Brief:* von Aug. 28, Glückwünsche zum Geburtstag enthaltend, ohne Erwähnung Christianens (EBr. 1815, 418); vgl. S. 849 f.).

595. Goethe, 1815 Sept. 12 (Br. 26, 78); eigenhändig. – *Von Dir wieder ein Wort:* Tgb. Sept. 10: »Brief von Weimar.« – *Fritz Stein:*

vgl. zu S. 848. – *bis er zurückkehrt:* aus Baden-Baden. – *ein Kästchen:* Tgb. Sept. 15: »Kistchen nach Weimar.« – *mancherlei habe ich vorgearbeitet:* insbesondere den Aufsatz ›Kunst und Alterthum am Rhein und Main‹ betreffend; vgl. S. 853 f.

596. Christiane, 1815 (Sept. 14 (EBr. 1815, 439); Kräuters Hand, vom Schlußsatz an (außer dem Datum) eigenhändig. – *Frau von Heygendorf:* vgl. S. 853. – *Adelheid:* nicht ermittelt. – *Judenkrämchen:* vgl. zu S. 57.

597. Goethe, 1815 Sept. 18 (Br. 26, 82); eigenhändig. – *nach Heidelberg:* Sept. 18/9 blieb G. in Darmstadt.

598. Goethe, 1815 Sept. 26/7 (Br. 26, 86); eigenhändig. – *Das Krämchen:* vgl. zu S. 849. – *Künstler und gute Leute:* Tgb. Sept. 19: »Bei Moller. Primavesi Abends. Münzmeister Fehr. Oberforstrath Becker. Söhne des Geh. Cabinet-Secretärs Schleiermacher.« – *Die Freunde:* Tgb. Sept. 20: »Zu Reitzenstein. Thibaut. Voß.« – *Brief von Frau von Heygendorf:* von Sept. 23 (EBr. 1815, 434); vgl. S. 851. – *Russen mit Einem Arm:* Gerhardt v. Reutern; er war im April 1814 in Weimar gewesen (vgl. FB. April 10). – *von Bülow:* vgl. S. 231. – *nur aus Verzweiflung:* Kieser hatte auch zu denen gehört, über die Luise Seidler an Pauline Gotter 1813 Juni 22 schrieb: »Mademoiselle Ulrich macht täglich neue Unglückliche; wie viele Herzen hat sie nun geraubt, und immer bleibt sie kalt! Sie ist jetzt aber auch wieder sehr hübsch« (Im neuen Reich 1875 Nr. 19 S. 731). – *Das Kästchen:* vgl. zu S. 850. – *die berühmte Vase:* vgl. G. an August, 1814 Aug. 29. – *der Großherzog:* er kam Sept. 28 nach Heidelberg, blieb am 29. daselbst und reiste am 30. nach Mannheim, begleitet von G., der Okt. 1 nach Heidelberg zurückkehrte (Tgb.).

599. Christiane, 1816 Mai 15 (EBr. 1816, 178); Frankes Hand, letzte Zeile eigenhändig. – *der Zauberlehrling:* auch August braucht gelegentlich für großes Reinmachen im Hause diesen G's Ballade entnommenen Vergleich (Brief an G., 1814 Dez. 10, EBr. 1814, 463). – *neue Schauspieler:* Hölken, Mitglied des Hoftheaters in Darmstadt, war Mai 13 als Gast in der (sonst von Lortzing gegebenen) Rolle des Karl Baum in Vogels Schauspiel ›Reue und Ersatz‹ aufgetreten.

600. Christiane, 1816 Mai 18 (EBr. 1816, 185); Kräuters Hand, letzte Zeile eigenhändig.

601. Christiane, 1816 Mai 22 (EBr. 1816, 191, auf der 4. Seite von Augusts Brief an G. vom selben Tage); Kräuters Hand, nur die Namensunterschrift eigenhändig. – *wegen des Aderlasses:* dieser war erst Mai 19 vorgenommen und danach eine spanische Fliege gelegt worden (Christianens Tagebuch).

Zur Schlußbemerkung: Tgb. Juni 6: »Meine Frau um 12 Uhr Nachts ins Leichenhaus«; 8: »Meine Frau früh um 4 Uhr begraben. . . . Um 3 Uhr Collecte meiner Frau von Vogt gehalten. Der Eintrag im TB. 1816, 64 lautet: »Die Hochwohlgeb. Frau, Frau Johanna Christiana Sophia von Göthe geb. Vulpius, Sr. Excellenz, des Herrn Johann Wolfgang von Göthe Großherzogl. S. Weimar, wirkl. Geheimen Raths Ehegattin starb Donnerstags, den 6. Juni Mittags halb 12 Uhr, 51 Jahr 5 Tage alt, am Blutschlag, und wurde Sonnabends, den 8. ej. früh 4 Uhr Standesmäßig vom Leichenhause, und zwar mit Gesang des Chores mit der Ganzen Schule erster Classe beerdiget, der gewöhnliche Leichen-Sermon oder Nachmittags 3 Uhr von dem Herrn General-Superintendenten Vogt in der Stadtkirche gehalten.«

* *
*

Bildnachweis

Die Originale der Abbildungen, die in der vorliegenden Ausgabe von Goethes Briefwechsel mit seiner Frau (wie auch schon in den früheren Ausgaben) reproduziert wurden, befinden sich im Goethe- und Schiller-Archiv der Nationalen Forschungs- und Gedenkstätten in Weimar; das Original der Abbildung 2 wird im Freien Deutschen Hochstift, Goethemuseum Frankfurt am Main aufbewahrt.

1. Christiane Vulpius. Federzeichnung von Goethe, um 1789
2. Christianes Handschrift. Aus dem Brief Nr. 98: 21. und 22. Februar 1797
3. Christiane, im Gartenhäuschen am Park eingeschlafen. Bleistiftzeichnung von Goethe, 1789
4. Der 42jährige Goethe. Kreidezeichnung von Johann Heinrich Lips, 1791
5. Christiane im Jägerhaus in Weimar. Zeichnung von Johann Heinrich Lips, 1791
6. Christiane und ihr dreijähriger Sohn August, 1792. Gemälde in Wasserfarben von Heinrich Meyer
7. Christiane und der vierjährige August, 1793. Radierung von K. W. Lieber (1821) nach einer Federzeichnung von Goethe
8. Blick auf die Kirche von Ober-Roßla nach einer Fotografie von Johann Gräf
9. u. 10. sowie Umschlag- und Kassettenmotiv. Goethe und Christiane, 1800. Als Gegenstücke ausgeführte Kreidezeichnungen von Friedrich Bury
11. Goethe, 1806. Ölgemälde von Ferdinand Jagemann
12. Christiane, 1807. Ölgemälde von Caroline Bardua
13. Christiane, 1811. Miniaturgemälde von Joseph Raabe
14. Christiane, um 1812. Büste von K. G. Weißer
15. August von Goethe, o. J. Zeichnung von Julia Gräfin Egloffstein
16. Christianes Grabstätte auf dem Friedhof der Sankt-Jakobskirche in Weimar. Nach einem Foto von Louis Held, Weimar

Nachbemerkung zu dieser Ausgabe von Karl Eibl

Bonadea, die anspruchsvolle Nymphomanin in Musils ›Mann ohne Eigenschaften‹, ist in die strenge Liebesschule der Ermelinda Tuzzi gegangen und erzählt Ulrich nun von ihren neuen Erkenntnissen: Eine Frau von Stein habe es da in Goethes Leben gegeben und noch eine ›andere‹, eine »Vulp – – na, wie heißt sie doch: sie hat so einen halb unanständigen Namen?« Jedenfalls weiß Bonadea, daß dies »die bekannte Sexualpartnerin des alternden Olympiers« war. Das Verhältnis Goethes zu den beiden Frauen gilt in ihrem Kreis als Beleg dafür, »daß die geistig höchststehenden Männer leider nur bei minderwertigen Frauen ihre volle Befriedigung zu finden scheinen, während sie bei seelisch gleichgestellten Frauen versagen.« – Dieses Stereotyp dürfte noch heute das gängigste Deutungsmuster für Goethes Ehe sein, obwohl es für eine Lebensgemeinschaft von mehr als einem Vierteljahrhundert sicherlich unangemessen ist. Goethes Ehe war ein Ärgernis für die Zeitgenossen, und sie blieb auch für spätere Zeiten ein Ärgernis, das man durch derartige Schablonen zu beseitigen suchte. Immer wieder griff man auf Riemers Deutung der Heirat im Jahr 1806 zurück, die dieser wohl schon in der Absicht angeboten hatte, das Ärgernis plausibel zu machen: Goethe habe Christiane aus Dankbarkeit dafür geheiratet, daß sie ihm bei der Besetzung Weimars das Leben gerettet hatte. Und in neueren, ›aufgeklärten‹ Zeiten wird mit besonderem Eifer der Frau Rätin Wort vom »Bettschatz« wiederholt. Noch Richard Friedenthal meint in seiner Goethe-Biographie, es sei »nicht einmal sicher, ob sie ihn auf dem gemeinsamen Lager je anders als mit Sie angesprochen hat«.

Ein Blick in Christianes Briefe hätte solche Unsicherheit beseitigen können. Sie wurden erstmals 1916 von Hans Gerhard Gräf unter dem Titel »Goethes Briefwechsel mit seiner Frau« herausgegeben. Schon 1917 wurde eine zweite Auflage notwendig. Eine dritte erschien 1921, nun unter dem Titel »Goethes Ehe in Briefen« – und im Textbestand auf weniger als die Hälfte gekürzt. Unglücklicherweise wurde der Titel dieser Auswahl auch für die Ausgabe von 1937 verwendet, die nun wieder den gesamten Textbestand brachte, so daß der Titel »Goethes Ehe in Briefen« nun sowohl die Gesamtausgabe wie die gekürzte Ausgabe bezeichnete. 1956 erschien die gekürzte Ausgabe noch einmal im Leipziger Insel-Verlag.

Die vorliegende Ausgabe folgt der Gesamtausgabe von 1937 (Goethes Ehe in Briefen. Herausgegeben von Hans Gerhard Gräf. Rütten & Loening Verlag, Potsdam), verwendet jedoch um der bibliographischen Eindeutigkeit willen den Titel der Ausgabe von 1916/17 (»Goethes Briefwechsel mit seiner Frau«).

Gräfs erste Ausgabe des Briefwechsels blieb nicht ohne Widerspruch. Als »taktloses Entkleiden, Herumschnüffeln im Unterzeug, Kammerdienerdienstfertigkeit« (Karl Scheffler) wurde sie abqualifiziert. Solche Einwürfe sind nicht ganz unbegründet. Voyeurismus und jenes Ressentiment, das dem Genie etwas anzuhängen wünscht, finden hier mancherlei Nahrung. Der Gutwillige jedoch wird eher die konkrete Humanität wahrnehmen, mit der dieses ungleiche Paar seine problemreiche Partnerschaft zu gestalten suchte. Und er wird eingeführt in die praktische Dimension einer grundlegenden Denkform Goethes; denn wahrscheinlich ist diese Ehe zutiefst mit Goethes Begriff des ›Symbolischen‹ verknüpft, der es ihm ermöglichte, in der kontingenten Hülle dieser ›ungebildeten Person‹ immer auch den Menschen im vollen Sinne der Idee wahrzunehmen, zu respektieren und zu lieben. Gräf zitiert am Ende seiner Einführung zwei »Zahme Xenien«, die der verstorbenen Christiane gelten (»Gott hab ich und die Kleine . . .«); aber er bricht zu früh ab. Es folgen in der Reihe noch zwei weitere:

»Sie betrog dich geraume Zeit,
Nun siehst du wohl sie war ein Schein.«
Was weißt du denn von Wirklichkeit;
War sie drum weniger mein?

»Betrogen bist du zum Erbarmen
Nun läßt sie dich allein!«
Und war es nur ein Schein:
Sie lag in meinen Armen,
War sie drum weniger mein?

Mag sein, daß Gräf die Gedichte deshalb nicht mitzitiert hat, weil er damals ein allzu vordergründiges Mißverständnis der Rede vom ›Betrug‹ im Sinne böswilliger Weimarer Klatschtradition befürchten mußte. Tatsächlich aber weisen diese Verse Christiane einen Ort in der Nachbarschaft des ›wahren Scheins‹ und des Entschwindens der Helena-Figur des »Faust II« zu und lassen etwas von der Tiefendimension dieser Beziehung ahnen.

Goethe selbst hat die in den vorliegenden Briefen dokumentierte Seite seines Lebens nicht verleugnet. Er hat die Briefe für die Nachwelt aufbewahrt, als er in den letzten Jahren seines Lebens seinen Nachlaß ordnete. Er hat sie, als hätte er selbst schon mit ihrer Publikation gerechnet, sogar ›gereinigt‹: Aus den Jahren 1804 bis 1809 sind keine Briefe Christianes überliefert. Wir wissen aus Zeugnissen der Zeitgenossen, etwa Riemers (und indirekt natürlich auch aus den »Wahlverwandtschaften«), daß diese krisenhaften Jahre des Übergangs ins Alter auch Jahre einer Ehekrise waren.

Einen Überblick über die Literatur zu Goethe und Christiane gibt Deborah Vietor-Engländer, »Der Wandel des Christiane-Bildes 1916-1982«, in: Goethe-Jahrbuch 102 (1985), S. 280-284. Ihr Befund ist nicht sehr erfreulich. Allzuviel phantasievolle Betulichkeit hat sich auf diesem Feld breitgemacht. Erwähnenswert ist nur »Christiane. Lebenskunst und Menschlichkeit in Goethes Ehe« von Wolfgang Vulpius, einem Nachfahren von Christianes Bruder Christian August (drei Auflagen, Weimar 1949, 1953 und 1964). – Im vorliegenden Band wurde auch Gräfs Einführung beibehalten. Gerade die leichte Patina, die für heutigen Geschmack gelegentlich über dem Stil liegt, kann bewußt machen, daß unsere Deutungen einer Beziehung wie der zwischen Goethe und seiner Frau immer mit zeitbedingten Unzulänglichkeiten behaftet sind und daß es notwendig ist, in der Wahrnehmung der Zeugnisse selbst das Stück Leben aufzuhaschen, das sie dokumentieren.

Namenverzeichnis